Von Linwood Barclay sind bereits folgende Titel erschienen:
Weil ich euch liebte
Fenster zum Tod
Frag die Toten
Schweig für immer
Lügennest
Lügennacht
Lügenfalle

Über den Autor:
Linwood Barclay, geboren 1955, stammt aus den USA, lebt aber seit seiner Kindheit in Kanada. Er studierte Englische Literatur an der Trent University in Peterborough, Ontario, und arbeitete bis 2008 als Journalist. Im *Toronto Star,* Kanadas größter Tageszeitung, hatte er eine beliebte Kolumne. Sein erster Thriller, *Ohne ein Wort* (2007), war auf Anhieb ein internationaler Bestseller. Linwood Barclay hat zwei erwachsene Kinder und lebt mit seiner Frau in der Nähe von Toronto.
Weitere Informationen unter www.linwoodbarclay.com

LINWOOD BARCLAY

NACHTS KOMMT DER TOD

THRILLER

Aus dem Englischen
von Silvia Visintini

Die englische Originalausgabe erschien 2013
unter dem Titel »A Tap on the Window« bei Orion Books, London.

Besuchen Sie uns im Internet:
www.knaur.de

Vollständige Taschenbuchausgabe Januar 2018
Knaur Taschenbuch
© 2013 Linwood Barclay
Für die deutschsprachige Ausgabe:
© 2014 Knaur Paperback
Ein Imprint der Verlagsgruppe
Droemer Knaur GmbH & Co. KG, München
Alle Rechte vorbehalten. Das Werk darf – auch teilweise –
nur mit Genehmigung des Verlags wiedergegeben werden.
Redaktion: Viola Eigenberz
Covergestaltung: ZERO Werbeagentur, München
Coverabbildung: Christian Martínez Kempin, Gettyimages
Satz: Adobe InDesign im Verlag
Druck und Bindung: CPI books GmbH, Leck
ISBN 978-3-426-51596-9

2 4 5 3 1

Für Neetha

»Kannst du schwimmen?«

»Sie sind verrückt, Mann! Lassen Sie mich los!«

»Obwohl … auch wenn du's kannst, seh ich schwarz für dich. Wir sind so nahe bei den Wasserfällen, da ist die Strömung unglaublich stark. Da reißt's dich runter, bevor du bis drei zählen kannst. Und es geht sehr tief runter.«

»Lassen Sie mich los!«

»Vielleicht erwischst du davor noch einen von den Felsen und kannst dich dranklammern. Aber wenn du dagegen-knallst, bist du höchstwahrscheinlich erledigt. Wenn du in einem Fass stecken würdest, wie diese Wahnsinnigen, die sich da schon mal runtergestürzt haben, hättest du vielleicht eine Chance von einem Prozent, optimistisch gerechnet.«

»Wenn ich's Ihnen doch sage, Mister, ich schwöre bei Gott, ich war's nicht.«

»Ich glaub dir nicht. Aber wenn du ehrlich bist, wenn du zugibst, was du getan hast, dann schmeiß ich dich nicht runter.«

»Ich war's nicht! Ich schwöre!«

»Wenn du's nicht warst, wer war's dann?«

»Ich weiß es doch nicht! Wenn ich einen Namen wüsste, ich würd ihn sagen. Bitte, bitte, ich flehe Sie an, Mann.«

»Weißt du, was ich glaube? Wenn du da runterstürzt, das fühlt sich an wie fliegen.«

EINS

Wenn ein Mann mittleren Alters eine Jugendliche mitnimmt, die vor einer Bar steht und den Daumen rausstreckt, dann ist er nicht ganz bei Trost. Und auch das Mädel ist eigentlich nicht mehr zu retten. Doch im Augenblick reden wir von *meiner* Dummheit, nicht von ihrer.

Sie stand am Straßenrand, das blonde Haar hing ihr in klatschnassen Strähnen ins Gesicht, der Neonschein der Coors-Reklame im Fenster von Patchett's Bar tauchte sie in ein gespenstisches Licht. Die Schultern hatte sie hochgezogen, als könne sie damit den Sprühregen abwehren, sich irgendwie warm und trocken halten.

Wie alt sie wohl sein mochte? Alt genug, um Auto fahren und vielleicht sogar wählen zu dürfen, aber um Alkohol zu trinken wahrscheinlich noch zu jung. Wenigstens hier in Griffon im Staat New York. Auf der anderen Seite der Lewiston Queenston Bridge vielleicht nicht. Drüben in Kanada durfte man schon mit neunzehn trinken, nicht erst mit einundzwanzig. Was aber nicht hieß, dass sie im Patchett's nicht ein paar Bierchen gezischt haben konnte. Ausweise wurden da nicht besonders gründlich kontrolliert. Das war allgemein bekannt. Wenn auf deinem Ausweis ein Foto von Nicole Kidman prangt, du aber eher wie Penelope Cruz aussiehst, dann reicht ihnen das völlig. »Hock dich hin, was willst du trinken?«, das war das Motto bei Patchett's.

Mit ihrer überdimensionalen roten Handtasche auf der Schulter stand sie da und streckte den Daumen raus. Und sie sah zu mir herüber, als ich langsam auf das Stoppschild an der Ecke zurollte.

Vergiss es, dachte ich. Einen männlichen Anhalter mitzunehmen ist schon nicht besonders schlau, aber eine jugendliche Anhalterin? Das ist dümmer, als die Polizei erlaubt. Ein Typ Anfang vierzig, der in einer finsteren, regnerischen Nacht ein Mädchen zu sich in den Wagen steigen lässt, das noch nicht mal halb so alt ist wie er selbst – die reine Idiotie. Also Augen stur geradeaus. Ich wollte gerade wieder Gas geben, da hörte ich ein Klopfen am Beifahrerfenster.

Ich sah hinüber. Da stand sie. Sie hatte sich vorgebeugt, sah mich an. Ich schüttelte den Kopf, aber sie klopfte weiter.

Ich ließ das Fenster gerade so weit herunter, dass ich ihre Augen und die obere Hälfte ihrer Nase sehen konnte. »Tut mir leid«, sagte ich. »Ich kann –«

»Nur zu mir nach Hause«, sagte sie. »Ist gar nicht weit. In dem Pick-up da drüben sitzt so ein Typ, der ist mir nicht geheuer, glotzt mich schon die ganze Zeit an und …« Sie machte große Augen. »Scheiße, sind Sie nicht der Vater von Scott Weaver?«

Und dann war plötzlich alles anders.

»Ja«, sagte ich. Der war ich gewesen.

»Dacht ich mir's doch. Sie kennen mich wahrscheinlich gar nicht, aber ich hab Sie schon öfter gesehen. Wenn Sie Scott von der Schule abgeholt haben und so. Hören Sie, es tut mir leid, jetzt regnet's Ihnen auch noch in den Wagen. Ich find schon jemand …«

Wie hätte ich eine von Scotts Freundinnen da im Regen stehen lassen können?

»Steig ein«, sagte ich.

»Sind Sie sicher?«

»Ja.« Ich schwieg einen Moment, gab mir eine Sekunde Zeit, da wieder rauszukommen. Dann: »Schon in Ordnung.«

»Mensch, danke!«, sagte sie, öffnete die Tür und stieg ein. Sie jonglierte mit ihrem Handy, streifte sich die Tasche von der Schulter und stellte sie neben ihre Füße. Das Innenlicht ging an und gleich wieder aus. »Gott, ich bin völlig durchgeweicht. Tut mir leid wegen Ihrem Sitz.«

Sie war nass. Ich weiß nicht, wie lange sie da schon gestanden hatte, aber lange genug, dass ihr das Wasser in kleinen Rinnsalen von den Haaren auf Jacke und Jeans lief. Ihre Oberschenkel waren nass, gut möglich, dass ein vorbeifahrendes Auto sie vollgespritzt hatte.

»Mach dir deswegen keine Sorgen«, sagte ich, während sie sich anschnallte. Ich war noch nicht wieder angefahren, wartete, dass sie mir sagte, wo sie hinwollte. »Soll ich geradeaus fahren, abbiegen, oder was?«

»Bin ich doof.« Sie lachte nervös, dann schüttelte sie den Kopf und verspritzte Wassertropfen wie ein Spaniel, der aus einem See kommt. »Woher sollen Sie wissen, wo ich wohne? Einfach geradeaus.«

Ich sah nach links und rechts, dann fuhr ich über die Kreuzung.

»Du warst also eine Freundin von Scott?«, fragte ich.

Sie nickte, lächelte. Dann verzog sie das Gesicht. »Ja, er war ein lieber Kerl.«

»Wie heißt du?«

»Claire.«

»Claire?« Ich zog den Namen in die Länge, eine Aufforderung an sie, mir ihren Nachnamen zu nennen. Vielleicht war sie mir bei meinen Online-Recherchen schon untergekommen. Ihr Gesicht hatte ich eigentlich noch nicht richtig gesehen.

»Genau«, sagte sie. »Wie Schoko E. Claire.« Wieder das nervöse Lachen. Sie nahm das Handy von der linken in die rechte Hand, legte dann die leere Linke auf das linke Knie. Auf dem Handrücken, direkt unter den Knöcheln, hatte sie einen ziemlich bösen Kratzer, der vielleicht drei Zentimeter lang und ganz frisch war, aber nicht blutete.

»Hast du dir weh getan, Claire?«, fragte ich sie mit einem Nicken in Richtung ihrer Hand.

Sie sah auf sie hinunter. »O Scheiße, hab ich gar nicht bemerkt. Da ist so ein Idiot im Patchett's rumgetorkelt, hat mich fast über den Haufen gerannt, da muss ich mir die Hand an einer Tischkante aufgerissen haben. Brennt ein bisschen.« Sie hob die Hand ans Gesicht und blies auf die Wunde. »Ich werd's überleben«, sagte sie.

»Du siehst aber nicht aus, als ob du schon alt genug wärst, um da reinzudürfen.« Ich warf ihr einen vorwurfsvollen und zugleich süffisanten Blick zu.

Sie bemerkte den Blick und verdrehte die Augen. »Schon klar.«

Einen Kilometer lang schwiegen wir beide. Soweit ich im Licht des Armaturenbretts sehen konnte, lag das Handy auf ihrem rechten Oberschenkel und ihre Hand darüber.

Sie beugte sich vor, um in den Außenspiegel an der Beifahrertür zu sehen.

»Der Typ da sitzt schon fast auf Ihrer Stoßstange«, sagte sie.

Grelles Scheinwerferlicht traf auf meinen Rückspiegel. Das Fahrzeug hinter uns war ein Geländewagen oder ein Pickup, die Scheinwerfer waren jedenfalls so hoch montiert, dass sie mir ins Heckfenster strahlten. Ich stieg kurz auf die Bremse, damit das Bremslicht aufleuchtete, und der Fahrer vergrößerte den Abstand. Claire sah weiterhin in den Außenspiegel. Der Drängler schien sie sehr zu interessieren.

»Alles in Ordnung, Claire?«, fragte ich.

»Hmm? Ja, alles bestens, ja.«

»Du wirkst ein bisschen nervös.«

Sie schüttelte den Kopf ein wenig zu aggressiv.

»Bist du sicher?«, fragte ich sie. Ich drehte mich zu ihr, und unsere Blicke kreuzten sich.

»Ganz sicher«, sagte sie.

Sie war keine besonders gute Lügnerin.

Wir fuhren auf der Danbury Road, einer vierspurigen Straße mit einer fünften Spur für Linksabbieger. Sie war links und rechts von Fast-Food-Lokalen, einem Heimwerkermarkt, diversen Discountern und einer Reihe anderer Läden gesäumt, deren Omnipräsenz in jeder größeren Stadt es einem schwermachte, Tucson von Tallahassee zu unterscheiden.

»Woher kanntest du Scott?«, fragte ich.

Claire zuckte die Achseln. »So halt, von der Schule. Wir sind jetzt nicht so oft zusammen abgehangen oder so, aber ich kannte ihn. Hat mich echt traurig gemacht, was mit ihm passiert ist.«

Ich schwieg.

»Ich meine, alle Jugendlichen bauen mal Scheiße. Aber was wirklich Schlimmes passiert den meisten dabei nicht.«

»Stimmt«, sagte ich.

»Wann war das noch mal?«, fragte sie. »Weil, es kommt mir irgendwie so vor, als wär's erst ein paar Wochen her.«

»Morgen sind's zwei Monate«, sagte ich. »Am 25. August.«

»Mensch«, sagte sie. »Aber, klar, jetzt, wo Sie's sagen, wir hatten ja Ferien. Weil normalerweise würde die ganze Schule über so was reden, aber in diesem Fall halt nicht. Als die Schule wieder anfing, dachte irgendwie niemand mehr daran.« Sie hielt sich die linke Hand vor den Mund und sah mich entschuldigend an. »So hab ich das nicht gemeint.«

»Schon gut.«

Es gab so vieles, was ich sie fragen wollte. Doch ich kannte sie ja noch keine fünf Minuten, und meine Fragen waren zu direkt gewesen, und ich wollte nicht rüberkommen wie jemand vom Heimatschutzministerium. Seit dem Vorfall benutzte ich die Liste von Scotts Facebook-Freunden als eine Art Wegweiser, und bestimmt war mir auch der Name dieses Mädchens schon untergekommen, aber im Augenblick wusste ich nicht, wo ich sie hintun sollte. Allerdings wusste ich auch, dass eine Facebook-»Freundschaft« nicht unbedingt viel zu bedeuten hatte. Scott hatte eine Menge Leute zu seinen Freunden hinzugefügt, die er nicht mal kannte, darunter auch einige bekannte Künstler, die Graphic Novels machten, und weitere C-Promis, die ihre Facebook-Seiten noch eigenhändig pflegten.

Rausfinden, wer dieses Mädchen war, konnte ich immer noch. Vielleicht würde sie mir ein andermal ein paar Fragen zu Scott beantworten. Sie buchstäblich nicht im Regen stehen zu lassen trug mir möglicherweise ein paar Pluspunkte für einen späteren Zeitpunkt ein. Vielleicht wusste sie ja etwas, das ihr unwichtig schien, mir aber weiterhelfen konnte.

Als hätte sie meine Gedanken gelesen, sagte sie: »Man redet über Sie.«

»Häh?«

»Ja … also, die Leute in der Schule.«

»Über mich?«

»Ein bisschen. Sie wussten schon vorher, was Sie machen. Beruflich, meine ich. Und sie wissen, was Sie in letzter Zeit tun.«

Da brauchte ich mich wohl nicht zu wundern.

»Ich weiß nichts, hat also gar keinen Sinn, mir Fragen zu stellen«, fügte sie hinzu.

Ich wandte meinen Blick einen Moment von der regennassen Straße und sah sie an, sagte aber nichts.

Ein Mundwinkel verzog sich nach oben. »Ich hab gemerkt, dass Sie das überlegt haben.« Sie schien über etwas nachzudenken, dann sagte sie: »Das soll aber kein Vorwurf sein wegen dem, was Sie machen. Mein Dad würde wahrscheinlich dasselbe tun. Wenn's drauf ankommt, kann er ganz schön verbissen und kleinkariert sein.« Sie drehte sich so, dass sie mich ansehen konnte. »Ich finde, es ist falsch, ein Urteil über jemanden zu fällen, bevor man alles über ihn weiß, Sie nicht? Ich meine, man muss erst verstehen, dass er vielleicht Erfahrungen gemacht hat, die ihn die Welt in einem anderen Licht sehen lassen. Meine Großmutter zum Beispiel, sie lebt nicht mehr, aber sie hat immer nur gespart und gespart, bis zu ihrem Tod, neunzig ist sie geworden, weil sie damals die Weltwirtschaftskrise miterlebt hat. Ich hatte noch nie davon gehört, aber dann habe ich mich schlaugemacht. Sie wissen wahrscheinlich, was die Weltwirtschaftskrise war?«

»Ich weiß, was die Weltwirtschaftskrise war. Aber ob du's glaubst oder nicht, miterlebt habe ich sie nicht.«

»Egal«, sagte Claire, »wir dachten immer, Grandma wäre knausrig, aber in Wirklichkeit wollte sie nur auf alles vorbereitet sein. Für den Fall, dass das wieder passiert. Könnten Sie kurz mal bei Iggy's reinfahren?«

»Was?«

»Da vorn.« Sie zeigte durch die Windschutzscheibe.

Ich kannte das Lokal. Was ich nicht kapierte, war, warum sie mich dorthin lotsen wollte. Iggy's war so eine Art Wahrzeichen von Griffon, das hatte ich von den Einheimischen erfahren. Seit über fünfzig Jahren bekam man dort Eis und Burger, und Iggy's konnte sich auch noch behaupten, nachdem McDonald's einen Kilometer weiter seine goldenen Bögen aufgespannt hatte. Selbst ausgewiesene Big-Mac-Apostel pilgerten hierher, um sich Iggy's unnachahmliche, von Hand geschnittene und mit Meersalz gewürzte Pommes sowie die Milchshakes mit richtigem Speiseeis schmecken zu lassen.

Ich hatte mich darauf eingelassen, dieses Mädchen nach Hause zu fahren, aber ein Abstecher zu Iggy's Drive-in war doch ein bisschen viel verlangt.

Ehe ich Einwände erheben konnte, sagte sie: »Also, nicht zum Essen. Mir ist nur plötzlich ganz komisch im Magen. Manchmal wird mir von Bier schlecht, wissen Sie, und es ist ja schon schlimm genug, dass ich Ihnen den Wagen nass mache. Ich will nicht auch noch reinkotzen.«

Ich setzte den Blinker und fuhr auf das Restaurant zu, in

dessen Scheiben sich das Licht meiner Scheinwerfer spiegelte und mich blendete. Iggy's war nicht so durchorganisiert und geleckt wie MacDonald's oder ein Burger King – die Menütafeln bestanden noch immer aus gerilltem weißem Kunststoff mit schwarzen Steckbuchstaben –, bot jedoch genügend Platz zum Sitzen, und selbst zu dieser vorgerückten Stunde saßen noch Gäste da. Ein ungepflegter Mann mit einem überdimensionalen Rucksack trank Kaffee. Allem Anschein nach ein Obdachloser, der sich vor dem Regen hierhergeflüchtet hatte. Ein paar Tische weiter teilte eine Frau eine Portion Pommes unter zwei Mädchen in rosa Schlafanzügen auf, von denen keines älter als fünf sein konnte. Was die wohl zu erzählen hätten? Mir fiel eine Geschichte von einem gewalttätigen Vater ein, der einen über den Durst getrunken hatte. Sie waren hergekommen, um abzuwarten, dass der Vater in sein Säuferkoma fiel und sie sich wieder nach Hause wagen konnten.

Noch ehe ich anhielt, hatte Claire sich den Riemen ihrer Handtasche ums Handgelenk gewickelt und ihre Sachen zusammengerafft, als plane sie eine Flucht.

»Alles in Ordnung bei dir?«, fragte ich und stellte den Schalthebel auf Parken. »Ich meine, abgesehen von deiner Übelkeit?«

»Ja – ja, sicher.« Sie lachte auf und öffnete die Tür. Ich registrierte die Scheinwerfer eines Wagens, der hinter mir auf den Parkplatz gefahren war. »Bin gleich wieder da«, sagte sie, sprang aus dem Auto und schlug die Tür zu. Zum Schutz vor dem Regen hielt sie sich die Tasche über den Kopf. Sie rannte auf den Eingang des Restaurants zu und gleich weiter in den hinteren Teil, wo sich die Toiletten befanden.

Inzwischen hatte der Wagen in einiger Entfernung von meinem geparkt. Ich sah hinüber. Es war ein schwarzer Pick-up, dessen Scheiben so stark getönt waren, dass ich nicht erkennen konnte, wer am Steuer saß.

Mein Blick wanderte zum Restaurant zurück. Hier saß ich nun, mitten in der Nacht, und wartete darauf, dass ein Mädchen, das ich kaum kannte – eine Minderjährige noch dazu –, sich den Alkohol, den sie noch gar nicht hätte trinken dürfen, aus dem Leib kotzte. Mir war völlig klar, dass ich mich erst gar nicht in diese Situation hätte hineinmanövrieren dürfen. Aber nachdem sie diesen Typ in dem Pick-up erwähnt hatte, der sich so für sie interessierte …

Pick-up?

Ich sah noch mal zu dem schwarzen Wagen hinüber, der auch dunkelblau oder grau sein konnte – bei dem Regen war das schwer zu sagen. Falls jemand ausgestiegen und zu Iggy's reingegangen war, dann hatte ich es jedenfalls nicht bemerkt.

Bevor Claire zu mir in den Wagen gestiegen war, hätte ich ihr klipp und klar sagen sollen, sie solle ihre Eltern anrufen. Die sollten sie abholen.

Aber dann hatte sie Scott erwähnt.

Ich holte mein Handy heraus und sah nach, ob ich E-Mails bekommen hatte. Hatte ich nicht, aber während dieser Übung waren immerhin zehn Sekunden vergangen. Mit einer Programmtaste des Autoradios rief ich einen Sender aus Buffalo auf, der mich nicht mit Werbung nervte. Allerdings bekam ich von dem, was da gesprochen wurde, nicht viel mit.

Das Mädchen war jetzt schon fünf Minuten auf der Toilette. Wie lange braucht ein Mensch, um sich zu übergeben?

Man geht rein, tut, was zu tun ist, spritzt sich ein bisschen Wasser ins Gesicht und kommt wieder raus.

Vielleicht ging es Claire schlechter, als ihr klar gewesen war. Möglicherweise hatte sie sich eingeferkelt und brauchte länger, um sich zu restaurieren.

Toll.

Ich hatte meine Hand auf dem Zündschlüssel, wollte ihn drehen. *Du könntest einfach losfahren.* Sie hatte ein Handy. Sie konnte jemand anderen anrufen und sich abholen lassen. Ich konnte nach Hause fahren. Ich war nicht verantwortlich für dieses Mädchen.

Leider stimmte das nicht. In dem Moment, als ich mich darauf eingelassen hatte, sie mitzunehmen, hatte ich in gewisser Weise auch die Verantwortung für sie übernommen. Ich sah wieder zu dem Pick-up hinüber. Er stand einfach da.

Wieder ließ ich meinen Blick durch das Restaurant schweifen. Da waren der Obdachlose und die Frau mit den beiden Mädchen. In der Nische am Fenster saßen jetzt noch ein Junge und ein Mädchen um die achtzehn und teilten sich ein Coke und eine Portion Hähnchensticks. An der Theke gab ein Mann seine Bestellung auf. Er stand mit dem Rücken zu mir, hatte pechschwarzes Haar und trug eine braune Lederjacke.

Sieben Minuten.

Ich machte mir Gedanken, wie es wohl aussähe, wenn jetzt Claires Eltern auf der Suche nach ihr hier hereinschneiten und feststellten, dass ich auf ihre Tochter wartete? Ich, Cal Weaver, der Privatschnüffler der Stadt. Würden sie mir glauben, dass ich sie nur nach Hause bringen wollte? Dass ich mich bereit erklärt hatte, sie mitzunehmen, weil sie meinen Sohn gekannt hatte? Dass es lautere Absichten waren, die mich leiteten?

An ihrer Stelle würde ich mir kein Wort glauben. Und so ganz lauter waren meine Absichten auch nicht gewesen. Ich hatte überlegt, ob ich versuchen sollte, ihr ein paar Informationen über Scott zu entlocken, auch wenn ich mich rasch dagegen entschieden hatte.

Es war nicht die Hoffnung, etwas von ihr zu erfahren, die mich jetzt hier festhielt. Ich brachte es einfach nicht über mich, ein junges Mädchen nachts in dieser Gegend im Stich zu lassen. Und erst recht nicht, ohne ihr vorher Bescheid zu sagen.

Ich beschloss, ins Lokal zu gehen, um sie zu suchen und mich zu vergewissern, dass es ihr gutging. Dann würde ich ihr sagen, sie müsse sich jetzt selbst darum kümmern, wie sie von hier nach Hause kam. Ich würde ihr Geld fürs Taxi geben, wenn es niemanden gab, den sie anrufen konnte. Ich stieg aus, ging ins Restaurant, sah auch auf den Plätzen nach, die ich von draußen nicht hatte einsehen können, nur für den Fall, dass Claire sich kurz hingesetzt haben sollte. Als ich sie an keinem der Tische entdeckte, ging ich nach hinten zu den Toiletten. Sie waren nur ein paar Schritte von einer weiteren Glastür entfernt, die nach draußen führte.

Vor der Tür mit der Aufschrift DAMEN wappnete ich mich kurz, dann drückte ich sie einen Spaltbreit auf.

»Claire? Geht's dir gut, Claire?«

Keine Antwort.

»Ich bin's. Mr. Weaver.«

Nichts. Nicht von Claire und auch von sonst niemandem. Also stieß ich die Tür etwas weiter auf und warf einen prüfenden Blick in den Waschraum. Zwei Waschbecken, ein an der Wand montierter Händetrockner, drei Kabinen. Die Türen waren in einem stumpfen Hellbraun gestrichen, und von ihren Angeln blätterte der Rost. Alle drei waren geschlossen. In dem knapp fünfzig Zentimeter breiten Spalt zwischen Türunterkante und Fußboden waren keine Füße zu sehen.

Ich machte zwei Schritte vorwärts, streckte einen Arm aus und berührte vorsichtig die Tür der ersten Kabine. Sie war nicht versperrt und schwang träge auf. Keine Ahnung, was ich mir eigentlich erwartete. Schon ehe ich die Tür aufgestoßen hatte, war mir klar, dass niemand da drin war. Und dann schoss mir ein Gedanke durch den Kopf: Was, wenn jemand drin gewesen wäre? Egal, ob Claire oder sonst wer? Die Damentoilette war bestimmt nicht der richtige Ort für mich.

Rasch ging ich wieder hinaus, zurück ins Restaurant. Ich hielt weiterhin Ausschau nach Claire. Obdachloser, Frau mit Kindern –

Der Mann in der braunen Lederjacke, der vorhin an der Theke gestanden hatte, war nicht mehr da.

»Mist«, sagte ich.

Als ich wieder den Parkplatz betrat, fiel mir als Erstes auf, dass der schwarze Pick-up verschwunden war. Gleich darauf sah ich ihn. Er wartete in der Ausfahrt zur Danbury Street darauf, sich in den fließenden Verkehr einordnen zu können. Bei diesen getönten Scheiben war es unmöglich zu erkennen, ob jemand auf dem Beifahrersitz saß.

Jetzt tat sich eine Lücke auf, und der Pick-up schoss los, dass der Motor aufheulte und die Hinterreifen auf dem nassen Asphalt durchdrehten. Er fuhr nach Süden, Richtung Niagara Falls.

21

War das womöglich der Wagen, von dem Claire gesprochen hatte, als ich sie vor Patchett's hatte einsteigen lassen? Wenn ja, war er uns gefolgt? War der Fahrer der Mann in der Lederjacke? Hatte er sich Claire geschnappt und war mit ihr davongefahren? Oder war sie zu der Einsicht gelangt, dass er doch nicht so furchteinflößend war, wie sie ursprünglich gedacht hatte, und gewährte jetzt *ihm* die Gunst, sie nach Hause fahren zu dürfen?

Mist, verdammter.

Mein Herz hämmerte. Ich hatte Claire verloren. Eigentlich hatte ich sie ja gar nicht haben wollen, aber jetzt schob ich Panik, weil ich nicht wusste, wo sie abgeblieben war. Was sollte ich tun? Ich überlegte fieberhaft. Dem Pick-up folgen? Die Polizei verständigen? Vergessen, dass das Ganze überhaupt geschehen war?

Dem Pick-up folgen.

Das schien mir am logischsten. Ihm nachfahren, ihn einholen, versuchen, einen Blick hineinzuwerfen, mich vergewissern, dass Claire –

Da war sie.

In meinem Wagen. Auf dem Beifahrersitz. Den Gurt hatte sie bereits angelegt. Das blonde Haar hing ihr ins Gesicht. Sie wartete auf mich.

Ich atmete ein paarmal durch, ging zum Wagen, stieg ein, schlug die Tür zu. »Wo zum Teufel warst du?«, fragte ich, als ich mich auf den Sitz fallen ließ. Das Innenlicht leuchtete kurz auf und erlosch. »Du warst so lang da drin, dass ich mir schon Sorgen gemacht habe.«

Sie wandte sich von mir ab und starrte aus dem Seitenfenster. »Bin wahrscheinlich zur Seitentür rausgekommen, als Sie vorne reingingen.« Ihre Stimme klang jetzt mehr wie ein

Brummeln, jedenfalls rauher als vorher. Die Bröckchen, die sie gehustet hatte, waren ihrer Kehle offenbar nicht bekommen.

»Du hast mir vielleicht einen Schrecken eingejagt«, sagte ich. Doch was hatte es für einen Sinn, mit ihr zu schimpfen? Sie war schließlich nicht mein Kind, und in ein paar Minuten würde ich sie zu Hause abliefern.

Ich setzte zurück, fuhr hinaus auf die Danbury Street und dann weiter in Richtung Süden.

Meine Beifahrerin lehnte sich weiterhin an ihre Tür, als bemühe sie sich, den größtmöglichen Abstand zwischen uns zu halten. Ich konnte mir ihren plötzlichen Argwohn nicht erklären. Warum jetzt erst und nicht schon vor unserem Stopp bei Iggy's? Warum sollte sie jetzt auf einmal Angst vor mir haben? Weil ich ihr ins Restaurant hinterhergerannt war? Hatte ich damit irgendeine Grenze überschritten?

Und noch etwas irritierte mich. Nichts, was mit mir zu tun hatte. Etwas, das ich gesehen hatte, als ich in den Wagen gestiegen war. In den paar Sekunden, die das Licht an war. Und das mir jetzt erst richtig bewusst wurde.

Ihre Kleider.

Die waren trocken. Ihre Jeans waren nicht dunkel vor Feuchtigkeit. Ich konnte schlecht hinüberlangen und ihr die Hand aufs Knie legen, um zu prüfen, ob die Hose nass war, aber ich war mir ziemlich sicher, dass sie es nicht war. Hatte sie die Hose im Waschraum ausgezogen und unter den Händetrockner gehalten? Wohl kaum. Diese Dinger schafften es gerade so, einem das Wasser von den Händen zu pusten. Aber Jeansstoff zu trocknen? Ausgeschlossen.

Da war aber noch etwas. Und es befremdete mich noch mehr als die trockenen Klamotten. Vielleicht hatte ich in

23

Wirklichkeit gar nicht gesehen, was ich zu sehen geglaubt hatte. Das Licht hatte schließlich nur kurz aufgeleuchtet.

Ich musste es noch mal einschalten, um mich zu vergewissern.

Ich tastete an der Lenksäule nach dem Schalter für das Deckenlicht. »Verzeihung«, sagte ich. »Hab grade überlegt, was ich mit meiner Sonnenbrille gemacht habe.« Mit der Rechten kramte ich in der kleinen Ablage vorne an der Mittelkonsole herum. »Ah, da ist sie ja.«

Dann schaltete ich das Licht wieder aus. Ich hatte gesehen, was ich sehen wollte.

Ihre linke Hand. Sie war unverletzt.

Kein Kratzer.

ZWEI

Ich hatte die kleine Wunde auf Claires Hand gesehen, die aufgerissene Haut, die winzigen Blutströpfchen direkt unter der Oberfläche, die jeden Moment austreten konnten. Diese Verletzung hatte sie sich erst wenige Minuten, bevor sie zu mir ins Auto gestiegen war, zugezogen.

Wenn Claire nicht eine von den X-Men mit ihrer unglaublichen Regenerationsfähigkeit war, dann war das Mädchen, das jetzt neben mir saß, nicht dasselbe, das neben mir gesessen hatte, als wir bei Iggy's eingetroffen waren.

Wir fuhren die Danbury Street entlang, und das Ganze kam mir irgendwie surreal vor, als sei ich in eine Folge von *Twilight Zone* geraten. Aber das hier war keine dieser *Unwahrscheinlichen Geschichten*, das war real, und es musste eine rationale Erklärung dafür geben.

Ich bemühte mich, eine zu finden.

Die Kleidung dieses Mädchens war ziemlich identisch mit der von Claire. Blaue Jeans und eine kurze dunkelblaue Jacke. Auch das lange blonde Haar hatten sie gemeinsam. Doch bei genauerem Hinsehen stellte ich fest, dass das Haar meiner Beifahrerin, ebenso wie ihre Jeans, nicht annähernd so nass war wie das von Claire. Und auch sonst stimmte damit etwas nicht. Es sah aus, als säße ihr ganzer Kopf irgendwie schief. Ich war mir ziemlich sicher, dass ich eine Perücke vor der Nase hatte.

Ich brach das Schweigen. »Muss ich irgendwo abbiegen oder so?«

Das Mädchen nickte, zeigte mit dem Finger. »Bis zur zweiten Ampel, dann links.«

»Alles klar.« Nach einer Pause fragte ich sie. »Geht's dir wieder besser?«

Ein Nicken.

»Du warst so lange weg, dass ich mir schon Sorgen gemacht habe. Hätte ja sein können, dass du doch nicht so fit bist, wie du dachtest.«

»Mir geht's gut«, sagte sie leise.

Plötzlich blendete mich etwas im Rückspiegel, obwohl es Nacht war. Wieder hoch angesetzte Scheinwerfer.

»Du hast mir vorhin gerade erzählt, wie du meinen Sohn kennengelernt hast.«

»Hmmm?«

»Ich habe mich nur gefragt, wo das passiert ist. Wo er dich mit Eis bekleckert hat.«

»Oh«, machte sie und blickte jetzt nicht mehr aus dem Fenster, sondern nach rechts unten, aber immer noch so, dass ihr Gesicht seitlich von der Perücke verdeckt wurde. »Ach ja, da im Galleria-Einkaufszentrum, wo die ganzen Restaurants sind. Das war lustig. Ich bin ihm buchstäblich in die Arme gelaufen. Er hatte ein Eis in der Hand, und der oberste Teil ist ihm von der Waffel gerutscht und auf meinem Oberteil gelandet.«

»Na so was«, sagte ich. Wir standen an der Ampel, bei der ich links abfahren sollte. Der Wagen, der vorhin hinter uns war, stand jetzt neben uns, auf der Spur, die geradeaus führte. Es war ein Geländewagen, kein Pick-up wie der, den ich auf dem Parkplatz von Iggy's gesehen hatte.

Bevor es grün wurde, sagte ich ruhig zu ihr. »Wie lange willst du das noch weitermachen?«

»Häh?« Beinahe hätte sie mir das Gesicht zugewandt.

»Dieses Theater. Wie lange willst du noch so tun, als wüsste ich nicht, dass du nicht Claire bist?«

Jetzt sah sie mich an, antwortete aber nicht. Ich spürte sofort, dass sie Angst hatte.

»Netter Versuch«, sagte ich. »Das Haar, die Klamotten, alles recht überzeugend. Aber Claire hatte einen Kratzer an der linken Hand. Den hatte sie sich gerade erst bei Patchett's eingefangen.«

»Der Kratzer spielt keine Rolle«, sagte das Mädchen leise. »Es sollte nur aus der Ferne funktionieren. Für die Nähe war es nie gedacht.«

»Wovon redest du?«

Sie biss sich auf die Unterlippe. »Tun Sie einfach so, als ob Sie glauben, ich bin Claire, ja? Benehmen Sie sich ganz normal.«

»Warum? Glaubst du, wir werden beobachtet?« Ich hob eine Hand, eine Geste, die die Welt um uns herum einschloss. »Dass uns jemand per Satellit überwacht?«

»Da war vorhin ein Pick-up. Das war er vielleicht. Könnte aber auch jemand anderes gewesen sein.«

Ich verstand, warum sie glaubte, sie käme damit durch. Zu ihren Füßen stand auch eine überdimensionale Handtasche. Sie musste also mit einer ähnlichen roten Tasche wie

Claire zum Wagen gegangen sein. Vielleicht war es sogar dieselbe.

Ich hatte Claire nicht wirklich gut in Augenschein nehmen können, doch soweit ich das beurteilen konnte, sahen die beiden Mädchen sich recht ähnlich. Sie hatten so ziemlich denselben porzellanartigen Teint. Das Gesicht meiner jetzigen Beifahrerin war vielleicht eine Spur ovaler und ihre Nase ein bisschen länger als Claires. Aber von Größe und Körperbau her waren sie ungefähr gleich. Dünn, knapp eins siebzig. Aus der Ferne konnte man in einer dunklen, regnerischen Nacht die eine ohne weiteres für die andere halten, insbesondere mit der Perücke, der ähnlichen Kleidung, einer fast identischen Tasche. Hätten sie sich als Schwestern ausgegeben, ich hätte es ihnen abgenommen. Also fragte ich nach.

»Seid ihr Schwestern?«

»Was? Nein.«

»Ihr seht aber so aus«, sagte ich. »An deiner Frisur müsstest du allerdings noch arbeiten. Die will nicht so richtig.«

»Was?«

»Die Perücke. Sie sitzt schief.« Sie machte sich daran zu schaffen. »Jetzt ist es besser. Das kommt Claires Haaren schon sehr, sehr nahe. Wirklich nicht schlecht.«

»Die hat sie aus einem Halloween-Laden in Buffalo«, sagte das Mädchen. »Bitte fahren Sie mich einfach zu Claires Haus, so wie Sie's vorhatten. Es ist nicht weit.«

»Ich möchte nur verstehen, was hier gespielt wird. Du musst auf der Toilette auf sie gewartet haben. Sie geht rein, du kommst raus, in ziemlich ähnlichen Klamotten. Du bist zur Seitentür rausgegangen, als ich vorne reinkam. Ich habe in der Damentoilette nachgesehen.« Sie sah mich erschrocken an. »Hat Claire sich da versteckt, bis wir zwei weggefahren sind?« Ich stellte mir vor, wie sie auf dem Toilettenbecken stand, damit man ihre Füße in dem Spalt unter der Tür nicht sah. Ich hätte nicht nur die erste, sondern auch die zweite und dritte Kabine kontrollieren sollen.

»Schon möglich«, sagte meine Beifahrerin mürrisch.

»Die Idee war also, dass der Typ, der Claire verfolgt hat, sich an dich hängt? Und Claire jetzt tun und lassen kann, was sie will, ohne dass ihr Verfolger irgendwas davon mitkriegt.«

»Wow«, sagte sie. »Sie sind ja genial.«

»Zoff mit dem Freund?«, fragte ich.

»Häh?«

»Jemand stellt Claire nach? Sie will ihn abschütteln und sich mit dem Neuen treffen?«

Das Mädchen schnaubte leise. »Ja, klar, genau darum geht's.«

»Aber du hast gesagt, es könnte auch jemand anderes sein. Gibt es mehr als einen, der hinter ihr her ist?«

»Hab ich das gesagt? Kann mich nicht erinnern.«

»Wie heißt du?«

»Spielt keine Rolle.«

»Na gut, keine Namen. Wenn's nicht um den Freund geht, worum denn dann?«

»Hören Sie, machen Sie sich keine Gedanken. Das Ganze geht mich nichts an, und Sie geht es erst recht nichts an.«

»Steckt Claire in Schwierigkeiten?«

»Hören Sie, Mister – Mr. Weaver, oder? Claire hat gesagt, Sie sind der Vater von Scott.«

Ich nickte. »Du kanntest Scott also auch?«

»Klar. Jeder kannte Scott. Irgendwie.«

»Kanntest du ihn gut?«

»Ein bisschen. Also hören Sie, ich weiß überhaupt nichts. Klar? Lassen Sie mich einfach aussteigen. Egal, wo. Hier. Vergessen Sie, was passiert ist. Es geht Sie nichts an.«

Ich beobachtete die Scheibenwischer, die sich rhythmisch hin und her bewegten. »Und ob es mich was angeht. Du und Claire, ihr habt mich da hineingezogen.«

»War aber keine Absicht, klar?«

»Sollte jemand anderes Claire vor Patchett's abholen? Der ist dann aber nicht aufgetaucht, und deshalb hat Claire sich von mir mitnehmen lassen? Wer hat sie bei Iggy's abgeholt?«

»Halten Sie an.«

»Ach, komm. Ich kann dich doch nicht hier rauslassen. Mitten in der Pampa.«

Sie löste den Gurt und langte nach dem Türgriff. Wir fuhren ungefähr fünfzig. Ich rechnete nicht damit, dass sie die Tür wirklich öffnen würde, doch genau das tat sie. Nur ein paar Zentimeter, aber genug, um einen gewaltigen Luftzug zu erzeugen.

»Herrgott!«, schrie ich und versuchte, über sie hinweg den Türgriff zu erreichen. Es gelang mir nicht. »Mach zu!«, brüllte ich sie an. Sie gehorchte. »Bist du übergeschnappt, oder was?«

»Ich will aussteigen!«, schrie sie, dass mir die Ohren gellten. »Jetzt ist es sowieso egal! Claire hat's geschafft, abzuhauen.«

»Abzuhauen? Wovor?«

»Halten Sie an und lassen Sie mich aussteigen! Das ist Menschenraub!«

Ich bremste und fuhr an den Straßenrand. Wir befanden uns in einer Gegend, in der Wohngebiet auf Gewerbegebiet

stieß. Alte Häuser standen Seite an Seite mit Möbelbeize-
reien und Elektroläden. Direkt vor uns war eine Kreuzung,
über der eine Ampel hing, die träge von Gelb zu Rot zu
Grün wechselte und dann wieder von vorne anfing.

»Hör mal, ich kann dich hinfahren, wohin du möchtest«,
sagte ich. »Du brauchst nicht auszusteigen. Es schüttet.
Jetzt ...«

Sie stieß die Tür auf, schwang ihre Beine aus dem Wagen
und stürzte davon. Im letzten Moment packte sie ihre Tasche. Sie stolperte, berührte mit einem Knie das Gras, riss
sich die Perücke vom Kopf und schleuderte sie in ein Gebüsch. Ihr eigenes Haar war auch blond, aber nur schulterlang, etwa um die Hälfte kürzer als das von Claire.

Von meinem Sitz aus konnte ich die Beifahrertür nicht erreichen, also stieg ich aus. Ich ließ den Motor laufen, ging
um den Wagen herum und schlug die Tür zu.

»Bleib stehen!«, rief ich. »Komm schon! Keine Fragen
mehr! Ich bring dich nach Hause!«

Sie blickte zurück, nur eine Sekunde, und hob eine Hand.
Es sah aus, als halte sie ein Handy. Als wolle sie mir signa-
lisieren, ich solle mir keine Sorgen machen, sie würde jemanden anrufen, der sie abholen konnte.

Ihre Füße patschten durch die Pfützen. An der Kreuzung
bog sie rechts ab. Auf der gegenüberliegenden Straßenseite
gab es eine Fernseherreparaturwerkstatt, die den Eindruck
machte, als sei sie schon seit Jahren geschlossen.

Ein unbehagliches Gefühl beschlich mich, als sie meinen
Blicken entschwand. Regen lief mir in die Augen, tropfte
mir in die Ohren.

Ich versuchte mir einzureden, dass sie recht hatte. Es ging
mich nichts an. Es war nicht mein Problem.

Ich stieg wieder in den Wagen und wendete.

Fuhr an einem schwarzen Pick-up vorbei, der mit ausgeschalteten Lichtern auf der anderen Straßenseite parkte. Ich hatte ihn schon vorhin da stehen sehen, es aber wieder vergessen, als ich eine Vollbremsung hinlegen musste, um zu verhindern, dass das Mädchen aus dem fahrenden Wagen sprang.

Ich fuhr weiter. Doch der verdammte Pick-up ließ mir keine Ruhe. Nach weniger als einem Kilometer fuhr ich an den Straßenrand und sah in den Rückspiegel. Ich wendete erneut. Eine Minute später war ich wieder da, wo ich den Pick-up gesehen hatte.

Er war weg.

Ich ließ den Wagen an der Ampel ausrollen, sah nach vorne, nach links und nach rechts. Keine Spur von dem Pick-up. Und auch nicht von dem Mädchen.

Also wendete ich ein drittes Mal und machte mich auf den Heimweg.

DREI

Früher hätte ich, wenn ich nach so einem absurden Vorfall nach Hause gekommen wäre, als Erstes gesagt: »Du wirst nicht glauben, was mir gerade passiert ist.«
Aber das war früher, und jetzt ist jetzt.
Es war schon fast halb elf, als ich heimkam. Um diese Zeit war Donna meistens schon im Bett, aber früher wäre sie heruntergekommen, wenn sie die Haustür auf- und wieder zugehen gehört hätte.
Zumindest hätte sie heruntergerufen: »Hey!«
Und ich hätte zurückgerufen: »Hey!«
Aber jetzt gab es kein »Hey!«. Nicht von ihr und nicht von mir.
Ich ließ meine Jacke auf die Bank neben der Haustür fallen und ging langsam in die Küche. Ich hatte, wie sooft, nichts zu Abend gegessen, doch in den letzten zwei Monaten hatte ich auch kaum Appetit gehabt. Meinen Gürtel musste ich jetzt zwei Löcher enger schnallen, damit mir die Hosen nicht hinunterrutschten. Und bei den seltenen Gelegenheiten, zu denen ich eine Krawatte trug, passten zwei Finger

zwischen meinen Hals und den zugeknöpften Hemd-
kragen.

Um sechs hatte ich zuletzt etwas gegessen. Eine Tüte Kartof-
felchips. Da saß ich im Auto und beobachtete die Hintertür
eines Metzgerladens in Tonawanda. Der Inhaber verdäch-
tigte einen seiner Mitarbeiter des Diebstahls. Von Ware,
nicht Geld. Rinderbraten und T-Bone-Steaks waren immer
viel schneller ausverkauft als erwartet, und der Mann war zu
dem Schluss gekommen, dass ihn jemand übers Ohr haute,
entweder sein Lieferant oder jemand direkt vor seiner Nase.
Ich fragte ihn, ob er seinen Angestellten irgendwann die
Aufsicht über den Laden überließ. Während dieser Zeit
parkte ich in einer Seitenstraße, von der aus ich den Hintereingang gut im Auge behalten konnte, und beobachtete das
Kommen und Gehen dort.

Musste nicht lange warten.

Am späten Nachmittag, es fing schon an zu dämmern, da
fuhr die Frau eines der Angestellten am Hintereingang vor
und schickte vermutlich eine SMS. Sekunden später ging
die Tür auf, und ihr Mann lief zu ihrem Fenster, eine fest
zugebundene Mülltüte in der Hand. Sie nahm die Tüte,
warf sie auf den Beifahrersitz und raste los, als hätte sie gerade einen Spirituosenladen ausgeraubt.

Ich machte ein paar Fotos mit dem Teleobjektiv, dann folgte ich ihr nach Hause. Beobachtete, wie sie den Beutel ins
Haus trug. Noch besser wäre es gewesen, wenn ich mich an
ein Fenster hätte schleichen und sie dabei fotografieren
können, wie sie einen Braten in den Ofen schiebt. Aber
auch bei meiner Arbeit gibt es Grenzen. Manchmal bleibt
einem in meiner Branche nichts anderes übrig, als zum Vo-
yeur zu werden, aber hier schien es mir nicht notwendig.

Ich brauchte schließlich keinen Beweis, dass sie mit dem Abendessen fremdging.

Gut, ich war weder dem Malteser Falken noch verschwundenem Plutonium auf der Spur. In der wahren Welt hat ein Privatdetektiv es mit gestohlenen Lebensmitteln oder Baumaterial oder Benzin oder Autos oder Kleinlastern zu tun. Vor einiger Zeit hatte ich das Geheimnis der geraubten Zedernsetzlinge gelüftet, die jedes Mal verschwanden, wenn der Besitzer sie wieder neu gepflanzt hatte.

Wer bestohlen wird, möchte nicht nur sein Zeug wiederhaben – er möchte auch wissen, *wer's* ihm gestohlen hat. Die Polizei hat zu viel Arbeit und zu wenig Personal, um bei solchen Delikten zu ermitteln. Ein zufälliger Diebstahl, irgendeine einmalige Sache, das ist auch für mich eine harte Nuss, aber wenn es ein Muster gibt, wenn jemand das Opfer einer Serie von richtig nervigen Attacken wird, dann kann ich ihm mit einiger Wahrscheinlichkeit helfen. Denn ich habe Zeit, mich auf die Lauer zu legen, bis der Mistkerl wieder zuschlägt.

Dazu braucht man nicht das Hirn eines Nobelpreisträgers, sondern Sitzfleisch und die Fähigkeit, wach zu bleiben.

Mit der Suche nach Menschen ist es nicht viel anders. Ehemänner und Ehefrauen, Söhne und Töchter verschwinden genauso oft wie Steaks und Steinplatten oder Treibstoff und Trucks. Allerdings habe ich die Erfahrung gemacht, dass *Dinge* oft schmerzlicher vermisst werden als *Menschen*. Wird einem Mann der Truck geklaut, will er ihn wiederhaben, gar keine Frage. Der notorisch untreue, gewalttätige, versoffene Ehemann jedoch, der eines Abends den Heimweg nicht mehr findet, gilt einer Frau vielleicht als Zeichen, dass es das Schicksal doch gut mit ihr meint.

Mit uns hatte das Schicksal es in letzter Zeit nicht sehr gut gemeint.

Ich holte mir ein Bier aus dem Kühlschrank, ging ins Wohnzimmer und ließ mich wie ein nasser Sack in einen Ledersessel fallen. Auf dem Couchtisch entdeckte ich ein paar aus einem Zeichenblock herausgerissene Blätter. Es waren lauter Porträts von Scott. Ein Profil, ein Dreiviertelprofil und noch ein drittes, eine Frontalansicht, wie ein Passfoto. Neben den Skizzen lagen mehrere gespitzte Kohlestifte in verschiedenen Härten. Außerdem stand da noch ein Behälter, etwa so groß wie eine Dose Rasierschaum für unterwegs. Es war der Fixierspray, den Donna benutzte, um zu verhindern, dass die Kohle verschmierte, sobald sie mit einer Zeichnung so weit gekommen war, wie es ihr möglich war – fertig wurde sie nie damit, weil es immer irgendetwas gab, das für sie nicht stimmte. Zeichnungen, die ihrer Meinung nach unserem Sohn nicht gerecht wurden, warf Donna nicht weg, sondern hob sie auf, um daraus das, was sie für gelungen hielt, in späteren Versuchen verwenden zu können. In der Luft hing ein chemischer Geruch, der einem den Atem nehmen konnte, ein Indiz, dass sie den Spray erst vor kurzem benutzt hatte.

Das war Donnas Bewältigungsstrategie. Bilder von unserem Sohn zu zeichnen, manche aus dem Gedächtnis, manche nach Fotos. Überall im Haus stieß ich auf sie. Hier, im Wohnzimmer, in der Küche, neben ihrem Bett, in ihrem Wagen. Ein paar Tage lang klebte eines im Bad auf dem Spiegel, das sie sich beim Schminken immer wieder ansah. Ich fand, dass sie Scott darauf fast perfekt getroffen hatte, und offenbar war auch sie dieser Meinung. Doch schließlich nahm sie es ab und steckte es zu den anderen, die vor ihrer Kritik nicht bestehen konnten.

»Ich fand das wirklich gelungen«, sagte ich.

»Die Ohren waren falsch«, sagte sie.

In diesen Tagen konnte das bereits als ein längeres Gespräch durchgehen.

Diese fixe Idee, das perfekte Abbild unseres Jungen zu schaffen, war bestimmt nicht gut für Donna. Oder mich. Vermutlich hätte ich das anders gesehen, wenn sie sich stattdessen an den Computer gesetzt und ihre Trauer durch das Schreiben von Gedichten und Erinnerungen verarbeitet hätte. Sich auf diese Weise mit dem auseinanderzusetzen, was geschehen war, wäre unauffälliger gewesen, hätte mich nicht mit hineingezogen, es sei denn, sie hätte mir ihre Sachen zum Lesen gegeben. Aber an den Skizzen kam ich nicht vorbei. Sie lagen da. Für sie mochten sie eine therapeutische Wirkung haben, für mich waren sie eine ständige Erinnerung an das, was wir verloren hatten. Und an unser Versagen. Dass so viele der Zeichnungen unvollendet – und unvollkommen – waren, machte nur umso deutlicher, in welcher Bedrängnis Scott sich befunden hatte.

Selbstverständlich war auch Donna nicht besonders glücklich darüber, wie ich mit meinem Kummer umging.

Unter einer Zeichnung von Scott, auf der ein Auge nicht fertig war, fand ich die Fernbedienung. Ich schaltete den Flachbildschirm ein, reduzierte die Lautstärke und parkte den Daumen auf der Programmtaste. Was für einen Haufen Kanäle es mittlerweile gab. Mit nichts als Essen oder Golf oder Wiederholungen uralter Unterhaltungsserien. Was erwartete uns noch? Der »Mensch ärgere dich nicht«-Kanal? In weniger als fünf Minuten klickte ich mich durch zweihundert Sender und fing dann wieder von vorne an.

Es fiel mir immer schwerer, meine Gedanken zu sammeln.

Meine eigene Diagnose für meinen Zustand lautete: PT-ADS. Posttraumatisches Aufmerksamkeitsdefizitsyndrom. Ich konnte mich auf nichts anderes konzentrieren, weil ich eigentlich immer nur an eines dachte. Meinem Beruf konnte ich gerade noch nachgehen, doch es war immer da, dieses Hintergrundrauschen.

Zu guter Letzt blieb ich bei den Nachrichten von einem der Sender aus Buffalo.

Drei Menschen waren vor einem Spirituosenladen in Kenmore ausgeraubt worden. Ein Mann aus West Seneca hatte seinen Pitbull auf eine Frau gehetzt, die anschließend mit dreißig Stichen genäht werden musste. Der Hundebesitzer sagte der Polizei gegenüber, die Frau habe ihn »komisch angesehen«. In Cheetowaga hatte ein Mann auf einem Fahrrad im Vorüberfahren dreimal auf ein Haus geschossen und dabei einen Mann in die Schulter getroffen, der auf seinem Sofa saß und sich eine alte Folge von *Alle lieben Raymond* ansah. Zwei Männer mussten ins Erie County Medical Center eingeliefert werden, weil auf sie geschossen worden war, als sie eine Bar verließen. Eine Genossenschaftsbank in der Main Street war von einem Mann überfallen worden, der dem Kassierer einen Zettel in die Hand gedrückt hatte, auf dem stand, er habe eine Waffe, obwohl keine zu sehen gewesen war. Und als ob das noch nicht genug wäre, suchte die Polizei von Buffalo nach drei Jugendlichen, die hinter einem Haus in der LaSalle Avenue auf einen Vierzehnjährigen eingestochen, ihn anschließend mit Benzin übergossen und ein brennendes Streichholz auf ihn geworfen hatten. Der Junge war schwer verletzt ins Krankenhaus gebracht worden, doch seine Überlebenschancen wurden als äußerst gering eingeschätzt.

Und das waren nur die Meldungen des heutigen Tages.

Ich schaltete den Fernseher ab und überflog die *Buffalo News* von heute, die in dem Rattan-Zeitungsständer neben dem Sessel steckte und offensichtlich von Donna bereits durchgeblättert worden war. Auf der Seite, die über umliegende kleinere Städte berichtete, befasste sich ein Artikel mit der Frage, ob unsere Polizei beim Griffon Jazz Festival im August überreagiert hatte. Damals hatte eine Handvoll junger Schläger von außerhalb die Veranstaltung gestört und Erfrischungen aus dem Bierzelt geklaut. Angeblich wurden sie dabei von einigen Polizisten aus Griffon überwältigt, jedoch nicht des Diebstahls beschuldigt und in Gewahrsam genommen, sondern in zwei Wagen verfrachtet und außerhalb der Stadt einer Behandlung unterzogen, bei der sie einer nicht unbeträchtlichen Anzahl von Zähnen verlustig gingen.

Der Bürgermeister, ein Mann namens Bert Sanders, hatte es zu seiner Hauptaufgabe gemacht, Polizeiexzesse einzudämmen, bekam dafür aber nicht viel Unterstützung, weder vom Rest des Stadtrats noch von den braven Bürgern der Stadt. Diesen Herrschaften war es nämlich herzlich egal, wie viele Zähne Störenfriede von außerhalb einbüßten, Hauptsache, in ihrer Stadt ging es nicht zu wie in Buffalo.

Von Buffalo brauchte man nicht einmal eine Stunde nach Griffon, einer Stadt mit ungefähr achttausend Einwohnern, deren Zahl sich auf das Drei- bis Vierfache aufblähte, wenn im Sommer die Touristen kamen, um ihre Boote zu Wasser zu lassen, im Niagara River zu angeln, die verschiedenen Wochenend-Festivals, wie ebenjene Jazz-Veranstaltung, zu besuchen oder in den kleinen Kuriositätenläden im Zentrum einzukaufen, die sich gegen Großhandelsketten wie Costco und Walmart und Target im Westen des Staates New York behaupten mussten, die ihnen die Kundschaft abspenstig machten.

Wir hatten jetzt Ende Oktober, Griffon war also wieder in seinen gewohnten Dornröschenschlaf gefallen. Über Kriminalität mussten wir uns keine Gedanken machen. Haustüren wurden abgesperrt – wir waren ja nicht blöd –, aber es gab keine Gegend in der Stadt, in die man sich nach Einbruch der Dunkelheit nicht hätte wagen dürfen. Schaufenster wurden nach Geschäftsschluss nicht mit Rollbalken verbarrikadiert. Es gab keine Hubschrauber, die uns um drei Uhr nachts mit Suchscheinwerfern den Schlaf raubten. Trotzdem blieb ein gewisses Unbehagen wegen der Nähe zu Buffalo, wo die Rate der Gewaltverbrechen grob geschätzt dreimal so hoch war wie der nationale Durchschnitt und die Stadt deshalb regelmäßig einen Platz unter den Top 20 der gefährlichsten Städte Amerikas belegte. Es herrschte eine unterschwellige Angst, dass jederzeit wilde Horden aus dem Süden wie marodierende Zombies bei uns einfallen und unserem mehr oder weniger beschaulichen Dasein ein Ende setzen könnten.

Und aus diesem kühlen Grunde ließen die Bürger von Griffon ihrer Polizei gerne eine gewisse Ellbogenfreiheit. Der Vorsitzende des Unternehmerverbandes forderte alle Einwohner auf, ihre Solidarität mit der örtlichen Polizei zu bekunden. Die Geschäfte im Zentrum der Stadt wurden gedrängt, Unterschriftenlisten auszulegen. Jeder, der sich dort eintrug, könnte dann nicht nur mit dem guten Gefühl nach Hause gehen, ein kleines Zeichen der Dankbarkeit für den Einsatz der Polizisten gesetzt zu haben, sondern sich damit auch fünf Prozent Rabatt auf seinen Einkauf sichern. Auf den Listen prangte die stolze Überschrift: JA ZU EINEM SICHEREN GRIFFON! JA ZU UNSERER POLIZEI!

Nicht, dass in Griffon eitel Sonnenschein herrschte. Auch wir hatten unsere Probleme. Griffon war keine Insel der Seligen.

Es gab keine Inseln der Seligkeit mehr.

Ich betrachtete ein Foto, das mir gegenüber im Bücherregal stand. Donna und ich, Scott in der Mitte. Da war er dreizehn gewesen. Kurz bevor er in die Highschool gekommen war. Vor dem Sturm.

Er lächelte, war aber sorgsam bemüht, seine Zähne dabei nicht zu zeigen. Erst zwei Wochen davor hatte er eine Zahnspange bekommen, und er genierte sich. Gefangen in den Armen seiner Eltern, wirkte er verlegen, vielleicht sogar peinlich berührt. Andererseits, in diesem Alter war einem doch so ziemlich alles peinlich, oder? Eltern, Schule, Mädchen. Das Bedürfnis, dazuzugehören, wie die anderen zu sein, war eine viel stärkere Triebkraft als das Verlangen, in der Mathearbeit eine Eins zu kriegen.

Er hatte immer nach einem Weg gesucht, zu sein wie die anderen, doch es gelang ihm nicht, sich entsprechend zu verbiegen.

Er war ein Exzentriker, auf seinem iPod hätte man wohl eher Beethoven als Bieber gefunden. Ihm gefiel so gut wie alles, was gemeinhin als klassisch bezeichnet wurde. Musik, Filme, sogar Autos. Der vorhin erwähnte Malteser Falke hing als Poster bei ihm an der Wand, und in seinem Bücherregal stand das Modell eines 57er Chevrolet Bel Air. Bei den Klassikern der Literatur zog er allerdings eine säuberliche Trennlinie. Während er sämtliche Graphic-Novel-Klassi-

ker, von *Black Hole* über *Walzer mit Bashir* und *Die Rückkehr des Dunklen Ritters* bis hin zu *Maus* und *Die Wächter,*
sein Eigen nannte, machte er um 400-Seiten-Romane einen
großen Bogen. Die Ärzte meinten, das sei möglicherweise
auf eine Aufmerksamkeitsdefizitstörung zurückzuführen –
zweifellos eine beeindruckende klinische Diagnose. So
richtig überzeugt war ich von dieser blumigen Umschrei-
bung jedoch nicht.

Abgesehen von den Graphic Novels hatte er kaum gemein-
same Interessen mit Jugendlichen seines Alters. Die Buffalo
Bills – die in dieser Gegend geradezu Kultstatus besaßen –
ließen ihn kalt. Und er hätte sich eher die Augen ausgesto-
chen, als sich die Irrungen und Wirrungen der Tieftoilet-
tentaucher von *Jersey Shore,* unterbeschäftigter Hausfrau-
en, zwangsgestörter Messies oder sonstige Serien anzusehen,
denen seine Altersgenossen verfallen waren. Die mit den
vier weltfremden jungen Wissenschaftlern bereiteten ihm
allerdings großes Vergnügen, vielleicht sogar einen gewissen Trost. Sie gaben ihm Hoffnung, dass man uncool und
doch cool sein konnte. Sosehr ihm daran lag, Freunde zu
gewinnen, so wenig war er geneigt, deswegen Interesse an
Dingen zu heucheln, für die er nichts übrighatte.

Doch dann, vorletzten Sommer, fand in Griffon wieder einmal ein Konzert statt. Diesmal traten auch mehrere alternative Bands auf, und Scott freundete sich mit zwei Jungs an,
die, genau wie er selbst, für Massenkultur nur Verachtung
übrighatten. Diese neuen Freunde, die aus der Gegend von
Cleveland kamen und hier nur Urlaub machten, waren der
Ansicht, es sei einfacher, sich über seine Umwelt lustig zu
machen, wenn man sich die Hucke vollsoff oder -kiffte. Da
waren sie wohl nicht die Ersten.

Scott hatte bestimmt schon früher Gelegenheit gehabt, mit Alkohol und Drogen zu experimentieren – Eltern, die glauben, da, wo ihre Sprösslinge leben, kommen sie an solche Rauschmittel nicht heran, glauben wahrscheinlich auch an den Weihnachtsmann –, aber bis zu diesem Zeitpunkt hatte er uns nie Anlass zu der Vermutung gegeben, dass er es auch tat. Damals war es ihm noch wichtig gewesen, seinen Eltern keinen Kummer zu bereiten. Doch aus diesem Alter war er langsam heraus. Freunde zu haben zählte mehr, als Papa und Mama glücklich zu machen.

Durchaus keine ungewöhnliche Entwicklung.

Wir bemerkten gewisse Veränderungen in seinem Verhalten. Nichts Weltbewegendes. Ein bisschen mehr Geheimniskrämerei, aber welcher Teenager versucht nicht, seine Privatsphäre zu verteidigen? Allmählich jedoch wurde unser Vertrauen auf immer härtere Proben gestellt. Wir gaben ihm Geld und schickten ihn in die Drogerie, und er kam mit gerade mal der Hälfte der Dinge zurück, die er hätte besorgen sollen, dafür ohne Restgeld. Immer öfter vergaß und versäumte er etwas. Seine Noten wurden schlechter. Er behauptete, er hätte nichts auf, doch dann schrieben uns Lehrer, dass er seine Hausaufgaben nicht machte. Oder gleich gar nicht zum Unterricht erschien. Dinge, die ihm einmal lieb und wert gewesen waren – ehrlich zu uns zu sein, Wort zu halten, zur vereinbarten Zeit zu Hause zu sein –, hatten anscheinend keine Bedeutung mehr für ihn.

Ich kam gar nicht auf die Idee, sein verändertes Verhalten mit Alkohol und Gras in Verbindung zu bringen. Es gab nicht den Moment, in dem mir dämmerte, dass diese Drogen unserem Sohn den Verstand getrübt, ihn gegen uns aufgebracht hatten. Ich schob es auf sein Alter. Darauf, dass er dazugehören wollte. Scott hatte sich mit Jungs verbrüdert, für die Saufen und Kiffen das Normalste von der Welt war. Und als die beiden Ende des Sommers nach Ohio zurückfuhren, war es auch für unseren Sohn das Normalste von der Welt geworden.

Wir beteten, dass das Ganze nur eine Entwicklungsphase war. Jugendliche probieren eben alles Mögliche aus. Wer trank nicht mal einen über den Durst, rauchte nicht den einen oder anderen Joint zu viel? Trotzdem redeten wir darüber – und nicht nur einmal –, wie wir uns verhalten sollten. Wie wir eine *kluge* Entscheidung treffen konnten. Mein Gott, was für ein Schwachsinn. Einen Tritt in den Hintern zur rechten Zeit und Stubenarrest, bis er zwanzig war, das hätte der Junge gebraucht.

Und das hätte er wohl auch bekommen, wären wir *klug* genug gewesen zu erkennen, dass er bald auf härtere Sachen umsteigen würde.

Denn es war weder Bier noch Hasch, was sie bei der Autopsie in seinem Blut fanden.

Donna und ich, wir redeten und redeten, wie ihm am besten zu helfen sei. Mit einer Therapie. Der Teilnahme an einem Entwöhnungsprogramm. Viele Nächte schlugen wir uns vor dem Computer um die Ohren, recherchierten im Internet, lasen die Geschichten anderer Eltern, entdeckten, dass wir nicht allein waren. Ein großer Trost war uns das nicht. Wir wussten immer noch nicht, wie wir die Sache angehen sollten. Wir griffen zu den üblichen Mitteln, mit wechselnder Intensität, aber gleichbleibendem Misserfolg. Wir schrien rum. Verhängten Hausarrest. Versuchten es mit emotionaler Erpressung. Mit Aussicht auf Belohnung im Falle einer Besserung. *»Wenn du die Mathearbeit schaffst,* *kriegst du einen neuen iPod.*« Appellierten an sein Gewissen. Ich sagte ihm, sein Verhalten brächte seine Mutter noch ins Grab. Donna sagte ihm, sein Verhalten brächte seinen Vater noch ins Grab.

Aber irgendwie müssen wir – ich jedenfalls, das weiß ich – auch daran geglaubt haben, dass das Ganze doch nicht *so* schlimm war. Schon schlimm, aber nicht hoffnungslos. Millionen Teenager gerieten vorübergehend ins Schleudern und kriegten dann doch die Kurve. Ich habe mich in meiner Jugend zwar nicht oft zugedröhnt, aber der wöchentliche Vollrausch war doch ein Ziel, das ich beharrlich anstrebte. Irgendwie hab ich's überlebt.

Wir logen uns in die eigene Tasche.

Wir waren dumm.

Wir hätten mehr tun sollen, und wir hätten es früher tun sollen. Diese Einsicht nagte an mir. Tag für Tag. Und ich wusste, sie nagte auch an Donna. Jeder von uns machte sich Vorwürfe, und manchmal machten wir einander Vorwürfe.

Warum hast du nichts getan?

Ich? Warum hast du denn nichts getan?

Im Grunde meines Herzens glaubte ich, dass ich mir mehr Vorwürfe machen musste. Scott war ein Junge. Ich war sein Vater. Hätte ich nicht irgendwie zu ihm durchdringen müssen? Hätte ich nicht einen Zugang zu ihm finden müssen, der Donna verwehrt blieb? Hätte ich mit meiner Erfahrung aus meinem früheren Beruf nicht in der Lage sein müssen, ihm Vernunft beizubringen?

Fast zwei Stunden verbrachte ich damit, Zeitung zu lesen, ohne was davon aufzunehmen. In die Glotze zu schauen, ohne mitzubekommen, was da lief. Mein Bier auszutrinken und in die Küche zu gehen, um mir ein neues zu holen. Und dann wieder von vorne anzufangen. Bis dahin würde Donna hoffentlich wirklich eingeschlafen sein und nicht nur so tun müssen, als ob.

Als ich nach oben ging, war nur noch das Licht im Bad an. Selbst wenn ich früher hochgekommen wäre, hätte Donna die Augen zugehabt, aber wirklich geschlafen hätte sie nicht. Man lebt nicht zwanzig Jahre mit jemandem, ohne unterscheiden zu können, ob er schlief oder nur so tat. Aber im Grunde war es egal. Ich würde sie sowieso nie darauf ansprechen. Das war jetzt das Spiel, das wir spielten: *Ich tu so, als ob ich schlafe, damit du kein schlechtes Gewissen haben musst, weil du nicht mit mir redest.*

Ich zog mich im Bad aus, putzte mir die Zähne, machte das Licht aus und schlüpfte leise neben ihr unter die Decke, mit dem Rücken zu ihr. Wie lange das wohl so weitergehen würde? Und wie würde es enden? Gab es irgendetwas, das uns helfen konnte, diesen toten Punkt zu überwinden?

Ich liebte sie noch immer. So wie am ersten Tag.

Doch wir redeten nicht miteinander. Wir fanden die richtigen Worte nicht. Es gab nichts zu sagen, denn es gab nur eins, an das wir beide dachten, und es tat zu weh, darüber zu reden.

Ich stellte mir vor, wie ich den ersten Schritt machte. Mich umdrehte, näher an sie heranrutschte, meinen Arm um sie legte. Ohne etwas zu sagen, zumindest am Anfang nicht. Sie einfach nur zu halten und die Wärme ihres Körpers zu spüren. Ihr Haar in meinem Gesicht.

Stellte es mir so intensiv vor, dass es mir schon vorkam, als täte ich es wirklich.

Ich lag lange wach. Starrte an die Decke. Oder auf den

Digitalwecker auf dem Nachttisch. Ein Uhr morgens. Zwei Uhr morgens.

Es war nicht nur unsere Schuld.

Nicht alles.

Auch Scott hatte Schuld. Klar, er war ein Teenager, aber er war alt genug. Er hätte es besser wissen müssen.

Und es gab noch jemanden. Nicht die Typen aus Cleveland. Nicht die jungen Leute aus Griffon, die Scott vielleicht Marihuana und Alkohol verkauft hatten.

Ich wollte den Kerl finden, der ihm das 3,4-Methylendioxymethylamphetamin gegeben hat. Das Zeug, das auf der ganzen Welt als Ecstasy bekannt ist.

Das, was im toxikologischen Bericht stand.

Das Gift, das Scott offensichtlich glauben gemacht hatte, er könne fliegen.

Ich würde ihn aufspüren, den Typen, der diese letzte, tödliche Dosis besorgt hatte.

Wir alle haben jede Menge falsch gemacht, aber für mich war es dieser Verbrecher, der die Katastrophe heraufbeschworen hatte.

VIER

Morgens kommt die Frau mit einem Tablett herein.
»Hey«, sagt sie zu dem Mann, der noch im Bett liegt.
Er stützt sich auf einen Ellbogen, begutachtet das Früh-
stück, das ihm die Frau auf den Nachttisch stellt.
»Rührei«, sagt er und beäugt den Teller beinahe argwöh-
nisch.
»So, wie du's gern hast«, sagt sie. »Gut durch. Iss, bevor's
kalt wird.«
Er schiebt die Beine unter der Decke hervor und setzt sich
auf die Bettkante. Er trägt einen ausgewaschenen weißen
Flanellschlafanzug mit dünnen blauen Streifen. Die Knie
sind fast durchgescheuert.
»Wie hast du geschlafen?«, fragt die Frau.
»Ganz gut«, sagt er, nimmt die Serviette und breitet sie sich
über die Knie. »Ich hab dich gar nicht aufstehen gehört.«
»Ich bin gegen sechs aufgestanden, aber ich bin auf Zehen-
spitzen in der Küche herumgegangen, damit ich dich nicht
wecke. Hast du dein Hobby aufgegeben?«
»Was? Was meinst du damit?«

»Wo ist denn dein kleines Buch? Normalerweise liegt es doch da.« Sie zeigt auf den Nachttisch.

»Ich schreib rein, wenn du draußen bist«, sagt er, stellt sich den Teller auf seinen Schoß und kostet von den Eiern. »Schmeckt gut.« Die Frau schweigt. »Willst du dich hersetzen?«

»Nein. Ich muss zur Arbeit.«

Er beißt in eine Scheibe Speck, dass es kracht. »Soll ich dir helfen?«

»Helfen? Wobei?«

»Bei der Arbeit. Ich könnte mitkommen und dir helfen.« Er kaut den Speck, schluckt ihn hinunter.

»Du bist durcheinander«, sagt sie. »Du gehst doch nicht zur Arbeit.«

»Früher schon«, sagt er.

»Genieß lieber dein Frühstück.«

»Ich könnte dir helfen, wirklich. Du weißt doch, Buchhaltung ist meine Stärke. Mir entgeht nichts.«

Die Frau seufzt. Wie oft sie dieses Gespräch wohl schon geführt hat? »Nein«, sagt sie.

Die Miene des Mannes verdüstert sich. »Ich möchte, dass es wieder so ist wie früher.«

»Wer will das nicht?«, sagt die Frau. »Ich möchte auch gern wieder einundzwanzig sein. Aber es gibt Wünsche, die gehen eben nicht in Erfüllung.«

Er bläst in seinen Kaffee, trinkt einen Schluck. »Wie ist es heute draußen?«

»Schön, glaub ich. Heute Nacht hat's geregnet.«

»Ich würde gerne rausgehen, auch wenn's regnet«, sagt der Mann.

Ihr reicht es. »Iss dein Frühstück. Ich hole nachher das Tablett.«

FÜNF

Ich hatte mich mit Fritz Brott, dem Inhaber der Metzgerei Brott's Brats, in seinem Laden in Tonawanda verabredet. Wir setzten uns in sein Büro im hinteren Teil der Metzgerei, um uns ungestört unterhalten zu können.

Brott war schon seit über zwanzig Jahren eine Institution im Ort. Er war in den siebziger Jahren mit seiner Frau und seiner Tochter, die damals noch ein Baby war, aus Deutschland eingewandert. Jahrelang arbeitete er in den Feinkostabteilungen verschiedener Lebensmittelläden, doch er hatte immer davon geträumt, sich eines Tages selbständig zu machen. Anfang der Neunziger hörte er von einem Metzger, der seinen Laden aufgeben und in Rente gehen wollte. Der Mann hatte gehofft, sein Sohn würde das Geschäft weiterführen, aber noch ehe der Junge sein zwanzigstes Lebensjahr erreicht hatte, war klar, dass er es mehr mit Computern hatte als mit dunklem Fleisch. Also machte der Vater zwanzig Jahre lang alleine weiter und entschied sich schließlich, den Laden zu verkaufen.

Fritz kannte sich nicht nur mit Fleisch aus, sondern er war

auch ein begnadeter Koch und besaß ein Bratwurstrezept, das schon seit etlichen Generationen in der Familie weitergegeben wurde. Diese Bratwürste sollten die Spezialität des Hauses werden, wie er seiner Frau verkündete. Und sie verhalfen dem Laden auch zu einem neuen Namen.

Fritz' Frau war zwar ein fester Bestandteil des Geschäfts, doch sie stand nicht täglich im Laden. Sie erledigte von zu Hause den Papierkram, bezahlte die Rechnungen, kümmerte sich um die Lohnabrechnungen und hielt Fritz so den Rücken frei, damit der sich ausschließlich auf seine Bratwürste und seine dicken, herrlich durchwachsenen Steaks konzentrieren konnte. Und so war es seine Frau, der auffiel, dass seit ein paar Wochen etwas nicht stimmte. Sie machten plötzlich weniger Gewinn. Aus dem Rindfleisch, das im Kühlraum hing, brachten sie nicht mehr so viele Steaks und Bratenstücke heraus wie früher.

Das konnte nicht mit rechten Dingen zugehen.

Fritz hatte drei Angestellte. Clayton Mills, einen Mann Ende sechzig, der schon für den früheren Ladeninhaber gearbeitet hatte und seit dem Tod seiner Frau Molly, mit der er zweiunddreißig Jahre lang verheiratet gewesen war, allein lebte. Er war ein maßvoller Mensch und kam als Verdächtiger für mich eigentlich nicht in Frage. Ebenso wenig wie Joseph Calvelli, der vielleicht zehn Jahre jünger war als Mills. Er hatte eine Frau und einen Sohn, der eine Investmentfirma leitete.

Ziemlich bald konzentrierte sich mein Verdacht auf Tony Fisk. Er war siebenundzwanzig, verheiratet und Vater von zwei Kindern, einem fünfjährigen und einem zweijährigen. Ich hatte beobachtet, wie seine Frau Sandy mit dem Wagen zum Hintereingang gefahren war und auf Tony gewartet hatte, der sich bald darauf aus der Metzgerei stahl. Er steckte ihr durchs Fenster einen grünen Beutel zu und rannte in den Laden zurück. Das Ganze passierte zu einem Zeitpunkt, als Fritz nicht im Geschäft war.

»Was haben Sie für mich?«, fragte Fritz, während er seine gut 130 Kilo Lebendgewicht in dem Sessel hinter seinem Schreibtisch verstaute.

Ich hatte ein kleines Laptop mitgebracht, auf das ich ein paar Fotos und ein Video heruntergeladen hatte.

»Mr. Brott, ich habe Ihren Laden zwei Tage lang beobachtet, und nach dem, was ich gesehen habe, kann ich Ihnen versichern, dass Sie sich keine Sorgen machen müssen, was Mr. Mills und Mr. Calvelli angeht.«

Er wartete. Er wusste, worauf meine Ansprache hinauslaufen würde.

»Tony«, sagte er dann und schürzte die Lippen. »Der Dreckskerl.«

Ich klappte das Laptop auf und stellte es auf den Schreibtisch. »Das hab ich gestern Nachmittag aufgenommen. Kurz vor fünf.«

Seine Augen wurden schmal. »Da war ich nicht im Laden. Musste was an meinem Wagen machen lassen.«

»Genau.« Ich drückte auf PLAY, um das Video abzuspielen. »Sehen Sie das Auto hier?«

Fritz nickte.

»Ich hab das Kennzeichen überprüft, um ganz sicherzugehen. Als Halter dieses Wagens ist Anthony Fisk registriert. Das hinter dem Lenkrad ist seine Frau Sandra. Alle nennen sie Sandy.«

»Ja, die kenn ich. Den Wagen kenn ich auch.«

»Auf dem Foto hier ist es nicht so gut zu erkennen, aber auf dem Rücksitz sind zwei Kindersitze montiert. Ich glaube, sie hatte die beiden Kinder dabei, bin mir aber nicht sicher.«

Fritz saß mit steinerner Miene da. »Alles klar.«

»Sie hält genau vor dem Hintereingang. Jetzt hat sie das Handy herausgeholt und macht was mit ihrem Daumen. Für mich sieht das aus, als schreibe sie eine SMS. Jetzt wartet sie ein paar Sekunden …«

Fritz blickte mit zusammengebissenen Zähnen auf den Bildschirm.

»Und da kommt Tony auch schon, mit dem Müllsack. Gibt ihn ihr und läuft in den Laden zurück. Sie fährt weg.«

»Spielen Sie noch mal zurück.«

»Hmm?«

»Können Sie ein Stück zurückgehen und dann anhalten?«

»Kein Problem.« Ich fuhr ein bisschen auf dem Touchpad herum, ließ das Video ungefähr fünfzehn Sekunden, bevor ich es unterbrochen hatte, wieder laufen.

»Da. Halten Sie hier an.«

Ich musste den Bruchteil einer Sekunde zurückgehen. Fritz wollte sich den Müllbeutel genauer ansehen. Ich hatte den Eindruck, er versuche, an den Umrissen des Inhalts zu erkennen, was für Fleisch in dem Beutel war, denn etwa einen Zentimeter vom Bildschirm entfernt fuhr er sie mit einem Finger nach.

»Können Sie das vergrößern?«, fragte er.

»Klar.« Ich berührte wieder das Touchpad und klickte auf die Maustaste. »Bitte schön.«

»Nackenstück«, sagte er.

Ich lächelte. »Hab ich mir doch gedacht, dass Sie's erkennen.«

»Dieser Dreckskerl.«

»Ich kann versuchen, die SMS zu besorgen, die ihm seine Frau geschickt hat. Aber da würde wahrscheinlich nur stehen, dass sie da ist. Eher unwahrscheinlich, dass sie schreibt »bring das Fleisch raus« oder so was in der Art. Wenn Sie ihn anzeigen wollen, könnte die Polizei vermutlich eine Abschrift davon bekommen.«

»Meinen Sie, ich sollte das tun?«

»Das bleibt Ihnen überlassen. Sie haben mich beauftragt, herauszufinden, ob jemand Sie bestiehlt, und ich glaube, das hier beantwortet Ihre Frage. Alles Weitere liegt bei Ihnen. Ist er ein guter Mitarbeiter?«

Fritz nickte traurig. »Er ist schon drei Jahre bei mir. Macht seine Arbeit. Tut, was man ihm sagt. Ich behandle ihn gut. Warum sollte er mich bestehlen?«

»Er hat seine Kreditkarten bis zum Maximum ausgeschöpft. Und seiner Frau wurde die Arbeitszeit bei Walmart gerade von vier Tagen auf drei gekürzt.«

Fritz' Miene, die eben noch Kummer und Enttäuschung gespiegelt hatte, veränderte sich von einem Moment auf den anderen.

»Damals, als ich in dieses Land kam, da gab es Tage, wo ich dachte, ich könnte mir das Dach über dem Kopf nicht mehr leisten, aber deswegen jemanden zu bestehlen, auf diese Idee wäre ich nicht gekommen.« Er stach mit dem Finger in die Luft. »Nicht im Traum.«

Er starrte auf die Schreibtischplatte und schüttelte den Kopf. Dann richtete er den Blick auf die geschlossene Bürotür, als wäre sie nicht aus Metall, sondern aus Glas, durch das hindurch er Tony sehen konnte.

»Ich war bei der Taufe des zweiten Kindes«, sagte Fritz.

»So was kommt vor«, sagte ich.

»Wenn ich ihn nicht rausschmeiße, was denken denn dann die anderen? Die sagen sich: ›Den Fritz, den kann man ruhig beklauen, der sagt kein Wort. Der ist doch ein Weichei.‹ Das werden die sich denken.«

»Wie gesagt, es ist Ihre Entscheidung. Ich schreibe Ihnen einen offiziellen Bericht über meine Nachforschungen, meine Stunden, was –«

Fritz winkte ab. »Scheiß drauf. Ich weiß es doch.« Er zeigte auf das Laptop, das Standbild von Tony mit dem Beutel in der Hand. »Ich hab's mit eigenen Augen gesehen.«

»Den Bericht kriegen Sie trotzdem«, sagte ich. »Zusammen mit der Rechnung.«

Sein Blick bohrte sich noch immer in die Tür. Ich ahnte, was er gerade dachte und was er als Nächstes tun würde, hoffte aber noch, dass ich mich täuschte.

»Tony!«, brüllte er. Ich hatte recht gehabt. In dem winzigen Raum hallte seine Stimmer wie Kanonendonner.

Mir wäre es lieber gewesen, wenn Fritz mit seiner Reaktion auf das, was ich ihm berichtet hatte, gewartet hätte, bis ich gegangen war. Ich sammelte Informationen. Ich war kein Mitankläger, und ich setzte auch nicht das Strafmaß fest. Wenn es zu einer Konfrontation kam, wusste ich zwar damit umzugehen, aber das war nicht die Aufgabe, für die ich bezahlt wurde. Ich war schließlich kein Anwalt. Ich war nur jemand, der Nachforschungen anstellte.

Das galt insbesondere bei Aufträgen in Zusammenhang mit ehelicher Untreue. Wenn man sich Krimis aus den sechziger und siebziger Jahren ansah, konnte man zu der Überzeugung gelangen, dass viele Privatdetektive solche Aufträge als unter ihrer Würde betrachten. In der wahren Welt müssten solche Ermittler stempeln gehen, um zu überleben.

Als Privatdetektiv Fälle abzulehnen, die mit Scheidung zu tun hatten, wäre, wie einen Donut-Laden aufzumachen, aber sich zu weigern, auch Kaffee zu verkaufen. Wenn ich einem Ehemann auf die Schliche kam, der mit seiner Sekretärin schlief, dann sagte ich seiner Frau nicht, sie solle den Typen an die Luft setzen, seinen Porsche mit Benzin übergießen und ein Streichholz anzünden oder ein Loch in sein Boot bohren. Wenn sie ihm verzeihen, wenn sie beide Augen zudrücken wollte, dann war mir das herzlich egal.

Auch was Fritz mit Tony anstellte, kümmerte mich nicht, Hauptsache, er tat es, wenn ich nicht mehr da war.

So lief es aber nicht.

Die Tür ging auf, und vor uns stand Tony, eine blutverschmierte Schürze um den Bauch und ein ebenso blutiges Fleischerbeil in der Hand. Er sah aus, als käme er geradewegs von den Dreharbeiten zu einem Horrorfilm. Das Einzige, was noch fehlte, war der abgeschlagene Kopf, den er an den Haaren in der anderen Hand hielt.

»Was gibt's, Fritz?«, fragte er.

»Wie lange?«

»Was?« Ein ratloser Blick. Zweifellos nicht echt, aber hervorragend gespielt.

»Wie lange bestiehlst du mich schon?«

Ich hatte natürlich nie ein Seminar zum Thema Mitarbeiterführung besucht, trotzdem vermutete ich, dass es eine Empfehlung geben musste, die besagte, man solle seine Angestellten nicht des Diebstahls beschuldigen, wenn sie mit einem Hackebeil vor einem stehen. Wenn Fritz sich deswegen Gedanken machte, ließ er es sich jedenfalls nicht anmerken.

Er legte die Hände auf die Armlehnen seines Sessels und

stemmte seinen massigen Körper hoch. Er kam hinter dem Tisch hervor und ging auf die Tür zu. Inzwischen hatte auch ich mich erhoben, und jetzt bildeten Fritz, Tony und ich eine Art Dreieck.

»Ich habe keine Ahnung, wovon du redest«, sagte Tony.

»Lüg mich nicht an«, erwiderte Fritz. »Ich weiß, was du getan hast.«

Ich ließ das Beil nicht aus den Augen. Das Ding sah aus, als wöge es mindestens fünf Kilo. Und an Tonys Armen war unschwer zu erkennen, dass das Instrument leicht wie eine Feder in seiner Hand lag.

»Was?«, wiederholte er. »Von was redest du denn da, verdammt noch mal?«

Fritz drehte das Laptop um und deutete wortlos auf den Bildschirm, auf das Bild von Tony auf dem Weg zu dem Auto, in dem seine Frau saß.

Tony sah hin. Er blinzelte ein paarmal. »Was ist das?«

»Das ist ein Dieb«, sagte Fritz. »Und das ist die Frau eines Diebs.«

Tony presste die Lippen zusammen und warf mir einen drohenden Blick zu. In Sekundenschnelle hatte er die Situation erfasst.

»Verschwinde«, sagte Fritz zu ihm. »Verschwinde, und lass dich nie wieder hier blicken. Deinen letzten Gehaltsscheck schick ich dir mit der Post.«

Jetzt richtete Tony seinen Blick wieder auf seinen ehemaligen Arbeitgeber. »Du hast mir den Lohn gekürzt«, sagte er. »Was?«

»Für den Tag, an dem meine Kleine krank war. Sie hatte vierzig Grad Fieber, wir haben sie ins Krankenhaus gebracht, weil wir dachten, sie stirbt uns unter den Händen weg. Ich konnte an dem Tag nicht kommen, und das hast du mir vom Lohn abgezogen.« Tony schüttelte den Kopf. »Ich hole mir nur, was du mir schuldest.«

Und er hob den rechten Arm, bereit, das Beil mit Wucht heruntersausen zu lassen.

»Denken Sie nicht mal dran«, sagte ich bestimmt, aber ruhig.

Tony sah zu mir. In den paar Sekunden, in denen er nicht mich angesehen hatte, sondern Fritz, hatte sich etwas Wesentliches verändert. Ich hatte jetzt meine Glock 19 in der Hand. Ich hatte eine Erlaubnis zum verdeckten Tragen dieser Pistole. Und sie war direkt auf Tonys Brust gerichtet.

»Machen Sie sich nicht unglücklich«, sagte ich.

»Häh?«

»Ich habe noch nie jemanden erschossen. Sie wären der Erste.« Wir musterten uns volle fünf Sekunden lang. Schließlich sagte ich: »Wir sollten jetzt alle mal ordentlich durchschnaufen.«

Die Arme noch immer erhoben, blickte er wie hypnotisiert in den Lauf der Glock. Aus dem Augenwinkel sah ich, wie Fritz ein paar Schritte zurückwich.

»Legen Sie das Beil weg«, sagte ich.

Tony gab mir mit Blicken zu verstehen, dass er tun würde, wozu ich ihn aufgefordert hatte. Doch das Beil ging viel heftiger nieder, als ich erwartet hatte, und die Klinge grub sich tief in die Platte von Fritz' Schreibtisch. Als Tony die Hand vom Griff nahm, rührte das Beil sich keinen Millimeter.

Tony sah mich an und sagte: »Das vergess ich Ihnen nie.« Dann wandte er sich ab und ging hinaus. Noch im Gehen griff er nach hinten, um die verknoteten Schürzenbänder zu lösen.

Fritz war wie vom Donner gerührt. Sein Mund stand so weit offen, dass ich einen ganzen Rinderbraten hätte hineinschieben können. Sein Blick wanderte von meiner Pistole zur Tür und wieder zurück. Er hatte gerade Todesängste ausgestanden.

Auch ich war ein wenig zittrig auf den Beinen. Ich steckte die Glock in den Holster.

»Ich dachte, er bindet mir einen Bären auf«, sagte Fritz mit brüchiger Stimme. »Dass seine Tochter krank ist. Ich dachte, das war eine Ausrede.«

***

Auf dem Heimweg bekam ich höllische Kopfschmerzen. Von der Anspannung wahrscheinlich. Normalerweise habe ich immer eine Schachtel Schmerztabletten im Handschuhfach, aber da war nichts mehr drin. Also fuhr ich bei meiner Rückkehr nach Griffon zu einer Tankstelle, die auch einen Mini-Markt hatte. Ich brauchte Nachschub, sonst würde mir der Schädel platzen.

Sie hatten kleine Fläschchen Tylenol da stehen. Ich nahm mir eines, dazu eine Flasche Wasser und holte auf dem Weg zur Kasse bereits meine Brieftasche aus der hinteren Hosentasche.

»Hallo, wie geht's«, sagte der Jüngling. In Wirklichkeit war das keine Frage, sondern er sagte nur, was er glaubte zu den Leuten sagen zu müssen, die in den Laden kamen. Er war etwa in Scotts Alter, irgendwas zwischen fünfzehn und siebzehn. Akne hatte sein Gesicht übel zugerichtet, und ein Auge verschwand unter Haaren, die er sich alle drei Sekunden zurückstrich.

»Bestens«, nuschelte ich. Ich gab ihm einen Zehner, und er tippte die zwei Sachen ein.

»Tüte?«

»Hmm?«

»Wollen Sie ein Tüte?«

»Nein.« Mein Blick fiel auf die Verkaufstheke. Da lag ein Klemmbrett mit einem Zettel darauf, der aussah wie eine Petition. Daneben lag, an einer Schnur befestigt, ein Kugelschreiber zum Unterschreiben.

Die Überschrift auf der Liste, in die sich bereits eine beachtliche Anzahl von Leuten eingetragen hatte, rief allerdings nicht dazu auf, sich gegen etwas auszusprechen, sondern dafür: JA ZU EINEM SICHEREN GRIFFON! JA ZU UNSERER POLIZEI!

»Sie können unterschreiben, wenn Sie wollen«, sagte der Jüngling ohne große Begeisterung. »Der Geschäftsführer sagt, ich soll alle Kunden darauf hinweisen.«

Während ich mit einem Fingernagel versuchte, die Plastikfolie abzukriegen, die den Deckel des Pillenbehälters umschloss, überflog ich die Präambel, die zwischen der Überschrift und den Namen auf der Liste stand. Sie lautete: »Wir, die Unterzeichneten, stehen hundertprozentig hinter den pflichtbewussten Polizistinnen und Polizisten von Griffon und sind dankbar für ihren unermüdlichen Einsatz! Ja zu unserer Polizei!«

Ich zog die Folie ab, öffnete den Verschluss und kämpfte mit der Watte darunter. Hätte ich nur noch zehn Sekunden zu leben gehabt und hätte mein Leben allein von diesen Pillen abgehangen, hätte ich selbiges in diesem Moment ausgehaucht. Ich brauchte nämlich fast eine halbe Minute, um diese blöde Watte aus dem Fläschchen zu kriegen. Schließlich schüttelte ich drei rote Tabletten heraus, schraubte die Wasserflasche auf und spülte die Dinger hinunter.

»Sie müssen ja ganz schöne Kopfschmerzen haben«, sagte der Jüngling.

Ich nahm das Klemmbrett zur Hand und ging die Namen der Leute durch, die unterschrieben hatten. Das oberste Blatt war bereits halb voll, aber auf den ersten Blick sah ich keinen, der mir bekannt vorgekommen wäre. Neben jedem Namen gab es ein Feld für die Post- und/oder E-Mail-Adresse. Doch nicht bei allen war es ausgefüllt.

Ich blätterte weiter. Die Seite darunter war vollgeschrieben, genauso wie die nächsten drei Blätter. Ungefähr siebzig Prozent der Unterzeichner hatten außer ihrem Namen auch die gewünschte Adresse angegeben. Das machte es natürlich leichter, die Echtheit einer Unterschrift zu prüfen, sollte jemand daran interessiert sein.

»Wie viele von den Leuten, die hier reinkommen, unterschreiben denn?«, fragte ich.

Der Kassierer zuckte die Achseln. »Keine Ahnung. Auf jeden Fall sind es hauptsächlich alte Leute.«

Ich lächelte. »Leute wie ich.«

»War nicht bös gemeint«, sagte er. »In meinem Alter hält einen die Polizei alle naselang an. Wegen nichts und wieder nichts.«

Scott hatte genau das Gleiche gesagt. Letztes Jahr musste das wohl gewesen sein. Gerade mal eine Woche bevor wir ihn verloren, war er nach Hause gekommen und hatte uns erzählt, dass er gesehen hatte, wie einer unserer Polizisten hinter Patchett's ein junges Mädchen abgetastet hatte. »Sie hat überhaupt nichts getan«, hatte er gesagt. »Der Typ wollte sie einfach nur begrapschen.«

Darauf hatte ich Scott gefragt, ob das Mädchen sich beschweren wolle. »Gar nix wird sie tun«, hatte er gesagt. »Gegen diese Typen kann man nichts ausrichten. Er dachte bestimmt, dass niemand das mitgekriegt hat. Also hab ich gerufen: ›Ich weiß, wer du bist, Sackgesicht.‹ Der hat vielleicht 'n Schreck gekriegt. Dann hab ich aber ganz schnell die Biege gemacht.«

»Unterschreiben Sie jetzt oder nicht?«, fragte der Jüngling und holte mich zurück in die Gegenwart.

Ich entdeckte eine Unterschrift, die ich kannte. »Donna Weaver.« Ich betrachtete sie eine Weile, strich sogar mit einem Finger über die Seite, auf die meine Frau ihre Unterschrift gesetzt hatte.

»Nicht nötig«, antwortete ich.

»Wissen Sie, was ich glaube?«

»Was denn?«

»Ich glaube, die von der Polizei sammeln diese Listen ein, damit sie die Namen und Adressen überprüfen und feststellen können, wer von den Leuten hier unterschrieben hat und wer nicht.«

»Was du nicht sagst.«

Er nickte weise. »Tatsache. So läuft das bei denen.«

»Dann hast du also auch unterschrieben? Um auf der sicheren Seite zu sein?«

Er grinste und schüttelte den Kopf. »Der Boss wollte, dass ich unterschreibe, und hat mir dabei zugesehen. Aber ich habe Clever U. Smart hingeschrieben. Nie im Leben würde ich etwas unterschreiben, um diese Vögel zu unterstützen.«

»Dann bist du also kein Fan?«

»Hat Ihnen schon mal jemand Farbspray in den Rachen gesprüht?«

»Wie bitte?«

»Dabei waren die Graffitis noch nicht mal von mir. Die waren von meinem Freund, aber als die Bullen anrückten, hat der sich verkrümelt und mich mit den Sprühdosen da stehen lassen. Und ich durfte das Zeug dann inhalieren.«

»Das hätte dich das Leben kosten können.«

»Na ja, sie hat nur zweimal kurz draufgedrückt. Da hat's mir ein paar Sekunden lang den Atem verschlagen. Meine Lippen und Zähne waren ganz gelb.«

»Sie?«

Jemand kam herein, um sein Benzin zu bezahlen. Der Jüngling schnappte sich das Klemmbrett, wünschte mir einen schönen Tag und wandte sich dem neuen Kunden zu.

Ich stieg wieder in meinen Honda, trank die halbe Wasserflasche leer und fuhr los.

Von der Tankstelle nach Hause brauche ich maximal vier Minuten, aber das Pochen in meinen Schläfen hatte bereits nachgelassen, als ich in unsere Straße bog.

Und mit einem Schlag waren die Kopfschmerzen wieder da. Einfach so.

Hatte wahrscheinlich damit zu tun, dass ein Streifenwagen der Polizei von Griffon quer vor unserer Einfahrt parkte.

Hatten die so schnell rausgefunden, dass ich die Petition nicht unterschreiben wollte?

SECHS

Es war fast fünf.

Normalerweise kam Donna gegen halb fünf nach Hause. Sie arbeitete bei der Polizei von Griffon. Die hatte sich jetzt den Untertitel *Büro für öffentliche Sicherheit* gegeben. Vielleicht befürchtete man an oberster Stelle, *Polizei* alleine klinge womöglich zu sehr nach Polizeigewalt, und hoffte, dass *Büro* etwas Gewaltfreies, ja Beschauliches, suggerierte, das in der Wahrnehmung der Bürger auch das Personal mit einschloss.

Eitle Hoffnung.

In diesem Büro arbeitete meine Frau also, allerdings fuhr sie weder in einem Streifenwagen durch die Gegend, noch war sie nachts oder am Wochenende im Einsatz, und sie trug auch keine Waffe. Ihr Arbeitstag begann um neun Uhr vormittags und endete um fünf Uhr nachmittags. Fünf Tage die Woche, montags bis freitags. Sie hatte alle gesetzlichen Feiertage frei und musste keine Uniform tragen. Sie war nämlich keine Polizistin. Sie arbeitete in der Verwaltung. Sie machte die Lohnbuchhaltung und sorgte dafür, dass jeder sein Monatsgehalt auf das Finanzinstitut seiner Wahl überwiesen bekam. Sie kümmerte sich darum, wenn es wegen Überstunden zu Konflikten kam, und vergaß auch nicht, die Rechnungen zu bezahlen. Denn die Bürger von Griffon mussten sich doch darauf verlassen können, dass sie auf eine funktionierende Telefonleitung trafen, wenn sie den Notruf wählten.

Für mich war die Tatsache, dass ein Streifenwagen vor unserem Haus parkte, also nicht unbedingt ein Grund zur Sorge, wie dies vielleicht bei anderen Leuten der Fall war. Donna kannte alle Kolleginnen und Kollegen, wenn schon nicht persönlich, dann zumindest dem Namen und der Sozialversicherungsnummer nach. Gelegentlich hatte sie Selbstgebackenes von zu Hause mitgebracht und es jedem angeboten, der an ihrem Schreibtisch vorbeikam. Oder ein Kollege hatte vorbeigeschaut, um sich zu revanchieren. Donna und eine der beiden weiblichen Polizisten – Kate Ramsey – gingen manchmal zusammen ins Kino. In letzter Zeit allerdings nicht mehr. Weder Donna noch ich hatten in letzter Zeit besonderen Wert auf die Gesellschaft anderer gelegt.

Als ich schon fast zu Hause war, klingelte mein Handy. Ich warf einen Blick auf das Display. Unser Privatanschluss. Früher hatte Donna mich mindestens zweimal am Tag angerufen. Einfach so. Nur um zu plaudern. Sie rechnete zwar stets damit, dass ich nicht ranging, konnte es aber trotzdem unbesorgt probieren, denn ich schaltete mein Handy immer auf stumm, wenn ich wo unterwegs war, wo ich mich keinesfalls bemerkbar machen wollte.

Ich angelte mir das Handy, das neben mir auf dem Beifahrersitz lag.

»Ja«, sagte ich.

»Die Polizei ist da«, sagte Donna.

»Ich steh quasi vor der Haustür«, sagte ich. »Ich dachte, es ist vielleicht Kate.«

»Nein. Es sind Haines und Brindle.«

»Haines«, sagte ich trübsinnig. Einer der jüngeren Polizisten von Griffon. Trotzdem war er schon über zehn Jahre dabei. Er war es gewesen, der damals im August zu uns gekommen war und uns die Nachricht überbracht hatte. »Brindle kenn ich nicht.«

»Dann hast du jetzt das Vergnügen.«

»Was ist los?«

»Sagen sie nicht. Sie wollen mit dir reden. Zuerst dachte ich, sie haben rausgefunden, wer ihm die Drogen verkauft hat, und sind gekommen, um es uns zu sagen.« Donna konnte den ganzen Tag lang Bilder von Scott zeichnen, aber seinen Namen zu schreiben oder auszusprechen, damit tat sie sich schwer. »Aber eigentlich glaube ich, dass sie das auch mir gesagt hätten.«

Es hätte mich sehr gewundert zu hören, dass die Suche nach dem, der Scott das Ecstasy verkauft hat, für die Polizei von Griffon noch irgendwie von Belang war, vorausgesetzt, sie war es je gewesen. Nicht dass die hiesigen Polizisten sich nicht darum kümmerten, dass es friedlich blieb in unserem Städtchen. Ihr Vorgehen unterschied sich nur ein wenig von den Gebräuchen andernorts. Wenn sie jemanden für einen Drogendealer hielten, insbesondere einen von außerhalb, schleppten sie ihn hinter ein geeignetes Gebäude und verdroschen ihn, dass ihm Hören und Sehen verging. Dann fuhren sie mit ihm nach Niagara Falls rauf und warfen ihn vor einer stillgelegten Fabrik irgendwo an der Buffalo Avenue aus dem Wagen.

Es gab jede Menge Geschichten über gewalttätige Übergriffe vonseiten unserer Polizei. Das war auch die Erklärung für Scotts rabiate Reaktion, als er den Polizisten sah, der das Mädchen hinter Patchett's Bar betatscht hatte. Er hatte gesagt, es hätte überhaupt keinen Grund dafür gegeben, aber meiner Meinung nach hatte der Polizist sehr wohl einen begründeten Verdacht gehabt, dass sie etwas im Schilde führte. Man verdarb sich sehr leicht die Chance, pünktlich nach Schichtende nach Hause gehen zu können, wenn man einem – oder einer – Verdächtigen einen Vertrauensbonus gewährte. Diese Lektion hatte ich während der kurzen Zeit, die ich selbst Polizist gewesen war, gelernt.

Im Großen und Ganzen nahmen die Bürger von Griffon keinen Anstoß daran, dass die Polizei ihre Befugnisse überschritt. Sie fühlten sich sicher. Solange dieses Gefühl der Sicherheit nicht getrübt wurde, wollten sie nichts Genaueres wissen.

Ehrlicherweise muss ich zugeben, dass das auch meine Einstellung war. Für mich war es gar keine Frage, dass ich die Sache selbst in die Hand nehmen würde, wenn ich den finden sollte, der meinem Sohn XTC, X, E oder wie sie das Zeug sonst noch nennen, verkauft hat.

»Bis gleich«, sagte Donna und legte auf. Als ich an dem Polizeiwagen vorbeirollte, sah ich zwei männliche Polizisten darin sitzen. Ich parkte vor dem Streifenwagen, stieg aus und warf einen Blick auf unser Haus. Donna stand hinter der Gardine.

Ricky Haines, der jüngere der beiden Männer, stieg auf der Beifahrerseite aus und nickte. Er war Anfang dreißig, hatte schwarzes Haar und einen schwarzen Schnurrbart, beides sauber gestutzt. Durchtrainiert war er auch. Er war zwar kein Schrank, doch er sah aus wie jemand, der früher mal Football gespielt hat. Oder Eishockey, obwohl ein Oberkörper wie ein Überseekoffer auch bei dieser Sportart nicht von Nachteil war.

»Mr. Weaver«, sagte er und tippte sich zur Andeutung eines Grußes mit dem Zeigefinger an die Stirn.

»Officer Haines.«

»Gutes Gedächtnis«, sagte er.

Man vergisst nicht so leicht den Namen des Mannes, der einem gesagt hat, dass der eigene Sohn tot ist.

Jetzt ging auch die andere Tür auf. Haines' Kollege sah eher aus wie Ende dreißig, und falls er je irgendeinen Sport betrieben haben sollte, dann musste das schon sehr lange her sein. Ich schätzte ihn auf über hundert Kilo, hundertdreißig vielleicht, und einen ansehnlichen Teil davon trug er um die Leibesmitte. Die Behaarung über seiner Oberlippe war dichter als die auf dem Kopf.

»Das ist Officer Hank Brindle«, sagte Haines.

Ich neigte den Kopf. »Hey.«

»Sie sind also Donnas Mann«, sagte er mit leiser, rauher Stimme.

»So ist es.«

Er nickte, überlegte einen Augenblick und sagte dann: »Vielleicht können Sie uns behilflich sein.«

»Ich werd's versuchen.«

Brindle deutete auf meinen Honda Accord. »Sie sind der Halter dieses Fahrzeugs?«

»Ja.«

»Sind Sie gestern Abend mit diesem Wagen unterwegs gewesen?«

»Ja.«

»Können Sie uns sagen, wo?«

»Kommt auf die Zeit an«, sagte ich.

»So gegen zehn.«

»Da war ich auf dem Heimweg.«

Brindle nickte. »Auf dem Heimweg woher?«

»Ich hatte in Tonawanda zu tun.«

Wieder nickte Brindle. »Ricky hat mir erzählt, Sie sind Privatdetektiv. Stimmt das?«

Ich nickte und wartete. Ich hätte fragen können, worum es eigentlich geht, aber Polizisten mochten es nicht, wenn man sie drängte oder Fragen stellte. Ich kannte das nur zu gut.

Jetzt nickte Brindle ein drittes Mal, nachdenklich diesmal. Dann sah er seinen jüngeren Partner an. »Ich glaube, du solltest jetzt weitermachen. Du bist da mehr auf dem Laufenden.« Hörte ich da einen leisen Groll in Brindles Ton?

Ich wandte mich an Haines. »Auf dem Laufenden? Worüber denn?«

»Wir suchen ein Mädchen«, sagte Haines. »Eine Jugendliche.«

Ich wartete.

»Sie heißt Claire Sanders. Siebzehn Jahre. Blond. Ungefähr eins fünfundsechzig groß. So um die fünfzig Kilo.«

»Warum wird sie gesucht? Hat sie was angestellt?«

»Es ist wichtig, dass wir sie finden«, sagte Haines und wich damit meiner Frage aus.

Ich ließ nicht locker. »Weil sie etwas ausgefressen hat oder weil sie verschwunden ist?«

Haines räusperte sich. »Ihr derzeitiger Aufenthalt ist nicht bekannt. Es wäre sehr nett, wenn Sie in dieser Angelegenheit mit uns kooperieren, Mr. Weaver. Ehrlich gesagt, das ist keine offizielle Ermittlung. Immerhin ist ihr Vater ja nicht irgendwer. Da haben wir uns entschlossen, mit einer gewissen Diskretion vorzugehen.«

Ich musste kurz überlegen. Claire Sanders? »Dieses Mädchen ist die Tochter von Bertram Sanders? Das Kind vom Bürgermeister.«

»Jetzt verstehe ich, warum Sie Detektiv sind«, bemerkte Brindle.

»Unseren Informationen zufolge wäre es möglich, dass Sie Claire vergangene Nacht begegnet sind«, sagte Haines.

»Haben Sie ein Foto von ihr?«

Haines holte sein Handy heraus, tippte ein paarmal drauf und kam dann näher. Er hielt es mir so nahe hin, dass ich das Display sehen konnte, gab es aber nicht aus der Hand. Die Aufnahme sah aus, als wäre sie auf einer Party geschossen worden. Das Mädchen darauf lachte mit nach hinten geneigtem Kopf und einem Martiniglas in der Hand. Wahrscheinlich ein Foto von ihrer Facebook-Seite.

»Ich habe das Mädchen gestern Abend aufgelesen und im Auto mitgenommen«, sagte ich. »Aber ich nehme an, das wissen Sie bereits.«

Haines nickte. »Sie haben sie vor Patchett's einsteigen lassen.«

Sinnlos, das abzustreiten. »Ja. Bin ich von einer Überwachungskamera gefilmt worden?«

Haines zögerte und sagte dann. »Japp.«

»Machen Sie das oft, Mr. Weaver?«, fragte Brindle. »Junge Mädchen mitnehmen?«

»Sie hat an mein Fenster geklopft, als ich an der Ampel stand. Hat mich gebeten, sie mitzunehmen. Sie wollte nach Hause.«

»Und Sie haben sie mitgenommen?«

»Ja.«

»Dann kannten Sie Claire Sanders also schon?«, fragte der ältere Polizist.

»Nein«, sagte ich.

»Hmm«, machte Brindle. »Wenn *mich* ein junges Mädchen bitten würde, sie mitzunehmen – vorausgesetzt, ich wäre in meinem eigenen Auto unterwegs und nicht mit dem Streifenwagen –, dann hätte ich irgendwie ein komisches Gefühl. Dass das nicht besonders klug von mir wäre.«

»Sie hat mich erkannt. Sie sagte, sie habe meinen Sohn gekannt. Scott.« Bei diesen Worten sah ich Haines an.

Das ließ Hank Brindle aufhorchen. Er legte den Kopf schief wie ein Hund, der ein Pfeifen hört. »Das ist doch der, der gestorben ist, oder?«

Mir schwoll der Kamm. »Ja.«

»Der hat sich doch vor ein paar Monaten vollgedröhnt und ist dann vom Dach von Ravelsons Möbelladen geflogen, oder?« Brindle redete, als tauschten wir gerade Erinnerungen aus.

»Ja.«

»Diesen Anruf hast du entgegengenommen, stimmt's, Ricky?«

»Ja.« Er wurde rot. »Ich musste Mr. und Mrs. Weaver die Nachricht überbringen.« Ich spürte sein Unbehagen.

»Ich erinnere mich«, fuhr Brindle fort. »Das war in der Woche, in der ich kein Geld für meine Überstunden gekriegt hab. Da ist Ihre Frau ein paar Tage nicht gekommen und hat's nicht angewiesen.«

Jetzt wurde mir richtig heiß. Ich ballte meine Fäuste. Nicht, weil ich vorhatte, sie gleich einzusetzen, sondern weil ich irgendwie meine verhaltene Wut zu kanalisieren versuchte.

Ich ließ meine Hände aber unten, damit Brindle nicht dachte, ich wollte ihm eins auf die Nase geben, auch wenn ich nichts lieber getan hätte als das. »Ich möchte mich in ihrem Namen für die Unannehmlichkeit entschuldigen«, sagte ich. Brindle winkte ab. »Kein Ding.« Er räusperte sich. »Dann haben Sie dieses Mädchen also mitgenommen, weil sie Ihren Sohn kannte?«

»Ich wäre mir mies vorgekommen, wenn ich sie da im Regen hätte stehen lassen. Also hab ich gesagt, sie soll einsteigen. Sie wollte, dass ich sie nach Hause bringe.«

»Hat sie Ihnen gesagt, wie sie heißt?«

»Nur, dass sie Claire heißt.«

»Dann haben Sie sie also vor ihrer Haustür abgesetzt?«

Beide sahen mich erwartungsvoll an. Die Richtung, die dieses Gespräch nahm, gefiel mir ganz und gar nicht. Denn die Geschichte, die zu erzählen ich für unumgänglich hielt, würde die Gutgläubigkeit der Polizisten doch arg strapazieren.

»Nein, ich habe sie nicht vor ihrer Haustür abgesetzt. Wir hielten kurz bei Iggy's an der Danbury Street an. Claire sagte, sie habe das Gefühl, sie müsse sich übergeben.«

»Dafür hätten Sie aber auch am Straßenrand anhalten können«, sagte Brindle.

»Sie bat mich, zum Restaurant zu fahren, also bin ich auf den Parkplatz gefahren und habe im Wagen auf sie gewartet. Sie kam und kam nicht wieder, da bin ich ihr nachgegangen. Ich habe sie nicht gefunden, aber als ich wieder rauskam, saß ein Mädchen in meinem Wagen.«

»Was soll das heißen, ›ein Mädchen‹?«, fragte Haines. »Sie meinen Claire.«

Ich schüttelte den Kopf. »Zuerst glaubte ich, sie sei es. Und das sollte ich ja auch – das Mädchen trug eine Perücke, damit sie aussah wie Claire, und sie war auch ähnlich gekleidet – aber aus der Nähe betrachtet gab es da doch ein paar Unterschiede. Zum Beispiel hatte Claire eine Schramme auf dem linken Handrücken, und dieses Mädchen nicht.«

»Moment, Moment«, sagte Brindle. »Wollen Sie sagen, dass Claire Sanders ins Restaurant reinging, aber ein anderes Mädchen rauskam?«

»Das will ich sagen.«

»Und was zum Teufel ist mit Claire passiert?«, fragte Haines.

»Keine Ahnung. Das Mädchen war offenbar eine Freundin von Claire, aber sie wollte mir nicht sagen, wie sie heißt. Erst als wir schon losgefahren waren, fiel mir auf, dass es nicht Claire war, die da neben mir saß. Ich habe sie also darauf angesprochen, aber sie sagte, ich soll weiterhin so tun, als ob ich dachte, sie wäre Claire. Falls uns jemand beobachtete.«

Brindle schnaubte wieder. »So was Verrücktes hab ich ja noch nie gehört.«

»Nein, warte«, sagte Haines. »Wenn jemand Claire, na, du weißt schon, nachspionierte oder so was und sie wollte ihn loswerden, dann hätte sie genau das gemacht.«

»Das hab ich mir auch gedacht«, bestätigte ich.

Brindle schüttelte den Kopf. »Das ist doch ausgemachter Blödsinn.«

»Als sie rauswollte, da waren wir irgendwo zwischen Castleton und Berkeley«, sagte ich. »Ich hab sie aussteigen lassen.«

Die Polizisten wechselten einen Blick miteinander. Dann sagte Haines: »Hat Claire irgendwas gesagt, bevor sie ins

Restaurant ging? Etwas, das darauf hindeutete, dass sie vorhatte, mit jemandem zu tauschen?«

»Nein. Wenn ich gewusst hätte, was die beiden im Schilde führten, hätte ich da nicht mitgemacht.«

»Hat sie vielleicht irgendwas gesagt, wohin sie will?«

»Nach Hause. Mehr nicht«, sagte ich.

»Genau. Das war's wahrscheinlich«, sagte Haines.

»Häh?«, machte Brindle.

»Ein Stalker – nicht der gruselige Killer-Typ, sondern ein Ex-Freund oder so – ist ihr auf den Geist gegangen, und sie wollte einfach nur weg. Vielleicht wollte sie sich ja mit jemand anderem treffen. Darum hat ihre Freundin den Köder gespielt.« Er lächelte und schüttelte anerkennend den Kopf. »Verdammt schlau, wenn man sich das so überlegt.« Brindle sah skeptisch drein.

»Aber wo ist Claire dann jetzt?«, fragte ich.

»Ich wette, sie ist jetzt bei dem Typ, mit dem sie wirklich zusammen sein will, und die beiden sind fest zugange. Wahrscheinlich ist es so gelaufen.«

»Wie sind Sie darauf gekommen, sich bei Patchett's umzusehen?« Meine Frage war an beide gerichtet.

Brindle deutete mit dem Daumen auf Haines, der prompt sagte: »Es war bekannt, dass sie öfter da auftauchte. Und irgendwo mussten wir ja anfangen.«

»Ich frag Sie einfach noch mal«, sagte ich. »Suchen Sie Claire, weil sie was getan hat, oder wird sie vermisst? Haben Sie einen konkreten Grund, sich über ihren Verbleib Gedanken zu machen?«

Haines rieb sich das Kinn, eine Verlegenheitsgeste, um Zeit zu gewinnen. »Ich finde, es gibt immer einen Grund, sich Gedanken zu machen, wenn jemand unauffindbar ist.« Er schlug die Hände zusammen und rieb sie gegeneinander. »Ich glaube, das wär's, Mr. Weaver. Jetzt wollen wir Ihnen nicht länger die Zeit stehlen.«

»Ich hoffe, Sie finden sie bald«, sagte ich, als die beiden sich anschickten, in ihren Wagen zu steigen.

Brindle fixierte mich. »Bei der abwegigen Geschichte von der Doppelgängerin, die Sie uns da aufgetischt haben, ist das auch das mindeste, was Sie tun sollten.«

SIEBEN

Ich sah zu, wie der Streifenwagen wendete, langsam zur nächsten Kreuzung fuhr und links abbog. Als er verschwunden war, ging ich ins Haus. Donna wartete an der Tür auf mich.

»Was ist denn los?«

»Alles in Ordnung«, sagte ich.

»Ich hab nicht gefragt, ob alles in Ordnung ist, ich will wissen, was los ist.«

»Ich habe gestern Nacht jemanden im Wagen mitgenommen, der Scott kannte. Sie sind auf der Suche nach ihr.«

»Nach *ihr*?«

»Ja, ein Mädchen namens Claire.«

»Du hast eine Anhalterin mitgenommen?«

»Nein … keine Anhalterin. Sie stand vor Patchett's Bar und bat mich, sie mitzunehmen. Sie hat mich erkannt. Hat gesagt, sie kannte Scott.«

»Wie soll sie dich denn erkannt haben?«

»Anscheinend hat sie mich mal vor der Schule gesehen, als ich Scott hinbrachte. Es hat geregnet. Also – wenn du da gewesen wärst, du hättest sie bestimmt auch mitgenommen.«

»Möglich«, sagte Donna. »Aber dir ist schon klar, dass es zwei Paar Schuhe sind, ob ich sie mitnehme oder du?«

»Natürlich ist mir das klar.«

»Ich könnte es tun, ohne ein großes Risiko einzugehen«, fuhr sie fort. »Aber du? Du liest ein junges Mädchen von der Straße auf, mitten in der Nacht? Was hast du dir dabei gedacht?«

»Ich hab dir doch gerade gesagt, warum ich's getan hab.«

Sie öffnete leicht den Mund, als ihr ein Licht aufging. »Ich weiß, warum du's getan hast. Du dachtest, sie weiß vielleicht etwas. Du glaubst, alle wissen etwas. Wenn du so weitermachst und alle unter Zwanzigjährigen in dieser Stadt ausfragst, kommst du früher oder später in Teufels Küche. Einmal wirst du an jemanden geraten, der sich das nicht gefallen lässt, dann könnte es ganz schön brenzlig für dich werden.«

Sie hatte ja keine Ahnung.

»Das war nicht der Grund, warum ich sie mitgenommen habe. Gut, wahrscheinlich hätte ich ihr irgendwann ein paar Fragen gestellt. Aber so weit bin ich gar nicht gekommen. Sie hat mir gleich gesagt, sie wüsste überhaupt nichts.«

»Die nehmen sich alle in Acht vor dir.«

»Vielleicht ist das auch gut so«, sagte ich barsch.

Donna blieb ungerührt. »Du verrennst dich da in etwas.«

»*Ich* verrenne mich? *Wer* von uns beiden hat denn einen Skizzenblock so dick wie ein Telefonbuch?«

Diesmal zuckte sie kaum merklich zusammen. Ich hatte sie gekränkt. Ich bemühte mich, meine Stimme sanfter klingen zu lassen, und sagte: »Ich dachte, du hättest vielleicht auch gern ein paar Antworten.«

Sie berührte ganz leicht die Wand neben sich, so als müsse sie sich abstützen. »Könntest du dann besser damit umgehen? Wenn du rausfindest, wer ihm den Stoff gegeben oder verkauft hat? Dann hättest du einen Sündenbock. Dann wärst du fein raus. Und ich? Wäre ich dann auch entlastet? Würdest du dann aufhören, dir die Schuld zu geben und mir gleich dazu?« Sie senkte den Kopf, legte die Finger an die Stirn und massierte sie. »Sagen wir mal, du findest den, der's getan hat«, fuhr sie fort. »Sagen wir, du kriegst ihn sogar dazu, zuzugeben, dass er's war. Was tust du dann? Übergibst du ihn der Polizei? Oder übst du in bester Wildwestmanier Selbstjustiz?«

»Darüber kann ich mich jetzt nicht unterhalten«, sagte ich.

»Und egal, wer es ist, wär's der nicht gewesen, dann halt ein anderer. Du verstehst gar nicht, dass es nie darum gegangen ist, *wer* schuld ist, dass es passiert ist. *Warum* es passiert ist, das ist der Punkt. Warum hat er das Zeug überhaupt genommen? Was ging in seinem Leben so schief, dass er dachte, mit Drogen könnte er das wieder geradebiegen?«

»Ich hab dir doch gesagt, dass ich darüber jetzt nicht reden kann.«

»Natürlich nicht«, sagte Donna mit gespieltem Verständnis. »Wann würde es denn besser passen? Vielleicht könnten wir ja einen Termin ausmachen.«

»Ich mache mir Gedanken um dieses Mädchen«, sagte ich. »Ich glaube nicht, dass sie verschwunden ist, weil ein Ex-Freund ihr ständig auf die Pelle rückt. Ich glaube nicht, dass sie sich die ganze Mühe gemacht hat, ein anderes Mädchen zu überreden, so zu tun, als wäre sie Claire, nur um irgendeinen Typ loszuwerden.«

»Ich habe keine Ahnung, wovon du sprichst«, sagte Donna.
»Redest du mit mir, oder führst du Selbstgespräche?«
Ich schüttelte den Kopf. »Letzteres wahrscheinlich.«
»Siehst du, das ist dein Problem«, sagte sie und ging weg.

***

Ich konnte das Ganze nicht einfach auf sich beruhen lassen. Konnte mich nicht um meinen eigenen Kram kümmern, solange die Polizei von Griffon auf der Suche nach Claire Sanders war. Ich hatte es ernst gemeint, als ich zu dem Mädchen, das sich als Claire ausgab, sagte, sie hätten mich in diese Sache mit hineingezogen, auch wenn das nicht ihre Absicht gewesen war.

Ich hatte dieses Mädchen im Wagen mitgenommen, und einen Tag später war sie verschwunden. Jetzt, wo ich das wusste, überdachte ich noch einmal alles, was ich vergangene Nacht getan hatte. Ich hätte das zweite Mädchen nicht weglaufen lassen dürfen. Das mindeste, was ich hätte tun müssen, wäre gewesen, sie nach ihrem Namen zu fragen. Ich hätte ihr nachlaufen müssen, als sie aus dem Wagen stürzte. Ich hätte Claire mehr Fragen stellen müssen. Gab es wirklich jemanden in einem Pick-up, der sie beobachtete? Und wenn ja, wer, glaubte sie, dass es war?

Doch das Kind lag bereits im Brunnen.

Brindles letzte Bemerkung, ich solle hoffen, dass Claire bald gefunden würde, wurmte mich zwar, aber mit einem hatte er recht: Wenn Claire etwas passiert war – ich wollte gar nicht darüber nachdenken, was das sein könnte –, dann würde es nicht lange dauern, bis die beiden wiederkamen und noch mehr Fragen stellten.

Aber noch war es zu früh für solche Überlegungen. Teenager verschwanden nun mal, das hieß aber nicht unbedingt,
dass ihnen etwas zugestoßen war. Trotzdem wusste ich so
gut wie alle Eltern, was für eine Zitterpartie es war, seine
Kinder nicht erreichen zu können, keine Ahnung zu haben,
wo sie sich gerade aufhielten. Als stecke man in einem ganz
tiefen Loch und könne nicht heraus. Ich konnte mir vorstellen, was Claires Eltern jetzt durchmachten. Was ich mir
nicht vorstellen konnte, war, dass es besonders hilfreich
war, die Polizei die Angelegenheit vertraulich untersuchen
zu lassen.

Allerdings war ich wohl der Letzte, dem es zustand zu kri-
tisieren, wie Eltern mit ihren Kindern umgingen.

Ich wollte nicht abwarten, wie Haines und Brindle bei ihrer
diskreten Suche nach Claire vorankamen. Ich konnte sie
genauso schnell finden wie sie, wenn nicht sogar schneller.
Ich wusste etwas, was die beiden nicht wussten, nämlich
wie Claires Freundin aussah. Wenn ich herausbekam, wer
sie war, und sie aufstöbern konnte, dann konnte ich auch
Claire finden. Dieses Mädchen musste wissen, wo sie war.
Schließlich hatten sie den Plan für Claires Verschwinden
gemeinsam ausgeheckt.

Ich war ziemlich sicher, dass ich den Namen des Mädchens
herausfinden konnte, ohne auch nur das Haus verlassen zu
müssen.

Ich ging in die Küche, vorbei an Donna, die mit dem Rücken zu mir vor der Spüle stand, und holte mir das Laptop,
das da noch stand. Dann setzte ich mich in den Ledersessel,
in dem ich mir schon einen Teil der vergangenen Nacht um
die Ohren geschlagen hatte, und ging auf Facebook.

Aber nicht als ich selbst. Ich hatte kein Profil auf Facebook.

Als ich nach Scotts Tod angefangen hatte, Nachforschungen darüber anzustellen, wer ihm das Ecstasy besorgt hatte, stand ich zunächst einmal vor der Frage, wer Scotts Freunde und Bekannte waren. Vor zehn, fünfzehn Jahren hätte ich mir dafür die Hacken ablaufen müssen. Hatte ich einen Freund aufgestöbert, hätte ich Druck auf ihn ausüben müssen, damit er die Namen anderer Freunde verriet. Dann hätte ich diese Leute aufgesucht und wäre mit ihnen genauso verfahren.

Heutzutage musste ich mich nur in das soziale Netzwerk Nummer eins einloggen. Meiner Erfahrung nach gab es heute keinen einzigen Jugendlichen mehr, der nicht in Facebook war, auch wenn es vermutlich nicht lange dauern wird, bis die jüngere Generation eine neue Art der Kommunikation entdeckt. Mittlerweile machten ihnen nämlich schon ihre Eltern Konkurrenz. Auch sie stellten Videos ein und Fotos von Hunden, Katzen und goldigen Babys. Dazu noch abgedroschene Aphorismen – »Es ist dein Leben. Sei, wer du sein willst!« – in knalligen Kästchen und ausgefallenen Schrifttypen.

Bevor ich anfing, Facebook zu durchforsten, brauchte ich natürlich als Allererstes Scotts Passwort.

Drei Tage knobelte ich immer wieder daran herum. Ich probierte es mit allem, was mir nur einfiel. Zuerst mit den naheliegendsten Wörtern, wie zum Beispiel PASSWORT. Natürlich wäre so etwas zu trivial für Scott gewesen. Also gab ich sein Geburtsdatum in allen möglichen Variationen ein: Tag, Monat, Jahr. Jahr, Monat, Tag. Und so weiter. Ohne Erfolg.

Dann versuchte ich es mit den Namen von Haustieren, die wir im Laufe der Jahre gehabt hatten. Viele waren es nicht.

Einmal hatten wir Mitzy, einen weißen Pudel, der von einem FedEx-Transporter überfahren wurde, als Scott sieben war. Er hatte den Hund versehentlich aus dem Haus gelassen, als er zu Freunden gehen wollte, und wurde Zeuge, wie Mitzy dem Wagen hinterherjagte und von den Hinterrädern erfasst wurde. Er weinte tagelang, und wir schworen uns, uns nie wieder einen Hund anzuschaffen.

Als Scott zehn war, flitzte eine Wüstenrennmaus in unser Leben: Howard. Er entwischte aus seinem Käfig, und eine Woche später fanden wir ihn. Steckte fest zwischen einem Bücherregal und der Wand. Kein schöner Anblick.

Also gab ich erst MITZY, dann HOWARD ein. Fehlanzeige.

Jetzt probierte ich es mit allem, wofür Scott sich meines Wissens interessiert hatte. Filmtitel und -figuren. Namen von Prominenten. Lieblingslieder und -sänger. Autonamen. Nichts funktionierte.

Und auf einmal fielen mir zwei Wörter ein, die er immer dann benutzt hatte, wenn er unsere Aufmerksamkeit erregen wollte. Er brüllte sie durchs ganze Haus, egal, wo er selbst gerade war. Oder er plärrte sie uns entgegen, wenn er ein Zimmer betrat. Zwei Wörter, die er zu einem zusammengezogen hatte. Er hatte es kreiert, als er zwei war, und er benutzte es bis –

Man kann es sich denken.

»Momdad!«, rief er. »Momdad!«

Ich versuchte es mit MOMDAD.

Und war drin.

Allerdings war ich so überwältigt, meine Augen so feucht, dass es ein paar Minuten dauerte, bis ich mir die Liste seiner Freunde ansehen konnte.

Als ich der Aufgabe schließlich gewachsen war, erfuhr ich,

dass er zweihundertsiebzehn Freunde gehabt hatte. Eine ansehnliche Zahl, wenn auch nicht riesig. Er postete nur selten etwas, und wenn doch – einen Clip aus einem Film, den er gerne mochte, eine Folge aus *Family Guy* oder einen Link zu einem Artikel auf einer seiner bevorzugten Webseiten –, dann bekam er darauf nur wenige Kommentare. Es gab nur eine Handvoll Leute, mit denen er tatsächlich Nachrichten austauschte, aber die hatte ich natürlich als Erstes auf den Kieker genommen. Manche diskret, andere nicht ganz so diskret.

Wie erwartet stand Claire Sanders auf der Liste von Scotts Freunden, aber das war auch schon alles. Keine privaten Nachrichten.

Im Moment interessierte mich jedoch weniger, wer Scotts Freunde waren, sondern mit wem Claire befreundet war. Also klickte ich ihren Namen an, klickte mich weiter zu ihrer Facebook-Seite und entdeckte dort sofort über fünfhundert Freunde. Die würden mich eine Weile beschäftigen. Denn eines wusste ich sicher: Ein Mädchen, das sie hatte überreden können, sich als sie auszugeben, war bestimmt eine Freundin auf Facebook.

Zuerst sah ich mir die Bilder an, die sie eingestellt hatte, aber es gab nur ein paar, einschließlich des Fotos, das Haines mir auf seinem Handy gezeigt hatte. Auf ein paar Aufnahmen von Partys war ein Mädchen zu sehen, das aussah wie das aus meinem Auto, doch die Fotos hatten keine Tags, die den Gesichtern Namen zuordneten.

Ich klickte Claires Freundesliste an und arbeitete mich durch. Jedes einzelne der briefmarkengroßen Fotos sah ich mir an, in der Hoffnung, das Mädchen zu finden, das mir hatte weismachen wollen, sie sei Claire.

Leider war das nicht so einfach.

Die Profilfotos waren nicht nur winzig, es waren auch viele schlechte Aufnahmen darunter oder solche, auf denen die Person mit anderen posierte. Wie Millionen andere Facebook-Nutzer stellten viele von Claires Freunden erst gar kein Foto von *sich* ein, sondern von bekannten Persönlichkeiten. Einer von ihnen, Bryson Davis, gab sich als George Clooney aus. Ein anderer, Desmond Flint, war Gort, der Roboter aus *Der Tag, an dem die Erde stillstand.* Diverse andere hatten sich eine Zeichentrickfigur als Stellvertreter ausgesucht: Snoopy, zum Beispiel, oder Cartman aus *South Park.*

Auch die Mädchen bedienten sich dieser Methode. Elizabeth Pink, da war ich mir sicher, war keine Doppelgängerin von Lady Gaga. Und wenn Patrice Hengle ihrem Profilbild ähnlich sah, dann brauchte sie dringend Hilfe. Sie hatte ein Stück Peperoni-Pizza gepostet.

Wenn keine von Claires Freundinnen, deren Seiten echte Fotos zeigten, aussah wie das Mädchen, nach dem ich suchte, dann würde ich jedes einzelne Profil anklicken und mich dort nach aufschlussreicheren Fotos umsehen müssen. Auf jeden Fall musste ich Profile finden, auf die ich Zugriff hatte. Wenn es keine gemeinsamen Freunde von Scott und Claire waren, dann war die Wahrscheinlichkeit nicht sehr hoch, dass ich, der ich mich als Scott angemeldet hatte, mir ihre persönlichen Seiten ansehen konnte.

Mit den vielen neuen Möglichkeiten, im Privatleben anderer herumzuschnüffeln, waren allerdings ebenso viele Hindernisse verbunden.

Langsam scrollte ich mich durch die Liste und betrachtete die weiblichen Gesichter genau. Viele davon konnte ich sofort ausschließen. Die Mädchen waren entweder zu alt oder hatten eine andere Haar- oder Hautfarbe. Jedes Mal, wenn ich einen blonden Teenager erblickte, hielt ich inne, klickte das Bild an und ging auf die persönliche Seite des Mädchens, um mir das Foto in Vergrößerung anzusehen. Wenn es die Falsche war, ging ich wieder zur Liste zurück und scrollte mich weiter bis zur nächsten möglichen Kandidatin.

»Du verletzt seine Privatsphäre, weißt du. Ich bin der Meinung, solche Dingen zählen auch jetzt noch.«

Ich sah auf. Donna stand in der Tür, die von der Küche ins Wohnzimmer führte.

»Im Moment verletze ich die Privatsphäre von jemand anderem«, sagte ich. »Und damit verdiene ich schon eine Weile meine Brötchen, falls es dir noch nicht aufgefallen sein sollte.«

»Lass gut sein.«

»Ich hab dir doch gesagt, hier geht's nicht um Scott.«

»Es geht um dieses Mädchen, das du aufgegabelt hast.«

»Das ich habe mitfahren lassen«, berichtigte ich.

»Wie hast du noch mal gesagt, dass sie hieß?«

»Claire.«

»Claire, und weiter?«

»Claire Sanders.«

Donnas Augenbrauen schossen in die Höhe. »Bertram Sanders hat eine Tochter, die Claire heißt. Hast du *die* etwa aufgegabelt?«

»Ja.«

»Und die wird jetzt vermisst? Ihretwegen wollten Brindle und sein Partner dich sprechen?«

»Genau.«

Sie verschränkte die Arme. Ihr Gesichtsausdruck wechselte von ärgerlich zu besorgt. »Das muss ja furchtbar sein für ihn.«

»Ihn?«

»Na ja, für seine Frau – seine Ex-Frau – natürlich auch. Er ist geschieden.«

»Du scheinst ja eine Menge über ihn zu wissen.«

»Er ist der Bürgermeister und ehrt uns recht häufig mit seinem Besuch. Nicht dass er besonders willkommen wäre. Es macht ihm nur Spaß, Augie in regelmäßigen Abständen die Leviten zu lesen.«

Augustus Perry. Der Polizeichef von Griffon. Der *Chief*. Ich hatte seine Geheimnummer in der Kontaktliste meines Handys, und das nicht nur aus beruflichen Gründen. Mir fiel der Artikel wieder ein, den ich gestern Abend in der Zeitung gelesen hatte. Bürgermeister Bert Sanders lag im Streit mit der Polizei von Griffon. Wegen angeblicher gewalttätiger Übergriffe. Erwartete dieser Bürgermeister, der alles vergrätzt hatte, was in dieser Stadt ein Dienstabzeichen trug, wirklich, dass die Polizei ihm den Gefallen tat, *diskrete* Nachforschungen nach seiner Tochter anzustellen? Klang nicht sehr plausibel.

Und doch sah es aus, als täten Brindle und Haines genau das. Vielleicht war Augustus Perry ja froh, dem Bürgermeister einen Gefallen zu tun. Konnte ihm später eventuell von Nutzen sein. Der Chief war ein Meister der Kunst, sich Leute dienstbar zu machen.

»Glaubst du, der Bürgermeister würde ihn direkt darum angehen, bei der Suche nach seiner Tochter behilflich zu sein, und dabei noch Diskretion erwarten?«, fragte ich Donna.

»Viele Menschen schlucken ihren Stolz hinunter, wenn es um die Sicherheit ihrer Kinder geht«, antwortete sie. »Meinst du nicht, dass du deine Nase lieber nicht in diese Angelegenheit stecken solltest?«

»Sie steckt schon drin«, sagte ich und gab ihr eine kurze Zusammenfassung der Ereignisse der vergangenen Nacht. Und vergaß auch nicht zu erwähnen, dass ich einer der Letzten gewesen sein könnte, der Claire gesehen hatte, bevor sie verschwand.

»Was weißt du über Bertram Sanders?«, fragte ich.

»Ehemaliger Professor am Canisius College. Politikwissenschaften. Hat ein, zwei Bücher geschrieben, die sich, glaub ich, nicht schlecht verkauft haben. Eines davon war ein ziemlich schmeichelhaftes Porträt von Clinton. Er ist Mitte links. Hätte noch ein paar Jahre länger am College lehren können, hat sich aber entschieden, früher in Rente zu gehen.«

»Warum?«

Sie zuckte die Schultern. »Vielleicht hatte er einfach keine Lust mehr. Eine Kollegin von mir hat vor zehn, zwölf Jahren bei ihm studiert. Er hat sie ein paarmal eingeladen.«

»Er hat also seine Studentinnen angebaggert?«

»Angeblich. Dass er eine Frau hatte, schien *ihn* nicht weiter zu stören. *Sie* anscheinend schon. Immerhin hat sie ihn zu guter Letzt verlassen. Aber abgesehen davon ist er wohl der große Idealist. Glaubt an die Verfassung. Hat nichts übrig für Augies Methode zur Rationalisierung des Justizwesens.«

Schöne Formulierung. Einen Übeltäter hinter ein Gebäude zu führen und ihm dort die Nase zu brechen, statt ihn einer Straftat zu bezichtigen, war auch ein Beitrag, die Kapazität unserer Gerichte nicht überzustrapazieren.

Sekunden vergingen. Donna stand da und sah mich unverwandt an.

»Was ist?«, fragte ich.

»So war es früher«, sagte sie. »So haben wir früher miteinander geredet. Damals bist du nach Hause gekommen und hast mir von deinen Fällen erzählt.«

»Donna.«

»So viel wie jetzt gerade haben wir in den ganzen letzten Wochen nicht miteinander geredet.« Sie schwieg. Dann sagte sie: »Erinnerst du dich noch an meine Freundin Eileen Skyler?«

»An wen?«

»Ihr Mann hieß Earl – hat die Grenze oben bei den Whirlpool Rapids kontrolliert, als es für den Grenzübergang noch nicht die NEXUS-Karte gab.«

»Vage.«

»Bei ihnen ging alles in die Brüche, als ihre Tochter bei einem Verkehrsunfall ums Leben kam. Ein Tanklaster hat Sylvia auf der South Grand Island Bridge geschnitten. Es gab einen Zusammenstoß, und die Fahrzeuge sind in Brand geraten. Sie war zweiunddreißig. Ihr Mann hatte sie ein Jahr zuvor verlassen.«

»Jetzt weiß ich wieder.«

»Es hat sie arg mitgenommen. Wen wundert's? Sie haben sich beide fast zu Tode gegrämt. Sie waren so traurig, dass sie nicht mehr miteinander reden konnten. Wenn sie auch nur die kleinste Freude empfanden, hatten sie ein schlechtes Gewissen. Und die größte Freude für sie war, zusammen zu sein. Es kam dann so weit, dass sie auf getrennten Stockwerken wohnten. Earl benutzte den Hintereingang, wo die Treppe war, besorgte sich eine elektrische Kochplatte und einen Kühlschrank und lebte oben. Eileen benutzte weiter den Vordereingang und wohnte im Erdgeschoss. Hat sich dort ein Schlafzimmer eingerichtet. Sie lebten unter einem Dach, aber es konnte sein, dass sie sich wochenlang nicht begegneten oder miteinander sprachen.«

Ich schwieg.

»Und deshalb frage ich mich, ob es hier langsam wieder bergauf geht oder ob ich Gill anrufen soll.«

Gill Strothers war Zimmermann und überhaupt Mann für alles. Wir hatten uns von ihm allerlei Kleinigkeiten im Haus machen lassen, aber es gab auch Leute, die ihn für größere Projekte engagierten. Anbauten, neue Küchen. Alles schwarz, versteht sich. Er arbeitete gut.

»Soll ich ihn anrufen und fragen, ob er uns hinten eine Treppe einbaut? Willst du, dass ich das tu? Ich sage nicht, dass *ich* das will. Es würde mich nur interessieren, ob *du* das willst.«

»Donna«, sagte ich und schüttelte resigniert den Kopf. Dabei sah ich nach unten auf die vielen quadratischen Bildchen auf meinem Computer. »Ich will nicht, dass du –«

Da sah ich sie. Da auf dem Bildschirm. Den Kopf ein bisschen zur Seite geneigt. Ein Teil ihrer blonden Mähne fiel ihr in die Stirn. Das übrige Haar hatte sie sich hinters Ohr gestrichen. Sie war es. Da war ich mir ganz sicher.

»Ich glaub's nicht«, sagte ich.

Ich klickte auf den Namen neben dem Foto. HANNA RODOMSKI.

Ich wandte den Kopf, um Donna zu sagen, dass ich das Mädchen gefunden hatte, doch sie war nicht mehr da.

ACHT

Facebook hatte seinen Zweck erfüllt, Jetzt brauchte ich das Online-Telefonbuch. Ich fand einen C. Rodomski in der Arlington Street 34, das war im Westen von Griffon.

Ich nahm meine Schlüssel und öffnete die Haustür. Im Gehen rief ich zurück: »Bin gleich wieder da.« Hatte Donna mich gehört? Wo steckte sie überhaupt?

Das Haus der Rodomskis war ein großzügiger Bungalow, ein Stück von der Straße zurückgesetzt und von einem breiten, gepflegten Rasen umgeben. In der Mitte stand ein Springbrunnen, der aussah wie ein überdimensionales Vogelbad und so gut zu dieser Straße passte wie die Kühlerfigur eines Rolls-Royce auf einen Kia. Die Rodomskis besaßen das attraktivste Haus in einer mittelmäßigen Straße, was jedoch, wie ich mir von einem befreundeten Immobilienmakler hatte sagen lassen, nicht annähernd so erstrebenswert ist wie ein mittelmäßiges Haus in einer sehr attraktiven Straße. Alle anderen Häuser in der Arlington Street schmälerten den Wert des Rodomski-Hauses.

In der Doppeleinfahrt standen ein weißer Ford Explorer

90

und ein dunkelblauer Lexus. Ich stellte mich hinter den Explorer und stieg aus. Der Weg zur Haustür war mit Terrassenplatten gepflastert. Ich ging zur Tür und klingelte.

Von drinnen hörte ich gedämpfte Rufe. Die Stimme eines Mannes fragte, ob nicht vielleicht jemand öffnen wollte, und die Stimme einer Frau meinte, er sei näher dran. Ich wartete. Früher oder später würde schon jemand kommen. Ein silberhaariger Mann Ende vierzig öffnete. Wahrscheinlich war er gerade von der Arbeit nach Hause gekommen. Der Kragen seines makellos weißen Hemds stand offen, die Krawatte saß schief, die Aufschläge seiner eleganten Hose stießen auf schwarze Socken statt auf Schuhe. Aus einem Loch im rechten Socken blickte mir die große Zehe entgegen. Der Mann hielt ein riesiges, halbvolles Glas Rotwein in der Hand.

»Ja?«

»Mr. Rodomski?«

»Egal, was es ist, wir wollen's nicht.«

»Ich will Ihnen nichts verkaufen. Ich bin gekommen, um –«

»Wer ist da, Chris?«, rief eine Frau in irgendeinem Teil des Hauses.

Er drehte den Kopf und schrie zurück: »Keine Ahnung!«, Dann wandte er sich wieder mir zu und fragte: »Was verkaufen Sie noch mal?«

»Ich sagte, ich will Ihnen nichts verkaufen. Ich heiße Cal Weaver und bin Privatermittler.« Ich streckte ihm die Hand entgegen.

Chris Rodomski ergriff sie. Seine Hand war feucht und kalt, und ich bereute sofort, dass ich ihm meine gereicht hatte.

»Tatsächlich?«, fragte er.

Ich zückte meine Brieftasche und hielt ihm meinen Ausweis einen Augenblick unter die Nase. Meinetwegen hätte er ihn sich auch genauer ansehen können. Doch sein Blick war glasig, und ich hielt es für überflüssig.

Am Fuß der Treppe erschien eine Frau und kam auf die Tür zu. Seine Ehefrau vermutlich. Sie hatte kastanienbraunes, auf üppig getrimmtes Haar. Mit dem Lippenstift war sie ein wenig übers Ziel hinausgeschossen. Hatte wahrscheinlich schon als Kind Probleme gehabt, nicht über den Rand zu malen. Auch mit dem Rouge hatte sie es übertrieben. Sie sah ein bisschen aus wie ein Clown. Auch sie hatte ein Glas Rotwein in der Hand, allerdings mehr Glas als Wein.

»Wer ist das?«, fragte sie ihren Mann. Sie lallte schon ein wenig. Noch war sie nicht völlig betrunken, aber irgendwas sagte mir, dass sie nur mehr wenige Gläser davon entfernt war.

»Ein Ermittler, Glynis.«

»Polizei?«, sagte sie und erblasste unter ihren clownroten Bäckchen. Abrupt stellte sie das Glas auf dem Tischchen ab, neben dem sie stand.

Ich nannte ihr meinen Namen. »Ich bin nicht von der Polizei. Ich ermittle privat.«

»Und warum sind Sie hier?« Sie hatte eine Hand auf die Brust gelegt, als wollte sie prüfen, wie schnell ihr Herz schlug.

»Es ist alles in Ordnung, da bin ich sicher«, sagte ihr Mann. Er blickte mich entschuldigend an. »Glynis rechnet immer gleich mit dem Schlimmsten.«

»Weil das üblicherweise auch passiert«, gab sie zurück.

»Darf ich hereinkommen?«, fragte ich und deutete mit dem Kopf Richtung Wohnzimmer.

»Aber zuerst will ich wissen, ob Sie wegen Hanna hier sind«, sagte Glynis Rodomski.

»Ja«, sagte ich. »Auch, aber nicht nur. Ist sie da?«

Die Antwort kam von Chris Rodomski. »Nein«, sagte er. »Ist sie nicht.« Doch die Worte kamen so schnell, dass ich meine Zweifel an ihrem Wahrheitsgehalt hatte.

Auf dem Weg ins Wohnzimmer kamen wir an einer Tür vorbei, durch die ich einen Blick in die Küche erhaschte. Dort türmte sich neben der Spüle das Geschirr, ein Zeitungsstapel drohte jeden Moment umzufallen, auf dem Tisch standen eine offene Weinflasche und eine Packung Cheerios. Wenn das nicht ihr Abendessen war, dann standen die noch vom Frühstück herum. Das Wohnzimmer hingegen hätte direkt aus einem Katalog für schöneres Wohnen kommen können. Zwei zusammenpassende Sofas mit den dazugehörigen Sesseln, alle mit perfekt positionierten Zierkissen versehen.

Chris Rodomski stieß ein Kissen zur Seite und setzte sich in einen der Sessel. Das Kissen fiel lautlos auf den Teppich. Glynis warf ihrem Mann einen finsteren Blick zu, aber vermutlich gab meine Anwesenheit mehr Anlass zur Verstimmung als seine Geringschätzung ihrer dekorativen Bemühungen. Sie setzte sich auf eines der Sofas, und ich nahm auf dem anderen Sessel Platz.

»Wissen Sie, wo Hanna gerade ist?«, fragte ich.

Die Rodomskis wechselten einen Blick. »Nicht, wo sie jetzt in dieser Sekunde ist«, sagte er. »Es gibt viele Orte, an denen sie sein könnte.« Es sollte unbekümmert klingen. »Wahrscheinlich ist sie bei Freunden.« Doch dann setzte er eine besorgte Miene auf und sagte: »Aber bevor wir noch weitere Fragen beantworten, müssen Sie uns endlich sagen, weshalb Sie hier sind.«

Seine Frau konnte sich nicht länger zurückhalten. »Es geht um diesen kleinen Nebenverdienst, den sie und ihr Freund da haben, stimmt's?«, stieß sie hervor. »Ich hab ihr gesagt, dass ihr das noch mal auf die Füße fällt.«

Rodomski warf ihr einen raschen Blick zu. »Wir wissen noch gar nicht, ob Mr. Weavers Besuch in irgendeinem Zusammenhang damit steht.«

»Nebenverdienst?«, fragte ich.

Er machte eine wegwerfende Handbewegung in meine Richtung. »Sagen Sie uns, warum Sie hier sind.«

Ich holte Luft. »Hanna hat doch eine Freundin namens Claire Sanders, oder?«

»Ja«, sagte Glynis.

»Claire wurde seit gestern Abend nicht mehr gesehen, und ich bin auf der Suche nach ihr. Ich dachte mir, Hanna könnte mir vielleicht helfen.«

»Was soll das heißen, sie wurde nicht mehr gesehen?«, fragte Glynis. »Wird sie vermisst?«

Ich zögerte. Nicht zu wissen, wo jemand sich aufhielt, war nicht dasselbe, wie ihn als vermisst zu bezeichnen. »Sie muss gefunden werden«, sagte ich und beließ es dabei.

»Ich habe nicht die leiseste Ahnung, wo sie ist«, sagte Glynis. »Claire, meine ich. Sie kommt immer mal wieder vorbei, aber nur, wenn Hanna da ist, und die ist nicht oft da.«

»Aber sie wohnt hier«, sagte ich. Es war eher eine Feststellung als eine Frage.

»Also … klar, theoretisch schon«, sagte Hannas Mutter. »Aber praktisch verbringt sie jede Minute des Tages mit ihrem Freund.«

»Und nicht nur des Tages«, fügte ihr Mann giftig hinzu.

»Wer ist ihr Freund?«, fragte ich und zog mein kleines Notizbuch heraus.

»Sean«, sagte Glynis.

»Sean. Und wie noch?«

»Skilling«, schaltete sich Rodomski ein. Er führte sein Glas an die Lippen und tat einen langen Zug.

»Stimmt«, sagte Glynis plötzlich. »Sean Skilling. Wenn ich versuche, mich an den Namen zu erinnern, fällt mir immer nur ›Skilift‹ ein.«

»Trägt Hanna ein Handy bei sich?«

Glynis verdrehte die Augen. Sie wirkte entspannter, seit ihr klar war, dass ich wegen Claire hier war und nicht sosehr wegen ihrer Tochter. »Soll das ein Witz sein? Hanna und ihr Handy sind wie siamesische Zwillinge.« Sie überlegte. »Ich könnte aber nicht sagen, wo sie zusammengewachsen sind – an der Hand oder am Kopf.«

»Könnten Sie sie anrufen und bitten, nach Hause zu kommen?«

»Und was soll ich ihr sagen?«

»Ich weiß nicht. Es ist dringend. Eine Familienangelegenheit. Und sie muss unbedingt nach Hause kommen.«

Glynis sah skeptisch drein. »Versuchen kann ich's ja.« Sie nahm den Hörer eines Festnetztelefons zur Hand, das auf einem Tischchen neben dem Sofa stand.

Sie hielt ihn sich ans Ohr und wartete. Bei jedem Klingelton nickte sie fast unmerklich. Schließlich sagte sie: »Oh, hallo Süße, hier ist deine *Mutter*. Könntest du bitte heimkommen? Dein Vater und ich müssen etwas mit dir besprechen. Aber –«, sie sah mich an, » – so was kann man nicht am Telefon besprechen.« Nach einer kurzen Pause fügte sie mit gezwungener Fröhlichkeit hinzu: »Ich hoffe, du amüsierst dich.«

Glynis legte auf. »Sie ruft zurück oder auch nicht. Wahrscheinlich hat sie gesehen, dass ich es bin, und ist deshalb nicht rangegangen. Tut sie jedenfalls meistens nicht, wenn sie sieht, dass wir's sind. Ich könnte ihr eine SMS schicken, aber das würde auch keinen Unterschied machen.«

Rodomski schüttelte den Kopf. »Das ist wirklich nervig, wenn's dringend ist. Haben Sie Kinder?«

Ich zögerte. »Einen Sohn.«

Rodomski nickte und sagte ein wenig neidvoll. »Sie wissen gar nicht, wie gut Sie's haben. Mädchen sind viel mehr Gefahren ausgesetzt.«

»Sind Hanna und Claire schon lange befreundet?«, fragte ich.

»Seit der Siebten, glaub ich«, antwortete Glynis. »Sie sind unzertrennlich. Mal schläft die eine bei der anderen, dann wieder umgekehrt. Sie tauschen ihre Kleider, auch auf Klassenfahrten stecken sie immer zusammen.«

»Was wissen Sie über Claire?«

Glynis zuckte die Schultern. »Sie ist ein nettes Mädchen.«

»Sie ist die Tochter vom Bürgermeister«, sagte Rodomski. Nach einer Pause fügte er hinzu: »Diesem Blödmann.«

»Sie sind kein Fan von ihm?«

Chris schüttelte den Kopf. »Sehen Sie sich die Nachrichten im Fernsehen an? Sehen Sie, was da draußen los ist, nicht mal eine halbe Stunde südlich von hier? Wollen Sie, dass es auch bei uns so zugeht? Ich bin der Meinung, die Polizei hier tut, was sie tun muss, und ich hab kein Problem damit. Bert Sanders macht sich mehr Sorgen um die Rechte von irgendwelchen Unruhestiftern als um unser Recht, nachts ruhig in unseren Betten schlafen zu können. Ich hab diese Petition unterschrieben. Mehr als einmal. Ich unterschreibe in jedem Laden, in den ich gehe. Wie steht's mit Ihnen?«

»Irgendwie habe ich nie einen Stift dabei«, sagte ich.

»Entweder ist man *für* Chief Perry oder *gegen* ihn. So sehe ich das.«

»Perry und ich haben ein kompliziertes Verhältnis«, sagte ich. Ich hatte keine Lust, mich noch länger über Politik zu unterhalten. Ich wandte mich an seine Frau. »Wann haben Sie Hanna zuletzt gesehen?«

Sie blickte ihren Mann an, dann wieder mich. »Ich hab sie letzte Nacht nicht nach Hause kommen hören, und heute Morgen war sie schon recht früh –«

»Hanna ist letzte Nacht nicht nach Hause gekommen«, sagte Chris. »Herrgott, Glynis, lüg dir doch nicht in die eigene Tasche.«

»Wenn sie nicht heimgekommen ist, wo war sie denn dann?«

»Bei ihm natürlich. Bei Sean. Da verbringt sie doch fast jede Nacht.«

»Er wohnt bei seinen Eltern?«

Rodomski nickte. »Die denken sich wahrscheinlich gar nichts dabei, wenn ein Mädchen mit ihrem Freund in ihrem Haus in wilder Ehe lebt.«

»In wilder Ehe«, wiederholte Glynis spöttisch. »Aus welchem Jahrhundert kommst du denn?«

»Ich brauche Hannas Handynummer«, sagte ich zu beiden. »Und die Adresse von Sean Skilling.«

»Die Nummer kann ich Ihnen geben, aber wo die Skillings wohnen, weiß ich nicht genau«, sagte Glynis. »Die stehen sicher im Telefonbuch.«

Sie sagte mir die Nummer, und ich schrieb sie in mein Notizbuch. »Gehen sie in dieselbe Schule?«

Glynis nickte. »Und Sean hat ein Auto.«

»Was für eines?«

Da war sie offenbar überfragt. Sie sah ihren Mann an. »Einen Pick-up«, sagte er. »Wahrscheinlich einen Ford. Sie kennen bestimmt den Ford-Händler gleich außerhalb der Stadt, Ford Skilling.«

Den kannte ich.

»Sean ist sein Sohn.«

»In welcher Branche arbeiten Sie, Mr. Rodomski?«

»Ich bin Finanzberater.«

»Hier in Griffon?«

»Nein, unser Büro liegt draußen an der Military Road.« Er sprach es wie »Milltri« aus, wie jeder in dieser Gegend.

»Ich arbeite auch«, sagte Glynis indigniert. »Ich sorge für ihn und unsere Tochter. Das ist ein Fulltime-Job.«

»Einer von Glynis' kleinen Scherzen«, sagte Rodomski müde. »Sie glaubt, er ist auch beim hundertsten Mal noch witzig.«

Ich gab jedem von ihnen meine Karte. »Wenn Hanna nach Hause kommt, bevor ich sie treffe, rufen Sie mich an.«

Beide nahmen die Karte, ohne auch nur einen Blick darauf zu werfen.

»Eine letzte Frage. Was ist das für ein Nebenverdienst, von dem Sie vorhin gesprochen haben?«

»Hmm?« Glynis stellte sich dumm.

»Als ich hereinkam, fragten Sie, ob es um den kleinen Nebenverdienst von ihr und Sean geht. Sie haben gesagt, Sie hätten Hanna gewarnt, dass ihr der noch mal auf die Füße fallen könnte.«

»Das hat nichts mit Claire Sanders zu tun«, sagte Chris Rodomski. »Ich glaube, wir haben Ihnen geholfen, so gut wir konnten.«

Sie brachten mich zur Tür.

Auf dem Weg zu meinem Wagen machte ich einen kleinen Umweg ums Haus, um einen Blick in den Garten dahinter zu werfen. Selbst in der Dunkelheit konnte ich einige Mülltonnen und eine verrostete alte Schaukel ausmachen. Musste schon Jahre her sein, dass Hanna darauf gesessen hatte. Ich musste an Chris Rodomskis eleganten Anzug und sein Loch im Socken denken. Wohnzimmer picobello, die Küche ein Schweinestall. Schöner Garten vor dem Haus. Ein Riesenverhau dahinter.

Den Rodomskis war der erste Eindruck wichtig, den sie machten. Was danach kam, war ihnen scheißegal.

NEUN

Als sie zwischendurch kurz nach Hause kommt, um nach ihm zu sehen und ihm etwas zu essen zu bringen – scharf gewürzte Chicken Wings und Pommes frites –, sitzt er in seinem Sessel, eine Autozeitschrift auf dem Schoß.

»Ich kapier diese Dinger nicht, diese, wie heißen sie noch mal, Navigationssysteme«, sagt er. »Die haben sie jetzt überall. Ich hatte nie so was in meinem Wagen.«

»Angeblich sind die gar nicht so toll«, sagt die Frau. »Irgend so eine bescheuerte Kuh soll alles gemacht haben, was das Navi ihr sagte, und in einem See gelandet sein.«

Der Mann lacht leise. »Riecht wie Chicken Wings«, sagt er, nimmt den Styroporbehälter und öffnet ihn. »Köstlich sehen die aus.«

»Ich hab dir auch einen Haufen Servietten und Feuchttücher mitgebracht«, sagt sie und reicht sie ihm. »Sieh zu, dass du die Knochen nicht durch die Gegend schmeißt.«

Als ob es was nützen würde. Etwas von seinem Essen geht immer daneben. Sie bemüht sich, einmal in der Woche den schlimmsten Dreck hier wegzumachen. Als hätte sie nicht auch so schon genug zu tun. Den Mief in dem Raum nimmt sie gar nicht mehr wahr.

»Hast du darüber nachgedacht, was ich heute Morgen gesagt habe?«, fragt er und reißt mit seinen grauen Zähnen das Fleisch von einem Hähnchenflügel.

»Was war das gleich noch mal?«, fragt sie zurück. Sie weiß sehr wohl, was es war – es ist schließlich immer dasselbe. Aber so zu tun, als wisse sie es nicht, verschafft ihr wenigstens eine kleine Verschnaufpause.

»Dass ich arbeiten will. Oder zumindest sonst ein bisschen aus dem Haus gehen.«

»Schluss. Du raubst mir den letzten Nerv.«

Sie sammelt ein paar Hefte ein, die auf dem Bett liegen – Autozeitschriften, ein Klatschmagazin und mehrere Ausgaben von National Geographic – und legt sie ordentlich gestapelt auf den Nachttisch. »Du kannst mich doch nicht Tag für Tag dasselbe fragen und erwarten, dass die Antwort darauf eine andere ist. Du – ach, sieh dir das an, da sind überall Toastrinden in deinem Bett.«

»Wenn du meinst, es geht nicht wegen der Treppe, die schaffe ich schon. Dauert nur ein bisschen länger.«

»Du weißt, dass es nicht um die Treppe geht«, sagt die Frau. Etwas, das ihr schon heute Morgen Unbehagen bereitet hat, liegt ihr auch jetzt wieder im Magen. Wo ist dieses Buch? Das, in das er dreimal am Tag oder sogar noch öfter hineinschreibt. Wenn sie es sich recht überlegt, hat sie es schon tagelang nicht mehr gesehen.

»Wo ist denn dein blödes kleines Notizbuch?«, fragt sie.

»Ich habe dir doch gesagt, da schreibe ich erst rein, wenn du draußen bist.«

»Seit wann das denn?«

»Ist doch egal.«

»Und wo ist es jetzt?«

»Ich glaube, es ist unters Bett gefallen. Vielleicht ist es auch zwischen dem Bett und der Wand stecken geblieben.«

»Rutsch mal rüber. Ich such's dir.«

»Schon gut«, sagt der Mann. »Ich suche es nachher selber.«

»Wenn du's nicht bald findest, vergisst du wieder, was du schreiben wolltest«, sagt sie. Sie hat sich entschlossen, die Sache vorläufig auf sich beruhen zu lassen. Sie muss weg. Sie wendet sich zum Gehen, da sagt er: »Warte mal.«

Sie bleibt. »Was gibt's denn noch?«

»Der Junge«, sagt er. »Was ist denn mit dem Jungen?«

Einen Augenblick ist sie verwirrt. Sie weiß nicht, welchen Jungen er meint. Seinen Stiefsohn oder den, der ihnen erst kürzlich solche Scherereien verursacht hat. Sie gibt eine Antwort, die alles bedeuten kann.

»Wir haben alles im Griff«, sagt sie. »Wir kriegen das schon hin.«

»Hat vielleicht auch sein Gutes, dass das passiert ist«, sagt er. Ein Anflug von naiver Hoffnung lag in seiner Stimme. »Ich meine, das könnte doch bedeuten, dass sich was ändert.« Er grinst sie mit seinen grauen Zähnen an. »Ich hätte nichts dagegen, wenn sich was ändert.«

»Nein«, sagt sie. »Es bedeutet keineswegs, dass sich was ändert.«

ZEHN

Ich dachte immerzu an ihn. Damals, nachdem es geschehen war, aber auch jetzt noch, nach so langer Zeit. Es ist wie ein leises Summen. Egal, was man tut, im Hintergrund ist es immer noch zu hören.

Ich dachte daran, wie er gewesen war, was wir gemeinsam unternommen hatten. Augenblicke. Schnappschüsse aus dem Gedächtnis. Manche Erinnerungen waren angenehm, andere weniger. Manche waren wie Wegweiser während einer Reise. Als Scott acht war, riefen sie von der Schule an, weil er sich mit einem anderen Jungen geprügelt hatte. Donna konnte nicht weg von der Arbeit, aber ich hatte gerade nichts zu tun, also fuhr ich hin. Bei meiner Ankunft saß er mit gesenktem Blick auf einer Bank im Sekretariat und ließ die Beine baumeln. Sie waren gerade lang genug, dass er mit den Spitzen seiner Turnschuhe den Fußboden erreichte.

»Hey«, sagte ich, und er sah zu mir hoch. Seine Augen waren gerötet, doch er weinte nicht. Wenigstens nicht in diesem Moment. Ich setzte mich neben ihn. Unsere Schenkel berührten sich, und er lehnte sich an mich.

»Ich hab geglaubt, was ich tue, ist richtig«, sagte er.

»Erzähl von Anfang an.«

»Mickey Farnsworth hat einen Stein auf ein Auto geworfen, und ich hab's der Lehrerin gesagt. Sie hat gesagt, sie hat grad keine Zeit, und wahrscheinlich hat sie dann vergessen, was zu unternehmen. In der Pause hat Mickey gesagt, ich bin eine Petze, und hat mich gehauen, ich hab zurückgehauen, und jetzt haben wir beide Ärger.«

»Wo ist Mickey?«, fragte ich.

»Seine Mom ist gekommen und hat ihn abgeholt. Sie hat auch Petze zu mir gesagt.«

Das machte mich wirklich sauer, aber was hätte ich tun sollen? Dummerweise war es nicht das erste Mal, dass Scott gepetzt hatte. Es passte ihm nicht, mit anzusehen, wenn andere für ihre Missetaten nicht zur Rechenschaft gezogen wurden. Aber wenn er dafür sorgte, dass sie bekamen, was sie verdienten, ging das oft nach hinten los.

So war das Leben.

»Es ist doch nicht richtig, wenn man Autos mit Steinen bewirft, oder?«, fragte er.

»Nein, ist es nicht.«

»Und du und Mom, ihr habt gesagt, es ist nicht richtig, wenn man sieht, wie jemand das Gesetz bricht, und nichts dagegen tut. Ist es denn nicht gegen das Gesetz, Autos mit Steinen zu bewerfen.«

»Doch.«

»Warum werde ich dann nach Hause geschickt?«

Ich legte ihm den Arm um die Schulter und klopfte ihm beruhigend auf den Rücken. Ich überlegte, was ich sagen konnte, um nicht scheinheilig zu klingen.

»Manchmal tut es weh, wenn man tut, was man für richtig

hält«, sagte ich schließlich. »Manchmal lohnt es sich nicht, zu tun, was man für richtig hält. Es ist nicht leicht, immer das Richtige zu tun. Oft macht man sich damit das Leben recht schwer.«

»Tust du denn nicht immer, was du für richtig hältst?«, fragte Scott und sah mich an.

»Ich werde mich immer darum bemühen, wenn es um dich geht«, sagte ich.

Er legte mir den Kopf an die Brust. »Die Direktorin will dich sprechen.«

»Ist gut.«

»Und du musst mich mitnehmen.«

»Ist gut.«

»Krieg ich eine Strafe?«

»Die hast du schon gekriegt«, sagte ich. »Und zwar zu Unrecht. Und aus den falschen Gründen.«

»Das versteh ich nicht, Dad.«

»Ich auch nicht«, sagte ich. »Ich auch nicht.«

Auf dem Weg zu den Skillings überlegte ich, was ich da eigentlich tat und warum ich es tat. Ich musste wissen, dass Claire Sanders nichts passiert war. Ich war unwissentlich in diese unselige Geschichte hineingezogen worden und hatte sie mit meiner Reaktion womöglich in Gefahr gebracht. Wenn dem so war, musste ich mir was einfallen lassen, um sie da wieder rauszuboxen. Ich sah nicht gern untätig zu, wenn junge Leute in Schwierigkeiten gerieten.

Sieh mal an, aber wenn's dir in den Kram passt, hast du kein Problem damit, sie so ranzunehmen, dass sie sich vor Angst fast in die Hose machen.

Ich glaubte fest daran, dass ich Claire finden würde. Wie oft war ich schon engagiert worden, um verschwundene Kinder aufzustöbern? Zwanzigmal bestimmt. Und nur einmal war es mir nicht gelungen. Und das auch nur, weil das Kind – ein zwölfjähriger Junge – von selbst nach Hause kam, bevor ich es fand.

Und was war, wenn ich Claire fand? Bei ihrem Freund zu Hause, in einer Jugendherberge in Los Angeles, an einem Strand in Florida? Was sollte ich dann mit ihr tun? Sie an ihren blonden Haaren nach Griffon zurückschleifen? Wohl kaum.

Aber ich würde ihr sagen, dass man sich zu Hause Sorgen um sie machte. Ich würde ihr raten, ihre Eltern anzurufen. Und ich würde ihr die Hölle heißmachen, weil sie mir das alles eingebrockt hatte.

Und damit wäre die Sache für mich erledigt.

Sean Skilling würde mich zu Hanna führen, und Hanna würde mich zu Claire führen. So oder so.

Die Skillings wohnten in der Dancey Street, nicht einmal einen Kilometer von den Rodomskis entfernt. Als ich zu deren Haus gekommen war, dämmerte es gerade. Als ich in die Dancey Street einbog, war es bereits stockdunkel. Ich fuhr langsam die Straße entlang und suchte die richtige Hausnummer. Seltsam, wie viele Leute alles taten, um sie zu verstecken. Wenn sie schon der Feuerwehr das Leben nicht leichtermachen wollten, dann sollte man doch meinen, dass sie's für den Pizza-Service täten.

Das Haus hatte eine gerade Nummer, also musste es auf der linken Straßenseite liegen. Weit konnte es nicht mehr sein. Plötzlich gingen in einer Einfahrt direkt vor mir Autoscheinwerfer an. Der Wagen stand mit dem Heck zum Haus, deshalb kreuzte sich der Strahl seiner Scheinwerfer mit meinen. Im Vorüberfahren warf ich einen Blick auf den Wagen. Ich war kurz geblendet. Dann sah ich die Messingziffern auf einem Zierstein am Straßenrand. Das war das Haus.

Es war kein Personenwagen, sondern ein Pick-up. Ein schwarzer Ford Ranger. Jetzt, wo mich die Scheinwerfer nicht mehr blendeten, konnte ich einen jungen Mann mit einer Baseballmütze hinter dem Steuer ausmachen. Ich fuhr an den gegenüberliegenden Rand der Straße, als der Pick-up mit röhrendem Motor auf die Fahrbahn schwenkte. Er schlug die Richtung ein, aus der ich gekommen war, und beschleunigte so schnell, dass er ins Schlingern geriet. Ich wendete, so rasch ich konnte, und gab Gas. Der Wagen war schon hinter der nächsten Kurve verschwunden, der Fahrer hatte also wahrscheinlich gar nicht mitbekommen, dass ich die Richtung gewechselt hatte und ihm jetzt hinterherfuhr. Er bog links ab, dann rechts, dann waren wir schon auf der Danbury Street. Ich ahnte, wohin er fuhr.

Vier Minuten später erwies sich diese Ahnung als richtig. Der Ranger bog links ab und fuhr auf den Parkplatz hinter Patchett's Bar. Ich hielt am Straßenrand an, um zu sehen, wer ausstieg. Der junge Mann war gute eins achtzig groß und vielleicht achtzig Kilo schwer. Er hatte dunkelblondes Haar, und die Vorderseite seiner Mütze zierten zwei horizontale Streifen. Das Logo der Buffalo Bills. Er war bestimmt nicht der Einzige bei Patchett's, der so eine Mütze trug.

Der Gang des jungen Mannes passte zu seinem athletischen Körperbau. Er rannte nicht, ging aber mit eiligen Schritten um das Gebäude herum und betrat die Bar.

Ich parkte hinter ein paar Harley-Davidsons mit langer Vorderradgabel, überquerte die Straße und ging ebenfalls in das Lokal. Patchett's war wie Tausende andere Bars. Schummriges Licht, laute Musik, Geländer, Tische und Stühle aus schwerer Eiche. In der Luft hing der Geruch von Bier und Schweiß und menschlichem Verlangen. Ungefähr hundert Leute verteilten sich auf Theke, Tische und die Ecke mit dem Billardtisch. Die an den Tischen taten sich gütlich an Spareribs, Chicken Wings und dünngeschnittenen Ofenkartoffeln. Dazu tranken sie Bier aus Zweiliterhumpen.

Ich war nicht der Älteste hier, aber der Großteil des Publikums bestand aus Männern und Frauen zwischen zwanzig und dreißig. Und so wie ich Patchett's kannte, gab es wahrscheinlich auch etliche Jugendliche unter einundzwanzig. Sie waren unschwer zu erkennen, und nicht nur, weil sie jünger aussahen. Sie waren auch diejenigen, die sich beim Trinken am lässigsten gaben. Den Hals ihrer Flaschen zwischen Zeige- und Mittelfinger haltend, taten sie so, als tränken sie schon ihr Leben lang Bier auf diese Weise.

Ich sah mich nach Skilling um und entdeckte ihn im Gespräch mit einem Mann an der Theke. Worüber die beiden sich unterhielten, konnte ich nicht verstehen, denn aus den Boxen dröhnte »Proud Mary« von Creedence Clearwater Revival. Als dieses Lied herauskam, waren die meisten Besucher der Bar noch nicht einmal geboren, und auch ich hatte es nur mit Müh und Not geschafft. Weil ich des Lippenlesens nicht mächtig war, arbeitete ich mich an die Theke vor, um zu hören, worüber Sean Skilling und der andere Mann sprachen. Ich blieb hinter ihm stehen, machte den Barmann auf mich aufmerksam und bestellte ein Corona.

Da alle die Musik überbrüllen mussten, war es nicht besonders schwierig mitzuhören. Skillings Gesprächspartner schrie: »Ich hab sie nicht gesehen, Kumpel. Wann hast du denn das letzte Mal mit ihr geredet?«

»Gestern Abend«, schrie Skilling zurück.

»Und sie geht nicht ans Handy?«

Skilling schüttelte den Kopf. »Also, wenn du sie siehst, sag ihr, sie soll mich anrufen, ja?«

»Geht klar!«

Sean ging jetzt zu einer Dreiergruppe, die neben dem Billardtisch stand. Dort waren zwei übergewichtige Männer völlig in ihr Spiel vertieft. Mit ihren Bärten und den schwarzen Lederjacken sahen sie nicht aus, als seien sie aus der Gegend. Ich blieb noch kurz an der Theke stehen, dann nahm ich mein Bier und schlenderte damit in die Billardecke.

Etwa einen halben Meter von Skilling entfernt stand eine Säule. Ich stellte mich so hin, dass ich mit dem Rücken zu ihm stand und mich anlehnen konnte. Aber obwohl er brüllte, war es zu laut, um irgendetwas von dem zu verstehen, was er sagte. Also stieß ich mich von der Säule ab und näherte mich der Dreiergruppe. Ich tat so, als verfolge ich das Spiel der Biker, die auf Hell's Angels machten, in Wirklichkeit aber wohl nur Möchtegern-Rocker waren.

»Tut mir leid, Mann!«, hörte ich ein Mädchen sagen. »Ich hab sie hier gesehen. Gestern oder wann das war. Ja, ich glaub, gestern. Oder war's doch vorgestern Abend?«

War Hanna sich bewusst, dass ihrem Freund so daran gelegen war, Claire zu finden? War Sean Skilling der Typ in dem Pick-up, dem Claire entkommen wollte? Aber warum hätte Hanna Claire helfen sollen, von der Bildfläche zu verschwinden? Damit ihr eigener Freund aufhörte, ihrer Freundin nachzustellen? Was sollte das für einen Sinn haben?

»Alles klar. Aber wenn ihr sie seht, sagt mir Bescheid«, bat Sean.

Allgemeines Nicken. Ein junger Mann im schwarzen T-

Shirt mit Batman-Logo fragte: »Hey, kann ich für Samstag-abend was bei dir bestellen?«

»Jetzt nicht, Alter.«

Sean entdeckte jemanden am anderen Ende des Lokals. Es schien mir nicht sehr hilfreich, noch ein Gespräch zu belauschen, das genauso ablaufen würde wie die bisherigen. Außerdem gab es hinten keinen Platz, wo ich unentdeckt geblieben wäre.

Ich beobachtete, wie Sean einen jungen Mann etwas fragte, der an einem Tisch saß und sich mit einem Feuchttuch die Sauce zu den Chicken Wings von den Fingern wischte. Der Mann schüttelte den Kopf, und Sean nickte. Er sah sich um, ob noch jemand hier war, den er kannte. Er erspähte eine Kellnerin, die ein Tablett mit zwei Bierhumpen über ihrer Schulter balancierte, und hielt sie auf. Sie schüttelte den Kopf und ging weiter.

Sean Skilling stand da, als überlege er, was er als Nächstes tun solle. Er kramte in seiner Jackentasche nach seinem Handy, wahrscheinlich um zu kontrollieren, ob er eine SMS oder einen Anruf erhalten hatte, die er nicht gehört hatte. Dann steckte er es wieder ein.

Er ging zur Tür.

Ich stellte mein Bier auf den nächstgelegenen Tisch und ging ihm nach.

Als er nach hinten zum Parkplatz gehen wollte, rief ich ihn an. »Sean!«

Er wirbelte herum und sah mich mit zusammengekniffenen Augen an. »Ja?«

»Sean Skilling?«

»Wer zum Teufel – kenn ich Sie?«

»Ich bin Cal Weaver.«

Er legte den Kopf schief. Sah irgendwie komisch aus. »Weaver?«

»Genau.«

»Der Vater von Scott?«

»Ja.«

»Dann sind Sie dieser … dieser Privatschnüffler.«

»Ja«, sagte ich.

Er schüttelte heftig den Kopf und hob eine Hand, die Handfläche auf mich gerichtet. »Ich weiß überhaupt gar nichts.«

»Du weißt ja noch nicht mal, was ich dich fragen will.«

»Es geht um Scott, stimmt's? Ich kann Ihnen nichts sagen.«

»Ich bin nicht seinetwegen hier. Ich suche Claire Sanders.«

Er öffnete den Mund, doch zunächst kam kein Laut heraus. »Was haben Sie denn mit der Geschichte zu tun, verdammt noch mal?«, sagte er dann.

Ich hörte, wie die Tür der Bar hinter mir aufgestoßen wurde und wieder zufiel. Ein Paar überquerte lachend die Straße.

»Sean, hör mir zu. Ich muss mit Hanna reden. Ich glaube, Hanna weiß, wo Claire steckt. Die Polizei sucht nach ihr.«

Er winkte ab. »Sie können mich mal.«

Ich machte einen Schritt auf ihn zu. »Ich bin nicht darauf aus, dir Schwierigkeiten zu machen. Ich will mich nur vergewissern, dass mit Claire alles in Ordnung ist. Wo finde ich Hanna? Ist sie bei Claire?«

Wieder hörte ich die Tür hinter mir aufgehen, eine Kakophonie von Stimmen und Musik wehte heraus und stieg in die Nachtluft auf.

»Komm schon«, bat ich ihn. »Wir gehen irgendwohin, wo's ruhiger ist, trinken einen Kaffee, und du erzählst mir, was da los ist.«

Sean Skilling lachte. »Ja klar, als wenn ich mit Ihnen irgendwohin ginge, Sie verdammter Psycho.«

Ich bildete mir ein, er habe mir kurz über die Schulter gesehen, und drehte mich um. In diesem Augenblick schrie jemand: »Hau ab, Mann!« Ich war nicht schnell genug, um die Faust ganz abzuwehren, aber ich brachte meinen Arm immerhin hoch genug, um den Schlag ein wenig abzufälschen. Trotzdem erwischte er mich an der Schläfe, und ich ging zu Boden. Wer auf mich losgegangen war, hatte ich nicht sehen können. Dafür sah ich jetzt eine Menge Sterne, allerdings nicht an dem blauen Himmelszelt. Als ich auf dem Boden aufschlug, hörte ich die Schritte von zwei Personen, die sich rasch in verschiedene Richtungen entfernten.

»So ein Scheiß«, sagte ich leise und legte die Hand auf die Schläfe. Ich war auf dem Rücken gelandet. Jetzt rollte ich mich zur Seite und kam auf die Knie. Vom Parkplatz her hörte ich das Brummen eines Pick-ups, dann das Quietschen von Reifen, als der Wagen von Kies auf Asphalt wechselte. Erst als ich mir sicher war, dass die Erde sich nicht allzu schnell drehte, stand ich auf. Noch ehe ich so weit war, hörte ich eine andere Stimme.

»Alles in Ordnung?«

Eine korpulente Frau beugte sich über mich. Sie mochte Mitte sechzig sein. Ihr graues Haar trug sie schulterlang, wahrscheinlich schon seit vierzig Jahren unverändert. Sie grinste mich an.

»Sie sehen mir aus wie einer, der gerade eins auf die Mütze gekriegt hat. Kommen Sie doch rein, und wir sehen uns an, ob Sie einen Arzt brauchen. Ich heiße Phyllis. Mir gehört der Schuppen hier. Und ich kann mir auch schon denken, wer Sie sind.«

ELF

Phyllis führte mich wieder in ihre Bar. Als sie mich am Tresen vorbei in ein Büro schob, überlegte ich kurz, ob ich protestieren und ihr sagen sollte, mir gehe es gut. Aber erstens hatte sie einen Griff wie ein Schraubstock, und zweitens war es vielleicht nicht unklug, mit ihr zu sprechen. Als wir an dem Mann vorübergingen, der mir mein Corona gegeben hatte, sagte sie: »Bring mir ein paar Eiswürfel in einem Handtuch, Bill. Für unseren Sam Spade hier.«

»Nehmen Sie Platz«, befahl sie, ließ mich los und deutete auf ein Ledersofa, das ihrem Schreibtisch gegenüberstand. Ich gehorchte. Bill kam mit einem rot-weiß karierten Geschirrtuch, in das er eine Handvoll Eiswürfel gepackt hatte. »Legen Sie sich das auf die Birne«, sagte Phyllis. Ich nahm das Bündel und hielt es mir an die Schläfe, die zugegebenermaßen ziemlich schmerzte. Als Bill gegangen war und die Tür hinter sich geschlossen hatte, lehnte Phyllis sich mit ihrem Gesäß an die Schreibtischkante und hielt mir eine Faust vor die Augen.

»Wie viele Finger halte ich in die Höhe?«

»Sehr witzig«, sagte ich.

Sie streckte den mittleren vor. »Und jetzt?«

»Einen.«

Sie lachte. »Ich glaube, Sie werden's überleben. Aber lassen Sie das Eis, wo es ist. Mit Kopfverletzungen ist nicht zu spaßen. Wissen Sie noch, wie Mannix fast jede Woche k. o. geschlagen wurde? Der Kerl hätte eigentlich hirngeschädigt sein müssen.«

»Ich nehme an, Ihre Anspielungen auf Mannix und Sam Spade bedeuten, dass Sie wissen, wie ich meine Brötchen verdiene?«

Sie nickte. »Ich hab Sie gleich erkannt, als ich Sie da liegen sah. Sie sind Cal Weaver.«

»Und Sie sind Phyllis ...«

»Phyllis Pearce.«

»Wenn wir uns schon mal begegnet sind, erinnere ich mich jedenfalls nicht. Tut mir leid.«

»Sind wir nicht«, sagte sie und schüttelte den Kopf. »Aber ich habe Sie schon öfter gesehen. Ich lege Wert darauf zu wissen, wer in Griffon wer ist. Ich habe mein ganzes Leben hier verbracht, und wenn ich mal ein neues Gesicht in der Stadt sehe, dann erkundige ich mich, wem es gehört. Sie sind vor etlichen Jahren hergezogen. Acht, zehn?«

»Sechs«, sagte ich.

»Tut mir leid, das mit Ihrem Sohn.«

Vorsichtig hob ich den Kopf und sah ihr in die Augen. »Danke.«

»Könnte jeder gewesen sein, wissen Sie.«

»Wie bitte?«

»Jeder hätte ihm diese Drogen verkaufen können.« Was wollte sie damit andeuten? Wusste sie etwas? Sie muss mir meine Verblüffung über ihre Bemerkung angesehen haben, denn sie lächelte. »Wie ich höre, gehen Sie rum und stellen Fragen. Sind Sie deswegen heut Abend hierhergekommen?«

»Nein«, sagte ich.

»Das würde ich nämlich nicht dulden«, sagte sie, als hätte sie meine Verneinung nicht gehört. »Wenn Sie den jungen Leuten Fragen stellen wollen, wie das mit Ihrem Jungen passiert ist – und diesbezüglich mache ich Ihnen auch überhaupt keine Vorwürfe –, dann bitte nicht in meinem Lokal. Niemand fängt vor meiner Tür eine Schlägerei an. Tun Sie, was Sie für richtig halten, aber nicht in meinem Revier.«

»Ich habe nicht angefangen«, sagte ich und kam mir vor wie ein Kind, das seiner Mutter erzählt, es sei völlig unschuldig. »Und deswegen bin ich auch nicht hier.« Ich nahm das Eis einen Augenblick von meiner Schläfe. »Ich suche Claire Sanders.«

»Die Tochter vom Bürgermeister?«

»Genau.«

»Die hat Ihnen da draußen eine verpasst? Dieses zarte kleine Ding?«

»Nein. Keine Ahnung, wer das war. Ich hab es gar nicht richtig mitgekriegt. Ich wollte mit einem Jungen namens Sean Skilling reden. Sie scheinen ja alle hier zu kennen, dann wissen Sie bestimmt auch, wer das ist.«

»Der Sohn vom Ford-Händler.«

»Genau.« Ich hielt einen Augenblick inne. Das Eis war so kalt, dass es langsam weh tat, aber ich ließ es, wo es war. »Ich sollte Sie zu meiner Partnerin machen, Sie wissen so viel über alles, was hier los ist. Da würd ich mir einen Haufen Rennereien ersparen.«

Phyllis Pearce grinste. »Ich hab schon genug damit zu tun, mein Riesenimperium zu lenken.« Sie breitete die Arme aus. »Was wollen Sie von dem jungen Skilling?«

»Seine Freundin ist mit Claire befreundet. Sie weiß vielleicht, wo Claire steckt.«

Phyllis nickte langsam. »Alles klar. Ich glaube, Claire war da, gestern oder vorgestern Abend. Warum wollen Sie sie denn sprechen?«

»Ich will sie nur finden.«

»Für wen arbeiten Sie?«

Ich sah sie an und schwieg.

»Oh, schon verstanden. Verschwiegenheitspflicht und so.« Sie ging hinter den Schreibtisch und setzte sich in ihren riesigen, übertrieben gepolsterten Bürosessel. Vor ihr stand eine Tastatur, aber der Bildschirm stand seitlich davon, so dass wir einander sehen konnten. Sie strich ihr graues Haar von den Schultern und hob den Kopf, dass es ihr auf den Rücken hinunterglitt. »Obwohl es natürlich naheliegend ist, dass ihr Vater sie suchen lässt.«

»Davon würde ich ausgehen«, sagte ich.

»Wie heißt denn die Freundin vom jungen Skilling?«

Ich sagte es ihr.

»Hanna, o ja, die Tochter von Chris Rodomski. Vor fünfzehn Jahren mussten wir das versoffene Schwein ständig hier rausschmeißen. Also mein Mann, nicht ich.«

»Ihr Mann ist der Türsteher?« Mir war hier niemand aufgefallen, der vom Alter her zu Phyllis Pearce gepasst hätte.

»Damals gehörte es zu Harrys Aufgaben. Aber ich habe meinen Mann vor sieben Jahren verloren.«

»Tut mir leid«, sagte ich.

Sie zuckte die Achseln. »War nicht leicht, den Laden hier

alleine zu schmeißen. Unser Sohn hat eine ganz andere Laufbahn eingeschlagen, aber ich habe gute Mitarbeiter.«

Ich nahm das kalte, feuchte Geschirrtuch von der Schläfe. »Was soll ich damit tun?«

Pearce deutete auf eine Spüle an der Wand. Da hatte sie eine kleine Hausbar eingerichtet. Ich stand auf und ließ das Tuch in das Becken fallen. Die halb geschmolzenen Eiswürfel rutschten klimpernd in den Abfluss. Ich sah mich im Zimmer um, in dem vielleicht zwanzig alte Schwarzweißaufnahmen aus der Frühzeit Griffons hingen. Auf manchen waren Pferdewagen auf der Straße zu sehen.

Sie merkte, dass ich sie betrachtete. »Nein, die hab ich nicht selber geschossen. Das war sogar noch vor meiner Zeit.«

Es gab auch das Foto einer jüngeren, schlankeren Phyllis, die ihr Haar genauso trug wie heute, nur dunkel. Sie stand auf der Straße vor Patchett's, Arm in Arm mit einem Mann, der vermutlich Harry war. Lockiges Haar, vielleicht ein paar Zentimeter größer, eindeutig dünner als seine Frau.

»Ist das Ihr Mann?«, fragte ich.

»Ja. Aber nicht Harry. Das da ist mein erster Mann. Das Foto wurde so um 1985 gemacht. Kurz darauf bekam er Krebs und musste gehen. Harry hab ich 1993 kennengelernt, ein paar Jahre später haben wir geheiratet.« Sie lachte gackernd. »Damals hab ich sicher dreißig Kilo weniger mit mir herumgeschleppt. Aber mit jedem Kilo Körpergewicht nahm ich auch an Weisheit zu.«

Ich setzte mich wieder auf die Couch. Möglich, dass sie mich loswerden wollte, da meine Verletzung jetzt verarztet war, aber ich musste ihr noch ein paar Fragen stellen.

»Sie wissen offenbar über meinen Sohn Bescheid. Haben Sie ihn mal hier im Lokal gesehen?«

Sie überlegte. »Möglich wär's, aber ich weiß es nicht mit Bestimmtheit. Wenn sie so aussehen, als läsen sie noch die Abenteuer der Hardy-Brüder, dann kommen sie nicht rein. Das ist wie bei einem Fisch, der noch zu klein ist. Den wirft man auch wieder ins Wasser. Ihr Junge war noch ziemlich feucht hinter den Ohren.«

»Dann dürfte aber die Hälfte Ihrer Kundschaft nicht hier sein.«

Phyllis Pearce lächelte. Doch Misstrauen lag in ihrem Blick. »Für jemand, der schon so lange hier lebt wie Sie, haben Sie aber herzlich wenig Ahnung, wie die Dinge hier in Griffon laufen.«

»Klären Sie mich auf.«

Sie beugte sich vor. Die Ellbogen stützte sie auf den Schreibtisch, ihr schwerer Busen kam auf der Tastatur zu liegen. »Klar, zu uns kommen auch Leute, die was trinken, eine Kleinigkeit essen und die, wenn man's ganz genau nimmt, noch nicht einundzwanzig sind. In seiner unendlichen Weisheit hat der Staat New York das Mindestalter für Alkoholkonsum im Jahre 1985 von neunzehn auf einundzwanzig Jahre hinaufgesetzt. Aufgrund Ihrer Erfahrungen, Mr. Weaver, würden Sie sagen, dass das die unter Einundzwanzigjährigen vom Trinken abgehalten hat?«

»Nein.«

»Natürlich nicht. Ich würde meinen, dass Sie selbst 1985 noch keine einundzwanzig waren.« Als ich schwieg, fuhr sie fort: »Und hat dieses Gesetz Ihnen eine Heidenangst eingejagt, oder haben Sie und Ihre Freunde sich trotzdem jedes Wochenende abgeschossen?«

»Meistens haben wir uns abgeschossen.«

»Das will ich meinen. Wir wissen, was die Jugendlichen tun

werden, weil wir wissen, was wir getan haben, als wir in dem Alter waren. Da ist es doch besser, sie tun es da, wo man sie im Auge behalten kann, oder?«

»Dann kapitulieren wir also? Wir haben festgestellt, wir haben keinen Einfluss darauf, *was* unsere Kinder trinken, also begnügen wir uns damit zu wissen, *wo* sie's tun.«

Pearce strahlte mich an wie eine Lehrerin den Klassenbesten. »Und nicht nur das. Ich tue mein Möglichstes, um die örtliche Wirtschaft zu unterstützen. Denn wenn sie nicht hierherkommen können, dann sind sie in zehn Minuten über der Grenze in Kanada, und dort dürfen sie ab neunzehn trinken. Einem Siebzehnjährigen mit dem passenden Ausweis nimmt man locker auch neunzehn Jahre ab. Aber um als Einundzwanzigjähriger durchzugehen, da muss er sich schon einiges einfallen lassen. Und all diese Jugendlichen, was machen die vor und nach ihrem Besuch im Patchett's? Die holen sich eine Pizza oder einen Burger bei Iggy's, gehen tanken, kaufen sich was in einem Laden, der auch spät noch offen hat. Und schnell mal über die Grenze zu hüpfen ist auch nicht mehr so einfach, wie's mal war. Wie viele von diesen Jugendlichen haben denn einen Pass? Früher haben die dich an der Grenze in fünf Sekunden durchgewunken, aber heutzutage, wenn du keinen Pass hast, dann kommst du eben nicht über die Grenze, basta. Schönen Dank auch, Osama bin Laden, mögest du in der Hölle schmoren, du Arschloch.«

Sie lehnte sich wieder zurück. »Ich will nicht behaupten, ich hab den Eltern von Jugendlichen in Griffon die Sorge genommen, dass ihre Kinder sich weiß Gott wo zusaufen, weil sie's grundsätzlich *hier* tun. Jugendliche feiern noch immer Partys bei sich im Keller und lassen die Sau raus, wenn ihre Eltern mal weg sind. Es gibt da einen regen Handel mit Alkohol für Jugendliche, die noch nicht alt genug sind, um sich das Zeug selbst in einem Laden zu kaufen. Sogar mit Lieferservice.« Sie lächelte. »Aber ich tu, was ich kann.«

»Und Ärger mit der Polizei gibt es nicht.«

»Die ist sehr … entgegenkommend. Hin und wieder kommt so Gesocks aus dem Süden rauf, und wenn wir mit denen nicht fertig werden, dann helfen sie uns. Grade im Moment monopolisieren ein paar Typen den Billardtisch, die mir ein bisschen Kummer machen.«

»Vielleicht lässt die örtliche Polizei Sie aber auch in Ruhe, weil Sie, wie Sie ja bewiesen haben, alles über alle wissen. Und so hat niemand ein Interesse, Sie zu vergrätzen.« Ich kniff die Augen zusammen. »Und vielleicht gibt's ja auch eine kleine Überraschung zu Weihnachten.«

»Sie sind mir ja ein Süßholzraspler«, sagte Phyllis grinsend. »Als ob ich hier irgendwas zu sagen hätte. Wo denken Sie hin? Ich bin nur eine einfache Geschäftsfrau, die sehen muss, wo sie bleibt. Eines weiß ich allerdings – dieser Augustus Perry, das ist ein guter Mann.« Sie lächelte mich listig an. »Aber das muss ich Ihnen ja nicht sagen.«

»Eine Bitte noch«, sagte ich. »Ich würde gern einen Blick auf die Aufnahmen Ihrer Überwachungskamera werfen. Um zu sehen, wer mir da eine gescheuert hat.«

»Da kann ich Ihnen leider nicht helfen«, sagte sie.

»Wenn ich sie nicht sehen darf, werden Sie sie halt unseren Freunden und Helfern zeigen müssen.«

»Ach, was soll denn das?« Sie sah mich enttäuscht an. »Sie werden deswegen doch nicht zur Polizei gehen. Das wissen Sie so gut wie ich. Handelt so ein Privatdetektiv? Rennt der jedes Mal zur Polizei, wenn ihm einer eins überzieht? Ich bitte Sie.«

Sie hatte natürlich recht. Ich hatte nicht die Absicht, den Überfall anzuzeigen.

»Aber das ist nicht der Grund, warum Sie sich die Bänder nicht ansehen dürfen«, sagte sie und schwenkte einen Arm, als würde sie jeden Moment den Vorhang zu einem großen Geheimnis lüften. »Sehen Sie hier irgendwelche Bildschirme? Wir haben keine Überwachungskameras. Keine Kameras – keine Bilder.«

»Nicht einmal vor dem Lokal?«, fragte ich.

Sie schüttelte den Kopf.

»Das scheint Sie zu überraschen«, sagte sie.

»Ich hab da was anderes gehört.«

»Dann hat man Sie falsch informiert. Oder Sie haben etwas falsch verstanden.«

»Möglich«, sagte ich und stand auf.

»Aber wenn es sonst mal was gibt, wobei ich Ihnen helfen kann, meine Tür steht Ihnen offen«, sagte sie. »Ich glaube, Sie könnten jemanden brauchen, der Sie ein bisschen an die Hand nimmt.«

ZWÖLF

Auf dem Weg zurück zum Wagen zermarterte ich mir meinen ohnehin schon angeschlagenen Schädel über das, was Phyllis Pearce mir erzählt hatte. Keine Überwachungsanlage? Von dort, wo Claire Sanders an mein Fenster geklopft und mich gebeten hatte, sie mitzunehmen, waren es nur ein paar Schritte zu der Stelle vor Patchett's Bar, wo mich dieser unerwartete Schlag ereilt hatte. Wie war es möglich, dass eine Überwachungskamera Claire gefilmt hatte, nicht aber den Typen, der mir eins übergezogen hatte?

Ehe ich die Straße überquerte, hielt ich Ausschau, ob es nicht doch irgendwo eine Kamera gab. Es gab keine. Aber Haines und Brindle – ich wusste nicht mehr, wer von beiden – hatten doch gesagt, ein Überwachungsvideo hätte sie überhaupt erst auf meine Spur geführt. Als Claire zu mir in den Wagen stieg, sei mein Kennzeichen festgehalten worden.

Hatten sie es wirklich gesagt? Oder mich einfach in diesem Glauben gelassen? Ich war es nämlich gewesen, der gefragt hatte, ob mein Auto von einer Überwachungskamera gefilmt worden sei. Sie hatten es nur nicht verneint.

Ich konnte mich an den genauen Wortlaut meines Gesprächs mit den Polizisten nicht erinnern, und die hämmernden Kopfschmerzen waren auch nicht dazu angetan, meinem Gedächtnis auf die Sprünge zu helfen. Sollten Haines oder Brindle jedoch tatsächlich fälschlicherweise behauptet haben, mein Wagen sei auf dem Video zu sehen, warum hatten sie das getan? Und wenn es keine Kamera gab, was hatte sie dann zu mir geführt? Hatten sie Patchett's schon im Visier gehabt? Waren sie vielleicht Claire schon gefolgt?

Es war nicht allzu abwegig, anzunehmen, dass gelegentlich ein Streifenwagen der Polizei von Griffon gegenüber dem Lokal parkte, dessen Insassen nach Leuten Ausschau hielten, die sich ans Steuer ihres Wagens setzten, obwohl sie schon einen in der Krone hatten. Vielleicht musste die Polizei aber auch bestimmte Quoten erfüllen und regelmäßig einen minderjährigen Alkoholtrinker festnehmen, obwohl sie normalerweise ein Auge zudrückten, wenn im Patchett's Alkohol an Minderjährige ausgeschenkt wurde. Das beruhigte die braven Bürger der Stadt und zeigte ihnen, dass Griffon immer noch ein sicherer, anständiger Ort war, an dem sie ihre Kinder unbesorgt auf die Straße lassen konnten.

Möglich war aber auch, dass den Polizisten, die wegen irgendeines Vorfalls schon früher zu Patchett's gerufen worden waren, bei der Abfahrt ein junges Mädchen aufgefallen war, das zu einem Fremden ins Auto stieg, weshalb sie sich vorsorglich das Kennzeichen des Wagens notiert hatten. Dann, am nächsten Tag bei der Morgenbesprechung, sagte einer dieser Polizisten: »Da war doch was.«

Ich kramte nach meinen Autoschlüsseln, entriegelte per Knopfdruck das Schloss und stieg ein. Bevor ich die Tür zuschlug, und die Lichter ausgingen, warf ich einen Blick in den Rückspiegel. Mein Haar war zerzaust. Ich kämmte es mit den Fingern, bis ich wieder einigermaßen präsentabel war.

Eben wollte ich den Schlüssel im Zündschloss drehen, da kamen die zwei Biker aus dem Lokal. Sie schlenderten über die Straße auf die beiden Motorräder zu, die direkt vor mir parkten. Gerade als sie die Beine über ihre Maschinen schwangen wie Cowboys, die ihre Pferde bestiegen, gingen etwa hundert Meter weiter Scheinwerfer an.

Fast gleichzeitig begann an demselben Fahrzeug ein Balken bunter Dachleuchten zu blinken. Fünf Sekunden lang heulte eine Sirene auf, dann blieb der Streifenwagen mit quietschenden Reifen neben den Motorrädern stehen.

Die Biker sahen reglos zu, wie zwei Polizisten ausstiegen, eine Frau an der Fahrer-, ein Mann an der Beifahrerseite. In der Frau erkannte ich Donnas Freundin Kate Ramsey wieder. Ende dreißig, kurzes blondes Haar, etwa fünfundsiebzig Kilo schwer, knapp eins siebzig groß. Ihren Partner kannte ich nicht, aber ich schätzte ihn auf Anfang dreißig, knapp eins achtzig und vielleicht so schwer wie Ramsey, markantes Kinn und ausgeprägte Backenknochen.

Offensichtlich war Kate diejenige, die das Sagen hatte. Ich ließ mein Fenster herunter, um hören zu können, was sie sagte.

»Wo seid ihr Jungs her?«, fragte sie, eine Hand auf dem Gummiknüppel, der an ihrem Gürtel hing.

Biker eins sagte: »Gibt's ein Problem, Officer? Haben wir was angestellt?«

»Ich hab Sie etwas gefragt«, antwortete sie. »Woher kommen Sie?«

»Elmwood«, sagte Biker zwei. Ein Viertel in Buffalo, und ein ziemlich hübsches noch dazu.

»Was führt Sie nach Griffon?«, fragte der zweite Polizist.

»Wir wollten nur was trinken und ein bisschen Billard spielen«, sagte Biker eins.

»Und das ist alles, was Sie hier vorhatten?«, fragte Kate Ramsey. »Sie wollten nicht vielleicht auch noch was Geschäftliches erledigen?«

Biker zwei schüttelte den Kopf. »Hören Sie, wir wollten nur ein bisschen Luft schnappen und auf unseren Bikes rumfahren. Mehr nicht. Wir suchen keinen Ärger.«

»Typen wie euch brauchen wir hier oben nicht«, sagte Kates Partner.

»Typen wie uns?«, fragte Biker eins. »Scheiße, was soll das denn heißen?«

»Es heißt«, sagte Kate, »dass wir keine schmierigen Arschlöcher brauchen, die uns mit ihrer Dealerei die Stadt versauen.«

Der erste Biker bewegte sich etwa fünf Zentimeter auf Kate zu, doch der andere hielt ihn zurück. »Dann sollten wir uns wohl auf den Weg machen.«

»So einen Scheiß müssen wir uns doch nicht anhören«, sagte der erste.

Kates Partner nahm den Gummiknüppel vom Gürtel und machte einen Schritt auf ihn zu. »O doch, das glaube ich schon.« Er stellte sich vor das Motorrad von Biker eins und ließ den Knüppel lässig schwingen. »Was kostet ein Scheinwerfer wie der hier?«

»Komm, Alter, wir fahren«, sagte Biker zwei. »Wir sind schon unterwegs.«

»Und ihr kommt auch nicht wieder«, sagte Kate.

»Ganz bestimmt nicht«, sagte der erste. »Ist doch niemand so bescheuert und kommt noch mal hierher. Stimmt haargenau, was man über dieses Kuhdorf so hört.«

Kate Ramsey und ihr Partner sahen zu, wie die beiden auf ihre Motorräder stiegen, sie aufheulen ließen und dann an dem Streifenwagen vorbei auf die Fahrbahn manövrierten. Ein paar Meter weiter streckte einer der beiden seine Hand in die Höhe und entbot den Polizisten den Ein-Finger-Gruß.

Ramsey und ihr Partner sahen den Bikern nach, bis die Rücklichter klein waren wie Stecknadelköpfe. Dann stiegen sie in den Wagen und fuhren davon.

Als Nächstes wollte ich zum Haus der Skillings zurück, doch schien es mir sinnvoller, davor noch Claires Vater, Bertram Sanders, ausfindig zu machen und mit ihm zu sprechen.

Seine Adresse fand ich mit Hilfe meines Smartphones. Sanders wohnte am Lakeland Drive. Ich kannte die Gegend, doch den See, den der Name versprach, hatte ich bisher noch nicht entdecken können. Weder hatte man von der Straße aus einen Seeblick, noch führte sie zu irgendeinem Gewässer. Als ich klopfte, hoffte ich, dass nicht der Bürgermeister mir öffnen würde, sondern Claire selbst. Falls sie nach dem Besuch der Polizei bei mir zu Hause wieder aufgetaucht wäre, hätte sich ja niemand moralisch verpflichtet gefühlt, mich davon in Kenntnis zu setzen.

Hier wohnten keine reichen Leute, und die Häuser stammten aus der Nachkriegszeit. Aus der Zeit nach dem Zweiten Weltkrieg, um genau zu sein. Das muss man schon dazusagen, denn immerhin haben wir inzwischen eine Reihe von

Nachkriegszeiten erlebt. Die nach dem Koreakrieg, die nach Vietnam, nach dem Golf, dem Irak, nach Afghanistan. Das Haus des Bürgermeisters war ein einfaches zweistöckiges Gebäude mit braungestrichener Schindelfassade. Von vorne sah es schmal aus, doch es zog sich nach hinten ziemlich in die Länge. Es war besser in Schuss als die meisten Häuser in dieser Straße, von denen einige eine verrostete Fernsehantenne zierte, die bestimmt schon seit Jahren kein Signal mehr empfangen hatte. Hinter dem Haus, am Ende der langen einspurigen Einfahrt, stand eine Garage mit Platz für einen Wagen.

Ich parkte auf der Straße, ging zur Haustür und klopfte. Es war schon nach acht. Die Straßenlampen waren an, doch in Sanders' Haus sah ich nirgendwo Licht. Ich hielt mir die Hände seitlich an die Augen und spähte durch das rechteckige, vertikal in die Holztür eingesetzte Fenster. Kein Lebenszeichen.

Ohne große Hoffnung ging ich ums Haus, um an der Hintertür mein Glück zu versuchen. Sie führte offensichtlich in die Küche. Auch hier klopfte ich vergebens. Als ich durch das Fenster spähte, sah ich ein schwaches Licht, das aber anscheinend von der Digitalanzeige eines Toasters ausging.

»Suchen Sie den Bürgermeister?«

Ich drehte mich um. Unter dem Licht der Veranda des Nachbarhauses stand eine alte Frau. Sie beäugte mich über den Zaun hinweg.

»So ist es«, sagte ich langsam. »Ich hatte gehofft, Bert zu Hause zu erwischen.«

»Heute ist Donnerstag«, sagte die Frau. Es klang so, als müsste ich wissen, was das zu bedeuten hatte.

»Was ist am Donnerstag?«

»Donnerstagabend ist doch immer die Stadtratssitzung. Sie sind wohl nicht von hier?«

Ich lebte schon seit Jahren in Griffon, doch heute war diese Frau schon die zweite, für die ich kein Einheimischer sein konnte. Überall wurde ich mit der Nase darauf gestoßen, wie wenig ich eigentlich wusste.

»Hatte ich ganz vergessen.«

Aus dem Haus rief eine Männerstimme: »Mit wem redest du denn da?«

Sie drehte sich um und rief zurück: »Da will jemand Bert sprechen.«

»Sag ihm, er soll's im Rathaus versuchen!«

»Hab ich doch. Für wie dämlich hältst du mich eigentlich?«

Sie wandte sich wieder mir zu. »Er glaubt nämlich, ich bin dämlich.«

»Ich dachte, Claire wäre vielleicht zu Hause, dann hätte sie ihm was ausrichten können.«

»Hab sie heute den ganzen Tag nicht gesehen.« Die Alte zögerte und fuhr sich mit der Zunge über die Lippen, so als wöge sie ab, ob sie weiterreden sollte oder nicht. »Bei ihr weiß man nie, wo sie gerade steckt. Gott sei Dank, dass unsere Kinder schon erwachsen und aus dem Haus sind. Sie melden sich zwar so gut wie nie, aber ehrlich gesagt bin ich ganz froh darüber. Für Bert ist es bestimmt nicht leicht, ein Mädchen allein aufzuziehen.«

Ich erinnerte mich, dass Donna mir gesagt hatte, Sanders und seine Frau hätten sich getrennt. »Ja, die können einen ganz schön auf Trab halten.«

»Über was redet ihr?«, schallte es wieder aus dem Haus.

»Sag ich dir gleich«, schrie die Frau ihrem Mann zu. »Achten Sie gar nicht auf ihn. Er fühlt sich immer gleich ausgeschlossen.« Sie verdrehte die Augen.

»Ist Claire die ganze Zeit hier?«, fragte ich. »Oder wohnt sie die Hälfte der Zeit bei ihrer Mutter?«

»Das wäre ziemlich kompliziert, wenn sie die eine Hälfte der Zeit hier und die andere jenseits der Grenze verbrächte. Caroline lebt in Toronto. Mit ihrem neuen Mann, wie heißt der gleich noch?«

»Ja, wie heißt der denn noch mal?«, fragte ich, als hätte ich es selbst einmal gewusst. Vielleicht war Claire ja bei ihrer Mutter. War bestimmt einen Versuch wert, das zu überprüfen.

»Ed«, rief die Frau ins Haus hinein. »Ed!«

»Hah?«

»Wie heißt der Typ, mit dem Caroline jetzt verheiratet ist? Der mit dem Juwelierladen, der in diesem Sender aus Toronto immer Werbung macht?«

»Ah … gleich fällt's mir wieder ein. Minsky. Genau. Minsky.«

»Nein.« Das kam wie aus der Pistole geschossen. »So heißt deine Schwägerin.«

»Ach ja.«

Sie wandte sich wieder mir zu. »Jetzt weiß ich's wieder. Karnofsky heißt er. Jeff Karnofsky. Mit einem ›k‹. Also eigentlich zwei ›k‹. Einem am Anfang und einem gegen Ende.«

»Wann haben Sie Claire denn das letzte Mal hier gesehen?«

»Gestern Abend. Da ist sie in einem Pick-up weggefahren.«

»Wissen Sie noch, wann ungefähr?«, fragte ich weiter.

Sie zuckte die Schultern. »Keine Ahnung. Nach den Nachrichten.«

»Welche Nachrichten?« Heutzutage, insbesondere bei der Vielzahl von Kabelnetzbetreibern, gab es keine Zeit mehr, zu der keine Nachrichten gesendet wurden.

»Brian Williams«, sagte sie. Dann waren das die NBC *Nightly News* auf WGRZ, dem örtlichen Ableger von NBC. Die liefen von halb sieben bis sieben. »Der sieht ja so was von gut aus.«

»Es war also kurz nach den Nachrichten, als Claire wegfuhr?« Ich hatte das Gefühl, dass meine Fragen langsam ein wenig zu konkret wurden. Die Frau schien sich jedoch nicht daran zu stören, ganz im Gegenteil. Sie redete gern, und dass sie dabei womöglich auch vertrauliche Informationen weitergab, schien ihr Gewissen nicht zu beschweren.

»Weiß ich nicht. Sieben, acht, halb neun. Keine Ahnung. Auf jeden Fall hatte sie's furchtbar eilig, ist mit quietschenden Reifen davon. Solchen Rasern sollte die Polizei gleich einen Strafzettel verpassen. Stehen ja oft genug da rum.«

»Was meinen Sie damit?«

»Das geht jetzt schon eine ganze Weile. Oft steht ein Streifenwagen hier auf der Straße. So, als würden sie das Haus vom Bürgermeister im Auge behalten. Ich hab mich schon gefragt, ob er vielleicht Morddrohungen gekriegt hat oder so was in der Art. Aber als ich ihn danach fragte, hat er gesagt, es ist nichts, kein Grund zur Sorge.« Sie lachte leise. »Würde mir schon stinken, wenn hier jemand im Vorüberfahren aus einem Autofenster ballern würde. Was ist, wenn die aus Versehen *unser* Haus treffen?«

DREIZEHN

Das Rathaus von Griffon stand am Rand des Stadtparks, sein Turm lenkte den Blick himmelwärts. Es dominierte das Stadtzentrum und war, so hatte ich mir sagen lassen, mit seinem Giebelportal und der Verschmelzung von rotem Backstein mit weißgestrichenem Holz ein Beispiel für georgianische Architektur. Es hätte genauso gut in Colonial Williamsburg stehen können, obwohl zwischen uns und den denkmalgeschützten Ensembles von Williamsburg ein paar hundert Meilen lagen. Ich wusste sehr gut, dass die Erhaltung und Restaurierung des Gebäudes Jahr für Jahr ein großes Loch in den Stadtsäckel fraß und einige Steuerzahler es gern gesehen hätten, wenn die Stadtverwaltung aus der Innenstadt in ein neues Gebäude an der Danbury Street gezogen wäre, in die Nähe der riesigen Einkaufszentren und Fast-Food-Lokale. Dass das nicht geschah, war das Verdienst von Bürgermeister Sanders, der sich diesen Wünschen mit dem Argument widersetzte, es wäre wohl das Aus für die ortsansässigen Geschäftsleute, wenn die Vertreter der Stadt mit traurigem Beispiel vorangingen und das

Zentrum verließen. Meines Wissens hatte ich den Mann noch nie getroffen, aber nach dem, was ich über ihn gelesen hatte, war er mir recht sympathisch.

Auf der Suche nach einem Parkplatz irrte ich erst einmal durch die Straßen in unmittelbarer Umgebung des Rathauses. Heute standen hier deutlich mehr Autos als sonst. Schließlich musste ich mehrere Häuserblocks weit weg parken, was ich gerne vermieden hätte, denn es bedeutete, dass ich an diesem Möbelhaus vorbeimusste: Ravelson Furniture.

In besonders dunklen Momenten stellte ich mir vor, wie ich mit meinem Sohn sprach, wie ich ihn fragte, warum er, wenn er sein Leben schon auf diese Art beenden musste, es nicht irgendwo hätte tun können, wo ich nicht jedes Mal vorüberkam, wenn ich in die Innenstadt fuhr.

Manchmal versuchte ich so zu tun, als existiere das Möbelhaus gar nicht. Keine leichte Übung, wenn man bedenkt, dass es eines der größten Geschäftsgebäude in Griffon war, und eines der ältesten, denn es stammte aus dem späten neunzehnten Jahrhundert. Aber selbst wenn ich nicht hier vorbeikam, dem Namen Ravelson entkam ich nicht. Sie schalteten jede Woche Anzeigen in der Zeitung, steckten Prospekte in den Briefkasten und machten im lokalen Fernsehen Werbung. Hauptdarsteller: Kent Ravelson. Ein Mann, für den Feingefühl ein Fremdwort war. Mein persönlicher Favorit war der Spot, in dem Kent, professoral bebrillt und Pfeife rauchend, in einem dick gepolsterten Ledersessel saß, neben sich eine Couch, auf der sich ein blondes Mäuschen rekelte.

»Und diesen Traum von einer Couch können Sie sich jetzt bei Ravelson erfüllen!«, sagt er, eifrig bemüht, wie ein berühmter österreichischer Psychoanalytiker zu klingen. Tatsächlich klang er wie ein brünstiger Nazi. Ein Zentrum für psychiatrische Versorgung in Buffalo legte Beschwerde ein, doch das war für ihn nur ein Ansporn, sich noch dümmere Sachen auszudenken.

Ich redete mir ein, ich könnte mich an Ravelson Furniture vorbeimogeln, könnte so tun, als gäbe es den Laden nicht. Es war unmöglich. Jedes Mal verrenkte ich mir den Hals, um mir das Dachgesims genau anzusehen. Den Ort, an dem Scott wer weiß wie lange gestanden und wer weiß was gedacht hatte, ehe er sich entschloss, lieber die Abkürzung zu nehmen, statt die drei Stockwerke hinunterzulaufen.

Er war nicht an der Straßenseite des Möbelhauses gesprungen, sondern an der Seitenmauer und auf dem Parkplatz gelandet. Ausgerechnet auf einem Behindertenstellplatz. Dort fand ihn der Polizist – Ricky Haines.

Diesmal war es nicht anders. Ich blieb stehen und starrte hinauf. Der Laden würde erst in einer halben Stunde schließen, und es gingen noch Kunden ein und aus, Autos wurden gestartet und verließen den Parkplatz.

Wie immer betrachtete ich die Stelle genau. Am Behindertenparkplatz fing ich an. Mein Blick wanderte die vier Fensterreihen hoch, blieb an der Dachkante hängen.

Wie lange es wohl gedauert hatte? Zwei Sekunden? Drei? Ich sah seinen Körper fallen. Ich sah ihn herabstürzen und mit voller Wucht auf dem Asphalt aufprallen. Drei Sekunden schienen mir richtig. Bestimmt nicht mehr. Woran hatte er während des Sturzes gedacht? Was hatte er empfunden? Entsetzen? Als er den Schritt über die Kante gemacht hatte, wurde ihm da bewusst, was er gerade getan hatte? Hatte er in diesen zwei, drei Sekunden daran gedacht, ob es noch eine Möglichkeit gab, das Unvermeidliche abzuwenden?

Oder war er glücklich? Schlug er mit einem seligen Lächeln auf dem Boden auf? Und was wäre besser gewesen? In seiner letzten Sekunde zu erkennen, dass er einen tödlichen Fehler gemacht hatte? Oder mit freundlicher Unterstützung von XTC quietschfidel vor seinen Schöpfer zu treten? Solchen Gedanken nachzuhängen machte es mir nicht einen Deut leichter.

Und doch gab es so viele davon. Wie war er zum Beispiel überhaupt hier raufgekommen? Nur zu gerne hätte ich den lieben Leutchen von Ravelson Furniture die Schuld gegeben – wenn die ihm keinen Ferienjob angeboten hätten, wäre er nie auf dieses Dach gekommen. Wäre genauso sinnvoll gewesen, wie der Konservenfabrik die Schuld zu geben, weil man sich beim Öffnen der Thunfischdose mit dem Deckel in den Finger geschnitten hatte. Sollte ich Kent Ravelson etwa vorwerfen, dass er sich besonders bemüht hatte, Scott eine Chance zu geben? Der Junge hatte so gut wie keine Arbeitserfahrung und auch nicht die Muskeln, die man brauchte, um in einem Möbelladen zu arbeiten. Doch Kent fand stets neue Aufgaben für Scott, ohne dass dieser jemals einen Kühlschrank hätte heben müssen. Einmal, als ein Verkäufer in der Matratzenabteilung krank wurde, ließ Kent unseren Jungen sogar auf die Kunden los. Irgendwie hatte ich das Gefühl, dass er und seine Frau Annette, die den Laden mit ihm gemeinsam führte, ein gewisses Interesse an unserem Sohn entwickelt hatten, weil ihr eigener, Roman, so gar keine Neigung zu dem Familienunternehmen erkennen ließ. Er war einundzwanzig und hatte dem Vernehmen nach andere Ambitionen, als ein Möbelhaus zu übernehmen. Er gammelte zu Hause herum und verfasste auf seinem Laptop Drehbücher für Zombiefilme, die bis jetzt aber weder Spielberg noch Lucas, noch Scorsese von ihren Regiestühlen gerissen hatten.

Donna und ich hatten gehofft, dass die Verantwortung, die ein Ferienjob mit sich brachte, eine positive Wirkung auf Scott ausüben, dass er daran reifen würde. Tatsächlich verspürten nur seine Finanzen eine positive Wirkung. Scott hatte jetzt mehr Geld für Alkohol und Drogen, die er an jenem Abend auf dem Dach ja dann auch reichlich konsumiert hatte.

Die polizeilichen Ermittlungen, wenn man sie überhaupt so nennen kann, ergaben, dass Scott schon öfter auf dem Dach gewesen war, möglicherweise mit Freunden. Man fand jede Menge leere Schnapsflaschen und Joint-Stummel, außerdem noch zwei Ecstasy-Tabletten.

Bestimmt hatte er es ganz toll gefunden, das Dach für sich allein zu haben, von da oben Griffon betrachten zu können, weiter südlich die Niagarafälle und, auf der kanadischen Seite, den Skylon Tower, der aussah wie ein riesiges Golftee am Horizont.

Ich selbst bin auch auf das Dach gestiegen. Zweimal. Nach Scotts Tod. Beide Male als Vater, trotzdem gelang es mir nicht, den Ermittler in mir auszuschalten, der den Hergang der Ereignisse zu rekonstruieren, sie in seinem Kopf durchzuspielen versuchte. Ich sah ihn vor mir, wie er herumalberte, die Wirkung von Drogen und Alkohol genoss, die sich allmählich bemerkbar machte. Ein gemauerter Vorsprung, eine Art Brüstung, lief um das Dach herum, doch er war nur etwa fünfzehn Zentimeter hoch. Nichts, was den Sturz eines Menschen bremsen konnte, der in der Nähe der

Dachkante ins Stolpern geraten war, und erst recht kein Hindernis für jemanden, der glaubte, fliegen zu können. Ich leide eigentlich nicht unter Höhenangst, doch die beiden Male, die ich da oben auf dem Dach gestanden hatte, direkt an dieser niedrigen Ziegelbrüstung, spürte ich den einsetzenden Schwindel. Spürte ich ihn wirklich, oder malte ich mir die Wahnvorstellungen aus, die Scott damals heimgesucht hatten?

Auch das Klopfen an der Haustür ist mir noch in lebhafter Erinnerung. Donna und ich waren schon im Bett, konnten aber nicht schlafen, weil wir nicht wussten, wo Scott war. Ich hatte schon mehrmals vergeblich versucht, ihn auf seinem Handy zu erreichen, und war gerade drauf und dran, mich wieder anzuziehen und nach ihm zu suchen, als es laut an der Tür klopfte.

»O Gott«, hatte Donna gesagt. »Bitte nicht.«

Normalerweise glaube ich nicht an Vorahnungen oder den sechsten Sinn. Aber damals, bei diesem Klopfen, da wussten wir wahrscheinlich beide, dass wir uns jetzt auf eine sehr schlimme Nachricht gefasst machen mussten.

Ich hatte meinen Morgenmantel übergeworfen und war hinuntergelaufen, Donna hinter mir drein. Als ich die Tür öffnete, stand ein Polizist vor uns. Er trug die Uniform der Polizei von Griffon und ein Namensschild, auf dem HAINES stand. Überraschung spiegelt sich in seiner Miene, als er Donna sah.

»Ms. Weaver«, hatte er gesagt. »Ich hatte schon so ein Gefühl, dass er zu Ihnen gehört, als ich in seine Brieftasche sah.«

»Ricky?«, sagte Donna. »Wie kommen Sie denn hierher? Was ist passiert?«

»Es geht um Ihren Jungen.«

Wir hatten beide den Atem angehalten. Officer Ricky Haines nahm seine Kappe ab und hielt sie sich vor die Brust, wodurch er sein Namensschild verdeckte. »Es tut mir schrecklich leid, aber ich habe schlechte Nachrichten für Sie.«

Donna packte mich am Arm. »Nein«, sagte sie. »Nein, nein, nein.«

Ich nahm sie in den Arm, und Haines sagte –

»Hey, Cal. Cal? *Cal?*«

Ich war mit meinen Gedanken so weit in der Vergangenheit, dass ich die Person nicht bemerkt hatte, die in der Gegenwart neben mir stand. Es war Annette Ravelson. Sie war Ende vierzig, rundlich, aber noch nicht dick. *Üppig* hätte man früher vielleicht gesagt. Sie war vielleicht eins siebzig groß, aber mindestens fünf Zentimeter verdankte sie ihren Absätzen. Unter ihrem toupierten graublonden Haar baumelten Ohrringe so groß wie Bierdeckel hervor, und sie verströmte einen intensiven blumigen Duft.

»Hi, Annette.«

Wir hatten die Ravelsons schon gekannt, bevor Scott den Ferienjob bekam. Im Laufe der Jahre hatten wir immer wieder Möbel bei ihnen gekauft. Als Scott dann im Möbelhaus arbeitete, hatten wir uns näher kennengelernt. Doch nach dem Vorfall waren wir uns nur selten begegnet.

»Geht's dir gut?«, fragte sie.

»Ja, alles bestens.«

»Ich hab immer wieder deinen Namen gesagt, aber mir scheint, du hast mich gar nicht gehört.«

»Tut mir leid.«

»Was ist denn mit dir passiert?« Sie deutete auf meine Schläfe, die ein wenig angeschwollen war.

»Bin hingefallen«, sagte ich. »Ist nicht schlimm.«

»Bist du sicher?«

»Ganz sicher.«

Annettes Blick wanderte von meinem Kopf zu der Stelle, an der ich stand. Sie wusste wohl, welche Gedanken mir durch den Kopf gegangen waren.

»Hältst du das für klug, Cal?«, fragte sie zögernd. »Ich meine, ständig hierherzukommen, dich da hinzustellen …«

»Du hast recht«, sagte ich rasch. »Völlig recht. Ich muss sowieso weiter. Ich war auf dem Weg ins Rathaus.«

»Oh«, sagte sie und machte ein sorgenvolles Gesicht. »Stadtratssitzung?«

»So hat man mir gesagt.«

»Cal, bitte, sag mir, dass du keinen Antrag auf ein Gesetz zur Errichtung höherer Brüstungen an Dachkanten oder was in der Art stellst. Das machen die Leute heutzutage nämlich. Sie glauben, neue Vorschriften können verhindern, dass solche Tragödien wie –«

»Nein, keine Sorge.«

Jetzt lag ein Ausdruck tiefster Beschämung in Annette Ravelsons Gesicht. »Es tut mir leid. So was hätte ich nicht sagen dürfen. Das war scheußlich von mir. Verzeih mir.«

Ich winkte ab und wandte mich zum Gehen. »War schön, dich zu sehen, Annette.«

Sie berührte meinen Arm. »Cal, da ist noch was – es ist mir sehr peinlich, besonders nach dem, was ich gerade gesagt habe.«

»Was ist denn?«

»Glaub mir, das kommt nicht von mir. Aber Kent, also, er hat dich schon ein paarmal hier stehen sehen, und ich möchte nicht, dass du denkst, er versteht nicht, was ihr durchge-

macht habt. Glaub mir, es tut ihm unendlich leid, genauso
wie mir. Das weißt du. Aber wenn er dich hier sieht, manchmal sitzt du einfach nur da auf dem Parkplatz in deinem
Auto, also, dann wird ihm ganz unheimlich, wenn du weißt,
was ich meine.«

»Unheimlich wird ihm.«

»Das ist jetzt ganz falsch rausgekommen. Aber es ist ihm
halt unangenehm. Ich meine, die Kunden, sie sehen dich da
stehen, und sie fragen uns, was du da machst, und –«

»Das wäre mir jetzt aber unangenehm, wenn ich Kent Unannehmlichkeiten machen würde«, sagte ich und sah das
Gebäude an. »Ist er da? Vielleicht will er es mir ja selbst
sagen.«

Annette Ravelson hob eine Hand. Sie berührte beinahe
meine Brust. »Er ist nicht da. Es tut mir leid. Ich hätte nicht
davon anfangen sollen.«

Jetzt tat es auch mir leid. Dass ich überreagiert hatte. »Nein,
ist schon in Ordnung. Ich versteh's ja. Sag Kent einen schönen Gruß von mir. Ich hab ihn schon eine Weile nicht gesehen.«

»Ja, wir haben alle viel um die Ohren«, sagte sie.

»Wie dem auch sei, ich muss jetzt weiter«, sagte ich. Ich
rang mir ein Lächeln ab. »Ich werde den Bürgermeister von
dir grüßen.«

Sie sah mich verdutzt an. »Wieso das denn?«

»War 'n Witz, Annette«, sagte ich. »Mach's gut.«

VIERZEHN

Ins Rathaus von Griffon gelangte man mittlerweile wieder ohne großes Aufheben. Es war schließlich nicht das Kapitol oder das Weiße Haus oder das Empire State Building. Nach 9/11 hatte der Bürgermeister auch hier strengste Sicherheitsmaßnahmen angeordnet. Unterstützt wurde er dabei von Augustus Perry, der damals noch stellvertretender Polizeichef war. Wenn man hineinwollte, musste man erst durch einen Metalldetektor und dann auch noch etwaige Taschen kontrollieren lassen. Eine Zeitlang wurden diese Vorschriften brav befolgt, aber wie in einer Kleinstadt üblich, dauerte es nicht lange, bis die Sicherheitsleute, alles Einheimische, auf verlorenem Posten standen.

»Mein Gott, Mittens, muss ich mich jetzt ausziehen, damit ich reinkann, um mir so eine Scheiß-Hundemarke zu kaufen?«, hatte Rose Tyler, eine weitere Institution in Griffon, sich angeblich eines Tages aufgeregt. Man ließ sie passieren, ohne ihre Handtasche zu durchsuchen oder sie durch den Metalldetektor zu schicken. Und es waren noch keine drei Monate vergangen, da wurde kaum mehr jemand dieser

Kontrolle unterzogen. Man kam zu dem Schluss, dass Griffon nicht unbedingt zu den zehn wahrscheinlichsten Zielen zählte, falls al-Qaida sich die USA noch einmal vorknöpfen sollte. Und so obsiegte die Vernunft, und die Sicherheitsmaßnahmen fielen der Vergessenheit anheim.

Eilig ging ich die paar Stufen zum Eingang hoch, vorbei an dem Eckstein, der alle Besucher daran erinnerte, dass das Rathaus schon seit 1873 hier stand. Ich betrat das Foyer und steuerte auf den Rathaussaal zu, der tagsüber eigentlich ein altmodischer Gerichtssaal à la *Wer die Nachtigall stört* war. Schon da hörte ich das Stimmengemurmel und die gedämpften Geräusche von Menschen, die auf ihren Stühlen herumrutschten.

Im Saal saßen mindestens fünfzig Personen. So ein großes Publikum hatte ich nicht erwartet. Rathaussitzungen in Griffon befassten sich selten mit kontroversen Themen. Beschwerden über Parkuhren, die zwar Geld schluckten, aber keine Parkzeit anzeigten, waren das höchste der Gefühle. Heute Abend jedoch ging es offensichtlich um etwas Größeres. Ein Mann aus dem Publikum war aufgestanden und zeigte nach vorne, wo der Bürgermeister, flankiert von zwei Stadträten, an einem langen Tisch saß.

Der Mann mit kariertem Hemd und Baseballmütze musste zwischen sechzig und siebzig sein. »Ich weiß nicht, woher Sie das Recht nehmen, der Polizei zu sagen, wie sie ihre Arbeit zu tun hat.« Von seinen Sitznachbarn war beifälliges Murmeln zu hören. Ich setzte mich unauffällig auf einen der hinteren Plätze.

Bert Sanders ließ sich nicht provozieren. Mit seinem dichten, dunklen Haar, dem markanten Kinn und seinen prachtvollen Zähnen war er wohl das, was man einen gutaussehenden Mann nannte. Er hätte bestimmt auch als Bürgermeister einer bedeutenderen Stadt als Griffon eine gute Figur gemacht. Ruhig antwortete er: »Ich sage der Polizei nicht, wie sie ihre Arbeit tun soll, aber ich scheue mich auch nicht davor, ihr zu sagen, wem sie Rechenschaft schuldig ist. Und sie ist jedem Einzelnen hier im Raum Rechenschaft schuldig. Nicht nur mir oder meinen Beisitzern. Auch Ihnen ist sie Rechenschaft schuldig, Sir.«

»Also, ich finde, sie machen ihre Arbeit sehr gut«, entgegnete der Mann, der sich noch nicht wieder gesetzt hatte. »Wenn ich abends ins Bett gehe, fühle ich mich sicher, und mir reicht das völlig.«

»Ich habe meine Zweifel, dass Ihre Einschätzung allgemein geteilt wird«, sagte Bürgermeister Sanders. Auf der anderen Seite des Saals wurde zögernd eine Hand gehoben. »Ja, bitte?«

»Einige von Ihnen kennen mich vielleicht. Ich bin Doreen Cousens und habe eine Kleiderreinigung hier in Griffon. Ich erkenne viele von Ihnen wieder. Ich habe eine von diesen Unterschriftenlisten ›Ja zu unserer Polizei‹ bei mir an der Kasse ausliegen. Es gibt Kunden, die wollen nicht unterschreiben, und einige kenne ich ja, und jetzt möchte ich wissen, ob ich mir die notieren soll?« Sie schwenkte einen Zettel. »Ich hätte hier nämlich eine Liste mit Namen von Leuten, die nicht unterschreiben wollten. Soll ich die der Polizei geben oder Ihnen?«

»Ach, du grüne Neune«, sagte Sanders. »Ja, geben Sie sie mir.«

Die Frau begab sich zum Mittelgang, ging nach vorne und überreichte dem Bürgermeister den Zettel. Von meinem Platz aus schätzte ich die Zahl der Namen auf dieser Liste auf zwanzig bis dreißig.

Bürgermeister Sanders nahm den Zettel, zerriss ihn einmal und dann noch einmal. Die Frau, die ihm die Liste gegeben hatte, schlug sich die Hand vor den Mund, ein kollektives Japsen ging durch den Saal.

Da sprang eine andere Frau auf und rief: »Wenn es hier Leute gibt, die nicht zu unserer Polizei stehen, dann müssen wir wissen, wer das ist!«

»Auf jeden Fall!«, sagte jemand.

»Wer steht auf dieser Liste?«, rief der Nächste. »Sie vielleicht, Bürgermeister? Steht Ihr Name drauf?«

Sanders hob beide Hände, um für Ruhe zu sorgen. Schließlich musste er aufstehen. »Ich habe keine Ahnung, ob ich auf Doreens Liste stehe. Aber wenn nicht auf ihrer, dann vielleicht auf einer anderen, wenn es noch jemanden gibt, der wie Doreen eine führt. Denn Sie haben recht, ich habe nicht unterschrieben. Und ich habe auch nicht die Absicht zu unterschreiben. Ich bin nämlich nicht zur Loyalität gegenüber der Polizei verpflichtet. Wenn ich jemandem Loyalität schulde, dann der Verfassung. Und den Bürgern von Griffon. Ich werde mich nicht nötigen lassen, diese Petition zu unterschreiben, und auch sonst sollte sich niemand dazu gezwungen sehen. Eine Polizei, die im Rahmen des Gesetzes agiert, die ihre Befugnisse nicht überschreitet, die sich nicht anmaßt, eigenmächtig Strafen zu verhängen, so eine Polizei kann auf meine Unterstützung zählen.«

Vereinzeltes Murren im Publikum, aber auch schallender Applaus.

»Wenn ein Polizist, der das Abzeichen der Stadt Griffon trägt, einen Verdächtigen hinter dem Wasserturm so verprügelt, dass er ihm dabei einen Zahn ausschlägt, dann liegt hier einiges im Argen –«

»Schwachsinn!«

Der ganze Saal fuhr erschrocken zusammen, ich nicht weniger als alle anderen. Eher sogar noch mehr, denn der Kanonendonner kam von der Tür direkt hinter mir. Alle wirbelten herum. Im Eingang zum Gerichtssaal stand der Polizeichef von Griffon. Chief Augustus Perry.

In voller Lebensgröße. Einen Meter neunzig von ganz oben bis ganz unten. Breiter Brustkasten, Stiernacken, Vollglatze. Eine imposante Erscheinung, trotz des Schmerbauchs. Er trug Uniform. Allerdings gestattete ihm seine Position eine weniger formelle Variante. Schwarze Halbschuhe, neue Jeans mit sichtbarer Bügelfalte, weißes Hemd und eine Tweedjacke mit einer kleinen Anstecknadel darauf. Fehlte praktisch nur noch der Stetson. Aber schließlich waren wir hier nicht in Texas, und der Chief war offenbar der Meinung, sein blankes Haupt verleihe ihm mehr Würde.

Ich saß gerade mal drei Meter von ihm entfernt und war, abgesehen vom Bürgermeister, die erste Person, der er in die Augen blickte. Einen Moment lang sah es so aus, als würden ihm die seinen gleich aus den Höhlen treten – mit mir hatte er wohl am allerwenigsten gerechnet –, dann nickte er fast unmerklich.

Ich nickte zurück. »'n Abend, Augie«, sagte ich leise.

Perry wandte den Blick von mir ab und sah wieder den Bürgermeister an. »Ich verbitte mir Ihren Ton, Chief«, sagte Sanders.

Er und Perry waren die Einzigen, die standen, der eine an einem Endes des Saals, der andere am anderen. So, wie die beiden sich ansahen, konnte man meinen, sie würden im nächsten Augenblick aufeinander schießen. Allerdings war wohl nur Perry bewaffnet – ich wusste, dass er eine Pistole am Gürtel trug, direkt unter der Jacke –, und ich hielt es für eher unwahrscheinlich, dass ein Schuss auf den Bürgermeister dazu angetan war, den Vorwurf der exzessiven Polizeigewalt zu entkräften.

»Und ich verbitte mir den Ihren«, hielt Perry dagegen. »Sie predigen die Verfassung, und was tun Sie? Sie erheben haltlose Anschuldigungen, die auf Gerüchten und Hörensagen und versteckten Andeutungen beruhen. Diese Person, die angeblich von einem meiner Leute tätlich angegriffen wurde – ist die da? Bekomme ich hier und jetzt Gelegenheit, Ihren Unterstellungen im Namen meiner Leute entgegenzutreten?«

Perry schwieg. Sein letztes Wort klang noch im Saal nach.

»Nein, diese Person ist nicht anwesend«, sagte der Bürgermeister nach einer kurzen Pause.

»Haben Sie eine eidliche Aussage von dieser Person? Hat sie Beschwerde eingereicht? Will sie gerichtlich gegen die Stadt vorgehen?«

Neuerliches Schweigen. »Nein«, sagte Sanders auch jetzt. Einen Augenblick sah es aus, als gäbe er sich geschlagen, doch dann reckte er sein Kinn trotzig hoch. »In einer Stadt, in der es möglich ist, dass Ihr Name auf einer Liste landet« – er deutete auf den zerrissenen Zettel vor sich –, »nur weil Sie eine Petition zugunsten der Polizei nicht unterschreiben, würden Sie es da wagen, einen Polizisten der Körperverletzung zu bezichtigen?«

»Mag sein, dass Doreen sich die Namen aufgeschrieben hat«, erwiderte Perry, »aber sie wurde von keinem meiner Mitarbeiter dazu aufgefordert, und ich hätte die Liste genauso zerrissen wie Sie.« Er zeigte mit einem Finger auf den Bürgermeister. »Sie sind ein Schaumschläger, Sanders. Ein sentimentaler Tropf, ein Opportunist und ein Ehrabschneider. Wenn Sie Beweise haben, dass meine Männer gegen das Gesetz verstoßen, dann bringen Sie sie mir, und wir werden die Mistkerle aus dem Verkehr ziehen. Aber bis dahin täten Sie gut daran, sich nicht zu weit hinauszulehnen.«

Ehe Sanders darauf antworten konnte, wandte Perry sich zum Gehen. Wieder zog er meinen Blick auf sich. Ich lächelte und sagte, so leise, dass nur Perry es hören konnte: »Du gehst, wenn du eine Glückssträhne hast, Augie? Parkt dein Pferd in zweiter Spur?«

Er grinste mich listig an. »Ich wette, du warst erleichtert, als der Bürgermeister Doreens Liste zerrissen hat.«

Ich schüttelte den Kopf. »Ich stehe immer hinter dir, das weißt du doch.«

Augustus Perry schnaubte und verließ den Saal.

FÜNFZEHN

Nach Perrys Abgang brach der Tumult los. Leute aus dem Publikum schrien den Bürgermeister und einander gegenseitig an, während Sanders mit dem Hammer auf den Tisch schlug, um wieder Ruhe herzustellen.

Als er sah, dass er auf keinen grünen Zweig kommen würde, sagte er: »Ich stelle den Antrag, diese Sitzung zu beenden. Unterstützt mich jemand?«

Eine Frau links von ihm hob resigniert die Hand. »Sind alle dafür?«, fragte Sanders, und alle Hände schossen in die Höhe. »Gut!«, sagte er laut, um den Lärm zu übertönen.

Die Anwesenden verließen einer nach dem anderen den Saal. Gegen den Strom der zum Teil aufgebracht raunenden Bürger kämpfte ich mich im Mittelgang zu Sanders vor. »Herr Bürgermeister!«

Er sah kurz auf und widmete sich dann wieder den Papieren, die er eilig in seine Aktentasche stopfte. Er wollte so schnell wie möglich hier raus. »Mr. Sanders«, sagte ich beim Näherkommen, »ich muss mit Ihnen sprechen.« Er hob nicht einmal mehr den Kopf. »Ich bin Cal Weaver und –«

Sanders ließ seine Papiere Papiere sein. Er sah mich verdattert an. »*Wer* sind Sie?«

»Cal Weaver.«

»Was – tut mir leid, aber ich muss los.« Seine Stimme klang aufgeregt. »Ich – ich habe nichts mehr zu dieser Sache zu sagen.«

»Es geht nicht um Ihre Auseinandersetzung mit dem Chief. Ich bin wegen einer anderen Sache hier.«

Er sah mich misstrauisch an. »Und die wäre?«

»Ich bin Privatdetektiv, Mr. Sanders. Ich muss Ihnen ein paar Fragen zu Ihrer Tochter stellen.«

Seine Augenbrauen schossen hoch. Wie zwei kleine pelzige Raupen saßen sie auf seiner Stirn. Ich hatte den Eindruck, er sei beinahe erleichtert. »Claire? Was ist mit ihr?«

»Ich bin auf der Suche nach ihr«, sagte ich.

»Warum das denn?«

»Weil – haben Sie sie denn nicht als vermisst gemeldet?«

»Vermisst? Claire? Ich weiß nicht, wovon Sie reden.«

Jetzt war ich wahrscheinlich derjenige, der *ihn* verdattert ansah. »Können wir irgendwohin gehen, wo wir miteinander reden können?«

Sanders stopfte die letzten Papiere in seine Tasche, ließ den Schnappverschluss einrasten und hob den Kopf. Müde sah er den letzten Leuten hinterher, die den Saal verließen. »Mein Büro«, sagte er.

Ich folgte ihm aus dem Saal und eine breite Holztreppe hinauf, die unter unseren Schritten knarrte. Wir betraten einen Raum mit einer Decke aus geprägtem Zinnblech, etwa vier mal vier Meter groß, und hohen Fenstern, die aussahen, als seien sie schon mit Farbe zugekleistert worden, als Eisenhower noch Präsident war. Hinter Sanders' ausladendem Schreibtisch hing ein Foto, das ihn und den amtierenden Präsidenten zeigte, wie sie auf die Niagarafälle hinausblicken. Es war vor etwa einem Jahr aufgenommen worden, als unser oberster Kriegsherr einen Abstecher in diesen Teil des Staates machte. Mit seiner perfekt sitzenden Frisur und dem Anzug, der aussah, als wäre er mehr wert als das bescheidene Haus, dem ich vorher einen Besuch abgestattet hatte, wirkte Sanders nicht wie der Bürgermeister einer Kleinstadt, sondern wie der Vorstandsvorsitzende eines Milliardenkonzerns.

Sanders schloss die Tür und fragte: »Worum geht es denn, Mr. Weaver?«

»Ist Claire zu Hause? Ist sie wieder aufgetaucht?«

»Sie erwischen mich hier wirklich auf dem falschen Fuß.«

»Die Polizei war bei mir«, sagte ich. »Heute am späten Nachmittag. Sie sind auf der Suche nach Claire. Ihre Tochter wurde seit gestern Abend nicht mehr gesehen. Wollen Sie mir sagen, Sie haben sie nicht als vermisst gemeldet?«

»Selbstverständlich nicht.« Doch seine Miene war besorgt. »Wo ist sie denn dann?«

»Sie ist weggefahren. Ich sehe keinen Grund, Ihnen Auskunft über ihren Verbleib zu geben. Was haben Sie überhaupt mit der Sache zu tun?«

»Ich habe Ihre Tochter gestern Abend gesehen«, sagte ich. »Sie hat sich meiner bedient, um jemanden abzuhängen, jemanden abzuschütteln, von dem sie glaubte, er verfolgt sie.«

»Sich Ihrer bedient? Wie das?«

»Ich habe sie im Auto mitgenommen. Sie –«

»Stopp, stopp, stopp«, sagte er. »Claire ist zu Ihnen in den Wagen gestiegen?«

»Sie stand vor Patchett's Bar und hat mich gebeten, sie mitzunehmen. Sie hat mich erkannt. Sie kannte meinen Sohn.
Wenn sie das nicht gesagt hätte, hätte ich sie wahrscheinlich
nicht einsteigen lassen. Sie sagte, sie hätte ein ungutes
Gefühl, weil jemand sie beobachtet. Wie hätte ich da nein
sagen sollen?«

Sanders musterte mich. Kam ich als Sextäter für ihn in Frage? »Erzählen Sie weiter.«

»Sie bat mich, bei Iggy's stehen zu bleiben, ihr sei nicht gut.
Sie ging hinein, aber es war ein anderes Mädchen, das nachher bei mir einstieg. Hanna Rodomski. Ihre Klamotten sahen denen von Claire sehr ähnlich. Und sie trug eine Perücke. Zusammen haben sie jemanden ausgetrickst, der sie
vielleicht beobachtete.«

Er ging langsam um den Tisch herum, legte die Hände auf
die hohe Rückenlehne seines gepolsterten Sessels. »Tatsächlich?«

»Tatsächlich«, wiederholte ich.

»Das ist ja eine tolle Nummer, die sie da abgezogen haben.«
Er rang sich ein Lächeln ab. »Sind Sie sicher, dass die beiden
sich nicht nur einen kleinen Spaß mit Ihnen erlaubt haben?«

»Wen immer sie an der Nase rumführen wollten, ich war's
jedenfalls nicht«, sagte ich. »Claire hätte gar nicht wissen
können, dass ich um diese Zeit da vorbeikomme.«

Sanders zuckte die Achseln. »Vielleicht hatten sie's ja nicht
auf Sie persönlich abgesehen. Es hätte jeder sein können,
der Claire mitnimmt. Sie wollten sich einfach einen Jux
machen.«

»Das glaube ich nicht. Wenn alles nur ein Jux war, warum
hat sich dann die Polizei eingeschaltet?«

Sanders beulte mit der Zunge eine Backe aus. Es sah aus, als hätte er einen Lutscher im Mund. »Das Ganze muss ein Missverständnis sein.«

Ich legte meine Hände auf den Tisch und beugte mich vor. »Genau das macht auch mir Kopfzerbrechen. Die Polizei scheint zu glauben, dass Ihre Tochter verschwunden ist. Sie wollen sie finden. Entweder machen sie sich ihretwegen Sorgen, oder sie ist in etwas verwickelt, zu dem sie sie befragen wollen. Aber Sie scheinen nicht im Mindesten besorgt zu sein. Um Ihre eigene Tochter. Vielleicht könnten Sie mir das erklären.«

Sanders zögerte. Normalerweise tun Leute das aus zwei Gründen. Entweder wollen sie einem nicht die wahre Geschichte erzählen, oder sie wollen Zeit gewinnen, um sich eine gute Geschichte auszudenken.

»Sie haben gesehen, was vorhin los war«, sagte er.

»Bei dieser Sitzung?«

»Ganz genau.«

»Soll das heißen, es gibt da eine Verbindung zwischen Ihrer Tochter und der Fehde, die Sie gerade mit der Polizei von Griffon ausfechten?«

Er grinste listig und zeigte dabei seine makellosen Zähne. »Als ob Sie das nicht wüssten.«

»Ich weiß nicht, was Sie meinen.«

»Ich weiß Bescheid über Ihre Verbindung. Ich weiß, was Sie hier für ein Spiel spielen.«

»Verbindung? Meinen Sie die zwischen mir und dem Polizeichef?«

Sanders nickte überlegen, als lasse er sich nicht so leicht hinters Licht führen. »Ich weiß, dass er Ihr Schwager ist, Mr. Weaver.«

»Und?«

»Das hätten Sie nicht gedacht, was? Dass ich das weiß. Sie dachten wohl, Sie könnten damit hinter dem Berg halten.«

»Ist mir piepegal, ob Sie das wissen oder nicht«, sagte ich. »Er ist der Bruder meiner Frau. Was spielt das überhaupt für eine Rolle?«

»Halten Sie mich für so naiv?«, fragte er zurück. »Glauben Sie, ich kann mir nicht denken, was hier läuft? Perry mag es gar nicht, wenn ihm die Felle davonschwimmen, stimmt's? Es schmeckt ihm überhaupt nicht, dass es eine Person weniger gibt, die er einschüchtern kann. Sie können ihm ausrichten, ich weiß, was er vorhat. Sie können ihm auch ausrichten, dass es nicht funktionieren wird. Mir ist egal, von wie vielen Streifenwagen er mich beobachten lässt oder wie viele Leute er glaubt, gegen mich aufhetzen zu können. Das ist nämlich genau das, was er tut. Er macht aus Griffon eine Stadt, in der die Devise gilt: Wir gegen die anderen. Und um die Leute auf seine Seite zu bringen, jagt er ihnen Angst ein. Wer sich nicht auf die Seite des großen Augustus Perry schlägt, solidarisiert sich mit den Kriminellen. Tja, es wird nicht funktionieren. Ich werde keinen Rückzieher machen. Er hat nicht das Sagen in dieser Stadt. Er bildet es sich vielleicht ein, aber genau das ist es: Einbildung.«

»Versucht Perry, Sie zu zermürben? Schikaniert er Sie?«

»Ich bitte Sie«, sagte Sanders. »Was hat er denn erwartet? Dass er Sie nur herschicken muss, um aus mir rauszukitzeln, wo Claire ist?«

»Dann ist sie also wirklich verschwunden. Oder sie versteckt sich.«

Sanders lächelte. »Sie ist gesund und munter. Dort ist die Tür, Mr. Weaver.«

»Wurde Claire bedroht? Wegen dem, was zwischen Ihnen und Perry läuft?«

Er schüttelte nur abweisend den Kopf.

»Sie irren sich«, sagte ich. »Ich mache mir wirklich Sorgen um Claire. Ich habe sie mitgenommen, und sie ist unter meinen Augen verschwunden. Ich muss wissen, dass es ihr gutgeht. Ich muss es wissen.«

»Gehen Sie.«

»Rufen Sie sie an. Lassen Sie mich nur kurz mit ihr sprechen.«

»Gehen Sie.«

»Ich bitte Sie doch nur –«

Sanders hielt mir seine Hand vors Gesicht, die Handfläche nach außen. Eine starke Geste, abgeschwächt durch ein leises Zittern.

»Auf der Stelle«, sagte er.

SECHZEHN

Bei ihrer Heimkehr sieht sie einen Lichtstreifen unter seiner Tür. Kann sein, dass er eingeschlafen ist, ohne das Licht vorher zu löschen. Dann würde sie es tun. Es ist aber auch möglich, dass er noch in seinem Sessel sitzt und liest. Auch das ist schon öfter vorgekommen.

Sie öffnet die Tür. Tatsächlich ist er noch wach. Aber er sitzt nicht in seinem Sessel. Er hat auch kein Buch und keine Zeitschrift in der Hand. Er liegt da und starrt an die Decke, als liefe da oben ein Film.

»Alles klar bei dir?«, fragt sie.

»Ich denke nach«, antwortet er.

»Worüber?«, fragt sie, obwohl sie es sich denken kann.

»Ich habe überlegt, was wir sagen könnten.«

»Sagen? Worüber?«

»Warum ich so lange weg war.«

So schlimm war es noch nie, denkt sie. Dass er immer wieder damit anfängt. Die Ereignisse der letzten Wochen – das unerwartete Auftauchen dieses Jungen – haben ihn aufgewühlt. Da ist er nicht der Einzige.

»Na gut«, sagt sie, nun doch neugierig, was er sich ausgedacht hat. »Warum warst du weg?«

»Ich war in Afrika.«

»In Afrika«, wiederholt sie.

»Auf Safari. Ich habe mich verirrt. Im Dschungel. Im Regenwald.«

»Ich glaube, der ist in Südamerika«, sagt sie. »Ich glaube, es würde dir sehr schwerfallen, deine Geschichte durchzuhalten.«

»Wir könnten zusammen daran arbeiten, damit alles richtig klingt.«

»Du solltest das Licht ausmachen und schlafen«, sagt sie.

»Nein!«, ruft der Mann. Die Frau zuckt zurück. Normalerweise ist er passiv, fügsam.

»Schrei mich nicht an«, sagt sie.

»Ich war in der Arktis! Ich war auf einer Arktisexpedition! Und jetzt bin ich wieder da!«

»Schluss damit. Steiger dich da nicht in etwas hinein. Du redest Unsinn.«

»Ich könnte auch in der Wüste gewesen sein. Genau. Ich habe eine Wüstenwanderung gemacht.«

Die Frau setzt sich auf die Bettkante und legt die Hand auf seine feuchtkalte Stirn. Sie tätschelt ihn sanft.

»Du wirst überhaupt nicht einschlafen können, wenn du dich so aufregst«, sagt sie beruhigend. »Du bist übermüdet.«

Er packt sie am Arm und zieht sie zu sich, so dass ihr Gesicht nur wenige Zentimeter von dem seinen entfernt ist. Sein Atem riecht wie das Innere einer alten Ledertasche.

»Ich mache dir keine Vorwürfe«, sagt er. »Ich verstehe es ja. Aber es muss aufhören. Es kann nicht ewig so weitergehen.«

Das denkt sie sich auch schon seit geraumer Zeit.

SIEBZEHN

Auf dem Weg zurück zu meinem Wagen holte ich mein Handy heraus und wählte die Nummer meines Schwagers Augustus Perry.

Etwas stimmte hier nicht. Die Polizei suchte nach Claire Sanders, aber ihr Vater behauptete, sie werde gar nicht vermisst. Man musste nicht Sherlock Holmes sein, um zu kapieren, dass er etwas verheimlichte, dass er mich anlog. Claire musste in Schwierigkeiten stecken. Sie hatte sich sehr viel Mühe gegeben, jemanden zu überlisten, der hinter ihr her war.

War es die Polizei? Ein Ex-Freund?

Ihr Vater?

Wenn er mir keine zufriedenstellende Antwort geben wollte, musste ich es eben bei der Polizei probieren. Dann musste man mir dort sagen, was die Veranlassung war, Claire zu suchen. Doch ich wollte nicht mit Haines oder Brindle sprechen. Ich hielt es für sinnvoller, ganz nach oben zu gehen. Obwohl Augie keine natürliche Neigung dazu hatte, dem Mann seiner Schwester zu helfen. Er hielt mich mehr oder weniger für einen Idioten.

Das beruhte auf Gegenseitigkeit.

Bei den meisten Familientreffen rissen wir uns zusammen und gingen höflich miteinander um. Solange es nicht um Politik oder Religion oder wirklich kontroverse Themen ging. Zum Beispiel, wie man am schnellsten nach Philadelphia kam, wie viel es vergangene Woche geregnet hatte oder wessen Wagen weniger Sprit verbrauchte.

Letzten Sommer, beim Grillen in unserem Garten, waren wir uns so richtig in die Haare geraten, als Augie uns wieder einmal zu seiner Logik bekehren wollte. Wenn wir davon ausgingen, dass bestimmte Rassen genetisch gesehen anderen intellektuell überlegen waren, und wenn wir außerdem davon ausgingen, dass intellektuell unterlegene Rassen eher dazu neigten, gegen das Gesetz zu verstoßen, dann war die Erstellung von Täterprofilen nach rassischen Kriterien kein Rassismus. Denn sie stütze sich schließlich auf wissenschaftliche Daten.

»Diese Daten würde ich gern sehen«, sagte ich.

»Schau nach«, sagte er. »Steht alles im Internet.«

»Ach ja, und wenn's im Internet steht, dann muss es ja stimmen.«

»Wenn es wissenschaftliche Daten sind, dann schon.«

»Wenn ich im Internet lesen würde, eine neue Studie hat ergeben, dass du den IQ von einem Eimer Schraubbolzen hast, würde das dann stimmen? In fünf Minuten wird es da nämlich stehen.«

Seine Frau, die leidgeprüfte Beryl, musste ihn zurückhalten.

Wenn man von seiner Einstellung absah, war Augie allerdings kein schlechter Polizist. Er hatte einen guten Instinkt. Er war unermüdlich. Bevor er Polizeichef wurde und den

Großteil des Tages hinter einem Schreibtisch sitzend verbrachte, arbeitete er sich von Tür zu Tür, wenn's sein musste, Tag und Nacht, um vielleicht jemanden aufzustöbern, der Zeuge eines Verbrechens in der Nachbarschaft geworden war. Als vor fünf Jahren ein Achtjähriger als vermisst gemeldet wurde, kam Augie hinter seinem Schreibtisch hervor, kämmte zusammen mit anderen sechs Tage lang zu Fuß die Gegend ab und schlief nachts höchstens vier Stunden, bis er den Jungen im Untergeschoss einer stillgelegten Matratzenfabrik fand. Er war durch ein Loch im Fußboden gefallen und kam alleine nicht heraus. Augustus Perry stellte sich auch bei Vernehmungen äußerst geschickt an. Er wusste, wie man Leuten Geheimnisse entlockte.

Auch Bert Sanders hatte Augies Telefonnummer. Das wusste ich. Mein Schwager war ein leidenschaftlicher Befürworter der Beschleunigung des Justizapparates. Warum sich die Mühe machen, einen Unruhestifter von außerhalb vor Gericht zu bringen, wenn ein ordentlicher Tritt in die Eier dasselbe in viel kürzerer Zeit bewerkstelligen konnte?

Doch die Männer und Frauen unter Augustus Perrys Kommando waren vorsichtig. Sie deckten sich gegenseitig. Sie erteilten ihre Lektionen auch niemals in Anwesenheit von Zeugen. Und wenn sie sich Freiheiten nahmen, dann hocherhobenen Hauptes, weil sie von ganzem Herzen daran glaubten, dass durch ihren Einsatz Griffon ein besserer Ort zum Leben wurde.

Ich hatte Augies Handynummer gewählt, nicht die zu Hause. Augie hatte sein Handy immer dabei. Es klingelte mehrmals, dann meldete sich die Mailbox.

»Augie, Cal hier. Ich muss mit dir reden. Ruf mich so schnell wie möglich zurück.«

Ich hatte nicht vor, tatenlos rumzusitzen und auf Augies Rückruf zu warten. Ich machte mich auf, um mir Sean Skilling noch einmal zur Brust zu nehmen. Ich war mit dem Jungen noch nicht fertig.

Das Haus der Skillings war ein weitläufiges zweigeschossiges Gebäude mit Dreifachgarage und drei verschiedenen Ford-Modellen davor. Keiner davon war jedoch der Ranger, den Sean genommen hatte. Ich parkte um die Ecke, ging zurück und drückte mit dem Daumen fest auf die Türklingel.

Keine zehn Sekunden später wurde die Tür geöffnet. Vor mir stand eine kleine Frau mit Porzellanteint und dazu passendem hellblondem Haar. Sie war ungeschminkt und sah aus, als hätte sie keinen Tropfen Blut mehr in sich.

»Hallo?«

»Ms. Skilling?«

»Ja? Ich bin Sheila Skilling.«

»Ich bin Cal Weaver.« Ich hielt ihr kurz meinen Ausweis hin. »Ich bin Privatermittler.«

»Was wollen Sie?«

»Es geht um Sean.«

Sie sah mich erschrocken an. »Sean? Ist ihm was passiert?« Sie wandte den Kopf. »Adam! Die Polizei ist hier. Wegen Sean!«

Ich hielt es nicht für notwendig, sie zu korrigieren.

»Was ist passiert?«, rief ein Mann. Seine Stimme klang gedämpft. Dann ging eine Tür auf, und Adam Skilling trat heraus. Er war aus dem Untergeschoss hochgelaufen und schnaufte wie ein Dampfross, was bei seiner Statur auch kein Wunder war. Er sah aus, als schleppe er weit über hundert Kilo mit sich herum. Die Wangen in seinem runden Gesicht waren momentan knallrot. Er hatte volles braunes Haar und einen Oberlippenbart.

»Was … ist … los?«, stieß er zwischen den einzelnen Atemzügen hervor.

»Es ist was mit Sean«, sagte Sheila. Beide Augenpaare waren auf mich gerichtet. »Gab es einen Unfall oder so?«

Ich schüttelte den Kopf. »Eher einen Vorfall.«

»Um Gottes willen, was denn?«

Ich machte auf autoritär. »In Ausübung meiner Pflicht stellte ich Ihrem Sohn ein paar Fragen. Dabei wurde ich von einem seiner Freunde tätlich angegriffen. Dann flohen beide.«

»O Gott«, sagte Adam. »Wo zum Teufel war das denn?«

»Vor Patchett's Bar.«

»Sind Sie Polizist? Sie sehen nicht aus wie ein Polizist.«

»Ich bin Ermittler. Privatermittler. Ich heiße Cal Weaver.« Höflichkeitshalber zeigte ich auch ihm meinen Ausweis. »Ich würde es vorziehen, die Polizei nicht hinzuzuziehen, aber das hängt in erster Linie von Ihrer Kooperationsbereitschaft ab. Und von der Seans.« Ich hoffte, sie würden mich nicht so schnell durchschauen wie Phyllis Pearce. Ich spähte an ihnen vorbei ins Haus. »Ist er da? Seinen Pick-up habe ich nicht in der Einfahrt gesehen.«

»Er ist … er ist unterwegs«, sagte Sheila. »Ich weiß nicht, wo er ist.«

Adam Skilling, inzwischen zu Atem gekommen, kramte sein Handy aus der Tasche. »Ich rufe ihn an. Er muss augenblicklich –«

»Warten Sie noch«, sagte ich. »Ich möchte Ihnen vorher ein paar Fragen stellen. Vielleicht können wir ja einen Großteil davon klären, bevor wir Ihren Sohn dazuholen.«

»Wer ist auf Sie losgegangen?«

»Keine Ahnung. Er kam von hinten.«

»Aber es war nicht *Sean*, der sie geschlagen hat«, sagte Sheila.

»Ich glaube, das kann man ihm als mildernden Umstand anrechnen«, sagte ich. »Darf ich reinkommen?«

Sie führten mich ins Wohnzimmer und deuteten mir, mich auf die Couch zu setzen. Sheila und ihr Mann setzten sich in zwei Sessel mir gegenüber.

»Ist Hanna vielleicht da?«, fragte ich.

Damit hatte keiner von beiden gerechnet. »Hanna Rodomski?«, fragte Sheila Skilling.

»Gibt es noch eine Hanna?«

»Nein, natürlich nicht. Und nein, sie ist nicht da. Ich meine, sie ist wahrscheinlich mit Sean unterwegs. Steckt sie auch irgendwie in Schwierigkeiten?«

»Hab ich's dir nicht gesagt, das Mädchen taugt nichts«, sagte Adam Skilling. »Ja oder nein?«

»Übernachtet sie hier?«, fragte ich.

Seans Mutter wurde rot. »Also, ich weiß, das schickt sich vielleicht nicht … aber, ja, hin und wieder bleibt sie.«

»Dieses Mädchen schläft öfter hier als in ihrem eigenen Bett«, sagte Adam. »Das geht so nicht. Sie übt einen schlechten Einfluss auf unseren Jungen aus. Manchmal rennt sie hier in der Unterwäsche rum, als sei das ihr Haus.«

Seine Frau warf ihm einen Blick zu. »Sie wollte nur ins Bad. Und du musst ja nicht hinsehen.«

Adams Wangen, die vorübergehend wieder ihre normale Farbe bekommen hatten, röteten sich erneut.

»Auf jeden Fall war sie letzte Nacht nicht hier«, fuhr seine Frau fort. »Das weiß ich ganz genau. Sie müssen beide …

anderswo übernachtet haben. Ich glaube nämlich, auch Sean war letzte Nacht nicht zu Hause.«

»Man weiß nie, wo die beiden stecken«, sagte Adam, aufgebläht wie ein Kugelfisch. »Man kann sie nicht eine Sekunde aus den Augen lassen.«

Wieder warf Sheila ihm einen Blick zu, und diesmal schien er ihn sich zu Herzen zu nehmen. Er ließ ein bisschen Dampf ab und wurde wieder eine Nummer kleiner. »Ich sage ja nur, die kosten einen ganz schön Nerven.«

Sheilas Bemerkung, dass Hanna die vergangene Nacht nicht hier verbracht hatte, gab mir zu denken, denn aus dem, was ihre Eltern gesagt hatten, hatte ich den Schluss gezogen, dass sie in den letzten vierundzwanzig Stunden auch nicht zu Hause geschlafen hatte.

»Wann haben Sie Hanna zuletzt gesehen?«, fragte ich.

»Gestern«, sagte Sheila. »Zur Abendessenszeit vielleicht?« Sie sah ihren Mann an, doch der zuckte die Schultern. »Aber das verstehe ich jetzt nicht. Sind Sie wegen Sean hier oder wegen Hanna? War's Hanna, die Sie geschlagen hat?«

»Ich bin mir ziemlich sicher, dass sie's nicht war«, sagte ich. »Aber ich bin wegen Sean hier. Und wegen Hanna. Und wegen Claire Sanders auch.«

»Ah, Claire. Die kennen wir«, sagte Sheila. »Stimmt doch, oder?«, sagte sie zu ihrem Mann.

»Und ihren Vater«, sagte er matt.

»Ich wollte Ihren Sohn gerade nach ihr fragen, als ich den Schlag auf den Kopf bekam«, sagte ich. »Ich bin auf der Suche nach Claire, und ich glaube, Sean und Hanna wissen, wo sie ist.«

»Warum suchen Sie Claire?«, fragte Adam.

Ich ignorierte die Frage. »Ich glaube, Hanna weiß, wo

Claire ist, und ich hoffe, dass Sean mich mit ihr zusammenbringen kann. Sean ist auch auf der Suche nach Claire. Er hat sich im Patchett's nach ihr erkundigt. Sean denkt vielleicht, er hätte von mir etwas zu befürchten, aber das stimmt nicht. Ich bin nur daran interessiert, Claire zu finden. Wenn er mir dabei hilft, kann ich bei allem anderen ein Auge zudrücken.«

»Haben Sie schon mit Bert gesprochen?«, fragte Adam. Er und der Bürgermeister nannten sich also beim Vornamen.

»Ja«, sagte ich. Ich sah hinunter auf das Telefon in seiner Hand. »Das wäre jetzt der richtige Moment, Sean zu sagen, er soll heimkommen. Erwähnen Sie nicht, dass ich hier bin.«

Adam zögerte. Dann rief er an. Seans Telefon läutete vielleicht drei-, viermal. Dann sagte sein Vater: »Hey, wo bist du denn? ... Was soll das heißen, du fährst rum? Wo fährst du rum? ... Na schön. Hör mal, mir ist egal, wo du gerade bist. Jetzt schwingst du deinen Arsch nach Hause, und zwar zackig ... Das erfährst du, wenn du heimkommst ... Wenn du in fünf Minuten nicht hier bist, kannst du den Ranger in Zukunft vergessen. Ich habe einen fünfzehn Jahre alten Civic bei uns rumstehen, der tut's auch ... Aha? Also dann, in fünf Minuten.«

Er legte auf und sah mich an. »Ich muss in einem früheren Leben etwas sehr Böses getan haben, um dieses ganze Elend zu verdienen.«

ACHTZEHN

Vier Minuten später war der Junge zu Hause. Scheinwerferlicht glitt über das Wohnzimmerfenster. Eine Sekunde später wurde eine Tür kräftig zugeschlagen, und zwei Sekunden danach kam Sean Skilling wie ein außer Kontrolle geratener Zug hereingeschossen. Als er mich mit seinen Eltern zusammensitzen sah, leitete er augenblicklich eine Vollbremsung ein. Schon war er drauf und dran, den Rückwärtsgang einzulegen, da sprang sein Vater auf und rief: »Nicht so eilig, mein Herr!«

Sean blieb auf der Stelle stehen. Aber seinem Blick war anzusehen, dass er den Gedanken an Flucht noch immer nicht aufgegeben hatte.

»Mach, dass du hier reinkommst«, sagte Adam und deutete auf das Wohnzimmer. »Mach, dass du hier reinkommst, und setz dich hin. Aber dalli!« Er deutete auf den Sessel, aus dem er sich gerade erhoben hatte.

Der Junge kam vorsichtig näher, als rechne er damit, sein Vater würde auf ihn losgehen, bevor er sich hingesetzt hatte. Doch er erreichte unfallfrei den Sessel. Adam blieb ste-

164

hen. Mit kurzen Schritten tänzelte er vor seinem Sohn auf und ab wie ein Boxer, der sich vor dem Ertönen der Glocke aufwärmt.

»Was läuft hier, verdammt noch mal?«, fragte er.

Sean sah ihn kurz an. »Keine Ahnung, wovon du redest.«

Das stimmte wahrscheinlich sogar. In gewisser Weise. Er konnte ja nicht wissen, weswegen ich hier war. Wegen Hanna oder wegen Claire, oder wegen seinem Freund, der mir eins übergezogen hatte. Ich war sicher, dass wir alle drei Themen behandelt haben würden, ehe der Abend vorüber war, aber offensichtlich wollte Adam Skilling den dritten Punkt als Erstes angehen.

»Wer hat ihn geschlagen? Wer hat diesen Mann niedergeschlagen? Ich will einen Namen hören!«

»Ich war's nicht. Ich hab ihn nicht angefasst«, sagte Sean.

»Aber du hast gesehen, wie er niedergeschlagen wurde, stimmt's?«

»Keine Ahnung, vielleicht …«

»Das ist eine Frage, auf die es nur ein Ja oder ein Nein gibt. Entweder hast du gesehen, wie er niedergeschlagen wurde, oder du hast es nicht gesehen. Welches von beidem?«

»Adam …«, sagte seine Frau zaghaft.

»Ich rede, Sheila. Also? Ja oder nein?«

»Ja, ich hab's gesehen. Aber es war dunkel.«

»Ich bitte dich«, sagte Adam Skilling. »Es war doch bestimmt hell genug, dass du den Typen sehen konntest, als du mit ihm weggerannt bist. Was, wenn der ihn bewusstlos geschlagen hätte? Wenn er eine Gehirnverletzung davongetragen hätte oder so was? Willst du dir einen Eintrag ins Vorstrafenregister einhandeln? Ja? Willst du das? Ich frage dich also noch mal: Wer hat –«

»Mr. Skilling«, sagte ich entschlossen.

Er wirbelte herum und sah mich an, als hätte er ganz vergessen, dass ich hier war, obwohl seine Fragen doch mich betrafen. »Was?«

»Darauf können wir später noch zurückkommen«, sagte ich.

»Ich versuche, Ihnen zu helfen, Herrgott noch mal.«

»Ich weiß, und ich bin Ihnen auch sehr dankbar.« Ich wandte mich an Sean, der ein wenig erleichtert wirkte. »Falls du dich nicht mehr erinnerst, ich bin Cal Weaver, und ich bin Privatdetektiv.«

»Ich weiß, wer Sie sind.«

»Ich glaube, dir war nicht klar, was ich wollte, als ich dich im Patchett's angesprochen habe. Ich suche Claire, und ich glaube, Hanna kann mir helfen, sie zu finden.«

»Ich habe keine Ahnung, wo sie ist.« Er sah kurz seine Eltern an. »Ich schwöre.«

»Wieso suchen Sie Claire eigentlich?«, fragte Sheila. »Ich verstehe nicht, was mit ihr ist. Wird sie vermisst?«

Sean blickte auf den Teppich hinunter und schüttelte den Kopf. »Sozusagen.«

»Was soll das heißen? ›Sozusagen‹?«, fragte ich.

»Ich meine, ja, sie ist weg, aber das heißt nicht, dass sie vermisst wird. Es heißt nur, dass sie nicht da ist.«

»Du weißt, wo sie ist?«, fragte ich.

»Scheiße, ich hab keine Ahnung, das schwör ich.«

Wie aus dem Nichts tauchte Adams Hand auf und versetzte dem Jungen eine saftige Ohrfeige. »Pass auf, wie du verdammt noch mal redest.«

Sean zuckte zusammen, bemühte sich aber, nicht aufzuschreien. Vielleicht war er's gewohnt.

»Weiß Hanna, wo Claire ist?«, fragte ich.

Sean zögerte. Er biss sich auf die Unterlippe. »Ich weiß nicht. Kann sein. Sie und Claire haben das zusammen ausgebrütet.«

»Dann müssen wir mit Hanna reden.«

Sean schwieg.

»Wo ist Hanna, Sean?«, fragte ich.

»Ich weiß es nicht.«

»Was soll das heißen?«, fragte Sheila. »Sie klebt doch sonst immer an dir. Ist sie bei ihren Eltern?«

»Kann sein. Ich glaub's aber nicht.«

Ein Anflug von Bedauern huschte über Sheilas Gesicht. »O nein, ihr habt doch nicht Schluss gemacht?«

»Das wäre seit langer Zeit die erste gute Nachricht in diesem Hause«, sagte Adam.

»Nein«, sagte Sean energisch. »Wir haben nicht Schluss gemacht.«

Ich hatte das Gefühl, hier ging es um mehr als um eine prekäre Teenie-Romanze. »Sean, sind Hanna und Claire zusammen irgendwohin gefahren?«

»Ich habe keine Ahnung. Das frage ich mich selbst schon langsam. Ich war nämlich nicht im Patchett's, um Claire zu suchen.«

»Lüg uns nicht an«, sagte Adam. »Dieser Mann sagt, er hat dich dort gesehen, und als er versuchte, mit dir zu reden, hat ihn jemand niedergeschlagen.«

»Ich war ja da. Ich gebe zu, dass ich im Patchett's war. Aber ich war nicht auf der Suche nach Claire.«

Ich nickte. Plötzlich ging mir ein Licht auf. »Du hast gefragt, ob jemand Hanna gesehen hat.«

Er sah mich an, und seine Augen füllten sich mit Tränen. »Ich weiß nicht, wo sie ist. Sie geht nicht ans Telefon. Sie antwortet auf keine SMS.«

»Probier's jetzt noch mal«, sagte ich.

»Ich hab's erst vor ein paar –«

»Probier's einfach und gib mir dann das Handy.«

Er gehorchte. Er rief Hannas Nummer auf, drückte die Wähltaste und reichte mir das Handy. Ich hielt es mir ans Ohr.

Es läutete achtmal, dann sprang die Mailbox an. »Hier ist Hanna!«, sagte sie fröhlich. »Hinterlasst! Eine! Nachricht!« Ich legte auf. Ihr Handy war also eingeschaltet.

»Hat Hanna eine von diesen Ortungs-Apps auf ihrem Handy?«

Sean schüttelte den Kopf. »Nein.«

»Egal, wenn das Handy an ist, dann könnten wir uns an den Mobilfunkanbieter wenden, um rauszukriegen, wo es ist.«

»Wo *sie* ist«, sagte Sean.

»Sie kann das Telefon verloren haben. Oder sie hat es irgendwo liegen lassen. Oder es wurde ihr gestohlen«, sagte ich. »Vielleicht ist das der Grund, warum sie nicht rangeht.«

Ich gab ihm sein Handy zurück und sagte: »Weißt du, warum ich hier bin, Sean?«

Er sah mich an. Sein Blick sagte: Ich bin doch nicht doof, Mann. »Sie haben's mir doch gesagt, im Patchett's. Sie sind auf der Suche nach Claire.«

»Genau. Aber weißt du auch, warum *ich* sie suche und nicht jemand anderes?«

Sean überlegte einen Augenblick. »Ich … eigentlich nicht.«

»Du weißt doch, was Claire und Hanna gestern Abend vorhatten.«

»Sozusagen«, sagte er langsam.

»Solltest du Claire mitnehmen? Solltest du sie vor Patchett's abholen?«

Das schien mir einleuchtend. Claire und Hanna hatten

einen Dritten gebraucht. Claire hatte auf jemanden gewartet, der sie mitnehmen sollte. Dieser Jemand kam aber nicht. Und da Hanna Bescheid wusste, war es naheliegend, dass auch ihr Freund eingeweiht war. Und die Nachbarin von Bert Sanders hatte gesagt, sie hätte gesehen, wie Claire am vergangenen Abend in einen Pick-up gestiegen war, der der von Sean gewesen sein konnte.

Als der Junge nicht antwortete, fragte ich ihn: »Wann genau hast du Hanna das letzte Mal gesehen?«

»Gestern Abend«, sagte er. »Halb zehn, zehn, so um den Dreh rum.«

»Und wo?«

»Ich ... ich hab sie bei Iggy's abgesetzt.«

»Gut. Und dann?«

»Bin ich rumgefahren. Einfach so. In der Gegend rum.«

»Du musstest irgendwie die Zeit totschlagen.«

»Sozusagen. Aber dann haben mich die Bullen angehalten.«

»Was?«, sagte sein Vater und zog wieder seine »Hört das denn nie auf?«-Grimasse. »Wieso das denn?«

»Ich hab ein Stoppschild überfahren. Also, nicht wirklich. Ich meine, nicht richtig überfahren. Ich hab so einen Rollstopp gemacht. Ich bin *fast* stehen geblieben. Aber dann steht da dieser Bulle, schaltet die Sirene ein und zieht mich raus.« Er schüttelte angewidert den Kopf. »Du weißt ja, wie die hier sind. Bei der kleinsten Kleinigkeit. Und schon überhaupt, wenn man in meinem Alter ist, oder von auswärts, oder wie Dennis und vielleicht nicht ganz so weiß wie alle anderen.«

Adam hatte kurz die Augen geschlossen. Vielleicht dachte er, wenn er sie fest genug schlösse und dann wieder öffnete, wären wir alle verschwunden.

»Und dann haben die ewig gebraucht, um das Kennzeichen und meinen Führerschein zu überprüfen, aber da war alles sauber, also hat mich der Typ nur verwarnt. Ich muss immer *richtig* stehen bleiben.«

»Kein Strafzettel?«, fragte seine Mutter.

»Nein«, sagte der Junge und lächelte, froh, dass es zumindest etwas gab, das nicht schiefgegangen war.

Und mir half diese Schilderung, ein weiteres Puzzlestück einzufügen. Das war der Grund, weshalb er Claire nicht von Patchett's abholen und bei Iggy's absetzen konnte, wo Hanna wartete.

»Hast du telefoniert, während die Polizei deine Personalien überprüfte?«, fragte ich.

Er blickte mich überrascht an. »Ja.«

»Um jemandem Bescheid zu sagen, dass du nicht rechtzeitig oder womöglich gar nicht kommen kannst?«

Ich sah ihm an, dass auch bei ihm jetzt der Groschen fiel. Ich war der Notnagel gewesen. Er hatte Claire angerufen, um ihr zu sagen, dass er angehalten worden war, und sie hatte ihm gesagt, sie würde es mit Autostopp probieren.

»Ich verstehe kein Wort«, sagte Sheila. »Wovon redet ihr beiden da?«

»Was hast du dann gemacht, Sean?«, fragte ich.

»Ich … ich wusste eigentlich gar nicht, was ich tun sollte. Außer warten.«

»Warten? Worauf?«

»Auf einen Anruf wahrscheinlich. Damit ich weiß, dass alles … geklappt hat.«

»Ich verstehe immer noch nicht«, wiederholte Sheila.

Ich hielt eine Hand hoch, um sie zum Schweigen zu bringen. Endlich kamen wir weiter.

»Und? Hast du diesen Anruf bekommen?«, fragte ich.

Jetzt lief ihm eine Träne über die Wange. »Ja.« Er nickte.

»Wer hat dich angerufen?«

»Hanna.«

»Was hat sie gesagt?«

»Sie hat so schnell geredet. Sie hat gesagt, dass das Ganze schon fast im A…« Er sah seinen Vater an. »Dass sie's fast verbockt hätten, dass es dann aber doch noch hingehauen hat, dass sie getauscht haben, aber irgendwie war sie total durch den Wind.«

»Getauscht?«, wiederholte Adam. Wieder hob ich die Hand. »Was meinst du mit ›durch den Wind‹?«, fragte ich.

»Sie hat gesagt, dass sie gerade so einem Typen aus dem Wagen gesprungen ist, und sie ist völlig durchnässt von dem Regen, und sie braucht jemanden, der sie abholt, und sie war echt mit den Nerven runter.«

»Du hast gesagt, du hast sie vor diesem Täuschungsmanöver noch gesehen, aber das war das letzte Mal. Hast du sie denn nicht abgeholt? Inzwischen war die Polizei doch schon fertig mit dir, oder?«

»Ja, und ich wollte sie auch abholen. Sie wollte mir gerade sagen, wo sie ist, und dann sagt sie auf einmal – und sei jetzt nicht wütend, Dad, weil, sie hat genau das zu mir gesagt –, sie sagte: ›Scheiße, die sind da.‹«

»Wer sind ›die‹? Die, die Claire abschütteln wollte?«

»Weiß ich nicht.«

»Was hat Hanna dann gesagt?«

»Sie hat gar nichts mehr gesagt. Das Gespräch war zu Ende. Und sie hat mir nicht gesagt, wo der Typ sie abgesetzt hat.«

Ich konnte es ihm sagen.

NEUNZEHN

Sean und ich müssen noch mal weg«, sagte ich zu den Skillings.

Wir standen alle auf. »Wozu?«, fragte seine Mutter.

»Wollen doch mal sehen, ob wir Hanna finden, was meinst du, Sean?«

Er nickte. »Ja.«

»Mir ist das aber nicht so recht«, sagte sein Vater.

»Ich bin Ihrem Sohn sehr dankbar für seine Kooperationsbereitschaft und Ihnen auch«, sagte ich. »Im Gegenzug bin ich geneigt, diese andere Sache auf sich beruhen zu lassen.«

Die Eltern dachten über meine Worte nach. Sheila sprach als Erste. »Du hilfst diesem Mann, so gut du nur kannst.«

»Ja«, bestätigte Adam. »Tu das.«

Als Sean und ich zur Tür gingen, sagte seine Mutter: »Und lass es nicht zu spät werden.« Als seien wir auf dem Weg ins Kino.

»Ich steh um die Ecke«, sagte ich, als wir das Haus verlassen hatten. Schweigend brachten wir das kurze Stück bis zu

172

meinem Auto hinter uns. Mit der Fernbedienung öffnete ich die Türen, und wir stiegen in meinen Honda.

Sean schnallte sich an. »Wohin fahren wir?«, fragte er.

»*Ich* habe Claire gestern Abend mitgenommen«, sagte ich. »Als du nicht aufgetaucht bist.«

»Das hab ich mir schon gedacht, aber warum hat sie ausgerechnet Sie angerufen?«

»Hat sie nicht. Ich war zur rechten Zeit am rechten Ort.« Oder zur falschen Zeit am falschen Ort, je nachdem, wie man es betrachtete. »Ich musste an der Ampel neben Patchett's halten. Da stand Claire und wartete, dass du sie abholst. Dann hast du angerufen und gesagt, dass du es nicht rechtzeitig schaffst. Da hat sie an mein Fenster geklopft und mich gebeten, sie mitzunehmen. Ich wollte eigentlich nicht, aber sie erkannte mich und sagte, sie habe Scott gekannt. Also habe ich ja gesagt.«

»Wenn dieser Bulle mich nicht rausgewunken hätte, wäre ich rechtzeitig da gewesen«, sagte Sean. »Aber der Idiot hatte anscheinend gerade nichts Besseres zu tun.«

Ich startete den Motor, wendete und gab Gas. »Ja. Lass mich raten, wie das Ganze gelaufen ist. Du hast Claire zu Patchett's gefahren. Dann hast du Hanna abgeholt und zu Iggy's gebracht, damit sie da auf Claire warten konnte.«

»Ja. Wir dachten, sobald ich Claire abgesetzt habe, würde mir niemand mehr folgen, sondern vor Patchett's warten.«

»Alles klar. Dann hast du Hanna abgesetzt und solltest zurückfahren, um Claire zu holen. Bei Iggy's würden die beiden die Rollen tauschen, und Hanna mit ihrer Perücke würde bei dir einsteigen und als Claire durchgehen. Kommt das ungefähr hin?«

»Ja«, sagte er, ohne mich anzusehen.

»Erst bin ich Hanna tatsächlich auf den Leim gegangen, aber nicht länger als eine Minute. War aber wahrscheinlich auch egal, denn *mich* musste sie ja nicht täuschen. Das führt uns jedoch zur Frage aller Fragen, Sean.«

Er sah mich an.

»Wer ist hinter Claire her, dass sie einen so großen Aufwand treibt, um ihn abzuhängen? Und wer hat sie abgeholt, nachdem Hanna ihren Platz eingenommen hatte?«

Er schüttelte den Kopf. »Das weiß ich nicht.«

»Du lügst.«

»Echt, Mann, ich hab keine Ahnung, was die ganze Scheiße sollte.« Sein Vater war nicht hier, um ihm eine runterzuhauen, und ich sah mich nicht in der Pflicht. Obwohl es mich schon gejuckt hätte, aber nicht wegen seiner Ausdrucksweise.

»Hast du dich gerade bereit erklärt, mir zu helfen, obwohl du von nichts eine Ahnung hast?«

»Claire hat mit mir nicht darüber geredet. Sie und ich, wir waren nicht mehr so gut miteinander wie früher, seit sie meinen Freund … seit sie ihn abserviert hat.«

Ich hakte nach. »Deinen Freund?«

»Ja«, sagte er. »Sie war mit einem Freund von mir zusammen, aber dann hat sie diesen anderen Typen kennengelernt.«

»Wie heißt dein Freund?«

»Spielt keine Rolle.«

»Ist das der, der mir eins übergezogen hat?«

Sean sah mich misstrauisch an. »Er wollte Ihnen nicht weh tun oder so. Er dachte, Sie gehen auf mich los. Er wollte mich nur beschützen.«

»Also gut«, sagte ich. »Dann fahre ich eben zu deinen Eltern zurück und frage sie, wer von deinen Freunden kürzlich von Claire Sanders abserviert wurde. Was glaubst du, wie lange es dauert, bis ich einen Namen habe?«

Sean schien bereit, sich zu ergeben. »Werden Sie ihn anzeigen?«

»Nein.«

»Werden Sie ihn in einen Kofferraum stecken oder so was in der Art?«

Ich sah zu Sean hinüber, dann wieder auf die Straße. »Nein, werde ich nicht.«

»Er heißt Roman.«

»Roman?«, wiederholte ich. »Roman Ravelson? Dessen Eltern das Möbelhaus gehört?«

»Mhm.«

»Ist der nicht ein bisschen zu alt für Claire?« Immerhin war er einundzwanzig.

»Möglich«, sagte Sean. »Sie hat ja sowieso Schluss gemacht. Aber jetzt weiß sie, wie das ist. Vielleicht kommen sie wieder zusammen. Aber eigentlich glaub ich's nicht.«

»Was? Hat jemand *sie* abserviert?«

»Sie hat sich mit dem anderen Typ getroffen, diesem Dennis – ich weiß nicht genau, wo der herkommt, auf jeden Fall nicht aus der Gegend, er hat hier nur in den Ferien gearbeitet –, und sie war total verknallt in ihn. Aber wahrscheinlich wollte er nach einer Weile aus der Sache raus und ist dahin zurück, wo er hergekommen ist. Claire war fix und fertig, und wenn Sie mich fragen, geschieht ihr das recht.«

Ich hatte den Namen an diesem Abend schon mal gehört. »Ist Dennis der Schwarze, von dem du vorhin gesprochen hast?«

»Häh?«

»Als du deinen Eltern erzähltest, dass die Polizei dich angehalten hat, hast du gesagt, die nehmen sich in erster Linie Leute in deinem Alter, Auswärtige und Menschen wie Dennis vor, die nicht so weiß sind wie alle anderen hier.«

»Ah ja. Er ist schwarz.« Er zuckte die Schultern. »Griffon ist nämlich immer noch hauptsächlich was für den weißen Mittelstand. Ich sag ja nicht, dass das schlecht ist – es ist nur so, dass es hier noch immer Leute gibt, die ausrasten, wenn sie einen Schwarzen sehen.«

Da hatte Sean nicht unrecht.

»Und obwohl du sauer auf Claire bist, warst du bereit, ihr bei dem Ding gestern Abend zu helfen?«

»Ich hab's nur getan, weil Hanna mich darum gebeten hat. Sie hat gesagt, irgendwer verfolgt Claire auf Schritt und Tritt, und sie will abtauchen.«

»Vor wem wollte sie abtauchen? Vor Roman?«

»Keine Ahnung. Ich meine, ja, Roman wollte schon mit Claire reden. Man darf doch wohl eine Erklärung verlangen, wenn man so Knall auf Fall kaltgestellt wird. Sie ist nicht ans Telefon gegangen, wenn sie seine Nummer gesehen hat, und sie hat auch keine SMS mehr mit ihm ausgetauscht, weil er da ein bisschen übers Ziel hinausgeschossen ist.«

»Wie kann man mit einer SMS übers Ziel hinausschießen?«

»O Mann, ich kann nicht darüber reden. Vergessen Sie's einfach.«

»Sean.«

»Also gut. Sie wissen ja, dass man mit einer SMS mehr als nur Textnachrichten verschicken kann. Man kann auch Bilder senden.«

»Ich weiß.«

»Tja, nachdem Claire mit Roman Schluss gemacht hatte,

hat er ihr ein Bild geschickt, damit sie sieht, was sie jetzt verpasst.«

Ich konnte mir recht gut vorstellen, was das gewesen sein musste. »Soll das heißen, er hat ihr ein Foto von seinem Schwengel geschickt?«

Sean zuckte die Achseln. »Mehr oder weniger.«

»Und wahrscheinlich nicht auf halbmast«, sagte ich.

»Hören Sie, das ist doch nichts Besonderes. Alle machen das. Schweinische Bilder von sich rumschicken. Aber Claire fand das nicht mehr lustig, nachdem sie Schluss gemacht hatte.«

»Wusste Dennis, dass Roman ihr solche Fotos geschickt hat?«

»Glaub ich nicht. Sonst hätte er ihn wahrscheinlich abge-murkst.« Er machte eine Handbewegung, als versuche er, schlechte Luft wegzufächeln. »Aber, hören Sie. Ich glaube nicht, dass Claire Roman abhängen wollte. Ich meine, Han-na hätte mich nicht gebeten, ihnen zu helfen, wenn es um meinen eigenen Freund gegangen wäre. So was macht man nicht.«

»Dann hast du also keine Ahnung, wer hinter Claire her gewesen sein könnte?«

Er fuhr sich mit der Zunge über die Lippen. »Ich schwöre, ich kenne keine Einzelheiten. Hanna hat gesagt, Claire wollte nicht mal ihr sagen, was genau los war.«

»Könnte es die Polizei gewesen sein?«

»Wie gesagt, ich weiß es nicht. Das sollten Sie alles Hanna fragen. Ich sollte sie nur chauffieren.«

»Was ist mit Claires Vater?«

»Was soll mit ihm sein?«

»Könnte er es gewesen sein, den sie abhängen wollte?«

Sean antwortete nicht gleich. »Wo fahren wir eigentlich hin?«

»Dahin, wo ich Hanna abgesetzt habe. Du hast meine Frage nicht beantwortet. Wollte Claire von ihrem Vater wegkommen?«

»Was? Glauben Sie, *er* war hinter ihr her?«

»Das frage ich dich. Was weißt du über Claire und ihren Vater? Kommen die beiden miteinander aus?«

»Soviel ich weiß, schon. Sie lebt bei ihm und nicht bei ihrer Mom, das will ja wohl was heißen. Und sie wollte auch nicht nach Kanada ziehen und ihren ganzen Freundeskreis aufgeben. Der neue Mann ihrer Mutter ist noch schräger drauf als ihr Vater. Wahrscheinlich hat sie sich gedacht, da ist sie mit ihrem richtigen Dad noch besser dran.«

»Was ist so schräg an Bert Sanders?«

»Man hört so allerhand.«

»Was, zum Beispiel?«

»Keine Ahnung. Es ist nur … er ist doch schon alt, lässt's aber trotzdem noch ziemlich krachen. Ich wüsste gar nicht, wo der die Zeit hernehmen sollte, Claire hinterherzuspionieren.«

»Meinst du, mit Frauen? Hat er viele Freundinnen?«

»Ja. Ich meine, Claire sagt, es gibt einen Haufen Sachen, da macht er so einen auf Gutmensch, was richtig und was falsch ist und das ganze Gedöns, und legt sich mit der Polizei an, was ich übrigens ziemlich cool finde, aber wenn's ums Rummachen geht, dann ist er genau wie die anderen. Das ist Claire ziemlich peinlich. Von Hanna weiß ich, dass sie einmal gesagt hat … Vielleicht sollte ich das nicht erzählen.«

Ich wartete.

»Einmal kommt Claire früher von der Schule nach Hause, weil ihr nicht gut war. Und ihr Dad ist da, und da ist auch eine Frau, mit dem Kopf in seinem Schoß, mitten im Wohnzimmer.« Er sah mich an. »Sie wissen, was ich meine?«

»Ich weiß, was du meinst. Wer war die Frau?«

»Scheiße, das weiß ich doch nicht. Ich weiß nicht mal, ob Claire es wusste. Sie hat gesehen, was da abgeht –«, er unterbrach sich. »Das sollte jetzt kein Kalauer werden. Also, sie hat gesehen, dass die rummachen, und ist halt abgehauen.«

»Hat Claire Angst vor ihrem Vater?«

Er sah mich wieder an. »Jeder hat Angst vor dem eigenen Vater. Die meisten auch vor der Mutter.«

Meine Gedanken schweiften einen Augenblick ab. Hatte Scott Angst vor mir gehabt? Oder vor Donna? Ich konnte das nicht glauben. Wir waren gute Eltern.

Außer wenn wir's grad nicht waren.

»Schon, aber es gibt einen Unterschied zwischen Angst und *Angst*«, sagte ich. »Du kannst Angst haben, dass deine Eltern dir auf etwas draufkommen, was ihnen nicht gefallen würde, und vor den Konsequenzen. Du kriegst Hausarrest, kriegst entweder gar kein Auto mehr oder einen Civic statt dem geilen Pick-up, mit dem du bis jetzt rumkurven durftest. Da ist überall das Gleiche. Aber dann gibt es Eltern, die zu weit gehen. Die die Grenze überschreiten. Du weißt, was ich meine.«

»Ja.«

»Hat Claires Vater irgendeine Grenze überschritten?«

»Ich weiß nicht, was Sie meinen«, sagte Sean. »Dass er sie verprügelt oder so was?«

»Das frag ich dich.«

»Ich glaub nicht. Ich hab sie nie mit blauen Flecken gesehen.«

»Und Übergriffe anderer Art?«

Sean verzog das Gesicht, als hätte er eine Kröte verschluckt.
Er schüttelte entschieden den Kopf. »Ausgeschlossen. Ich
meine, ich glaube nicht.« Nach einer Pause sagte er: »Wenn
überhaupt, dann ist Claires Vater ein Schisser, wenn's um
sie geht. Auch das kann einem das Leben schwermachen.«

»Sind deine Eltern Schisser?«

»Manchmal wär's mir schon lieber, wenn sie ein bisschen
lockerer wären. Mein Dad klebt mir ständig am Arsch, und
dass Hanna meistens bei mir übernachtet, kotzt ihn auch
an. Ihre Eltern, denen ist es eher egal, was sie tut. In dieser
Hinsicht hat sie Glück.«

Definierten Kinder Glück so? Eltern, die sich einen Scheiß
um sie scherten? Aber war da nicht etwas gewesen, weswegen Hannas Eltern sich Sorgen machten? Irgendwas, was
Hanna mit ihrem Freund abzog und das ihnen auf die Füße
fallen konnte?

»Du und Hanna, ihr habt da ja diesen kleinen Nebener-
werb«, sagte ich. Es war keine Frage.

Sein Kopf flog herum. Ich hatte einen Nerv getroffen.
»Was?«

»Was ist es?« Ich musste sofort an Scott denken. »Verkauft
ihr was? Verkauft ihr Drogen?«

»Meine Güte, nein.«

»Irgendwas macht ihr. Hannas Eltern haben gesagt, ihr
habt da was laufen.«

»Das ist doch nicht der Rede wert. Es ist nur – also, das
machen doch alle.«

»Was machen alle?«

»Das mit dem Alkohol«, sagte Sean. »Das ist hier kein gro-ßes Ding. Ich meine, wissen doch alle, dass man im Patchett's was zu trinken kriegt, Hauptsache, man sieht nicht aus wie zwölf. Aber es wollen ja nicht alle dort trinken. Manchmal will man halt zu Hause was machen, oder irgendwo an-ders.«

»Wenn die Eltern nicht da sind, zum Beispiel.«

Er sah mich an. »Manchmal.«

»Und wie ist das jetzt mit dir und Hanna?«

Sean seufzte. »Mann, Sie geben wohl nie auf, oder?«

»Es geht um Claire. Hier ist irgendwas im Busch, Sean«, sagte ich. »Ich weiß noch nicht, was. Aber du kannst mir helfen, wenn du meine Fragen beantwortest. Ich will dir keinen Ärger machen. Ich will nur Claire finden.«

»Was Hanna und ich machen, hat nichts mit Claire zu tun.«

»Lass das doch mich beurteilen.«

Wieder ein Seufzer. Dann: »Also gut. Wir besorgen Zeugs, das die Leute wollen, Sie wissen schon, Alkohol, und wir liefern es.«

»Du und Hanna? Mit deinem Ranger?«

»Mhm.«

»Nur an Freunde?«

»Wer halt was bestellt. Es spricht sich rum, die Leute haben zwei Nummern, unter denen sie anrufen können, sie sagen, was sie brauchen, Whisky oder Wodka oder Bier, egal was, und wir liefern's ihnen.«

»Mit einem Aufschlag.«

»Ja klar. Umsonst machen wir's nicht.«

»Wie kommt ihr an den Alkohol ran? Du und Hanna, ihr seid doch noch zu jung, um das Zeug in größeren Mengen einzukaufen.«

Sean presste die Lippen zusammen.

»Lass mich raten«, sagte ich. »Ihr braucht jemanden, der schon einundzwanzig ist und alles kriegt, was ihr besorgen sollt. Roman.«

Er sah mich an. Er musste es nicht zugeben. Ich konnte es an seiner Miene ablesen.

»Roman kriegt seinen Anteil an dem, was du und Hanna verkauft?«

Sean nickte.

»Liefert ihr nur in Griffon?«, fragte ich.

Er schüttelte den Kopf. »Nein, auch in der Umgebung. Lewiston, Niagara Falls, Lockport. Wenn die Bestellung groß genug ist. Früher war's ganz einfach, schnell mal über die Grenze zu fahren und was zu kaufen. Aber jetzt braucht man einen Pass, um nach Kanada rein- und wieder zurückzukommen. Jetzt müssen wir uns hier versorgen. Abnehmer gibt es ja genügend.«

»Was bringt das ein?«

»Normalerweise liefern wir samstags, manchmal auch Freitagabend. Zwei-, dreihundert sind schon drin.«

Ich lächelte. Zweifellos unternehmerisch gedacht. Aber auch riskant. In eine Gegend zu fahren, wo sie sich nicht auskannten, den Wagen voll Alkohol, große Bargeldsummen. Alles in allem ganz schön bescheuert.

Eine Weile fuhren wir schweigend weiter. Dann sagte ich: »Eine allerletzte Frage noch. Nicht zu dieser Geschichte oder Hanna oder Claire.«

Sean wartete.

»Im Patchett's, als ich dir sagte, wer ich bin, und du gefragt hast, ob ich Scotts Vater bin, da hast du als Allererstes gesagt, dass du keine Ahnung hast, was mit ihm passiert ist.«

»Das stimmt auch.«

»Ich hatte dir ja noch nicht mal eine Frage gestellt. Aber das kam wie aus der Pistole geschossen.«

Ein paar Sekunden lang sagte er nichts. Dann meinte er: »Ich hab noch einen Freund, Len Eggleton. Sie wissen vielleicht, wer das ist.«

Ich schwieg.

»Len hat gesagt, dass da eines Abends so ein Typ zu ihm gekommen ist, der wissen wollte, ob er seinem Jungen X verkloppt hat. Der Typ hat behauptet, er hätte gerüchteweise gehört, dass Len mit dem Zeug dealt. Aber soviel ich weiß, hatte Len mit so was nie was am Hut. Er hat nur Gras vertickt.«

Ich schwieg noch immer.

»Na, egal. Len sagt, nie im Leben, von ihm hat der Sohn von diesem Typen ganz bestimmt kein X gekriegt. Und dann sagt der Typ, na gut, wenn's Len nicht war, dann weiß er ja vielleicht, wer's war. Und Len sagt, Scheiße, nein, er hat keine Ahnung, und der Typ sagt, vielleicht braucht Len ja ein bisschen Bedenkzeit, und er packt ihn und steckt ihn in Lens Kofferraum. Len leidet unter Klaustrophobie und dreht fast durch, da lässt ihn der Typ wieder raus, und anscheinend glaubt er Len jetzt auch, dass er wirklich keine Ahnung hat, wer dem Sohn das X gegeben hat. Aber er sagt zu Len, wenn der irgendwem sagt, was da gerade abgegangen ist, dann erzählt er überall herum, dass Len einen Namen ausgespuckt hat. Len geht der Arsch auf Grundeis, und er sagt kein Wort. Nicht seinen Eltern. Nicht den Bullen. Und auch sonst niemandem. Nur mir und zwei anderen Freunden.«

Es war sehr still im Wagen.

»Deswegen hab ich Ihnen gleich gesagt, dass ich nichts weiß, als Sie mich angesprochen haben. Weil ich nicht in einem Kofferraum landen wollte wie Len. Deswegen hat Roman Ihnen eine verpasst. Er wollte mir den Arsch retten.«

Ich sah ihn bestürzt an, sagte aber nichts. Dann fuhr ich an den Straßenrand und hielt an.

»Wir sind da«, sagte ich. »Hier habe ich Hanna aussteigen lassen.«

ZWANZIG

Sean und ich stiegen aus und blieben einen Augenblick in der kühlen Nachtluft stehen. Anders als vor vierundzwanzig Stunden regnete es jetzt nicht. Aus der Ferne drang Verkehrslärm zu uns, und gelegentlich fuhr ein Auto direkt an uns vorbei, doch ansonsten war es sehr still.

Ein paar Wagenlängen entfernt sprang eine Ampel um. Die Geschäfte waren alle geschlossen, und in den Wohnhäusern, die sich zwischen ihnen drängten, waren nur vereinzelte Lichter zu sehen.

»Hier haben Sie sie aussteigen lassen?«, fragte Sean. »Das ist doch der Arsch der Welt.«

»Sie hat versucht, aus dem fahrenden Wagen zu springen, ich musste stehen bleiben. Ich konnte sie doch nicht zwingen, mit mir weiterzufahren.« Wen sollte das eigentlich überzeugen, Sean oder mich?

»Wär schon Kacke gewesen«, sagte er.

Ich ging nach hinten und öffnete mit der Fernbedienung den Kofferraum. Sean fuhr herum. Er war sichtlich beunruhigt.

»Keine Angst, ich hole mir nur eine Taschenlampe«, sagte ich und nahm die schwere Stablampe heraus, die ich dort aufbewahrte, ebenso wie andere Dinge, die ich für meinen Beruf brauchte. Dazu gehörten ein oranger Sicherheitshelm für alle möglichen und unmöglichen Gelegenheiten, ein Laptop, ein Minidrucker und sogar eine kugelsichere Weste, die noch aus meiner Zeit als Polizist stammte, seither aber nie wieder zum Einsatz gekommen war. Ich schlug den Kofferraumdeckel zu und schaltete die Lampe ein.

»Sie ist rausgesprungen und in diese Richtung gerannt«, sagte ich und zeigte dorthin.

»Wozu machen wir das?«, fragte Sean. »Ich seh da keinen Sinn drin.«

»Von hier aus hat Hanna dich angerufen. Das Letzte, was ich von ihr gesehen habe, war das Handy. Sie hat es hochgehalten. Ich hab das so verstanden, dass sie jemanden anrufen wollte, damit der sie abholt.«

»Ja«, sagte Sean.

»Sie hat dich angerufen. Und wurde unterbrochen. Wie's im Moment aussieht, bist du der Letzte, von dem wir wissen, dass er mit ihr gesprochen hat. Und da war sie hier irgendwo. Also will ich mich hier umsehen. In das Gebüsch drüben hat sie die Perücke geschmissen.«

Ich richtete den Strahl der Taschenlampe auf die Sträucher. Zuerst nach unten, dann ließ ich den Lichtschein langsam höher wandern, für den Fall, dass die Perücke an einem Zweig hängen geblieben war.

»Da«, sagte ich.

Wir gingen näher heran. Mich auf ein Knie stützend nahm ich die Perücke vorsichtig ab, als wäre sie ein überfahrenes Tier. »Sieht das aus wie Hannas Perücke?«

»Glaub schon«, sagte Sean.

»Ich auch. Gibt sicher nicht allzu viele Perücken, die man so am Straßenrand findet.«

»Wahrscheinlich.«

Ich erhob mich und hörte mein Knie knacksen. Dann ging ich zum Auto zurück, schloss auf und legte die Perücke auf den Rücksitz.

»Gehen wir in diese Richtung«, sagte ich und zeigte auf die Straßenecke. »Dort ist sie rechts abgebogen.«

Wie ein Blinder mit seinem Stock tastete ich den Gehsteig mit der Taschenlampe ab. Ich hatte zwar keine Ahnung, wonach ich suchte, aber es schien mir eine für einen Detektiv angemessene Tätigkeit. An der Ecke sah ich, dass die Seitenstraße keine hundert Meter lang war und in eine kurze Brücke mündete. Ein paar Meter davor stand ein Haus, das aussah, als wäre es von einem Sturm zerlegt und vom nächsten wieder zusammengestückelt worden. Überall schiefe Bretter und lose Dachrinnen, trotzdem regte sich da etwas. Auf der durchhängenden Veranda saßen drei Leute auf Sesseln, die früher einmal, vielleicht in einem anderen Jahrtausend, in einem Wohnzimmer gestanden haben mochten. Jetzt quoll überall die Polsterung heraus.

»Hey«, sagte ich, als wir uns dem Haus näherten.

Die drei Personen auf der Veranda waren zwei korpulente Frauen und ein dünner, bärtiger Mann, der zwischen ihnen saß. Alle drei waren zwischen sechzig und siebzig und machten sich offensichtlich mit frischer Luft und reichlich Bier einen schönen Abend.

»Hi«, sagte der Mann. »Wie geht's denn so heute Abend?«

»Bestens«, sagte ich. »Ich heiße Cal, und das ist mein

Freund Sean. Wir wüssten gerne, ob Sie uns vielleicht helfen können.«

»Habt ihr euch verirrt?«, fragte der Mann. »Weil, absichtlich stiefelt hier nachts bestimmt keiner rum.«

Die Frauen kicherten.

»Wir sind auf der Suche nach einem jungen Mädchen«, sagte ich.

»Ihr könnt die beiden hier mitnehmen«, sagte der Mann und brachte die Frauen wieder zum Kichern. Ich lachte mit ihnen, um zu zeigen, dass ich eine schlagfertige Antwort zu schätzen wusste.

Sean schlenderte schon weiter zur Brücke. Soviel ich sah, führte sie nur über ein kleines Rinnsal und war vielleicht zehn Meter lang.

»Gestern Abend, ungefähr um diese Zeit, ist hier ein Mädchen entlanggelaufen«, sagte ich. »Es hat geregnet, und sie hat vielleicht mit ihrem Handy telefoniert.«

»Wie sieht sie denn aus?«, fragte eine der Frauen.

»Sie hat kurzes blondes Haar, ist etwa eins fünfundsechzig groß und schlank. Ungefähr siebzehn«, sagte ich. »Möglich, dass ein Auto stehen geblieben ist und sie mitgenommen hat.«

»Wann sind wir gestern reingegangen?«, fragte die Frau den Mann.

»Wir haben gar nicht draußen gesessen«, sagte er. »Weil's geregnet hat. Wir haben unsere Abendunterhaltung nach drinnen verlegt.«

»Stimmt. Wir sind gar nicht rausgekommen«, pflichtete die zweite Frau ihm bei.

Ich bemühte mich, den Ausführungen der drei zu folgen, ohne dabei Sean aus den Augen zu verlieren. Er stand auf der Brücke, an deren beiden Enden je zwei Straßenlampen postiert waren, und sah über das rechte Geländer.

»Sie haben gar nichts gehört?«, fragte ich. »Nichts Außergewöhnliches, meine ich.«

»Nee. Nur Mildred, die fürchterliche Blähungen hatte.« Der Mann zeigte auf die Frau zu seiner Linken. Noch mehr Gekicher.

»Und diese verdammten Hunde«, sagte Mildred.

»Was für Hunde?«, fragte ich.

»Die haben sich aufgeführt wie die Verrückten, auch heute den ganzen Tag. Mal war's still, dann ging's wieder los. Als ob sie um was raufen würden. Haben sich grad erst beruhigt.«

»Wo?«

Der Mann zeigte in Seans Richtung. Ich sah mich um. Sean beugte sich jetzt über das rechte Geländer und spähte hinunter in die Dunkelheit. Dann rief er: »Hierher! Kommen Sie.« Ich rannte zu ihm.

»Da unten«, sagte er, sobald ich neben ihm stand. »Sieht aus, als ob da was ist.«

Ich leuchtete mit der Taschenlampe nach unten. Wasser gluckste in einem Kiesbett, das sehr seicht war, wahrscheinlich nicht mehr als fünfzehn Zentimeter an der tiefsten Stelle. Am Ufer, in der Nähe des Brückenpfeilers, war vor dem dunklen Hintergrund von Erde und Gestrüpp etwas Helleres zu erkennen.

Ich ließ das Licht darüberwandern. Für mich sah es aus wie ein Fuß und ein Unterschenkel. Übel zugerichtet. Mehr war von da, wo ich stand, nicht zu sehen.

Sean wollte sich in Bewegung setzen, doch ich packte ihn am Arm und sagte: »Du bleibst da.«

»Ich muss sehen, ob –«

»Du bleibst hier«, wiederholte ich, mit mehr Nachdruck.

Die Taschenlampe vor mich haltend, rannte ich ans Ende der Brücke. Von dort kämpfte ich mich über die mit Gestrüpp und hohem Gras überwucherte Böschung zum Brückenpfeiler vor. Zweimal wäre ich beinahe hingefallen, als ich auf einer leeren Flasche oder Bierdose ausrutschte.

Da unten lag eine Leiche. Und sie sah schrecklich aus.

Soviel ich erkennen konnte, war es eine junge Frau mit kurzem blondem Haar. Sie trug die Kleider, die ich am Abend zuvor an Hanna gesehen hatte. Den Großteil davon jedenfalls.

Von der Taille abwärts war sie nackt.

Sie lag auf der Seite, die angewinkelten Beine Richtung Bach. Ich leuchtete ihr ins Gesicht. Es war das Mädchen, das ich in meinem Wagen gefunden hatte, als ich aus Iggy's herauskam. Da war ich mir sicher.

»Menschenskind«, sagte ich leise.

Das Handy in meiner Jackentasche ging los. Es war so fest an meine Brust gepresst, dass es sich anfühlte, als würde ich mit einem Defibrillator bearbeitet.

Ich holte das Handy aus der Tasche, ließ es beinahe neben die Leiche fallen und hielt es mir ans Ohr, ohne nachzusehen, wer dran war.

»Hallo«, sagte ich.

»Du hast mir auf den AB gesprochen«, sagte Augustus Perry. Er klang verärgert. »Was willst du?«

»Das ist jetzt nicht so wichtig. Die Prioritäten haben sich verschoben. Wir haben jetzt ein viel größeres Problem.«

EINUNDZWANZIG

Sie blickt aus dem Fenster und sieht, dass ihr Junge nach Hause gekommen ist. Na ja, ein Junge ist er eigentlich nicht mehr. Jetzt ist er ein Mann. Aber bleiben nicht alle Söhne für ihre Mütter, was sie einmal waren? Ihre Jungen?

»Ich hab nur ein paar Minuten Zeit«, sagt er, als er zur Tür hereinkommt. »Ich war die ganze Nacht unterwegs. Hab mich um Schadensbegrenzung bemüht. Und ich bin noch nicht fertig. Ich wollte nur hören, wie er drauf ist.«

»Ziemlich durch den Wind«, sagt sie.

»Hast du ihm was gegeben?«

»Nein, aber vielleicht muss ich das noch. Er braucht seinen Schlaf.«

»Ich tu, was ich kann«, sagt er. »Das kommt alles wieder ins Lot.«

Seine Mutter schüttelt zweifelnd den Kopf. »Anfangs hatten wir ein großes Problem. Jetzt hast du zwei daraus gemacht.«

Ihr liegt noch etwas anderes auf der Zunge, doch sie schluckt es hinunter. Er weiß trotzdem, was es gewesen wäre. Dass

191

sie es nur ihm zu verdanken hatten, dass es dieses Problem im Keller überhaupt gab.

»Ich hab dir doch gesagt, ich kümmer mich darum. Es gibt noch ein, zwei Sachen, die ich vor morgen früh erledigen kann.«

»Besser wär's, denn ich hab so das Gefühl, dass dir das Ganze bald um die Ohren fliegt. Du sitzt auf einer Zeitbombe, und lang wird sie nicht mehr ticken.« Sie seufzt. »Bei dir jagt ein Aussetzer den anderen.«

Er setzt sich müde an den Küchentisch. »Gott, ich will doch nur, dass alles normal ist. Bei uns war nie was normal.«

»Manche Leute haben kein normales Leben«, sagte sie. »So ist das eben.« Sie sieht sich in der Küche um, doch in Wirklichkeit sieht sie weit darüber hinaus. Mehr zu sich selbst als zu ihrem Sohn sagt sie: »Es ist, als wenn wir alle Gefangene wären. Ich habe seit Jahren keinen Urlaub mehr gehabt.«

»Und ich habe kein Leben gehabt«, sagt er. »Es vergiftet einfach alles. Kein Wunder, dass sie mit mir Schluss gemacht hat.«

»Sie war nicht die Richtige für dich.« Keine seiner Freundinnen war in den Augen seiner Mutter je die Richtige für ihn gewesen. »Was hat sie genau gesagt?«

»Sie hat eigentlich nichts gesagt. Sie hat einfach Schluss gemacht. Aber ich weiß, warum. Weil sie gespürt hat, dass da was nicht stimmt. Ich meine, ich konnte sie nicht mal hierherbringen, um sie dir vorzustellen. Es musste ein Café sein. Kein Wunder, dass es ihr komisch vorkam, dass alles, was mit diesem Haus zu tun hat, tabu ist.«

Die Frau legt sich die Hand auf die Stirn. Es ist spät, und sie ist erschöpft. »Es gibt wichtigere Dinge, über die du dir Gedanken machen musst. Du musst dieses Mädchen finden, und dann den Jungen. Du musst dafür sorgen, dass er uns nicht gefährlich werden kann.«

»Das weiß ich. Du musst es mir nicht jedes Mal unter die Nase reiben.«

»Auch wenn du sie gefunden und alles erledigt hast, müssen wir einiges hier ändern«, sagt sie. Ihr Blick wandert zum Fußboden, als könne sie durch ihn durchsehen.

»Ich geh jetzt runter und seh nach ihm«, sagt er.

»Mit diesem Buch ist irgendwas faul.«

»Was meinst du damit?«

»Es liegt nie irgendwo rum. Er sagt, er schreibt rein, wenn ich gegangen bin. Das sieht ihm nicht ähnlich. Ich mach mir Gedanken, was er reinschreibt. Du musst runtergehen und es suchen.«

Er geht hinunter. Nach einigen Minuten kommt er zurück und sagt zu seiner Mutter: »Es ist nicht da. Ich hab's nirgends gefunden.«

»Was hat er gesagt?«

»Ich hab ihn gefragt, was er damit gemacht hat. Er sagt, er kann sich nicht erinnern.«

»Sag mir nicht, dass er es …«

»Ich glaube, das hat er. Ich glaube, er hat's dem Jungen gegeben.«

Die Frau schließt die Augen, als plagten sie körperliche Schmerzen.

»Und wennschon«, sagt er. »Ist sowieso alles Quatsch. Es hat überhaupt keine Bedeutung.«

Sie schüttelt den Kopf. »Kann sein. Aber es steht das Datum der Tage drin. Und alles ist handgeschrieben.«

ZWEIUNDZWANZIG

Als Scott zwölf war, hatte er eine Idee für einen Film. Er setzte sie uns beim Abendessen auseinander.

»Es geht um einen Typen, der aus einer anderen Galaxie auf die Erde kommt, kann auch diese sein, vom Mars oder so, das spielt eigentlich keine Rolle. Auf jeden Fall kommt er hierher, um zu lernen, wie Erdenmenschen ticken, und er muss menschliche Form annehmen, damit niemand sieht, wie er wirklich aussieht, das ist nämlich ziemlich eklig. Sieht aus, als hätte er Würmer im ganzen Gesicht oder so, aber wahrscheinlich sind es Blutgefäße.«

»Aha«, sagte ich und sah meine Nudeln an.

»Erst dachte ich mir, jemand wie Arnold Schwarzenegger könnte ihn spielen, aber es ist eigentlich keine Terminator-Rolle. Das muss ich mir noch genauer überlegen. Sein Auftrag lautet, sich mit einem Menschen anzufreunden und ihn zu studieren. Er pickt sich also einen x-beliebigen Erdling heraus und beobachtet, was der so macht und wie die Interaktion zwischen ihm und anderen Erdlingen funktioniert. Was der Außerirdische aber nicht weiß, ist, dass er sich einen echt weltfremden Nerd ausgesucht hat, der kaum Freunde hat und deshalb nicht viel mit anderen Erdlingen am Hut hat. Also kehrt der Außerirdische auf seinen Heimatplaneten zurück und berichtet, dass alle Erdlinge einsam und unglücklich sind und nirgends dazugehören, weil sie komisch sind und Sachen mögen, mit denen andere nichts anfangen können.«

Donna und ich sagten erst mal nichts. Schließlich fragte ich ihn: »Und das ist dann das Ende?«

Scott schüttelte den Kopf. »Nein, nein. Es gibt ein Happy End. Der Außerirdische kommt zurück und nimmt den Menschen, den er sozusagen beschattet hat, auf seinen eigenen Planeten mit, weil er ihm leidtut. Und am Ende ist der Erdling echt glücklich dort, weil alle ihn für cool und interessant halten, und er denkt nicht mehr daran, sich umzubringen.«

Donna schlug die Hand vor den Mund, stand auf und ging hinaus.

»War das wegen den Würmern? Die könnte ich ja weglassen, wenn's zu eklig ist.«

Ich weiß nicht, warum mir diese Szene wieder in den Sinn kam, als ich mein kurzes Gespräch mit Augustus Perry beendet hatte und auf die Brücke zurückgekehrt war, wo Sean Skilling auf mich wartete. Klar, seit Scotts Tod hatte ich ungefähr alle fünf Minuten solche Rückblenden. Er war immer da, direkt unter der Oberfläche, egal was ich gerade tat.

Vielleicht war es der Gedanke an ein Happy End, wie vage und subjektiv es sein und für jeden etwas anderes bedeuten konnte. Für Scott, einen kleinen Außenseiter, war diese Versetzung in eine Millionen Kilometer von seinem Zuhause entfernte Welt ein Happy End, denn es führte ihn zu Lebewesen, die seine Eigenart zu schätzen wussten. Aber war es auch ein Happy End für seine Eltern, die nun ohne ihn weiterleben mussten?

Scott kam mir in den Sinn, weil ich mir allmählich Sorgen machte, dass meiner Suche nach Claire Sanders vielleicht kein Happy End beschieden war. Nicht, wenn sie so ein Ende fand wie ihre Freundin Hanna Rodomski.

Sean war mit den Nerven am Ende.

»Ist *sie* es?«, fragte er unter Tränen. »Unmöglich. Das kann gar nicht sein, dass sie das ist.«

»Ich bin mir ziemlich sicher, *dass* sie es ist«, sagte ich. »Aber es ist kein schöner Anblick.«

Ich musste ihn festhalten, um ihn daran zu hindern, unter die Brücke zu laufen und zu sehen, was ich gesehen hatte.

»Du kannst da nicht runter.«

»Verpiss dich!« Er spie mir die Worte förmlich ins Gesicht. Er war kräftig, und ich war mir keineswegs sicher, dass ich ihm gewachsen war, aber ich wollte um jeden Preis verhindern, dass er da runterlief und Hanna sah. Erstens brauchte er nicht auch das noch, und zweitens wollte ich nicht, dass er den Tatort kontaminierte oder Beweise vernichtete.

Obwohl das schon die Hunde besorgt hatten.

»Sean, hör mir zu«, sagte ich und verstellte ihm den Weg. »Du darfst nicht in ihre Nähe kommen. Möglich, dass ich schon Mist gebaut habe, so nahe, wie ich rangegangen bin. Hörst du, was ich sage? Wir wollen den Hurensohn erwischen, der Hanna das angetan hat. Wenn du jetzt da runtergehst, ruinierst du womöglich einen Tatort. Hörst du mich?«

Ich spürte, wie seine Armmuskeln sich ein wenig entspannten. Trotzdem waren sie noch hart wie Stahl. »Bitte«, sagte ich zu ihm, »bleiben wir hier auf der Brücke. Wir halten

Wache, damit niemand anderes runtergeht und sie stört, ja? Bewahren wir ihr die Würde, die sie noch hat.«

Er wandte sich ab, ging auf die andere Seite der Brücke, stützte die Hände auf das rostige Geländer und schluchzte. Sein Körper bebte. Ich legte ihm die Hand auf die Schulter.

»Wir finden den, der das getan hat. Ich schwör's dir.«

Sean drehte sich um und zeigte mit dem Finger auf mich.

»Das ist Ihre Schuld«, klagte er mich an. »*Sie* haben Sie hier abgesetzt. *Sie* haben sie ihrem Mörder überlassen.«

Ich war mir dessen bewusst.

Der am Straßenrand geparkte schwarze Pick-up fiel mir wieder ein. Ich hatte ihn bemerkt, ein paar Sekunden nachdem Hanna meinen Wagen fluchtartig verlassen hatte. Als ich zurückgefahren war, um einen genaueren Blick darauf zu werfen, war er nicht mehr da gewesen. Mühsam versuchte ich, mich an irgendein Detail des Pick-ups zu erinnern. Ford oder Dodge? Amerikanisches oder kanadisches Kennzeichen? Normalerweise hatte ich ein gutes Auge für solche Sachen, aber es war dunkel gewesen, und es hatte geregnet.

»Wenn mich dieser verdammte Bulle nicht rausgezogen hätte …«, sagte Sean. »Es war ausgemacht, dass ich dort bin. Es wäre nicht passiert, wenn ich dort gewesen wäre. Vor *mir* wäre sie nicht davongelaufen.«

Das Trio von der Veranda kam vorsichtig näher. Die, die der Mann Mildred genannt hatte, rief: »Was ist denn passiert?«

»Unter der Brücke liegt eine Leiche«, sagte ich.

»Heilige Muttergottes«, sagte Mildred.

Ich sagte, dass die Polizei schon unterwegs sei. Als ich Augie berichtet hatte, wen ich unter der Brücke gefunden hatte, sagte ihm zwar der Vorname nichts, aber den Nachnamen erkannte er sofort. »Menschenskind. Das muss die

Tochter von Chris Rodomski sein. Von Chris und Glynis.«

Ich bestätigte es ihm. Er wollte wissen, was ich da zu suchen hätte, erklärte sich jedoch einverstanden zu warten, dass ich ihm die Details von Angesicht zu Angesicht darlegte.

»In zehn Minuten bin ich da«, sagte er. »Und ich geb's gleich weiter.«

Als ich mich wieder Sean zuwandte, hörte ich bereits die Sirenen.

»Ich … meine Eltern … anrufen«, stammelte er.

»Ja«, sagte ich. »Hör mal, Sean, bevor die Polizei anrückt: Gibt es da noch was, was du mir nicht gesagt hast? Über die Person, der Claire mit Hannas Hilfe entkommen wollte?«

Er schüttelte den Kopf. »Ich habe Ihnen alles gesagt, was ich weiß. Das schwöre ich.«

»Gestern Abend, nachdem du das Stoppschild überfahren hattest und die Polizei dich hat weiterfahren lassen, gehen wir das noch mal durch. Was hast du dann gemacht?«

»Ich bin zu Patchett's gefahren, nur für den Fall, dass Claire da noch wartet. Von dort weiter zu Iggy's. Hätte ja sein können, dass Hanna oder sie noch da sind.«

»Wie spät war's, als du bei Iggy's angekommen bist? Hast du gesehen, wie Hanna zu mir ins Auto gestiegen ist?«

»Nein. Ich habe nichts gesehen.«

»Dann bist du mir also nicht gefolgt, Sean, oder?«

»Was?«

»In deinem Ranger. Bist du mir hierhergefolgt?«

Er blinzelte. »Wovon reden Sie?«

»Ich habe hier in der Nähe einen schwarzen Pick-up gesehen, nachdem Hanna ausgestiegen war. Das muss ich der Polizei melden.«

Die Sirenen wurden lauter.

Sean schüttelte den Kopf. »Die Bullen werden doch nicht glauben, ich war's?«

»Sie nehmen immer den Freund unter die Lupe. Aber du hast Glück, denn die Polizei ist das beste Alibi, das man nur haben kann. Zu dem Zeitpunkt, wo Hanna wahrscheinlich getötet wurde, hatten die dich gerade am Schlafittchen. Außerdem kann es sein, dass dich im Iggy's jemand gesehen hat. Oder wenn sie Überwachungskameras haben, dann haben sie dich vielleicht gefilmt. Auch das wäre ein Beweis, dass du nicht am Tatort gewesen sein kannst.«

Ich hoffte, dass sie es im Iggy's mit der Sicherheit genauer nahmen als im Patchett's. Wenn es Videobänder gab, dann war darauf vielleicht auch Claire zu sehen, nachdem ich mit Hanna davongefahren war.

Der erste Streifenwagen erreichte mit blinkenden Lichtern und heulender Sirene den Tatort. Zwei Polizisten stiegen aus – ein Mann und eine Frau. Kate Ramsey und ihr Partner. Die beiden, die die Biker aus Griffon hinauskomplimentiert hatten. Aus dem nächsten Polizeiwagen, der nur Sekunden nach dem ersten zur Stelle war, stiegen Ricky Haines und Hank Brindle.

»Und was ist mit Ihnen?«, fragte Sean.

Die Ankunft der Polizisten hatte mich abgelenkt. »Häh? Was soll mit mir sein?«

»Könnten die nicht genauso gut glauben, dass Sie es waren?«, fragte Sean. »Sie haben Sie aussteigen lassen, kurz bevor sie umgebracht wurde.«

In diesem Moment dämmerte mir, dass es vielleicht nicht das Klügste gewesen war, den Polizeichef im Laufe der Jahre bei Familientreffen immer wieder zu verarschen.

199

DREIUNDZWANZIG

Und dann erschien *er*. In einem weißen Chevrolet Suburban. Nur wenige Sekunden nach seinen Leuten in Uniform. Augustus Perry hielt eine kurze Teambesprechung ab, dann kam er zu mir.

Ich stand auf.

»Cal«, sagte er, ohne ein Nicken auch nur anzudeuten. Er sah den Jugendlichen an, der neben mir stand. »Wer bist du?«

»Sean Skilling.« Pause. »Sir.«

Augie kniff die Augen zusammen. »Ford-Händler?«

»Mein Vater, ja, Sir.«

Augie nickte. »Adam Skilling. Ihr macht den Kundendienst für unseren Fuhrpark. Hab deinen Vater schon bei uns in der Werkstatt gesehen.«

»Bestimmt.«

Augie sah wieder mich an. »Zeig's mir.«

Ich führte meinen Schwager an das Geländer und zeigte hinunter auf Hannas Leiche. »Von hier sieht man nicht viel«, sagte ich.

Er schnaubte. »Wie kommt es eigentlich, dass du sie gefunden hast?«

»Das ist eine lange Geschichte«, sagt ich ausweichend.

»Dann verbringen wir zwei ja mal richtig viel Zeit miteinander«, sagte er.

Ich erzählte ihm, so schnell ich konnte. Wie ich Claire vor Patchett's aufgelesen hatte und alles, was danach kam. Und wie zwei seiner Leute mich heute am späten Nachmittag mit ihrem Besuch beehrt und sich nach Claire erkundigt hatten.

»Über diesen Teil weißt du ja vermutlich schon Bescheid«, schloss ich.

Er sah mich ausdruckslos an. Ich konnte nicht erkennen, ob dieser Blick bedeutete, dass er keine Ahnung hatte oder dass er eine hatte und es nur nicht sagte.

»Erzähl weiter«, sagte Augie.

Ich sagte ihm, dass ich mich Claire gegenüber verantwortlich fühlte und meine eigenen Nachforschungen angestellt hatte. Bei der Suche nach Claire war ich auf den Namen Hanna gestoßen, Hannas Name hatte mich zu Sean Skilling geführt, und dessen Bericht über den kurzen Anruf von Hanna hatte uns wiederum hierhergeführt, weil Hanna hier um die Ecke aus meinem Wagen geflüchtet war.

»Die Kleine vom Bürgermeister vermisst«, murmelte Augie. »Die Freundin tot.«

»Mhm.«

Er blickte über die Schulter zu Sean Skilling hinüber, der gerade von Kate Ramsay und ihrem Partner befragte wurde. »Was ist mit ihm? Die Freundin wird umgebracht, der erste, naheliegendste Verdacht richtet sich auf den Freund.«

»Weiß ich. Aber ich glaube nicht, dass er's war. Außerdem hat er ein Alibi mit freundlicher Genehmigung der Polizei von Griffon. Einer deiner Leute hat ihn rausgewinkt und verwarnt, weil er bei einem Stoppschild nicht richtig stehen geblieben war. Und während dieser Zeit hat sich das Ganze abgespielt.«

»Dann gibt es ja einen Eintrag über diesen Strafzettel.«

»Nein, gibt es nicht. Sean sagte, der Polizist bekam einen anderen Einsatzbefehl, bevor er einen schreiben konnte.«

Augie machte ein finsteres Gesicht. »Wie praktisch.«

»Hör mal, kann sein, dass er's war, ich weiß es nicht. Aber ich glaube, dass da was ganz anderes dahintersteckt.«

»Wen wollten sie eigentlich hinters Licht führen? Mit dem Tausch?«

»Keine Ahnung.«

»Weiß es der junge Skilling?«

»Er sagt, nein.« Jetzt sahen wir beide zu ihm hinüber. Ramsey und ihr Partner waren noch nicht fertig mit ihm. »Wer ist das bei Kate?«, fragte ich.

»Hmm? Ah, das ist Marv Quinn.« Augie blickte noch einmal über das Geländer. Haines und Brindle suchten mit Taschenlampen die nächste Umgebung der Leiche ab. »Das Mädchen hat keinen Slip an.«

»Hab ich bemerkt«, sagte ich.

»Glaubst du, der junge Skilling und das Mädel hatten Zoff? Sie will Schluss machen, er wird wütend, die Sache läuft aus dem Ruder, und er will sie noch einmal flachlegen?«

»Glaub ich nicht«, sagte ich.

Er warf einen letzten Blick auf Hanna Rodomski und sagte: »So was sollte bei uns nicht passieren.« Selbst im schwachen Licht der Straßenlampe sah ich echten Kummer in seinem wettergegerbten Gesicht.

Er rieb sich nachdenklich den Mund. Dann sagte er: »Glaubst du, dass das nach hinten losgegangen sein könnte?«

»Was meinst du?«

»Das Affentheater, das die Mädels veranstaltet haben. Jemand sollte anscheinend glauben, dass Claire zu dir ins Auto gestiegen ist, damit sie sich abseilen kann. Könnte es womöglich genau andersrum gewesen sein? Vielleicht war es nicht Hanna, die jemand davon überzeugen wollte, dass sie Claire ist, sondern Claire, die jemand glauben machen wollte, dass sie Hanna ist.«

Das war mir im Moment zu hoch. »Nein. So rum ergibt es keinen Sinn.«

»Vielleicht hast du recht. Aber wär's möglich, dass der Mörder von der kleinen Rodomski glaubte, sie ist Claire? Was hältst du davon?«

»Damit streichst du Sean Skilling aber endgültig von der Liste deiner Verdächtigen«, sagte ich.

»Hmm«, machte er.

»Warum suchst du eigentlich nach Claire Sanders?«

»Wer sagt, dass ich das tu?«

»Ich meinte *du* im Sinne von die Polizei. Deine Knechte.«

»Wer war da noch mal bei dir?«

»Brindle und Haines. Haines kenn ich. Er hat uns … Er war damals wegen Scott da.«

Augies Miene wurde weicher. »Ach ja. Haines hätte mich anrufen sollen. Er hätte euch das nicht selbst sagen dürfen. Ich hätte das tun müssen. Ich bin Scotts Onkel, verdammt noch mal. Das tut mir wirklich leid.«

Ich nickte. Es war nicht das erste Mal, dass Augie das sagte.

»Ich glaube, er hat die Verbindung tatsächlich nicht gesehen. Wenn er einen Moment nachgedacht hätte, den Namen Weaver auf Scotts Ausweis richtig gelesen hätte, dann wär ihm vielleicht Donna von der Lohnbuchhaltung eingefallen. Ein *bisschen* Verstand kann man doch wohl von einem erwarten, wenn er bei der Polizei ist.« Er sah hinunter zu dem Bachlauf, wo Ricky Haines und sein Partner noch immer die Gegend absuchten. »Egal, die zwei sind also zu dir gekommen. Wie ging's dann weiter?«

»Sie waren auf der Suche nach Claire. Sie wussten, dass ich sie vor Patchett's habe einsteigen lassen. Einer der beiden hat was von einer Überwachungskamera gesagt, die mich dort gefilmt hat, aber Patchett's hat gar keine. Meine erste Frage lautet also: Haben die den Laden sowieso schon beobachtet? Und die zweite: Wer hat sie überhaupt beauftragt, Claire zu suchen? Ihr Vater sagt, er hat sie nicht als vermisst gemeldet.«

»Du hast mit ihm gesprochen?«

»Direkt nachdem du dein Schwätzchen im Rathaus mit ihm hattest. Könnte jemand anderes sie als vermisst gemeldet haben? Ihre Mutter zum Beispiel? Sanders' Ex lebt doch jetzt in Toronto, oder? Aber auch wenn *sie's* gewesen wäre – hätte dir nicht jemand Bescheid gesagt?«

Augustus Perry schwieg. Hätte ich es nicht besser gewusst, wäre ich glatt auf die Idee gekommen, er denke nach.

Was immer es war, ich unterbrach ihn dabei.

»Selbst mit meinem beschränkten Einblick in das geheimnisvolle Leben der Polizei von Griffon hätte ich gedacht, dass man dich ins Bild setzt, wenn die Tochter deines geliebten Bürgermeisters, deines momentanen Intimfeindes, Gegenstand polizeilicher Ermittlungen ist.«

Augie sah zurück zu der Stelle, wo sein Geländewagen und die Streifenwagen parkten. Neuerlich war das Scheinwerferlicht eines herannahenden Fahrzeugs zu sehen.

»Coroner«, sagte er und ging dem Wagen entgegen.

VIERUNDZWANZIG

Eine kleine schwarze Frau Mitte fünfzig kam auf uns zu. Sie trug eine glänzende Daunenjacke, deren Reißverschluss sie bis oben hin zugezogen hatte. Eigentlich übertrieben, bei den Temperaturen, die wir momentan hatten.

»Chief«, sagte sie, schnäuzte sich und steckte das Taschentuch wieder ein. Aus beiden Jackentaschen sah ich die Enden von OP-Handschuhen herauslugen.

»Alles klar, Sue?«, fragte Augie.

»Ich friere mich zu Tode. Es ist diese gottverdammte Erkältung. Die schleppe ich jetzt schon zwei Wochen mit mir herum.«

»Tut mir leid, dass Sie rausmussten, obwohl Sie krank sind«, sagte er.

Sue zuckte die Achseln. »Im Vergleich zu dem Mädchen da unten geht's mir doch blendend.«

»Cal, du kennst Frau Dr. Kessler. Sie macht uns hier den Coroner.«

Sue Kessler schniefte und sah mich an. »Ich glaube, wir haben uns schon mal gesehen.« Sie hatte recht. Wir waren uns schon ein-, zweimal über den Weg gelaufen, seit ich in Griffon lebte. »Ich gebe Ihnen lieber nicht die Hand.«

Ich hatte kein Problem damit.

»Sue, Cal hat die Leiche gefunden.«

»Haben Sie etwas angefasst?«, fragte Kessler.

»Nein«, sagte ich, »aber ich bin ziemlich nah an sie rangegangen.«

»Zeigen Sie mir die Stelle«, sagte Kessler.

Augie hob einen Arm und streckte einen Finger aus. »Da unten am Bach. Direkt unter der Brücke.«

»Na wunderbar«, sagte sie und zog sich die Handschuhe an. »Bin in ein paar Minuten wieder da.«

Es dauerte mindestens zehn, bis sie zurück war. Augie besprach sich inzwischen kurz mit einem seiner Männer. Dann kam er wieder zu mir. Wir umklammerten das Brückengeländer und beugten uns vor, um Kessler bei der Arbeit zuzusehen. Schließlich kletterte sie die Böschung wieder hoch. Wir gingen ihr ans andere Ende der Brücke entgegen.

»Erwürgt, würde ich sagen, an ihrem Hals sind Druckstellen. Und Bissspuren von irgendwelchen Tieren, Hunden höchstwahrscheinlich. Mindestens einen Tag tot, würde ich sagen, aber später weiß ich mehr.«

»Sexualtat?«, fragte Augie.

Kessler hob die Schultern. »Könnte man vermuten. Ihre Hose und ihre Unterwäsche sind weg. Aber genau sagen kann ich es erst, wenn ich sie untersucht habe.«

»Weg?«, fragte ich nach.

»Wenn sie da unten sind, habe ich sie jedenfalls nicht gesehen«, sagte sie. »Bestimmt nicht in der Nähe der Leiche. Haben Ihre Leute Kleider des Opfers gefunden?«

Augie sagte, da müsse er erst mit ihnen reden.

Kessler nieste und sagte: »Ich fahre jetzt heim, trinke ein paar Liter Erkältungssaft und versuche zu schlafen. Morgen früh nehme ich sie mir gleich als Erstes vor.«

Dr. Kessler ging. »Du kannst auch nach Hause fahren, Cal«, sagte mein Schwager. »Um alles Weitere kümmern wir uns.«

Doch so schnell wurde er mich nicht los. »Das wurmt dich, stimmt's?«

»Ich weiß nicht, wovon du sprichst.«

»Dass jemand dir Informationen vorenthält. Das muss dir doch zu denken geben.«

»Cal«, sagte Augustus gereizt. »Es mag dich überraschen, aber ein Chef muss nicht über alles und jedes in seiner Abteilung unterrichtet sein. Wenn sie dich rauswinken, weil du zu schnell gefahren bist, erfahre ich das nicht. Wenn jemand an unserer Highschool ein Fenster einschlägt, erfahre ich das nicht. Auch wenn eine Katze vom Baum geholt wird, erfahre ich das nicht.«

»Das ist aber auch ein Fall für die Feuerwehr, oder nicht?«

»Es gibt jede Menge Gründe, warum es nicht notwendig ist, mich ins Bild zu setzen, wie du das zu nennen beliebst, wenn einer meiner Mitarbeiter rumgeht und Fragen wegen Claire Sanders stellt.«

Ich schüttelte den Kopf. Plötzlich war ich sehr müde, gleichzeitig wusste ich, dass ich in absehbarer Zeit nicht nach Hause fahren würde, um ins Bett zu gehen.

»Bis dann, Augie«, sagte ich.

»Fährst du heim?«

»Sobald ich Claire gefunden habe.«

Ich schickte mich schon zum Gehen an, da fiel mir noch

etwas ein. »Die andere Möglichkeit wäre natürlich, dass du sehr wohl weißt, was los ist. Dass du sogar bestens Bescheid weißt. Vielleicht weißt du was über Claire. Und dem Papa Bürgermeister wäre es gar nicht recht, wenn das an die Öffentlichkeit käme. Vielleicht hat sie ja ihre Finger wo drin, wo sie nicht hingehören. Und vielleicht findest du raus, was das ist. Dann hast du ein Druckmittel gegen Sanders und könntest ihn dir vom Hals schaffen.«

»Hast du ein Glück, dass hier so viele Leute sind«, sagte Augie. »Sonst würde ich dir jetzt derart die Fresse polieren …«

Ich sah mich um. »Lauter Polizisten«, sagte ich. »Ich glaube, die würden alles bestätigen, was du willst. So läuft das doch hier, oder? Vielleicht sind dir ja ein paar von den Leuten bei dieser Sitzung auf den Leim gegangen, Augie, ich sicher nicht.«

»Du hast wirklich eine unglaubliche Chuzpe«, sagte Augie. »Glaubst du im Ernst, wenn das irgendwo anders passiert wäre, wo dein Schwager nicht zufällig Polizeichef ist, dass du da nicht längst mit einem Arschtritt in den Vernehmungsraum befördert worden wärst? Du bist der Letzte, der das Mädel lebend gesehen hat. Und mach ich deswegen einen Riesenaufstand?«

»Noch nicht«, sagte ich.

Augie lächelte.

FÜNFUNDZWANZIG

Bevor ich mich ins Auto setzte, wollte ich schnell noch sehen, wie es Sean ging. Ich unterbrach seine Vernehmung durch Kate Ramsey und Marvin Quinn.

»Verzeihung, Mister«, sagte Quinn. »Aber wir sind hier bei der Arbeit.«

»Schon gut, Marv. Das ist ein Freund von mir. Der, von dem ich dir grad erzählt hab«, sagte Kate. »Wie geht's, Cal?«

»Ging schon mal besser, Kate.«

»Ich hab meinem Partner eben erzählt, dass du das warst, den wir vorhin vor Patchett's gesehen haben, als wir mit unseren Biker-Freunden geplaudert haben.«

Mir war gar nicht bewusst geworden, dass mich jemand im Wagen hatte sitzen sehen. Kate war echt gut. »Ja, das war ich.«

Sie grinste ihren Partner verschmitzt an. »Hab ich's dir nicht gesagt, dass Donnas Mann auf mich aufpasst?«

»Dachte mir schon, dass du das bist«, sagte ich. »Es gibt in Griffon nur zwei Frauen in Uniform, stimmt's?«

»Im Moment nur mich. Carla ist seit einem halben Jahr in Mutterschutz.«

Ich musste an den Jüngling im Laden an der Tankstelle denken, der erzählt hatte, dass ihm eine Polizistin Farbe in den Rachen gesprüht hat. Damit hatte sich die Frage, wer das gewesen sein könnte, von selbst geklärt.

»Observiert ihr Patchett's oft?«, fragte ich.

Quinn, der bis jetzt kaum etwas gesagt hatte, beantwortete meine Frage. »Wir haben gesehen, wie die mit ihren Feuerstühlen hier eingefallen sind. Da haben wir gewartet, bis sie wieder rauskommen, um ein paar Takte mit ihnen zu reden.«

Kate nickte. »Da, wo sie herkommen, gibt es genügend Möglichkeiten, einen zu heben und Billard zu spielen.«

Sean stand mit glasigen Augen da. Er wirkte, als wüsste er nicht einmal mehr, wo er war.

»Habt ihr Patchett's auch gestern Abend beobachtet?«, fragte ich sie. »So gegen zehn?«

Kate zögerte keine Sekunde. »Nee, da waren wir grad mit einem Blechschaden beschäftigt, stimmt's Marv?«

Ihr Partner nickte.

»Warum?«, fragte Kate.

»Nicht so wichtig.« Ich wandte meine Aufmerksamkeit jetzt Sean zu. »Kommst du klar?« Er zuckte die Schultern. »Hast du deine Eltern angerufen?«

»Ich muss ja noch immer Fragen beantworten.«

»Ruf an«, sagte ich. »Und kein Wort mehr zu den netten Polizisten hier, bis deine Eltern hier sind und dir einen Anwalt besorgen.«

Kate Ramsey passte das gar nicht. »Cal, verflucht noch mal …«

Quinn starrte mich an. »Hauen Sie ab.«

Ich lächelte die beiden an. »Schönen Abend noch. Und du pass auf dich auf, Sean.«

Im Gehen warf ich noch einen letzten Blick zurück. Haines und Brindle standen wieder auf der Brücke.

Brindle sah mich an. Als unsere Blicke sich kreuzten, wandte er sich ab.

Es war gut möglich, dass nicht Ramsey und Quinn gestern Abend Patchett's beobachtet hatten, andere Polizisten konnten aber sehr wohl dort nach potenziellen Störenfrieden wie diesen Bikern Ausschau gehalten und bemerkt haben, wie ein junges Mädchen zu einem Fremden ins Auto stieg. Es mussten auch nicht Haines und Brindle gewesen sein. Sie konnten von den Kollegen mein Kennzeichen bekommen und dann beschlossen haben, bei mir ein bisschen auf den Busch zu klopfen.

Das erklärte allerdings noch immer nicht, warum sie nach Claire suchten, wenn niemand sie als vermisst gemeldet hatte. Hatte ich womöglich einen Nerv getroffen, als ich Augie beschuldigte, ihr etwas anhängen zu wollen, um seine Position im Kampf mit ihrem Vater zu stärken?

Sanders.

Ich wollte noch mal mit ihm reden. Es hatte sich einiges verändert, seit unserer letzten Unterhaltung vor ein paar Stunden.

Ein Mädchen war tot.

Die beste Freundin seiner Tochter.

Vorhin hatte er nicht mit mir sprechen wollen, aber jetzt blieb ihm wohl nichts anderes mehr übrig.

Ich nahm also Kurs auf sein Haus. Doch unterwegs sah ich

Iggy's in der Ferne. Auch dort wollte ich mich noch umhören. Das Vernünftigste wäre wohl, gleich jetzt hinzufahren. Dann war das schon mal erledigt. Außerdem würde der Laden wahrscheinlich bald schließen.

Auf einmal bemerkte ich im Rückspiegel einen Kleinwagen, der anscheinend dasselbe Ziel hatte wie ich. Wenn ich langsamer fuhr, drosselte auch er das Tempo. Fuhr ich schneller, beschleunigte auch er.

Ich war neugierig, ob er mir auch auf den Parkplatz von Iggy's folgen würde, doch das tat er nicht. Er fuhr auf der Danbury Street weiter. Ich versuchte, einen Blick auf das Nummernschild zu erhaschen, doch vergeblich. Immerhin konnte ich erkennen, dass es ein silberner Hyundai war.

Ich sperrte meinen Wagen ab und ging in das Restaurant. Hinter der Theke stand ein großer, dünner Mann Ende zwanzig. Er sah mir erwartungsvoll entgegen.

»Ist Iggy da?«, fragte ich. Ich fange immer ganz oben an.

»Iggy?«, fragte der Mann zurück. Er trug ein Namensschild, auf dem stand »SAL«.

»Genau.«

»Es gibt keinen Iggy. Jedenfalls nicht mehr. Iggy – also Ignatius Powell – eröffnete sein Restaurant hier im Jahr 1961, baute es ein-, zweimal um und verkaufte es dann vor zehn Jahren meinem Vater. Letztes Jahr ist er gestorben. Iggy meine ich. Nicht mein Vater. Am Abend schmeiße ich den Laden für ihn. Gibt's ein Problem mit Ihrem Burger?«

»Aber wo, Sal«, sagte ich. Ich zeigte ihm meinen Ausweis und erzählte ihm, dass ich auf der Suche nach einem jungen Mädchen sei, das gestern Abend so um diese Zeit hier gewesen sei.

»Ich bin mir ziemlich sicher, dass sie heimlich zur Hintertür raus ist und sich auf dem Parkplatz mit jemandem getroffen hat«, sagte ich. »Ich sehe, Sie haben Kameras.«

»O ja, die braucht man auch«, sagte Sal. »Insbesondere am Drive-in-Fenster. Gehen Sie mal ins Internet und sehen Sie sich die Videos von McDonalds-Kunden an, die dort Amok laufen. Bei uns war mal eine Frau, die wollte einen Whopper, und Gillian, sie stand damals am Fenster, sagte ihr, dass wir keine Whoppers haben, da muss sie zu Burger King fahren. Da ist sie komplett ausgerastet und hat rumgeschrien, sie will jetzt einen Whopper. Auf einmal steigt sie aus und will Gillian durchs Fenster hindurch packen. Wir mussten die Polizei rufen.«

»Ich hatte gehofft, ein Blick auf die Aufnahmen von gestern Abend würde mir verraten, bei wem das Mädchen vielleicht eingestiegen ist.«

Irgendjemand musste ja wohl hier auf Claire gewartet haben, um sie mitzunehmen, oder ein Auto hier für sie abgestellt haben.

»Ich glaube, die kann ich Ihnen zeigen. Sie haben ja schließlich einen Ausweis«, sagte Sal. »Ich meine, der Polizei hab ich sie ja schon gezeigt, da –«

»Die Polizei war schon da?«

»Ja, schon vor ein paar Stunden.«

Ich nickte, als hätte ich nichts anderes erwartet. Und eigentlich stimmte es ja auch. »Waren das Officer Haines und Officer Brindle? Wir ziehen alle am selben Strick. Wir wollen Claire finden.«

»Dann kennen Sie die zwei also?«

»Wir haben uns heute Nachmittag über den Fall unterhalten«, sagte ich.

Sal rief ein Mädchen mit Pickelgesicht herbei, das mit ihm

an der Theke bediente. Sie war bestimmt noch keine zwanzig. »Bin gleich wieder da«, sagte er zu ihr. »Du hältst die Stellung.« Mir bedeutete er, ihm zu einer Tür an einem Ende der Theke zu folgen, und führte mich durch die Küche, in der nur eine Person arbeitete.

Ich folgte ihm in sein Büro. Dort gab es zwei Bildschirme, jeder zeigte vier Live-Ansichten des Lokals. Der eine den Drive-in, die Theke, die Küche und ein zweites Büro, in dem der Safe stand. Auf dem anderen waren vier Ansichten des Parkplatzes zu sehen.

»Einmal hatten wir so einen Verrückten, der kam an den Schalter und hatte nichts weiter als schäbige Shorts und Flip-Flops an. Dafür hielt er eine .38er in der Hand.«

»Das ist nicht Ihr Ernst«, sagte ich.

»Doch, doch. Seine Haare standen in alle Richtungen ab. Reif für die Klapse war der. Er fuchtelte mit der Knarre rum und schrie, dass er schießt, wenn wir nicht das Rezept für unsere Hamburger-Spezialsoße rausrücken. Das ist eigentlich bloß Mayo, ein bisschen Würzsauce und noch ein, zwei andere Sachen.«

»Nicht gerade die Weltformel«, sagte ich, als Sal sich vor die Bildschirme setzte und mit der Maus herumfuhrwerkte.

»Eben«, sagte er. »Also hab ich's ihm auf eine Serviette geschrieben. Mayo, Würzsoße, eine Prise Cayennepfeffer und so. Ich geb sie ihm, und er sagt: ›Nein, schreib, was *wirklich* drin ist.‹ Also sag ich: ›Na gut‹, und denk mir halt allen möglichen Scheiß aus, zum Beispiel Dimorixalindiphosphat, und positronisches Marzipan, sogar Anjolina-Gelee.«

»Genial«, sagte ich.

»Notfalls hätte ich auch noch Plutonium draufgeschrieben.

Egal, ich geb ihm die Serviette und er liest, was da steht, und sagt: ›In Ordnung.‹ Und dann geb ich ihm noch eine Serviette und sag ihm, dass er unterschreiben muss. ›Wenn wir für jemanden das Rezept für unsere Spezialmayo rausrücken, dann muss der unterschreiben‹, sage ich.«

»Hat er aber nicht.«

»Doch, hat er. Die Polizei hat nicht lange gebraucht, um ihn zu finden. Hier haben wir's schon«, sagte er und zeigte auf den Bildschirm. Es war der Blick von der Seitentür im hinteren Teil des Restaurants, dort, wo sich die Toiletten befanden. Die Kamera war draußen montiert und bot einen guten Ausblick auf den Parkplatz. Allerdings war es Nacht, und die Sicht war nicht besonders. Datum und Zeit waren am unteren Bildschirmrand eingeblendet.

»Das ist also gestern 21.45 Uhr«, sagte Sal. »Von da an wollten die Polizisten es sehen.« Er stoppte das Band. Dieser Ausschnitt zeigte zwei Autos auf dem Parkplatz. Ein heller, vielleicht weißer Subaru Impreza, der einen dahinterstehenden Wagen teilweise verdeckte. Es konnte ein grauer Volvo Kombi sein, sicher war ich mir allerdings nicht.

»Der Sub, das ist meiner«, sagte Sal.

»Könnten Sie vorlaufen lassen, bis man sieht, dass sich was bewegt?«, bat ich ihn.

»Klar.« Er machte sich an der Maus zu schaffen. Um 22:07:43 fuhr ein schwarzer Dodge Challenger, ein Nachbau des Modells aus den siebziger Jahren, auf den Parkplatz und stellte sich neben die Seitentür. Ein korpulenter Mann stieg aus und ging ins Restaurant. Drei Minuten später sah man ihn mit einer braunen Iggy's-Tüte wieder herauskommen. Er stieg in den Wagen, die Scheinwerfer gingen an, und weg war er.

Um 22:14:33 kam von rechts ein Mann ins Bild. Er trug eine Jeansjacke, war spindeldürr, vielleicht eins fünfundsechzig groß und zwischen zwanzig und dreißig Jahre. Er humpelte und wirkte dadurch viel älter, als er tatsächlich war.

»Das ist Timmy«, sagte Sal.

»Timmy?«

»Den Nachnamen kenne ich nicht. Er wohnt ein paar Häuser weiter, in diesem vierstöckigen, quadratischen Wohnblock. Glaube ich wenigstens. Arbeitet irgendwo Schicht, geht jeden Abend um diese Zeit nach Hause und holt sich auf dem Weg einen doppelten Cheeseburger, große Pommes und einen Schokoladen-Shake.«

»Jeden Abend?«, fragte ich nach.

»Ja.«

»Der bringt doch keine sechzig Kilo auf die Waage.«

Sal zuckte die Achseln. »Manche Leute sind halt gute Futterverwerter.«

»Wirklich jeden Abend?«, fragte ich noch einmal.

Sal sah mich an. »Haben Sie eine Ahnung, wie viele Leute hier jeden Tag essen? Also, ich will unser Essen jetzt nicht runtermachen, aber ich könnte das Zeug nicht tagein, tagaus essen.«

»Halten Sie einen Moment an«, sagte ich. Ich zeigte auf den Bildschirm. »Ist das nicht eine Abgaswolke?«

Sie kam von dem Volvo hinter Sals Subaru. »Der Motor dieses Wagens ist die ganze Zeit gelaufen«, sagte ich.

»Ja, ich weiß«, sagte Sal. »Ich wollte sehen, ob's Ihnen auffällt. Wollte Ihnen nicht die Spannung nehmen.«

»Das ist kein Spielfilm, Sal. Sie können mir das Ende ruhig verraten.«

»Alles klar. Die Polizisten – also, einer der beiden – haben den Qualm auch bemerkt.«

»Sie haben also die ganze Aufnahme schon gesehen? Sie wissen, wie's weitergeht?«

»'türlich.«

Um 22:16:13 öffnet sich die Tür zur Damentoilette. Heraus kommt Hanna. Sie stürmt zur Seitentür hinaus. Unmittelbar danach muss sie in meinen Wagen gestiegen sein. Wahrscheinlich war ich in diesem Augenblick auf dem Weg ins Restaurant. Sekunden später erscheine auch ich auf der Bildfläche, öffne die Toilettentür, rufe hinein und gehe dann auch hinein.

»Sind das nicht Sie?«, fragte Sal.

»Ja, das bin ich.«

»Sie dürften die Damentoilette eigentlich gar nicht betreten.«

»Lassen Sie's einfach weiterlaufen.«

Ich sehe mir zu, wie ich wieder aus der Toilette herauskomme und in den vorderen Teil des Restaurants gehe.

Als Nächstes taucht der humpelnde Timmy auf. Es ist 22:23:51. Er stößt die Tür von innen auf. Wahrscheinlich ist er auf dem Heimweg.

Sal betätigte seine Maus noch einmal. »Da. Ich glaube, das ist der Teil, der Sie interessiert.«

Es geschieht um 22:24:03. Claire Sanders kommt aus der Toilette. Sie muss mit angezogenen Beinen auf einem Toilettensitz gehockt haben, denn ich hatte den Fußraum aller drei Kabinen inspiziert, und sie schienen mir leer. Claire sieht genauso aus, wie ich sie in Erinnerung hatte. An der äußeren Glastür bleibt sie stehen und lässt ihren Blick über den Parkplatz schweifen. Der Fahrer des Volvo sieht sie, bevor sie ihn sieht. Die Lichter gehen an, und der Wagen fährt hinter dem Subaru hervor. Claire winkt, läuft zum Wagen und steigt an der Beifahrerseite ein. Die Innenbeleuchtung geht kurz an und gleich wieder aus.

»Noch mal zurück«, sagte ich.

Sal ging ein paar Sekunden zurück und ließ das Video dann wieder laufen.

»Halten Sie an, wenn die Innenbeleuchtung angeht«, sagte ich.

Erst beim zweiten Versuch blieb er genau an der richtigen Stelle stehen. Soweit ich es erkennen konnte, saß niemand im Wagen außer dem Fahrer, und der war nur als grobkörniger Schatten zu sehen.

»Leider ist alles verschwommen«, sagte Sal bedauernd. »Die Polizisten waren auch sauer.«

»Ich bin nicht sauer«, sagte ich. »Ich bin Ihnen sehr dankbar. Lässt sich das Bild irgendwie vergrößern? Oder das Nummernschild sichtbar machen?«

»Nee«, sagte Sal. »Keine Chance.«

»Lassen Sie's weiterlaufen. Ich will sehen, wo der Wagen hinfährt.«

Sobald Claire drinsitzt, macht der Volvo eine scharfe Rechtsdrehung, fast eine Kehrtwende, und verschwindet am rechten Bildschirmrand.

»Gibt es noch andere Winkel, wo man sehen kann, in welche Richtung er fährt?«

»Nee«, sagte Sal wieder.

»Und aus welcher er kommt? Wenn wir noch weiter zurückgehen als vorhin?«

Sal stieg bei 21:45:00 ein. Zu diesem Zeitpunkt steht kein Wagen hinter dem Subaru. Er ließ das Band weiterlaufen

bis 21:49:17. Da erscheint der Volvo am linken Bildschirmrand, stellt sich schräg hinter Sals Subaru. Die Lichter gehen aus.

In der Hoffnung, der Fahrer würde vielleicht aussteigen
und sich einen Kaffee oder einen Burger holen, ließen wir
die Aufzeichnung bis 22:00:00 durchlaufen. Doch der Fahrer rührt sich nicht vom Fleck.

»Sal?« Ich zog seinen Namen in die Länge.

»Ja?«

»Kann ich einen Kaffee haben?«

»Klar doch.«

Ich wollte ein paar Münzen aus der Tasche holen, doch Sal
sagte: »Der geht aufs Haus. Wie wollen Sie ihn?«

»Zweimal Sahne.«

Während seiner Abwesenheit setzte ich mich auf seinen
Stuhl und starrte auf den Bildschirm.

Claire glaubt, jemand verfolgt sie. Überredet Hanna, so zu
tun, als wäre sie Claire. Jetzt verfolgt dieser Jemand Hanna,
die bei mir im Auto sitzt. Hanna steigt aus und rennt davon. Schmeißt die Perücke weg. Jetzt weiß ihr Verfolger,
dass er auf ein Täuschungsmanöver hereingefallen ist. Be-
greift, dass der Tausch bei Iggy's stattgefunden haben muss.
Überlegt: Vielleicht ist Claire ja noch dort?

Sal kam mit einem Becher Kaffee für mich zurück. »Der ist
echt heiß«, sagte er. »Verschütten Sie nichts. Sonst ver-
brühen Sie sich vielleicht und verklagen uns auf Millionen
Dollar.«

Ich rang mir ein leises Lachen ab.

»Zeigen Sie mir bitte, was gestern Abend sonst noch geschah«, sagte ich. »Bis Sie geschlossen haben.«

»Ja, klar, mach ich«, sagte er. »Selbe Kamera?«

Ich überlegte. »Nein. Zumindest im Moment noch nicht. Nehmen wir mal die Theke. Ja, genau, wo man jeden sieht, wenn er reinkommt und nach oben auf die Tafel schaut, um sich sein Essen auszusuchen.«

»Bei einem Überfall könnte man die Typen von hier gut erkennen«, sagte Sal. »Ab wann wollen Sie's sehen?«

»Fangen wir bei halb elf an.« Ich nahm den Deckel von meinem Kaffeebecher und blies hinein. »Schnelldurchlauf.«

Er ließ das Band laufen. Leute wackelten mit abgehackten Bewegungen herein und wieder hinaus. Schon bald entdeckte ich jemanden, den ich erkannte.

»Stopp«, sagte ich.

Es war Sean Skilling. Er hatte erzählt, er sei hier gewesen und auch in Patchett's, nachdem alles schiefgegangen war. Nach dem beunruhigenden Anruf von Hanna.

Auf dem Video ging er an der Theke vorbei in einen anderen Teil des Restaurants.

»Können Sie ihn auch auf den anderen Kameras suchen?«, fragte ich und wagte einen Schluck von meinem Kaffee. Er war noch immer heiß, aber gut.

Sal tippte weiter. »Da ist er.«

Sean hatte, genau wie ich, den Kopf in die Damentoilette gesteckt, war aber nicht wie ich hineingegangen. Als er niemanden sah, ging er wieder nach vorne ins Restaurant. Sal entdeckte ihn auch auf dem anderen Band, und wir sahen, wie er das Lokal verließ. Das Video lief weiter.

»Tja«, sagte ich.

»Haben Sie gesehen, was Sie sehen wollten?«

»Ich weiß nicht genau, was ich will«, sagte ich. »Ich will hauptsächlich nach Hause und ins Bett.«

»Da hätte ich Ihnen koffeinfreien Kaffee gebracht.«

»Ich glaube nicht, dass das einen großen Unterschied macht«, sagte ich. »Ich könnte ihn mir direkt in die Blutbahn spritzen und trotzdem heute … Hallo, was ist das denn?«

Auf dem Monitor war noch immer die Theke zu sehen. Es war 22:58:02.

Ein stämmiger Mann mit braunem Haar und Schnauzbart war hereingekommen. Nicht im Anzug, aber gut angezogen. Schwarze Hose, weißes Hemd, die Manschetten hochgerollt.

»Bleiben Sie mal stehen«, sagte ich.

Sal klickte. »Kennen Sie den?«, fragte er.

»Ja, aber erst seit kurzem.«

Genauer gesagt, seit heute Abend. Es war Adam Skilling, Seans Vater.

SECHSUNDZWANZIG

Als ich auf den Parkplatz zurückkehrte, blockierte ein Streifenwagen meinen Honda. Unsere Gesetzeshüter Ricky Haines und Hank Brindle lehnten daran und warteten vermutlich, dass ich herauskam.

»Mr. Weaver«, sagte Brindle und stellte sich aufrecht hin. Haines folgte seinem Beispiel.

»n'Abend, Officers«, sagte ich.

»Sie haben den Tatort ziemlich fluchtartig verlassen.«

Der Chief hatte mich weggeschickt, aber ich sah keinen Grund, mich vor den beiden zu rechtfertigen, also schwieg ich.

»Es gibt da noch ein paar Fragen, die wir Ihnen stellen müssen«, sagte Brindle und schob sich die Mütze ein Stück aus der Stirn, als wollte er sich auch nicht einen Zentimeter von mir entgehen lassen. Bis jetzt hatte Haines seinem älteren Partner den Vortritt gelassen.

»Nur zu«, sagte ich.

»Sie glauben wahrscheinlich, als Mann der Schwester von Chief Perry genießen Sie eine Art Sonderstatus, aber Officer Haines und ich müssen unseren Ermittlungen folgen, egal wohin sie uns führen, auch wenn unser Chef darüber nicht froh ist. Aber letzten Endes wird er bestimmt Verständnis dafür haben.«

»Ich warte.«

»Worüber haben Sie und Miss Rodomski gesprochen, bevor Sie sie mitten in der Pampa rausgeschmissen haben?«, fragte Brindle.

»Ich habe sie nicht rausgeschmissen«, sagte ich. »Sie wollte unbedingt aussteigen.«

Brindle lächelte. »Also gut. Worüber haben Sie und das Mädchen gesprochen, bevor sie *unbedingt* aussteigen wollte?«

»Mir ist schnell klargeworden, dass sie nicht Claire war, und ich habe sie deswegen zur Rede gestellt, sie gefragt, was hier gespielt wird.«

»Und was hat sie Ihnen gesagt?«

»Nicht viel. Sie hat gesagt, ich soll mir darüber nicht den Kopf zerbrechen. Das habe ich Ihnen schon einmal gesagt, und ich habe es auch Augie schon gesagt.«

»*Augie*«, sagte Brindle und nickte lächelnd. »Wir nennen ihn nicht so. Wir nennen ihn *Chief*. Oder *Sir*. Und hinter seinem Rücken haben wir auch noch ein paar andere Namen für ihn, aber ich verlasse mich darauf, dass Sie ihm das nicht petzen.« Dieses Grinsen. »Sie haben recht, Mr. Weaver, Sie haben mir und Ricky das schon einmal gesagt, aber das war, bevor wir wussten, dass die Kleine tot ist. Damit wird das, worüber Sie miteinander gesprochen haben, aber umso wichtiger.«

»Ändert aber nichts daran, was wir geredet haben.«

»Ich würde wirklich gerne wissen, wieso Sie die Tochter

des Bürgermeisters überhaupt mitgenommen haben. Ich meine, dass ein Mann in Ihrem Alter so ein junges Ding spätabends zu sich in den Wagen steigen lässt, ist nicht besonders gescheit. Und man sollte meinen, dass jemand, der in Ihrer Branche arbeitet, das auch weiß.«

Ich atmete tief durch die Nase ein und langsam wieder aus. Es war nicht das erste Mal, dass ein Polizist versuchte, mich aus dem Konzept zu bringen. Und es ist durchaus möglich, dass ich selbst diese Strategie angewandt habe, als ich noch Uniform trug. Ich wusste, wie das lief. Und ich wusste auch, wie wichtig es war, sich nicht provozieren zu lassen.

»Claire hat gesagt, sie kannte meinen Sohn. Da konnte ich nicht mehr nein sagen.«

»Und hofften, dass sie dann auch nicht nein sagen würde?«

Das Grinsen verwandelte sich in das höhnische Lächeln eines Schuljungen.

»Wenn Sie was sagen wollen, dann sagen Sie's.«

Brindle machte einen Schritt auf mich zu. »Wollen Sie meine Schlussfolgerung hören?«

»Wie immer sie lautet, ich bin sicher, sie wird genial sein.«

»Für mich sieht das so aus: Sie haben ein Mädchen aufgegabelt, um sich ein bisschen zu amüsieren. Dann steigt auf einmal ein anderes Mädchen zu Ihnen in den Wagen, und Sie denken sich: ›Was soll der Scheiß? Wollen die zwei mich verarschen? Mich irgendwie reinlegen?‹ Hat Sie das wütend gemacht? Sie haben sich ein Mädchen angelacht, die war genau Ihr Fall, und dann sitzt plötzlich die Rodomski neben Ihnen, und Sie denken sich: ›Scheiße, das ist nicht das, was ich wollte. Ich wollte die andere‹.«

Brindle hielt inne und wartete auf eine Antwort. Vielleicht wollte er, dass ich ihm eine verpasste. Die Genugtuung darüber wäre jedoch schnell wieder verpufft. Ich schwieg.

»Soll ich Ihnen den Rest auch noch erzählen?«

»Tun Sie sich keinen Zwang an.«

»Sie hatten eine Stinkwut auf diese Hanna, und sie wollte aussteigen, so wie Sie gesagt haben. Aber als sie davonrannte, sind Sie ihr hinterhergelaufen. Sie haben ihr die Perücke vom Kopf gerissen. Sie liegt da in Ihrem Wagen.«

»Genau«, sagte ich. »Meine Erfahrungen als Polizist, und später als Privatdetektiv, haben mich gelehrt, dass man belastende Beweismittel am besten auf dem Rücksitz des eigenen Autos versteckt.«

Ich seufzte. Diese lange Nacht machte sich allmählich bei mir bemerkbar, und vor mir lagen, wie ein weiser Dichter einmal schrieb, noch viele Meilen, ehe Schlaf ich fand.

»Sie müssen sich wohl ein anderes Transportmittel suchen, um nach Hause zu kommen, Mr. Weaver«, sagte Brindle. »Officer Haines hat mich informiert, dass wir Ihren Wagen sicherstellen und durchsuchen sollen. Und ich halte das für eine ziemlich gute Idee.«

»Das ist jetzt nicht Ihr Ernst«, sagte ich mit zusammengebissenen Zähnen zu Haines. »Wollen Sie mir tatsächlich erzählen, dass Augie angeordnet hat, meinen Wagen einzuziehen?«

Also Schluss mit dem Schmusekurs. Mein Schwager hatte seine Krallen ausgefahren.

In einer »Was soll ich Ihnen sagen?«-Geste drehte Haines seine Handflächen nach oben. »Ich hab's eigentlich nicht von ihm persönlich.«

»Sondern?«

»Marv hat's mir ausgerichtet. Äh, Officer Quinn.«

Dann hatte Augie es also Quinn gesagt, und Quinn hat es

Haines gesagt, und Haines hatte es Brindle gesagt, der das Ganze sichtlich genoss.

»So wie ich das sehe«, sagte er, »sind Sie der Letzte, der das Mädchen lebend gesehen hat. Sie hatten die Gelegenheit. Und dann ist da diese persönliche Tragödie, die Sie erst vor kurzem erlitten haben – da kann ich mir vorstellen, dass es zu Hause nicht so toll läuft, und Sie kriegen nicht das, was Sie gern hätten. Und da –«

»Komm schon, Mann«, unterbrach ihn Haines.

Brindle sah ihn kurz an und machte weiter. »Und da sitzt auf einmal so ein knackiges junges Ding neben Ihnen ... so was lässt man sich nicht einfach durch die Lappen gehen.«

Mit Müh und Not hielt ich an mich.

»Aber dann mussten Sie sie zum Schweigen bringen, stimmt's? Sie konnten ja nicht zulassen, dass sie rumgeht und erzählt, was Sie mit ihr gemacht haben.«

Ich zückte mein Handy.

»Was machen Sie da?«, fragte Brindle.

»Ich ruf mir ein Taxi«, sagte ich. »Sie sagten doch, ich muss mir ein anderes Transportmittel besorgen, um nach Hause zu kommen. Also gehe ich davon aus, dass Sie mich nicht verhaften.«

Noch nicht, jedenfalls.

Keiner der beiden sagte ein Wort. Ich sah die Enttäuschung in Brindles Augen. Ich hatte den Köder nicht geschluckt und ihn damit um die Chance gebracht, mir wegen tätlichen Angriffs auf einen Polizisten Handschellen anzulegen. Er würde nie erfahren, wie knapp er sie verpasst hatte.

Ich hielt mir das Telefon ans Ohr. »Ja, hallo, ich bin vorm Iggy's auf der Danbury Street und brauche einen Wagen. Fünf Minuten? Kein Problem. Mein Name ist Weaver.« Ich steckte das Handy wieder ein. »Kommt gleich«, sagte ich und kramte nach meinen Schlüsseln. »Damit Sie mir nicht die Windschutzscheibe einschlagen müssen oder so was.« Ich nahm die Hausschlüssel ab und warf Brindle die Autoschlüssel zu. Er reagierte nicht schnell genug, fuchtelte nur hilflos mit den Händen herum. Die Schlüssel landeten vor ihm auf dem Boden.

Zorn und das Gefühl, sich blamiert zu haben, trieben ihm die Röte ins Gesicht. Er sah erst mich, dann die Schlüssel auf dem Asphalt, dann wieder mich wütend an.

Lieber hätte ich mich erschießen lassen, als sie ihm aufzuheben.

Es war Haines, der sich bückte. »Hab sie«, sagte er, hob sie schnell auf und ließ sie Brindle in die ausgestreckte Hand fallen.

Es wäre wirklich zu dämlich gewesen, wegen so was ins Gras zu beißen, das musste ich zugeben.

SIEBENUNDZWANZIG

Wie versprochen war das Taxi fünf Minuten später da. Haines und Brindle standen noch immer neben ihrem Wagen und hüteten den meinen, bis der Abschleppwagen kam. Als wir den Parkplatz verließen, winkte ich den beiden freundlich zu.

»Würde mich interessieren, was die vorhaben«, sagte die Frau hinter dem Steuer, als ich mich anschnallte.

»Schwer zu sagen.«

»Wissen Sie, was ich glaube?«

»Was?«

»Dass der Wagen mit Drogen vollgestopft ist.«

»Man kann nie wissen«, sagte ich, und plötzlich kam mir ein düsterer Gedanke. Ich wusste, dass in dem Wagen keine Drogen waren. Zumindest jetzt nicht. Ich hoffte, dass das bis zum Eintreffen des Abschleppwagens auch so bleiben würde.

»Wo soll's denn hingehen?«

Ich gab ihr die Adresse von Bert Sanders.

»Zum Bürgermeister?«

»Genau.«

»Den hab ich auch schon ein paarmal heimgebracht, wenn er nicht mehr so ganz fahrtüchtig war. Ich will das gar nicht bewerten. Passiert uns allen mal. Ich bin nur froh, dass der Bürgermeister so viel Verstand hat, nicht besoffen nach Hause zu fahren, wissen Sie? So erwarte ich mir das von einem gewählten Amtsträger.«

Fünf Minuten später hielten wir vor Sanders' Haus. »Könnte eine Weile dauern«, sagte ich. Das Taxameter zeigte schon sieben Dollar an. Ich gab ihr einen Zwanziger, damit sie auch wirklich auf mich wartete.

»Lassen Sie sich Zeit«, sagte sie. »Vielleicht schlaf ich eine Runde. Dann erschrecken Sie mich bitte nicht zu Tode, wenn Sie zurückkommen.«

Diesmal stand ein fünf Jahre alter schwarzer Buick in der Einfahrt, und in einem Fenster im Obergeschoss brannte Licht. Dieser Wagen und das schlichte Haus zeugten vom bescheidenen Lebensstil einer Familie aus dem Mittelstand. Der einzige Luxus, den Sanders sich anscheinend leistete, waren teure Anzüge. Manche Leute glauben, dass alle Bürgermeister in vornehmen Villen wohnen und sich in Lincoln-Limousinen herumchauffieren lassen. Und es gibt sicher auch welche, die das tun. Der Bürgermeister von Promise Falls zum Beispiel. Das weiß ich von seinem Chauffeur, einem alten Freund von mir. Aber die Wirklichkeit sieht anders aus. Die meisten Kleinstädte in Amerika werden von ganz normalen Menschen verwaltet. Sie sitzen im Schulausschuss, im Stadtrat, in der Wasserkommission. Es sind unsere Nachbarn, die Leute, die wir beim Einkaufen, bei der Kfz-Zulassungsstelle, an der Tankstelle treffen. Im Vergleich zu anderen Kleinstadtbürgermeistern kam

Sanders als ehemaliger Universitätsprofessor und Autor bestimmt intellektueller daher. Doch er hatte deswegen nicht abgehoben und hatte die Wähler überzeugen können, dass er einer von ihnen war. Allerdings konnte man nach der heutigen Stadtratssitzung den Eindruck gewinnen, dass nicht mehr so viele ihn als einen der ihren betrachteten, wie es früher der Fall gewesen war. Ich hatte ihn nicht gewählt. Ich hatte seit Jahren überhaupt niemanden mehr gewählt, egal bei welcher Wahl. Irgendwann hat man es einfach satt, notorische Lügner auch noch mit seiner Stimme zu unterstützen.

Und Lügner waren sie allesamt.

Auch Sanders hatte mich in unserem Vieraugengespräch nicht für sich einnehmen können. Von unserer zweiten Begegnung erwartete ich mir auch nicht mehr.

Ich drückte den Daumen auf die Türklingel und ließ ihn dort. Es läutete und läutete. *Ding-Dong. Ding-Dong. Ding-Dong. Ding-Dong.*

Ich spähte durch das Fenster in der Tür. Ein Mann kam die Treppe herunter. In dem Licht, das von oben herabschien, waren nur seine Umrisse zu erkennen. Er band sich den Gürtel eines Bademantels zu und rief: »Ist ja gut! Ist ja gut!« Über meinem Kopf ging das Verandalicht an, und eine Sekunde später hörte ich, wie die Tür entriegelt wurde.

»Herrgott noch mal«, sagte er, als er die Tür öffnete. Eine Haarsträhne stand ihm seitlich vom Kopf ab. Kein Zweifel, ich hatte ihn aus dem Bett geläutet. »Sie schon wieder. Haben Sie eine Ahnung, wie spät es ist?«

Er wollte die Tür gleich wieder schließen, doch ich stemmte meine Hand dagegen. »Wir müssen noch mal miteinander reden.«

»Schauen Sie, dass Sie weiterkommen.«

Ich drückte weiter gegen die Tür. Schließlich war sie weit genug offen, dass ich ins Haus konnte. »Ich hab Ihnen doch gesagt, Sie sollen verschwinden«, sagte er.

»Sie haben's wahrscheinlich noch nicht gehört«, sagte ich. »Aber es gibt Neuigkeiten über das kleine Bäumchen-wechsle-dich-Spiel, das Claire und Hanna gestern Nacht inszeniert haben.«

»Ich habe Ihnen doch erklärt, dass ich dazu nichts zu sagen habe.«

»Hanna ist tot.«

Es war, als hätte ich ihm mit einem Kantholz auf den Kopf geschlagen.

Fassungsloses Schweigen. Dann brachte er ein »Was?« heraus.

»Hanna Rodomski wurde ermordet. Ich habe ihre Leiche unter einer Brücke gefunden. Jemand hat ihr die Hände um den Hals gelegt und so lange zugedrückt, bis kein Fünkchen Leben mehr in ihr war.«

Er tastete nach dem Treppengeländer, um sich festzuhalten. »Das ist doch nicht – mein Gott, das ist doch nicht möglich«, sagte er, immer noch wie vor den Kopf geschlagen.

»Ich kann Sie hinbringen, wenn Sie mir nicht glauben. Die werden die Leiche sicher nicht so bald wegschaffen.«

»Das ist … das ist ja grauenhaft.« Mehr zu sich selbst als zu mir sagte er: »Das ergibt doch überhaupt keinen Sinn … so was Sinnloses …«

»Natürlich ergibt das keinen Sinn. Scheiße, warum sollte es auch?«

»Ich kann einfach nicht … So weit würden die doch nicht gehen.«

»Wer?«, fragte ich. »Von wem reden Sie?«

»Ich muss …« Er stieß sich von der Treppe ab und ging nach hinten in die Küche. »Ich brauch was zu trinken.«

Er öffnete einen Schrank, nahm ein kleines Glas und eine Flasche Scotch heraus. Er füllte das Glas drei Finger hoch, stürzte alles auf einmal hinunter und wollte sich gleich nachschenken. Ich packte seine Hand und zwang ihn, die Flasche wieder abzustellen.

»Sanders, verflucht noch mal. Sagen Sie mir, was los ist!«

»Ich weiß nicht, wer Hanna umgebracht hat«, sagte er. »Ich schwöre, ich weiß es nicht.«

»Was ist mit Claire? Wo ist sie?«

Er legte sich die Hand an die Stirn, als verursache ihm das Ganze eine Migräne von seismologischen Ausmaßen. Doch Sekunden später hatte er sich anscheinend schon wieder erholt. Er sah mich mit einem teuflischen Grinsen an.

»Ah, jetzt versteh ich. Jetzt wird mir klar, was hier gespielt wird.« Das Grinsen verdichtete sich zu einem kurzen Auflachen. »Sehr gut. Um ein Haar wäre ich Ihnen auf den Leim gegangen.«

»Auf den Leim gegangen? Glauben Sie vielleicht, das ist ein Witz?«

»Kein Witz. Ein Trick.«

»Tatsächlich? Dann kommen Sie mit.« Ich packte ihn an der Schulter des Bademantels. »Draußen wartet ein Taxi. Wir können sofort hinfahren und sie uns ansehen. Zumindest das, was von ihr noch übrig ist, nachdem die Hunde sich ihr Mittagessen geholt haben.«

Er schüttelte mich ab. Der Bademantel rutschte ihm von der rechten Schulter bis fast zum Ellbogen hinunter. Mit theatralischer Geste zog er ihn wieder hoch. Ein wenig überzeugender Versuch, trotz seiner Erschütterung die Würde zu bewahren.

»Lieber Gott, Hunde?« Er schlug eine Hand vor den Mund, als müsse er sich gleich übergeben. Im nächsten Augenblick nahm er sie weg und fuhr fort: »Nehmen wir mal an, was Sie über Hanna sagen, stimmt. Das ist für mich noch lange kein Grund, Ihnen zu trauen. Ich kann mir schon denken, worauf Sie hinauswollen. Sie glauben, wenn Sie mir von Hanna erzählen, verrate ich Ihnen aus lauter Angst, wo Claire ist.«

»Dann versteckt sie sich also?«

»Sie versteckt sich nicht. Sie ist … nicht da.«

»Wann haben Sie zuletzt was von ihr gehört? Menschenskind, Sanders. Die beste Freundin Ihrer Tochter ist tot. Wenn ich Claires Vater wäre, würde ich sie sofort anrufen, um mich zu vergewissern, dass es ihr gutgeht.«

»Wenn es ein Problem gegeben hätte, hätte sie angerufen …« Wieder redete er mehr mit sich selbst als mit mir.

»Wenn Claire etwas zugestoßen ist, kann sie vielleicht gar nicht anrufen.«

»Nein, ihre Mutter. Sie würde mich anrufen. Es ist alles in bester Ordnung.« Sanders nickte heftig. Er sah aus wie ein Wackelhund.

»Claire ist zu ihrer Mutter gefahren? Nach Kanada?«

Wieder legte er sich die Hand auf den Mund und murmelte vor sich hin, als wolle er verhindern, dass ich ihn denken hörte.

»Machen Sie den Mund auf«, sagte ich. »Ist sie bei ihrer Mutter?«

Er nahm die Hand wieder weg. »Ich weiß, dass Augustus Perry Ihr Schwager ist. Glauben Sie, ich weiß nicht, dass er Sie benutzt, um rauszufinden, wo Claire ist?«

»Soll das ein Witz sein?«, sagte ich. »Er hat gerade meinen Wagen abschleppen lassen. Und was hat Augie mit Claire zu schaffen?«

Sanders schwieg, sah mich jedoch mit weit aufgerissenen Augen an.

»Hören Sie, ich hab Ihnen gesagt, wie ich in diese Geschichte hineingeraten bin, und das hat nichts mit dem Chief zu tun. Claire wollte, dass ich sie mitnehme. Sie und Hanna haben ihr kleines Verwirrspiel mit meiner Hilfe durchgezogen, und jetzt ist Hanna tot. Ich werde herausfinden, was da los ist. Mit oder ohne Ihre Hilfe.«

»Ich habe Ihnen nichts zu sagen.«

»Sagen Sie mir, dass sie am Leben ist. Wissen Sie wenigstens so viel?«

Ehe er antworten konnte, fiel Scheinwerferlicht von draußen herein. Sein Schein wanderte durch das Wohnzimmer und reichte bis zur Küche. Sanders rannte zum Wohnzimmerfenster und zog die Gardine zurück, um besser hinaussehen zu können.

»Was ist los?«, fragte ich.

»Da draußen steht ein Wagen, und es sitzt jemand drin. Aber die Lichter sind aus.«

»Das ist mein Taxi. Ich hab gesagt, sie soll auf mich warten.«

»Aber die Scheinwerfer –«

»Wahrscheinlich nur ein vorbeifahrendes Auto«, sagte ich. »Ihre Nachbarin hat gesagt, dass die Polizei in letzter Zeit öfter vor Ihrem Haus parkt. Als würde es überwacht.«

Er funkelte mich an. »Sie horchen meine Nachbarn aus? Und dann wollen Sie mir erzählen, Sie stecken da nicht mit drin?«

»*Wo* drin? Warum observiert die Polizei Ihr Haus? Warum glauben Sie, dass Perry mit von der Partie ist?«

Er antwortete nicht. Ich schlug einen versöhnlicheren Ton an. »Mr. Sanders, ich schwöre, ich will Ihnen helfen. Ich will Claire helfen. Wenn sie vor irgendwas auf der Flucht ist, sagen Sie mir, was das ist. Dann können wir was dagegen tun, und sie kann wieder nach Hause kommen.«

Er betrachtete mich in dem matten Licht, das vom Obergeschoss herabfiel. »Wie lange leben Sie schon hier, Mr. Weaver?«

»Ein paar Jahre. Sechs vielleicht.«

»Sind Sie glücklich hier?«

»Bis vor kurzem.«

Er hörte etwas in meiner Stimme. »Bis das mit Ihrem Sohn –«, sagte er. »Ich habe das von Ihrem Sohn gehört.« Er schluckte. »Es tut mir leid.«

Ich musste nicht fragen, wieso er Bescheid wusste. Alle in Griffon wussten Bescheid. Bestimmt hatte Claire es irgendwann ihrem Vater gegenüber erwähnt.

»Aber davor … vor diesem Schicksalsschlag … waren Sie da glücklich in Griffon?«

Es fiel mir nicht leicht, daran zu denken, wie unsere Welt vor mehr als zwei Monaten ausgesehen hatte. Die Probleme mit unserem Sohn hatten schon lange davor begonnen, vor einem Jahr oder noch länger. Aber auch während dieser Zeit hatte es immer wieder gute Phasen gegeben. Und bevor Scott anfing, sich mit Mitteln zu trösten, die sein Urteilsvermögen trübten, da waren wir wohl, was man gemeinhin glücklich nennt. Oder zufrieden.

Aber ich hatte keine Lust, das jetzt mit Bert Sanders zu erörtern. »Ich weiß nicht, worauf Sie hinauswollen.«

»Haben Sie sich hier sicher gefühlt?«

Ich zögerte. »Ich glaub schon.«

»Die Polizei von Griffon – die hängt sich ganz schön rein, stimmt's?«

Mir fiel die Petition ein. »Ja zu unserer Polizei!«

Das brachte ihn zum Lächeln. »Haben Sie unterschrieben?«

Ich schüttelte den Kopf.

Er nickte anerkennend. »Damit hätte ich jetzt nicht gerechnet.«

»Ich weiß nicht, was das mit –«

»Eines Abends war ein Jugendlicher mit einem dieser Lufthörner im Park unterwegs – Sie wissen schon, die Dinger, die aussehen wie Spraydosen. Einer unserer Freunde und Helfer ging zu ihm hin, hielt ihm das Horn direkt ans Ohr und drückte volle Kanne. Kann sein, dass der Junge auf diesem Ohr taub bleibt. Seine Eltern wollten die Stadt verklagen, aber raten Sie mal, was passiert ist? Ihr Schwager fährt drei seiner Männer auf, die behaupten, der Junge sei so betrunken gewesen, dass er sich das Horn selbst ans Ohr gehalten und gedrückt hat.« Sanders warf mir einen vernichtenden Blick zu. »Sie können hier in der Stadt fragen, wen Sie wollen, die werden ihnen alle sagen, geschieht ihm recht.«

Ich schwieg.

»Solange es nur Polizisten sind, die gelegentlich mal über die Stränge schlagen, kann man ja wegschauen und tun, als ob nichts wäre. Das ist die vorherrschende Meinung in dieser Stadt. Wenn ein Punk windelweich geprügelt und irgendwo außerhalb der Stadtgrenzen aus dem Wagen geworfen wird, wem bereitet das auch nur eine einzige schlaflose Nacht? Aber wenn Augustus Perrys Sturmtruppen sich bei solchen Sachen einen Dreck um Vorschriften kümmern, wozu sind sie dann sonst noch fähig? Was meinen Sie, was mit beschlagnahmten Drogen oder Schwarzgeld passiert? Wenn es kein Verfahren gibt, braucht man auch keine Beweise. Warum drücken sie bei Patchett's alle Augen zu? Sie glauben doch wohl nicht, dass Phyllis Pearce da nicht hin und wieder etwas springen lässt?«

»Haben Sie irgendwelche Beweise für all das?«

Er lachte. »Beweise? Na klar doch.«

Aber dieses Thema interessierte mich im Moment nur am Rande. »Mr. Sanders, sagen Sie mir einfach, wo Claire ist. Ich bringe sie nach Hause. Das ist mein Job.«

Er hörte mir gar nicht zu.

»Glauben Sie, dass die Polizei da draußen sitzt, um mich zu bewachen? Glauben Sie das?«

»Warum sagen Sie's mir nicht einfach?«

»Sie *be*wachen mich nicht, sie *über*wachen mich. Versuchen, mich einzuschüchtern, mich kleinzukriegen.«

»Ich verstehe noch immer nicht, was –«

Ich redete nicht weiter. Ich hatte oben etwas – oder jemanden – gehört.

ACHTUNDZWANZIG

Was war das?«, sagte ich mit einem Blick nach oben. Für mich hatte es sich angehört, als ginge da jemand auf und ab. Und bestimmt kein Eichhörnchen auf dem Dach.

»Ich habe nichts gehört«, sagte Sanders.

»Dann sind Sie taub«, sagte ich. »Das kam aus dem ersten Stock.«

»Da ist niemand«, sagte er. »Ich bin alleine.«

Ich betrachtete ihn. »Ist sie da oben? Ist Claire jetzt hier?«

Rasch schüttelte er den Kopf. »Nein.«

Ich hob den Kopf. »Claire!«, rief ich zur Decke hinauf.

»Seien Sie still!«, sagte Sanders. »Schreien Sie nicht so!«

»Warum soll ich nicht schreien, wenn eh keiner da ist?«

Ich ging zur Treppe. Sanders versuchte mich aufzuhalten. Ich schüttelte seine Hand ab.

»Verschwinden Sie«, sagte er. »Sie haben kein Recht, mein Haus zu durchsuchen.«

Ich sah ihn über die Schulter an. »Rufen Sie doch die Polizei.«

Er stammelte etwas Unverständliches. Ich stieg die Treppe hoch. Auf halber Höhe stürzte er sich plötzlich auf mich. Ich spürte, wie seine Arme meine Knie umklammerten, und kippte nach vorn. Beim Versuch, den Sturz abzufangen, schlug ich mir den rechten Ellbogen an einer der Holzstufen an. Der Schmerz schoss mir hinauf bis zur Schulter.

»Scheiße!«

»Sie Dreckskerl!«, sagte Sanders, der mich noch immer an den Unterschenkeln festhielt.

Es gelang mir, ein Bein zu befreien. Mit dem Absatz des linken Schuhs trat ich ihm mit aller Kraft gegen die nackte rechte Schulter. Er fiel rücklings die Stufen hinunter und landete auf dem Hintern. Der Gürtel seines Bademantels war dieser Beanspruchung nicht gewachsen. Der Bürgermeister von Griffon lag in voller Mannespracht vor mir auf dem Boden. Nichts sieht lächerlicher oder hilfloser aus als ein Mann, dessen Gemächt zur allgemeinen Besichtigung frei liegt.

Er kam wieder auf die Beine, zog den Bademantel enger und verknotete den Gürtel. Ich befand mich noch auf der Treppe, halb sitzend, halb stehend, und rieb mir vorsichtig den Ellbogen.

»Wir können es uns leichtmachen«, sagte ich. »Wir können's uns aber auch schwermachen.«

»Bitte«, sagte er, und seine Stimme war schon fast ein Wimmern. »Gehen Sie einfach. Sie haben doch damit überhaupt nichts zu tun. Können Sie nicht einfach gehen?«

»Bleiben Sie, wo Sie sind«, sagte ich und stieg die restlichen Stufen hinauf. »Claire«, rief ich wieder, aber nicht so laut, es sollte nicht bedrohlich klingen. »Hier ist Mr. Weaver, Scotts Dad. Wir haben uns gestern Abend kennengelernt.«

Oben angekommen blieb ich einen Moment stehen, um mich zu orientieren. Hinter mir kam Sanders die Treppe herauf und sagte: »Ich hab Ihnen doch gesagt, sie ist nicht da.«

Ich ignorierte ihn. Direkt zu meiner Rechten lag ein Badezimmer, und die Tür dahinter führte in den größten der drei Räume im Obergeschoss, wahrscheinlich Sanders' Schlafzimmer. Ein breites Bett mit zurückgeschlagener Decke. Offensichtlich hatte er schon darin gelegen, als ich geläutet hatte. Dann hatte er sich den Bademantel übergeworfen und war an die Tür gekommen.

Das Zimmer zu meiner Linken, ursprünglich wohl auch als Schlafzimmer gedacht, diente zurzeit als Büro. Bücherregale, Schreibtisch, iMac.

Und direkt vor mir – Claires Zimmer. Man musste nicht Poirot sein, um das zu erraten. An der geschlossenen Tür klebte nämlich eines dieser Miniaturnummernschilder aus Plastik, die man in Geschenke- und Souvenirläden kaufen konnte. Claires Name stand darauf.

»Claire?«, sagte ich, bevor ich zögernd die Tür öffnete und an der Wand nach dem Lichtschalter tastete. Das Licht ging an. Als Erstes fiel mir das Bett ins Auge. Zeitschriften waren darauf verstreut. Doch ansonsten war es leer. Und es war gemacht.

»Ich hab's Ihnen doch gesagt«, wiederholte Sanders hinter mir.

Ich betrat das Zimmer.

Das Kissen zierten diverse Kuscheltiere, ein paar Hunde, zwei Häschen – eines rosa, das andere blau –, die alle ziemlich abgenutzt aussahen. Wahrscheinlich stammten sie noch aus Claires Kindheit. Die Zeitschriften waren nicht das, womit ich gerechnet hätte. Es gab zwar auch eine *Vogue,* aber alles andere waren Ausgaben des *New Yorker,* des *Eco-nomist,* von *Harper's* und *Walrus,* einem kanadischen Nachrichten- und Kulturmagazin. Auf dem Nachttisch lagen ein iPad und eine Biographie von Steve Jobs, die vor ein paar Jahren herausgekommen war.

Ich nahm das iPad und drückte auf die HOME-Taste. Auf dem Bildschirm erschien eine Reihe von Icons, die meisten davon Logos von Nachrichtenportalen.

»Sie haben kein Recht, sich –«

Ich riss den Kopf herum und fuhr ihn an: »Es reicht.«

Ich tippte das Briefmarken-Icon an, und Claires E-Mails tauchten auf. Ich sah mir sowohl die Posteingangsliste als auch den Postausgang an. Leider hatte die Jugend meine Generation, die so stolz darauf war, per E-Mail kommunizieren zu können, schon längst wieder hinter sich gelassen und verkehrte nun per Kurznachricht. Nicht *eine* E-Mail lachte mir entgegen.

Ich blickte auf und sah mich im Spiegel. Zu meiner Zeit steckten wir die Ecken von Schnappschüssen unter Spiegelrahmen, aber hier steckte nichts. Heutzutage hatte kaum noch jemand Papierfotos. Bilder wurden online geteilt, gepostet, gemailt, auf Smartphone-Displays übertragen. Die Technik hatte es möglich gemacht, unsere Fotos an so viele Menschen weiterzureichen wie nie zuvor, doch wo würden diese verewigten Momente unseres Lebens in zwanzig Jahren sein? In einem längst verschrotteten Stück Hardware auf irgendeiner Mülldeponie? Was geschah mit Erinnerungen, die man nicht zwischen Daumen und Zeigefinger festhalten konnte?

Diese Überlegungen führten mich dazu, das Foto-Icon anzutippen. Und schon tauchten sie auf, die Bilder, die Teenager am liebsten von sich und anderen schossen. Lachende Gesichter, herausgestreckte Zungen, aufreizende Posen, Herumstehen auf Partys, Getränke lässig in der Hand.

»Diese Bilder sind privat«, sagte Sanders.

Er ging mir auf die Nerven. »Wie gesagt, rufen Sie die Polizei.«

Es gab mehrere Aufnahmen von Claire und Hanna. Hanna, die Claire auf die Wange küsste. Claire, die Hanna bei der Nase packte. Alle beide in Abendkleidern, die Hände auf den Hüften.

Doch es gab auch Bilder von Claire mit Jungen. Einige zeigten einen Jungen mit rundem Gesicht. Eigentlich kein Junge mehr, sondern ein junger Mann. Diese Fotos tauchten erst weiter unten auf und waren wohl schon älteren Datums.

Ich hielt Sanders das iPad hin. »Ist das Roman Ravelson?«

»Also wirklich, würden Sie jetzt bitte –«

»Ist er's?«

»Ja.«

»Und was ist mit diesem Jungen hier?« Neuere Fotos zeigten Claire mit einem anderen jungen Mann. Die beiden schmiegten sich aneinander, küssten sich, lachten. Der junge Mann war gut dreißig Zentimeter größer als Claire. Er trug sein Haar sehr kurz, war bartlos und schwarz.

»Dennis.«

»Dennis und wie noch?«

»Dennis Mullavey. Mit dem hat sie sich öfter getroffen.«

»Ist er aus Griffon?«

»Nein, ich weiß nicht, wo er herkommt. Er hatte einen Ferienjob hier. Dann ist er wieder nach Hause gefahren, keine Ahnung, wo das ist.«

»War es was Ernstes?«

Sanders schüttelte erbost den Kopf. »Was weiß ich? Es war eine Sommerliebe. Können Sie sich noch daran erinnern, wie das war? Sie sind so viel intensiver, weil nur so wenig Zeit bleibt. Das ist … das ist eine grobe Verletzung der Privatsphäre meiner Tochter.«

Ich legte das iPad weg und sah mir Claires Schreibtisch genauer an. Er war voller Sachen, die man dort erwarten würde: Schminkzeug, Nagellack, Schulbücher. Ich ging um das Bett herum, um zu sehen, ob vielleicht etwas zwischen Bett und Wand verborgen war – hätte ja sein können, dass sich dort jemand versteckte, doch da war niemand. Als Nächstes öffnete ich den Kleiderschrank.

»Herrgott noch mal«, sagte Sanders.

Eine geballte Masse Kleider drängte sich mir entgegen. Das Fassungsvermögen des Schranks war bis auf den letzten Kubikmillimeter ausgereizt. Ich drehte mich um. Sanders stand in der Tür und versuchte, imposant auszusehen.

»Sie sollten gehen«, sagte er.

Er machte einen Schritt zur Seite, um mich hinauszulassen, doch ich ging nicht nach unten, sondern in sein Büro. Hier gab es nicht viel zu sehen. Der Schrank stand bereits offen. Er war vollgepackt mit Aktenordnern.

Ich kehrte in Sanders' Schlafzimmer zurück. Irgendetwas lag hier in der Luft. Ein Duft, der mir bekannt vorkam. Hatte ich so etwas Ähnliches nicht erst vor kurzem gerochen?

»Ich werde diese Besitzstörung keinen Augenblick länger dulden«, sagte Sanders, doch in seiner Stimme lag kein bisschen Autorität mehr.

»Wie lange ist es her, dass Sie und Ihre Frau sich getrennt

haben?« Ich ging um das Bett herum und betrachtete die Matratze.

»Was hat das denn mit –«

»Moment mal.«

Als ich mich überzeugt hatte, dass sich hier niemand versteckt hielt, entdeckte ich, dass es vom Schlafzimmer einen direkten Zugang zu einem Badezimmer gab.

Sanders bemerkte meinen Blick. Er blieb stocksteif stehen.

Ich ging zur Verbindungstür. Ein Waschbecken, eine Toilette, eine Badewanne. Der Duschvorhang darüber war vorgezogen. Das Material des Vorhangs war zu dicht, um erkennen zu können, ob jemand sich dahinter verbarg, aber man hat ja so seine Erfahrungen.

»Claire?«, sagte ich.

Keine Antwort.

»Claire?« – Nichts.

»Ich zähle jetzt bis fünf, dann zieh ich den Vorhang zurück«, sagte ich. »Eins. Zwei. Drei. V-«

»Is ja gut!« Bert Sanders gab sich geschlagen. »Is gut«, sagte er und dann, an jemand anderes gerichtet. »Dann komm halt raus.«

Hinter dem Vorhang sagte eine Frauenstimme: »Ich bin nackt.«

Eine Sekunde lang war ich ziemlich stolz auf mich. Ich hatte Claire gefunden. Doch dieses Gefühl verflüchtigte sich rasch bei dem Gedanken an Sanders diesseits des Vorhangs, mit nichts bekleidet als seinem Bademantel, und Claire dahinter, barfuß bis zum Hals.

Was ging hier vor sich?

»Warte mal«, sagte Sanders, lief zum Kleiderschrank und kam mit einem zweiten Bademantel zurück. Diskret wandte ich meinen Blick ab. Ich hörte Vorhangringe über eine Stange gleiten.

»Da hast du«, sagte Sanders. »Zieh den schnell über ...«

»Ich hab versucht, leise zu sein«, hörte ich eine weibliche Stimme sagen.

»Ich weiß, ich weiß.«

Er kam vor ihr aus dem Bad. Jetzt konnte wohl auch ich mich umdrehen. Gleich würde ich Claire wiedersehen, zum ersten Mal, seit sie letzte Nacht bei Iggy's verschwunden war.

Sie sah der Claire, an die ich mich erinnerte, überhaupt nicht ähnlich. Es war nämlich nicht Claire.

Es war Annette Ravelson. Die Frau von Kent. Besitzer des Möbelhauses, von dessen Dach mein Sohn in den Tod gestürzt war.

NEUNUNDZWANZIG

Annette«, sagte ich. Sie band sich den Bademantel zu.
»Cal.« Sie konnte mir nicht in die Augen sehen.
»Ihr kennt euch?«, fragte Sanders.
»Natürlich kenne ich Cal«, sagte sie. Inzwischen hatte sie
den Mut gefunden, mich anzusehen. »Hast du geglaubt, ich
bin Claire?«, fragte sie. »Du hast die ganze Zeit ihren Na-
men gerufen.«
»Ich dachte, sie wäre vielleicht hier«, antwortete ich.
»Tja, ist wahrscheinlich naheliegender, sie hier zu vermuten
als mich«, sagte Annette.
»Ich kann aufrichtig sagen, dass ich nicht damit gerechnet
habe, dich hier zu finden, Annette. Es ist schon spät. Wird
Kent sich nicht schreckliche Sorgen machen, wenn du nicht
zu Hause bist?«
»Ich hab dir doch gesagt, er ist unterwegs«, entgegnete
Annette. »Einkaufstrip. Eine Art Fachtagung für Möbel-
händler. Da sucht er sich die Produktlinien aus, die er bei
uns verkaufen will.« Sie schob die Unterlippe vor und
blies sich eine Haarsträhne aus den Augen. Sie sah von mir

247

zu Bert und wieder zu mir. »Ich weiß, das sieht nicht gut aus.«

Ich sagte nichts, ließ nur den Blick ins Bad wandern.

In der trockenen Wanne lagen ihre Kleider, ihre Schuhe und eine Handtasche. Offensichtlich hatte sie in aller Eile sämtliche Hinweise auf ihre Anwesenheit aus dem Schlafzimmer entfernt. Das Geräusch, das ich unten gehört hatte, war wahrscheinlich die Handtasche gewesen, die sie in die Wanne hatte fallen lassen. Und der Duft, der mir vorhin aufgefallen war, kam von dem Parfüm, das ich an ihr gerochen hatte, als ich sie auf dem Weg zum Rathaus getroffen hatte.

»Warum suchst du Claire eigentlich?«, fragte Annette. »Bert, hat Claire sich irgendwelchen Ärger eingehandelt?«

Sanders hatte sich auf die Bettkante gesetzt und rieb sich die Schulter, die meinen Fuß zu spüren bekommen hatte, als er mich auf der Treppe festhalten wollte. »Ich weiß es nicht«, sagte er schicksalsergeben. »Ich glaube, ich weiß überhaupt nicht mehr, was hier los ist.«

»Annette, brich eine Lanze für mich«, sagte ich. »Ich will Bert helfen, aber er traut mir nicht.«

»Helfen? Wobei?«

»Ich glaube, Claire hat sich tatsächlich Ärger eingehandelt, aber Bert sieht das anders. Oder er will es mir gegenüber nicht zugeben. Aber jetzt gibt es einen Grund mehr, sich Sorgen zu machen.«

»Wieso?«, fragte Annette. »Was denn für einen?«

Sanders hob den Kopf. »Die Kleine von den Rodomskis ist tot.«

Annette riss die Augen auf. »Was?«

»Sie wurde ermordet.« Kraftlos zeigte er auf mich. »Sagen Sie's ihr.«

»Hanna Rodomski«, sagte ich.

»Ich weiß, wer sie ist«, sagte sie entsetzt. »Ich kenne ihre Eltern. Mein Gott, das ist ja furchtbar. Sie müssen am Boden zerstört sein.«

Das waren sie wohl, allerdings hatte ich sie seit der Entdeckung von Hannas Leiche noch nicht wiedergesehen. In einem Anflug von schlechtem Gewissen überlegte ich kurz, ob ich jetzt nicht besser den Rodomskis zur Seite stehen sollte, als hier zu sein. Doch eigentlich war ich überzeugt, dass es im Moment darum ging, Claire zu finden, und dass jede Minute zählte.

»Weiß Claire es schon?«, fragte Annette. »Bert, weiß sie, was Hanna zugestoßen ist?«

Sanders sah mich an. »Keine Ahnung. Möglich wär's. Die jungen Leute heutzutage sind ja alle miteinander vernetzt. Weiß es die Öffentlichkeit schon? War es schon in den Nachrichten?«

»Ich glaube nicht. Aber es ist nur mehr eine Frage der Zeit. So was verbreitet sich wie ein Lauffeuer. Wie Sie schon sagten, wenn Claire mit ihrem Handy ins Netz oder irgendwo an einen Computer rankommt, dann erfährt sie es über die sozialen Medien, lange bevor es in den Nachrichten ist.« Ich zögerte. »Sie sollte es aber von Ihnen erfahren.«

»Ja, ja, Sie haben recht«, sagte Sanders und sah hinunter auf das Telefon auf seinem Nachttisch.

Nimm dieses verdammte Telefon und ruf sie an, dachte ich. Aber es sah nicht so aus, als hätte er sich schon dazu durchgerungen.

»Sie hat das Handy wahrscheinlich gar nicht an«, sagte er.

»Und warum nicht?«, fragte ich.

»Damit man sie nicht orten kann. Das kann man doch, wenn das Handy an ist, oder?«

»Wovon redest du denn bloß, Bert?«, fragte Annette. »Wer sollte sie denn orten woll… O Gott, das meinst du doch nicht ernst. Glaubst du wirklich, er würde das tun?«

»Wer?«, fragte ich. »*Wer* würde *was* tun?«

Annette sah mich skeptisch an. »Dein feiner Herr Schwager.«

»Was redest du denn da?«

»Kannst du dir vorstellen, was für einen Zirkus ich veranstalten musste, um mich heute Abend hier reinzuschmuggeln?«, sagte sie. »Ich musste ewig weit weg parken.« Sie zeigte zum hinteren Teil des Hauses. »Musste mich wie Catwoman zwischen den Häusern durchschleichen. Ein Nachtsichtgerät hätte ich gut gebrauchen können. Außerdem habe ich mir die Strümpfe an irgendwelchen Dornen zerrissen. Bert kann ja nirgends hin, um sich mit mir zu treffen. Sie beobachten ihn die ganze Zeit. Jeden Schritt, den er macht. Aber hintenrum kann ich rein, ohne dass mich jemand sieht.«

»Macht ihr euch Sorgen, dass der Chief euch auf die Schliche kommt?«

»Darum geht es nicht«, sagte Sanders, eine Hand am Telefonhörer. »Perry versucht alles, um mich in die Enge zu treiben.«

»Das stimmt schon, Bert, Perry ist ein richtiges Arschloch«, sagte Annette. »Aber warum sollte er deiner Tochter hinterherschnüffeln? Ich meine, sie ist auf einer Klassenfahrt nach New York. Warum sollte ihn das interessieren? Und wenn sie das Handy nicht anhat, dann ruf doch einen Lehrer an, oder das Hotel, wo sie –«

»Da ist sie aber nicht«, sagte Sanders. »Sie ist nicht auf einer Klassenfahrt nach New York. Das habe ich dir nur erzählt.«

Annette Ravelson blinzelte. Ich sah, dass sie gekränkt war. Es ist immer eine Enttäuschung, wenn der Mann, mit dem du deinen Ehemann betrügst, nicht ehrlich zu dir ist.

»Reg dich nicht auf«, sagte er zu ihr. »Du weißt, dass ich im Moment auf dem Präsentierteller stehe. Nur das Allernötigste wird preisgegeben.«

Zu mir sagte er: »Sie haben gehört, was meine Nachbarin gesagt hat. Man kann nie wissen, wann ein Streifenwagen dasteht und das Haus beobachtet.« Seine Erbitterung verschlug ihm fast die Sprache. »Das ist alles Teil von Perrys Einschüchterungskampagne. Damit will er mich mundtot machen. Ich soll mich nicht mehr zu seiner Amtsführung äußern. Er selbst beobachtet mich, und er hat auch seinen Schlägertrupp vergattert, mich zu beobachten. Bis vor ein, zwei Tagen stand auch Claire unter Beobachtung. Wenn Perry sich über die verfassungsmäßigen Rechte jedes Einzelnen hinwegsetzen kann, der sich in ›seine‹ Stadt wagt, warum nicht auch über die des Bürgermeisters? Oder die seiner Tochter?«

»Claire hat das alles mitgekriegt?«, fragte ich.

»Natürlich. Was denken *Sie* denn?«, gab Sanders zurück. »Sie hat gesagt, sie hält das nicht mehr aus, die Polizisten, die wie die Schießhunde auf mich aufpassen. Sie hatte es satt, in diesen Kampf zwischen ihnen und mir hineingezogen zu werden. Und wer könnte ihr das zum Vorwurf machen? Sie wollte mir keine Einzelheiten erzählen, aber eines Abends hat ein Polizist sie vor Patchett's aufgehalten, und ein anderes Mal, das ist noch gar nicht so lange her, da hat ihr derselbe Polizist, glaub ich jedenfalls, die Handtasche abgenommen, angeblich, um sie nach Drogen zu untersuchen. Gefunden hat er natürlich keine, aber wir mussten am nächsten Tag zur Polizeidienststelle dackeln und uns die Tasche abholen. Kann man es ihr da übelnehmen, dass sie so schnell wie möglich aus dieser Stadt weg will? Sie hat sich etwas einfallen lassen, abzuhauen, ohne dass die Polizei es mitkriegt.«

»Sie wussten Bescheid, dass sie Hanna dazu eingespannt hat?«

»Ich wusste nicht genau, *was* sie vorhatte, sie hat mir nur gesagt, dass sie einen fix und fertigen Plan hatte.«

»Sie muss Ihnen doch gesagt haben, wohin sie will.«

Sanders ließ den Kopf hängen. Es war eine Art Eingeständnis. »Nach Toronto. Zu ihrer Mutter. Meiner Ex-Frau. Caroline. Jetzt Caroline Karnofsky.«

»Caroline hat sie abgeholt?«

Er nickte wieder. »Claire hat das alles mit ihrer Mutter eingefädelt. Sie hat gesagt, wenn es Probleme gibt, dann würde sie oder ihre Mutter sich melden. Ich habe nichts von ihnen gehört, also muss alles nach Plan gelaufen sein.«

Ich zeigte auf das Telefon und tat so, als gäbe ich eine Nummer ein. »Sie müssen es ihr sagen.«

Sanders schickte sich an, den Hörer zu nehmen, zögerte jedoch.

»Diese Leitung«, sagte er. »Vielleicht ist die angezapft.«

»Im Ernst?«, sagte ich. »Sie glauben, Perry lässt Ihr Telefon abhören?«

»Ich mache mir so meine Gedanken. Manchmal bilde ich mir ein, es klicken zu hören. Sie kennen ja den Spruch: Nur weil du paranoid bist, heißt das nicht, dass –«

Ich winkte ab. »Kenn ich. Aber, Menschenskind, er würde

doch nicht …« Doch ich wusste sehr wohl, dass Perry immer wieder Abhöraktionen durchgeführt hatte. Und dass er Leute hatte, die sich mit so was auskannten.

»Wenn Sie das wirklich glauben«, sagte ich, »dann ist vielleicht das ganze Haus verwanzt. Vielleicht hört sogar gerade in diesem Augenblick jemand mit.«

Der Ausdruck blanken Entsetzens lag auf Annettes Gesicht. »Was? Du meinst, jemand könnte gehört haben, was … Jemand hätte uns zuhören können? Vorhin? Hier in diesem Zimmer?«

Es war offensichtlich, dass sie im Geiste noch einmal durchging, was ihr im Rausch der Leidenschaft entschlüpft sein mochte. Sanders' Gedanken schienen den gleichen Weg zu gehen.

»Wenn das jemand aufgenommen …« Sie ließ den Satz unbeendet. Ich konnte mir vorstellen, was sie dachte. Wenn jemand das alles auf Band, na gut, dann eben digital, aufgezeichnet hatte, war das bestimmt kein Grund zum Jubeln.

»Ich nehme an, du willst nicht unbedingt, dass Kent das zu hören kriegt«, sagte ich.

Annette mochte es gar nicht, dass ich den Namen ihres Eheliebsten aussprach. »Sag so was nicht mal im Spaß.«

Ich hatte größere Sorgen, als Annettes Amouren unter der Decke zu halten. Ich ging ins Bad und rief: »Annette, hol dir deine Sachen.«

Sie kam herein und holte alles aus der Wanne, auch ihre Handtasche. »Ich zieh mich in Claires Zimmer an.«

Ich zog den Vorhang wieder vor, drehte den Kaltwasserhahn voll auf und schob den Regler hoch, damit das Wasser durch den Duschkopf lief. Als es auf den Plastikvorhang traf und ein regelmäßiges, leises Hintergrundgeräusch wie

Regen auf einem Blechdach erzeugte, winkte ich Sanders herein und drückte ihm mein Telefon in die Hand.

»Wenn Ihr Telefon oder das Haus abgehört wird, dann sollte das verhindern, dass jemand was versteht.«

Sanders tippte eine Nummer ein und hielt sich mein Handy ans Ohr.

»Es läutet«, sagte er, und dann: »Caroline, ich bin's … Ich weiß, ich weiß, das ist nicht meine Nummer. Ich rufe gerade von einem anderen Telefon an.«

Unsere Köpfe berührten einander fast, als ich mich zu Sanders beugte, um beide Seiten des Gesprächs verfolgen zu können.

»Ist alles in Ordnung?«, fragte Caroline.

»Ja, schon, ich wollte nur –«

»Wo bist du denn? Was ist das für ein Lärm? Stehst du im Regen?«

»Ich bin im … Mach dir darüber keine Gedanken. Caroline, ich muss mit Claire sprechen. Ist sie da? Kannst du sie ans Telefon holen? Ich hab eine sehr schlechte Nachricht für sie.«

»Claire ist nicht hier. Warum sollte sie hier sein?«

»Das geht schon in Ordnung. Du kannst ruhig reden«, sagte Sanders. »Dieses Telefon können sie nicht abhören.«

»Bert, Claire ist nicht hier.«

»Wann kommt sie denn wieder?«

»Bert, du hörst mir nicht zu. Sie ist nicht bei mir. Es war ausgemacht, dass sie erst in zwei Wochen wieder kommt.«

Sanders' Stimme wurde schrill. »Aber … aber du hast sie doch gestern Abend abgeholt. Hier. In Griffon.«

»Bert, ich habe nichts dergleichen getan. Wo ist Claire?«

Die Panik in den Stimmen beider war unüberhörbar.

»Claire hat das ausgeheckt«, sagte Sanders. »Sie hat behauptet, du holst sie ab. Gestern Abend. Bei Iggy's. Sie *muss* bei dir sein.«

»Hör mir zu, Bert«, sagte Caroline. Sie klang außer Atem. »Claire ist nicht hier. Claire war schon seit Wochen nicht mehr hier. Ich habe keine Ahnung, wovon du redest.«

DREISSIG

ch ruf dich später noch mal an«, sagte Sanders zu seiner Ex-Frau. Dann legte er auf und gab mir das Handy zurück. Er sah mich ratlos an. Aus seinem Gesicht war alle Farbe gewichen.

»Sie sagt –«

»Ich hab's gehört.«

Ich drehte das Wasser ab, das noch immer aus dem Brausekopf strömte. »Claire hat Ihnen gesagt, dass ihre Mutter sie abholt?«

»Das hat sie gesagt.«

»Was für einen Wagen fährt Ihre Ex-Frau?«

»Ähm, eins von diesen kleinen Cabrios. Einen Miata.«

»Keinen Volvo Kombi?«

Sanders schüttelte den Kopf. »Nein, so einen hat sie nicht. Ihr Mann auch nicht.« Er sah mich flehentlich an. »Wo zum Teufel könnte sie denn sein?«

»Wie's aussieht, hat sie genau das getan, was sie vorhatte«, sagte ich. »Sie hat nicht nur ihren Verfolger abgehängt, sie hat alle abgehängt. Glauben Sie wirklich, dass es dieser

256

Kleinkrieg zwischen Ihnen und Perry war, der sie in die Flucht getrieben hat?«

»Hundertprozentig«, sagte er, ohne zu zögern.

»Das würde bedeuten, dass Claire auch bei Ihnen Angst hat, Sie könnten ihren Aufenthaltsort verraten. Klingt das einleuchtend?«

Frustriert hob Sanders die Hände. »Was weiß denn ich?«

Annette kam auf Killerabsätzen ins Schlafzimmer zurück. Sie trug ein schwarzes Kleid mit einem runden Ausschnitt, der zusammen mit einem schwarzen Push-up-BH ihr üppiges Dekolleté besonders zur Geltung brachte. Eine deutlich erotischere Aufmachung als die, in der ich sie vor dem Möbelhaus getroffen hatte. »Was ist? Hast du's Claire gesagt? Hast du ihr das von Hanna gesagt?«

»Sie ist nicht bei ihrer Mutter.«

»Ja, wo ist sie denn dann?«

Weder Bert Sanders noch ich sagten ein Wort.

»Ihr wisst es nicht?«

»Wir wissen es nicht«, bestätigte ich.

»Ach, du Scheiße«, sagte sie.

Sanders suchte meinen Blick. »Was mache ich jetzt?«

Am liebsten hätte ich ihm gesagt, er solle beten, dass Claire nicht dasselbe Schicksal ereilt hatte wie Hanna, doch ich hab's nicht so mit der Religion. Außerdem wäre es ziemlich fies gewesen, so etwas zu sagen. Zum Glück fiel mir etwas anderes ein.

»Telefonieren Sie rum. Freunde, Bekannte. Ex-Freunde. Lehrer.«

»Ich werde Roman fragen«, sagte Annette. Für mich fügte sie hinzu: »Mein Sohn war eine Weile mit Claire zusammen. Vielleicht hat er ja eine Ahnung, wo sie sein könnte.«

Sie biss sich auf die Lippe. »Würde mich aber wundern. Sie haben in letzter Zeit nicht viel miteinander gesprochen.«

»Sie waren zusammen«, wiederholte ich.

»Genau. Aber sie hat Schluss gemacht. Das hat Roman ziemlich getroffen.«

Mein Mitleid mit Roman hielt sich momentan sehr in Grenzen. Ich spürte noch immer den Schlag, den er mir versetzt hatte.

»Jeder, der Ihnen einfällt«, sagte ich zu Sanders.

Gleich darauf hätte ich mich ohrfeigen können. »Probieren Sie's auf ihrem Handy«, sagte ich und gab ihm wieder meines.

Er tippte eine Nummer ein und lauschte. »Da ist gleich die Mailbox angesprungen. Claire? Hier ist dein Dad. Verdammt, wo steckst du denn? Ich habe gerade mit deiner Mutter telefoniert. Wir sind beide krank vor Sorge. Wenn du das hörst, ruf mich *sofort* an, ja? Ruf mich an. Oder Mr. Weaver. Ich telefoniere gerade mit seinem Handy. Bitte, ja? Hab dich lieb.«

Sanders gab mir das Telefon zurück.

»Wenn die Mailbox gleich rangeht, dann ist das Handy ausgeschaltet, stimmt's?«, fragte er.

»Oder der Akku ist leer«, sagte ich.

»Das ist furchtbar. Ich weiß überhaupt nicht, was ich – nein, ich werde tun, was Sie gesagt haben. Ich werde rumtelefonieren.«

Ich spürte etwas wie Erleichterung. Die Last des Ganzen lag nicht mehr allein auf meinen Schultern. Sanders tat sich bei Claires Freunden leichter als ich. Er kam ihr vielleicht schneller auf die Spur.

Was mir keine Ruhe ließ, war die Frage, warum sie ihn angelogen hatte. Sie hatte ihm gesagt, warum sie wegwollte, aber nicht, mit wem. Auf dem Überwachungsvideo bei Iggy's war zu sehen, dass sie zu jemandem in ein Auto gestiegen war.

»Ja, tun Sie das«, sagte ich. »Wir sprechen uns morgen. Mal sehen, wie weit wir dann schon sind. Machen wir's so?«

Sanders nickte.

Annette hatte noch ein Anliegen. »Du erzählst das mit uns nicht herum, ja?«

»Weißt du was?«, sagte ich zu ihr. »Du kannst dir mein Schweigen mit einem Umweg zu mir nach Hause erkaufen. Ich hatte heute Abend Ärger mit meinem Wagen.«

Ich lief hinaus zum Taxi, klopfte leise ans Fenster, um nicht auch noch den plötzlichen Herztod der Fahrerin auf mein Gewissen zu laden, und beglich die Rechnung mit ihr. Ich sah mich nach Streifenwagen um, entdeckte aber keine, nur ein paar ganz normale Autos, die am Straßenrand parkten. Nicht ausgeschlossen, dass jemand hinter dem Lenkrad eines dieser Fahrzeuge lauerte.

Dann ging ich rasch um Sanders' Haus herum nach hinten. Als ich die Stufen zur Küchentür hochsteigen wollte, löste Annette sich gerade aus Berts Armen. Er hatte das Außenlicht nicht angemacht. Annette brauchte ein paar Sekunden, um sich an die Dunkelheit zu gewöhnen. Durch den Garten und vorbei an der Garage gelangte sie auf den schmalen Weg zwischen Sanders' Grundstück und den Häusern dahinter. Glücklicherweise schlugen keine Hunde an, und auch die Bewegungsmelder übten sich in Diskretion. Auf unsicheren Beinen – ihre Absätze mussten mindestens zehn Zentimeter hoch sein – kämpfte Annette sich über Gras,

Kies und Asphalt voran, ängstlich darauf bedacht, Mülltonnen, Fahrrädern und Holzabfällen auszuweichen. Ich gab ihr meine Hand, bis wir das Schlimmste hinter uns hatten.

»Warum ich mir diese Scheißschuhe anziehen musste, ist mir schleierhaft«, sagte sie. »Na ja, nicht wirklich. Welcher lebende Mann fährt denn nicht auf High Heels ab?«

Ich fasste es als rhetorische Frage auf und ging nicht darauf ein. Als wir den Gehsteig der nächsten Straße erreichten, ließ ich Annettes Hand los. Doch sie hängte sich bei mir ein und gab meinen Arm erst frei, als wir schon fast bei ihrem Wagen waren.

»Du bist sehr lieb, weißt du«, sagte sie. »Tut mir leid, dass du so viel Ärger hast.«

Vor einem schwarzen BMW blieb sie stehen. »Da sind wir«, sagte sie, fischte die Fernbedienung aus der Handtasche und drückte auf den Knopf. Die Hecklichter leuchteten auf. »Warum warst du überhaupt mit dem Taxi unterwegs?«

»Ist 'ne lange Geschichte«, sagte ich und stieg auf der Beifahrerseite ein.

Ich musste ihr nicht sagen, wo ich wohnte. Als Scott bei ihnen arbeitete, hatten sie oder Kent ihn mehrmals nach Hause gebracht. Scott war noch nicht alt genug, um selbst zu fahren, also chauffierten Donna oder ich ihn normalerweise. Aber wenn wir ausnahmsweise mal nicht konnten, nahmen ihn Freunde oder Kollegen mit.

»Ich bin dir wirklich sehr dankbar, dass du das mit Bert und mir nicht weitererzählst«, sagte sie, als sie sich anschnallte. »Ich meine, für Bert ist das wahrscheinlich eh nur eine Episode.«

»Wieso sagst du das?«

»Ich bin Realistin. Ich kenne Bert. Ich weiß, wie er ist.«

»Und wie ist er?«

»Ach, komm schon«, sagte sie, legte den Gang ein und gab langsam Gas. »Als ob du's nicht schon wüsstest.«

»Er ist ein Freund der Frauen«, sagte ich.

»So kann man es auch nennen.« Sie lachte. »Ich weiß, meine Zeit mit ihm ist begrenzt. Es wird nicht lange dauern, dann hat er eine neue Flamme. Deshalb hat Caroline ihn ja verlassen. Er vögelte mit einer Professorin am Canisius rum.« Ich musste daran denken, was Donna mir über die Kollegin erzählt hatte, der Sanders nachgestiegen war, als sie noch Studentin war und er Professor. »Eine Zeitlang hatte er noch was mit einer Kollegin laufen.«

»Von der Uni?«

»Nein, von mir. Rhonda McIntyre.«

Der Name sagte mir nichts.

»Ziemlich heißer Feger, das muss ich zugeben. Und bestimmt zwanzig Kilo leichter. Aber was sie mir an Jugend voraushatte, konnte ich durch Erfahrung mehr als wettmachen. Bert glaubt, ich weiß nichts von ihr, aber mir war's von Anfang an klar. So wie die ihn ansah, wenn er in den Laden kam oder wenn sie sich zufällig über den Weg liefen. Das war im Sommer. Er denkt noch immer, ich glaube, er hat sich nur mit mir getroffen. Egal, Rhonda arbeitet nicht mehr bei uns.«

»Hast du sie rausgeschmissen?«

»Sie hat gekündigt. Knall auf Fall. Ein, zwei Monate ist das jetzt her. Ich glaube, sie ist weggezogen, hat irgendwo anders eine Stelle gefunden. Hat mit ihrem damaligen Freund Schluss gemacht – einem Polizisten, wie sich herausstellte. Sie fand ihn irgendwie komisch. Der hatte natürlich keine Ahnung, dass sie nebenbei auch was mit Bert am Laufen hatte. Oder am Schnaufen.« Annette lachte leise. »Jedenfalls hat sie gekündigt. Sonst hätte ich mir was einfallen lassen müssen. Ein paar Andeutungen Kent gegenüber, dass sie bei Bargeschäften in die eigene Tasche wirtschaftet, Rechnungen fälscht, so was in der Art. Aber letzten Endes war das gar nicht notwendig. Es ist schon schlimm genug zu wissen, dass das zwischen mir und Bert nicht ewig halten wird, aber solange mein Haltbarkeitsdatum noch nicht abgelaufen ist, will ich ihn für mich. Findest du es falsch, wenn man ein bisschen Aufregung in sein Leben bringen will?«

»Kommt wahrscheinlich drauf an, was es ist. Vielleicht solltest du's mal mit Wildwasserkanu probieren.«

»Es ist halt so, dass mein Leben zurzeit … eben nur ein *Leben* ist, weißt du, was ich meine? Heute wird's sein, wie's gestern war, und morgen genauso wie heute. Aber mit Bert, auch wenn's nicht von Dauer ist, mit ihm erlebe ich Tage, die nicht sind wie alle anderen. Du musst zugeben, er ist ein attraktiver Mann. Ich meine, du kannst es sagen, ohne deswegen gleich schwul zu sein.«

»Er ist ein attraktiver Mann«, sagte ich.

»Bei seinem Aussehen könnte er es viel weiter bringen als zum Bürgermeister einer Kleinstadt. Wenn er es drauf anlegen würde, könnte er Gouverneur werden oder Senator oder irgendwas in der Art.«

»Was er aber nicht will?«

»Er hat überhaupt keine Ambitionen in diese Richtung«, sagte Annette. »Er möchte etwas bewirken, da, wo er gerade ist. Es ist ihm wichtig, ein guter Bürgermeister zu sein, zu tun, was richtig ist. Deswegen liegt er ja mit Perry im Clinch, der, das will ich auch mal sagen, gar kein so übler Kerl ist. Ich glaube, er will das Beste für seine Stadt, und das sage ich jetzt nicht nur, weil er Donnas Bruder ist. Vielleicht schießt er ja hin und wieder übers Ziel hinaus, das will ich gar nicht abstreiten. Aber, Menschenskind, du glaubst doch nicht wirklich, dass er Berts Haus verwanzt hat, oder? Ich meine, das wäre … das wäre schon schlimm.«

Ich zuckte die Achseln.

»Wie kommt's überhaupt, dass du Claire suchst?«

Ich erzählte ihr kurz von den Ereignissen der vergangenen Nacht.

»Ach ja, Kinder«, sagte sie. »Man weiß nie, was die sich als Nächstes einfallen lassen.« Sie schien zu überlegen. »Das mit Hanna – das ist einfach grauenhaft. Glaubst du, Claire ist vielleicht abgehauen, weil sie weiß, wer's war?«

»Claire war schon weg, bevor es passiert ist, also nein.« Ich streckte einen Finger aus. »Wir sind schon fast da.«

»Ich weiß.« Dreißig Sekunden später hielt sie vor unserer Einfahrt an.

»Was ist denn mit dir und Kent?«, fragte ich sie.

»Was meinst du?«, fragte Annette zurück.

»Das mit dir und Sanders – man muss kein Genie sein, um sich auszurechnen, dass es zwischen dir und Kent gerade nicht so toll läuft.«

»Wer sagt, dass es nicht so toll läuft?«

»Dann ist bei euch also alles perfekt?«

»Kein Paar auf diesem Planeten führt die perfekte Beziehung«, sagte sie. »Ihr vielleicht?«

Ich antwortete nicht gleich. »Mein Gott, das tut mir leid«, kam Annette mir zu Hilfe. »Nach allem, was ihr durchgemacht habt. Wie konnte ich nur so was sagen?«

»Schwamm drüber«, sagte ich. »Hör mal, irgendwann möchte ich noch mal rauf aufs Dach.«

»Oh, Cal.«

»Es ist nur … ich komme einfach nicht damit klar. Ich spiele in Gedanken immer wieder durch, wie's passiert ist.«

»Weißt du was?«, sagte sie. »Ich rede mit Kent darüber. Wenn du nichts von ihm hörst, wenn er dich nicht anruft, dann weißt du, dass es ihm nicht recht ist.«

Ich war mir sicher, dass ich nichts von ihm hören würde.

»Danke fürs Mitnehmen. Ach ja, und bestell Roman einen Gruß von mir.«

Sie legte den Kopf schief. »Mach ich. Wieso?«

»Wir sind vorhin sozusagen übereinander gestolpert. Sag ihm, ich denk an ihn.«

Donnas Wagen stand nicht in der Einfahrt. Wahrscheinlich hatte sie ihn in die Garage gestellt, was sie aber nur selten tat. Ich sperrte so leise wie möglich auf und ging direkt in die Küche. Ich wollte noch ein Glas Wasser trinken, da fiel mir ein, dass schon wieder ein Tag vergangen war, an dem ich nicht zu Abend gegessen hatte. Ich holte Salzkekse und Erdnussbutter aus dem Schrank. Nicht gerade ein stilvolles Abendessen, doch ein paar Cracker mit Schmiere drauf würden verhindern, dass mein Magen die Nacht durchknurrte.

Geräuschlos steckte ich das schmutzige Messer und das Glas in die Geschirrspülmaschine und schlich nach oben. Auf Zehenspitzen ging ich durchs Schlafzimmer. Da trat ich auf etwas Hartes, und es knackte. Nicht sehr laut, aber doch laut genug, um Donna zu wecken, wie ich fürchtete. Doch sie regte sich nicht. Ich kniete mich hin und tastete auf dem Teppich herum, bis ich fand, worauf ich getreten war. Einen von Donnas Malstiften. Er war entzweigebrochen. Ich hob die Teile auf und bemerkte dabei, dass der Fixierspray ebenfalls auf dem Boden gelandet war. Ich hob auch den auf und nahm ihn mit ins Bad.

Ich machte das Licht erst an, nachdem ich die Tür geschlossen hatte. Den zerbrochenen Bleistift warf ich in den Mülleimer, die Spraydose stellte ich auf die Ablage. Ich zog mich bis auf die Unterhose aus und putzte mir die Zähne. Dann löschte ich das Licht und öffnete die Tür.

Plötzlich fiel mir auf, dass Donna normalerweise das Licht im Bad für mich anließ.

Meine Augen brauchten einen Moment, um sich an die Dunkelheit zu gewöhnen, doch ich fand auch so ins Bett.

Ich wusste sofort, dass etwas nicht stimmte. Ich blinzelte ein paarmal, als könne mir das beim Sehen im Dunkeln helfen, dann setzte ich mich auf und sah hinüber auf die andere Hälfte des Bettes.

Donna war nicht da.

EINUNDDREISSIG

Mit Hilfe des Verandalichts findet sie das Haustür-schloss, steckt den Schlüssel hinein und sperrt auf. Als sie die Diele betritt, steht zu ihrer Überraschung ihr Sohn vor ihr, der erst vor wenigen Stunden hier gewesen war.

»Du hast mich fast zu Tode erschreckt«, sagt sie.

»So spät bist du doch sonst nicht mehr unterwegs.«

»Was ist los?«

»Alles wird gut«, sagt er. »Ich musste es dir sagen. Ich wollte nicht bis morgen früh warten.«

»Du hast sie gefunden?«

»Nein, aber ich habe vielleicht einen Weg gefunden, sie zu finden.«

Sie wirft ihre Handtasche auf den nächstbesten Stuhl. »Bitte mach mir keine falschen Hoffnungen.«

Er erzählt ihr, was er getan hat. Der Junge war sehr fleißig, das muss sie zugeben. »Da bist du ganz schön rumgelaufen«, sagt sie. Sie ist zwar noch skeptisch, aber diesmal hat er anscheinend alles gut durchdacht.

Eine seiner Ideen gefällt ihr besonders. »Den Detektiv einzuspannen finde ich gut«, sagt sie. »Ich hab ihn vorhin gesehen.«

»Wir lassen ihn für uns arbeiten, aber er weiß gar nichts davon«, sagt er.

»Könnte funktionieren.«

»Jetzt kommt alles in Ordnung. Das spür ich.«

»Freu dich nicht zu früh«, fährt sie ihn an. »Das Ganze ist noch lange nicht ausgestanden. Wenn der Junge das Notizbuch hat, musst du es ihm abnehmen. Das ist das Erste, was du tun musst, wenn du ihn findest. Ich hätte kapieren müssen, dass er keins mehr hatte. Normalerweise bittet er mich um ein neues, wenn er das alte vollgeschrieben hat, und ich besorg ihm eins. Aber diesmal hat er nicht darum gebeten, weil es noch zu früh war. Wahrscheinlich war das alte noch halb leer. Er dachte wohl, ich würde misstrauisch werden.«

»Du machst dir viel zu viele Gedanken wegen dem Scheißbuch.«

»Nicht ich mache mir zu viele Gedanken, du machst dir zu wenige.«

»Soll das ein Witz sein? Du glaubst, ich mache mir zu wenig Gedanken? Denk doch mal nach, was für einen Haufen Dreck ich wegräumen musste. Ich habe prompt reagiert. Das mit dem anderen Mädchen zum Beispiel, das hab ich so hingedeichselt, dass es nach etwas aussieht, was es nicht ist. Wie wär's mit ein bisschen Anerkennung dafür?«

»Ich geh ins Bett. Ich halte das keine Minute länger aus.«

»Eigentlich ist ja alles deine Schuld«, sagte er.

Sie ist schon auf dem Weg zur Treppe. Doch jetzt bleibt sie abrupt stehen. »Wie war das?«

»Weil du den Trockner hast laufen lassen, während du weg warst. Weil du nicht hier warst, als die Flusen Feuer fingen.

Wenn es keinen Rauch gegeben hätte, wäre nichts von alldem –«

Ihre Hand fährt so schnell aus, dass er keine Chance hat, die Ohrfeige abzuwehren.

»So redest du nicht mit mir. Für wen glaubst du denn, dass ich das alles getan habe? Ha? Für wen denn?«

Er legt eine Hand an die brennende rote Wange. »Für Dad«, sagt er.

»Nein«, entgegnet sie. »Das war immer nur für dich. Alles. Ich habe alles nur für dich getan, und so wahr mir Gott helfe, wie's aussieht, war das noch lange nicht das Ende.«

ZWEIUNDDREISSIG

Ich warf die Decke von mir und stand so schnell auf, dass mir einen Augenblick schwindlig wurde. Ich machte die Nachttischlampe an. Donnas Seite des Bettes sah völlig unberührt aus. Dass sie es gemacht hatte, nachdem sie aufgestanden war, weil sie nicht hatte schlafen können, schien mir nicht logisch. Nicht um elf, zwölf Uhr nachts. Um diese Zeit stand man vielleicht auf, wanderte im Haus herum, trank ein Glas Wasser. Und ein paar Minuten später schlüpfte man wieder unter die Decke und versuchte wieder einzuschlafen.

Dann war Donna also noch gar nicht im Bett gewesen.

Als Erstes sah ich in Scotts Zimmer nach. Es wäre keine große Überraschung für mich gewesen, sie in seinem Bett zu finden. Doch als ich die Tür öffnete und Licht vom Flur ins Zimmer fiel, sah ich, dass das Bett leer war.

Ich ging die Treppe hinunter und machte alle Lichter an. Wenn sie mucksmäuschenstill im Wohnzimmer saß, war ich möglicherweise an ihr vorbeigegangen, ohne sie zu bemerken. Doch auch hier war sie nicht.

Im Keller und in der Waschküche war sie auch nicht.

»Donna!«, rief ich.

Ich sperrte die Schiebetür auf, die auf die Terrasse führte, und schaltete die Flutlichter an, die so hell waren, dass sie den ganzen hinteren Garten ausleuchteten. Es war viel zu kalt, um hier draußen zu sitzen, in den Himmel zu starren und sich zu fragen, wie es unserem Jungen da oben wohl ginge. Wenn man denn an solche Sachen glaubte.

Ich ging wieder hinein, sperrte die Terrassentür ab, ging in die Küche und öffnete die Tür, die in die Garage führte.

Donnas Wagen war weg.

»Das ist ja 'n Ding«, sagte ich.

Ich ging ans Telefon in der Küche und drückte die Taste, die mich automatisch mit ihrem Handy verband.

Es klingelte.

»Na komm«, sagte ich.

Es klingelte ein zweites Mal.

»Heb ab.«

Nach dem dritten Klingeln meldete sie sich. »Hey.«

»Wo bist du?«, fragte ich.

»Unterwegs.«

»Ich bin nach Hause gekommen, und du warst nicht da. Ich bin schon fast verrückt geworden.«

»Ich hätte dir einen Zettel hinlegen sollen«, sagte sie. »Ich konnte nicht schlafen.«

»Was ist denn los?« Die dumme Frage, die alle weiteren dummen Fragen im Keim erstickt. Was ich eigentlich wissen wollte, war: Was macht diese Nacht schlimmer als alle anderen Nächte in den vergangenen Monaten?

»Mir geht so viel durch den Kopf«, sagte Donna.

Wir schwiegen beide. Sekundenlang. Ich hörte das Brum-

men des Wagens im Hintergrund. Schließlich fragte ich:
»Was hast du zu Abend gegessen?«
»Nichts.«
»Ich auch nicht«, sagte ich, und nach einer weiteren Pause:
»Ich bin am Verhungern.«
»Ich glaub, ich auch.«
»Denny's hat bestimmt auf«, sagte ich. »Wir könnten uns
ein Mitternachtsfrühstück gönnen. Ich hätte Lust auf Eier
und Bratwürstchen.«
»Ich bin ganz in der Nähe«, sagte Donna. Lange Pause.
»Treffen wir uns dort.«
»Du musst vorbeikommen und mich abholen. Ich hab kei-
nen Wagen.«
»Du hast keinen Wagen?«
»Ich erzähl's dir beim Frühstück.«

Ehe ich ihr die Episode mit dem Auto erzählen konnte,
musste ich ihr erklären, wie ich zu dem Bluterguss an der
Schläfe gekommen war. Er war ihr sofort aufgefallen, als
ich eingestiegen war.
»Tut's weh?«, fragte sie.
»Ja, aber mehr am Ego als an der Schläfe.«
Außer uns waren noch zwei weitere Paare und ein einzelner Mann bei Denny's. Donna und ich saßen noch nicht
einmal richtig an unserem Tisch am Fenster, da stand schon
eine Kellnerin neben uns. Wir bestellten koffeinfreien Kaffee. Normaler Kaffee schien uns eine schlechte Wahl, da wir
beide noch Hoffnung auf ein bisschen Schlaf hatten, sobald
wir nach Hause kamen.
»Die Polizei hat den Wagen beschlagnahmt«, sagte ich.
Donna löffelte sich Zucker in ihren Becher. »Erzähl mal.«

Ich erzählte ihr von meinem Besuch bei den Rodomskis und dem darauffolgenden Besuch bei den Skillings. Von der Fahrt mit Sean zu der Stelle, wo ich Hanna hatte aussteigen lassen, und dem Moment, als wir ihre Leiche unter der Brücke entdeckten.

»Und Annette Ravelson schläft mit dem Bürgermeister«, sagte ich. »Aber nach allem, was sonst noch passiert ist, ist das eher ein lahmes Finale.«

»Grauenhaft«, sagte Donna. »Die Leiche dieses Mädchens zu finden.« Ich hatte den Eindruck, sie zittere. Unmöglich, an eine Leiche zu denken, ohne die von Scott auf dem Parkplatz von Ravelson Furniture vor sich zu sehen.

»Ja«, sagte ich. »Der junge Skilling war völlig fertig.«

»Du glaubst nicht, dass er's war?«

»Nein«, sagte ich. »Aber es wäre nicht das erste Mal, dass ich mich irre.«

Die Kellnerin kam zurück, und wir bestellten Eier und all das herrlich fettige Zeug, das man üblicherweise so dazu aß. Die Zeit, bis unser Essen kam, verbrachten wir in einem unbehaglichen Schweigen.

»Ich kann mir nicht vorstellen, dass mein Bruder den Wagen beschlagnahmen lässt«, sagte Donna.

Ich trank meinen Kaffee und stellte mir vor, wie er mich aufputschen würde, wenn er nicht koffeinfrei wäre. »Ja, ich konnte es auch kaum glauben.«

»Ihr zwei seid wie Hund und Katz, aber ich glaube, irgendwo respektiert er dich auch«, sagte sie. »Vielleicht hat er's getan, um zu zeigen, dass er niemandem eine Extrawurst brät, auch wenn er genau weiß, dass er nichts finden wird.«

»Es sei denn, er findet was.«

Die volle Gabel, die sie gerade zum Mund führte, blieb auf

halber Strecke stehen. »Cal, Augie wird dich nicht reinlegen. Das ist völlig lächerlich. Glaubst du wirklich, dass er dir Beweise unterschieben würde?«

Ich sagte nichts.

»Du meine Güte, warum sollte er das denn tun? Was für einen Grund hätte er denn dafür?«

»Keine Ahnung«, sagte ich.

»Ich weiß, du kannst ihn nicht leiden – mir geht's ja oft genug auch nicht anders. Aber zu so was ist er dann doch nicht fähig.«

»Er setzt dem Bürgermeister einen Haufen Scheiße vor – von wegen, seine Leute überschreiten ihre Befugnisse nicht.«

Sie sah mich mitleidig an. »Du glaubst doch nicht im Ernst, dass es irgendwo eine Polizeibehörde gibt, die ihre Befugnisse *nicht* überschreitet? Die in Promise Falls zum Beispiel. Hast du nicht mal da gearbeitet?«

»Donna.«

»Augie schaut auf seine Leute. So wie dein Chief auf dich geschaut hat.«

»Ich hab meinen Job verloren«, sagte ich.

»Du hättest noch mehr verlieren können.«

Ich redete nicht gerne über meine Zeit in Promise Falls.

»Vielleicht hast du ja recht. Vielleicht will Augie wirklich nur ein Zeichen setzen. Vielleicht will er mir nur Scherereien machen. Muss ich halt morgen einen Leihwagen nehmen.«

»Nimm doch meinen«, sagte Donna. »Bring mich ins Büro, und wenn du mich nicht abholen kannst, komme ich auch sonst irgendwie nach Hause.«

»Klingt vernünftig.«

Wieder schwiegen wir ein paar Minuten. Ich hatte das Gefühl, dass die Erörterung meiner nächtlichen Abenteuer beendet war, zumindest vorläufig. Wir bewegten uns auf etwas anderes zu.

»Ich hatte Angst, er würde mich irgendwann nicht mehr lieben«, sagte Donna schließlich.

Ich sah sie an und wartete.

»Ich hatte Angst, dass, wenn ich – wenn wir – richtig streng mit ihm sind, ihm ständig Hausarrest aufbrummen, ihm das Taschengeld streichen, ihn zu einer Therapie zwingen, wenn wir wegen allem und jedem einen Krieg gegen ihn anzetteln … Ich hatte Angst, dass er mich dann nicht mehr liebhat.«

»Ich weiß«, sagte ich.

»Ich hab sogar überlegt, ob ich ihn anzeigen soll. Ich hätte Augie angerufen und ihm gesagt, er soll das volle Programm durchziehen. Ihn verhaften, in Handschellen abführen und ins Gefängnis werfen lassen. Aber ich hab's nicht über mich gebracht. Ich dachte, ich könnte es mir nie verzeihen. Ich habe mir vorgestellt, was mit ihm passiert, wenn er im Gefängnis ist, und sei's nur ganz kurz. Mit was für Leuten er dort zusammenkäme, was die mit ihm anstellen würden. Aber jetzt, wo ich's nicht getan habe, kann ich mir auch das nicht verzeihen.«

Ich legte meine Gabel aus der Hand. Ich wollte etwas sagen, doch es fiel mir schwer.

»Was ist?«, fragte Donna.

»Ich bin wütend. Die ganze Zeit«, sagte ich. »Ich tu alles, damit keiner es merkt, aber die Wut ist immer da. Wie Würmer, die sich unter meiner Haut winden. Wie Millionen Insekten, die in mir rumkrabbeln.«

»Bist du wütend auf mich?«, fragte Donna.

Ich antwortete nicht sofort. Ich war mir noch nicht sicher, wie ehrlich ich sein sollte, denn ich *war* wütend auf sie. Doch das war nichts im Vergleich mit der Wut, die ich auf mich selbst hatte. Es war nichts im Vergleich mit der Wut, die ich auf den hatte, der Scott diese letzte Dosis verkauft hatte.

Und es war nichts im Vergleich mit der Wut, die ich auf Scott selbst hatte.

»Ich weiß nicht, ob es überhaupt wen gibt, auf den ich nicht wütend bin«, sagte ich. Ein kaum merklicher Schatten glitt über ihr Gesicht. »Aber du hast keinen Spitzenplatz auf meiner Liste.« Ich stockte. »An allererster Stelle, da steh nämlich ich.« Ich ballte die Fäuste, um meine Anspannung irgendwie zu kanalisieren, dann ließ ich sie wieder locker.

»Wenn du dich selbst bestrafen willst, dann ist das eine Sache«, sagte Donna. »Das verstehe ich. Mir geht es ja nicht anders. Aber du musst aufhören, *mich* zu bestrafen.«

»Das tu ich doch gar nicht«, sagte ich. »Ich hab kein Wort gesagt.«

»Genau. Aber du musst mit mir reden. Ich habe dich noch nie in meinem Leben so gebraucht wie jetzt, aber du sperrst mich aus. Ziehst dich in dich selbst zurück. Als wir ihn verloren haben, da haben wir auch uns verloren. Einen Teil von uns jedenfalls. Willst du auch den Rest noch aufgeben?« Ihre Augen waren rot und feucht.

Ich schloss einen Augenblick die meinen.

»Nein«, sagte ich.

Ich rang nach Worten. »Ich habe Angst … ich habe das Gefühl, für uns darf es kein Glück mehr geben. Wenn zwischen uns wieder alles gut ist, wenn wir jemals wieder glücklich sind, dann ist das … dann ist das wie ein Verrat, den wir begehen.«

Eine Träne lief Donnas Wange herunter. »Ach, Liebling, wir werden nie wieder glücklich sein. Aber wir könnten glücklicher sein. Glücklicher, als wir jetzt sind.«

Ich war so hungrig gewesen, doch jetzt war mir jeder Appetit vergangen. Ich stocherte in meinen Eiern herum, dann legte ich die Gabel auf den Teller.

»Ich hätte sie nie aus dem Wagen lassen dürfen«, sagte ich.

»Was hättest du denn tun können?«

»Irgendwas. Das allermindeste wäre gewesen, mit ihr zu warten, bis jemand sie abholt. Sie hat den jungen Skilling angerufen, wurde dann aber unterbrochen.«

»Du hast gesagt, sie ist weggerannt. Stell dir mal vor, du wärst ihr nachgelaufen. Wie hätte das denn ausgesehen? Ein erwachsener Mann, der mitten in der Nacht ein Mädchen eine leere Straße entlanghetzt?«

Donna hatte nicht unrecht. Leichter wurde mir davon jedoch nicht.

»Das ist nicht das Einzige, was ich bedaure«, sagte ich. »Ich hab Dinge getan …«

Donna sah mich argwöhnisch an. »Was zum Beispiel?«

»Dinge, auf die ich nicht stolz bin.«

Der Schatten schlich sich wieder in ihr Gesicht, und ihre Unterlippe zitterte. »Hast du eine andere?«

»Was?« Die Frage traf mich völlig unvorbereitet.

»So was passiert. Nach einer Krise. Menschen machen plötzlich Dinge, an die sie unter normalen Umständen nicht mal gedacht hätten.«

»Nein«, sagte ich. »So was nicht.« Ich sah ihr in die Augen. »Nie.«

Ich verlangte die Rechnung.

Ich glaube, wir wussten beide, dass es geschehen würde.

Wir gingen ins Haus. Keiner von uns sagte ein Wort, vielleicht aus Angst, dass wir an einem Wort scheitern könnten. Wir machten uns bettfertig wie früher. Benutzten gemeinsam das Bad, wechselten uns beim Zähneputzen am Waschbecken ab. Schlüpften gleichzeitig unter die Decke, machten gleichzeitig die Nachttischlampen aus.

»Nacht«, sagte ich.

»Nacht«, sagte Donna.

Keiner tat so, als sei der andere nicht da.

Ich zögerte einen Augenblick, dann legte ich eine Hand auf ihre Hüfte. Sie drehte sich so, dass ihr Gesicht auf dem Rand meines Kissens zu liegen kam. Ich zog sie an mich, und es geschah. Langsam und traurig. So traurig, wie die Liebe manchmal sein kann. Doch da war auch etwas anderes. Da war Hoffnung.

Es fühlte sich besser an. Vielleicht waren wir über den Berg.

DREIUNDDREISSIG

Das Telefon auf dem Nachttisch klingelte um Viertel vor sieben.

Ich lag bereits wach, starrte an die Decke und dachte an Tankstellen, doch Donna neben mir hatte noch tief und fest geschlafen. Sie schreckte hoch.

»Was?«, sagte sie. »Was ist denn?«

»Moment«, sagte ich, drehte mich herum und hob ab. Der Blick auf die Rufnummernanzeige war unergiebig. Die Nummer des Anrufers war unterdrückt. »Hallo?«

»Ich habe überall herumtelefoniert, aber niemand weiß, wo sie steckt.«

»Wer ist … Sind Sie das, Bert?«

»Ja«, sagte der Bürgermeister. »Ich habe alle angerufen, zumindest alle, von denen ich eine Nummer habe. Und denen, deren E-Mail-Adresse ich habe, habe ich eine Mail geschickt. Niemand hat Claire gesehen, niemand hat eine Ahnung, wo sie sein könnte. Nachdem Sie gegangen sind, habe ich noch eine Stunde mit Caroline telefoniert, sie hat mir geholfen, eine Liste von Namen zusammenzustellen. Und

278

die Polizei ist auch aufgetaucht und hat eine Menge Fragen gestellt, weil sie ja Ihre Version der Ereignisse hatten und wussten, dass Claire und Hanna sich gestern Abend getroffen haben.«

»Wer war denn da? Augie?«

»Nein, nein. Ein Mann und eine Frau. An ihre Namen kann ich mich nicht mehr erinnern.« Wahrscheinlich Ramsey und Quinn. »Ich bin ziemlich neben der Spur. Habe die ganze Nacht kein Auge zugetan. Ich habe rumtelefoniert wie ein Besessener und die Leute aufgeweckt. Die waren vielleicht sauer, aber das ist mir egal.«

»Warten Sie noch auf jemanden, der sich bei Ihnen melden soll?«, fragte ich.

»Ein paar gibt's noch. Roman, der Sohn von Annette, hat mich gegen eins angerufen, weil sie ihn darum gebeten hat.«

Das wollte ich jetzt genauer wissen. »Und er hat sich nicht gewundert, warum seine Mutter so spät nach Hause kommt? Wenn der Vater nicht da ist?«

»Keine Ahnung, was sie ihm erzählt hat. Aber er war selber ja auch nicht zu Hause. Weiß der Himmel, was der die ganze Nacht treibt.«

Alkohol ausliefern, höchstwahrscheinlich. Immerhin waren zwei seiner Mitarbeiter ausgefallen. Sean und Hanna.

»Was hat er gesagt?«

»Er hat gesagt, was Claire tut und lässt, interessiert ihn, und ich zitiere, ›einen Scheißdreck‹. Ich soll doch bei Dennis Mullavey nachfragen. Aber ich habe keine Ahnung, wo ich den suchen soll.«

Der junge Mann, den ich auf Claires iPad gesehen hatte.

»Was wissen Sie über ihn?«, fragte ich. Donna schlug die

Decke zurück, setzte sich auf den Bettrand und rieb sich die Augen.

»Wie gesagt, eine Sommerliebe. Sie waren verrückt nacheinander. Netter Bursche. Ich mochte ihn.«

»Wo haben sie sich kennengelernt?«

»Wo lernt man in dieser Stadt jemand kennen? Bei Patchett's wahrscheinlich.«

»Aber Dennis ist nicht aus Griffon, oder?«

»Nein. Er hatte hier nur einen Sommerjob. Bei einem Gartenservice. Rasenmähen und solche Sachen.«

»Wie heißt der Betrieb?«

»Ich glaube nicht, dass ich das überhaupt je wusste. Zu uns kam er immer mit einem von deren Pick-ups. Orange war der.«

Ich wusste, welche Fahrzeuge Sanders meinte. Aber auch ich konnte mich nicht an die Aufschrift auf den Wagen erinnern. In Griffon gab es wahrscheinlich drei oder vier Gartenbaubetriebe.

»Das krieg ich raus«, sagte ich. »Wie war das also mit Claire und Dennis?«

»Ich glaube, für Dennis war es mehr als ein Sommerjob. Auf jeden Fall blieb er bis in den September hinein. Die meisten dieser Firmen betreuen ihre Kunden bis in den Herbst, rechen Laub und so. Dennis musste nicht zu Schulbeginn zu Hause sein. Er hatte die Highschool hinter sich, das weiß ich.«

Donna saß noch immer an der Bettkante und hörte zu. Sanders sprach so laut, dass sie wahrscheinlich das meiste von dem mitbekam, was er sagte.

»Weiter«, sagte ich.

»Aber wie ein Blitz aus heiterem Himmel lässt er plötzlich

alles liegen und stehen, auch Claire, und fährt nach Hause. Er hat ihre eine SMS oder eine E-Mail geschickt, dass es aus ist. Es habe keinen Sinn mit ihnen beiden, es tue ihm leid, aber er habe keinen Nerv für lange Diskussionen. Sie war am Boden zerstört. Hat tagelang nur geweint. Ich habe zu ihr gesagt: ›Sieh mal, du bist noch so jung, du wirst noch hundert Freunde haben, bevor du den Richtigen triffst.‹«

»Aha.«

»*Ich* habe die beiden nicht auseinandergebracht. Nur für den Fall, dass das Ihre nächste Frage gewesen wäre.«

»Habe ich Ihnen auch nicht unterstellt.«

»Sie würden sich wundern, wie viele Leute es selbst heutzutage noch gibt, die mir rieten, ihn hinauszuekeln. Ich müsse Claire klarmachen, sie soll ihm den Laufpass geben, weil er schwarz ist. Unglaublich.«

Diese Empfehlung hätte auch von Augie kommen können. Aber ich wusste ja, dass Augie nicht zu den Ratgebern des Bürgermeisters zählte. Und wenn er ihm einen Rat gegeben hätte, dann den: Suchen Sie sich eine andere Stadt zum Bürgermeistern!

»Sogar Caroline«, fuhr Sanders fort. »Sie wissen schon, meine Ex. Die ist nun wirklich keine Rassistin, aber trotzdem war es ihr unangenehm.«

»Hat sie Claire das gesagt?«

»Nein. Sie hat alles mir aufs Auge gedrückt, weil Claire ja die meiste Zeit bei mir lebt. Ich hab ihr gesagt, das kann sie sich abschminken.«

»Sind Sie sicher, dass sie nicht vielleicht Dennis gegenüber eine Bemerkung gemacht hat? Sind er und Claire vielleicht mal bei ihr in Toronto gewesen?«

»Einmal vielleicht. Aber ich glaube nicht, dass sie da was gesagt hat.«

Ich wollte wissen, warum Claire bei ihrem Vater lebte, also fragte ich ihn.

»Als Caroline wieder geheiratet hat und nach Toronto gezogen ist, hat Claire ein fürchterliches Theater gemacht. Sie würde da nicht hinziehen, würde nicht in eine andere Schule gehen und ihren Freundeskreis würde sie auch nicht aufgeben. Und ehrlicherweise muss man sagen, dass Caroline nicht gerade unglücklich war, diese Schlacht zu verlieren. Diese Heirat war für sie ein Neuanfang, und eine halbwüchsige Tochter hätte das junge Glück doch sehr belastet.«

»Und Ihnen war das recht?«

»Ja, sicher«, sagte er. »Hören Sie, Cal – darf ich Cal zu Ihnen sagen?«

»Natürlich.«

»Ich muss mich bei Ihnen entschuldigen. Ich habe Sie falsch eingeschätzt, und auch Ihre Absichten. Ich weiß jetzt, dass Sie sich wirklich Sorgen um Claire machen, und ich verstehe auch, dass Sie sich verpflichtet fühlten, etwas zu unternehmen, obwohl Sie zu Ihrer Rolle in dieser Geschichte gekommen sind wie die Jungfrau zum Kind. Und ich weiß auch Ihre Diskretion, was Annette angeht, zu schätzen.«

Ich wartete auf das »Aber«.

»Aber bis jetzt haben Sie alles in Eigeninitiative gemacht. Ich möchte diesem Kind sozusagen einen Namen geben. Ich möchte Sie engagieren und Sie dafür bezahlen.«

Das war nicht das »Aber«, das ich erwartet hatte. Ich hatte damit gerechnet, dass er mir höflich zu verstehen geben würde, jedes weitere Engagement meinerseits sei unerwünscht, ab jetzt werde er alles in die Hand nehmen.

»Ich möchte, dass Sie Claire finden. Ich meine, kann sein, dass sie mich in der nächsten Stunde anruft. Kann sein, dass sie sich irgendwann im Laufe des Tages meldet. Aber wenn nicht? Was ist dann? Dann habe ich einen ganzen Tag verplempert und noch immer keine Ahnung, was mit ihr ist.«

»Ich nehme nicht an, dass Sie zur Polizei gehen und sie als vermisst melden wollen«, sagte ich.

Fast hätte er gelacht. »Nein, ich glaube nicht, dass ich das will. Aber in Anbetracht des gespannten Verhältnisses zwischen Ihnen und Ihrem Schwager muss ich Sie fragen, ob es für *Sie* problematisch ist, mir zu helfen?«

»Wahrscheinlich«, sagte ich. »Aber das macht nichts. Hören Sie, ich wollte heute Vormittag sowieso noch einiges nachprüfen. Zum Beispiel gibt es in der Nähe von Iggy's die eine oder andere Tankstelle. Wenn jemand Claire abgeholt hat, hat er vielleicht davor oder danach getankt. Und ich werde die Gartenbaubetriebe in der Gegend anrufen, vielleicht kriege ich ja was über diesen Dennis Mullavey heraus.«

Einen Moment lang dachte ich, die Leitung wäre unterbrochen, denn Sanders sagte kein Wort.

»Bert?«

»Tut mir leid.« Seine Stimme bebte. Er hatte geweint. Er war mit den Nerven am Ende. »Sagen Sie mir, dass Sie glauben, dass es ihr nicht wie Hanna ergangen ist.«

»Ich werde alles tun, um sie zu finden.«

»Ich will nur wissen, ob es ihr gutgeht. Ich muss wissen, dass es ihr gutgeht.«

VIERUNDDREISSIG

ch legte auf.

»Ich mach schon mal Frühstück«, sagte Donna.

Ein paar Minuten später war alles irgendwie anders. Eine Stimmung ähnlich wie nach einem Tornado. Da fegt dieser schreckliche Sturm über einen hinweg, und man fragt sich nur, wie lange es noch dauern kann, bis das Dach davonfliegt, die Wände einstürzen, das Auto durch die Luft gewirbelt wird.

Und auf einmal verebbt das Tosen des Sturms, und man traut sich allmählich aus dem Haus. Die Sonne kommt heraus. Ein paar Bäume haben dran glauben müssen, der Strom ist weg, die Hälfte der Dachschindeln sind auf und davon. Aber man selbst steht noch.

Wir streiften einander wieder bei unseren morgendlichen Verrichtungen ohne dieses Gefühl der Befangenheit, das in letzter Zeit unser ständiger Begleiter gewesen war. Ich legte ihr zärtlich die Hand auf die Hüfte, wie ich es seit einer kleinen Ewigkeit nicht mehr getan hatte. Sie machte Kaffee für zwei. Bis gestern hatte sie sich ihren Morgenkaffee meistens irgendwo auf dem Weg zur Arbeit geholt, und ich hatte mich am Drive-in-Schalter versorgt, mal hier, mal da, je nachdem, wohin mein aktueller Auftrag mich führte.

Heute saßen wir am Küchentisch und aßen englische Muffins mit Marmelade. Ich klappte mein Laptop auf und begab mich auf die Suche nach Gartenservicebetrieben in und um Griffon. Es gab vier Einträge. Ich sah mir alle vier Webseiten an, doch nur eine Firma – Gartenbau Hooper – hatte Fotos von orangefarbenen Pick-ups. Ich schrieb mir die Telefonnummer auf. Ich würde frühestens in einer Stunde anrufen, denn es war noch nicht einmal acht.

Es gab andere Dinge, mit denen ich inzwischen anfangen konnte.

Es gab zwei Selbstbedienungstankstellen in Sichtweite von Iggy's. Vielleicht konnte ich auf deren Überwachungsbändern diesen Volvo besser in Augenschein nehmen. Vielleicht war sogar das Nummernschild zu erkennen. Oder der Fahrer.

Viel war es nicht, aber immerhin etwas. Ich überlegte auch, ob es sich lohnen könnte, noch einmal zu Patchett's zu fahren. Die Besitzerin, Phyllis Pearce, wusste ja anscheinend alles über alle. Vielleicht wusste sie auch etwas über Claire Sanders und Dennis Mullavey. Ich war noch einmal auf Claires Facebook-Seite gegangen und hatte nach Dennis gesucht, doch sein Name tauchte nirgends auf.

Donna war schon früher startbereit als sonst. Ich hatte also genügend Zeit, sie in ihrem Corolla mitzunehmen und sie am Büro abzusetzen. Sie beugte sich nicht zu mir, um mir einen Kuss zu geben, bevor sie ausstieg, aber sie drückte meine Hand.

Keiner von uns beiden sagte etwas.

Ich fuhr weiter zur ersten der beiden Tankstellen in Gehweite zu Iggy's und hielt an einer Zapfsäule. Während ich den Tank zu einem Viertel mit bleifreiem Benzin füllte, sah ich mich nach Überwachungskameras um. Bei den meisten Selbstbedienungstankstellen musste man vor dem Tanken seine Kreditkarte überprüfen lassen, damit man nicht davonfuhr, ohne zu bezahlen. Wer bar zahlen wollte, musste erst an der Kasse eine Anzahlung machen, bevor die Zapfsäule aktiviert wurde.

Früher, als es üblich war, zuerst zu tanken und dann zu zahlen, war die Überwachung noch sinnvoll. Doch mittlerweile hatten die Tankstellenbetreiber auch den letzten Rest von Vertrauen in ihre Kundschaft verloren. Die Kameras hatten eigentlich keine Daseinsberechtigung mehr, doch sie blieben.

Ich hatte zwar schon an der Zapfsäule gezahlt, doch unter dem Vorwand, mir noch etwas Süßes zu kaufen, ging ich in den Laden. Gleichzeitig mit einem Fünfer für den Marsriegel zog ich meinen Detektivausweis heraus und zeigte ihn der Frau hinter dem Tresen.

»Was ist das?«, fragte sie nervös. Sie war Mitte zwanzig und so dünn, dass der Gedanke an Anorexie nahelag. »Sind Sie Polizist? Weil, wenn Sie einer sind, ich hab die Petition hier. Ich denk nicht immer dran, den Leuten zu sagen, sie sollen unterschreiben, aber meistens schon. Und ich lass sie auch die Adresse dazuschreiben.«

»Ich ermittle privat«, sagte ich. »Mir ist es wurscht, ob jemand das unterschreibt oder nicht.«

Das beruhigte sie anscheinend. »Das ist gut, weil, mir ist das total unangenehm, es den Leuten zu sagen. Wie komm ich dazu, die PR für die Polizei zu machen?«

»Genau.« Ich erklärte ihr, ich sei auf der Suche nach einem Wagen, der vorgestern Abend möglicherweise hier getankt hatte.

»Wieso?«, fragte sie.

»Kann sein, dass der Typ am Hintereingang von Iggy's ein Mädchen aufgegabelt hat.« Ich ließ durchblicken, dass das Mädchen in Gefahr sein könnte.

»Ach so. Ja, dann. Wann war denn das?« Ich sagte ihr die Zeitspanne, die mich interessierte. Da schüttelte sie den Kopf. »Tut mir leid. Wenn nichts passiert ist, löschen wir nach vierundzwanzig Stunden alles, weil sonst die Festplatte oder was weiß ich zu voll wird.«

Ich seufzte. »Hatten Sie zufällig vorgestern Abend Dienst? So zwischen halb zehn und halb elf?«

Dieses Mal nickte sie. »Ja, ich hab Doppelschicht gemacht, weil Raul die Grippe hatte. Aber ich glaub, er hat nur so getan.«

»Erinnern Sie sich an einen Volvo Kombi, der ungefähr um diese Zeit reinkam? Silber oder grau, glaub ich.«

»Ist das Ihr Ernst? Ich könnte Ihnen nicht mal sagen, was für einen Wagen *Sie* fahren, und der steht gleich da draußen.«

Ich bedankte mich bei ihr, zahlte den Schokoriegel und ging. Als ich mich anschnallte, fiel mir ein alter silberner Hyundai mit getönten Scheiben auf, der auf der anderen Straßenseite parkte. Konnte das der Wagen sein, der vergangene Nacht hinter mir hergefahren war? Ich sah ihn mir genau an. Da sprang der Motor an, der Hyundai ordnete sich in den fließenden Verkehr auf der Danbury Street ein und fuhr davon.

Die zweite Tankstelle war direkt hinter mir auf der anderen Straßenseite. Ich fuhr aus der ersten heraus und keine zehn

Sekunden später in die nächste hinein. Dort tankte ich noch einmal so viel wie vorher und sah mich dabei nach Überwachungskameras um. Der Tank von Donnas Wagen war jetzt mehr oder weniger voll. Ich ging in den Laden, machte mir aber nicht mehr die Mühe, einen Schokoriegel zu kaufen.

»Es tut mir sehr leid, Sir, aber unsere Kameras funktionieren gar nicht mehr«, sagte der Inder an der Kasse, als ich ihn nach Videoaufnahmen fragte. »Sie sind zwar noch da, damit die Leute glauben, sie werden gefilmt, aber das ist nur Show.«

Ich fragte ihn, ob er sich an einen silbernen oder grauen Volvo Kombi erinnerte, der vor zwei Tagen abends hier getankt haben könnte.

»Da war ich nicht da«, sagte der Mann.

»Wer hatte dann Dienst?«

»Samuel. Der war da. Aber gesehen hat der nichts, das garantiere ich Ihnen.«

»Warum das denn?«

Der Kassierer zeigte auf die Theke hinter ihm. Dort lag ein Stapel Sexhefte neben einem Zigarettenständer. »Samuel sieht sich die ganze Nacht Pornos an und guckt gerade mal hoch, wenn jemand direkt vor ihm steht.«

»Ich dachte, heutzutage sieht sich jeder die Pornos im Netz an«, sagte ich.

»Samuel ist siebzig. Der hat von Computern keine Ahnung«, sagte der Mann. »Es tut mir leid.«

Mir auch. Aber richtig vielversprechend war das Ganze ja von vornherein nicht gewesen. Zeit für den nächsten, hoffentlich erfolgreicheren Anlauf.

Ich kramte die Nummer von Gartenbau Hooper heraus und tippte sie ein. Ich fragte die Frau am Telefon nach dem Inhaber oder Geschäftsführer. Leider war Bill Hooper nicht da. Ich gab ihr meine Nummer, und sie sagte, sie würde dafür sorgen, dass er mich zurückruft.

»Wie lange kann das dauern?«

»Da bin ich überfragt.«

Ich konnte nicht rumsitzen und nichts tun, also fuhr ich zu Patchett's. Es war noch nicht einmal halb zehn, und das Lokal lag da wie ausgestorben. Es öffnete erst um halb zwölf zum Mittagessen. Die Eingangstür war verschlossen, doch an der Rückseite des Gebäudes gab es einen Zugang zur Küche, und der stand offen. Zwei Männer bereiteten in der Küche alles für den Tag vor.

»Ich suche Mrs. Pearce«, sagte ich.

»Sie kommt erst am Nachmittag«, sagte einer. »Vielleicht so um zwei, drei.«

»Danke.«

Wer einen Betrieb wie Patchett's leitete, musste wohl in erster Linie abends vor Ort sein. Ich setzte mich wieder in den Wagen und schlug im Online-Telefonbuch ihre Privatadresse nach. Es gab nur einen Eintrag unter dem Namen Pearce in Griffon: Windermere Drive. Das lag an der Nordausfahrt der Stadt.

Ich war schon unzählige Male an diesem Haus vorbeigefahren, ohne zu wissen, wer da wohnt. Es hatte jedes Mal meinen Blick auf sich gezogen, weil es so ein eindrucksvolles Bauwerk war. Von Bäumen umgeben, stand es von der Straße zurückgesetzt auf einer kleinen Anhöhe. Der Abstand zu den Nachbarhäusern war recht großzügig, mindestens dreißig Meter. Das Anwesen erinnerte irgendwie an eine Plantage. Das Haus hatte zwei Geschosse und eine breite Veranda mit mächtigen Säulen, auf der weiße Holzmöbel mit bunten Zierkissen standen. Das Gras war ziemlich lang gewachsen, doch sonst waren Haus und Grundstück sehr gepflegt. In der Einfahrt stand ein hellbrauner Ford Crown Victoria.

Ich stellte meinen Wagen dahinter, stieg aus und ging die Verandastufen hoch. Von hier hatte man einen schönen Blick hinunter auf Griffon, die Dächer, den Kirchturm. Wenn man hier saß, konnte man das Gefühl haben, über die Stadt zu herrschen. Dieses Haus hätte Bert Sanders viel besser zu Gesicht gestanden als sein jetziges.

Ich klopfte an die schwere Holztür. Gleich darauf hörte ich Schritte näher kommen.

Die Tür öffnete sich einen kleinen Spalt, in dem das Gesicht von Phyllis Pearce zum Vorschein kam.

»Ja?«, sagte sie.

»Mrs. Pearce?«, sagte ich. »Erinnern Sie sich an mich? Wir haben gestern –«

»O ja, Mr. Weaver.« Sie öffnete die Tür weiter. »Wie geht es Ihnen?«

»Gut, danke. Tut mir leid, dass ich Sie so früh störe. Patchett's hält Sie sicher die halbe Nacht auf Trab.«

»Das stimmt. Ich bin oft bis zehn, elf, manchmal sogar bis Mitternacht dort. Trotzdem wach ich um sechs auf. Wenn man älter wird, kann man nicht mehr so lange schlafen. Was wollen Sie, Mr. Weaver?«

»Ich wette, Sie haben das von Hanna Rodomski gehört.«

Ihre Miene verdüsterte sich. »Hab ich. Grauenhaft. Ganz grauenhaft.«

»Ich habe ihre Leiche unter der Brücke entdeckt und … könnte ich kurz reinkommen?«

»Setzen wir uns doch draußen hin«, sagte sie. »Ist so ein schöner Tag.« Phyllis kam aus dem Haus, und wir setzten uns in die weißen Sessel. »Das muss ja grässlich gewesen sein, sie da plötzlich so liegen zu sehen.«

»Gestern Abend in Patchett's war ich auf der Suche nach Claire Sanders. Schon da war es wichtig, sie zu finden, aber jetzt, wo das mit Hanna passiert ist, ist es noch dringender. Ihr Vater hat mich gebeten, sie zu suchen. Wenn ich sie gefunden und mich vergewissert habe, dass mit ihr alles in Ordnung ist, werde ich sie fragen, ob sie sich vorstellen kann, wer Hanna getötet hat.«

Pearce nickte. »Natürlich. Aber was führt Sie zu mir?«

»Gestern Abend habe ich den Eindruck gewonnen, dass in dieser Stadt wenig passiert, von dem Sie nichts mitbekommen. Und Sie haben gesagt, ich darf wiederkommen, wenn ich Fragen habe.«

Ein mattes Lächeln. »Das hab ich wohl gesagt. Ich bezweifle zwar, dass ich was weiß, das Ihnen weiterhilft, aber wenn Sie mich was fragen wollen, schießen Sie los.«

»Haben Sie Claire mal mit einem jungen Mann namens Dennis Mullavey in Patchett's gesehen? Er wäre nicht zu übersehen gewesen. Er ist schwarz, und Griffon ist nicht gerade ein Tummelplatz für Schwarze.«

Phyllis schürzte die Lippen. »Möglich. Aber ich glaube, Sie tun Griffon da ein bisschen unrecht. Hier leben jede Menge Farbige. Dr. Kessler, zum Beispiel. Sie ist hier der Coroner.«

»Ja, ich kenne sie. Also, haben Sie Claire und Dennis Mullavey mal zusammen gesehen?«

»Möglich wär's.«

»Ich warte auf den Rückruf von jemandem, bei dem er gearbeitet hat, aber haben Sie vielleicht eine Ahnung, wo er herkommt? Ein Griffonit ist er nicht.« Ich lächelte. »Falls wir uns so bezeichnen. Als Griffoniten. Klingt wie etwas, das in Höhlen wächst.«

»Ich sage immer ›Griffoner‹. Ich bilde mir zwar nichts darauf ein, Griffonerin zu sein, aber besser als New Yorkerin ist es allemal.«

»Der Verkehr ist jedenfalls nicht so schlimm«, sagte ich.

»Egal, Dennis war nicht von hier, ich würde aber gern wissen, wo er zu Hause ist.«

»Das weiß ich wirklich nicht.«

»Ich habe mir überlegt, ob er in Patchett's vielleicht mit Kreditkarte gezahlt hat. Dann hätten Sie vielleicht Belege. Wenn ich seine Nummer hätte, könnte ich bei der Kreditkartenfirma nachfragen und ihn vielleicht so ausfindig machen.«

»Warum suchen Sie ihn überhaupt?«

»Er war Claires Freund. Claire war vorher mit Roman Ravelson zusammen, hat aber mit ihm Schluss gemacht, als sie Dennis kennengelernt hat. Dann hat Dennis aber vor ein paar Wochen Knall auf Fall die Stadt verlassen und gleichzeitig mit Claire Schluss gemacht. Das hat sie ziemlich mitgenommen. Mich würde interessieren, ob die beiden wieder zusammen sind, ob sie sich vielleicht auf die Suche nach ihm gemacht hat.« Ich fuhr mir mit den Fingern durchs Haar. »Ich hab mir überlegt, warum ein junges Mädchen auf einmal von der Bildfläche verschwindet, und mir sind nur zwei Gründe eingefallen: Angst oder Liebe.«

Phyllis Pearce ließ sich das durch den Kopf gehen. »Wenn sie also verschwunden ist, um mit Dennis zusammen zu sein, ist es Liebe. Aber wovor hätte sie Angst haben sollen?«

»Wegen diesem Hickhack zwischen ihrem Vater und dem Chief. Bei den Sanders' war's in letzter Zeit ziemlich stressig.«

»Oder vielleicht vor dem Ex-Freund«, meinte Phyllis.

»Vor Roman?«

»Wir mussten ihn ein-, zweimal an die Luft setzen. Aber eigentlich gibt es keinen jungen Mann, bei dem wir das noch *nicht* tun mussten.«

»Sie glauben, Claire könnte vielleicht Angst vor Roman gehabt haben?«

»Wer weiß? Was Mr. Mullavey angeht, haben Sie meinen Einblick in das Stadtgeschehen wohl ein bisschen überschätzt. Über ihn weiß ich leider gar nichts.«

»Bert Sanders telefoniert überall rum, ob vielleicht jemand weiß, wo Claire stecken könnte. Fällt Ihnen da vielleicht was ein?«

Sie zuckte die Achseln.

»Wussten Sie, dass Hanna und ihr Freund, Sean Skilling, für Roman Alkohol auslieferten?«

Da setzte sie sich auf. »Ich bin beeindruckt«, sagte sie. »Sie kriegen ja doch langsam den Durchblick, wie das hier in Griffon läuft.«

»Roman ist alt genug, um das Zeug zu kaufen, und Sean und Hanna besorgten den Lieferservice, sogar über die Stadtgrenzen hinaus. Aber da erzähle ich Ihnen wahrscheinlich nichts Neues, oder?«

»Ja und nein«, sagte sie. »Ich wusste nicht, dass Sean und Hanna da auch die Finger im Spiel hatten.«

»Aber über Roman wussten Sie Bescheid?«

Sie nickte.

»Stört Sie das?«

»Ob mich das stört? Haben Sie den Eindruck, dass mein Umsatz darunter leidet? Bei uns können Sie reinkommen, wann Sie wollen, egal an welchem Wochentag, und der

Laden brummt. Wenn Roman bei ein paar Privatpartys aushelfen will, dann juckt mich das nicht im Mindesten. Kann ich Ihnen sonst noch irgendwie helfen, Mr. Weaver?«

»Nein, ich habe Ihnen schon genug Zeit gestohlen.« Ich betrachtete von der Veranda aus die Umgebung. »Das ist ein wunderschönes Haus, und die Lage ist wirklich umwerfend. Wohnen Sie schon lange hier?«

»Mein erster Mann und ich haben dieses Haus Anfang der Achtziger gekauft. Hat viel Arbeit gekostet im Laufe der Jahre. Als ich Harry kennenlernte, ist er zu mir gezogen.«

»Und Sie haben beschlossen, hierzubleiben, als er von Ihnen ging.« Vor sieben Jahren, das hatte ich mir gemerkt.

»So ist es.« Phyllis Pearce schenkte mir ein schiefes Lächeln. »Jeder hier kennt die Geschichte, aber wenn Sie erst vor sechs Jahren hergezogen sind, kennen Sie sie wohl eher nicht.«

Ich nickte. »Da haben Sie recht.«

Sie musste sich erst sammeln. »Harry konnte so dumm sein. So richtig vernagelt. Eines Abends kriegt er einen Rappel und will noch mal raus zum Fischen. Er hängt das Boot an den Wagen, und ab geht die Post. Es ist nur so ein kleines, leichtes Aluminiumding, gerade mal vier Meter lang, mit einem Zehn-PS-Außenbordmotor. Er fährt runter nach Niagara Falls und lässt das Boot ganz in der Nähe vom Robert Moses Parkway zu Wasser, nicht mal zwei Kilometer flussaufwärts von den Wasserfällen.«

Pearce hielt noch einmal inne, um sich zu wappnen. »Er musste was getrunken haben, anders kann ich es mir nicht erklären. Wenn er nüchtern gewesen wäre, hätte er so viel Verstand gehabt, sich Ruder mitzunehmen und zu kontrollieren, wie viel Sprit noch im Tank ist. Er ist rausgefahren, rumgekurvt, und auf einmal war der Tank leer. Natürlich ist ihm der Motor verreckt, und er hat ihn nicht mehr zum Laufen gebracht. Die Strömung hat ihn mitgerissen, hinüber in den kanadischen Arm und dann die Hufeisenfälle hinunter.«

»Lieber Gott«, sagte ich.

»Sie haben es als Unfall zu den Akten gelegt. Dabei wäre das Ganze leicht zu vermeiden gewesen. Aber Harry war manchmal so dumm«, sagte sie. »Ich frage Sie, wie dusslig kann ein Mensch denn sein?« Sie schniefte. Dann lächelte sie und sagte: »Das heißt nicht, dass ich ihn nicht geliebt habe, diesen Mistkerl. Aber manchmal hat's bei ihm richtig ausgesetzt.«

Phyllis Pearce atmete aus. Sie schauderte, als wollte sie die Erinnerung abschütteln. »Ich kultiviere gern meinen Ruf als zähes altes Luder, vor dem sich alle in Acht nehmen sollten. Denn wer hat schon Angst vor einer alten Schachtel, wenn sie sentimental wird?«

»Ich werde keiner Menschenseele verraten, dass Sie ein Herz haben«, sagte ich.

Sie lächelte. »Ja, seien Sie so gut.«

Ich stand auf. »Danke, dass Sie sich Zeit genommen haben.« Auch sie erhob sich aus ihrem Sessel. »Wenn Sie was von Claire hören, sagen Sie mir Bescheid? Ich bin zwar kein großer Fan von ihrem Vater, aber ich hoffe inständig, dass ihr nichts passiert ist.«

»Klar«, sagte ich und reichte ihr die Hand. »Machen Sie's gut.«

Ich war schon fast wieder im Stadtgebiet, als die Polizei von Griffon mich anhielt und in Gewahrsam nahm.

FÜNFUNDDREISSIG

Ich hatte den Streifenwagen schon im Rückspiegel gesehen, kurz bevor die Lichter angingen und die Sirene los-
heulte. Ich fuhr brav an den Straßenrand und wartete, dass
ein Polizist sich meiner annahm. Ein weiterer Blick in den
Spiegel offenbarte mir, dass es Officer Hank Brindle war,
mit dem ich das Vergnügen haben würde.

Als er neben mir stand, ließ ich das Fenster herunter.

»Officer«, sagte ich.

»Aussteigen, Mr. Weaver«, sagte Brindle.

»Was wird mir zur Last gelegt, wenn ich fragen darf?« Die
Frage klang so abgedroschen, war aber irgendwie naheliegend. »Kaputtes Rücklicht?«

»Aussteigen«, wiederholte er und legte die Hand auf die
Waffe, die an seinem Gürtel hing.

Ich machte den Motor aus und folgte Brindles Aufforderung. Da sah ich, wie Ricky Haines auf der Beifahrerseite
ausstieg und seinem Partner schnell zu Hilfe kam.

»Umdrehen«, sagte Brindle. »Hände aufs Dach.«

Ich gehorchte. Haines tastete mich ab. Die Glock hatte ich

heute nicht dabei, doch er entdeckte mein Handy und konfiszierte es.

»Er ist sauber«, sagte Haines.

»Hände hinter den Rücken«, sagte Brindle. »Und machen Sie keine Dummheiten.«

»Keine Sorge«, sagte ich, »das überlasse ich den Experten.« Er legte mir Plastikhandfesseln an, packte mich am Ellbogen und führte mich zum Streifenwagen. Er öffnete eine Fondtür, und ich duckte mich, damit ich mir nicht den Kopf anstieß, als er mich hineinschubste. Ich brachte meinen Fuß gerade noch ins Auto, bevor er die Tür zuschlug.

»Hilft mir vielleicht jemand, mich anzuschnallen?«, fragte ich, als sowohl Haines als auch Brindle vorne einstiegen. Ich muss zugeben, dass meine Rüpelhaftigkeit nur die Tatsache verschleiern sollte, dass ich ziemlichen Bammel hatte. Was zum Teufel hatten sie in meinem Wagen gefunden? Oder besser: Was zum Teufel hatten sie in meinen Wagen hineingeschmuggelt?

Ricky Haines hatte die Beifahrertür noch nicht richtig geschlossen, da schoss Brindle schon los, dass der Kies des Banketts hochspritzte.

»Gestern Abend war ich mir nicht hundertprozentig über Sie im Klaren«, sagte Brindle. »Jetzt schon.«

»Echt?«

»Jetzt können Sie sich nicht mehr rausreden.«

»Tatsache?«

»Tatsache! Todsicher.« Er trommelte mit den Fingern aufs Lenkrad. »Aber Klugscheißer, die privat rumschnüffeln müssen, waren mir sowieso schon immer suspekt.«

Ich schwieg und bemühte mich angesichts meiner im

Rücken gefesselten Hände um eine halbwegs bequeme Sitz-position.

»Wenn es Ihnen wirklich darum gegangen wäre, Verbrecher zu fangen, wären Sie Polizist geworden. Ich und Ricky sind Tag und Nacht im Einsatz, damit Griffon ein sicherer Ort zum Leben bleibt. Aber Typen wie Sie haben nichts Besseres zu tun, als hinter Männern herzuschnüffeln, die ihre Frauen betrügen und umgekehrt. Was bei Ihnen rauskommt, ist nur ein feuchter Furz. Sie leisten nichts für die Allgemeinheit und stehen Leuten wie mir nur im Weg rum.«

»Ich *war* mal Polizist«, sagte ich. Fast hätte ich gesagt »wie Sie«. Aber ich hoffe doch sehr, dass ich nie ein Polizist war wie er.

»Tatsache? Und wo soll das gewesen sein?«

»In Promise Falls. Nördlich von Albany.«

»Schöne Gegend«, sagte Brindle. »Und? Was ist passiert? War Ihnen die Kriminalitätsrate in Promise Falls zu hoch? Zu viele Leute, die ohne Erlaubnis gefischt haben? Zu viele Elche ohne Führerschein auf der Straße?«

»So in der Art«, sagte ich. Bei der ersten Gelegenheit würde ich Patrick Slaughter anrufen, meinen Anwalt. Er sollte rauskriegte, was die Polizei gegen mich in der Hand hatte. »Ich möchte jemanden anrufen.«

»Das glaub ich Ihnen gern.«

»Sobald wir auf dem Revier sind.«

»Oh«, sagte Brindle und drehte sich kurz zu mir um. »Sie glauben also, wir fahren aufs Revier?«

Dann sah er in den Rückspiegel, fing meinen besorgten Blick auf und lachte leise. »Jetzt sollten Sie Ihr Gesicht sehen. War nur 'n Gag.« Er sah zu Haines hinüber. »Man wird doch wohl noch ein bisschen Scheiß machen dürfen, oder?«

Haines war das Ganze sichtbar peinlich. »Ach komm«, sagte er. »Das ist doch überhaupt alles Schwachsinn.«

Brindle sah ihn von der Seite an.

Als wir zum Revier kamen, fuhr Brindle nach hinten in eine offene Garage. Ich durfte aussteigen. Vom Wagen zum Hintereingang des Polizeigebäudes waren es gerade mal drei Meter, doch auch für die paar Schritte führte er mich am Ellbogen. Er brachte mich in eine Arrestzelle im Keller.

Hier unten konnte man einen Menschen ziemlich lange schmoren lassen, bevor irgendjemand erfuhr, was mit ihm geschehen war. Wenn ich Donna bei Dienstschluss nicht abholte, würde sie annehmen, dass mich die Arbeit abhielt, und irgendwie allein nach Hause kommen. Selbst wenn sie versuchen sollte, mich anzurufen, würde sie sich erst mal keine Gedanken machen, wenn sie mich nicht erreichte.

Brindle nahm mir die Handfesseln ab, verließ die Zelle und schloss die Tür hinter sich, die sich automatisch verriegelte. »Bin bald zurück. Laufen Sie mir nicht weg«, sagte er grinsend. Dann ließ er mich allein mit meinen Gedanken zurück.

Es waren einige, die mir durch den Kopf gingen, und keiner von ihnen besonders angenehm. Ich wurde das Gefühl nicht los, dass sie etwas Belastendes in meinem Auto gefunden hatten. Da gab es die Perücke, aber die war leicht zu erklären, genauso wie eventuelle Blutspuren auf dem Beifahrersitz. Es waren die von Claire. Und das Ergebnis eines DNA-Tests konnte unmöglich in so kurzer Zeit vorliegen.

Wenn sie mich also nicht wegen etwas geschnappt hatten, das sich schon im Wagen befunden hatte, dann musste es etwas sein, das sich dorthin verirrt hatte, seit man ihn mir weggenommen hatte.

War Augie dazu fähig? Seinem eigenen Schwager Beweise unterzuschieben? Selbst wenn ich es ihm zutraute, mir fiel kein Grund ein, weshalb er es tun sollte. Gut, in seinen Augen war ich ein Idiot. Das war vielleicht ein Grund, mir in die Fresse zu hauen, aber wohl kaum eine Rechtfertigung für eine Festnahme.

Ich hörte, wie am Ende des Ganges eine Tür aufging, dann Schritte, die sich meiner Zelle näherten. Ich sprang auf von der am Boden festgeschraubten Metallbank, auf der ich gesessen hatte, und stellte mich an die Gittertür, um zu sehen, wer da kam.

Ein Polizist in Uniform. Doch es war weder Brindle noch Haines.

Es war Officer Marv Quinn, der Partner von Donnas Freundin Kate Ramsey. Anscheinend benutzte er diesen Flur, um von einem Teil des Gebäudes in einen anderen zu gelangen. Als er an meiner Tür vorbeikam und erkannte, wer da stand und die Finger um die Gitterstäbe klammerte, sah er mich bestürzt an.

»Was zum Teufel?« Wenn seine Überraschung nur gespielt war, dann war er zumindest ein guter Schauspieler. In Anbetracht der Tatsache, dass er derjenige gewesen war, der Augies Befehl zur Beschlagnahme meines Wagens an Brindle und Haines weitergegeben hatte, hätte ihn meine Anwesenheit in einer Arrestzelle nicht so erschüttern dürfen.

»Hey«, sagte ich.

»Was machen Sie denn hier?«

»Nur ein bisschen rumstehen.«

»Nein, im Ernst. Was machen Sie hier?«

Ich betrachtete ihn misstrauisch. »Ich nehme an, bei der Durchsuchung meines Wagens ist was rausgekommen. Etwas, das nicht drin war, bevor er abgeschleppt wurde.«

Quinn sah gekränkt drein. »Also kommen Sie, so was machen wir hier nicht.« Und das aus dem Mund eines Mannes, dessen Partnerin einem jungen Mann Farbe in den Rachen gesprüht hatte. Wenn man dem Jüngling von der Tankstelle, an der ich die Kopfschmerztabletten gekauft hatte, Glauben schenken konnte. Quinn wusste sehr genau, was man hier machte und was nicht.

»Wenn Sie meinen«, sagte ich.

Quinn rieb sich die Stirn, als sei ihm gerade etwas eingefallen. »Hören Sie, es tut mir leid, wenn ich gestern Nacht ein bisschen grob rübergekommen bin. Ich wusste nicht, dass Ihre Frau – Donna, stimmt's? – und Kate befreundet sind. Weiß sie, dass Sie hier unten sitzen?«

»Wer?«, fragte ich. »Kate oder Donna?«

»Donna.«

»Nein, weiß sie nicht. Soweit *ich* weiß.«

Quinn nickte. »Wenn Sie wollen, könnte ich es Kate sagen, und Kate könnte Donna Bescheid geben.«

Eine gute Idee, insbesondere, wenn man mir keine Gelegenheit gab, meinen Anwalt anzurufen.

»Ja, das wäre sehr nett von Ihnen«, sagte ich. Der Ton, in dem er den Namen seiner Partnerin ausgesprochen hatte, machte mich stutzig. »Sind Sie und Ramsey schon lange Partner?«

Marvin Quinn nickte. »Ein Jahr ungefähr.« Er sah mich von der Seite an, »Donna hat's Ihnen wahrscheinlich erzählt, oder?«

»Mir was erzählt?«

»Ich meine, wenn sie und Kate miteinander quatschen, dann weiß Donna wahrscheinlich Bescheid und hat's Ihnen gesagt. Aber es wäre uns lieber, wenn sich das nicht gleich rumspricht.«

Ich versuchte, mir in Windeseile einen Reim darauf zu machen. »O ja, klar. Das mit Ihnen und Kate.«

»Der Chief sieht es nicht gern, wenn Partner sich privat treffen. Und in einer so kleinen Dienststelle, wo's eh nur zwei Frauen gibt, ist das eigentlich kein Thema. Aber er wäre nicht erfreut, wenn er wüsste, dass Kate und ich … Sie wissen schon.«

»Klar«, sagte ich. Wir hörten, wie eine Tür aufging.

»Egal, halten Sie durch«, sagte Quinn und ging weiter. Sekunden später sah Haines zu mir herein.

»Ich möchte meinen Anwalt anrufen«, sagte ich.

»Ja, ich weiß«, sagte Haines. »Mein Partner stellt sich da gern taub. Es ist, ich meine, es entspricht nicht ganz den Vorschriften, aber soll ich ihn für Sie anrufen?«

Ich wusste nicht, wie mir geschah. Haines sah mir meine Verblüffung an.

»Wir sind nicht alle böse«, sagte Ricky Haines.

Ich dachte über sein Angebot nach. »Nein«, sagte ich. »Aber danke.« Erstens wollte ich nicht in der Schuld von irgendeinem der hiesigen Polizisten stehen. Und zweitens wollte ich mir gar nicht vorstellen, was Brindle vielleicht mit seinem Partner anstellen würde, wenn er herausbekam, dass der mir einen Gefallen getan hatte.

»Gut«, sagte Haines. »Hören Sie, eigentlich müsste ich Ihnen die Handfesseln wieder anlegen, aber ich glaube nicht, dass Sie mir abhauen.«

»Wo bringen Sie mich hin?«

»Werden Sie gleich sehen.«

Er öffnete die Zellentür, führte mich eine Treppe hoch und dann einen Gang entlang in einen Raum, in dem schon vier Männer saßen. Alle weiß, alle ungefähr meine Größe und mein Gewicht, doch hier hörten die Gemeinsamkeiten auch schon auf. Einer hatte graues Haar, einer schwarzes. Einer hatte ein ovales Gesicht mit einem spitzen Kinn, ein anderer ein rundes mit Pausbacken. Ein Dritter den Flattermann, als wäre er auf Entzug. Bei zweien war ich mir ziemlich sicher, dass es sich um Polizisten hier aus der Stadt handelte, obwohl sie nicht in Uniform waren, sondern ausstaffiert, als wären sie verdeckte Ermittler, verkleidet als Stammgäste einer Suppenküche.

Man musste kein Kriminologe sein, um zu verstehen, worum es hier ging. Wir waren die Akteure einer Gegenüberstellung. Gleich würden wir in einen Nebenraum gebracht werden, wo uns eine zum Größenvergleich mit Messlinien versehene Wand erwartete. Dann würde man uns auffordern, einen Schritt vorwärtszugehen, uns einmal linksherum und dann rechtsherum zu drehen, als wären wir zum Vortanzen gekommen. Allerdings nicht für *A Chorus Line,* sondern für ein Remake von *Gangs of New York.*

Niemand sagte ein Wort. Dann ging eine Tür auf, und Haines forderte uns auf, die Plattform zu besteigen. Ich war der Zweite in der Reihe.

Zu fünft standen wir unter grell leuchtenden Lampen, die es uns unmöglich machten zu sehen, was vor uns war. Ich wusste jedoch, dass es eine Wand mit einem darin eingelassenen Einwegspiegel war.

Eine mir unbekannte Stimme sagte: »Alle den Kopf nach links drehen.«

Wir gehorchten, nur der Flattermann brachte einen Knoten hinein und drehte ihn nach rechts. Dafür sah er nach links, als wir anderen den Kopf nach rechts drehen sollten.

»Nummer drei, bitte vortreten.« Das war der Typ zu meiner Rechten, einer der beiden, die meiner Meinung nach Polizisten waren. Er machte einen Schritt vorwärts, drehte wie gewünscht den Kopf erst links, dann rechts und trat dann zurück ins Glied.

»Nummer vier, dasselbe.«

Das war ich. Ich tat, was man von mir verlangte. Machte einen Schritt nach vorn, drehte mich wieder links, dann rechts, trat zurück ins Glied.

»Hat jemand gesagt, Sie sollen zurücktreten, Nummer vier?«

Ich trat wieder vor. Eigentlich war es ungeheuerlich, mich zu einer Gegenüberstellung antreten zu lassen, bevor ich überhaupt Gelegenheit bekommen hatte, mit einem Rechtsbeistand zu sprechen. Was für eine Überraschung!

»In Ordnung, zurücktreten.«

Ich tat wie befohlen. Wir standen noch ein, zwei Minuten da, dann ging die Tür auf, und wir wurden aufgefordert, unsere Ärsche von der Bühne zu bewegen. Na ja, vielleicht nicht ganz mit denselben Worten.

Die vier anderen durften den Raum verlassen, nur als ich durch die Tür gehen wollte, hielt Brindle mich auf.

»Raten Sie mal«, sagte er, »wer die Rolle gekriegt hat.«

Er führte mich einen weiteren Flur entlang in einen Vernehmungsraum. Vier blassgrüne Wände, ein Tisch, drei Stühle. Zwei auf einer Seite, der einzelne auf der anderen. Er platzierte mich auf dem Einzelstuhl und setzte sich selbst auf einen der Stühle gegenüber.

»Ich hab da ein paar Fragen«, sagte Brindle.

»Ich habe nichts zu sagen. Nicht, solange ich keinen Rechtsbeistand habe. Sie haben mir noch nicht mal gesagt, warum ich hier bin.«

»Sie wissen nicht, warum Sie hier sind? Echt nicht?«

»Echt nicht. Aber ich kann's mir denken. Ihr habt was in meinem Wagen gefunden. Etwas, das noch nicht drin war, als er abgeschleppt wurde.«

Seine Miene verfinsterte sich. »Dann kommen Sie doch mal mit. Vielleicht kann ich Ihrem Gedächtnis ein bisschen nachhelfen.«

Ich musste an den alten Cartoon von James Thurber denken, in dem der Staatsanwalt mit einem Känguru ankommt und zum Zeugen sagt: »Vielleicht hilft Ihrem Gedächtnis das ja auf die Sprünge.« Ich hatte allerdings durchaus meine Zweifel, dass Brindle mit irgendwelchen Geschöpfen aus dem australischen Outback aufzuwarten hatte.

Wieder führte er mich aus dem Raum und einen Flur entlang. Von meinen früheren Besuchen in diesem Gebäude – bei denen jedoch nie Abstecher in Arrestzellen oder Vernehmungsräume auf dem Programm standen – wusste ich, dass wir auf dem Weg zum Haupteingang waren.

Wir durchschritten zwei weitere Türen und kamen schließlich hinter dem Empfangsschalter heraus. Am anderen Ende des Raums sah ich einen Mann und eine Frau mit einem Jungen, ihrem Sohn vermutlich. Er war achtzehn, schmächtig, ungefähr eins sechzig groß und hatte eine kurze Igelfrisur. Er trug Jeans, Sportjacke, weißes Hemd und Krawatte. Ein seriöser junger Mann also.

Ich wusste, wie alt er war, aber das war noch nicht alles. Ich wusste auch, dass er letztes Jahr mit meinem Sohn zur

Schule gegangen, im Sommer jedoch nach Lockport über-
siedelt war. Außerdem wusste ich, dass er Russell Tapscott
hieß und ein eigenes Cabrio hatte. Einen Audi, blau mit
schwarzer Innenausstattung.

Und was ich noch wusste: Es war keine achtundvierzig
Stunden her, seit ich ihn zuletzt gesehen hatte.

Russell saß neben seiner Mutter auf einem Stuhl. Sein Vater
lief vor ihnen auf und ab.

Russell sah mich als Erster.

»Das ist er!«, rief er, stand auf und zeigte auf mich. »Das ist
der Arsch, der mich die Wasserfälle runterschmeißen wollte.«

Alles klar. Jetzt wusste ich wenigstens, warum ich hier war.
Mit meinem Wagen hatte es nicht das Geringste zu tun.

SECHSUNDDREISSIG

Vor einiger Zeit, noch gar nicht so lange her, auch wenn es sich für mich anfühlte, als sei inzwischen eine Ewigkeit vergangen, da hatte ich mit meinem eigenen Sohn im Empfangsbereich der Polizeidienststelle Griffon gestanden. Scott war damals vierzehn gewesen und war aufgegriffen worden, weil er unter dem Einfluss bewusstseinsverändernder Substanzen – welche es waren, war nicht sofort erkennbar – an einem öffentlichen Ort Aufsehen erregt hatte.

Der öffentliche Ort war ein Wohngebiet in Griffon, die Zeit kurz nach Mitternacht. Scott lief mitten auf der Straße auf und ab und bewegte die Arme, als versuche er, zum Flug abzuheben. Auch von einem herannahenden Streifenwagen ließ er sich von seinem Vorhaben nicht abbringen. Also wurde er auf dessen Rücksitz verfrachtet und aufs Revier gebracht.

Wie sich herausstellte, befand Augie sich zu diesem Zeitpunkt im Gebäude und erkannte seinen Neffen natürlich sofort. Er winkte seine Männer zu sich und fragte, was geschehen sei. Dann schickte er sie weg und blieb mit Scott allein.

Weil er seine Schwester nicht beunruhigen wollte, rief er mich auf dem Handy an. Ich hatte es zwar auf lautlos gestellt, hörte aber das Vibrieren auf dem Nachttisch. Es gelang mir, den Anruf entgegenzunehmen, ohne Donna zu wecken.

Ich sagte, ich käme sofort.

Augie übergab mir meinen Sohn ohne ein Wort des Tadels. Der Junge schien zu schweben. Ich wartete, bis wir auf dem Parkplatz waren, dann nahm ich ihn mir zur Brust.

»Was hast du dir eigentlich dabei gedacht?«

Er zeigte auf den Nachthimmel. »Siehst du das da oben? Da bewegt sich was. Ein kleines Licht. Könnte ein Satellit sein. Oder ein Flugzeug.«

»Wir fahren nach Hause.«

»Warte. Ich muss sehen, wohin es fliegt. Was ist, wenn es kommt, um mich mitzunehmen?«

»Himmelherrgott.« Ich packte ihn am Arm, schleifte ihn zum Wagen und setzte ihn auf den Beifahrersitz.

»Schon gut«, sagte er. »Es ist nicht meinetwegen da. Es fliegt zu weit dort rüber.«

»Warum hat die Polizei dich mitgenommen? Was für eine Wahnsinnsnummer hast du da abgezogen?«

»Sie waren mir im Weg.«

»Im Weg?«

»Sie haben die Startbahn blockiert.«

»Sag mal, spinnst du jetzt total? Wann ist endlich Schluss mit dem Scheiß? Du bringst uns noch ins Grab, ist dir das klar? Du bringst mich ins Grab, und du bringst deine Mutter ins Grab.«

Er drehte sich langsam zu mir und blickte mich an, als sähe er mich zum ersten Mal. »Ich will euch doch nicht ins Grab bringen.« Er lächelte. »Ich hab euch doch lieb.«

»Geniale Art, uns das zu zeigen.«

»Ich tu's nie wieder«, sagte er und machte eine entschlossene Armbewegung, eine Art Karateschlag, um seinen Worten Nachdruck zu verleihen. Er schlug sich die Handkante am Armaturenbrett an. »Autsch. Scheiße.«

»Das hast du schon so oft gesagt, Scott. Das kannst du dir sparen.«

Er sah wieder hinauf in den Nachthimmel. Diesmal durch die Windschutzscheibe. »Ich würde gern ins All fliegen. Oder vielleicht doch nicht. Ist wahrscheinlich eiskalt da oben. Wo ist Mom?«

Ich fragte mich, ob sie wach war. Ich hatte ihr einen Zettel geschrieben, dass ich unterwegs sei, um unseren Sohn abzuholen. Nichts davon, dass die Polizei ihn mitgenommen hatte. »Zu Hause. Wahrscheinlich ist sie ganz krank vor Sorge um dich.«

Scott runzelte die Stirn. »Wieso denn?«

Ich seufzte. Damals hatte ich mich gefragt, wie lange das noch so weitergehen würde, ob wir jemals das andere Ende dieses Tunnels erreichen würden. »Wir wollen nur, dass du aufhörst, dir selbst zu schaden. Wir wollen, dass du damit aufhörst.«

Er nickte, und einen winzigen Moment dachte ich, ich wäre zu ihm durchgedrungen.

»Geht klar«, sagte er schließlich. Und nach einer Pause: »Nach Hause, James.«

Hank Brindle brachte mich zurück in die Gegenwart. »Dämmert's?«

»Anwalt«, sagte ich.

»Sie haben wirklich einen Sprung in der Platte«, sagte er. Er schob mich durch eine Tür hinaus aus dem Empfangsbereich. »Sieht aus, als ob der Junge Sie kennt.«

»Sieht aus, als ob der Junge ein Problem mit mir hat.«

»Hat er auch. Aber nur ein ganz kleines. Er sagt, Sie haben versucht, ihn umzubringen.«

Ich schwieg.

»Er hat uns erzählt, dass Sie sich mit ihm in einem Park ganz in der Nähe der Wasserfälle verabredet und ihm dann gedroht haben, ihn in den Fluss zu schmeißen, wenn er nicht zugibt, dass er es war, der Ihrem Sohn Drogen vertickt hat, bevor er vom Dach von Ravelson Furniture geflogen ist.«

Ich schwieg.

»Er sagt, Sie wollten ihm nicht glauben, dass er es nicht gewesen ist, und dass Sie gesagt haben, wenn er es nicht war, dann weiß er zumindest, wer's war. Und die ganze Zeit haben Sie so getan, als würden Sie ihn gleich über das Geländer ins Wasser stoßen. Kommt Ihnen das irgendwie bekannt vor?«

Ich glotzte Brindle ausdruckslos an. Wir gingen wieder in einen Vernehmungsraum, wo er mich wieder auf einen Stuhl drückte. Dann setzte er sich mir gegenüber an den Tisch.

»Sie haben den Jungen zu Tode erschreckt, das kann ich Ihnen sagen. Er behauptet, Sie haben irgendwas gesagt von wegen, wenn er irgendjemandem was über Ihr kleines Rendezvous erzählt, dann würden Sie nicht nur alles abstreiten, sondern der Polizei auch alles erzählen, was Sie über ihn wissen, nämlich dass er ein Dealer ist. Und dass er, wenn er ein bisschen Verstand in der Birne hat, schön den Mund hält.«

Brindle lehnte sich zurück und grinste. »Aber wissen Sie was? Der Kerl hat sich nicht einschüchtern lassen. Und wissen Sie, warum? Weil sein Vater *Anwalt* ist – nicht der, den Sie gern anrufen möchten, aber Anwalt. Und der Junge weiß genau, dass Sie sich da ins eigene Knie geschossen haben, selbst wenn diese Knalltüte der Kopf des ganzen mexikanischen Drogenkartells wäre. Was er übrigens nicht ist. Er ist noch nicht mal mit einem Joint in der Tasche erwischt worden.«

Ich blickte zur Tür, dann wieder zu Brindle.

»Sie haben noch immer nichts zu sagen?«, fragte Brindle.

»Und wenn ich Ihnen nur ein paar ganz einfache Fragen stelle? Zum Beispiel: Wo waren Sie vorgestern Abend so um acht?«

»Kann ich nicht sagen.«

»Sie erinnern sich nicht?«, sagte er. »Haben Sie nicht gesagt, sie hatten einen Auftrag in Tonawanda zu erledigen?«

»Ja.«

»Also, wann waren Sie da unten fertig?«

»Kann ich nicht sagen. So aus dem Stegreif.«

»Sie haben anscheinend ernsthafte Probleme mit Ihrem Gedächtnis«, sagte Brindle. »Russell aber nicht. Er kann beschreiben, was Sie anhatten, mit was für einem Wagen Sie unterwegs waren … jede Menge relevante Einzelheiten. Wissen Sie, was ich interessant finde?«

Ich schüttelte den Kopf.

»Nach allem, was ich gesehen habe, sind Sie doch ein halbwegs intelligenter Kerl. Aber das hier, dass Sie dem Jungen drohen, ihn in den Fluss zu werfen, ist ja wohl mehr als bescheuert. Ich nehme an, das mit Ihrem Sohn hat Sie so aus der Bahn geworfen – und wer könnte Ihnen das verdenken? –, dass Sie schön langsam durchdrehen. Kommt das in etwa hin?«

Als ich auch diesmal nicht antwortete, fuhr er fort: »Ich weiß, vorhin im Wagen, da hab ich gesagt, dass Sie eine Weile von der Bildfläche verschwinden werden, und ich bin bereit zuzugeben, dass ich mich da vielleicht geirrt habe. Möglich, dass ein Richter, eine Jury, ein bisschen Mitleid mit Ihnen hat, versteht, was Sie dazu getrieben hat, auch wenn es falsch war. Wenn Sie mit der Wahrheit rausrücken, zugeben, was Sie getan haben, aber erklären, warum Sie's getan haben, na, dann könnte ich mir vorstellen, dass Sie ein bisschen brummen müssen, aber nicht sehr lang.«

Ich fläzte mich hin und steckte die Hände in die Hosentaschen. Mein Mund war ausgetrocknet, aber ich hätte mir eher die Zunge abgebissen, als diesen Kerl um ein Glas Wasser zu bitten.

»Auf der anderen Seite, jetzt, wo der Kleine sich gemeldet hat, könnte ich mir denken, dass das auch noch andere tun«, sagte Brindle. »Er wird ja wohl nicht der Einzige gewesen sein, den Sie so drangsaliert haben. Wenn das passiert, wenn da noch mehr junge Leute auftauchen, die sich beschweren – der Bursche sagt nämlich, er kennt noch mindestens eine Person, einen gewissen Len Edgerton oder Eggleton oder so ähnlich –, tja, dann könnte alles schon wieder ganz anders aussehen. Ich glaube, das Klügste, was Sie –«

Ein lautes Klopfen an der Tür. Zwei deutlich wahrnehmbare Schläge. Brindle riss den Kopf herum und sah, wie die Tür aufging.

Da stand Augustus Perry.

»Chief«, sagte Brindle.

»Officer.« Perry kam herein und setzte sich auf den Stuhl

neben Brindle. Er sah mich mit einer Mischung aus Verachtung und Belustigung an. »Ich hab da gerade diese Gegenüberstellung gesehen und mir gedacht, dieses Gesicht kommt mir doch bekannt vor.«

»Ich führe hier gerade eine Vernehmung durch, Sir«, sagte Brindle, den die Anwesenheit seines Vorgesetzten offenbar nicht im mindesten beeindruckte. »Ihre Verbindung zu Mr. Weaver ist mir nicht unbekannt, trotzdem möchte ich –«

Augie brachte ihn mit einer Handbewegung zum Schweigen. »Ich verstehe. Sie machen Ihre Arbeit. Recht so. Mir soll keiner nachsagen, dass jemand meinetwegen eine Sonderbehandlung kriegt.«

Ein »Aber« hing in der Luft. Ich spürte es – zumindest hoffte ich, dass da eines hing –, und Brindle spürte es auch.

»Officer«, sagte Augie, »ich wurde soeben von dieser Beschwerde gegen Mr. Weaver unterrichtet. Das ist eine sehr schwere Anschuldigung.«

»Das stimmt, Sir. Der Beschwerdeführer hat sehr konkrete Vorwürfe vorgebracht.«

»Um welche Zeit soll dieser Vorfall seinen Angaben nach stattgefunden haben?«

»Vorgestern Abend. Zwischen acht und neun. Mr. Weaver hatte sich zuvor mit ihm verabredet. Unter dem Vorwand, Drogen kaufen zu wollen.«

»Sie haben eine Aufzeichnung dieses Gesprächs?«

»Die haben wir. Auf Russell Tapscotts Mobiltelefon. Der Anruf kam aus einer Telefonzelle.«

»Einer Telefonzelle«, wiederholte Augie.

»Ja, Sir.«

»Und wann soll der unterstellte Vorfall sich noch mal ereignet haben?«

»Zwischen acht und neun.«

Der Polizeichef nickte gedankenvoll. »Tja, Mr. Brindle, ich fürchte, Sie müssen Mr. Weaver gehen lassen.«

»Wie bitte?«

»Ein Zeuge hat sich gemeldet, der Mr. Weaver zur fraglichen Zeit an einem anderen Ort gesehen hat.«

Donna.

Sie musste es gewesen sein. Quinn musste Kate Bescheid gesagt haben, die hatte es Donna gesagt, die ihrerseits zu ihrem Bruder gegangen war und gesagt hatte, ich hätte den Abend mit ihr verbracht. Zumindest bis fast um zehn. Denn da hatte ich ja Claire Sanders vor Patchett's einsteigen lassen, wie ich die ganze Zeit gebetsmühlenartig wiederholt hatte.

Andererseits war es nicht ungewöhnlich, dass eine Frau log, um ihren Ehemann zu schützen. Ich war mir nicht sicher, dass ihre Aussage reichen würde, mir den Arsch zu retten.

Brindle schüttelte energisch den Kopf. »Das bezweifle ich, Sir. Ich glaube, Mr. Weaver hätte diesen Zeugen erwähnt, wenn es ihn gegeben hätte. Momentan scheint er unter schweren Gedächtnisausfällen zu leiden.« Er schnaubte leise. »Vielleicht dachte Mr. Weaver ja, dass er auf unzulässige Weise seine Beziehungen ins Spiel bringen könnte, wenn er sein Alibi preisgibt.«

»Chief?«

Brindle war völlig verdutzt. Und er war nicht der Einzige.

»Mr. Weaver war bei mir«, sagte Augie und bedachte mich mit dem kältesten Lächeln, das ich je gesehen habe. »Auf jeden Fall in dem Zeitraum, den Sie genannt haben. Er war bei mir zu Hause, im Keller. Dort haben wir Billard gespielt. Stimmt's, Cal?«

314

SIEBENUNDDREISSIG

Hab ich doch glatt vergessen«, sagte ich. »Ich dachte, das wär am Tag davor gewesen.«

»Nee«, sagte Augie. »Das war vorgestern Abend.« Er grinste. »Und, nur fürs Protokoll, du bist der lausigste Billardspieler, der mir je untergekommen ist.« Er wandte sich an Brindle. »So. Dann gehen Sie jetzt raus und erklären dem Jungen und seinen Eltern, dass das alles ein Versehen war.«

»Chief, das ist doch Schwach…«

»Wie bitte?«, sagte Augie. »Wollten Sie sagen, dass das, was ich Ihnen gerade gesagt habe, Schwachsinn ist?«

Brindle setzte zu einer Antwort an, doch es blieb beim Ansetzen. »Nein, natürlich nicht, *Chief*.« Die Betonung des letzten Wortes ließ keinen Zweifel an seiner Geringschätzung für seinen Vorgesetzten.

»Na, wunderbar. Würden Sie sich dann bitte darum kümmern, während ich noch einen Augenblick mit Mr. Weaver hierbleibe, um ihm unser Bedauern über dieses unglückliche Missverständnis auszudrücken? Ich glaube, die Tapscotts warten noch immer am Empfang.«

Brindle stieß seinen Stuhl zurück. Sein Gesicht war rot vor Zorn. Er glaubte Augie kein Wort. »Mach ich.«

»Vielleicht weisen Sie die Eltern darauf hin, dass der Junge sich eine Klage wegen groben Unfugs hätte einhandeln können, wenn ich heute nicht so milde gestimmt wäre.«

Brindle sah aus, als hätte ihm jemand einen Eimer kaltes Wasser über den Kopf geschüttet, aber ich war zu perplex, um mich daran zu weiden. Ich wusste nicht, was für ein Spielchen Augie hier trieb.

»Ja«, sagte Brindle. »Ich kümmer mich gleich darum.«

Als er sich zum Gehen wandte, blieb er mit dem Fuß an einem Stuhlbein hängen. Er versetzte dem Stuhl einen Tritt, dass der quer durchs Zimmer gegen die Wand flog. Er verließ den Raum, ohne sich noch einmal umzusehen, doch nicht, ohne die Tür eine Spur zu fest ins Schloss fallen zu lassen. Augie und ich klappten einen winzigen Moment die Augen zu.

Mehrere Sekunden vergingen. Keiner von uns sagte ein Wort. Wir saßen da und sahen einander an.

»Kann ich mein Handy zurückhaben?«

»Aber gern«, sagte Augie. »Du und ich, wir sollten miteinander reden.«

Es gab Zeiten, da litt ich unter der Wahnvorstellung, ein anständiger Mensch zu sein.

Ich glaubte, ich hätte Ideale. Ich glaubte, mein Verhalten werde von edlen Motiven bestimmt. Aber mit zunehmendem Alter kommt auch die Einsicht, dass jeder Tag einem Kompromisse abverlangt. Dass man die allgemeinen Regeln den eigenen Bedürfnissen anpasst, ist nichts, was einem schlaflose Nächte bereiten müsste.

Ich wusste genau, was ich tat, als ich die rote Linie überschritt. Sechs Jahre war das jetzt her. Was aber nicht heißt, dass ich nicht wieder hinter diese Linie hätte zurücktreten können. Ich hätte mir vornehmen können, mich zu bessern. Und vielleicht hatte ich das eine Zeitlang auch durchgehalten. Doch in den letzten Monaten hatte ich die Linie nicht nur überschritten, ich hatte mich regelrecht über sie katapultiert, wie mit einem Hochsprungstab. Ich war mit Karacho auf diese Linie zu gerannt und hatte sie übersprungen. Einem jungen Burschen hatte ich gedroht, ihn in einen reißenden Fluss zu werfen, einen anderen in einen Kofferraum gesperrt, einem dritten Benzin auf die Hose geschüttet und gedroht, ein Streichholz anzuzünden. Einem vierten – ich glaube, er war gerade mal sechzehn – hatte ich eingeredet, ich würde seinen rechten kleinen Finger meiner Fingersammlung einverleiben.

Trauer und Wut – im Verhältnis eins zu eins. Eine hochgradig explosive Mischung.

Das erste Mal hatte ich die Linie übertreten, bevor ich nach Griffon kam. Das war der Grund, warum ich jetzt Privatdetektiv war und kein Angehöriger der Polizei von Promise Falls mehr.

Eines Abends, eines heißen Juliabends, sah ich mich nicht mehr in der Lage, einen Verdächtigen mit Samthandschuhen anzufassen, so wie es die Verfassung gerne hätte. Es geschah in Sekundenschnelle. Selbst jetzt noch spiele ich die Szene in Gedanken immer wieder durch, als könnte ich, wenn ich mich nur fest genug konzentrierte, den Lauf der Dinge ändern, die Vergangenheit ummodeln.

Ich habe einem Mann zu einer Woche Krankenhaus verholfen. Ich habe ihm Handschellen angelegt, seinen Oberkörper auf die Motorhaube seines Wagen gedrückt, ihn dann, Gott sei mir gnädig, am Hinterkopf gepackt, als wäre es ein Basketball, und sein Gesicht auf die Motorhaube seines schwarzen Mercedes gedroschen.

Mit Schmackes.

Er verlor das Bewusstsein. Viel hat er dabei nicht verloren, denn er war betrunken. Sternhagelvoll. Doppelt so schnell unterwegs wie erlaubt. Deshalb hat er auch die junge Mutter nicht gesehen, die den Kinderwagen über die Straße schob, in dem ihre zweijährige Tochter saß. Die beiden waren auf der Stelle tot. Er trat kurz auf die Bremse, um zu sehen, was passiert war, dann gab er Vollgas.

Ich stand auf der anderen Straßenseite und hatte gerade einem Range Rover, der vor einem Hydranten parkte, ein Knöllchen unter den Scheibenwischer gesteckt. Ich bekam alles hautnah mit. Über Funk rief ich einen Rettungswagen und fuhr dann dem Mercedes hinterher. Doch davor hatte ich noch einen Blick auf den Schaden geworfen, den er angerichtet hatte. Wenn man ein kleines Kind tot auf der Straße liegen sieht, dann brennt einem unter Umständen die Sicherung durch.

Fünf Kilometer südlich der Stadtgrenze zog ich ihn aus dem Verkehr. Zwei Kilometer lang hatte er meine Sirene und die rotierenden Lichter ignoriert. Doch dann kam er von der Fahrbahn ab, seine rechten Reifen verloren im Kies die Haftung und er die Kontrolle über den Wagen. Das Heck des Mercedes brach aus, und der Fahrer legte eine Vollbremsung hin. Der Wagen geriet ins Schleudern, wäre fast umgekippt und landete schließlich im Straßengraben, wo er schlagartig zum Stehen kam.

Als ich ihn einholte, stand die Tür offen, und der Fahrer

schlug auf den geöffneten Airbag ein wie auf einen Bienen-
schwarm. Seine Nase blutete. Beim Aussteigen rutschte er
auf dem langen Gras aus und rappelte sich wieder hoch. Als
er mich sah, wollte er türmen, der blöde Hund. Wenn es ein
gestohlener Wagen gewesen wäre, hätte ich es gerade noch
verstehen können, aber das eigene Auto mit den ganzen Papieren drin stehen lassen und wegrennen, in der Hoffnung,
ungestraft davonzukommen?
Ich packte ihn hinten an der Jacke und zwang ihn hinunter
auf die Motorhaube.
Mir ging das Bild dieses toten Kindes nicht aus dem Kopf.
Vielleicht hätte ich mich noch beherrschen können, wenn
er nicht, kaum hatte ich ihm die Fesseln angelegt, die roten
Spritzer außen auf der Windschutzscheibe gesehen und
ganz verwundert gesagt hätte: »Na, hoffentlich geht das
wieder ab.«
Bumm.
Einen Moment hatte ich Sorge, ich hätte ihn umgebracht.
Sein Körper wurde schlaff und rutschte von der Motorhau-
be hinunter ins Gras. Ich rief sofort einen Rettungswagen.
Zu meiner Erleichterung stellte ich vor dessen Eintreffen
fest, dass der Typ noch atmete. Aber er erlangte erst ein
paar Tage später wieder das Bewusstsein. Er hatte eine Ge-
hirnerschütterung vom Feinsten.
Erinnern konnte er sich an nichts mehr. Nicht, dass er zwei
Menschen niedergemäht und getötet hatte. Nicht an die
Blinklichter im Rückspiegel. Auch an meine Hand auf seinem Hinterkopf erinnerte er sich nicht und ebenso wenig
daran, mit welchem Tempo ihm die Motorhaube plötzlich
entgegengekommen war. Es wäre leicht gewesen zu behaupten, der Mann habe sich der Festnahme widersetzt, sei

gestolpert und mit dem Kopf auf die Motorhaube geprallt. Es gab schließlich keine Zeugen. Das war übrigens die Version, die ich in meinen Bericht schrieb.

Doch ich kam damit nicht durch. Zumindest nicht ganz.

Mein Wagen hatte nämlich eine Dashcam, eine kleine Videokamera an der Windschutzscheibe, die gerade noch alles eingefangen hatte, was sich an ihrem rechten Rand ereignete. Ich hätte es wissen müssen. Aber ich verließ mich darauf, dass sich alles schon im toten Winkel der Kamera abgespielt hatte. Mein Boss holte mich in sein Büro, und wir sahen uns das Video gemeinsam an. Mehrere Male hintereinander. Popcorn gab's keins.

»Ich sorge dafür, dass *das* hier verschwindet«, sagte er. »Und Sie sorgen dafür, dass *Sie* hier verschwinden.«

Meine offizielle Begründung: Ich wollte ins Privatfach wechseln. Etwas, mit dem ich schon oft geliebäugelt hatte, das ich aber wahrscheinlich nie verwirklicht hätte. Ein regelmäßiges Einkommen plus Sozialleistungen sind ein gewichtiges Argument. Doch das war jetzt futsch, und ich hatte gar keine andere Wahl, als neu anzufangen.

Ich schämte mich. Ich hatte die Erwartungen meines Arbeitgebers nicht erfüllt. Meine eigenen übrigens genauso wenig. Was aber noch verheerender war: Ich hatte die Erwartungen meiner Frau und meines damals achtjährigen Sohnes nicht erfüllt. Es war das Schlimmste, was uns bis zu diesem Zeitpunkt passiert war, aber irgendwoher kam die Kraft, es zu überstehen. Und das war in erster Linie Donnas Verdienst. Sie hatte allen Grund, wütend zu sein, mir die Schuld an unserer misslichen Lage zu geben. Nicht dass sie erfreut gewesen wäre über das, was ich getan hatte. Aber es war nun mal geschehen, und wir mussten sehen, wie wir damit klarkamen.

Einmal sagte sie, sie wünschte, es gäbe eine Möglichkeit, die Familie der toten Mutter und ihres Kindes wissen zu lassen, was ich getan hatte. »Ich glaube, sie würden sich bei dir bedanken wollen.« Das wäre vielleicht eine größere Genugtuung gewesen als die zwölf Jahre, die der Raser bekommen hatte.

Wir beschlossen, aus Promise Falls wegzuziehen. Donnas Bruder – damals war er stellvertretender Polizeichef von Griffon – erzählte ihr, dass es eine freie Stelle bei ihnen in der Verwaltung gab. Ich hatte gerade meine Lizenz als Privatermittler im Staat New York beantragt. Die würde mir in Buffalo die gleichen Dienste leisten wie im Norden von Albany.

Kurz gesagt: Es gab niemanden außer mir selbst, dem ich die Schuld dafür geben konnte, dass ich jetzt hier saß, in Augustus Perrys Büro.

»Was in aller Welt hast du dir dabei gedacht?«, sagte Augie und schloss die Tür. So musste sich in früheren Zeiten ein Schüler gefühlt haben, wenn der Lehrer mit dem Rohrstock winkte.

»Du hättest das nicht zu tun brauchen«, sagte ich. Aus mir sprach der verletzte Stolz, und das wusste ich auch. Hätte mein Schwager sich hier nicht eingemischt, hätte ich mich auf einige Unannehmlichkeiten gefasst machen müssen.

»Meinst du?«, gab er zurück und streckte mir den Zeigefinger entgegen. »Glaubst du, du wärst aus dieser Nummer allein wieder herausgekommen? Glaubst du, du wärst dem Knast entgangen? Von deiner Ermittlerlizenz will ich gar nicht erst anfangen.«

Ich murmelte etwas Unverständliches. Wer klein beigeben muss, sollte das Maul nicht groß aufreißen.

»'tschuldigung, das hab ich jetzt nicht verstanden. Also, noch mal: Was in aller Welt hast du dir dabei gedacht? Und erzähl mir nicht, das ist alles reine Erfindung und du bist das arme Unschuldslamm. Beleidige meinen Verstand nicht, klar? Wir sind beide lange genug auf der Welt, dass wir Bockmist erkennen, wenn wir reinsteigen. Wir verstehen uns?«

Ich nickte. »Ja.«

»Gut. Dann schieß los.«

»Ich hab den Kopf verloren«, sagte ich. Ich ging auf und ab, machte aber einen Bogen um Augie.

»Hervorragend. Geniale Verteidigung.«

»Es steckt auch ein bisschen Wahrheit drin.«

»Wo drin?«

»Dass ich den Kopf verloren hab.« Ich blieb stehen und ließ mich auf einer Ecke seines Schreibtischs nieder.

»Runter mit deinem Arsch von meinem Tisch«, sagte Augie.

Ich erhob mich, ließ mir aber Zeit. »Der Tod von Scott … der ist mir nicht nur an die Nieren gegangen.«

Augies strenger Blick wurde sanfter. »Weiter.«

»Du weißt ja, dass ich wie ein Verrückter überall rumgefragt hab, ob jemand weiß, wer ihm den Stoff verkauft hat.«

»Ich weiß nicht, ob *du* das weißt, aber dafür sind *wir* da.«

»Und wie weit seid ihr mit euren Fragen gekommen?«, fragte ich.

»So was dauert seine Zeit«, sagte Augie. »Du kannst so viel ermitteln, wie du willst, und plötzlich fällt dir etwas in den Schoß. Achtzig Prozent der Aufklärungsarbeit sind Glück, und das weißt du auch.«

»Ich gedenke nicht, darauf zu warten, dass mir etwas in den

Schoß fällt. Wenn ich einen Namen höre, wenn ich das Gefühl habe, das ist ein vielversprechender Kandidat, jemand, der vielleicht dealt, dann statte ich ihm einen Besuch ab oder verabrede mich mit ihm.«

»Wie mit dem kleinen Tapscott.«

»Genau.«

»Das war, äh, so was von brunzdumm, Cal.«

»Die anderen hatten alle die Hosen so voll, dass sie sich nicht getraut haben, den Mund aufzumachen. Sie wissen, dass sie Dreck am Stecken haben, und wollen kein Aufsehen.«

»Wie viele waren es?«

»Vier insgesamt.«

Er nickte nachdenklich, setzte sich und forderte mich auf, dasselbe zu tun, weil er Nackenstarre bekäme, wenn er weiterhin zu mir hochreden müsse. »Nicht, dass ich deine Taktik nicht bewundern würde, Cal. Es ist nur so, dass du als Zivilist ein größeres Risiko eingehst, wenn du sie anwendest. Wenn zwei Polizisten sich deiner raffinierten Vernehmungstechnik bedienen würden, dann würde einer den anderen decken. So wie ich jetzt dich.«

Ich brachte das Wort schließlich heraus, aber ich wäre beinahe daran erstickt. »Danke.«

Er funkelte mich an.

»Ich glaube, du hast dir Hank Brindle vorhin nicht gerade zum Freund gemacht«, sagte ich.

»Er ist schon groß. Er wird's verkraften.«

»Brindle ist ein schlechter Polizist«, sagte ich. »Er schikaniert die Leute.«

Augie schüttelte den Kopf. »Sei nicht so streng mit ihm. Die letzten Monate waren nicht leicht für ihn. Sein Vater ist krank, und er musste sich immer wieder freinehmen, um seiner Mutter bei der Pflege zu helfen. Und lass dir von Haines keinen Sand in die Augen streuen. Der ist der Stillere, aber momentan auch ziemlich neben der Spur.«

»Was für ein Problem hat *er*?«

»Das Mädel, mit dem er zusammen war, hat ihn sitzenlassen. Hat ihre Siebensachen gepackt und ist zu ihrer Familie nach Erie zurück. Die zwei sind schon ein komisches Gespann. Aber weißt du was, Cal? Wir sitzen hier nicht so gemütlich zusammen, um über diese beiden Vögel zu quatschen. Hier geht's um dich. Und um dein seltsames Selbstverständnis.«

Ich sackte in mich zusammen.

»Warum hast du's getan, Augie?«, fragte ich.

»Was getan?«

»Warum hast du mir den Arsch gerettet? Das waren ziemlich schwere Anschuldigungen gegen mich.«

Er rang um eine Antwort. »Herrgott.«

»Was?«

»Du bist mein Schwager«, sagte er. Und es war ihm nicht nur ein bisschen peinlich.

»Was du nicht sagst.«

»Glaub ja nicht, ich hab's für dich getan. Ich hab's für Donna getan.«

Das glaubte ich ihm aufs Wort. Trotzdem blickte ich noch nicht ganz durch. »Sag mir eines, Augie. Wenn du mir wirklich den Rücken decken willst, warum in aller Welt hast du dann meinen Wagen beschlagnahmen lassen?«

»Warum hab ich was?«

»Meinen Honda. Der steht noch bei euch. Ich hoffe nur, sie haben ihn nicht in tausend Einzelteile zerlegt.«

Augie kriegte den Mund eine paar Sekunden lang nicht zu.

»Ich hab keine Ahnung, wovon du redest. Wer hat deine Scheißkarre denn eingezogen?«

»Haines und Brindle. Sie haben es von Marv Quinn, und der sagt, du hast es angeordnet.«

Augie lehnte sich zurück, flocht die Finger ineinander und legte die Hände auf den Bauch.

»Da kommt einer aus dem Staunen ja gar nicht mehr heraus«, sagte er.

ACHTUNDDREISSIG

Du hast Quinn nicht gesagt, er soll meinen Wagen beschlagnahmen lassen.«

Augie schüttelte den Kopf. »Nein, hab ich nicht. Du bist vieles, Cal. Ein Trottel, ein Arschloch, ein eingebildeter Wichser. Und wenn ich dran denke, wie du diese Jungs drangsaliert hast, dann bist du noch dämlicher, als sogar die Polizei von Griffon erlaubt. Aber ein Mörder bist du nicht.«

»Das ist das Netteste, was du je zu mir gesagt hast.«

»Ja, und es wird auch nicht so schnell wieder vorkommen. Warum tut Quinn so was? Wenn einer meiner Leute einen Wagen herbringt, um ihn durchsuchen zu lassen, das kann ich verstehen. Dafür braucht er keine Erlaubnis von mir. Die Frage ist: Warum sollte er sagen, dass ich das angeordnet habe?«

Wir schwiegen einen Augenblick.

»Ich habe ihn gesehen. Vor der Gegenüberstellung. Als ich noch unten in der Zelle schmorte«, sagte ich. »Vielleicht ist er noch im Haus.«

Augie hängte sich ans Telefon. »Wo ist Quinn?« Er wartete

326

ein paar Sekunden. »Wann war sein Dienst zu Ende?« Er sah mich an und bewegte nur die Lippen: »Zehn Minuten.« Er hörte noch kurz zu, dann sagte er: »Rufen Sie ihn zu Hause an oder auf dem Handy. Ich will mit ihm sprechen.« Er drückte auf einen Knopf, dann sagte er: »Stellen Sie mich zur Verwahrstelle durch.« Eine Pause, dann: »Chief Perry hier. Haben Sie einen Accord da? Kam vergangene Nacht rein, Besitzer Cal Weaver. Genau, das ist er … aha … aha. Gut. Er kommt ihn jetzt abholen. Ich bitte mir einen höflichen Umgang aus.«

Er legte auf.

»Niemand hat's angerührt«, sagte Augie. »Sie warten auf weitere Anweisungen.«

»Dann mach ich mich mal auf die Socken«, sagte ich.

»Was wirst du jetzt tun?«

»Ich werde weiter nach Claire suchen«, sagte ich.

»Meinst du nicht, dass du langsam Ruhe geben solltest? Fast hättest du dir eine Klage eingehandelt. Vielleicht solltest du dem Herrgott danken, nach Hause fahren und eine Weile dort bleiben.«

»Ich hab dem Bürgermeister gesagt, ich bleibe dran, bis –«

Jetzt hatte ich den Bären gereizt. »Moment«, sagte Augie. »Soll das heißen, du arbeitest für diesen Hurensohn?«

»Tut mir leid, Augie. Bist du so sauer auf ihn, dass du meinst, er hat kein Recht, seine Tochter zurückzukriegen?«

Er winkte ärgerlich ab. »*Wir* suchen doch schon nach ihr. Wir haben jede Menge Fragen an sie wegen der Show, die sie und Hanna Rodomski da abgezogen haben.«

»Ich bemühe mich, deinen Leuten nicht in die Quere zu kommen«, sagte ich. »Könnte allerdings schwierig werden, so wie ihr Sanders gerade terrorisiert.«

»Was redest du da für einen Scheiß?«, donnerte er.

»Kein Scheiß. Tatsache. Streifenwagen vor seinem Haus. Bespitzelung. Einschüchterung. Polizisten, die seine Tochter filzen. Sanders ist überzeugt, dass ihr sogar sein Telefon abhört.«

»So viel geistigen Dünnschiss hab ich ja noch nie auf einem Haufen gesehen.«

»Sanders gibt euch und eurer Überwachung die Schuld daran, dass seine Tochter so ein Theater inszenieren musste, um die Stadt unbemerkt verlassen zu können.«

Augies Wangen färbten sich rot. Ich musste an einen Dampfkessel denken, der jeden Augenblick explodieren konnte.

»Alles Schwachsinn«, sagte er.

»Es gibt da nur ein kleines Problem«, sagte ich. »Wenn du bei einer öffentlichen Sitzung dem Bürgermeister erzählst, dass deine Leute nie die Rechte von irgendjemandem verletzt haben, dann weiß ich, dass das gelogen ist, und alle anderen im Saal wissen es auch. Aber es juckt eigentlich niemanden, weil niemand was dagegen hat, wenn du die Verfassung benutzt, als wär's Klopapier. Ihr bügelt ein paar Punks aus Buffalo nieder? Na und? Aber wenn ich weiß, dass du in dem Punkt lügst, woher soll ich wissen, ob du mir jetzt die Wahrheit sagst?«

»Wie bin ich nur auf die Idee gekommen, dir aus der Patsche zu helfen?«

Ich ging zur Tür. »Was ich mache, hat nichts mit dir oder mit Sanders oder mit dem bösen Blut zwischen euch zu tun. Ich will nur Claire finden. Wenn ich *sie* finde, kriegen wir vielleicht auch raus, wer Hanna auf dem Gewissen hat.«

Augie kniff die Augen zusammen, und in seinem Mundwinkel zuckte ein Lächeln.

»Weißt du's denn noch nicht?«

»Weiß ich was nicht?«

»Es gab heute Morgen eine Festnahme.«

»Ihr habt jemanden des Mordes an Hanna beschuldigt? Wen?«

»Den Freund.«

»Sean Skilling?«

»Japp.«

Ich ließ den Türknauf los, den ich schon in der Hand hatte.

»Der Junge hat ein Alibi. Einer deiner eigenen Leute hat ihn aufgehalten, weil er an einem Stoppschild nicht richtig gehalten hat.«

»Ich hab rumgefragt«, sagte Augie. »Es gibt keinen Vermerk über einen Strafzettel.«

»Ich hab dir doch gesagt, er hat keinen gekriegt. Er wurde nur verwarnt.«

»Was willst du von mir, Cal?«, fragte Augie. »Ich hab rumgefragt – niemand erinnert sich daran, einen Jungen im Ranger gestoppt zu haben.«

»Mein Bauchgefühl sagt mir, er war's nicht.«

»Würde dein Bauchgefühl dir das auch noch sagen, wenn es wüsste, dass die Jeans und der Slip von Hanna unter dem Sitz von seinem Wagen gefunden wurden?«

NEUNUNDDREISSIG

Augie sorgte dafür, dass ich am Empfang mein Handy wiederbekam. Ich hatte drei Nachrichten. Zwei von Donna, die anscheinend erfahren hatte, dass ich in der Klemme steckte, und eine vom Chef der Gartenbaufirma. Bevor ich zurückrief, ließ ich mich von einem Taxi an die Stelle bringen, wo ich Donnas Wagen hatte stehen lassen müssen, als Brindle und Haines mich festnahmen. Dann fuhr ich wieder zum Revier und stellte ihn dort auf dem Parkplatz ab.

Als Nächstes rief ich Donna an.

»Dein Wagen steht am üblichen Platz«, sagte ich.

»Ich hab dich zweimal angerufen.«

»Ich war verhindert.«

»Deshalb hab ich dich ja angerufen. Ich hab gehört, du bist im Haus. Und nicht in einem der Räume, in dem sie Gemeindeversammlungen abhalten.«

»Ja, aber das hat sich erledigt. Wie hast du's erfahren?«

»Kate hat's von Marvin gehört und hat's dann mir gesagt. Ich hab Augie angerufen, aber da warst du schon draußen.«

»Er hat sich eingeschaltet.«

»Sie haben doch nichts in deinem Auto gefunden, oder?«, fragte Donna.

»Nein, es ging um was anderes.«

Donna schwieg, dann fragte sie: »Was anderes?«

»Ja. Ich glaube, ich bin da ein bisschen übers Ziel hinausgeschossen. Und das ist mir jetzt um die Ohren geflogen.«

»Und wie hat Augie dich da rausgehauen?«

»Erzähl ich dir später. Wirklich.«

»Sicher.« Ihre Stimme war ausdruckslos.

»Was ist?«

»Das letzte Nacht heißt nicht, dass alles gut ist«, sagte sie.

»Ich weiß.«

Das Depot, wo mein Wagen stand, war ein riesiger, von einem hohen Maschendrahtzaun umgebener Parkplatz. Den oberen Abschluss des Zaunes bildete ein fies aussehender Stacheldraht. Im dazugehörigen Büro saß eine kleine Frau und kritzelte eifrig an ihrem Kreuzworträtsel herum. Sie hatte mich schon erwartet, holte meine Autoschlüssel heraus und führte mich über den Parkplatz, vorbei an ausrangierten Streifenwagen, Unfallautos und einigen unversehrten Zivilfahrzeugen wie dem meinen.

Als wir schließlich vor meinem Honda standen, drückte die Frau mir ein Klemmbrett in die Hand und sagte: »Sie müssen hier unterschreiben.« Ich unterschrieb. Dann überreichte sie mir die Schlüssel, wünschte mir einen schönen Tag und sagte, ich solle hupen, wenn ich am Tor angekommen sei, sie würde mir dann öffnen.

Aber ich setzte mich nicht einfach ans Steuer und fuhr los. Ich schloss den Kofferraum auf, um nach meinen Arbeitsutensilien zu sehen.

Laptop, Sicherheitsweste, Schutzhelm und so weiter. Alles schien unberührt.

Dann kontrollierte ich das Handschuhfach. Auch hier hatte sich anscheinend noch niemand zu schaffen gemacht, genau wie Augie gesagt hatte.

Trotzdem war ich überrascht, dass Hannas Perücke noch im Wagen lag, unten im Fußraum vor der Rückbank. Vielleicht zählte sie nicht als Beweismaterial, weil Hanna sie zum Zeitpunkt ihres Todes nicht mehr getragen hatte, dennoch war sie Teil dessen, was mit Hanna geschehen war.

Auch sonst gab es genug, worüber ich mir den Kopf zerbrechen konnte. Warum hatte Quinn Haines und Brindle gesagt, sie sollten mein Auto sicherstellen? Wenn *er* der Meinung war, es sollte auf Spuren untersucht werden, warum es dann dem Chef andichten?

Und Sean Skilling im Zusammenhang mit dem Mord an Hanna festnehmen?

Ich stieg ein, steckte den Zündschlüssel ins Schloss, trat ein paarmal aufs Gaspedal und hörte, wie der Motor hochdrehte. Ich holte mein Handy aus der Tasche und hörte mir die Nachricht von dem Gartenbau-Typen an.

»Hier Bill Hooper. Ich sollte Sie zurückrufen.«

Er hatte sich vor anderthalb Stunden gemeldet. Ich rief sofort zurück.

»Hier ist Bill Hooper. Ich kann Ihren Anruf gerade nicht entgegennehmen. Aber wenn Sie eine Nachricht hinterlassen, rufe ich Sie schnellstmöglich zurück.«

Na gut, spielten wir eben das Anrufbeantworterspiel.

Vor dem Tor angekommen hupte ich, worauf die Frau den Öffner drückte, ohne auch nur einen Augenblick von ihrem Kreuzworträtsel aufzusehen.

Natürlich konnte Sean gelogen haben. Aber wenn ihn die Polizei nicht aufgehalten hatte, was hatte ihn sonst daran gehindert, Claire rechtzeitig vor Patchett's abzuholen und bei Iggy's abzusetzen? Ich hatte zwar nicht viel Zeit mit dem Jungen verbracht, hatte aber nicht den Eindruck gewonnen, dass er ein routinierter Lügner war oder gar ein Mörder.

Aber sie hatten Hannas fehlende Kleidungsstücke in seinem Wagen gefunden. Nicht gut. Gar nicht ...

Ich hatte mich zu wenig aufs Autofahren konzentriert. Beim Verlassen des Parkplatzes hätte ich beinahe einen schwarzen Cadillac Escalade übersehen. Eine reife Leistung bei einem Ding, das so groß war, dass es Anspruch auf eigene Begleitmonde gehabt hätte. Der Escalade scherte aus, und der Fahrer zeigte mir den Stinkefinger.

Ich trat so fest auf die Bremse, dass die Reifen quietschten. Ich hätte den Wagen sehen müssen. Aber ich hatte ihn nicht gesehen.

Ich nahm mir einen Moment Zeit, mich zu sammeln und einen genügend großen Abstand zwischen mich und den Escalade zu bringen. Dann beruhigte ich das Bremspedal mit zwei sanften Berührungen und fuhr weiter.

Es gab noch jemanden, dem ich meine Aufwartung machen wollte. Bis jetzt war ich noch nicht dazu gekommen, und ich konnte mit ziemlicher Sicherheit davon ausgehen, dass dieser Jemand sich über meinen Besuch nicht freuen würde. Höchstwahrscheinlich war er noch nicht einmal aufgestanden.

Vor seinem Haus stand ein rotes Mustang-Cabrio mit hochgeklapptem Verdeck in der Einfahrt. Keine Spur von einem BMW. Also musste Annette schon ins Geschäft gefahren sein.

War mir nur recht. Ich hätte sie ohnehin nicht gerne dabei-
gehabt, wenn ich mir ihren Sohn Roman vornahm. Ich
spürte noch immer den Schlag, den er mir vor Patchett's
versetzt hatte.

Ich klingelte. Nach zehn Sekunden klingelte ich noch einmal. Dann hämmerte ich an die Tür. Ich ließ eine Minute
vergehen, dann klingelte ich wieder. Doch diesmal ließ ich
den Daumen auf dem Klingelknopf. Das erbarmungslose
Läuten im Haus hörte ich bis vor die Tür.

Ich konnte mindestens so lange durchhalten wie er.

Es dauerte fünf Minuten, bis ich eine nicht sehr kraftvoll
klingende Stimme rufen hörte: »Is ja gut! Scheiße! Ich
komm ja schon.«

Ich nahm den Daumen nicht vom Klingelknopf. Ein Schloss
wurde entriegelt. Kaum ging die Tür auf, schob ich einen
Fuß in den Spalt. Wenn Roman mich sah, würde er bestimmt versuchen, die Tür wieder zuzuschlagen.

Was er auch tat.

Die Tür traf mich seitlich am Schuh, prallte zurück und erwischte Romans Zehen.

»Scheißeverdammtescheißescheißescheiße«, brüllte er,
hüpfte auf einem Fuß, stolperte rückwärts und ging zu
Boden.

Ich trat ein und schloss die Tür hinter mir. Roman lag vor
mir auf dem Teppich, mit nichts am Leib als Boxershorts
mit Herzchenmuster, und hielt sich mit beiden Händen den
linken Fuß. Er winselte.

»Hi, Roman«, sagte ich. »Alles im Lot?«

VIERZIG

Der Mann wüsste gerne, wer an der Tür ist. Er ist immer neugierig, wenn er oben ein Klopfen oder Klingeln hört. Es ist schon so lange her, dass er Gelegenheit hatte, mit jemandem zu sprechen. Zumindest mit jemand anderem als seiner Frau und dem Sohn.

Der Mann setzt sich im Bett auf und lauscht. Vielleicht kann er ja Stimmen hören. Er hat hier unten nicht einmal ein Radio oder einen Fernseher. Es ist eine Ewigkeit her, dass er Stimmen gehört hat, die ihm nicht vertraut waren.

Abgesehen natürlich von diesem einen Besucher letzte Woche. Aber der sagte nur ein paar Worte und rannte dann schnell weg. Hatte wahrscheinlich Todesangst.

Der Mann hatte gerade noch Zeit gehabt, um Hilfe zu bitten und ihm sein Notizbuch zuzuwerfen. Wenn der Besucher einen Beweis brauchte, würde das Buch ja wohl reichen.

Aber die Zeit verging und niemand ist gekommen. Trotzdem fragt er sich jedes Mal wieder, wer es sein könnte, sobald er hört, dass jemand an der Tür ist. Und er schöpft neue Hoffnung.

*Doch die meiste Zeit verbringt er einfach nur im Bett.
Manchmal hievt er sich in den Stuhl und fährt ein bisschen
herum. Aber wo kann er denn hin? Was bringt es ihm?
Also bleibt er im Bett und liest Zeitschriften.
Und schläft.
Und träumt.
Vom Ausgehen.*

EINUNDVIERZIG

Scheiße, Mann, Sie haben mir die Zehen gebrochen!«
Ich kniete mich hin und sah sie mir an. »Wackel mal
damit.«

Roman Ravelson wackelte mit den Zehen.

»Ich glaub nicht, dass sie gebrochen sind«, sagte ich. »Aber
ich bin natürlich kein Arzt.«

Ich hielt ihm eine Hand hin, um ihm beim Aufstehen zu
helfen, aber er kroch lieber einen halben Meter bis zur
Treppe, um sich dort am Geländer hochzuziehen. Er war
käseweiß, als hätte er die letzten Jahre in einer Höhle verbracht. Vielleicht verließ er sie ja nur nachts. Den Bund seiner Boxershorts überschattete eine kleine Speckfalte, und
Kissenabdrücke zierten seine Pausbacken.

»Hab ich dich aus dem Bett geholt?«, fragte ich.

»Ich bin spät nach Hause gekommen«, sagte er. »Sie sollten
gehen. Wenn Sie nicht gehen, ruf ich meine Mutter an.«

Ich zog mein Handy heraus. »Willst du mein Telefon benutzen? Du kannst ihr auch gleich erzählen, wie du mich
gestern Abend praktisch k. o. geschlagen hast.«

»Dieser Sean – Herrgott, ich versuch ihm zu helfen, und der verpfeift mich. Meine Mutter hat mir Ihren Gruß ausgerichtet. Das war nur Scheiß, um mich kirre zu machen, oder?«

Ich nickte. »Ist dein Vater zu Hause?« Annette hatte gesagt, ihr Mann sei unterwegs.

Roman blinzelte ein paarmal, als müsse er seinen Augen Starthilfe geben. »Er ist – mein Vater ist weg … nicht da.«

»Wann kommt er wieder?«

Der junge Mann zuckte die Schultern. »Keine Ahnung. Ich merk mir doch nicht, wann der wo ist.«

»Willst du dir nicht vielleicht was anziehen? Ich muss dir ein paar Fragen stellen.«

Roman seufzte. »Scheiße. Kommen Sie mit.«

Er schleppte sich die Treppe hoch. Ich folgte ihm bis in sein Zimmer. Der Zusammenstoß seiner Zehen mit der Tür hatte ihn offenbar nicht für den Rest seines Lebens zum Invaliden gemacht.

Sein Zimmer präsentierte sich à la Hurrikan. Ungemachtes Bett, Fußboden voller Klamotten. Ein wüstes Durcheinander von Zeitschriften, Videos, Spielen. Die Wände waren mit Postern tapeziert. *28 Tage später, Nacht der lebenden Toten, Zombieland, The Walking Dead, Shaun of the Dead, Dance of the Dead, Dawn of the Dead.*

Klang ja auffallend nach einem Leitmotiv.

Auf einem Kleiderhaufen am Boden neben dem Bett nistete ein aufgeklapptes Laptop. Roman hob es hoch, um aus dem Chaos darunter etwas zum Anzuziehen hervorzuwühlen. Die Grabungsarbeiten weckten den Computer unsanft aus seinen Träumen. Ich erhaschte einen Blick auf den Bildschirm. Was da stand, sah aus wie ein Theatertext.

Ein Drehbuch.

Roman warf das Laptop aufs Bett, entschied sich für ein schwarzes T-Shirt und zog es an. Es war ihm ein paar Nummern zu klein und senkte sich gerade noch gnädig über seinen Bauchansatz. Quer über die Vorderseite trug es die Aufschrift WINCHESTER TAVERN.

»Kenn ich gar nicht«, sagte ich und zeigte darauf. »Die ist nicht hier bei uns.«

Er bedachte mich mit einem mitleidigen Blick. »Das ist die Kneipe aus *Shaun of the Dead,* wo sie in der Falle sitzen. Den haben Sie schon gesehen, oder? Das ist einer der besten Zombie-Filme, der je gedreht wurde. Ganz schön gruslig, aber auch zum Totlachen.«

»Tut mir leid«, sagte ich und deutete jetzt auf das Laptop. »Schreibst du einen Zombiefilm?«

»Vielleicht.«

»Worum geht's da? Die Zombies, verzeih den Kalauer, aber die haben sich doch längst selbst überlebt, oder?«

»Man muss nur einen neuen Blickwinkel finden.«

Ich wartete.

Roman holte Luft: »Also, bei den meisten Zombies kommt das von einer Seuche oder einem Experiment oder so. Aber was ist, wenn Menschen von Außerirdischen zu Zombies gemacht werden? Ein Mix aus zwei verschiedenen Genres. Mein Held ist ein Typ namens Tim, der weiß, was die Außerirdischen tun, und will es verhindern.«

Ich nickte. Klang ziemlich dämlich. Aber wann hätte eine dämliche Idee je verhindert, dass daraus ein Film wird?

»Da könntest du vielleicht einen Treffer landen«, räumte ich ein. »Hast du auch einen richtigen Job, Roman?«

»Das *ist* mein Job. Ich bin Drehbuchautor.«

»Und was bringt das ein, das Drehbuchschreiben? Sagen wir mal, pro Woche?«

»So läuft das nicht«, sagte er. »Das ist ja nicht wie Regale einräumen in einem beschissenen Supermarkt, wo du am Ende jeder Woche dein Lohntütchen mit nach Hause nimmst. Du schreibst ein Drehbuch, gehst damit hausieren und verkaufst es. Kann ziemlich lange dauern, bis du Geld kriegst, aber dann … dann räumst du ein paar Hunderttausender ab, oder eine Million oder so.«

Ich nickte. »Ach so. Ich hab ja keine Ahnung, wie Hollywood funktioniert. Und? Wie viele Drehbücher hast du schon verkauft?«

»Mal hier was, mal da was«, sagte Roman. »Vor ein paar Tagen hab ich eine E-Mail aus dem Büro von Steven Spielberg gekriegt.«

»Kein Scheiß?«, sagte ich. »Wann trefft ihr euch?«

»Also, die Mail war nicht direkt … Es war mehr in der Art: Danke für Ihre Anfrage, aber … Sind Sie nur hergekommen, um mich zu verarschen?« Wäre kein Kunststück gewesen angesichts der luftigen Lagerung seines Allerwertesten. »Weil, wenn Sie hier sind wegen dem Scheißzeug, das Scott von jemandem gekriegt hat, ich schwöre Ihnen, ich war's nicht.«

»Ich bin nicht deswegen hier«, sagte ich. »Deine Spezialität sind eher flüssige Drogen. Damit machst du Kohle, solange du Drehbücher schreibst.«

Er hob die Hände wie jemand, der sich ergibt. »Uuuh! Erwischt«, sagte er höhnisch. »Ich kauf Bier und fahr rum, um's zu verticken. Ein Kapitalverbrechen. Glatter Terrorismus.«

»Sean und Hanna haben für dich ausgeliefert, stimmt's?

Warst du deswegen heute Nacht unterwegs? Weil sie gerade anderweitig beschäftigt waren?«

»Davon hab ich nichts gewusst. Ich hab Hanna angerufen, aber sie hat sich nicht gemeldet, später hab ich's bei Sean probiert, aber da ist auch keiner rangegangen. Scheiße, ich hab doch nicht gewusst, dass sie tot ist.«

»Wusstest du, dass sie Sean dafür verhaftet haben?«

Seine Kinnlade klappte herunter. Er ließ sich auf den Bettrand fallen. »Nie im Leben«, sagte er leise. »Sean ist mein Freund. Das würde er nie im Leben tun.« Roman schüttelte ungläubig den Kopf. »Sean stand total auf Hanna. Hat sie wirklich geliebt ... Scheiß die Wand an.«

»Wenn's Sean nicht getan hat, wer könnte es deiner Meinung nach gewesen sein?«

Er zuckte die Achseln. »Mir fällt nicht ein Einziger ein, der zu so was fähig ist. Das ist einfach ... das ist krank, Mann.«

Ich entfernte zerknautschte Jeans von einem Computerstuhl am Schreibtisch und setzte mich. Dabei fiel mein Blick auf das Telefon, das auf dem Tisch lag.

»Mochtest du Hanna?«

»Ja klar. Sie war nett. Ich meine, manchmal ging sie mir echt auf den Sack. Rückte ewig nicht mit der Kohle raus, die sie mir schuldete. Aber das war kein großes Ding.«

»Was meinst du damit?«

»Na ja, ich hab zum Beispiel zwanzig, fünfundzwanzig Kästen Bier gekauft und sie in Seans Ranger geladen. Die beiden sind dann rumgefahren und haben das Zeug ausgeliefert. Sean fuhr, Hanna kümmerte sich ums Geld. Und es gab ja einen Aufschlag. Nach der Abend- oder Wochenendtour hatte Hanna genug Geld, um mir zurückzuzahlen, was sie mir schuldig waren, und ihnen blieb auch noch was übrig. Normalerweise haben wir uns am nächsten Tag getroffen.«

»Aber manchmal hatte sie das Geld nicht?«

Roman verdrehte die Augen. »Wenn sie auf dem Weg zu mir in einem Einkaufszentrum hängenblieb, ließ sie sich hinreißen. Und es ist auch ein paarmal vorgekommen, dass die Leute nicht bar bezahlen wollten. Aber ich mache alles nur gegen Bares, wissen Sie?«

»Was soll das heißen? Du willst mir doch nicht erzählen, dass Jugendliche mit Scheck bezahlen wollen?«

Wieder verdrehte er die Augen. Beim nächsten Mal blieben sie ihm womöglich stecken. Dann blieb ihm nur noch der Blick ins eigene Hirn. Keine schöne Aussicht.

»Nee, nee. Wenn einer mal nicht genügend Bares hatte, versuchte er schon mal, Hanna Gras oder so was anzudrehen. Da musste ich ein Machtwort sprechen. Das Zeug will ich nicht.«

»Schuldete Hanna anderen Leuten auch Geld?«

»Keine Ahnung. Ich wüsste nicht, wem. Ich weiß nicht, warum Sie mich so löchern. Was ist so interessant daran, wie ich mir ein paar Mäuse verdiene? Kümmert doch kein Schwein, und es hat nichts damit zu tun, was Hanna passiert ist.« Er kniff sich in die Nasenwurzel. Versuchte er etwa, aufsteigende Tränen zu unterdrücken? »Ich sag Ihnen doch, Sean hätte ihr so was nie angetan.«

»Und darum muss ich Claire finden«, sagte ich. »Sie weiß vielleicht, was wirklich passiert ist. Aber du warst ja nicht gerade sehr gesprächig, als ihr Vater dich heute Nacht anrief.«

Er blinzelte. »Was … woher …«

»Wir haben heute Morgen telefoniert. Du hast gesagt, was

342

Claire tut oder lässt, interessiert dich, und ich zitiere, ›einen Scheißdreck‹.«

»Also, es gibt da zwei Dinge, die Sie wissen müssen. Erstens, meine Mutter hat mir zwar gesagt, ich soll Sanders anrufen, aber sie hat mir nicht gesagt, dass Hanna tot ist. Zweitens, der Typ hat mich noch nie gemocht. Ich war ihm nicht gut genug für seine kostbare Tochter.«

Wer konnte es ihm verdenken?

»Wie lange wart ihr zusammen, du und Claire?« Ich strich mit dem Finger am Rande des Handys entlang, das auf dem Schreibtisch lag.

»Vier Monate oder so. Bis Juli halt.« Er presste die Lippen zusammen. »Bis sie Dennis kennengelernt hat.«

Jetzt waren wir beim eigentlichen Grund für meinen Besuch angekommen. »Erzähl mir von Dennis.«

»Also, er heißt Mullavey mit Nachnamen, und er ist schwarz, und er ist irgendwo aus Syracuse oder Schenectady.«

»Da ist aber schon ein kleiner Unterschied.«

Er zuckte die Achseln. »Was weiß denn ich? Auf jeden Fall war er ein Schleimer und kam sich unheimlich gut vor.«

Ich nahm das Handy vom Tisch.

»Finger weg«, sagte Roman.

»Fotografierst du damit?«, fragte ich.

»Man kann mit jedem Handy fotografieren. Aus welchem Jahrhundert kommen *Sie* denn?«

»Hast du mit dem hier das Bild von deinem Schwanz geschossen, das du Claire geschickt hast?«

»Was haben Sie gesagt?«

»Ist das hier die Foto-App?«

Er stürzte vor und riss mir das Telefon aus der Hand. Ich versuchte nicht, es festzuhalten.

»Und da kommst du dir unheimlich gut vor, Roman? Wenn du Bilder von deiner Latte verschickst?«

Roman stand vor mir. Er bebte fast.

»Claire und ich haben manchmal rumgeblödelt, mehr nicht. War alles nur Spaß.«

»Sie hat dir auch Nacktfotos von sich geschickt?«

»Claire ist da ein bisschen verklemmt. Aber sie hat es lustig gefunden.«

»Auch, als sie schon mit dir Schluss gemacht hatte?«, fragte ich. »Fand sie's lustig, daran erinnert zu werden, was ihr jetzt entgeht? Hat Dennis das mit dem Foto mitgekriegt? Hat er dich deswegen zur Rede gestellt? Gab's da was zwischen euch, und er ist deswegen so schnell verschwunden?«

»Nein!«, sagte Roman. »Da gab's gar nichts. Was ist das denn für ein Schwachsinn? Das hat überhaupt nichts damit zu tun.«

»Alles klar«, sagte ich verständnisvoll. »Erzähl mir einfach, was sonst vorgefallen ist. Erzähl mir was über Dennis.«

»Ich hab den Typen ja kaum gesehen. Ich weiß, dass er diesen dämlichen Sommerjob hatte, Rasen mähen.«

»Bei Hooper?«

»Genau. Er ist mit so einem orangen Pick-up rumgefahren.«

»Und? Wie ging's weiter?«

»Sie hat sich mit ihm getroffen, als wir noch zusammen waren. Ich hab schon geschnallt, dass da was nicht stimmt, weil sie auf einmal so unterkühlt war. Und dann kommt sie mir mit dieser Scheiße von wegen, es liegt nicht an dir, es liegt an mir. Und, so schnell konnte ich gar nicht gucken, war sie schon mit diesem Mullavey zusammen. Ich hätte ihm den Schädel einschlagen können, aber Sean hat auf mich eingeredet, ich soll nicht so einen Blödsinn machen, und ich hätt's sowieso nicht getan. So was sagt man, aber man tut's nicht.«

»Aber dann haben Claire und Dennis auf einmal Schluss gemacht.«

»Genau«, sagte Roman. »Nach dem, was ich von Sean gehört hab, hat er von einem Tag auf den anderen die Arbeit hingeschmissen und ist nach Hause gefahren. Vielleicht ist ihm plötzlich aufgegangen, was für eine stumpfsinnige Arbeit Rasenmähen ist. Er machte Schluss mit Claire. Damals dachte ich, geschieht ihr recht. Jetzt weiß sie, wie sich das anfühlt.«

»Hast du versucht, wieder mit ihr zusammenzukommen? Vielleicht mit etwas Verlockenderem als einem Schnappschuss von deinem Schwengel?«

Roman zögerte. »Ich, also, ich hab sie ein paarmal angerufen, das geb ich zu.«

»Hast du vielleicht noch ein bisschen mehr als das getan?«

»Wie was, zum Beispiel?«

»Hast du angefangen, ihr hinterherzufahren? Sie auszuspionieren?«

Wieder ein Achselzucken. »So würd ich's nicht nennen.«

»Aber hinterhergefahren bist du ihr schon?«

»Ich wollte nur mit ihr reden. Weil ich dachte, das zwischen uns, das lief doch sehr gut. Wenn ich angerufen hab, ist sie ja nicht rangegangen. Was hätte ich denn tun sollen?«

»Ist das dein Mustang da draußen?«

»Ja.«

»Und den haben dir deine Eltern gekauft?«

»Ja. Und?«

»Was für einen Wagen fährt dein Vater?«

»Was soll der Scheiß? Was soll denn diese ganze Fragerei?«

»Sag's mir doch einfach.«

»Er hat einen BMW. Und meine Mutter auch.«

Ein BMW war kein Pick-up. Aber Ravelson Furniture hatte bestimmt ein paar Pick-ups für Lieferungen. Roman konnte sich einen ausgeliehen haben.

»Weißt du, warum Dennis mit Claire Schluss gemacht hat?«

»Mensch, nach allem, was ich gehört hab, hat das nicht mal Claire selbst gewusst. Ich glaube, er war einfach ein Spacko.«

Ich nickte. »Das wäre eine Erklärung. Roman, du kennst Claire, du warst mit ihr zusammen. Wo würde sie hinfahren? Wenn sie Angst hätte oder einfach nur ihre Ruhe haben wollte? Wo würde sie unterschlüpfen? Außer bei ihrer Mutter in Toronto?«

Er überlegte. »Da fällt mir nix ein«, sagte er dann.

Ich stand auf. »Alles Gute für dein Treffen mit Steven.«

ZWEIUNDVIERZIG

Wäre Roman Ravelson nicht so ein Kotzbrocken gewesen, hätte ich möglicherweise ein schlechtes Gewissen gehabt, dass ich mich über seine Ambitionen lustig gemacht hatte. Hätte er meiner Tochter, vorausgesetzt, ich hätte eine gehabt, ein Foto von seiner Erektion geschickt, hätte ich ihn sein Handy fressen lassen. Auch dass er Sean und Hanna quer durch Niagara und Erie County geschickt hatte, um von der Ladefläche eines Pick-ups Alkohol zu verkaufen, machte ihn mir nicht sympathischer. Diese Touren waren für die beiden in mehr als einer Hinsicht riskant. Sie brachten sie in Konflikt mit dem Gesetz und waren eine potenzielle Gefahr für ihre körperliche Unversehrtheit. Wenn Roman sich sein Geld mit dem Verkauf von Alkohol an Minderjährige verdienen wollte, war das seine Sache. Aber er musste nicht auch noch andere da mit hineinziehen. Seine Zombiefilme spukten mir noch im Kopf herum, als ich schon im Wagen saß. Dieser Tim, der sich aufmachte, um die Welt vor einer Verschwörung der Aliens –
Tim. Timmy.

347

Der Name erwischte mich wie der kalte, nasse Sprühnebel der Niagarafälle bei einer Fahrt auf der *Maid of the Mist.* Der junge Mann mit der Gehbehinderung, der jeden Tag bei Iggy's sein spätes Abendessen zu sich nahm. Der Mann, der das Restaurant nur wenige Sekunden vor Claire verlassen hatte.

Wo wohnte Timmy noch mal? Nur einen Katzensprung vom Restaurant entfernt, hatte Sal gesagt, in dem viergeschossigen Mehrfamilienhaus.

Vielleicht hatte Timmy ja was bemerkt.

Das war natürlich reine Spekulation. Aber er war nicht nur ungefähr zur selben Zeit wie Claire aufgebrochen, sondern hatte auch dieselbe Richtung eingeschlagen wie der Volvo. Ich machte mich wieder auf den Weg zu Iggy's.

Man konnte das Haus gar nicht übersehen. Es war weit und breit das einzige seiner Art, und es lag nicht weit von Iggy's entfernt. Sonst gab es auf diesem Abschnitt der Danbury Street nur Gewerbeobjekte, Fast-Food-Restaurants, Tankstellen, Ladenzeilen, ein Billigkaufhaus auf der anderen Straßenseite.

Ich versuchte mir in Erinnerung zu rufen, was Sal gesagt hatte. Timmy kam jeden Tag nach Feierabend. Wo er arbeitete, wusste ich nicht. Wahrscheinlich hatte er kein Auto. Wenn er eines hätte, würde er wohl damit zur Arbeit fahren und auf dem Heimweg auf Iggy's Parkplatz haltmachen. Doch er kam zu Fuß. Also konnte sein Arbeitsplatz nicht allzu weit weg von seiner Wohnung liegen. Oder Timmy fuhr Bus. Auf jeden Fall endete seine Schicht vermutlich irgendwann gegen neun, und eine Schicht dauert üblicherweise sieben bis acht Stunden.

Jetzt war es halb eins. Timmy musste eigentlich jeden Moment aus dem Haus kommen, es sei denn, er hatte sich heute schon früher auf den Weg zur Arbeit gemacht. Ich parkte so, dass ich den Hauseingang beobachten konnte. Wenn er in den nächsten zwanzig Minuten nicht auftauchte, würde ich hinübergehen und versuchen, ihn auf der Sprechanlage zu finden. Viel versprach ich mir allerdings nicht davon. Denn selbst wenn neben den Klingeln die Nachnamen standen, nützte mir das nichts. Ich wusste ja nicht, wie Timmy mit Nachnamen hieß. Wenn es keinen Hausmeister gab, würde ich mich von Tür zu Tür durchklingeln müssen. Und das konnte dauern, denn es musste da mindestens vierzig Wohnungen geben. Während ich die Flure abklapperte, konnte Timmy das Haus verlassen, ohne dass ich es bemerken würde.

Ich musste nur zehn Minuten warten.

Er kam hinkend die Eingangsstufen herunter und ging schnurstracks zum Gehsteig, bog aber weder rechts noch links ab, sondern hielt Ausschau nach einer Lücke im fließenden Verkehr. Timmy ging nicht sehr schnell, also musste es eine ziemlich große Lücke sein. Auf der gegenüberliegenden Straßenseite stand das riesige Kaufhaus von anderen, kleineren Läden umlagert wie eine Hundemutter von den Welpen, die sie säugt.

Ich stieg aus und trabte los, um ihn zu erwischen, bevor er zu seinem langen Marsch über die Straße aufbrechen konnte.

»Timmy?«

Der Mann drehte sich um und beäugte mich neugierig.

»Hmm?«, machte er.

»Sind Sie Timmy?«

Es war ihm offensichtlich nicht wohl dabei, es zu bestätigen, doch nach kurzem Zögern sagte er: »Ja, der bin ich.«

»Mein Name ist Weaver. Dürfte ich Ihnen vielleicht ein paar Fragen stellen?«

»Worüber? Wer sind Sie überhaupt?«

Ich gab ihm meine Karte. »Ich bin Privatdetektiv. Es handelt sich um etwas, das sich vor zwei Tagen ereignet hat. Abends. Wie heißen Sie mit Nachnamen?«

Er zögerte wieder. »Gursky«, sagte er dann. »Timmy Gursky. Hat es was mit meiner Arbeit zu tun? Ich bin nämlich gerade auf dem Weg dahin, und ich will nicht zu spät kommen.«

Er zeigte mir, wohin. Es war nicht das Kaufhaus, sondern einer der anderen Läden. Allem Anschein nach ein Elektromarkt.

»Der Radio-Laden?«, fragte ich.

»Ja.«

»Es geht nicht um die Arbeit. Und Sie brauchen sich überhaupt keine Sorgen zu machen. Aber es könnte sein, dass Sie etwas gesehen haben, was mir bei meinen Ermittlungen helfen könnte. Vorgestern Abend, als Sie von Iggy's nach Hause gingen, da fuhr dort ein Wagen vom Parkplatz, und ich wollte Sie fragen, ob Sie sich an den vielleicht erinnern?«

»Ob ich mich an einen Wagen erinnere? Soll das ein Witz sein?«

»Ja, ich weiß, es ist ein bisschen viel verlangt. Und ich habe auch keine großen Hoffnungen.«

»Woher wissen Sie überhaupt, dass ich da war? Und welcher Abend soll das denn gewesen sein?«

Ich erzählte ihm kurz von den Videoaufnahmen, die Sal mir gezeigt hatte, und dass ich auf der Suche nach einem jungen Mädchen war, das in einen silbernen oder grauen Volvo Kombi gestiegen war, und dass Sal mir gesagt hatte, dass er, Timmy, fast jeden Abend um die fragliche Zeit bei ihm esse.

»Sal, ja, der ist in Ordnung«, sagte Timmy. »Mal sehen, vorgestern Abend. Wissen Sie was? Ich kann mich tatsächlich an diesen Wagen erinnern.«

»Im Ernst?«

»Der Arsch ist mir fast über den Fuß gefahren. Hätte mir gerade noch gefehlt. Wo ich mir das Knie schon drüben im Irak ruiniert habe.«

Ich wollte ihn nach dem Wagen fragen, fühlte mich aber verpflichtet, mich zuerst nach seinem Knie zu erkundigen.

Er grinste. »Das ist immer eine gute Einleitung bei den Damen, wissen Sie? Für die hab ich normalerweise eine bessere Geschichte auf Lager als die, die ich Ihnen jetzt erzählen werde. In Wirklichkeit war's nämlich so: Ich habe in der sogenannten Grünen Zone gearbeitet, Sie wissen schon, auf dem Gelände, aber nicht als Angehöriger der Army. Die hatten da eine richtige Stadt, und es gab alles, was es bei uns hier auch gibt. Ich hab bei Pizza Hut gearbeitet. Wir hatten da so einen Waggon, wo die Soldaten hinkamen und sich ihre Pizza holten, so wie sie's von zu Hause gewohnt sind. Eines Tages will ich aus diesem Waggon raus, verfehle die Stufe, und schon lieg ich auf meinem gottverdammten Knie. Das ist jetzt total im Arsch.«

»Tut mir leid, das zu hören«, sagte ich.

»Tut noch immer saumäßig weh. Wenn man schon verwundet von da drüben zurückkommt, dann doch wenigstens, weil einen eine Autobombe erwischt hat oder eine Rakete oder was in der Art. Hab ich nicht recht? Bei mir muss es ein Sturz von einem Pizza-Waggon sein. Diese Version kriegen die Damen natürlich nicht zu hören.«

»Sie haben gesagt, der Fahrer des Volvos wäre Ihnen beinahe über den Fuß gefahren.«

»Ja«, sagte Timmy entrüstet. »Mir ist der Wagen schon vorher aufgefallen, weil er mit laufendem Motor dastand, und da ist wirklich ein Haufen Dreck hinten rausgekommen. Es war eine alte Karre, der Motor war richtig laut, und der Vergaser hätte eingestellt gehört. Also auf jeden Fall will ich nach Hause und gehe gerade über den Parkplatz, der ist um diese Zeit ziemlich leer, da höre ich auf einmal diesen Lärm rechts hinter mir, und ich seh mich um, und da schießt plötzlich dieser Wagen daher und fährt mich fast über den Haufen. Aber ich glaube, das Arschloch von einem Fahrer hat mich gar nicht gesehen.«

»Es war also ein Mann.«

»Ja, ich meine, so viel konnte ich immerhin erkennen. Viel habe ich nicht von ihm gesehen, aber dass es ein Mann war, das schon.«

»Und ein Mädchen auf dem Beifahrersitz.«

»Auch sie habe ich nicht genau gesehen, nur dass sie da war. Aber ob das jetzt Britney Spears oder Sarah Palin war, könnte ich Ihnen nicht sagen.«

»Den Fahrer haben Sie aber gesehen.«

»Schon. Aber viel kann ich Ihnen nicht über ihn erzählen. Nur, dass er schwarz war. Glaube ich.«

»Gut. Und vom Alter her?«

»Keine Ahnung. Nicht alt, aber genauer kann ich es wirklich nicht sagen. Nur, dass er ein Arschloch war. Er ist ganz knapp an mir vorbeigefahren. Ich bin zurückgesprungen und habe ihm den Finger gezeigt. Dann bin ich hingefallen.«

»Er hat Sie erwischt?«

Timmy schüttelte den Kopf. »Hab nur das Gleichgewicht verloren. Hab mir auch nicht weh getan. Aber ich glaube, der Fahrer hatte Schiss, dass er mich erwischt hat, denn er hat eine Vollbremsung hingelegt und ist stehen geblieben. Ich bin wieder hochgekommen, und er muss mich im Rückspiegel gesehen haben. Also konnte ich nicht tot sein. Dann ist er davongerast.«

»Haben Sie vielleicht das Kennzeichen gesehen?«

Er schüttelte den Kopf. »Soll das ein Witz sein? Es war dunkel. Ich meine, es war schon ein New Yorker Kennzeichen, da bin ich mir ziemlich sicher, aber mehr weiß ich nicht. Hören Sie, brauchen Sie noch was? Ich muss nämlich zur Arbeit.«

Ich verneinte und bedankte mich bei ihm.

Ich wollte mich gerade anschnallen, da meldete sich mein Handy.

»Hallo?«

»Na endlich.« Es war ein Mann, und mit diesen zwei Worten hatte er hinreichend zum Ausdruck gebracht, dass er mit seiner Geduld am Ende war. »Hier ist Bill Hooper.«

»Mr. Hooper«, sagte ich, »vielen Dank für Ihren Rückruf.«

»Was kann ich für Sie tun? Eines muss ich Ihnen aber gleich sagen, ich nehme keine neuen Aufträge mehr an. Ich habe mehr als genug zu tun, und wir sind unterbesetzt, außerdem ist es eh schon Ende der Saison. Aber ich kann Ihnen anbieten, dass Sie's im Frühjahr noch mal probieren, kann sein, dass ein paar Leute umziehen oder den Dienst abbestellen, und wir könnten Sie auf die Liste setzen.«

»Das ist nicht der Grund für meinen Anruf. Ich brauche eine Auskunft über Dennis Mullavey.«

»Ah«, sagte er, »der.«

»Ja. Er hat bei Ihnen gearbeitet?«

»Dennis hat mich als Referenz angegeben? Ich fass es nicht. Der hat vielleicht eine Chuzpe. Ist einfach auf und davon, ohne zu kündigen. Ich würd's mir gut überlegen, den zu beschäftigen. Ich meine, er macht seine Arbeit gut, keine Frage, aber Sie müssen sich darauf einstellen, dass er von einem Tag auf den anderen alles stehen und liegen lässt.«

»Also, es ist nicht so, dass ich seinen Lebenslauf hier vor mir liegen hätte. Ich wollte nur fragen, ob Sie vielleicht eine Telefonnummer haben, unter der ich ihn erreichen kann. Oder eine Adresse. Wie ich höre, ist er nicht aus Griffon.«

»Jetzt habe ich gerade nichts dabei«, sagte Hooper. »Ich könnte meiner Sekretärin sagen, dass sie Sie anruft. Ich glaube, er ist aus der Gegend von Rochester. Im Sommer ist er gekommen und hat Arbeit gesucht. Hat sogar ein Zimmer bei mir gemietet. Also, eigentlich ist er ein netter Kerl. Ich mochte ihn, er hat gut gearbeitet und war sehr verlässlich, bis er auf einmal gegangen ist. Jetzt sind alle wieder in der Schule, und ich kriege keinen Ersatz her, bis der Schnee kommt. Ich habe nur einen Mann. Alle reden davon, dass wir sooo viele Arbeitslose haben, aber glauben Sie, dass sich jemand findet, der einen Rasenmäher vor sich herschieben würde oder auf einen Rasentraktor klettern oder einen Laubsauger in die Hand nehmen? Ich bin total im Rückstand. Bei ein paar von meinen Kunden war ich schon vierzehn Tage nicht mehr.«

»Schon heftig.«

Mir fiel das lange Gras um Phyllis Pearce' Haus ein. »Machen Sie auch das Grundstück von Phyllis Pearce?«

»Ja, genau. Bei der war ich auch schon ewig nicht.«

»Warum hat Dennis aufgehört?«

»Keine Ahnung. Er hat mir nur einen Zettel hingelegt. Danke für den Job, tut mir leid, aber ich muss weg. Mehr ist ihm nicht eingefallen. Ich war ihm noch Geld schuldig – bei mir kriegt jeder sein Geld, auch wenn er mich Knall auf Fall sitzenlässt. Aber ich glaube, meine Sekretärin hat ihn nirgendwo erreicht. Er hat einfach sein Zimmer geräumt, und weg war er.«

»Ihre Sekretärin, ist das die, mit der ich vorhin telefoniert habe?«

»Ja, das war Barb. Ich sage ihr, dass Sie sie anrufen.«

»Sehr freundlich. Eine allerletzte Frage. Hatte Dennis einen Wagen?«

»Hatte er«, sagte Hooper. »Aber wenn er ihn für die Arbeit braucht … ich würde mich nicht drauf verlassen, dass er funktioniert. Er hat ihn den ganzen Sommer hier stehen lassen. Ich hab ihm erlaubt, auch außerhalb der Arbeitszeit einen von unseren Pick-ups zu benutzen, wenn einer frei war. Er hat immer nachgetankt, was er verbraucht hat, das muss ich sagen.«

»Was für einen Wagen hatte er denn?«

»Einen Volvo. Kombi.«

»Danke, Mr. Hooper. Ich rufe Barb später an.«

»Ist recht«, sagte er und legte auf.

Ich überlegte. Wenn Dennis Mullavey sich um Phyllis Pearce' Garten gekümmert hatte, warum wusste sie dann nicht, wer er war? Andererseits war es durchaus möglich, dass sie den Namen des jungen Mannes gar nicht kannte oder nicht zu Hause war, wenn Hoopers Leute kamen, um –

Ein weiterer Anruf unterbrach meinen Gedankengang.

»Hallo?«

»Mr. Weaver? Hier ist Sheila Skilling.« Ihre Stimme zitterte.

»Sie haben Sean verhaftet, sie glauben –«

»Ich weiß«, sagte ich. »Es tut mir leid.«

»Sie müssen uns helfen«, sagte sie flehend. »Sie müssen uns einfach helfen.«

Ich hatte keine Ahnung, was ich im Augenblick für die Skillings hätte tun können. Claire zu finden hatte oberste Priorität. Was Sean brauchte, war ein guter Anwalt. Doch es gab ein paar Dinge, die ich Sheila und Adam Skilling gerne gefragt hätte. Zum Beispiel, wie viel sie über das wussten, was Sean und Hanna für Roman Ravelson erledigten. Und eine Frage hatte ich an Adam Skilling ganz persönlich. Warum war er auf dem Überwachungsvideo von Iggy's zu sehen? Und das so kurz nachdem Claire und Hanna die Rollen getauscht hatten?

DREIUNDVIERZIG

ch werde dich jetzt etwas fragen«, sagt die Frau zu ihm, »und du musst ganz ehrlich zu mir sein.«

Er sitzt im Rollstuhl und weicht ihrem Blick aus. »Natürlich«, sagt er.

»Hast du irgendwas in das Buch geschrieben außer dem üblichen Zeug?«

»Ich ... ich hab dir doch gesagt, ich finde es nicht. Du musst mir ein neues besorgen, damit ich wieder anfangen kann, mir Sachen aufzuschreiben.«

»Ich weiß, dass du's dem Jungen gegeben hast. Das hast du mir letztes Mal schon gebeichtet. Was mich interessiert, ist, was du reingeschrieben hast.«

»Nur das Übliche, wie du gesagt hast. Nichts, weswegen du dir Sorgen machen musst.«

»Aber du hast immer das Datum dazugeschrieben.«

Der Mann schweigt.

Sie stemmt die Fäuste in die Hüften. »Was, in Dreiteufelsnamen, hast du dir dabei gedacht? Kannst du mir das vielleicht sagen?«

»Ich weiß nicht.« Er spricht so leise, dass sie ihn kaum versteht.

»Wenn er es jemandem gibt, jemand, der sich an deine kleinen Marotten erinnert – was ist da nur in dich gefahren?«

»Es tut mir leid. Wirklich, es tut –«

Den Rest hört sie nicht mehr. Sie verlässt das Zimmer, schließt die Tür und hängt das Schloss vor. Ihr Sohn steht neben dem Wäschetrockner.

»Der bringt mich noch ins Grab«, sagt seine Mutter. »Was machst du denn hier?«

»Ich glaube, der Detektiv kommt der Sache immer näher.« Seine Mutter nickt. »Ich habe auch das Gefühl, dass der nicht so schnell aufgibt.«

»Aber das ist gut«, sagt der Sohn. »Ich glaube, ich tu jetzt erst mal nichts. Wie lange, wird sich zeigen. Bis ich weiß, wo er hinwill, wahrscheinlich.«

»Wir brauchen ein Notfallkonzept«, sagt sie und senkt ihre Stimme zu einem Flüstern. »Wenn das Mädchen, und auch der Junge, wenn die von selbst auftauchen, bevor Weaver sie findet, dann müssen wir vorbereitet sein. Wir müssen in der Lage sein, alles abzustreiten. Wir müssen in der Lage sein, den Jungen als Lügner hinzustellen. Wir sagen, wir wissen nicht, wovon er redet.«

Der Sohn lehnt sich an den Trockner, verschränkt die Arme vor der Brust und schüttelt den Kopf. »Denkst du daran, Dad umzuquartieren?«

Die Frau zögert. »So könnte man es vielleicht nennen.«

»Wo willst du ihn denn hinbringen? Wo soll er denn hin, wo wir uns um ihn kümmern können?«

Seine Mutter schweigt. Und dieses Schweigen spricht Bände.

»Nein, Mutter. Das können wir nicht tun.«

»Ich kann so nicht weitermachen«, sagt sie. »Ich kann einfach nicht mehr.«

»Hör mal, wir warten jetzt ab, wie's mit Weaver weitergeht. Wenn wir uns jemanden vom Leib schaffen müssen,
dann doch lieber ihn und die anderen, nicht Dad.«

»Na klar«, sagt sie. »Das versteht sich von selber.«

»Gott, dieser Weaver ist eine echte Landplage. Genau wie
sein Sohn. Bei dem hat sich das Ganze zumindest von selbst
erledigt.«

VIERUNDVIERZIG

ch machte mich auf den Weg zu den Skillings. Ich konnte mir vorstellen, was sie jetzt durchmachten. Plötzlich musste ich an einen Vorfall denken, der Jahre zurücklag. Scott war damals sechs, und wir ahnten noch nichts von den Sorgen, die wir eines Tages mit ihm haben würden.

Er hatte damals oft Alpträume und kam mitten in der Nacht zu uns ins Schlafzimmer.

»Ich habe was ganz Schlimmes geträumt«, sagte er jedes Mal. Donna und ich ließen ihn zu uns ins Bett, obwohl wir uns manchmal Sorgen machten, dass wir mit unserer Nachgiebigkeit schlechten Angewohnheiten Tür und Tor öffneten. Würde er uns bald jede Nacht heimsuchen? Bis zu dem Tag, an dem er auszog, um aufs College zu gehen?

Doch wir beschlossen, uns vorläufig noch nicht zu viele Gedanken zu machen, und wenn ich jetzt zurückdenke, bin ich froh, dass wir ihm damals erlaubten, sich zwischen uns zu kuscheln, die Decke bis zum Kinn hochzuziehen und den Kopf in den Spalt zwischen unseren Kissen zu legen.

Eines Nachts war ich der, der den Alptraum hatte. Es war

einer, der immer wiederkehrte und mich auch heute noch gelegentlich heimsucht. Ich habe die Finger fest in ein Büschel Haare des betrunkenen Fahrers gekrallt und dresche seinen Kopf auf die Motorhaube. Wieder und immer wieder. Irgendwann wird mir klar, was ich getan habe: Der Kopf hat sich vom Körper gelöst. Ich drehe den abgeschlagenen Kopf herum, so dass ich ihm in die Augen sehen kann.

»Ich habe meine Lektion gelernt«, sagt er. »Und du?«

Ich erwachte immer schweißgebadet. Doch in dieser Nacht hatte ich mich im Schlaf nicht hin und her geworfen und auch nicht geschrien, wie es manchmal vorkam, so dass Donna nicht wach geworden war. Ich hatte Angst, noch einmal einzuschlafen und diesen Kopf vielleicht wieder zu sehen. Also schlüpfte ich so leise wie möglich aus dem Bett und ging in die Küche hinunter. Ich ließ mir am Wasserhahn ein Glas kaltes Wasser einlaufen, setzte mich an den Tisch und dachte über die Fehler nach, die ich gemacht hatte, und darüber, wie wir schließlich in Griffon gelandet waren.

Ich hatte vielleicht zehn Minuten so dagesessen, als ich spürte, dass mich jemand beobachtete. Scott stand in der Tür, und mir wäre beinahe das Herz in die Hose gefallen. Ich bemühte mich, es mir nicht anmerken zu lassen.

»Wieso bist du nicht im Bett?«, fragte ich ihn.

»Ich hab Licht gesehen«, sagte er.

»Du solltest nachts nicht im Haus herumwandern.«

»Was machst du?«, fragte Scott.

»Einfach rumsitzen.«

»Hast du schlecht geträumt?«

Ich zögerte. »Wenn du's genau wissen willst, ja.«

»Was hast du denn geträumt?«

»Ich möchte eigentlich nicht darüber reden.«

Scott nickte. »Hast du Angst, dass es wieder losgeht, wenn du ins Bett zurückgehst?«

»Ein bisschen.«

Er überlegte. Dann machte er mir einen Vorschlag. »Du kannst bei mir schlafen.«

Ich trank noch einen Schluck. Dann stellte ich das Glas ab und sagte: »Gut.«

Er wartete, bis ich mein Glas in die Spüle gestellt und das Licht ausgemacht hatte. Dann nahm er mich bei der Hand und führte mich in sein Zimmer, als ob ich den Weg dorthin nicht gekannt hätte.

Er hatte nur ein Einzelbett. Ich legte mich auf die Seite, mit dem Rücken zur Wand. Scott legte sich neben mich und deckte sich zu.

»Schnarch nicht«, sagte er. »Du schnarchst nämlich ganz schön.«

»Ich werde mich bemühen.«

Er war in Sekundenschnelle wieder eingeschlafen. Ich spürte, wie sein Brustkorb mit jedem Atemzug weiter und dann wieder enger wurde. Diesen Rhythmus in Gedanken vorwegzunehmen beruhigte mich. Es dauerte nicht lange, dann war auch ich eingeschlafen, und die bösen Träume hatten ein Ende, wenigstens für diese Nacht.

Jetzt saß ich also wieder hier, im Wohnzimmer der Skillings. Ich auf der Couch, Sheila und Adam mir gegenüber in den Sesseln. Auf dem Tisch zwischen uns stand Kaffee, den Sheila wahrscheinlich sofort nach unserem Telefongespräch aufgesetzt hatte. Sie schenkte mir in eine Porzellantasse ein. Dampf stieg auf.

»Sahne? Zucker?«, fragte sie, bereit, mich mit beidem zu versorgen, obwohl es direkt vor mir stand. Ebenso wie ein Teller Kekse. In extremen Stresssituationen half es manchmal, sich mit irgendetwas zu beschäftigen. Kaffee zu kochen. Kekse zu backen. Einen Kleiderschrank auszumisten.

»Herrgott, Sheila, er kann sich seinen Zucker doch selbst nehmen«, fuhr Adam Skilling seine Frau an.

Sofort setzte Sheila sich hin. Sie presste eine Hand auf den Mund, als müsse sie einen Schrei ersticken.

»Mr. Weaver«, sagte Adam, »unser Sohn kann manchmal ganz schön dämlich sein, wie alle Jugendlichen in seinem Alter, aber Hanna hat er bestimmt nicht umgebracht.«

»Erzählen Sie mir, was passiert ist«, sagte ich.

Kurz nachdem ich letzte Nacht gegangen war, hatte Sean seine Eltern angerufen, und sie waren sofort zur Brücke gefahren. Ramsey und Quinn – die Skillings hatten sich die Namen auf den Schildern extra gemerkt – bombardierten ihn noch immer mit Fragen, doch anscheinend hatte er meinen Rat beherzigt und sagte kein Wort mehr.

Ungefähr sechs Stunden später, als die Skillings aufstanden – obwohl auch im Bett sicher keiner von ihnen ein Auge zugetan hatte –, bemerkte Sheila, dass zwei Polizisten sich draußen an Seans Ranger zu schaffen machten. Die Türen standen offen, und die beiden durchsuchten den Fahrgastraum.

»Waren das dieselben zwei, die Sean in der Nacht vernommen haben?«, fragte ich.

Sheila war es gelungen, den Schrei, der ihr schon in der Kehle steckte, zu unterdrücken. Sie nahm die Hand vom Mund und sagte: »Nein, zwei andere. Zwei Männer diesmal.«

»Haben Sie ihre Namen mitbekommen?«

»Einer hieß …« Sie dachte nach. »Einer hieß Haines, und –«

»Brindle«, unterbrach Adam sie. »Der andere Polizist hieß Brindle.«

»Wie sind sie in den Wagen gekommen?«, fragte ich.

»Wahrscheinlich hatte Sean ihn nicht abgesperrt«, sagte Adam. »Als Sie hier waren und ich ihn nach Hause beorderte, da stürzte er so schnell ins Haus, dass er es wohl vergessen hat.«

»Dann stand der Wagen also die ganze Nacht unversperrt vor dem Haus?«

Seans Eltern sahen einander an, dann mich, dann nickten sie. »Anzunehmen«, sagte Adam.

»Sie haben die Polizisten also da draußen gesehen. Was ist dann passiert?«

»Ich bin zu Sean ins Zimmer gelaufen, um es ihm zu sagen. Er war noch im Bett, aber er hat nicht geschlafen. Er rannte aus dem Haus – er hatte nur seine Boxershorts an – und ich im Morgenmantel hinterher. Adam war schon draußen – er ist immer schon vor uns angezogen und fertig, um aus dem Haus zu gehen.«

»Ich fragte sie, was sie da in unserem Wagen zu suchen hätten«, fuhr Adam fort. »Sagte ihnen, dass sie dafür einen Durchsuchungsbefehl brauchten, aber der Ältere, dieser Brindle, sah mich nur an und lachte. Dann kam Sean herausgerannt und schrie sie auch an, dass sie kein Recht hätten, seinen Wagen zu untersuchen. Brindle stellte sich vor Sean hin, so dass er Haines nicht daran hindern konnte, im Handschuhfach und unter den Sitzen nachzusehen.«

Adam fluchte leise. Dann sagte er: »Dieses Arschloch von Brindle hat Sean richtig weggestoßen. Er hat tatsächlich

Hand an ihn gelegt. Es sollte also kein Problem sein, ihn wegen tätlichen Angriffs dranzukriegen. Ich habe schon mit meinem Anwalt darüber gesprochen, dass wir ihn anzeigen sollten. Was ist denn das für eine Art? Ich bin mit unserer Polizei immer bestens ausgekommen. Ihre Dienstwagen sind alle von mir. Und unsere Mechaniker sind auch alle naselang vor Ort, um zu helfen, wenn's mal Probleme gibt. Wie kann einer von denen es wagen, so mit Sean umzuspringen?«

Ich schüttelte den Kopf. »Sie haben jetzt ganz andere Sorgen.«

»Wir standen nur da und sahen zu, wie die den Wagen auseinandernahmen. Wir wussten nicht, was wir tun sollten, fühlten uns so ohnmächtig«, sagte Sheila.

»Ich habe natürlich als Erstes meinen Anwalt angerufen«, sagte Adam Skilling. »Auf der Stelle. Hab ihn aus dem Bett geholt. Aber er ist kein Strafrechtler, deshalb hat er mir den Namen –«

»Unser Sohn ist kein *Straftäter*«, sagte Sheila.

»Herrgott, das weiß ich doch«, sagte Skilling. »Aber was willst du mit einem Anwalt, der sich normalerweise mit Immobilienrecht beschäftigt, wenn dein Sohn eine Mordanklage am Hals hat?«

Beim Wort »Mord« schlug sich Sheila wieder die Hand vor den Mund.

»Erzählen Sie mir, was sie gefunden haben«, forderte ich ihn auf.

»Der Jüngere, dieser Haines, sagt so was wie: ›Was haben wir denn da?‹ Er wühlt unter dem Beifahrersitz rum und zieht auf einmal dieses Stoffbündel hervor. Wie sich herausstellt, sind es Jeans und ein … Sie wissen schon … ein Slip«, sagte Adam.

Sheila wand sich vor Verlegenheit.

»Ich dachte, ich kotz ihm gleich vor die Füße«, fuhr Adam fort. »Ich konnte es nicht fassen. Gestern Nacht, während wir darauf warteten, dass die Polizei endlich mit Sean fertig ist, haben wir nämlich erfahren, dass dieses Mädchen, dass Hanna nichts anhatte, von …« Er berührte seinen Gürtel. »Sie wissen schon … von da abwärts.«

»Was hat Sean gemacht?«

»Er war wie vom Donner gerührt. Als er kapierte, was Haines da in die Höhe hielt, brüllte er ihn an, was die Scheiße soll, nie im Leben hätte *er* die Sachen da druntergestopft, völlig ausgeschlossen. Er beschuldigte die Polizei, sie ihm untergejubelt zu haben.«

Wenn Sean Hanna umgebracht hatte, dann mussten wir uns damit abfinden, dass er so dämlich war, ihre Sachen einen ganzen Tag lang unter dem Vordersitz seines Wagens spazieren zu fahren. Aber wenn er es tatsächlich getan hatte und ein Andenken an seine Tat behalten wollte, wäre ihm dann wirklich nichts Besseres eingefallen, als es in seinem Wagen zu verstecken? Hätte er ihn nicht wenigstens abgesperrt? Und wenn er und Hanna ohnehin schon seit Längerem miteinander schliefen, was für einen Grund hätte Sean gehabt, eine Trophäe von seiner Tat aufzubewahren?

»Ist Sean der Einzige, der mit dem Ranger fährt?«, fragte ich.

»Manchmal fahre ich damit«, sagte Sheila. »Adam auch. Aber eigentlich ist es Seans Wagen.«

»Ich habe mir nämlich überlegt, wenn Sean es gewesen wäre und wenn er die Sachen im Wagen versteckt hätte, dann hätte er doch riskiert, dass einer von Ihnen beiden sie findet. Ich glaube nicht, dass Sean so dämlich ist.«

Adam nickte. »Ist er auch nicht. Die jungen Leute sind ziemlich erfinderisch, wenn's darum geht, ihre Spuren zu verwischen. Wenn sie was im Schilde führen, von dem ihre Eltern nichts wissen sollen.« Er schnitt eine Grimasse. »Und Sean ist da keine Ausnahme.«

»Wie ging's dann weiter?«

»Brindle hat die Kleider in so einen Aufbewahrungsbeutel gesteckt«, sagte Adam. Es folgte eine lange Pause, als ringe er um Fassung, ehe er weiterreden konnte. »Und dann haben sie unseren Jungen verhaftet.«

»Sie haben ihm *Handschellen* angelegt«, sagte Sheila. »Das wäre wirklich nicht nötig gewesen. Was dachten sie denn, was er tun würde? Sich auf sie stürzen oder was?«

Adam seufzte. »Wie Sheila sagte, sie haben ihm Handschellen angelegt und in den Streifenwagen gesetzt. Dann sind sie weggefahren. Wir durften erst später zu ihm. Er ist mit den Nerven am Ende.«

»Sie müssen ihn aus dem Gefängnis rausholen«, sagte seine Frau. »Da drin könnte ihm alles Mögliche passieren.«

»Sie sind einfach weggefahren?«, fragte ich. »Sie haben den Wagen durchsucht, Sean verhaftet und sind weggefahren?«

Beide nickten. Sheila schniefte.

»Sonst haben sie nichts durchsucht?«

»Was hätten sie denn sonst noch durchsuchen sollen?«, fragte Adam.

»Seans Zimmer, zum Beispiel. Seinen Kleiderschrank. Haben sie seinen Computer sichergestellt? Haben sie die Garage durchsucht? Oder sonst irgendwas?«

Adam schüttelte den Kopf. »Nein, nur den Pick-up.«

Haines und Brindle hatten gefunden, was sie finden wollten, und sie hatten es bemerkenswert schnell gefunden. War die Durchsuchung von Seans Wagen nur eines von vielen Elementen ihrer Ermittlungen, und sie hatten einfach Glück gehabt? Hatten sie einen Tipp bekommen, dass es da Beweismaterial zu finden gab? War Seans Anschuldigung, die Beweise seien ihm untergeschoben worden, plausibel? Wenn ja, wer hatte sie ihm untergeschoben? Die Polizei selbst?

Allmählich fiel es mir schwer, den Überblick über die Einzelaspekte dieses Falls zu behalten.

»Ich möchte Ihnen ein paar Fragen stellen, weiß aber nicht, ob sie mit dem Ganzen was zu tun haben«, sagte ich.

Seans Eltern sahen mich an, als warteten sie auf den Befund einer Röntgenuntersuchung.

»Wussten Sie, dass Sean und Hanna sich etwas dazuverdienten, indem sie Minderjährige mit Bier und Schnaps belieferten?«

»Was?«, sagte Sheila. »Das ist nicht wahr – das ist doch lächerlich.«

»Es ist wahr. Roman Ravelson konnte das Zeug legal kaufen, dann schickte er Sean los, um es bei den Leuten abzuliefern, die es bestellt hatten. Sean und Hanna verkauften den Fusel mit Aufschlag und bekamen einen Anteil.«

Sheila schüttelte heftig den Kopf. »Nein, das glaube ich nicht.«

Adam Skilling hatte noch kein Wort gesagt.

»Selbst wenn es wahr wäre, was wäre daran wichtig?«, fragte Seans Mutter.

»Im Moment ist alles wichtig«, sagte ich. »In der Gegend rumzufahren und Bargeldgeschäfte mit allen möglichen Leuten zu machen ist die ideale Methode, sich jede Menge Schwierigkeiten einzuhandeln. Manche Leute fühlen sich über den Tisch gezogen. Zu viel gezahlt. Zu wenig Wechselgeld bekommen. Wie das eben so ist, wenn Bargeld im Spiel ist. Vielleicht hegte ja einer ihrer Kunden einen Groll gegen Sean und Hanna. Ich habe keine Ahnung. Ich muss einfach alles wissen, was es zu wissen gibt.«

»Damit Sie Sean helfen können«, sagte Adam Skilling. »Damit Sie beweisen können, dass er unschuldig ist.«

Ich zögerte. »Ich möchte auch, dass Sean alle nur mögliche Hilfe bekommt, aber im Moment vertrete ich weder seine Interessen noch Ihre. Ich bin auf der Suche nach Claire Sanders. Und wenn ich sie finde, könnte das zu guter Letzt auch Sean helfen, weil Claire vielleicht die Wissenslücken füllen kann, die wir noch haben. Was Sie brauchen, ist ein guter Anwalt.«

»Den haben wir«, sagte Adam. »Wir haben Theodore Belton engagiert.«

Ich kannte Teddy Belton. »Guter Mann. Bei ihm sind Sie in guten Händen.« Ich stand auf. »Wir bleiben in Kontakt. Wenn Sie etwas hören, von Claire oder sonst irgendwas, bitte sagen Sie mir Bescheid. Und ich melde mich sofort, wenn ich etwas höre, das Sean helfen könnte.«

Zu Adam sagte ich: »Könnte ich Sie kurz draußen sprechen?«

Ich drückte Sheila Skilling die Hand und ging zur Tür. Adam folgte mir. Als wir beide in der Einfahrt standen, sagte ich: »Sie waren auffallend schweigsam, als ich von Seans Aktivitäten berichtet habe.«

»Ich gebe zu, ich hatte da so einen Verdacht«, sagte er. »Ich habe einmal zwei Kästen Bier unter der Plane des Pick-ups entdeckt und ihn zur Rede gestellt. Er sagte, das gehört dem jungen Ravelson, der hätte es gekauft, aber gerade keine Gelegenheit gehabt, es nach Hause zu transportieren, also wollte Sean es ihm später bringen.«

»Das haben Sie ihm aber nicht abgenommen.«

Skilling presste die Lippen zusammen. »Nein. Ich will ja nichts Schlechtes über das arme Ding sagen – möge sie in Frieden ruhen –, aber ich mache Hanna dafür verantwortlich. Sie hatte einen schlechten Einfluss auf Sean. Sie liebte Geld und hatte keine Skrupel, es sich zu holen, egal wie.«

»Sean hätte nein sagen können.«

Er bedachte mich mit einem verächtlichen Blick. »Können Sie sich noch erinnern, wie Sie in dem Alter waren? Was hätten Sie nicht alles getan, um ein Schnuckelchen wie Hanna bei Laune zu halten?«

Die Garage stand halb offen, und ich konnte sehen, dass ein Wagen darin stand. Es war ein Pick-up. Ich war erstaunt, dass die Polizei ihn nicht beschlagnahmt hatte, so wie sie meinen beschlagnahmt hatten. Dabei hätte es wohl viel mehr Gründe gegeben, Seans Ranger mitzunehmen als meinen Honda. Immerhin hatten sie Hannas fehlende Kleider darin gefunden.

»Sie haben Seans Wagen nicht mitgenommen?«, fragte ich.

»Häh?«, machte Adam und folgte meinem Blick. »Das ist nicht der von Sean. Das ist meiner.«

Ich kniff die Augen zusammen. Auf den zweiten Blick erkannte ich, dass der Wagen dunkelgrau war und nicht schwarz wie der von Sean. Und größer war er auch. Es war nämlich kein Ranger, sondern ein F-150.

»Es ist nicht direkt meiner«, erklärte Adam. »Ich hab ihn mir nur ein paar Tage vom Geschäft geliehen. Ich fahre jede Woche einen anderen Wagen.«

»Vorgestern Abend«, sagte ich und zog die Worte in die Länge. »Was haben Sie da gemacht?«

»Weiß ich nicht mehr«, sagte er. »Da war ich wahrscheinlich mit Sheila zu Hause.«

»Sie sind nicht vielleicht ein bisschen rumgefahren?«

Er tat, als überlege er. »Doch, könnte sogar sein.«

»Und Sie sind nicht vielleicht Sean und Hanna hinterhergefahren?«

»Natürlich nicht«, brauste er auf. »Was soll die Frage?«

»Weil Sie bei Iggy's waren. Und zwar nicht lange nachdem Claire dort reingegangen ist und Hanna rauskam und in meinen Wagen stieg.«

Das verschlug ihm die Sprache. Er brauchte ein paar Sekunden, um sich zu sammeln. »Woher – wer hat Ihnen das gesagt?«

»Die Überwachungskamera dort hat Sie gefilmt. Ich hab die Bänder gesehen. Was haben Sie da gemacht? Schon eine komische Zeit, um loszufahren und sich einen Burger reinzuziehen.«

»Ich habe mir keinen – ich hab nur Kaffee bestellt«, protestierte er.

»Mir völlig wurst, was Sie bestellt haben. Ich will nur wissen, warum Sie da waren.«

»Also gut.« Adam Skilling gab sich geschlagen. »Ich bin rumgefahren in der Hoffnung, Seans Wagen irgendwo zu sehen. Ich hatte so ein ungutes Gefühl in letzter Zeit. Dass da irgendwas nicht stimmt. Ich bin also gegen halb zehn noch mal weggefahren. Hab alles abgeklappert, wo Sean meines Wissens gern hingeht. Gefunden hab ich ihn aber nirgends. Also habe ich wieder kehrtgemacht und mir auf dem Heimweg von Iggy's einen Kaffee geholt. So einfach ist das.«

»So einfach ist das«, wiederholte ich.

»Was? Glauben Sie vielleicht – ja, was *glauben* Sie denn?«

»Was ich glaube? Ich finde es irgendwie komisch, dass Sie die ganze Zeit kein Wort davon gesagt haben. Dass Sie in Griffon rumgefahren sind und nach Ihrem Sohn Ausschau gehalten haben, während die ganzen anderen Sachen passiert sind.«

»Da gab's nichts zu sagen. Ich wollte Sheila nicht beunruhigen. Also hab ich ihr gesagt, dass ich noch mal ins Büro fahre, um Papierkram zu erledigen. Das ist alles.«

»Es hat Sie gestört, wenn Hanna bei Ihnen übernachtet hat«, sagte ich. »Das haben Sie gestern gesagt. Sie mochten es nicht, wenn sie sich bei Ihnen zu Hause in Unterwäsche zur Schau stellte.«

Seine Wangen röteten sich. »Das war nicht – ich habe nie gesagt ›zur Schau stellte‹. Ich fand nur, dass sich das nicht gehört, das Ganze. Das ist alles. Wollen Sie daraus jetzt irgendwas konstruieren, Mr. Weaver? Ich dachte, Sie wollen uns helfen. Ich dachte, Sie sind auf unserer Seite.«

»Ich bin auf Hannas Seite«, sagte ich. »Und auf Claires. Auf wessen Seite ich sonst noch bin, das wird sich zeigen.«

FÜNFUNDVIERZIG

Kurze Zeit später stand ich wieder auf dem Parkplatz von Iggy's. Diesmal nicht, um Fragen zu stellen, sondern weil ich telefonieren und mir eventuell ein paar Notizen machen musste und das nicht im Auto tun wollte.

Außerdem hatte ich Hunger.

Auf dem Weg ins Restaurant kam ich an zwei geparkten Motorrädern vorbei, die auf den ersten Blick aussahen wie die der beiden Biker, die Quinn und Ramsey vor Patchett's verscheucht hatten.

Ich sah sie gleich, als ich das Restaurant betrat. Sie saßen am Fenster und stopften Hamburger, Fritten und Zwiebelringe in sich hinein. Jeder von ihnen hatte einen Becher Limo vor sich stehen, der größer aussah als der Tank ihrer Maschinen. Sie waren wohl beide zwischen vierzig und fünfzig, trugen ihr Haar kurz – anders als man es von Möchtegern-Hell's-Angels erwartet hätte – und etwa 20 Kilo mehr mit sich herum, als gut für sie war.

Ich kaufte mir ein Hähnchen-Sandwich und eine Cola und setzte mich dann an einen Tisch, von dem aus ich sie beobachten und auch ihre Maschinen auf dem Parkplatz sehen konnte. Ich schrieb mir die Kennzeichen auf, biss in mein Sandwich und rief Barb im Büro von Hooper an.

»Ah ja, hallo«, sagte sie. »Ich habe schon auf Ihren Anruf gewartet. Sie wollten etwas über Dennis wissen?«

»Genau. Dennis Mullavey.«

»Moment, ich hatte es gerade noch hier auf dem Schreibtisch und – ah, da ist es ja. Wollen Sie ihn einstellen? Ich habe hier sein Geburtsdatum – 17. September 1995. Ich weiß nicht, ob ich Ihnen seine Sozialversicherungsnummer geben darf …«

»Mir geht es eigentlich in erster Linie darum, wie ich ihn erreichen kann.«

»Aha, ich habe da eine Handynummer.« Sie las sie mir vor, und ich schrieb sie auf. »Und seine Adresse … also … gehört anscheinend noch zu Rochester, ist aber im Nordosten, ein Punkt auf der Karte, der sich Hilton nennt.« Sie gab mir eine Postadresse und eine Festnetznummer.

»Die Adresse in Hilton, wohnen da seine Eltern?«, fragte ich.

»Sein Vater«, sagte Barb. »Soweit ich weiß, jedenfalls. Ich glaube, er hat erzählt, dass seine Mutter schon vor Jahren gestorben ist und dass er bei seinem Vater lebt, zumindest bevor er zu uns kam. Aber ich weiß nicht, ob Ihnen das irgendwas nützt.«

»Wie meinen Sie das?«

»Ich meine, wenn Sie ihn suchen, weil Sie einen Job für ihn haben, dann viel Glück. Wir haben noch seinen letzten Lohnscheck hier, und ich wollte ihn an die Adresse schicken, die ich Ihnen gerade gesagt habe. Ich wollte aber sichergehen, dass sie noch stimmt, und habe vorher angerufen. Sein Vater hat gesagt, er weiß nicht, wo Dennis ist. Und wenn wir seine Handynummer wählen, geht nur die Mailbox ran.«

»Danke für die Warnung«, sagte ich. »Hat er nicht eine Freundin in Griffon? Vielleicht weiß die ja, wo ich ihn finden könnte.«

»Meinen Sie Claire?«, fragte Barb.

»Ich glaube, so hieß sie.«

»Claire Sanders. Das ist die Tochter vom Bürgermeister. Von ihr habe ich keine Telefonnummer, aber Sie könnten ihren Vater anrufen. Es ist nicht schwierig, an ihn ranzukommen. Dennis war ganz verrückt nach dem Mädchen – auf jeden Fall sah es so aus, bevor er uns im Stich gelassen hat.«

»Vielen Dank. Sie haben mir sehr geholfen«, sagte ich.

»Gern geschehen. Wenn Sie ihn sehen, sagen Sie ihm doch bitte einen Gruß von mir. Ich mag den Jungen, auch wenn der Chef ihm am liebsten den Hals umdrehen würde, weil er einfach auf und davon ist.«

»Mach ich«, sagte ich.

Ich legte das Handy auf den Tisch und biss wieder von meinem Sandwich ab.

Sah den zwei Bikern beim Essen zu.

Wählte die Handynummer von Dennis, die Barb mir gerade gegeben hatte. Sofort meldete sich die Mailbox.

Ich sprach nicht drauf.

Sah weiter den Bikern zu.

Nur weil die Polizei von Griffon ihre Befugnisse überschritt und Leute aus der Stadt vertrieb, mussten die beiden noch keine Unschuldsengel sein. Vielleicht waren sie tatsächlich Unruhestifter. Vielleicht waren sie ja nach Griffon gekommen, um Geschäfte zu machen.

Ich war bisher immer davon ausgegangen, dass Scott das

Ecstasy von einem seiner Freunde bekommen hatte. Es war aber durchaus möglich, dass er es Typen wie denen hier abgekauft hatte, vielleicht eines Abends in Patchett's, auch wenn Phyllis Pearce behauptet hatte, dass Jugendliche, die wie Scott etwas *zu* jugendlich aussahen, vor die Tür gesetzt wurden. Weshalb Scott wohl lieber auf Hauspartys und Flachdächer ging, um sich abzuschießen.

Die Altersgenossen von Scott, die ich bis jetzt in die Zange genommen hatte, waren relativ leichte Beute gewesen. Diese zwei Biker allerdings waren in jeder Hinsicht schwergewichtigere Gegner.

Den Jugendlichen hatte ich die Hölle heißgemacht, ich hatte sie drangsaliert und terrorisiert.

Diese Biker waren aber womöglich bewaffnet.

»Hey, Mr. Weaver.«

An meinem Tisch stand Sal, der Geschäftsführer, der mir die Überwachungsbänder gezeigt hatte. Er sah zu mir herunter und lächelte.

»Hey, Sal«, sagte ich. »Ich dachte, Sie arbeiten abends.«

»Ich musste einspringen, weil der Kollege krank ist.«

»Hoffentlich nicht vom Essen«, sagte ich.

Sal sah mich vorwurfsvoll an. »Machen Sie keine Witze.«

»'tschuldigung«, sagte ich. »Haben Sie kurz Zeit?« Er nickte. Ich lud ihn mit einer Handbewegung ein, sich mir gegenüber zu setzen.

»Ich hoffe, ich konnte Ihnen das letzte Mal helfen«, sagte er. »Sie haben doch jemanden gesucht?«

»Ja. Da bin ich noch immer dran. Drehen Sie sich bitte nicht um, aber hinter Ihnen sitzen zwei Biker.«

Sal sah trotzdem nach hinten. »Oh, tut mir leid, das war ein Reflex. Ich bin an die Regeln Ihrer Branche nicht gewöhnt.«

»Sind die zwei oft da?«

Er zuckte die Achseln. »Ja, die seh ich hin und wieder. Manchmal abends. Einmal die Woche vielleicht.«

»Was wissen Sie über sie?«

»Nicht viel. Nur, dass sie gern mit ihren Maschinen durch die Gegend fahren.«

»Haben sie hier mal irgendwelche Geschäfte abgewickelt? Nicht unbedingt hier im Restaurant, kann auch auf dem Parkplatz gewesen sein.«

Sals Augen wurden schmal. »Was für Geschäfte? Meinen Sie Drogen?«

Ich nickte.

Er grinste. »Wenn Sie das nächste Mal an Ihren Computer gehen, googeln Sie doch mal ›Pilkens, Gilmore‹ und ›Staatslotterie‹. Ach ja, und schreiben Sie ›schwul‹ dazu. Da finden Sie bestimmt was über die beiden.«

»Wenn Sie eh schon wissen, was ich finden werde, dann ersparen Sie mir doch die Mühe. Ich kaufe auch einen Milch-Shake.«

»Die sind so ein gleichgeschlechtliches Paar. Haben vor ein paar Jahren in der Staatslotterie gewonnen, ihre Jobs an den Nagel gehängt, sich die Bikes gekauft und sind jetzt ständig auf Achse damit. Sie waren auch in den Fernsehnachrichten. Als sie das erste Mal reinkamen, hab ich sie gleich erkannt.«

»Dann sind das also keine Dealer?«

Sal lachte leise. »Wenn Sie so was wie sechs Millionen auf der Bank haben, würden Sie das aufs Spiel setzen, um Jugendlichen in Griffon Dope zu verkaufen?«

Mit Hilfe der Karten-App meines Handys fand ich Hilton. Wahrscheinlich würde ich anderthalb Stunden dorthin brauchen. Normalerweise wäre ich erst Richtung Süden gefahren, um nach Rochester zu kommen, und dann weiter auf der I-90 nach Osten. Doch Hilton lag im Norden von Rochester, und wie es aussah, würde ich nicht viel länger brauchen, wenn ich gleich Richtung Nordosten fuhr, dann weiter auf der Lake Road, die später zum Roosevelt Highway wurde, und dort auf den Lake Ontario State Parkway abbog. Da würde ich ein bisschen langsamer fahren und öfter halten müssen, doch landschaftlich war diese Strecke zweifellos reizvoller.

Ich rief Donna an.

»Ich muss in die Gegend von Rochester. Weiß nicht, wann ich zurück bin.«

»Ist gut.«

Es war nicht ungewöhnlich, dass Donna mich nicht fragte, wohin ich fuhr. Sie wusste, dass meine Aufträge mich von einer Minute auf die andere praktisch überall hinführen konnten.

Einen Moment herrschte Stille.

»Cal?«, sagte sie dann. »Bist du noch da?«

»Wir sollten wegfahren«, sagte ich.

»Was?«

»Wir sollten verreisen.«

»Verreisen? Wohin?«

»Keine Ahnung. Wo würdest du denn gerne hinfahren?«

»Ich – ich weiß auch nicht.«

»Wie wär's mit Spanien?«

Sie lachte unsicher. »Wie kommst du auf Spanien?«

»War das Erste, was mir eingefallen ist. Kann auch Australien sein.«

»Davon, dass wir ans andere Ende der Welt fliegen, wird auch nicht alles gut«, sagte Donna.

»Du hast da was gesagt. Bei unserem Mitternachtsfrühstück«, sagte ich. »Du hast gesagt, wir werden nie wieder glücklich sein.«

»Cal, es tut mir leid, ich –«

»Nein, warte. Du hast gesagt, wir werden nie wieder glücklich sein, aber wir könnten vielleicht glücklicher sein als jetzt.« Ich spürte den Kloß, der sich in meiner Kehle bildete. »Ich will glücklicher sein. Das würde mir im Moment reichen.«

Diesmal war es Donna, die nicht antwortete. Ich wartete ein bisschen, dann sagte ich ihren Namen.

»Ich bin noch dran«, sagte sie. Und nach einer Pause: »San Francisco.«

»Was?«

»Ich würde gern mit einem Cablecar fahren. Ich möchte draußen auf dem Trittbrett stehen und mich festhalten. Das möchte ich gerne machen.«

»Dann machen wir das.«

»Wann?«

Ich überlegte. »Ich kann mich natürlich täuschen, aber ich glaube, ich komme langsam voran. Sobald ich Claire gefunden habe, geht's los. Wenn du dir Urlaub nehmen kannst.«

»Ich werde mir Urlaub nehmen«, sagte Donna.

»Du kannst ja schon mal anfangen, dir Hotels und so was anzusehen, wenn du nach Hause kommst.«

»Ist gut.«

»Wie wär's mit einem von diesen kleinen Boutique-Hotels?«

»Ist gut.«

Mit jedem »ist gut« klang ihre Stimme trauriger.

»Ich werde nicht *nicht* an ihn denken können.«

»Ich weiß. Ich auch nicht.«

»Dabei will ich ja an ihn denken. Ich will nur nicht an ihn denken, wie er …«

Fällt.

Ich musste immerzu an Scott denken, wie er fällt.

SECHSUNDVIERZIG

Als ich in Griffon losfuhr, bildete ich mir ein, im Rückspiegel diesen Wagen wieder zu sehen. Den silbernen Hyundai mit den getönten Scheiben. Doch als ich die Innenstadt hinter mir hatte und die Bebauung langsam spärlicher wurde, bog der Wagen scharf rechts ab und verschwand.

Ich brauchte geschlagene zwei Stunden, bis ich Dennis Mullaveys Haus in dem kleinen Ort Hilton fand. Hier und da hingen noch ein paar Plakate, die das jährliche Apfelfest bewarben, das schon zwei Wochen zurücklag.

Ich stieg aus dem Wagen und die wenigen Stufen zur Haustür des ebenerdigen Ziegelbaus hoch. In der Einfahrt parkte ein rostiger grüner Ford Explorer aus dem vergangenen Jahrhundert. Ich klingelte und wartete. Vom Ontariosee wehte ein kühler Wind herüber. Es dauerte nicht lange, da ging die Tür auf, und ein großer, dünner Schwarzer stand vor mir. Er trug eine weiße Twillhose mit exakt gebügelter Falte und ein rotes Sweatshirt. Er hatte kurzes graues Haar, und auf seiner Nase saß eine Brille. Ich schätzte ihn auf

Ende sechzig, Anfang siebzig. Offensichtlich Rentner, wenn er nachmittags zu Hause war.

»Ja?«, sagte er.

»Mr. Mullavey?«

»Stimmt«, sagte er. »Doug Mullavey.«

»Ich heiße Cal Weaver.« Ich zeigte ihm meinen Ausweis und ließ ihm genügend Zeit, ihn sich gründlich anzusehen.

»Sie sind Privatdetektiv?«

»Bin ich.«

»Was führt jemanden wie Sie zu mir?«

»Ich habe gehofft, kurz mit Ihrem Sohn Dennis sprechen zu können.«

»Dennis ist nicht hier«, sagte sein Vater.

»Wann meinen Sie denn, dass er zurückkommen könnte?« Er zuckte die Schultern. »Er wohnt nicht hier.«

»Haben Sie vielleicht seine Adresse?«

»Nein.«

Ich lächelte. »Wenn Sie ihn erreichen wollen, wie würden Sie das anstellen?«

»Ich würde ihn wahrscheinlich auf dem Handy anrufen.«

»Ans Handy geht keiner ran. Das habe ich selbst festgestellt, und das hat mir auch sein früherer Arbeitgeber gesagt.«

»Vielleicht ist er irgendwo, wo er keinen Empfang hat«, sagte Doug Mullavey.

Ich lehnte mich an das Treppengeländer. »Können wir offen miteinander reden, Mr. Mullavey?«

»Etwas anderes käme für mich auch nicht in Frage.«

»Ich bin auf der Suche nach Claire Sanders, einem jungen Mädchen aus Griffon. Ihr Vater ist dort Bürgermeister. Ihr Sohn war mit ihr zusammen, und es ist nicht ausgeschlos-

382

sen, dass die beiden noch immer ein Paar sind. Claire ist verschwunden, und ich hoffe von Ihrem Sohn etwas zu erfahren, was mich zu ihr führt. Es wäre sogar möglich, dass die beiden in diesem Augenblick gemeinsam irgendwo sind.«

»Ich würde Ihnen ja gerne helfen.«

»Es ist nämlich so, Mr. Mullavey, Claire hat sich mächtig ins Zeug gelegt abzutauchen, ohne dass ihr jemand folgt. Sie wurde dabei von einem Mädchen namens Hanna Rodomski unterstützt, und dieses Mädchen ist jetzt tot.«

Jetzt hatte ich seine Aufmerksamkeit erregt. »Was ist ihr denn zugestoßen?«

»Sie wurde ermordet. Ungefähr zu der Zeit, als Claire verschwand. Ich glaube, Claire ist mit Dennis weggefahren. Sie ist in einen alten Volvo Kombi gestiegen, und der Beschreibung nach könnte der Fahrer Ihr Sohn gewesen sein. Hat Ihr Sohn so einen Wagen?«

»Was für einen Wagen? Da bin ich über –«

»Mr. Mullavey, bitte. Sie und ich, wir wissen beide, dass kein Sohn einen Wagen kriegt, ohne dass sein Vater ihm dabei unter die Arme greift. Sie haben mir ja praktisch schon bestätigt, dass es der Wagen Ihres Sohnes ist. Ich habe keinen Grund anzunehmen, dass Claire oder Ihr Sohn etwas mit Hannas Tod zu tun haben, aber ich würde wetten, dass einer von ihnen, wenn nicht sogar alle beide, etwas wissen, was in diesem Zusammenhang von Bedeutung ist. Und wenn der Mord an Hanna etwas mit Claires Verschwinden zu tun hat, dann könnte das durchaus heißen, dass Claire in Gefahr ist. Wenn Claire in Gefahr und Ihr Sohn mit ihr zusammen ist, dann ist auch Ihr Sohn –«

»Ich glaube wirklich nicht –«

Ich ließ ihn nicht ausreden. »Ist *auch* Ihr Sohn in Gefahr. Wenn Sie also irgendetwas über den Verbleib Ihres Sohnes wissen, dann wären Sie gut beraten, es mir zu sagen.«

Doug Mullavey fuhr sich mit der Zunge über die Zähne. Sein Mund blieb geschlossen. Als er ihn schließlich öffnete, sagte er: »Das mit diesem Mädchen ist entsetzlich. Wirklich grauenhaft.«

»Helfen Sie mir«, sagte ich leise.

»Ich kenne Sie nicht, Mr. Weaver. Ich habe keine Ahnung, wer Sie sind. Ich weiß nichts über Sie. Ich weiß nicht, wessen Interessen Sie wirklich vertreten. Und ich weiß auch nicht, ob ich eine ehrliche Antwort von Ihnen bekäme, wenn ich Sie fragen würde, für wen Sie arbeiten. Es tut mir leid, aber ich glaube, ich habe Ihnen nichts zu sagen.«

Resigniert senkte ich den Kopf. Dann hob ich ihn wieder und sah Doug Mullavey in die Augen. »Ich will Ihrem Sohn nichts Böses. Ich will ihn und Claire vor Schaden bewahren. Wovor haben Sie Angst? Wovor versteckt Ihr Sohn sich?«

»Diese Fragen kann ich leider nicht beantworten. Vielleicht fasse ich mit der Zeit ja Vertrauen zu Ihnen.«

»Es kommen vielleicht andere und stellen dieselben Fragen«, sagte ich.

»Glauben Sie vielleicht, Sie sind der Erste?« Beinahe hätte er gelächelt.

»Wer war denn sonst noch da?«

»Glauben Sie, wenn ich schon mit der Polizei nicht rede, dann würde ich mit Ihnen reden?«

»Die Polizei war da?«, fragte ich. »Welche Polizei? State? Griffon?«

Er machte eine abwehrende Handbewegung, als wäre das

völlig egal. »Jemand war da und hat Dennis gesucht. Angeblich hat Dennis, wenn die Besitzer nicht da waren, Sachen aus Häusern gestohlen, wo er Rasen mähte. Totaler Schwachsinn. Ich weiß, dass Dennis das nie getan hätte. Ich hab ihn abblitzen lassen.«

»Dann war es jemand aus Griffon«, sagte ich. »Wissen Sie vielleicht den Namen? Wann war das denn?«

Mullavey strich sich mit der Hand über den Kopf. »Wissen Sie, ich habe bei Kodak gearbeitet. Vor zehn Jahren bin ich in Rente gegangen. Zwei Wochen später habe ich meine Frau, Dennis' Mutter, verloren.«

Er sah in die Richtung, in der der Ontariosee lag, obwohl er von hier nicht zu sehen war. »Ich bin froh, dass ich nicht mehr da war, als alles den Bach runterging, weil die Leute keine Negativfilme mehr brauchten. Damals habe ich immer gesagt – heute würde es wohl nicht mehr passen, weil ja alles digital ist –, aber wenn mich damals wer gefragt hat, wie's jetzt weitergeht, dann hab ich immer gesagt: ›Wir werden ja sehen, wie sich's entwickelt.‹ Wir werden sehen, wie sich's entwickelt, Mr. Weaver, aber bis dahin habe ich Ihnen nichts zu sagen.«

»Ich bin nicht der Feind«, sagte ich.

»Würde der Feind zugeben, dass er der Feind ist?«, konterte Doug Mullavey.

»Nein«, sagte ich. »Würde er nicht.« Ich reichte ihm eine meiner Karten, und zu meiner Überraschung nahm er sie. Ich ging zu meinem Wagen. »Mr. Weaver?«, rief er mir nach.

Ich drehte mich um. »Ja.«

»Dennis ist ein anständiger Kerl.«

»Ich hoffe, er ist mehr als das«, sagte ich. »Ich hoffe, er ist schlau. Denn es sieht so aus, als sei er nicht nur für seine eigene Sicherheit verantwortlich, sondern auch für die von Claire Sanders. Ich hoffe, ich muss nicht wiederkommen, um Ihnen mitzuteilen, dass ihr oder Ihrem Sohn etwas passiert ist. Und ich hoffe, es gibt nichts, was Sie mir hätten sagen können, um das zu verhindern.«

Ich ging weiter und drehte mich nicht mehr um.

Ich fuhr nach Griffon zurück. Unterwegs rief Donna mich an, um mir zu sagen, dass sie spät nach Hause kommen würde, vermutlich erst gegen neun. Wenn wir wirklich verreisen wollten, dann gab es jede Menge Arbeit, die sie vorher erledigen musste. Wahrscheinlich würde sie nicht nur heute, sondern auch am Freitag und kommenden Montag länger arbeiten, um zu verhüten, dass ihre Vertretung alles durcheinanderbrachte. Ich schlug vor, dass wir uns dann eine Pizza kommen ließen.

Kein Einwand.

Ich kündigte ebenfalls an, dass es spät werden würde, was sich auch bestätigen sollte. Als ich Viertel vor sieben in unsere Einfahrt bog, stand Donnas Auto nicht da. Es dämmerte schon, und die Straßenlampen waren an. Ich hatte das Gefühl, alles getan zu haben, was ich heute tun konnte. Viel mehr fiel mir nicht ein. Ich würde noch ein paar Anrufe erledigen und nachsehen, ob ich im Internet vielleicht etwas über Dennis Mullavey fand. Vielleicht stieß ich sogar auf seine Facebook-Seite, erfuhr etwas über seinen Freundeskreis. Wenn ich Glück hatte, lebten einige seiner Freunde in Griffon. Wenn ich später noch die Energie aufbringen konnte, würde ich vielleicht noch bei ihnen vorbeisehen. Vielleicht. Vielleicht. Vielleicht. Alles hing davon ab, ob es mir gelang, wach zu bleiben, sobald ich über die Schwelle unseres Hauses getreten war. Ich war nämlich zum Umfallen müde.

Dann fiel mir ein, dass es höchste Zeit war, Bert Sanders anzurufen. An seiner Stelle säße ich praktisch auf dem Telefon, um den entscheidenden Anruf nur ja nicht zu verpassen. Ja, Bert Sanders anzurufen wäre das Erste, was ich tun würde.

Nein. Das Zweite. Zuallererst würde ich mir ein Bier aus dem Kühlschrank holen.

Ich parkte, zog den Schlüssel aus dem Zündschloss und saß eine Weile nur da.

Druckabbau.

Schließlich öffnete ich die Tür und stieg aus.

Hinter mir sagte jemand: »Mr. Weaver?«

Ich drehte mich um. Ich sah den Baseballschläger eine Millisekunde bevor ich ihn spürte. Im Nacken, direkt unter der Schädelbasis.

Dann nahm das Verhängnis seinen Lauf.

SIEBENUNDVIERZIG

Ich war nicht völlig weggetreten. Anfangs war ich natürlich ziemlich benommen. Aber ich konnte wie aus weiter Ferne hören, was um mich herum vorging, so ähnlich wie bei einem Mittagsschläfchen auf dem Sofa.

Jemand sagte: »Arschloch.«

»Volltreffer«, sagte eine zweite Stimme.

Männliche Stimmen.

Ich lag auf dem Bauch und stützte mich auf die Hände, um mich hochzustemmen. Mir war schwindlig. Ein fester Tritt in die Flanke machte meine Bemühungen zunichte. Einen Augenblick bekam ich keine Luft. Ich fiel wieder hin und drehte mich auf die Seite. Jemand stöhnte mitleiderregend.

Das war ich.

Ich öffnete die Augen und sah die beiden auf mich herunterblicken. Wie zwei Wolkenkratzer. Aus meiner Position war es schwierig zu beurteilen, wie groß sie wirklich waren. Sie hätten eins fünfzig sein und mir trotzdem wie Riesen vorkommen können. Stämmig gebaut, mächtige Arme. Ihre

Gesichter blieben mir ein Rätsel. Sie trugen Skimasken. Ich konnte also nur ihre Augen und Münder sehen. Einer trug eine rote Maske mit Schneeflockenmuster, der andere hatte sich eine einfache blaue übergezogen.

Die rote Maske sagte: »Wie findest *du* denn das? Gefällt's dir?«

Die blaue Maske sagte: »Sieh lieber nach, ob er eine Waffe hat.«

Rot sagte: »Scheiße, du hast recht.«

Er kniete sich hin und tastete mich ab. »Nichts«, sagte er.

Nur gut, dass ich mich entschlossen hatte, die Glock heute zu Hause zu lassen. Zusammengeschlagen zu werden, das kann man zur Not auch überleben, aber von einem Schuss in den Kopf erholt man sich nicht so leicht wieder. Ich holte aus, um Rot die Faust ins Gesicht zu schlagen, doch ohne Erfolg. Er wehrte den Schlag ab. Dann versuchte ich, ihm die Maske vom Kopf zu reißen. Bartstoppeln kratzten an meinen Fingern wie Sandpapier.

»Pfoten weg!«, fauchte Rot, riss mir den Arm weg und schlug mir mit der umgekehrten Hand ins Gesicht.

»Setz dich auf ihn«, sagte Blau. »Drück ihn runter.«

Rot setzte sich rittlings auf mich. Er packte meine Handgelenke und drückte sie mit seinem Gewicht auf den Asphalt. Dann hörte ich das unverkennbare Geräusch von Klebeband, das von einer Rolle abgerissen wird. Als Nächstes spürte ich, wie mir die Fußknöchel damit zusammengebunden wurden.

»Festhalten!«

»Hab ihn. Mach schnell, bevor wer kommt.«

Blau bewegte sich vorwärts. Sein Partner überkreuzte mir die Hände, und Blau wickelte mir das Klebeband um die

Gelenke. Mehrere Male und sehr fest. Was er nicht bedacht hatte, war, dass meine Arme jetzt vor meiner Brust gefesselt waren. Das war um einiges besser, als sie hinten am Rücken zu haben. Blau riss noch ein paar Streifen ab und klebte sie mir über den Mund.

»So, Arschloch, steh auf.«

Sie mussten mir auf die Beine helfen. Dann legten sie mich über die Motorhaube, so dass ich nur mehr Metall sah. Blau hielt mich fest, und Rot rannte weg. Gleich darauf hörte ich einen Motor starten und das Winseln eines Wagens im schnellen Rückwärtsgang. Es gelang mir, den Kopf so weit zu drehen, dass ich sehen konnte, wie der Wagen rückwärts auf mich zufuhr. Die Marke konnte ich nicht erkennen. Ein Kofferraumdeckel sprang auf.

Rot sprang aus dem Wagen. Mit vereinten Kräften hievten Rot und Blau mich von der Motorhaube und drehten mich um. Da riss ich meine gefesselten Arme hoch und versuchte, Blau einen Schlag auf den Kopf zu versetzen, was mir auch gelang. Allerdings traf ich ihn nicht fest genug, was ihn dazu bewegte, die Rolle noch einmal zu zücken und mir das Klebeband ein paarmal in Taillenhöhe um den Körper zu wickeln, die Arme darunter.

Scheiße.

Sie schleiften mich zum Kofferraum ihres Wagens, der schon mit gähnendem Maul auf mich wartete.

»Jetzt geht die Party richtig los«, sagte Rot.

Und dann wurde es stockdunkel um mich.

Durch den geschlossenen Kofferraumdeckel hörte ich gedämpfte Stimmen, dann das Öffnen und Zuschlagen von Türen. Wir schossen aus der Einfahrt wie ein Sprinter aus den Startlöchern. Ich wurde herumgerüttelt und schlug mir den Kopf an.

Der Wagen beschleunigte, bog ein paarmal ab, und nach fünf Minuten fuhren wir mit vielleicht hundert in gleichmä-ßigem Tempo auf ziemlich gerader Strecke. Wir waren auf einer Schnellstraße. Höchstwahrscheinlich dem Robert Moses Highway, doch wohin es gehen sollte, darüber konnte ich vorläufig nur Vermutungen anstellen.

Die Idioten hatten mich zwar auf eine Waffe untersucht, aber mein Handy hatten sie mir nicht abgenommen. Das ließ darauf schließen, dass ich es nicht gerade mit Profis zu tun hatte. Obwohl ich zugeben musste, dass sie fix genug gewesen waren, mich zu überrumpeln.

Das Handy steckte noch immer tief in der Innentasche mei-ner Jacke, nützte mir jedoch im Augenblick wenig, weil ich nicht rankam. Aber selbst wenn es irgendwie herausrut-schen und auf dem Kofferraumboden landen würde, hätte ich größte Schwierigkeiten gehabt, damit zu telefonieren.

Die meisten Wagen neuerer Bauart waren mit einem Not-griff im Kofferraum ausgestattet, den man von innen ziehen konnte. Ob die Hersteller dabei in erster Linie an Entfüh-rungsopfer gedacht haben, möchte ich bezweifeln. Worum es ihnen ging, war, dass Kinder, die sich versehentlich im Kofferraum eingeschlossen hatten, da wieder herauskamen, bevor sie erstickten.

Ich hatte keine Ahnung, wie alt der Wagen war oder ob er so einen Griff hatte. Und selbst wenn er einen hatte, wusste ich nicht, wo er war. Könnte ich das Klebeband loswerden, könnte ich herumtasten, um ihn zu finden. Natürlich hieß das nicht, dass ich dann aus dem fahrenden Auto hätte ent-kommen können, aber jemand, der hinter uns fuhr, bekam vielleicht mit, wie der Kofferraumdeckel aufsprang. Mit viel Glück würde er mich sehen und die Polizei rufen. Wenn das nicht klappte, könnte ich mich vielleicht so hinlegen, dass ich, sobald der Wagen stand und jemand kam, um den Kofferraum zu öffnen, die Beine ausfahren und versuchen könnte, einem dieser Scheißkerle meine Absätze ins Gesicht zu rammen.

Das Surren der Reifen auf dem Asphalt war hier hinten viel lauter zu hören, als wenn man vorne am Steuer saß. Das regelmäßige *Donk* verriet mir, wann wir über Nahtstellen fuhren. Doch dann veränderte sich das Geräusch, klang irgendwie hohler. Wir fuhren über eine Brücke.

Dann waren wir wieder auf festem Straßenbelag.

Ich wusste zwar nicht, wohin wir fuhren, aber ich hatte eine leise Ahnung. Ich ahnte auch, wer meine Entführer waren.

Meine Racheengel.

Der Wagen fuhr langsamer, bog ab, beschleunigte, bog wieder ab. Wir hatten den Highway verlassen und waren ungefähr zwanzig Minuten unterwegs gewesen.

Mein Handy meldete sich. Ich spürte das Vibrieren an meiner Brust. Und ich war zu keiner Reaktion fähig. Ob das Klingeln des Telefons auch im Fahrgastraum zu hören war? Und wenn ja, würden die beiden dann stehen bleiben, den Kofferraum öffnen und es mir wegnehmen? Doch die gedämpfte Unterhaltung, die ich hinten mitbekam, brach nicht ab, und der Wagen hielt auch nicht an. Also hatten Rot und Blau das Klingeln wohl nicht gehört.

Ich kämpfte noch immer mit dem Klebeband. Ich hatte zwar den Eindruck, dass es langsam nachgab, aber eben nur langsam. Bekäme ich als Erstes meine Hände frei, könnte ich mich ruck, zuck auch vom Rest meiner Fesseln befreien.

Würde sich das Band um meine Taille als Erstes lösen, könnte ich meine Hände heben, mir das Klebeband vom Mund reißen und meine Handfessel durchnagen.

Der Wagen fuhr jetzt langsamer. Ich hörte das Knirschen von Gummi auf Kies.

Ich bemühte mich noch immer, durch allerlei Armbewegungen das Klebeband um meine Taille zu lockern. Mein ganzer Körper war schweißbedeckt. Meine Augen brannten höllisch von dem Schweiß, der mir übers Gesicht lief.

Der Wagen blieb stehen, der Motor wurde abgeschaltet. Zwei Türen wurden geöffnet und wieder zugeschlagen.

»Das hier ist ein guter Platz«, sagte eine Stimme.

»Gefällt mir auch«, sagte die zweite.

»Zieh dir die Maske wieder über.«

»Ach ja.«

Der Motor war jetzt zwar ausgeschaltet, doch es war immer noch etwas zu hören. Ein dumpfes Dröhnen. Nicht der Lärm von Fahrzeugen auf einer nahe gelegenen Schnellstraße. Irgendetwas anderes. Irgendetwas ganz in der Nähe.

Ich unternahm einen letzten Versuch, das Klebeband um meinen Körper zu zerreißen.

Nichts zu wollen.

Der Kofferraumdeckel sprang auf. Eine Hand schob sich unter den Rand, um ihn hochzudrücken. Rot und Blau standen da und sahen mich an.

»Er hätte es beinahe abgekriegt«, sagte Blau.

»Ich hole die Rolle.«

Zehn Sekunden später war Rot wieder da. Gemeinsam schwangen sie meine Beine über den Stoßfänger und setzten mich auf. Rot wickelte mir noch mehr Klebeband um Taille und Handgelenke.

Dann hievten sie mich aus dem Kofferraum und stellten mich auf die Beine. Wir waren in einem Waldgebiet, vielleicht einem Park. Ich blinzelte ein paarmal, um meine Augen an die relative Helligkeit nach dem stockdunklen Kofferraum zu gewöhnen.

Ich erkannte die Stelle wieder. Hier war ich erst vor zwei Tagen gewesen. Jetzt ergab alles einen Sinn. Auch das Dröhnen im Hintergrund.

Wasser.

Millionen und Abermillionen Liter. Wasser, das sich sehr, sehr schnell bewegte.

Ein Fluss. Der Niagara. Nur ein kurzes Stück oberhalb der Wasserfälle.

»Du wirst hüpfen müssen, Alter«, sagte die blaue Maske. »Entweder das, oder wir müssen dich zum Geländer schleifen.«

»Wenn er hüpft, braucht er doch ewig«, sagte die rote Maske. »Schleifen wir ihn doch einfach.«

Und genau das taten sie. Jeder packte mich unter einem Arm, und so schleppten sie mich zum Fluss.

ACHTUNDVIERZIG

ch habe nachgedacht«, sagt die Frau. Sie hat aufgesperrt und ist zu dem Mann ins Zimmer gekommen.

»Über was?«, sagt der Mann schlaftrunken. Er liegt auf dem Bett, die Decke zurückgeschlagen, eine aufgeschlagene Zeitschrift auf der Brust. Er ist beim Lesen eingeschlafen. In letzter Zeit schläft er immer mehr.

»Dass es dir vielleicht guttäte, ein bisschen an die frische Luft zu kommen.«

Er sieht sie argwöhnisch an. »Meinst du das ernst?«

»Natürlich. Du bist jetzt schon so lange hier eingesperrt.«

»Ich weiß gar nicht … ich weiß schon gar nicht mehr, wie lange.«

»Die Zeit vergeht wie im Flug«, sagt die Frau. »Ich habe das Gefühl, als wär's erst gestern gewesen.«

»Ich würde gerne auf der Veranda sitzen. Könnte ich auf der Veranda sitzen?«

»Oh, ich habe da an was viel Besseres gedacht. Ich dachte, wir könnten einen Ausflug machen. Nicht nur wir zwei, sondern zu dritt.«

Er setzt sich auf, schwingt die Beine aus dem Bett. »*Und wo würden wir hinfahren?*«

»*Wo würdest du denn gern hinfahren?*«

»*Ich … ich weiß gar nicht. Nur raus hier. Das wäre herrlich. Einfach ein bisschen rumfahren und … Weißt du, was ich gern machen würde?*«

»*Was denn?*«

»*Ich würde gern Eis essen gehen.*« *Seine Miene verdüstert sich.* »*Aber wahrscheinlich können wir nirgendwo hingehen, wo mich jemand sieht.*«

»*Ich glaube nicht, dass wir uns deswegen Gedanken machen müssen. Wenn du Eis haben könntest, was würdest du denn für eines nehmen?*«

Der Mann überlegt. »*Schokolade wahrscheinlich. Ich würde Schokolade nehmen.*«

»*Du könntest aber auch mehr als eine Sorte nehmen. Du könntest einen großen Becher Eis haben. Mit zwei oder drei Sorten.*«

Jetzt sieht er aus wie ein Kind, dem ein Ausflug ins Land des Weihnachtsmanns in Aussicht gestellt wurde. »*Was gibt's denn für Sorten?*«

Sie lacht. »*Wo soll ich denn da anfangen? Es gibt so viele. Mokka-Mandel-Karamell. Erdbeer. Marshmallow-Schokolade. Es gibt sogar Eis mit Schokoriegel-Stückchen.*«

»*Tatsächlich?*«

»*Und mit Cookies.*«

Er schüttelt den Kopf, als sei das zu viel für ihn. »*Schokolade. Mehr will ich nicht. Wenn ich drei Kugeln haben kann, dann nehme ich dreimal Schokolade.*«

»*Abgemacht*«, *sagt sie.*

»*Und wann machen wir das?*«, *fragt er.*

»Bald. Sehr bald. Es gibt da nur ein, zwei Sachen zu klären.«
Der Mann lächelt. Es fällt ihm schwer. Die Muskeln, die ein
Mensch zum Lächeln braucht, sind bei ihm ziemlich ver-
kümmert.

»Das hört sich wunderbar an. Damit machst du mir eine
Riesenfreude.« Er klatscht in die Hände. »Ich kann das Eis
fast schon schmecken.«

»Dann freu dich einfach weiter«, sagt die Frau. Sie geht
hinaus und schließt die Tür ab.

NEUNUNDVIERZIG

Ich würde meine Haut so teuer wie möglich verkaufen.

Ich drehte und wand mich. Ich strampelte und gebärdete mich so renitent, wie ich nur konnte. Leider hätte es mir überhaupt nichts genützt, die beiden abzuschütteln, denn meine Beine waren noch immer gefesselt. Davonrennen hätte ich also nicht können. Blieb mir also nur, das Unvermeidliche so lange wie möglich hinauszuschieben.

Einmal wurde ich Rot zu schwer, und er musste mich loslassen. Plötzlich hing ich nur mehr an Blau. Alleine konnte er mich nicht halten, und ich fiel auf den Waldweg.

»Idiot«, sagte Blau. Meinte er mich oder seinen Komplizen?

Ich drehte den Kopf, um zu sehen, in was für einem Wagen ich verschleppt worden war. Es war ein roter Civic. Ich hatte eigentlich mit einem silbernen Hyundai gerechnet, weil ich davon ausgegangen war, dass meine früheren Verfolger auch meine Entführer sein mussten.

Sie stemmten mich wieder hoch und schleiften mich weiter. Woher ich kam, hatte ich gesehen. Wohin ich ging, würde ich noch sehen. Widerstand war meine einzige Waffe. Ich bohrte meine Absätze in die Erde.

Das Donnern des Wassers wurde immer lauter.

Auf einmal blieben sie stehen. Sie stemmten mich hoch, drehten mich herum, versetzten mir einen Stoß.

Lieber Gott.

Ich machte mir vor Angst beinahe in die Hose. Sie stießen mich gegen das Geländer. Die Stäbe drückten mir in Knie und Brust. Unter und vor mir rauschte der Niagara.

Der Lärm war ohrenbetäubend.

Beide stellten sich hinter mich und pressten mich ans Geländer. Rot hielt mir den Mund ganz nahe ans Ohr und sagte: »Da kriegt man eine Scheißangst, was?«

Ich nickte.

Dann war Blau an der Reihe. Ich spürte seinen Atem an meiner Wange. »Weißt du, was mir mal jemand gesagt hat?«

Ich wartete.

»Irgend so ein Wichser hat mir mal gesagt, dass man in einem Fass vielleicht noch eine minimale Chance hat, wenn man da runterfällt. Aber eigentlich ist man am Arsch. Man könnte vielleicht noch versuchen, sich an einen von den Felsen zu klammern. Aber man würde so brutal dagegenknallen, dass man's höchstwahrscheinlich eh nicht überlebt.«

»Was meinst du?«, sagte er zu Blau.

»Worauf warten wir noch?«

Sie knieten sich beide hin, packten mich um die Knie und hoben mich hoch.

Ich protestierte aus Leibeskräften. Soweit es mein verklebter Mund eben zuließ. Gegen den Widerstand des Klebebands, das sie mir um Arme und Körper gewickelt hatten, winkelte ich meine gefesselten Händen an, schaffte es, mich mit ihnen wie mit einem Haken in die oberste Querstange des Geländers einzuhängen und mich so ein wenig festzuhalten.

»Lass los!«, schrie mich einer der beiden an.

Ich klammerte mich noch fester an die Stange. Sie ließen mich ein paar Zentimeter sinken, und ich musste loslassen. Dann hievten sie mich wieder hoch. Doch auch diesmal gelang es mir, meine Hände an der Stange zu verhaken.

Das Wasser hörte sich an wie eine tief fliegende 747.

»Scheiße!«, sagte Rot.

Sie stellten mich wieder auf die Erde. »Dreh ihn um«, sagte Blau. »Wir kippen ihn hintenüber.«

Doch als sie mich diesmal hochheben wollten, ließ ich mich mit meinem ganzen Gewicht nach vorne fallen. Ich ging zu Boden und rollte mich ab.

»Verdammt!«

Sie nahmen mich von beiden Seiten in die Zange und rissen mich wieder hoch.

»So«, sagte Blau. »Jetzt packen wir ihn an den Armen und schmeißen ihn übers Geländer.«

»So ein Wichser.«

Sekunden später standen wir wieder an der Absperrung, ich mit dem Rücken dazu. Doch sie war so hoch, dass sie ihnen bis zur Brust ging, und weil sie mich jetzt so weit oben gepackt hatten, unter den Armen, reichte die Hebelwirkung nicht, um mich über das Geländer zu kippen.

»Also, das haut nicht hin«, sagte Blau. »Bei drei packen wir ihn wieder an den Beinen und heben ihn drüber.«

Sie zogen die Hände unter meinen Armen hervor und umfassten rasch meine Knie.

»Eins …«

»Zwei …«

Wieder leistete ich erbitterte Gegenwehr.

»Drei!«

Meine Füße lösten sich vom Boden. Mit dem Rücken zum Geländer war nicht einmal daran zu denken, dass ich mich irgendwo festhielt.

Ich dachte an Scott.

Wahrscheinlich habe ich es schon mal gesagt, doch an dieser Stelle sei mir gestattet, es zu wiederholen. Ich bin nicht besonders religiös, aber in jenem Moment dachte ich: *Vielleicht sehe ich meinen Sohn wieder.*

Nicht unbedingt im Himmel. Aber an irgendeinem überirdischen Ort, in einer jenseitigen Dimension. Wo auch immer. Ich würde auf jeden Fall bald dort sein. Wenn ich noch nicht tot war, *bevor* mich die Wasserfälle mit hinabgerissen hatten, dann eben *nachher*.

Ich dachte an Donna. Würde sie je erfahren, wie es passiert war? Und wie würde es sich wohl anfühlen, dieses Nichtwissen?

Sie würde mir fehlen. Zumindest, bis sie sich zu uns gesellte. Zu Scott und mir.

Wie würde es sich eigentlich anfühlen, tatsächlich hinuntergerissen zu werden? Mehr wie fallen oder doch eher wie ein Dahintreiben? Stand einem auch ein Platz in den Geschichtsbüchern zu, wenn man die Niagarafälle als Mordopfer hinunterstürzte, oder wurde einem diese Ehre nur zuteil, wenn man aus freien Stücken Kopf und Kragen riskierte?

Diese und andere Gedanken rasten mir mit solcher Geschwindigkeit durch den Kopf, dass ich nicht sagen könnte, was genau mir durch den Sinn ging, als der Schuss knallte.

Nur ein einzelner. Und dann brüllte jemand.

»Stellt ihn auf den Boden.«

Augie, dachte ich. Das konnte nur Augie sein. Irgendwie hatte er das Ganze mitgekriegt. Vielleicht war er gerade bei uns vorbeigefahren, als die beiden Spaßvögel mich im Kofferraum verstauten. Und war uns gefolgt.

»Scheiße!«, sagte Rot.

»Verdammter …«, sagte Blau.

Sie stellten mich nicht einfach hin. Sie stießen mich zu Boden. Ich rollte mich auf den Bauch und reckte den Hals, um zu sehen, wer geschossen hatte.

Zuerst konnte ich ihn nicht erkennen. Es war dunkel, und der Mann hatte den Mond im Rücken. Was ich erkennen konnte, war die Pistole in seiner Hand.

»Ihr Blödärsche«, sagte er.

»Wir wollten's nicht wirklich tun!«, rief Blau. »Wir wollten ihm nur einen Schrecken einjagen!«

»Genau«, sagte Rot. »Der sollte sich auch mal so richtig in die Hosen scheißen!«

»So hat mir das aber nicht ausgesehen.«

Er kam ein paar Schritte näher. Jetzt konnte ich auch erkennen, wer es war.

Nicht Augie.

Mit der Pistole in der Hand wirkte er irgendwie fremd. Denn bei unserer letzten Begegnung hatte er ein Hackebeil geschwungen.

FÜNFZIG

Tony Fisk richtete die Waffe auf meine beiden Entführer. »Runter damit«, sagte er.

»Häh?«

»Die Masken. Runter mit den bescheuerten Masken.«

Langsam und mit unübersehbarem Widerstreben folgten sie der Aufforderung. Zum Vorschein kamen die Gesichter von Russell Tapscott und Len Eggleton. Ich kann nicht sagen, dass ich überrascht war.

Ehre, wem Ehre gebührt. Ihre Vergeltungsaktion hätte passender nicht sein können.

Tapscott hatte ich angedroht, ihn über ebendieses Geländer zu werfen. Eggleton hatte ich in meinen Kofferraum gesteckt, wenn auch nur ein paar Minuten lang. Ihre Namen waren mir untergekommen, als ich herumgefragt hatte, wer Scott Drogen verkauft haben könnte. Beide waren zwei Klassen über ihm, beide stammten aus wohlhabenden Familien, und beide hatten meiner Meinung nach gelegentlich gedealt, auch wenn Brindle behauptet hatte, der junge Tapscott sei nie mit dem Gesetz in Konflikt geraten. Allerdings war ich bei beiden zu der Überzeugung gelangt, dass nicht sie es gewesen waren, von denen Scott Drogen gekauft hatte.

Tony, der frühere Mitarbeiter bei Brott's Brats, zeigte mit der Pistole erst auf Tapscott und dann in meine Richtung.

»Losmachen.«

»Sofort.«

Tapscott kniete sich neben mich. Als Erstes zupfte und zerrte er an dem Klebeband, das sie mir um den Körper gewickelt hatten. Nun konnte ich meine Arme wieder bewegen und nutzte gleich die Gelegenheit, mir vorsichtig die Streifen abzuziehen, mit denen sie mir den Mund zugeklebt hatten. Währenddessen machte Tapscott sich an meinen Fußfesseln zu schaffen. Abschließend hielt ich ihm noch meine Hände hin.

Als ich mich wieder ungehindert bewegen konnte, trat er eilig den Rückzug an. Zweifellos machte er sich Sorgen, dass ich umgehend zur Vergeltungsaktion schreiten könnte. Doch im Moment war mir an Vergießen fremden Blutes weniger gelegen als an der Zirkulation meines eigenen. Ich schüttelte ein paarmal die Hände, zupfte mir die Reste des Klebebands ab, die noch an meinen Kleidern hingen, und stand langsam auf.

Ich sah Tony an und sagte: »Danke.«

»Ich bin mir nicht sicher, ob ein Dank angebracht ist«, antwortete er. »Ich hab mir schwer überlegt, ob ich sie nicht einfach machen lasse.«

»Hören Sie, Mr. Weaver«, sagte Eggleton, »es tut uns wirklich sehr leid. Ich schwöre bei Gott, wir haben alles durchgeplant. Wir wollten Sie vom Geländer baumeln lassen und dann wieder zurückziehen.«

»Das stimmt!«, bestätigte Tapscott. »Wir wollten es Ihnen nur mit gleicher Münze heimzahlen.«

Ich ging langsam zu Tony hinüber.

»Was wollen Sie mit ihnen machen?«, fragte er mich.

»Laufenlassen«, sagte ich.

»Was? Sie wollen mich doch verscheißern?« Tony sah aus, als sei er bereit, sie zu erschießen, wenn ich ihn darum bäte.

»Lassen Sie sie laufen«, wiederholte ich.

»Moment mal. Ich verlier meinen Job wegen ein paar lumpigen Steaks, und die zwei hier bringen Sie fast um und dürfen einfach so nach Hause gehen?«

Ich nickte resigniert. »Ja.«

»Das kapier ich nicht«, sagte Tony.

»Ich weiß.«

Ich ging zu Tapscott und Eggleton. Beide machten einen Schritt zurück.

»Wir sind quitt«, sagte ich.

Sie nickten so hastig, dass sie aussahen wie diese Wackelkopffiguren.

»Es tut uns wirklich leid«, sagte Tapscott.

»Echt«, sagte Eggleton. »Wie gesagt, wir hätten Sie nie –«

»Zischt ab«, sagte ich.

Sie rannten zum Auto. Tapscott setzte sich ans Steuer, startete den Motor und fuhr los, dass der Kies unter den Vorderreifen davonspritzte.

Ich ging wieder zu Tony, der den Lauf der Pistole jetzt zu Boden gerichtet hatte.

»Ich könnte ein Taxi brauchen«, sagte ich zu ihm. »Und ich wäre Ihnen sehr verbunden, wenn ich Sie auf einen Drink einladen dürfte.«

Wir stiegen in seinen silbernen Hyundai. »Wie lange sind Sie mir eigentlich gefolgt, anderthalb Tage?«

»In etwa«, sagte er. »Wollen Sie ins Krankenhaus oder so?« Von den Schlägen auf den Kopf und in die Nieren hatte ich Schmerzen, und die Fahrt im Kofferraum war auch nicht wirklich erholsam gewesen, aber ich hatte keine Zeit, die Nacht im Wartesaal einer Notaufnahme zu verbringen, bis endlich jemand für mich Zeit fand. Ich würde einfach eine Handvoll Schmerztabletten schlucken, sobald ich welche in die Finger bekam.

»Geht schon«, sagte ich.

Wir fuhren aus dem Wald. Als wir wieder auf einer Hauptstraße waren, fiel mir der matte Schein einer Bierreklame im Fenster einer kleinen Kneipe ins Auge.

Wir suchten uns einen Sitzplatz, und keiner sagte ein Wort, bis unsere Getränke vor uns standen.

»Sie sind bestimmt nicht hinter mir hergefahren, weil Sie auf eine Gelegenheit gewartet haben, mir das Leben zu retten«, sagte ich.

»Nein«, sagte Tony.

»Was hatten Sie vor?«

Er tat einen langen Zug von seinem Bier. »Weiß auch nicht. Ich war einfach sauer.«

»Versteh ich«, sagte ich. »Sie haben Ihren Job verloren. Wenn Sie dafür eine Entschuldigung von mir erwarten, müssen Sie aber lange warten. Ich hatte den Auftrag, herauszufinden, wer Fritz bestahl, und das hab ich getan.« Nach kurzer Pause fügte ich hinzu: »Sie haben es darauf ankommen lassen, und der Schuss ist nach hinten losgegangen.«

Er senkte den Blick auf den Tisch. »Ja«, sagte er.

»Aber Sie haben mir die Schuld gegeben.«

Tony sah mich an. »Fritz ist ein Schwein. Ein elendes, dreckiges Schwein.«

»Kann schon sein.«

»Ich hab das nur gemacht, um mir mein Geld wiederzuholen. Das, was er mir vom Lohn abgezogen hat, als die Kleine krank war. Es war nicht fair, dass er mich deswegen gefeuert hat. Sie haben ihm dabei geholfen.«

Ich schwieg.

»Ich war so sauer. Meine Frau verdient so gut wie nichts. Wenn ich kein Geld nach Hause bringe, sind wir total im Arsch. Ich konnte nur an eines denken: Irgendjemand soll für das bezahlen, was mir passiert ist.«

»Und haben beschlossen, dass ich dieser Jemand sein sollte, und nicht Fritz.«

Tony zuckte die Achseln. »Ich dachte mir, vielleicht überwachen Sie den Laden ja noch. Wie so eine Art Leibwächter. Da fand ich es gescheiter, Sie aufs Korn zu nehmen.«

»Und haben dazu eine Waffe mitgenommen.«

»Das war nur … ich weiß nicht. Sie haben mir eine unter die Nase gehalten, bei ihm im Büro. Ich wollte auf alles vorbereitet sein.«

»Sie haben rausgefunden, wer ich bin, wo ich wohne.«

Noch ein Zug, noch ein Nicken. »Ja. Bin Ihnen ein paarmal hinterhergefahren. Heut Nachmittag sind Sie mir irgendwie entwischt. Wo waren Sie denn?«

»Ich bin fast bis Rochester gefahren.«

»Da hab ich ein paar Häuser weiter geparkt und gewartet, bis Sie heimkommen. Dann hab ich diesen anderen Wagen gesehen, mit den zwei jungen Leuten drin. Die sind dann gleich ausgestiegen, als Sie in die Einfahrt gefahren waren.

Da hab ich mich gefragt, was das werden soll. Und dann hab ich gesehen, wie sie Sie in den Kofferraum gesteckt haben. Da wollte ich sehen, wie es weitergeht.«

Ich trank einen Schluck. »Sie haben sich Sorgen gemacht, dass die beiden ihnen zuvorkommen könnten, stimmt's?«

Er schnitt eine Grimasse. »Die Sache ist die: Während ich Ihnen hinterherfuhr, hatte ich jede Menge Zeit zum Nachdenken. Am Anfang, ja, da wollte ich mit Ihnen abrechnen. Umbringen wollte ich Sie nicht, aber Ihnen einen gehörigen Denkzettel verpassen. Und die ganze Zeit hab ich mir überlegt, wie der aussehen sollte. Und je länger ich Ihnen folgte, desto sinnloser kam mir meine Aktion vor.«

Ich hörte ihm nur zu.

»Ich meine, wozu das Ganze? Angenommen, ich hätte Sie windelweich geprügelt? Arbeitslos wär ich noch immer gewesen. Wenn Sie zur Polizei gegangen wären, wäre ich auch noch im Gefängnis gelandet. Und das wäre für meine Frau und die Kinder noch tausendmal schlimmer gewesen. Und während ich heute Abend auf Sie gewartet habe, dachte ich mir, ich könnte mit meiner Zeit auch was Sinnvolleres anfangen.«

Ich lächelte. »Da bin ich aber froh, dass Sie nicht schon gestern zu dieser Einsicht gekommen sind.«

»Als die Sie in den Kofferraum gesteckt haben, habe ich überlegt, was ich gern täte und was ich eigentlich tun sollte. Ich war hin- und hergerissen. Ich dachte, geht dich doch nichts an, und dann wieder, vielleicht ist es kein Zufall, dass du gerade in diesem Moment da bist.«

»Und dann?«

»Glauben Sie an so 'n Zeug? Dass es keine Zufälle gibt? Dass alles seinen Grund hat?«

Gute Frage. Wenn mir die früher jemand gestellt hatte, gab es für mich nur eine Antwort: Nein. Ich glaubte nicht an Schicksal. Glaubte nicht an Vorbestimmung. Was auf dieser Welt geschah, geschah einfach. Ohne erkennbaren Grund. Aber allmählich begann ich umzudenken. Wenn Fritz Brott mich nicht engagiert hätte, um herauszufinden, wer ihn beklaute, hätte Tony Fisk heute Abend nicht ein paar Häuser weiter auf mich gewartet.

Hätte Fritz Brott mich nicht engagiert, wäre ich jetzt vielleicht tot.

»Ich bin gerade dabei, meine Meinung darüber zu revidieren«, sagte ich.

»Ich dachte, vielleicht bin ich ja da, um Ihnen Ihren jämmerlichen Arsch zu retten.«

Ich stieß mit meinem Glas gegen seines. »Da könnten Sie recht haben.«

»Es wär nämlich gut möglich, dass die Sie nie gefunden hätten.«

»Wer? Die zwei Typen?«

»Nein, nein«, widersprach Tony. »Danach. Nachdem die zwei Sie runtergeschmissen hätten. Kein Mensch hätte Sie gefunden. Ich hab schon oft was darüber gelesen. Über Leute, die da über Bord gegangen sind. Manche mit Absicht, andere aus Versehen. Sie glauben vielleicht, die Leiche wird irgendwo angeschwemmt. Aber es gab schon welche, die sind runtergefallen und nie wieder aufgetaucht. Keiner hätte je erfahren, was mit Ihnen passiert ist. Ihre Frau nicht und auch sonst niemand.«

Da fiel mir Harry Pearce ein. Der vor sieben Jahren bei Nacht mit seinem Boot rausfuhr. Hatten sie *ihn* je gefunden? Wäre ich dort gelandet, wo er gelandet war?

Tony wischte die Feuchtigkeit auf der Außenseite seines Glases mit dem Daumen ab. Ich sah, dass er noch etwas auf dem Herzen hatte.

»Raus mit der Sprache«, sagte ich.

»Ich dachte, Sie könnten vielleicht … also … wenn Sie vielleicht mit ihm reden.«

»Wie bitte?«

»Würden Sie mit Fritz reden? Würden Sie ihm sagen, dass es mir leidtut und dass ich ihm das Fleisch bezahle, das ich genommen habe? Oder eine Woche umsonst arbeite oder was in der Art?« Er schluckte schwer. Das hier war bestimmt kein Honiglecken für ihn. »Ich brauche die Arbeit. Ich brauche diesen Job.«

»Ja«, sagte ich. »Das mach ich.«

Seine Augenbrauen schossen in die Höhe. »Echt jetzt?«

»Ja. Ich glaube zwar nicht, dass er es sich anders überlegen wird. Aber fragen werde ich ihn auf jeden Fall.«

»Danke, Mann«, sagte Tony. »Darf ich Sie noch was fragen?«

»Klar.«

»Warum haben Sie die zwei laufenlassen?«

Ich ließ mir mit meiner Antwort Zeit. »Wenn ich sie anzeige, dann muss ich als Zeuge aussagen. Und das heißt, ich muss selbst auspacken. Aber da gibt's ein paar Sachen …«

Er kniff die Augen zusammen. »Dann haben Sie also auch Dreck am Stecken?«

»Ja«, sagte ich.

Tonys Kopf ging langsam auf und ab. »Wissen Sie, es gibt da noch einen Grund, und das war bestimmt nicht der einzige, warum ich Ihnen nur nachgefahren bin, aber nichts unternommen hab. Da passt nämlich wer auf Sie auf. Den

410

würd ich mir aber mal vorknöpfen, denn heut Abend hat er blaugemacht.«

»Wovon reden Sie?«

»Von dem Typen in dem schwarzen Pick-up. Der hat Sie nämlich heute beobachtet. Aber er macht das gut. Er ist immer weit genug hinter Ihnen geblieben, dass er nie aufgefallen wäre. Was haben Sie gemacht? Ihm gesagt, wo Sie hinfahren?«

»Konnten Sie den Fahrer sehen?«, fragte ich.

Tony schüttelte den Kopf. »Moment«, sagte er. »Dann passt der also gar nicht auf sie auf?«

»Beschreiben Sie mir den Wagen.«

»Ein schwarzer Pick-up halt. Dunkel auf jeden Fall. Getönte Scheiben. Könnte auch blau gewesen sein.«

»Kennzeichen?«

»Nee, da drauf hab ich nicht geachtet.« Er grinste. »Gibt es eigentlich jemanden, der Sie nicht verfolgt?«

EINUNDFÜNFZIG

Auf dem Rückweg nach Griffon sah ich nach, wer mich auf dem Handy angerufen hatte, während ich gefesselt im Kofferraum lag.

»Hey, Cal, Augie hier. Ruf mich an, wenn du Zeit hast.«

Er konnte warten.

Ich wollte Tony ein paar Scheine zustecken, als er mich zu Hause absetzte. Ziemlich dämlich, ich weiß schon. So, wie zu sagen: »Hey, du hast mir das Leben gerettet, hier hast du vierzig Dollar.« Ich hatte meine Brieftasche schon in der Hand und wollte ihm die zwei Zwanziger, die noch drin waren, in die Hand drücken. Er nahm sie nicht an.

»Sehen Sie's als Benzingeld«, sagte ich.

»Nein«, sagte er. »Tun Sie nur, um was ich Sie gebeten habe.«

»Ist gut«, sagte ich. »Aber das muss ich persönlich machen, übers Telefon geht so was nicht. Könnte also ein, zwei Tage dauern, weil ich noch ein paar andere Sachen zu erledigen habe.«

Tony nickte zum Zeichen, dass er verstand. Dann fuhr er

weg, und ich sah ihm nach. In diesem Moment kam Donnas Wagen um die Ecke. Ich wartete, bis sie in die Einfahrt gebogen war, dann ging ich zu ihrer Tür und hielt sie ihr auf.

»Hey«, sagte sie. »Hast du die Pizza bestellt?«

»Noch nicht.«

»Was hast du denn die ganze Zeit gemacht? Ich bin am Verhungern.«

»Dies und das«, sagte ich.

»Was in aller Welt hast du mit deinen Kleidern angestellt? Hast du Football gespielt?«

Statt ihr zu antworten, nahm ich sie in die Arme und drückte sie an mich.

»Was ist denn los?« Ihre Stimme klang plötzlich sehr besorgt. »Sag mir, dass alles in Ordnung ist.«

»Weißt du noch, was du letztens gesagt hast? Da war ich ganz deiner Meinung, aber jetzt bin ich mir nicht mehr so sicher.«

»Was ist denn, Cal? Wovon redest du?«

»Jetzt, in diesem Augenblick, bin ich glücklich.«

Sie vergrub ihr Gesicht in meiner Brust und weinte.

Donna stellte Fragen. Sie sah den Bluterguss in meinem Gesicht, sah den Haufen Schmerztabletten, die ich schluckte, sah, wie ich bei manchen Bewegungen zusammenzuckte.

»Ich hatte eine Meinungsverschiedenheit mit jemandem«, sagte ich. »Keine große Sache.« Ich grinste. »Was meinst du, wie *der* aussieht?«

»Du willst nicht, dass ich es weiß«, sagte sie.

Ich lächelte. Ich konnte ihr nicht erzählen, was wirklich geschehen war. Sie durfte nicht erfahren, wie nahe sie dran gewesen war, auch mich zu verlieren. Jedenfalls jetzt nicht. Vielleicht nie.

Sie bestellte die Pizza, und während wir warteten, sagte sie: »Ich guck nachher ein bisschen im Internet, was für Hotels es gibt. Wenn ich was Schönes finde, soll ich gleich buchen?«

»Gib mir noch eine Woche, damit ich hier alles unter Dach und Fach bringen kann. Danach kann's losgehen.«

»Ist gut.«

Es dauerte fast eine Dreiviertelstunde, bis die Pizza endlich kam. Wir öffneten eine Flasche Pinot Grigio. Nach dem Essen arbeitete sie noch ein bisschen an ihren Kohleskizzen von Scott. Mit drei davon ging sie auf die Terrasse, hielt sie auf Armeslänge von sich und besprühte sie mit dem Fixierspray. Danach breitete sie sie auf dem Küchentisch aus.

»Die sind gut geworden«, sagte ich.

Sie schwieg einen Augenblick. »Ich bin noch nicht da, wo ich hinwill. Ich muss das machen. Ich möchte es richtig hinkriegen, bevor wir wegfahren.«

Ich sagte nichts.

»So, jetzt ist erst mal Schluss«, sagte sie. »Wo ist das Laptop? Ich hab was zu erledigen.«

Es war zwar Augie gewesen, der mich um Rückruf gebeten hatte, doch der Erste, den ich anrief, als ich in meinem Arbeitszimmer saß, war Bert Sanders.

»Mein Gott, was ist denn los?«, fragte er. »Ich warte seit Stunden auf Ihren Anruf.«

»Wenn ich Claire gefunden hätte, hätte ich mich gemeldet, das können Sie mir glauben. Gibt's bei Ihnen irgendwas Neues?«

Der Bürgermeister verneinte. »Kann man nicht sagen, und ich weiß nicht, wen ich noch anrufen soll. Niemand hat eine Ahnung, wo sie sein könnte, aber Dennis' Name ist ein paarmal gefallen.«

»Ich war heute bei seinem Vater. Er will nichts sagen. Ich –«

Der Anklopfton meldete einen weiteren Anruf.

»Ich muss Schluss machen«, sagte ich. »Wenn ich was erfahre, melde ich mich.«

»Aber …«

»Ich ruf Sie an.« Ich drückte auf die Taste und befürchtete schon, der Anrufer könnte aufgelegt haben. »Hallo?«

»Hör mal, zurückrufen is nicht, oder wie?«

Augustus Perry.

»Du wärst der Nächste auf meiner Liste gewesen.«

»Sicher doch«, sagte Augie. »Ich hab mit Quinn gesprochen. Er hat den Arsch hier rübergeschoben.«

»Und?«

»Er streitet es ab.«

»Was genau?«

»Quinn sagt, er war's nicht, der Brindle und Haines gesagt hat, sie sollen deinen Wagen sicherstellen.«

»Irgendjemand lügt.«

»Danke, Cal«, sagte Augie. »Du bist mir eine große Hilfe.«

»Hast du mit Brindle und Haines geredet?«

»Die erwisch ich beide nicht. Haines hat sich krankgemeldet.«

»Dann hast du also nur mit Quinn gesprochen. Glaubst du ihm?«

Augie antwortete nicht gleich. »Ich weiß nicht. Ich kann nicht viel mit ihm anfangen. Irgendwas ist mit ihm. Ich weiß nur nicht, was. Aber irgendjemand wollte, dass dein Wagen zu uns gebracht wird. Da will ich schon wissen, wessen Entscheidung das war.«

»Sie haben es nicht angerührt«, sagte ich. »War alles an seinem Platz.«

»Wo warst du die ganze Zeit?«

»Ich habe Claire gesucht.«

Augie knurrte. »Wenn du mit Bert redest, kannst du ihm ausrichten, er kann mich mal.«

»Da hättest du früher anrufen müssen. Ich habe gerade mit ihm gesprochen. Jetzt musst du es ihm selbst sagen.«

Augie legte grußlos auf.

Ich blieb sitzen und dachte nach.

Warum sollte jemand meinen Wagen abschleppen lassen, wenn er ihn gar nicht durchsuchen wollte?

Plötzlich fiel mir etwas ein, was Tony mir in der Kneipe gesagt hatte.

»Der Typ in dem schwarzen Pick-up. Der hat Sie nämlich heute beobachtet. Aber er macht das gut. Er ist immer weit genug hinter Ihnen geblieben, dass er nie aufgefallen wäre. Was haben Sie gemacht? Ihm gesagt, wo Sie hinfahren?«

Ich ging wieder hinunter in die Küche. Donna sah vom Laptop hoch. »Wie wär's mit einem Spaziergang über die Golden Gate Bridge? Bist du dabei?«

»Klar«, sagte ich und rauschte wieder hinaus.

Ich schnappte mir meine Schlüssel, verließ das Haus und löste mit der Fernbedienung die Zentralverriegelung des Hondas. Ich öffnete den Kofferraum und alle vier Türen, als wollte ich staubsaugen. Die Innenbeleuchtung war an. Ich trat einen Schritt zurück und betrachtete den Wagen. Suchte etwas, das anders war als sonst.

Meine Sonnenbrille lag immer noch in dem Ablagefach vor der Mittelkonsole. Das Kabel, das ich benutzte, um mein Handy am Zigarettenanzünder zu laden, war auch da. Die

Perücke, die Hanna getragen hatte, lag im hinteren Fußraum.

Ich inspizierte den Kofferraum. Meine Sachen waren da,
wo sie sein sollten.

Ich kniete mich neben den rechten Vorderreifen und tastete
die Innenseite des Kotflügels ab. Eine gute Stelle, wenn jemand ein GPS-Gerät anbringen wollte. Man könnte einen
Magneten daran befestigen und es mit einem Griff dort unten fixieren. Ich tastete alle vier Radkästen ab.

Nichts.

Es wäre nicht schwierig gewesen, ein Ortungsgerät an einem Kotflügel zu befestigen. Dazu hätte man den Wagen
nicht in eine Werkstatt bringen müssen. Also hatte vielleicht jemand ein raffinierteres Versteck gefunden.

Ich ging wieder nach vorn und kniete mich vor die offene
Fahrerseite. Ich schob meine Hand unter den Sitz und
strich über den Teppich. Dann tastete ich die Federn der
Polsterung ab.

Donna war aus dem Haus gekommen und beobachtete
mich.

»Es ist immer dort, wo man als Letztes nachsieht«, sagte
sie.

»Genau.«

»Was hast du denn verloren?«

»Nichts«, sagte ich.

Jetzt stand ich wieder vor dem offenen Kofferraum. Würde
jemand ein Ortungsgerät in einem Reservereifen verstecken? Der lag unter der Bodenabdeckung des Kofferraums.
Ich räumte alles aus dem Weg, um an den Griff der Abde-
ckung zu kommen, und hob sie hoch. Ohne Röntgenblick
konnte ich natürlich nicht erkennen, ob im Reservereifen

etwas war, das dort nicht hingehörte, doch ich hielt es für nicht sehr wahrscheinlich. Angenommen, ich hätte einen Platten und müsste den Reifen wechseln. Der Sender befände sich plötzlich in einem rollenden Reifen. Das würde er nicht überleben, außerdem würde an dem Reifen eine Unwucht entstehen.

Ich musste an die Szene in *Brennpunkt Brooklyn* denken, wo der verdeckte Ermittler auf der Suche nach Heroin den Lincoln Mark III zerlegt. Er findet es schließlich in den Schwellern, den Hohlräumen unter den Türen. (Das habe ich bei dem Film nie verstanden – wie haben sie's geschafft, den Wagen so schnell und so perfekt wieder zusammenzubauen, bevor sie ihn dem arglosen Franzosen zurückgaben? Haben sie ihn durch eine genaue Kopie ersetzt? Und wenn ja, wie sind sie so schnell an die gekommen? Hat die New Yorker Polizei so viel Geld, dass sie sich neue Lincolns kaufen kann, wenn sie welche braucht?)

Ich sah mir also die Plastikleiste an, die den Schweller an der Beifahrerseite abdeckte. Wenn jemand die Leiste abgemacht und das darunterliegende Metall mit einem Drucklufthammer bearbeitet hatte, dann hatte das bestimmt Spuren hinterlassen. Ich fuhr mit der Hand darüber, spürte aber nichts Ungewöhnliches.

Vielleicht war ich nur paranoid. Wieder entfernte ich mich ein Stück von meinen Auto, um es zu betrachten. Donna tat es mir nach.

Mein Blick fiel auf die Perücke.

Da war was mit der Perücke.

Ich hatte sie gefunden, als ich mit Sean unterwegs gewesen war, und auf den Rücksitz geworfen. Aber jetzt lag die Perücke auf dem Boden. Nichts sonst war an dem Wagen verändert worden. So sah es jedenfalls aus. Nur die Perücke lag nicht mehr auf dem Rücksitz. Natürlich konnte sie hinuntergefallen sein. Und das brachte mich auf die Idee, wo ich noch suchen könnte.

Ich stieg in den Wagen und warf die Perücke auf die andere Seite der Mitteltrennung. Dann kniete ich mich in den Fußraum und grub meine Finger in den Schlitz zwischen Sitzpolster und Rückenlehne, als wäre ich auf der Suche nach verlorenem Geld. Ich tastete die ganze Sitzbreite ab, ohne etwas zu finden.

Also steckte ich beide Hände noch tiefer in den Schlitz, so dass ich das Sitzpolster von hinten umklammern und hochziehen konnte. Der Sitz klappte nach vorn und gab den Blick frei auf das Fahrgestell und verschiedene Kabel, die sich zu den Rücklichtern nach hinten schlängelten.

Und auf noch etwas.

Einen GPS-Sender, der mit einem Streifen Klebeband am Fahrgestell befestigt war. Ich riss es ab, holte den Sender heraus, hielt ihn vorsichtig mit beiden Händen fest und stieg aus. An einer Seite pulsierte ein kleines rotes Lämpchen.

»Was ist das?«, fragte Donna, die jetzt neben der geöffneten Beifahrertür stand.

»GPS«, sagte ich. »Irgendjemand weiß also die ganze Zeit, wo ich bin. Deshalb braucht er nicht allzu nah aufzufahren.«

Sie blinzelte. »Wer hat das da reingesteckt?«

»Gute Frage«, sagte ich und betrachtete das Ding, als wäre es ein archäologischer Fund.

Donna sah hinunter auf die Fußleiste, die ich vorhin hochgehoben hatte. Zumindest dachte ich, dass es die Leiste war, der ihr Interesse galt. Sie griff in den schmalen Raum zwischen Türeinstieg und Beifahrersitz, nahm etwas in die Hand und hob es hoch, um es mir zu zeigen.

»Suchst du vielleicht dein Handy?«, fragte sie.

Ich legte das Ortungsgerät auf das Autodach und klopfte meine Jacke nach meinem Handy ab. Ich spürte es, griff aber in die Tasche, um sicherzugehen, und zog es heraus.

»Ich hab meins«, sagte ich.

»Und meins ist es auch nicht«, sagte Donna.

»Das ist ja ein Ding!«, sagte ich.

ZWEIUNDFÜNFZIG

Donna gab mir das Handy. Es war genauso eines wie meins. Wenn es tatsächlich der Person gehörte, an die ich dachte, lag es jetzt schon zwei Tage bei mir im Auto. Ich wollte es einschalten, doch der Akku war leer. Aber selbst wenn das Handy noch geladen gewesen wäre, hätte ich es nicht gehört, denn der Regler an der Seite war auf STUMM gestellt.

»Wem gehört es dann?«, fragte Donna.

»Ich vermute, Claire«, sagte ich. »Bevor sie ausstieg, lag es auf ihrem Schoß. Selbst wenn sie schon kurz darauf bemerkt hätte, dass sie's verloren hat, hätte sie nicht zurücklaufen und es holen können. Schließlich saß Hanna schon bei mir im Auto oder musste jeden Moment kommen.«

Ich beschloss, Claires Handy an mein Ladegerät in der Küche zu hängen; vielleicht konnte es mir weiterhelfen, ohne dass ich warten musste, bis der Akku wieder voll war.

»Was willst du damit machen?«, fragte Donna und zeigte auf das Ortungsgerät auf dem Dach.

»Vorläufig werde ich's anlassen und weiter durch die Gegend kutschieren.«

»Du willst es nicht ausmachen? Oder kaputt machen? Oder sonst was damit tun?«

»Noch nicht. Ich will nicht, dass derjenige, der es montiert hat, weiß, dass ich's entdeckt habe«, sagte ich und legte es unter den Beifahrersitz. Ich schlug alle Wagentüren zu und versperrte sie mit der Zentralverriegelung. »Jetzt wollen wir doch mal sehen, was uns dieses Schätzchen hier zu erzählen hat.«

Wir gingen ins Haus zurück. In der Küche lag das Ladegerät für mein Handy. Ich steckte das Kabel in die dafür vorgesehene Buchse in Claires Telefon. Der Bildschirm leuchtete auf, und das Batteriesymbol zeigte, dass der Ladezustand gleich null war.

»Das braucht jetzt vielleicht eine Minute«, sagte ich. »Der Akku ist wirklich total leer.«

Es dauerte nur halb so lange. Falls es ein Passwort gab, um andere daran zu hindern, das Handy zu benutzen, war es jedenfalls nicht aktiviert.

Solange es am Ladekabel hing, musste ich das Handy auf der Arbeitsplatte liegen lassen und mich darüberbeugen, um den Bildschirm sehen zu können. Ich stützte mich auf die Ellbogen und geduldete mich, bis alle Apps und Icons auftauchten. Wie nicht anders zu erwarten, hatte Claire unzählige entgangene Anrufe und einige Nachrichten auf der Mailbox. Die meisten davon wahrscheinlich von ihren besorgten Eltern.

Da ich das Passwort für die Mailbox nicht wusste, würde ich sie nicht ohne weiteres abhören können, doch auf die Textnachrichten hatte ich auch ohne Passwort Zugriff.

Auf dem Touchscreen, der ein wenig mit Claires Make-up beschmiert war, tippte ich sofort das grüne Kästchen mit

der Sprechblase und dem Wort NACHRICHTEN darunter
an.

Der Verlauf einer bestimmten Konversation wurde ange-
zeigt. Am oberen Bildschirmrand stand ROMAN. In den
hellgrauen Kästchen auf der linken Seite des Bildschirms
standen die Nachrichten, die er geschickt hatte, in den hell-
blauen rechts dagegen die von Claire. Dicht neben mir
beugte sich auch Donna vor, ebenso gespannt wie ich, ob
wir etwas Wichtiges erfahren würden.

Die letzten Meldungen lauteten folgendermaßen:

ROMAN: na wie fühlt man sich?
ROMAN: komm schon red mit mir
ROMAN: ich verzeih dir, lass uns neu anfangen
ROMAN: so kannstu nicht mit mir umspringen
CLAIRE: lass mich in ruh

Ich ging zurück zu früheren Unterhaltungen.

ROMAN: so phänomenal ist er nicht
ROMAN: was hat er ...

Und dann ein Foto.

»Wenn es das ist, wofür ich es halte«, sagte Donna, »hoffe
ich für ihn, dass es nicht die Originalgröße ist.«

Ich überflog eine weitere Bildschirmseite mit seinen SMS
an Claire. Sie hatte nur zweimal geantwortet, beide Male
mit der Aufforderung, sie in Ruhe zu lassen. Ich tippte auf
den Bildschirm, um zu sehen, mit wem Claire sonst noch
gechattet hatte.

Dennis.

Die letzte Meldung von ihm war: ok. lieb dich

Die letzte von Claire, direkt davor: mach ich. bis bald. hofftl!!!

»Geh noch weiter zurück«, sagte Donna neben mir. »Bis ganz an den Anfang.«

Das wollte ich auch tun, doch dann stellte ich fest, dass ihre Unterhaltung bis Adam und Eva zurückreichte. Also fing ich einfach irgendwo an.

Dennis: fehlst mir auch

Claire: stinksauer. hab dich auf FB gelöscht

Dennis: ich weiß. erklär dir alles wenn wir uns sehen

Claire: tu das

Dennis: ganz sicher. ging nicht anders komm mir wie ein arsch vor

Claire: bist ein arsch

Dennis: erklär dir alles

Claire: alles kacke hier

Dennis: wieso

Claire: scheißcops beobachten mich ständig. sauer auf dad wollen uns angst machen. dad noch immer im clinch mit chief.

Dennis: nein

Claire: ?

Dennis: vllt nicht wg dad

Claire: ??

Dennis: suchen mich

Claire: cops suchen DICH?

Dennis: ja

Claire: wieso?

DENNIS: zu kompliziert. musste jedenfalls schnell weg.

CLAIRE: was hastu angestellt?

DENNIS: nix

CLAIRE: warum dann?

DENNIS: kann ich jetzt nicht sagen. muss dich sehen. weiß nicht was tun

CLAIRE: dann komm halt

DENNIS: nicht so einfach

CLAIRE: kapier nicht

DENNIS: cops beobachten euch wsl nicht wg deinem dad

CLAIRE: ???

DENNIS: hoffen du führst sie zu mir

CLAIRE: sicher nicht

DENNIS: musst sie abschütteln, dann können wir uns treffen

CLAIRE: was hastu denn gemacht???

DENNIS: nix

CLAIRE: cops beobachten mich weil du nix gemacht hast?

DENNIS: sag doch erklär's dir später

CLAIRE: muss schluss machen. meld mich wieder.

Es folgte eine längere Pause. Am nächsten Tag ging die Unterhaltung weiter.

CLAIRE: wo bistu

DENNIS: nicht zu hause

CLAIRE: ach nee! wo bistu jetzt

DENNIS: weißtu noch jeremys hütte canoga springs

CLAIRE: am see?

DENNIS: ja. da bin ich in sicherheit

CLAIRE: in sicherheit? wovor?

DENNIS: bitte. erfährst alles wenn wir uns sehen. weißtu
schon wie du cops los wirst?
CLAIRE: glaub schon. hanna hilft mir
DENNIS: wie?
CLAIRE: hastu noch ein auto?
DENNIS: ja
CLAIRE: ruf dich an wenns so weit ist
DENNIS: ok
CLAIRE: parkplatz hinter iggys wo dich nmd sieht. um 10
DENNIS: ok. vermiss dich. lieb dich so
CLAIRE: lieb dich auch

Wieder eine mehrstündige Unterbrechung. Dann:

CLAIRE: bistu da?
DENNIS: bin da
CLAIRE: ok. bin auch gleich da. noch vor patchetts, warte
auf sean. hanna schon auf position.
DENNIS: ok
CLAIRE: hastu hunger?
DENNIS: lol. woher denn?
CLAIRE: keine zeit was mitzunehmen. von iggys
DENNIS: machen wir unterwegs
CLAIRE: ok. will nur dich fressen
DENNIS: oh ja
CLAIRE: scheiße
DENNIS: ?
CLAIRE: sie ham sean angehalten
DENNIS: was is passiert?
CLAIRE: k. a. schwarzer pickup beobachtet mich
DENNIS: kann dich da nicht abholen. zu riskant

CLAIRE: scheiße
DENNIS: autostopp
CLAIRE: mach ich. bis bald. hofftl!!!

»Laptop«, sagte ich zu Donna.
Sie holte ihn vom Küchentisch und stellte ihn mir hin. Ich
ging auf Google Maps und gab »Canoga Springs« ein.
»Das ist da irgendwo bei den Finger Lakes«, sagte ich. »Ge-
nau, da haben wir's schon. Westlich vom Cayugasee. Zwei
Stunden Fahrt vielleicht. Gar nicht so weit weg von da, wo
Dennis' Vater wohnt. Ideal für ein Versteck.«
»Du glaubst, sie sind noch da?«, fragte Donna.
»Ich würde darauf wetten.«
Ich ging wieder auf Claires Facebook-Seite und gab den
Namen »Jeremy« ein. Es gab tatsächlich einen Freund die-
ses Namens. Jeremy Finder. Er wohnte in Rochester. Dann
suchte ich den Namen Finder im Online-Telefonbuch. In
der Gegend des Sees gab es einen M FINDER. Adresse:
North Parker Road. Ich klickte zurück auf die Karte. Da
war sie.
»Ta-da!«, sagte ich und zeigte auf den Bildschirm.
Ich zog mein Handy heraus und rief Augie an.
»Wir haben doch gerade erst telefoniert«, sagte Augie.
»Warum sucht ihr eigentlich Dennis Mullavey?«
»Wen?«
»Dennis Mullavey.«
»Keine Ahnung, wer das sein soll«, sagte er barsch.
»Du hast einen deiner Leute bis fast hinüber nach Roches-
ter geschickt, um ihn zu finden.«
»Da muss ich passen, Cal.«
Ich war schon drauf und dran, ihm zu erzählen, was ich in

meinem Auto unter dem Rücksitz gefunden hatte, verkniff es mir aber. Ich hatte den Eindruck, dass er in letzter Zeit mir gegenüber mit offenen Karten spielte. Er hatte mir im Verhörraum aus einer brenzligen Situation geholfen. Er hatte mir erzählt, was er von Quinn gehört hatte und was er von ihm hielt.

Doch die Polizei von Griffon war hinter Dennis Mullavey her. Daran bestand kein Zweifel. Und die SMS zwischen Claire und Dennis schienen zu bestätigen, dass sie Claire beschatteten, in der Hoffnung, sie würde sie zu ihm führen.

Augie wusste, dass ich Claire suchte. Da wäre es doch praktisch, ein GPS-Gerät in meinen Wagen zu schmuggeln und mich die Sucherei für ihn erledigen zu lassen. Vielleicht war das der Grund, warum er gelogen hatte, um mich aus Haines' und Brindles Fängen zu retten, als sie mich wegen der Einschüchterung von Russell Tapscott hopsgenommen hatten. Augie brauchte mich draußen.

»Bist du noch dran?«, keifte Augie.

»Ja.«

»Gibt's noch was?«

»Warum hast du in Wahrheit gelogen, um mich da rauszuhauen?«

»Was?«

»Weil wir verwandt sind? Oder hast du mich gebraucht, damit ich euch die Arbeit abnehme?«

»Du bist wirklich ein Trottel.«

Augie legte auf.

Bei unserem letzten Telefonat hatte er mir erzählt, Quinn hätte abgestritten, Haines und Brindle ausgerichtet zu haben, der Chief habe die Beschlagnahme meines Wagens angeordnet. Daraus hatte ich den brillanten Schluss gezogen, dass irgendjemand log. Ich hatte dabei an Quinn, Haines oder Brindle gedacht.

Aber eine Person hatte ich ausgelassen.

»Du hast meinem Bruder das von dem GPS-Ding gar nicht erzählt.«

»Nein«, sagte ich. »Hab ich vergessen.«

DREIUNDFÜNFZIG

Am liebsten wäre ich gleich nach Canoga Springs gefahren, besann mich jedoch eines Besseren. Erstens würde ich nicht vor Mitternacht dort ankommen, und ich wollte Dennis Mullavey und Claire Sanders nicht zu Tode erschrecken. Ich wollte sie nur finden. Zweitens hatte ich als Adresse nur North Parker Road und keine Hausnummer, also brauchte ich Tageslicht, um nach Dennis' altem Volvo Ausschau zu halten.

Ich hatte mir den Wecker zwar auf fünf gestellt, trotzdem wachte ich alle halbe Stunde auf und sah auf die Uhr. Um halb fünf stand ich schließlich auf. Ich bemühte mich, Donna nicht zu wecken, doch sie war schon wach.

»Du kannst ruhig das Licht anmachen«, sagte sie.

»Nein, nein, schlaf weiter. Du kannst doch noch zwei Stunden schlafen, bevor du dich fürs Büro fertig machen musst.«

»Es ist Samstag, Sherlock.«

Ich machte das Licht im Schlafzimmer trotzdem nicht an, und das im Bad erst, nachdem ich die Tür hinter mir geschlossen hatte. Ich duschte und rasierte mich. Als ich fertig war, machte ich erst das Licht aus und öffnete dann die Tür. Was ich aus der Kommode brauchte, würde ich auch im Dunkeln finden. Doch Donna war gar nicht mehr hier. Dafür stieg mir aus der Küche der Duft von Kaffee in die Nase. Ich zog mich an und ging hinunter. Donna saß in ihrem blauen Bademantel am Küchentisch und hielt einen Becher in der Hand, den Zeigefinger im Henkel verhakt. In der anderen Hand hatte sie einen Bleistift. Vor ihr lag eine Skizze.

»Kalt ist es«, sagte ich. »Ist die Heizung nicht angesprungen?«

»Mit dem Thermostat stimmt was nicht. Man muss erst dran rütteln, bevor's warm wird. Ich muss den Installateur holen. Im Toaster stecken zwei Scheiben, du musst nur noch runterdrücken.«

»Ich wollte gerade gehen und mir unterwegs –«

»Iss doch den Toast.« Sie stand auf, schenkte einen zweiten Becher Kaffee ein und reichte ihn mir. Dann holte sie ein Glas Erdbeermarmelade aus dem Kühlschrank und Erdnussbutter aus dem Schrank. »Wir haben eine reichhaltige Auswahl.«

Ich beugte mich vor, um zu sehen, was sie gezeichnet hatte. Doch sie ging dazwischen und steckte das Blatt in einen Ordner.

»Was ist denn?«, fragte ich.

»Das hier darfst du nicht sehen«, sagte sie. »Nicht, bevor's fertig ist.« Ihre Augen schimmerten. »Ich glaube, das könnte was werden.«

Das konnte Verschiedenes bedeuten. Vielleicht hatte sie das Gefühl, dass dies die beste Zeichnung von Scott werden würde, die sie bisher zustande gebracht hatte. Wenn dem so war, konnte ihr Kommentar auch bedeuten, dass mit der

Fertigstellung dieses Bildes für sie eine neue Phase beginnen würde, wie immer die aussehen mochte.

Ich wich zurück. »Ist gut«, sagte ich.

Als die Toastscheiben heraussprangen, beschmierte ich eine dick mit Marmelade, die andere mit Erdnussbutter. Ich spülte alles mit Kaffee hinunter.

»Das lässt mir schon die ganze Zeit keine Ruhe«, sagte Donna und ließ diesen Halbsatz in der Luft hängen.

»Was denn?«

»Wir haben ihn geliebt«, sagte sie. »Wir haben ihn vorbehaltlos geliebt.«

»Natürlich haben wir ihn vorbehaltlos geliebt.«

»Aber ich bin mir nicht sicher ... ich bin mir nicht sicher, ob er liebenswert war«, sagte sie leise. »Für andere. Er hatte kaum Freunde.«

»Donna.«

»Er war immer ... du weißt selbst, wie er war. Irgendwie hatte er immer so was Moralinsaures.«

»Ich weiß«, sagte ich und rang mir ein Lächeln ab. »Vielleicht wollte er die Leute ja nur zu seinen Maßstäben bekehren.«

Ihre Miene verdüsterte sich. »Was für Maßstäbe sollen das denn gewesen sein?« Sie schüttelte den Kopf. »Er hat sein Leben weggeworfen.«

Ich sah sie über den Tisch hinweg an. Ich wusste nicht, was ich sagen sollte. Oder tun. Zwei Schritte vorwärts, einer zurück. Manchmal geht einem einfach der Treibstoff aus.

»Ich muss los«, sagte ich.

Ich öffnete das Garagentor, obwohl mein Wagen schon in der Einfahrt stand. Dann holte ich das immer noch aktive

Ortungsgerät unter dem Beifahrersitz hervor und trug es in die Garage, wo ich es auf ein Brett mit Gartenwerkzeug legte. Wenn derjenige, der die Bewegungen dieses Dings im Auge behielt, diese winzige Ortsänderung überhaupt registrierte, musste er davon ausgehen, dass ich den Honda nur in die Garage gestellt hatte.

Die Gefahr, geortet zu werden, hatte ich fürs Erste gebannt. Gegen Gefahren anderer Art wappnete ich mich diesmal wieder mit meiner Glock. Für die Fahrt legte ich sie ins Handschuhfach.

Hinter Buffalo fuhr ich nur mehr Richtung Osten, wo langsam die Sonne aufging. Ich musste meine Sonnenbrille aufsetzen und die Sonnenblende herunterklappen, um nicht ständig die Augen zusammenkneifen zu müssen. An einer Autobahnraststätte legte ich einen Boxenstopp ein, um mir noch einen Kaffee zu holen, den ich mir zusammen mit einem Blaubeermuffin im Auto zu Gemüte führte.

Bei einer der letzten Ausfahrten nach Rochester hielt ich Ausschau nach einem Wegweiser zum Autobahnkreuz 41, Waterloo-Clyde. Ich fuhr ab, zahlte die Maut und fuhr auf der 414 Richtung Süden weiter, vorbei am Naturschutzgebiet Seneca Meadows Wetlands. Nach etwa fünfzehn Kilometern folgte ich der NY 414 Richtung Osten nach Seneca Falls. Ich fuhr in die Stadt hinein, bog dann nach Süden und ein paar Kilometer weiter wieder nach Osten ab. Kurz nach dem Finger Lakes Regional Airport bog ich noch einmal nach Süden ab. An der Kreuzung mit der Canoga Street bog ich links ab und folgte ihr durch Ackerland bis zur NY 89. Zu guter Letzt erreichte ich eine schmale Straße, die mich hinunter zum Cayugasee und zur North Parker Road brachte.

Cayuga, einer der in Nord-Süd-Richtung gelegenen Seen

des Finger-Lake-Gebiets, war ein beliebtes Ferienziel für Leute aus dem ganzen Staat New York. Manche der Sommerhäuschen waren schon Jahrzehnte alt, andere waren schon längst keine Häuschen mehr, sondern richtige Häuser, die zweifellos an der Stelle baufälliger Hütten errichtet worden waren, deren Instandsetzung sich nicht mehr lohnte.

Ich fuhr langsam den Weg entlang. In vielen Einfahrten standen gar keine Fahrzeuge. Die Sommersaison war vorüber. Manche der kleineren Häuser waren mit Brettern verschlagen und würden erst im nächsten Frühjahr wieder geöffnet werden.

Als ich das Ende des Wegs erreichte, hatte ich noch keine Spur von dem alten Volvo gesehen. Ich machte kehrt und fuhr genauso langsam wieder zurück, um nur ja nichts zu übersehen. Überall lag abgefallenes Laub, doch es hing auch noch ziemlich viel an den Bäumen. Jetzt war ich wieder an der Kreuzung mit der North Parker Street. Den Volvo hatte ich immer noch nicht gesichtet.

Gut möglich, dass Claire und Dennis hier gewesen, aber inzwischen weitergezogen waren. Ich saß bei laufendem Motor im Wagen und fragte mich, ob die Fahrt hierher vielleicht reine Zeitverschwendung gewesen war. Einmal wollte ich den Weg noch auf und ab fahren.

Ich tuckerte gerade an einem der Häuschen vorbei, die wie ausgestorben dalagen und keinen Wagen in der Einfahrt stehen hatten, als ich den Rauch bemerkte.

Eine dünne graue Rauchwolke stieg vom Schornstein auf.

Ich hielt an, fuhr etwa dreißig Meter rückwärts und bog in die Einfahrt, die nichts anderes war als zwei Reifenspuren mit einem Grasstreifen in der Mitte und Bäumen links und rechts. Ich hörte die Grashalme an der Unterseite des Wa-

gens entlangstreifen. Die Hütte war ein einfacher rechtecki-
ger Kasten mit braunem Anstrich. Dahinter war noch ein
Gebäude zu sehen. Es stand am Seeufer und sah aus wie ein
Bootshaus, doch das Tor Richtung Straße war groß genug,
dass auch ein Auto problemlos hätte durchfahren können.
Ich schaltete den Motor ab, holte meine Glock aus dem
Handschuhfach und stieg aus. Ich steckte die Pistole in das
Holster an meinem Gürtel und zog meine Jacke darüber.
Im Cottage regte sich nichts. Ich hatte wahrscheinlich kaum
Lärm gemacht, und es war gut möglich, dass die Leute in
der Hütte noch schliefen. Ich beschloss, zuerst einen Blick
auf das Nebengebäude zu werfen.
Das Tor hatte oben zwei Fenster, an die ich gerade heran-
reichte.
Da stand der Volvo. Er passte geradeso hinein. Das und das
geschlossene Tor machten ihn nicht gerade zum schnell
verfügbaren Fluchtfahrzeug. Ein paar Schritte von der Garage entfernt war ein Holzsteg, an dem ein Aluminiumboot
festgebunden war. Es war bestimmt nicht länger als fünf
Meter und hatte einen kleinen Außenbordmotor am Heck-
balken montiert.
Ich ging zur Hütte. Sie hatte eine Holzterrasse mit Blick auf
den See. Ich stieg die Stufen hinauf und klopfte an eine der
gläsernen Schiebetüren. Es gab keine Vorhänge, also hielt
ich mir die Hände seitlich ans Gesicht und spähte hinein.
Zu sehen war ein einziger großer Raum, der Küche und
Wohnzimmer in einem war. An einer Wand stand ein volu-
minöser Fernseher, der aussah, als wöge er mindestens
zweihundert Kilo. Drei Türen gingen von dem Raum ab.
Sie führten wahrscheinlich zu zwei Schlafzimmern und einem Bad. Eine der Türen stand offen. In der Spüle war

schmutziges Geschirr zu sehen, auf dem Esstisch lag eine Pizzaschachtel. An einem Ende des Wohnraums gab es einen Stapel Brennholz, etwa einen Meter entfernt von einem Holzofen, von dem ein gekrümmtes schwarzes Rohr nach oben durchs Dach führte.

Ich klopfte noch einmal, diesmal etwas lauter. Plötzlich hörte ich das Rascheln von Laub hinter mir. Ich wirbelte herum und sah gerade noch den jungen Schwarzen in blauen Boxershorts und Leinenschuhen, der die drei Stufen zur Terrasse in einem Satz nahm und auf mich losging.

Vor Patchett's hatte ich mich überrumpeln lassen. Doch diesmal war ich auf alles gefasst. Der Junge hatte schon mit der Rechten ausgeholt, doch ich konnte den Schlag mit dem linken Arm abwehren und ihm gleichzeitig mit der rechten Faust einen Hieb versetzen. Ich traf ihn direkt unter den Rippen. Allerdings hatte ich nicht mit voller Wucht zugeschlagen, denn ich wollte den Jungen nicht wirklich verletzen.

Er krümmte sich und taumelte ein paar Schritte rückwärts, doch er war noch nicht fertig mit mir. Er hob den Kopf und machte sich für die nächste Attacke bereit, doch diesmal blickte er in den Lauf meiner Glock.

»Ruhig Blut«, sagte ich und streckte den Arm durch. Der Mann blieb stehen.

Hinter mir wurde die Glastür zur Seite geschoben. Ich machte ein paar Schritte zur Seite, so dass ich den Mann im Auge behalten und gleichzeitig sehen konnte, wer an der Tür stand.

Es war Claire. Sie trug nichts als ein T-Shirt und einen Slip.

»Schon gut, Dennis«, sagte sie. »Das ist Mr. Weaver.«

Dennis blickte von Claire zu mir und dann wieder zu Claire. Ich senkte langsam die Glock.

»Wie wär's mit Kaffee?«, fragte ich.

VIERUNDFÜNFZIG

Die Frau wird aus tiefem Schlaf gerissen. Sie sieht auf den Wecker. Es ist Viertel vor sechs. Sie nimmt das Telefon, das neben ihr auf dem Nachttisch liegt.

»Hallo?«

»Er dachte, er könnte mich überlisten«, sagt ihr Sohn.

»Wovon redest du?«

»Er hat eins der beiden gefunden. Aber das andere nicht.«

Sie wirft die Decke zurück und setzt sich auf. »Was?«

»Das eine, das ich unter den Rücksitz gesteckt habe, hat er gefunden. Aber das in der Kopfstütze nicht.«

»Wo bist du jetzt?«

»Ich bin unterwegs. Ich glaube, er hat eine Spur. Er ist vor einer halben Stunde losgefahren. Ich hab ein gutes Gefühl.«

Die Frau gestattet sich nur vorsichtigen Optimismus. Den Erfolgen ihres Sohnes folgen oft katastrophale Aussetzer. Erst kürzlich hat er ihr erzählt, dass Claire sich an diesem Abend mit ihrem Freund treffen wird, doch noch ehe die Nacht vorüber ist, stellt sich heraus, dass er sich hinters Licht hat führen lassen. Unter der Brücke rastet er aus und will

das andere Mädchen zwingen, ihm zu sagen, wo Claire hingefahren ist. Und mit dieser Software, die er auf Claires
Handy heruntergeladen hat, sollte er eigentlich in der Lage
sein, ihre SMS zu lesen und sie zu orten, doch schlussendlich
konnte er nur ihre Telefongespräche mithören.
Die Idee, nicht nur einen GPS-Sender in Weavers Wagen
einzubauen, sondern zwei, war allerdings genial, das gibt
sie gerne zu.
»Was glaubst du, wohin er fährt?«, fragt die Frau.
»Keine Ahnung. Aber das spielt auch keine Rolle, weil ich
ihn überall finden kann. In seinem Rückspiegel wird er mich
jedenfalls nicht sehen.«
»Dir ist schon klar, was das heißt, wenn er sie findet? Dann
sind es schon drei, die Bescheid wissen, Wenn wir nur Dennis schon früher gefunden und die Geschichte erledigt hätten ... Aber er wird's dem Mädchen erzählt haben, und
dann werden sie's auch Weaver erzählen.«
»Ich weiß«, sagt er.
»Du musst mir Bescheid geben, wenn alles vorbei ist. Sofort!«
»Mach dir keine Sorgen, Mom. Ich melde mich ganz bestimmt. Alles wird gut.«
Doch sie wird ihren Plan B trotzdem nicht aufgeben. Sie
wird schon einmal anfangen, die Kartons neben den ver-
sperrten Raum zu verfrachten.

FÜNFUNDFÜNFZIG

Zieht euch doch schon mal was an«, sagte ich zu Claire und Dennis. »Ich kümmere mich inzwischen um den Kaffee.«

Sie gingen ins Schlafzimmer. Viel zu kümmern gab es da nicht. Sie hatten nur ein Glas Instantkaffee. Also schaltete ich den Wasserkocher ein, spülte drei Becher, die in einer grauen Brühe standen, und warf einen Blick in den Kühlschrank – ein monströses Ding, das noch aus den fünfziger Jahren des letzten Jahrhunderts stammen musste. Ich fand zwar keine Kaffeesahne, aber wenigstens Milch.

Ich löffelte schon mal Kaffeepulver in alle drei Becher. Als Claire und Dennis wieder ins Wohnzimmer kamen, goss ich Wasser ein und rührte um. Dennis Mullavey sah ziemlich manierlich aus in Jeans und schwarzem T-Shirt. Aber Claire, die ein ähnliches Outfit trug, nur dass ihr Oberteil blau war, standen die Haare in alle Richtungen ab, als hätte sie sich durch einen Dornenwald gekämpft, um hierherzukommen. Sie hielt ein kleines schwarzes Notizbuch in der Hand, aber was mir viel mehr ins Auge stach, war der Kratzer. Der, der mir an Hannas Hand gefehlt hatte, als sie in meinen Wagen gestiegen war. Er verheilte gut.

»Ich hab dein Handy gefunden«, sagte ich zu Claire, als sie sich gesetzt hatten und ich ihnen den Kaffee hinstellte.

»O Gott, ich hab mich halb blöd danach gesucht«, sagte sie und legte das Notizbuch auf den Tisch.

»Aber du konntest nicht zurückkommen und es dir holen, als Hanna schon im Wagen saß.«

»Sie haben sich das Ganze schon zusammengereimt, stimmt's?«

»So ziemlich.«

»Sie hätten mich da auf der Toilette fast gefunden«, sagte Claire. »Ich war in der letzten Kabine. Da hab ich dann auch bemerkt, dass ich mein Handy verloren hab und dass es noch bei Ihnen im Auto sein muss. Und klarerweise konnte ich Hanna nicht anrufen und bitten, es mir zu bringen. War aber auch nicht so wichtig, denn ich hätte es eh nicht mehr benutzt, sobald ich weg war.«

Ich richtete den Blick auf Dennis. »Und du hast hinten auf dem Parkplatz auf sie gewartet.«

Er nickte langsam. Mir war klar, dass er mir noch nicht über den Weg traute, obwohl ich gehört hatte, wie Claire ihn im Schlafzimmer zu überzeugen versucht hatte, dass ich einer von den Guten war.

»Was ist das?«, fragte ich mit einer Kopfbewegung in Richtung des Notizbuchs.

»Wenn ich das wüsste«, sagte Dennis und schüttelte den Kopf. »Eine Art Tagebuch. Aber so was von durchgeknallt.«

Bevor ich es mir ansehen konnte, sagte Claire: »Haben Sie mit meinen Eltern geredet?«

»Die kommen um vor Sorge um dich.«

»Ich dachte, die reden eh kaum miteinander«, sagte sie mit schuldbewusster Miene. »Wenn ich meinem Dad sage, dass ich zu meiner Mutter fahre, dann vergehen erst mal ein paar Tage, bevor die merken, dass was nicht stimmt.«

»Du solltest ihm so was nicht erzählen«, sagte Dennis zu ihr.

»Er weiß es doch eh schon.« Sie sah mich an und verdrehte die Augen. »Wahrscheinlich hat Hanna Ihnen alles erzählt. Ist aber auch egal, weil ich ihr ja nicht gesagt habe, wohin ich fahre. Und ist doch alles gutgegangen. Wir sind jetzt hier, und niemand außer Ihnen hat uns gefunden.«

Mir lief es kalt über den Rücken.

»Hast du mit gar niemandem gesprochen, seit du weg bist?«, fragte ich sie.

Claire schüttelte den Kopf. »Nee.«

Ich sah Dennis an. »Und du? Hast du dich bei deinem Vater gemeldet?«

»Ich rede nicht mit Ihnen«, sagte er, fügte jedoch hinzu: »Er weiß, dass es mir gutgeht. Er weiß nur nicht, was eigentlich passiert ist. Ich hab ihm gesagt, ich brauch Zeit, um alles zu verdauen.«

»Dann hat er dir also nicht gesagt, was in Griffon passiert ist?«

»Nein.«

Auf einmal war Besorgnis in ihrem Gesicht zu sehen. »Was ist denn passiert? Ist was mit meinem Dad?«

»Nein«, sagte ich. »Mit deinem Dad ist alles in Ordnung.« Ich hätte einiges darum gegeben, nicht der Überbringer der schlechten Nachricht sein zu müssen. »Aber Hanna ist tot, Claire.«

Ihr Mund öffnete sich, doch es kam kein Ton heraus.

»Sie wurde ermordet. Man hat ihre Leiche unter einer Brücke gefunden. Sie wurde getötet, kurz nachdem ihr eure Nummer abgezogen habt.«

Claire hatte sich die Hand über den Mund gelegt, gab aber noch immer keinen Laut von sich.

»Mir dämmerte ziemlich bald, was ihr zwei gemacht habt. Dass ihr Rollen getauscht habt, um jemanden abzuhängen, der euch gefolgt ist. Ich hab sie deswegen zur Rede gestellt, und sie wollte raus. Sie wollte aus dem fahrenden Wagen springen. Ich musste stehen bleiben. Sie ist einfach davongerannt. Sie wollte nicht, dass ich sie nach Hause bringe.« Nach einer Pause fügte ich hinzu: »Es tut mir leid.«

Ihr Schmerz entlud sich wie das Geheul von Sirenen. Laut und durchdringend. »O Gott«. Sie brach in Tränen aus. »O Gott. O Gott.«

Dennis sah mich fassungslos an. Er wollte Claire in den Arm nehmen, doch sie stieß ihn weg.

»Lass mich!«, schrie sie. »Rühr mich nicht an!«

Sie sprang hoch, schob die Glastür auf, ging hinaus, ohne sie hinter sich zu schließen, und rannte zum See hinunter.

Dennis stieß seinen Stuhl zurück und wollte ihr nachlaufen, doch ich hielt ihn an der Schulter fest. »Nein, du hast schon genug getan«, sagte ich.

»Was soll das heißen?«

»Wir haben alle unser Päckchen zu tragen, was Hanna betrifft, aber langsam sieht es so aus, als wäre das alles nicht geschehen, wenn du's nicht so verdammt eilig gehabt hättest. Wenn du Claire nicht so gedrängt hättest, sich davonzustehlen, damit ihr euch hier euer Liebesnest bauen könnt.«

Ich bereute es, noch während ich es aussprach. Hier war mehr im Spiel als spätpubertärer Sexualtrieb. Das wusste ich genau. Aber ich war so verdammt wütend. Wütend, dass ich überhaupt in diese Sache hineingezogen wurde. Wütend wegen all des Kummers und Elends, den dieser Rollentausch heraufbeschworen hatte. Wütend wegen Hanna.

»Sie glauben also, dass es nur darum geht?«, schrie Dennis mich an. »Glauben Sie das wirklich?«

»Dann sag mir doch, worum es wirklich geht. Warum zum Teufel bist du aus Griffon weg? Was ist passiert, verdammt noch mal? Warum ist die Polizei hinter dir her?«

Er wandte sich ab. »Scheiße«, murmelte er.

»Wenn du mir nicht vertrauen willst, dann frag ich mich, wen du sonst finden wirst«, sagte ich. »Ich kann dir helfen. Versteckst du dich deshalb hier draußen? Weil du erst überlegen musst, was du als Nächstes tun sollst? Wie lange wolltest du denn hierbleiben? Eine Woche? Einen Monat? Ein Jahr? Was hast du dir denn vorgestellt, Dennis?«

Ich blickte einen Moment durch die Glastür. Claire stand am Ende des Stegs und starrte auf den See hinaus. Es machte mich nervös, sie da stehen zu sehen, so aufgewühlt, wie sie jetzt sein musste.

»Du bleibst hier«, sagte ich und rannte zum See hinunter. Am Steg angekommen, verlangsamte ich meinen Schritt, denn ich wollte nicht auf Claire lostrampeln, dass der ganze Steg vibrierte. Ich trat vorsichtig auf die Planken, konnte ein leichtes Federn aber trotzdem nicht verhindern.

»Claire.«

Ihre Schultern bebten. Ich blieb etwa einen Meter hinter ihr stehen, nahe genug, dass sie meine Anwesenheit spüren konnte, doch ohne sie zu berühren.

»Es ist alles meine Schuld«, schniefte sie.

»Ich habe gerade zu Dennis gesagt, dass wir alle nicht frei

von Schuld sind, was Hanna betrifft. Ich weiß jedenfalls, dass ich's nicht bin.«

»Wissen sie schon, wer's war? Haben sie ihn schon?« Sie drehte den Kopf zur Seite und wischte sich die Nase an der Schulter ihres T-Shirts ab.

»Sie haben Sean verhaftet.«

Claire wirbelte herum. Ihre Augen waren rot. Doch ihr Kummer hatte sich jetzt in Entsetzen gewandelt. »Was? Machen Sie Witze? Das ist doch der totale Irrsinn. Nie im Leben. Er hat mir und Hanna geholfen. Er sollte mich abholen, aber die Polizei hat ihn angehalten, deshalb habe ich ja Sie gebeten, mich mitzunehmen und –«

»Ich weiß«, sagte ich. »Und ich glaube auch nicht, dass er's war. Aber die Polizei hat Beweismaterial in seinem Wagen gefunden. Von Hanna.«

»Die Polizei?«, kreischte sie. »Diese verfluchten Arschlöcher in Griffon? Na, dann ist ja alles klar, wenn die das waren. Hurensöhne. Alle miteinander.«

Ich nickte. »Du und Dennis, ihr müsst mit mir zurückkommen. Wir müssen der Sache auf den Grund gehen.«

Sie schüttelte heftig den Kopf. »Das können Sie sich abschminken. Er wird nie im Leben nach Griffon zurückgehen.«

»Was ist passiert, Claire? Was ist passiert? Wovor ist Dennis geflüchtet? Warum sucht die Polizei ihn? Weißt du, wer Hanna umgebracht hat?«

Sie schniefte. »Ich hätte sie niemals bitten sollen, mir zu helfen. Nie, nie, nie.«

Noch immer liefen ihr die Tränen herunter, und von ihrer Nase tropfte es auf die Oberlippe. Ich hatte eine Packung Taschentücher dabei und gab sie ihr.

»Wir müssen zurück und der Sache auf den Grund gehen«, wiederholte ich. »Wegen Hanna. Und wegen Sean.«

Claire fing an zu keuchen. Schnelle, kurze Atemstöße, und ich hatte schon Angst, sie würde in Ohnmacht fallen. Sie beugte sich in meine Richtung, und ich hielt sie fest. Sie schlang die Arme um mich und legte ihre Wange an meine Brust.

»Das ist alles so furchtbar«, flüsterte sie. »Alles ist so beschissen.«

Ich tätschelte ihr den Rücken. Was für eine leere, erbärmliche Geste.

»Wir fahren zurück, ja?«, sagte ich. »Wir fahren zurück. Du und Dennis, ihr könnt mir auf der Fahrt alles erklären. Und wenn er nicht mitkommt, sei's drum. Aber ich fahre nicht ohne dich.«

Ich spürte, wie ihr Gesicht an meiner Brust sich auf und ab bewegte.

»Komm«, sagte ich.

Wir gingen zurück ans Ufer. Ich hielt sie fest, musste aber aufpassen, wohin ich trat, denn der Steg war eigentlich zu schmal für uns beide. Langsam gingen wir durchs Gras zu der ein wenig erhöht stehenden Hütte hinauf. Wir betraten die Terrasse. Die Schiebetür stand noch offen. Wahrscheinlich wartete Dennis schon auf uns. Doch er war nicht da.

»Dennis?«, rief Claire.

Keine Antwort.

Es waren noch drei Schritte bis zur Tür.

Da war etwas auf dem Wohnzimmerboden.

Ich packte Claire an der Schulter, und sie blieb wie angewurzelt stehen.

Etwas Feuchtes, Dunkles schlängelte sich über den Boden. Blut.

SECHSUNDFÜNFZIG

Da fällt mir ein«, sagte ich und schob Claire abrupt nach links, weg von der Tür. »Ich muss noch was nachschauen, bevor wir losfahren.«

»Was wollen Sie –«

Ich war ziemlich sicher, dass sie das Blut nicht gesehen hatte. Sonst hätte sie sicher reagiert. Wäre ins Haus gestürzt, hätte geschrien, irgendwas. Doch irgendeine Ahnung musste sie erfasst haben. Ich spürte, wie ihr Körper sich anspannte.

»Pst«, sagte ich, und mit normaler Stimme, nur etwas lauter, als nötig gewesen wäre: »Ich bin noch am Überlegen, ob wir mit beiden Autos zurückfahren sollen oder alle zusammen in meinem.«

Wir standen an der Hauswand, zwischen der Glastür und zwei Fenstern. Hier gab es noch einmal drei Stufen, die von der Terrasse nach unten führten. »Unter die Terrasse«, flüsterte ich Claire zu, nachdem ich meine Glock gezückt hatte. Sie wollte fragen, warum, doch ich legte einen Finger an die Lippen, sah sie mit einem strengen, beschwörenden Blick

446

an und zeigte nach unten. Sie stieg leise die drei Stufen hinunter, ging in die Knie und kroch in den Spalt unter der Terrasse. Er war nicht viel höher als einen halben Meter.

Auch ich stieg von der Terrasse, ging jedoch an der Hütte entlang und redete dabei weiter. »Dennis und du werdet eine Aussage machen müssen. Ihr müsst alles erzählen. Von Anfang an. Ich weiß, es wird nicht leicht werden, darüber zu reden, aber es gibt keine Alternative.«

Der Schütze musste einen Schalldämpfer an seiner Waffe haben. Ich hatte keinen Schuss gehört, solange ich mit Claire unten am Steg gestanden hatte. Schalldämpfer können, wie der Name schon sagt, den Schall nur dämpfen, nicht völlig unterdrücken. Doch unten am Wasser wäre ein Schuss vielleicht nicht viel lauter als das Knacken eines Zweiges zu hören gewesen. Auch die Ankunft des Wagens hatte ich nicht mitbekommen. Wahrscheinlich hatte der Schütze ihn in einiger Entfernung abgestellt und war zu Fuß zur Hütte geschlichen.

Auf der ganzen Fahrt hatte ich immer wieder in den Rückspiegel gesehen. Auf der Autobahn und auch die letzten Kilometer zum See hatte es lange Strecken gegeben, wo nicht ein einziges Fahrzeug hinter mir gewesen war.

Doch irgendjemand wusste, dass ich hier war. Jemand war mir gefolgt. Ich hatte zwar den GPS-Sender unter dem Rücksitz entdeckt, doch es musste noch ein zweiter in meinem Wagen versteckt sein. Ich hätte mir doch den Schweller und den verdammten Reservereifen genauer anschauen sollen.

Ich schob mich weiter die Hauswand entlang und lauschte auf Geräusche aus der Hütte. Eine knarrende Diele, das Öffnen oder Schließen einer Tür. Irgendetwas, das mir einen Hinweis geben würde, wo der Schütze war. Ich sah nach vorn, dann nach hinten zur offenen Schiebetür, dann wieder nach vorn. Der Boden war mit Laub bedeckt. Wenn jemand hinten herauskam und auf die Terrasse ging, hatte ich gute Chancen, etwas zu hören.

Die Hütte stand auf einem hohen Fundament. Die Fenster lagen also ziemlich weit oben, und so musste ich mich nur ein paar Zentimeter ducken, wenn ich an einem vorbeikam. Ich sah kurz hinunter zu Claire, die mit vor Angst weit aufgerissenen Augen unter der Terrasse kauerte.

Dann fuhr ich mit meinem Monolog fort. »Ich weiß, du hältst nicht viel von Chief Perry, aber er ist schon in Ordnung, und wir können ihm vertrauen.« Dass ich das sagte, hieß noch lange nicht, dass ich es auch glaubte. »Und als Erstes sagen wir deinem Vater Bescheid, dass es dir gutgeht. Und deiner Mutter. Die beiden haben in den letzten Tagen tausend Ängste um dich ausgestanden.«

Dabei schlich ich weiter an der Wand entlang, bis ich das Ende erreicht hatte. Vorsichtig spähte ich um die Ecke. Niemand zu sehen. Ich wechselte zur Seitenwand, von der aus ich zwischen den Bäumen hindurch gerade noch bis zur Straße hinaufsehen konnte. Da stand ein dunkler Pick-up mit getönten Scheiben.

»Das über den Chief hab ich jetzt nicht gesagt, weil er mein Schwager ist. Das wäre eher ein Grund, ihn als Chefwichser zu bezeichnen. Und manchmal führt er sich auch so auf. Ich weiß, dass er und dein Dad einen Kleinkrieg führen. Aber eins muss man sagen: Als Sheriff weiß er, was er tut. Meistens zumindest.«

Früher oder später würde sich bestimmt jemand wundern, dass Claire nichts zu dieser Unterhaltung beitrug.

»Meine Frau, Donna, sie ist mit ihm aufgewachsen und
weiß, wie er ist. Trotzdem wird sie ihn bis –«
Blätterrascheln. Hinter der nächsten Ecke. Jemand schlich
an der Rückseite des Hauses entlang.
» – zum letzten Atemzug verteidigen. Na ja, bis zum vorletzten viell –«
Es passierte ganz schnell.
Der Lauf der Pistole tauchte als Erstes auf, und wie ich mir
gedacht hatte, war ein Schalldämpfer darangeschraubt. Den
Bruchteil einer Sekunde später kam die Hand dazu, die ihn
hielt. Ein Stück Ärmelbündchen von einer Jacke.
Ich schoss.
Ein lauter Knall in der kühlen Morgenluft. Aus den umlie-
genden Bäumen stoben erschreckte Vögel auf.
Es geschah mehr aus Reflex. Eigentlich hätte ich noch eine
halbe Sekunde warten sollen, bis auch ein Körper zu sehen
war. Dann hätte ich bessere Chancen gehabt, tatsächlich jemanden zu treffen. Allerdings hatte ich meine Waffe noch
nie im Ernstfall eingesetzt, weder früher als Polizist noch
jetzt als Privatermittler.
Darum war es auch kein Wunder, dass ich die Hand ver-
fehlte. Sie zog sich prompt zurück, als der Schuss knallte.
Dann hörte ich wieder das Rascheln von Blättern. Schneller
diesmal. Jemand rannte.
Und noch etwas hörte ich. Und es wäre mir tausendmal
lieber gewesen, es wäre ausgeblieben. Claire rief: »Mr. Weaver? Was war das?«
Der Mann – ich hatte angenommen, dass es ein Mann war,
und der Blick auf die Hand mit der Schusswaffe hatte es mir
bestätigt – lief um die Hütte herum. Ich lief in die entgegen-
gesetzte Richtung. Ich wollte ihm den Weg abschneiden,

bevor er Claires Versteck entdeckte. Er hatte sie bestimmt gehört und wusste, wo er suchen musste.

Ich schlich mich wieder zurück, spähte um die Ecke, die ich als Erstes umrundet hatte, und drückte mich dann eng an die zum See gerichtete Wand. Von hier hatte ich einen Blick auf die Terrasse und sah, dass Claire darunter hervorkroch.

»Bleib drunter!«, schrie ich.

Sie ignorierte mich. »Dennis!«, rief sie. »Dennis, da schießt wer!«

Sie hielt sich am Geländer fest und stieg zur Terrasse hoch. Offensichtlich wollte sie ins Haus.

»Claire!«, schrie ich sie an. »Spinnst du?«

Am anderen Ende der seewärts gerichteten Hauswand schob sich der Lauf einer Pistole um die Ecke, gefolgt von zwei ausgetreckten Händen.

»Claire!«

Sie drehte sich zu mir um.

Ich hörte ein Geräusch. Wie ein leichter Hammerschlag auf einen Nagel. Einmal. Er hatte einen Schuss abgefeuert. Das Holz des Geländers, an dem Claire sich festhielt, splitterte. Claire ging zu Boden.

Ihr Oberkörper landete auf der Terrasse, ihre Beine gespreizt auf den Stufen.

»Nein!«

Das Wort brach aus mir heraus wie ein Urschrei der Verzweiflung.

Doch gleich darauf regte Claire sich wieder. Sie stand auf. Sie war nicht getroffen worden. Sie war nur gestolpert.

Ich hob meine Glock und schoss über sie hinweg. Traf die Hausecke. Feuerte noch einmal. Und noch mal. Vielleicht traf ich den Dreckskerl ja durch die Wand hindurch.

450

Mit angehaltenem Atem, noch immer eng an die Wand gedrückt, schlich ich geduckt weiter. Damit war mein Kopf tiefer, als der Schütze erwartete, sobald ich das Ende der Wand erreicht hatte und um die Ecke spähte. Ich umklammerte die Glock mit beiden Händen und hoffte, noch etwas anderes zu erlauschen als das Pochen des Blutes in meinen Ohren.

Mehr Rascheln.

Schritte, die sich rasch entfernten.

Ich linste um die Ecke.

Er rannte davon.

War schon fast am Ende des schmalen Wegs, der zum Haus führte. Dunkle Hosen, schwarze Windjacke, die Kapuze über den Kopf gezogen. Ich sprintete ihm hinterher. Offensichtlich wollte er zum Pick-up.

Plötzlich blieb er stehen. Er drehte sich um und richtete seine Waffe auf mich. Ich warf mich zu Boden, als stürzte ich mich auf einen imaginären Football-Spieler. Über meinem Kopf hörte ich das Zischen einer Kugel.

Er rannte weiter.

Als ich wieder auf den Beinen war, hatte er schon den Pick-up erreicht und stieg gerade ein. Gleich darauf schoss der Wagen los, dass der Kies unter den Reifen wegspritzte, und verschwand in einer Kurve. Ich war nicht nahe genug an ihn herangekommen, um das Kennzeichen zu sehen.

Dann ertönte wieder ein Schrei. Er kam von der Hütte.

Ich rannte zurück. Claire stand an der Schiebetür. Sie hielt eine Hand vor den Mund und starrte ins Wohnzimmer.

Sie musste nicht erst hineingehen, um zu sehen, was mit Dennis los war. Er lag mit dem Rücken zu uns neben dem Küchentisch. Der Stuhl war mit ihm umgekippt. Das Blut, das sich seinen Weg in die Mitte des Zimmers gebahnt hatte und dort langsam eine Pfütze bildete, kam aus einem Loch in Dennis' Hinterkopf.

»Nein, nein, nein, nein«, flüsterte Claire.

»Bleib, wo du bist«, sagte ich, schob die Tür auf und ging ins Zimmer, sorgsam darauf bedacht, nicht ins Blut zu treten. Ich kniete mich neben ihn und legte ihm zwei Finger seitlich an den Hals. Eine sinnlose Geste, aber ich musste ganz sichergehen. Die offen stehende Tür gab den Blick ins Schlafzimmer und auf das geöffnete Fenster frei. Ich entdeckte ein winziges Loch im Mückenschutzgitter. Der Mörder hatte das Haus gar nicht betreten, er war von außen zu Werke gegangen. Er hatte nicht durch Glas schießen müssen, deshalb hatten wir unten am Wasser nichts gehört.

Als ich aufstand, sah ich das schwarze Notizbuch, das noch immer auf dem Tisch lag. Ich steckte es in meine Jackentasche.

»Dennis«, sagte Claire. Sie war hereingekommen, doch an der Tür stehen geblieben. »Dennis?«

»Wir müssen hier weg«, sagte ich. »Der Mann könnte zurückkommen oder vorne an der Straße auf uns warten.«

Claire zitterte, sie hatte beide Hände vor den Mund gelegt. Hoffentlich hatte sie keinen Schock erlitten.

»Claire, hör mir zu. Wir müssen hier weg.«

Doch wir würden nicht mit meinem Wagen fahren. Das hatte ich bereits beschlossen. Irgendwo steckte da noch ein zweiter GPS-Sender. Wir konnten den Volvo nehmen, doch es gab nur einen Weg hier raus, den über die North Parker Road, und das bedeutete, dass wir direkt in einen Hinterhalt fahren konnten.

Ich blickte auf den See hinaus.

»Was ist da drüben?«, fragte ich.

»Wir müssen ihn ins Krankenhaus bringen«, sagte Claire leise. »Wir brauchen einen Arzt.«

»Claire, Dennis ist tot. Ich muss dich hier wegbringen. Das andere Ufer, bis dahin sind es doch höchstens zwei Kilometer. Was ist da drüben?«

»Union Springs«, flüsterte sie.

»Eine Stadt?«

»Nur eine kleine.«

Ich packte sie mit der linken Hand am Handgelenk. In der rechten hielt ich noch die Glock. »Wir nehmen das Boot. Wir rennen wie der Teufel zum Steg und springen ins Boot. Weißt du, ob Sprit im Tank ist?«

»Woher wollen Sie wissen, dass er tot ist?«, fragte sie. »Wie können Sie sich da so sicher sein?«

»Claire!«, sagte ich streng. »Ist Benzin im Tank?«

»Ich … ich glaube. Dennis und ich waren gestern damit draußen. Wir sind nur so rumgeschippert.«

»Komm jetzt.«

Wir rannten hinunter zum Steg. Ich ließ sie zuerst einsteigen und sich auf den mittleren der drei Sitze setzen. Dann stieg ich selbst ein, senkte den Motor so weit, dass der Propeller ins Wasser tauchte, drückte mehrmals den Pumpball der Benzinleitung, legte den Leerlauf ein, betätigte den Choke und dann den Seilzug.

Der Motor sprang beim ersten Zug an. Ich schob den Choke wieder hinein, nahm Gas zurück und löste dann Heck- und Bugleine vom Steg. Ich stieß das Boot ab, stellte den Ganghebel auf vorwärts und gab Vollgas. Es war kalt auf dem See. Claire hatte keine Jacke. Ich zog meine aus und gab sie ihr. Mit glasigem Blick und roboterhaften Bewegungen schlüpfte sie hinein.

Ungefähr fünf Minuten später hatten wir das andere Ufer des Sees erreicht. Vor uns lag ein Jachthafen. Es gab viele Stege, doch nur wenige Boote, die noch im Wasser waren. Ein Stück höher stand ein riesiges Gebäude, in dem Boote den Winter über eingelagert werden konnten. Ich vertäute unser Boot, sprang auf den Steg und half Claire beim Aussteigen.

»Gibt es so was wie ein Ortszentrum?«, fragte ich sie.

Kraftlos hob sie eine Hand und zeigte in die Richtung. »Dort, glaub ich.«

Eilig gingen wir die Basin Street hoch zur North Cayuga Street, anscheinend die Hauptgeschäftsstraße hier. Auf der anderen Straßenseite sah ich einen Gebrauchtwagenhändler. Obwohl Claire mit mir Schritt hielt, ohne dass ich sie an die Hand nehmen musste, tat ich es, als wir die Straße überquerten. Claire wirkte so geistesabwesend, dass sie wahrscheinlich nicht auf den Verkehr achten würde.

Wir gingen schnurstracks in das Autogeschäft. Als wir eintraten, kam ein Mann hinter seinem Schreibtisch hervor. Er war korpulent und trug einen schlecht sitzenden blauen Anzug. Er knipste ein Lächeln an und ging uns entgegen. Doch so schnell es sich eingeschaltete hatte, so schnell erlosch das Lächeln auch wieder. Wir sahen nicht aus wie typische Kunden. Claire hatte vom Weinen rote Augen, und ich schwitzte heftig.

Und dann war da noch die Glock an meiner Hüfte.

»Wir brauchen einen Wagen«, sagte ich.

Den Blick auf die Waffe gerichtet sagte er: »Nehmen Sie, was Sie wollen.«

»Ich will ihn nicht stehlen«, sagte ich. »Nur mieten.« Ich zückte meine Brieftasche, zeigte ihm meine Lizenz und reichte ihm meine Visakarte. »Reichen fünfhundert?«

Er nahm die Karte. »Klar. Ihren Führerschein brauche ich auch.«

»Aber machen Sie schnell«, sagte ich.

»Selbstverständlich.«

Und das tat er. Zwei Minuten später drückte er mir die Schlüssel für einen weißen Subaru in die Hand.

»Rufen Sie die Polizei«, sagte ich zu ihm. »Direkt gegenüber, am anderen Seeufer, hat es einen Mord gegeben. Braune Hütte, Tür zur Seeseite ist offen. Sagen Sie ihnen, dass der Mörder sich noch in der Gegend aufhalten könnte. Männlich, um die eins achtzig groß. Er fährt einen dunklen Pick-up. Schwarz oder dunkelblau, getönte Scheiben. Verstanden?«

»Ja«, sagte der Mann.

Ich hetzte mit Claire zum Wagen, schubste sie auf den Beifahrersitz und setzte mich ans Steuer.

»Wir fahren nach Hause«, sagte ich.

Wir fuhren durch den Ort Cayuga Richtung Norden, dann weiter durch das Montezuma National Wildlife Refuge nach Osten. Schließlich fuhr ich an der gleichen Auffahrt wieder auf die Autobahn, von der ich erst vor wenigen Stunden abgefahren war. Bevor wir die Mautstelle erreichten, fragte ich Claire, ob sie etwas brauche.

»Ich weiß nicht«, sagte sie.

Ich musste tanken. Ich hatte nämlich festgestellt, dass ich ein Auto gemietet hatte, dessen Tank nicht einmal zu einem Viertel gefüllt war. Um auch unsere eigenen Energiereserven aufzufüllen, deckte ich mich im Laden noch mit Wasser, Schokoriegeln und Chips ein.

»Bedien dich«, sagte ich zu Claire, als ich wieder in den Wagen stieg, und reichte ihr die Papiertüte.

Als ich das Mautticket gezogen hatte und die Autobahnauffahrt hochraste, sah ich zu meiner Freude, dass Claire einen Blick in die Tüte warf, einen Marsriegel herausholte, die Hülle abzog und hineinbiss.

»Ich muss dich einiges fragen, Claire. Schaffst du's, mir ein paar Fragen zu beantworten?«

Sie kaute, schluckte und sah mich ausdruckslos an. »Schon.« Es klang, als wäre sie in Trance.

»Weißt du, wer's war? Weißt du, wer Dennis umgebracht hat?«

»Gesehen hab ich ihn nicht«, sagte sie.

»Aber du hast eine Ahnung, wer's gewesen sein könnte?«

Sie nickte.

»Wer?«

»Der Sohn von Phyllis Pearce«, antwortete Claire.

»Was? Sie hat einen Sohn? Wer ist das?«

»Das wissen Sie nicht?«

Ich wartete.

»Ricky Haines«, sagte Claire. »Der Bulle. So ziemlich der grusligste Typ bei unserer Polizei. Der tut nämlich so nett, aber wenn er dich befingert, fängst du an, dir Gedanken zu machen, ob er sie noch alle hat.«

SIEBENUNDFÜNFZIG

Er fährt so schnell, dass das Heck des Pick-ups beim Übergang von Kies auf Asphalt ausbricht und der Wagen sich beinahe überschlägt. Durch rasches Gegenlenken gelingt es ihm, das Fahrzeug wieder in die Spur zu bringen. Dann gibt er Vollgas.

Jetzt ist er wieder auf gerader Strecke und kann telefonieren. Er nimmt das Handy in die rechte Hand, wählt eine Nummer, hält es sich ans Ohr.

»Hallo?«, sagt seine Mutter ungeduldig.

»Ich bin's«, sagt er.

»Wie ist es gelaufen, Richard? Hast du sie gefunden?«

»Ich hab sie gefunden«, sagt Ricky Haines.

»Und?«

»Erledigt.«

»Wirklich?«

»Mullavey hab ich erledigt. Und ich bin mir ziemlich sicher, dass ich die Kleine auch erwischt hab.«

»Ziemlich sicher?« Phyllis Pearce kann mit Halbheiten nichts anfangen. »Was soll das heißen, ziemlich sicher?«

457

»Ich hab gesehen, wie sie zu Boden gegangen ist. Den Puls kann ich ihr natürlich nicht fühlen, solang Weaver auf mich schießt.«

»Was ist mit ihm? Was hast du mit ihm gemacht?«

»Hab ich dir doch gesagt. Er hat auf mich geschossen. Ich musste weg. Ich hatte keine Zeit, ihn richtig ins Visier zu nehmen.«

»Was ist mit dem Notizbuch?«

»Das hab ich nicht.«

»Gott, bist du ein hoffnungsloser Fall! Wo bist du jetzt?«

»Unterwegs. Ich komm nach Hause.«

»Nein!«, sagt sie. »Du musst zurück! Du musst das zu Ende bringen!«

»Nein, hör zu. Ich hab am Ende der Straße eine Weile gewartet. Es gibt nur diesen einen Weg, und irgendwann hätte Weaver da rauskommen müssen. Ich hab den Wagen versteckt und im Wald gewartet. Aber die zwei sind nicht aufgetaucht. Da bin ich zurückgefahren und hab gesehen, dass das Boot weg war. Da hab ich mir gedacht, ich verschwinde jetzt lieber.«

»Boot? Wovon redest du denn da? Was für ein Boot?«

»Ich bin ihm zu einer Hütte am Cayugasee nachgefahren. Weaver muss mit dem Boot abgehauen sein.«

»Hat er dich gesehen?«

»Weiß ich nicht. Kann sein. Und ich weiß auch nicht, was Mullavey und die Kleine ihm vorher schon erzählt haben.«

»Mein Gott, was für ein Fiasko«, sagt Phyllis.

»So schlimm ist es auch wieder nicht. Der Einzige, der jetzt noch was wissen könnte, ist Weaver.«

»Und der hat jetzt wahrscheinlich auch das Buch.« Sie kann

nicht länger an sich halten. »Du hättest Mullavey gleich damals erledigen sollen! Das hättest du tun sollen!«

Es klingt, als würde sie jeden Moment die Nerven verlieren. Doch Ricky Haines kennt seine Mutter. Er weiß, dass sie immer erst ausflippt. Doch dann beruhigt sie sich und legt sich einen Plan zurecht. Seine Mutter hat meistens einen Plan. Als er mehrere Sekunden lang nichts von ihr hört, ist er sich ziemlich sicher, dass sie auch jetzt gerade wieder am Tüfteln ist.

»Das weiß ich doch alles«, sagt er. »Ich weiß, dass ich ein paar Fehler gemacht hab. Aber ein paar Sachen hab ich auch richtig gemacht. Und das weißt du.«

»Halt den Mund«, sagt Phyllis. »Halt einfach den Mund und lass mich nachdenken.«

Er wartet. Er spürt, wie ihm die Tränen aufsteigen, und blinzelt ein paarmal, um wieder klar sehen zu können. Er muss daran denken, was alles besser hätte laufen können, welche anderen Entscheidungen hätten getroffen werden können. Und nicht nur von seiner Seite. Auch sie hat eine ganze Reihe von Fehlern gemacht. Aber sie wird so wütend, wenn er sie daran erinnert.

»Jetzt komm erst mal heim«, sagt sie schließlich. »Ich werd sehen, was ich tun kann.«

Ricky lässt das Handy auf den Beifahrersitz fallen. Er ist nicht wirklich erleichtert, aber zumindest fühlt er sich ein bisschen besser.

Mom lässt sich bestimmt was einfallen.

ACHTUNDFÜNFZIG

Ricky Haines.
Jetzt fielen die Groschen reihenweise. Wenn Ricky Haines uns zum Cayugasee gefolgt war, dann war es höchstwahrscheinlich auch Ricky Haines gewesen, der mir die Ortungsgeräte in den Wagen geschmuggelt hatte. Und dann musste es auch Ricky Haines' Idee gewesen sein, meinen Wagen beschlagnahmen zu lassen. Um jeden Verdacht von sich abzulenken, hatte er behauptet, Augie hätte den Befehl dazu gegeben und Quinn beauftragt, ihm, Haines, diesen Befehl weiterzuleiten.

Als sich mein Wagen dann in Polizeigewahrsam befand, war es Haines ein Leichtes gewesen, die Sender zu verstecken. Und es bestand auch keine Gefahr, dass jemand sie fand, bevor ich ihn zurückbekam, weil es den Befehl, den Wagen zu durchsuchen, ja in Wirklichkeit gar nicht gab.

Brindle steckte vermutlich nicht mit Haines unter einer Decke. Sonst wäre er nicht so sauer gewesen, als der Chief mich in dieser Tapscott-Sache herauspaukte. Auch dass Haines sich angeboten hatte, meinen Anwalt für mich anzurufen, ergab jetzt einen Sinn. Im Gefängnis nützte ich ihm nichts. Er brauchte mich auf freiem Fuß, nur so konnte ich ihn auf die Spur von Claire und Dennis führen.

Was hatte er möglicherweise sonst noch getan?

Mein Gefühl sagte mir, ich solle Augie verständigen. Doch mein Vertrauen in die Polizei von Griffon stand auf keiner sehr tragfähigen Basis. Ich wollte erst hören, was Claire mir zu berichten hatte, bevor ich mich auf diesen schwankenden Boden wagte.

Sie erzählte mir die Geschichte mehr oder weniger von Anfang an.

»Ich hatte einen Ferienjob bei Smith's. In der Eisdiele unten am Fluss. Kennen Sie die?«

Ich nickte. An warmen Sommerabenden waren wir nach dem Abendessen oft dort hingegangen. Donna, Scott und ich.

»Die ist ganz in der Nähe von Hoopers Betrieb, und Dennis ist jeden Tag nach Feierabend vorbeigekommen und hat sich ein Eis gekauft. Mir war bald klar, dass er wegen mir kommt, und zwischen mir und Roman lief's auch nicht mehr so richtig. Kennen Sie Roman?«

»Ja«, sagte ich.

»Keine Ahnung, warum ich mit dem was angefangen habe. Er ist ein ziemlicher Spacko. Aber wahrscheinlich fand ich's cool, dass er Drehbuchautor werden wollte. Er hatte da so ein dubioses Ding am Laufen – also, das sollte ich Ihnen wahrscheinlich gar nicht erzählen, aber Roman ist einundzwanzig und macht Kohle, indem er Bier –«

»Ich weiß Bescheid«, sagte ich. »Auch, dass Sean und Hanna das Zeug für ihn ausgeliefert und dafür einen Anteil gekriegt haben.«

»Wow. Ja dann. Ich fand das nicht so toll, dass er Hanna rumgeschickt hat. Und dann hatte er noch so andere Marotten. Ich meine, manchmal fand ich ihn richtig unheimlich.«

»Mit den SMS.«

»O Gott, haben Sie die gesehen? Es war aber nicht nur das Foto, das er mir geschickt hat. Er wollte auch dauernd, dass ich ihm Fotos von mir schicke, und ich wollte das nicht. Da hab ich halt angefangen, mich mit Dennis zu treffen, und Roman war ganz schön stinkig.«

Wir bretterten mit 130 die Autobahn entlang. Bis Buffalo war es noch fast eine Stunde, bis Griffon anderthalb.

»Das zwischen mir und Dennis ist dann ziemlich schnell ziemlich ernst geworden. Ich meine, wir hatten uns wirklich gern, haben sogar darüber geredet, ob er am Ende des Sommers überhaupt wieder nach Hause fährt, und auf einmal ist er weg.«

»Wie meinst du das?«

»Eines Tages verschwindet er einfach. Schickt mir eine SMS, dass das mit uns keine Zukunft hat. Diesen ganzen Krampf von wegen es hat nichts mit dir zu tun, es liegt an mir.« Sie schniefte, suchte im Handschuhfach nach Taschentüchern, aber der Subaru war sauber. Handschuhfach, Aschenbecher, Konsole. Alles leer.

»Ich hab ein paar Servietten eingesteckt. Guck mal in die Tüte.«

Claire holte eine heraus, schnäuzte sich und wischte sich die Tränen ab.

»Das muss weh getan haben, dass er so Knall auf Fall Schluss gemacht hat, ohne irgendeine Erklärung.«

»Ja. Ich wusste nicht, was los war. Was hatte ich denn ge-

462

tan? Ich dachte, zwischen uns ist alles bestens. Ich war fix und fertig. Echt depri. Und dann auf einmal, zwei Wochen später, meldet er sich bei mir.«

»Schickt dir eine SMS.«

»Genau. Er schreibt, er musste aus Griffon weg, wegen der Polizei, dass da was passiert ist. Ich hatte natürlich keine Ahnung, wovon er redete, aber ich wollte ihn unbedingt wiedersehen, zumindest, damit er mir erklärt, warum er mich einfach hat sitzenlassen. Das Ganze hat sich zur selben Zeit abgespielt wie der Zoff zwischen meinem Dad und Ihrem Schwager. Dauernd standen irgendwelche Streifenwagen vor unserem Haus rum, und Dad dachte, dass wir das Chief Perry zu verdanken haben. Dass der uns schikanieren wollte. Wir sollten wissen, dass er und seine Leute uns nicht aus den Augen ließen. Am Anfang hab ich das auch gedacht, bis Dennis mir geschrieben hat, dass die Polizei wahrscheinlich nur mich beobachtet.«

»Weil sie dachten, ihr zwei habt ja miteinander geturtelt, da wär's nicht unmöglich, dass du sie zu ihm führst.«

»Geturtelt?«

»Dass ihr zusammen wart.«

»Ah so. Genau.« Nach einer Pause sagte sie: »Dennis meinte also, bevor wir uns treffen können, muss ich erst ganz sicher sein, dass die Polizei mich nicht beobachtet. Da habe ich mir diesen Tausch mit Hanna ausgedacht.«

»Sean sollte dich abholen, aber er konnte ja nicht. Deshalb wolltest du, dass ich dich mitnehme.«

Claire nickte. »Ich hab mir nicht extra Sie rausgepickt, ehrlich. Ich wäre mit jedem mitgefahren. Aber dann hab ich gesehen, dass Sie das sind, dass Sie Scotts Dad sind, dass mir

463

bei Ihnen nichts passieren wird …« Sie unterbrach sich. »Auch wenn Sie rumgezogen sind und den Leuten eine Scheißangst eingejagt haben.«

»Das ist vorbei«, sagte ich.

»Dann haben Sie also rausgefunden, wer Scott die Drogen gegeben hat?«, fragte sie.

»Nein. Erzähl weiter.«

»Über die Nacht gibt's nicht mehr viel zu erzählen. Der Tausch hat funktioniert. Was mich betrifft zumindest.« Sie sah aus dem Fenster. Ich sollte ihr Gesicht nicht sehen. »Hanna … ist rausgegangen und in Ihr Auto gestiegen, ich bin hinten rum raus und mit Dennis weggefahren. Wir sind direkt zur Hütte gefahren.«

»Und wer ist dir jetzt eigentlich in dieser Nacht hinterhergefahren? Ricky?«

Claire nickte. »Ich konnte ihn davor ein-, zweimal erkennen. Einmal saß er in einem Streifenwagen und beobachtete unser Haus. Da bin ich hingegangen und hab ihn angebrüllt, er soll mit der Scheiße aufhören und meinen Vater in Ruhe lassen. Da hab ich ja noch geglaubt, dass sie uns deshalb so am Arsch kleben. Wegen meinem Dad. Und dass der Chief allen gesagt hat, sie sollen uns piesacken. Und ein anderes Mal war es kein Streifenwagen, sondern ein Pickup, aber drin saß Haines. Da dachte ich, jetzt macht er das auch noch in seiner Freizeit. An dem Abend, an dem Sie mich mitgenommen haben, da war er auch wieder im Pickup hinter uns her. Für einen Bullen stellt er sich ziemlich blöd an beim Beschatten.«

Bei mir hatte er sich sehr viel geschickter angestellt. Aber Claire hatte eben kein Auto.

Dann war es also Haines gewesen, für den sie diesen

464

Schwindel inszeniert hatten. Sie und Hanna. Haines, der sich an meine Fersen geheftet hatte.

Haines, der sieht, wie Hanna aus meinem Wagen springt.

Haines, der sieht, wie Hanna sich die Perücke vom Kopf reißt und wegwirft.

Haines kapiert, dass er ausgetrickst worden ist. Dass Claire ihm durch die Lappen gegangen ist. Dass sie jetzt wahrscheinlich bei Dennis ist.

Haines folgt also Hanna, um rauszukriegen, wo Claire hingefahren ist.

Die nächsten Groschen fielen.

Eines wollte ich aber von Claire noch wissen. »Wusste Hanna, wo du mit Dennis hinfährst?«

»Nein«, sagte Claire. »Er meinte, es wäre am besten, wenn niemand was weiß.«

Ricky schnappt sich Hanna, will sie zwingen, ihm zu sagen, wo Claire ist, aber Hanna hat keine Ahnung. Haines ist frustriert. Er wird wütend und erwürgt sie schließlich. Aber er besitzt die Geistesgegenwart, ihr Jeans und Slip auszuziehen, um es wie ein Sexualverbrechen aussehen zu lassen, und Sean Skilling die Sachen ins Auto zu schmuggeln.

»Erst als Dennis mir gesagt hat, was los ist«, fuhr Claire fort, »ist mir klargeworden, dass Haines nur mich beobachtet und nicht mich und meinen Vater. Außerdem hab ich auch immer nur einen einzigen Bullen gesehen, nämlich Haines.«

»Erzähl mir von Dennis.«

Sie nickte. »Ja, also Dennis wusste nicht, was er machen sollte. Seit er aus Griffon weg ist, hat er sich die ganze Zeit da unten in der Hütte versteckt. Einmal hat er auf einen Sprung bei seinem Vater reingeschaut. Der wohnt in der Nähe von Rochester.«

»Ich kenne ihn«, sagte ich. »Scheint mir ein anständiger Kerl zu sein.«

Claire riss die Augen auf. »Sie haben ja anscheinend mit allen geredet. Aber es stimmt, Mr. Mullavey ist wirklich nett.« Wieder sah sie weg. »Es wird ihn umbringen, wenn er das mit Dennis hört.«

Was hätte ich darauf sagen sollen?

»Er hat seinem Vater erzählt, dass er in der Klemme steckt, dass er aber nichts verbrochen hat. Und sein Vater soll immer daran denken, besonders, wenn die Polizei kommt und wissen will, wo er ist. Er hat gesagt, er braucht Zeit zum Nachdenken. Und er wollte auch mit mir besprechen, was er tun soll.«

»Was ist passiert, Claire?«

»Eines Tages hat Dennis bei jemandem Rasen gemäht, der Pearce hieß.«

»Das war Phyllis Pearce.«

»Genau. Die, der Patchett's gehört und die den Laden auch schmeißt.«

»Alles klar.«

»Normalerweise schickt Hooper nie einen allein raus. Die sind immer mindestens zu zweit. Aber an dem Tag hat sich der Typ, der meistens mit Dennis gearbeitet hat, krankgemeldet. Da hat Dennis gesagt, er schafft das auch allein. Und er fährt dorthin und merkt gleich, dass keiner da ist, weil keine Autos rumstehen. Er ist schon am Mähen, da sieht er, wie aus einem der Kellerfenster Rauch kommt.«

Sie schraubte eine der Wasserflaschen auf und tat einen tiefen Zug. Sie behielt die Flasche in der Hand.

»Obwohl Dennis weiß, dass niemand da ist, rennt er zum Haus und hämmert an die Tür. Er will auf Nummer sicher gehen, bevor er einfach so reinplatzt. Aber es kommt keiner. Er denkt sich, er muss irgendwas tun. Also tritt er die Tür ein, und er sieht, dass der Rauch wirklich aus dem Keller kommt. Er rennt runter und merkt, dass der Trockner Feuer gefangen hat.«

»Und dann?«

»An der Wand hängt ein Feuerlöscher, Dennis reißt ihn runter und zieht diesen Stift oder was das für ein Ding ist.«

»Verstehe.«

»Und er versprüht dieses schaumige Zeug und löscht das Feuer ziemlich schnell.«

»Sehr umsichtig«, sagte ich. »Obwohl … eigentlich gar nicht so umsichtig. Wahrscheinlich wäre es gescheiter gewesen, draußen zu bleiben und die Feuerwehr zu rufen.«

»Tja, im Nachhinein denkt er sich das auch.« Claire merkte, dass sie in der Gegenwart gesprochen hatte, und biss sich auf die Lippe. Sofort stiegen ihr die Tränen in die Augen. Ich wollte nicht, dass sie den Faden verliert, deshalb fragte ich sie, wie es weiterging.

»Auf einmal hört Dennis jemanden husten.«

Ich wandte ihr den Kopf zu. »Dann war also doch jemand zu Hause?«

»Ja.«

»Phyllis Pearce?«

»Nein«, sagte Claire. »Ein Mann. Ein *alter* Mann. Ich meine, dass es ein alter Mann ist, hat Dennis natürlich noch nicht gewusst. Er hat nur dieses Husten gehört. Es kam vom anderen Ende des Kellerflurs.«

Sie trank noch einen Schluck Wasser.

»Also geht Dennis zu der Tür da hinten. Aber da hängt ein

Schloss dran. So eines, wie sie an den Spinden in der Schule hängen, aber kein Nummernschloss, sondern eines mit Schlüssel. Und hinter der Tür ist jemand. Da ist jemand eingesperrt. Der hustet und ruft ›Feuer!‹, aber sehr laut kann er nicht rufen, weil alles voller Rauch ist, und der Mann ist alt und krank.«

»Was hat Dennis gemacht?«

»Er will den Mann da rausholen, an die frische Luft bringen, und er sieht sich um nach dem Schlüssel, und der liegt gleich da auf dem Fensterbrett. Er sperrt auf und macht die Tür auf und schaut hinein und kriegt die Krise.«

Claire bricht ab. Fast, als hätte sie Angst, weiterzureden.

»Was hat Dennis gesehen, Claire?«

Sie schluckte. »Dennis hat gesagt, der Rauch war noch das wenigste. Der Gestank hat ihm den Atem genommen. Nach Scheiße und Pisse und so was. Da sitzt also dieser Alte drin, siebzig, achtzig wird er schon gewesen sein, und ein Rollstuhl steht da, und der Typ sitzt im Bett, anscheinend kann er nicht gehen, und er will, dass Dennis ihn da rausholt, wo doch das Haus abbrennt. Und Dennis beruhigt ihn und sagt, der Brand ist gelöscht, aber er denkt die ganze Zeit, was ist das für ein kranker Scheiß? Wer ist der Typ und was macht er da unten?«

Ich zog mein Handy heraus und gab es Claire. »Geh auf Safari«, sagte ich, »und sieh mal, was rauskommt, wenn du ›Harry Pearce, Griffon, Niagarafälle‹ eingibst. Und inzwischen kannst du ja weitererzählen.«

Sie machte die App auf, tippte die Suchwörter ein. »Das dauert jetzt.«

»Kein Problem.«

»Auf jeden Fall will der Alte, dass Dennis ihn rausholt,

468

auch wenn keine Gefahr mehr besteht, dass er verbrennt. Und es muss schnell gehen, damit seine Frau es nicht mitkriegt, weil die sonst ausrastet. Da hört Dennis ein Geräusch von oben. Jemand stürmt ins Haus. Dennis hat gesagt, er glaubt, dass das Haus so eine Alarmanlage hat, wo der Alarm nicht bei einer Sicherheitsfirma eingeht, sondern nur ein, zwei Leute eine Nachricht kriegen.«

»Phyllis Pearce und Ricky Haines«, sagte ich.

»Genau. Der Alte hört, dass da jemand kommt, und wirft Dennis dieses Ding zu. Dieses Notizbuch, das ich Ihnen zeigen wollte.«

Ich klopfte mir auf die Brust. »Das hab ich da.«

»Dennis kann das Buch gerade noch einstecken, bevor Haines auftaucht. Er schreit ›Dad, Dad, Dad!‹, kommt rein und sieht Dennis da stehen. Brüllt ihn an, wer er ist und was er hier zu suchen hat, und Dennis sagt, dass es gebrannt hat und wie er dazu kommt, einen alten Mann im Keller gefangen zu halten.«

Sie blickte aufs Handy. »Da kommt was. Ein Bericht über Unfälle an den Niagarafällen.«

»Sieh mal nach, was da über Harry Pearce steht.«

Claire strich mit dem Daumen über das Display. »Also … da steht, dass er eines Nachts mit einem Boot rausgefahren ist, keine Ruder dabeihatte, dass der Motor den Geist aufgegeben hat und das Boot die Fälle runtergerissen wurde.«

»Sonst noch was?«

»Ja, dass das vor sieben Jahren war und –«

»Und steht da was über eine Leiche?«

»Eine Leiche?«

»Haben sie ihn gefunden?«

»Warten Sie.« Sie las weiter. »Ja, also, das Boot, das haben

sie gefunden, aber seine Leiche nicht.« Claire sah mich an.
»Das ist er also? Der Typ aus dem Keller?«
»Offenbar«, sagte ich.
»Das ist ja eine irre Geschichte«, sagte sie.
»Haines findet also Dennis bei Harry Pearce. Und was passiert dann?«
»Haines sagt so was wie ›Du bist tot‹, aber Dennis hat ja noch diesen Feuerlöscher in der Hand. Er reißt ihn hoch und spritzt Haines direkt ins Gesicht. Das verschafft ihm so viel Zeit, dass er an Haines vorbei nach oben und aus dem Haus rennen kann.«
»Warum fährt Dennis nicht direkt zur Polizei?«, fragte ich. Claire sah mich mitleidig an. »Wie viele Gründe wollen Sie hören? Als Erstes, sagt Dennis, gehst du nicht zur Polizei, wenn du schwarz bist. *Nie,* egal weswegen. Zweitens, Haines *ist* die Polizei. Dann schreit Haines ihm auch noch nach: ›Wenn du zur Polizei gehst, bist du tot. Mausetot.‹ Und dass er das mitkriegt, wenn Dennis zur Polizei geht.«
Das überzeugte mich nicht. Wenn Dennis es für zu gefährlich hielt, zur örtlichen Polizei in Griffon zu gehen, hätte er sich an die staatliche Polizei wenden können.
»Und es gibt noch einen Grund«, sagte Claire. »Haines sagt zu Dennis: ›Wenn du irgendwem was erzählst, dann nehm ich mir deine Freundin vor, die Kleine von diesem Arschloch von Bürgermeister‹ – Dennis hat gesagt, genau so hat er sich ausgedrückt –, ›und schneid ihr ihre verdammten Titten ab‹.«
Ich blickte kurz zu Claire hinüber.
»Ja«, sagte sie. »Krass, was?«

NEUNUNDFÜNFZIG

Das war der Grund, warum Dennis sich mit mir treffen musste. Er hatte Angst um mich, und er wusste nicht, was er tun sollte.«

»Jetzt, wo ihr Zeit zum Überlegen hattet, habt ihr bestimmt eine Entscheidung getroffen.«

Claire nickte. Sie holte noch eine Serviette aus der Tüte und putzte sich die Nase. »Ich hab zu ihm gesagt, dass wir alles meinem Vater erzählen sollten. Der würde wissen, was wir tun sollen. Den Polizisten von Griffon traut Dad zwar nicht über den Weg, aber wahrscheinlich kennt er irgendwen, beim FBI oder so.«

»Das war ein guter Plan«, sagte ich.

»Dennis hatte trotzdem noch Angst. Aber wir haben stundenlang darüber geredet, was dafür spricht und was dagegen. Am Schluss haben wir beide eingesehen, dass wir so nicht weitermachen können. Wir können uns ja nicht bis in alle Ewigkeit verstecken.«

»Nein.«

Claire nickte. »Und jetzt sind sie beide tot. Hanna und

Dennis. Meine beste Freundin und mein Freund. Ich kann's gar nicht fassen.« Sie fing an zu weinen. Ganz leise.

Ich ließ sie erst mal in Ruhe. Sollte sie nur alles rauslassen. Natürlich würde das noch eine Weile dauern. Sicher ein paar Wochen. Als sie sich ein wenig gefangen hatte, ließ ich mir mein Handy zurückgeben.

Zeit für einen Anruf.

Augustus Perry sagte: »Was gibt's?«

»Ich wusste gar nicht, dass einer deiner Leute der Sohn von Phyllis Pearce ist.«

»Wenn du mir jetzt mit allem daherkommst, was du nicht weißt, dann telefonieren wir heut Abend noch miteinander«, sagte er.

»Warum heißt er dann nicht Pearce?«

Augie seufzte lange und vernehmlich. »Scheiße, warum interessiert dich das jetzt wieder?«

»Sei doch so gut und sag's mir.«

»Also, soviel ich weiß, war Phyllis schon mal verheiratet. Mit einem Typen namens Haines. Sie hatten zusammen einen Sohn. Ricky. Der war noch ein Kind, da ist sein Vater gestorben. Lungenkrebs oder Herzinfarkt oder so was. Ein paar Jahre danach ist Phyllis mit Harry Pearce zusammengezogen und hat ihn schließlich auch geheiratet. Aber der Junge sollte den Namen seines leiblichen Vaters behalten. Und Harry Pearce ist auch schon tot.«

»Was mich zu meiner nächsten Frage bringt. Er ist vor sieben Jahren die Wasserfälle runtergestürzt.«

»Warum stiehlst du mir die Zeit, wenn du das eh schon weißt?«

»Seine Leiche wurde nie gefunden, stimmt's?«

Ich konnte beinahe hören, wie Augie einen Zusammenhang

herzustellen versuchte. »Stimmt. Nur ein paar Trümmer von seinem Boot sind aufgetaucht. Von ihm keine Spur.«

»Und dafür gibt's auch einen Grund«, sagte ich. »Harry Pearce lebt nämlich noch. Und zwar in Phyllis' Keller.«

»Spinnst du jetzt komplett?«

»Seit Jahren schon. Er hat irgendeine Behinderung. Kann nicht laufen. Sie haben ihn in einem Kellerraum einge-sperrt.«

»Wo hast du denn den Scheiß her?«

»Glaubst du, ich hab mir das alles aus den Fingern gesogen, Augie? Ich würde es dir gern erklären, aber dazu hab ich jetzt keine Zeit.«

»Wo bist du eigentlich?«

»Ungefähr eine Stunde von Griffon entfernt. Ich habe Claire Sanders gefunden. Ihr Freund, Dennis Mullavey, hat bei der Pearce den Rasen gemäht. Da ist auf einmal Rauch aus dem Haus gekommen. Er hat die Tür aufgebrochen und den Brand gelöscht. Dabei hat er Harry Pearce gefunden. Eingesperrt unten im Keller.«

»Menschenskind! Ist Mullavey auch bei dir?«

»Nein«, sagte ich. »Er ist tot. Haines hat ihn umgebracht.«

»Was?«

»Und Hanna Rodomski auch, wie's aussieht.«

»Was?«, fragte Augie noch einmal. »Du weißt doch, dass wir den jungen Skilling dafür eingebuchtet haben. In sei-nem Wagen waren doch –«

»Ich weiß, was in seinem Wagen war. Ich glaube, Haines hat die Sachen dort reingeschmuggelt. Er hatte ausreichend Gelegenheit in dieser Nacht.«

Augie sagte lange Zeit kein Wort.

»Ich bring jetzt erst mal Claire nach Hause«, sagte ich

schließlich. »Dann fahr ich rüber und hol Harry Pearce da raus.«

»Nicht ohne mich«, sagte mein Schwager ruhig.

»Mir recht«, sagte ich. »Treffen wir uns dort. Nicht direkt vor dem Haus, sondern an der Straßenecke. Ich schaff's wahrscheinlich erst in einer knappen Stunde.«

»Bis dann«, sagte Augie und legte auf.

Claire sah mich an, als ich das Handy einsteckte. Ihre Finger umklammerten ein Knäuel feuchter Servietten. »Trauen Sie ihm denn?«

»Nicht ganz«, sagte ich. »Aber im Moment bleibt mir nichts anderes übrig.«

Ich gab ihr noch einmal mein Handy. »Ruf deinen Dad an.« Sie tippte die Nummer ein und hielt sich das Telefon ans Ohr. »Nein, Daddy, ich bin's«, sagte sie. Bert Sanders hatte wahrscheinlich die Nummer gesehen und damit gerechnet, meine Stimme zu hören.

»Mir geht's gut, mir geht's gut«, sagte sie. »Aber Dennis, o Daddy, Dennis ist tot.« Und sie fing wieder zu weinen an.

Jetzt holte ich das schwarze Notizbuch aus meiner Jacke. Eine Hand auf dem Lenkrad, legte ich mir das Büchlein mit der anderen auf den Schoß, schob meinen Daumen irgendwo in die Mitte hinein und klappte es auf. Dann hob ich es in Armaturenbretthöhe, so dass ich immer wieder von der Straße einen Blick ins Buch werfen konnte.

Ich las ein paar Stellen aufs Geratewohl.

»Was ist das denn?«, sagte ich laut.

Am oberen Rand jeder Seite stand in kleiner, akkurater Handschrift ein Datum geschrieben. Und dann: *Frühstück: Rice Krispies mit Milch, Orangensaft, Kaffee mit Sahne. Mittagessen: Erdnussbutter-Sandwich mit weißem Brot,*

zwei Schoko-Cookies, Milch, Apfel. Abendessen: Lasagne, Caesar-Salat, Schokokuchen, Tee.
Ich blätterte weiter. *Frühstück: Haferflocken mit Rosinen und braunem Zucker. Orangensaft, Kaffee mit Sahne. Mittagessen: Big Mac, Pommes frites, Coke, Apfelkuchen. Abendessen: Hähnchen paniert (Fertigmischung), Butterreis, Erbsen, Glas Wasser, kein Nachtisch.*
Eine Seite war wie die andere.
Harry führte Buch über jedes Detail seiner Ernährung.

Claire hatte sich ungefähr fünf Minuten mit ihrem Vater unterhalten und ihm alles erzählt. Was sie getan hatte, wo sie gewesen war. Dann gab sie mir das Handy zurück. »Er möchte mit Ihnen reden.«
»Hey«, sagte ich.
»Mr. Weaver, ich kann Ihnen nicht genug danken. Sie haben ihr das Leben gerettet.«
Was wahrscheinlich gar nicht notwendig gewesen wäre, wenn ich Haines nicht zu der Hütte am See geführt hätte.
»Wir sind bald da.«
»Ich komme Ihnen entgegen«, sagte er. »Ich möchte sie so schnell wie möglich sehen.«
»Ist gut«, sagte ich. »Eine Befragung durch die Polizei wird sich nicht vermeiden lassen. Ich glaube, Sie sollten sie zuallererst zu einem Arzt bringen. Möglicherweise hat sie einen leichten Schock. Sie hat ganz schön was durchgemacht.«
»Selbstverständlich«, sagte Sanders. »Ich kann Ihnen gar nicht sagen, wie dankbar ich Ihnen bin.«
Da fiel mir ein, dass wir ohnehin an dem Krankenhaus im Süden von Griffon vorbeifahren würden. Ich schlug San-

ders vor, am Eingang zur Notaufnahme auf uns zu warten. In maximal vierzig Minuten würden wir ankommen.

»Ich werde da sein«, sagte er.

Wir beendeten das Telefonat. »Wir sind fast zu Hause«, sagte ich zu Claire.

Sie nickte müde.

Ich gab ihr das Buch. »Habt ihr euch das angesehen?«

»Ja. Dennis und ich haben es von vorne bis hinten durchgesehen. Irgendwie daneben.«

»Ihr habt euch alles durchgelesen?«

»Ja.«

»Steht da sonst noch was drin? Hat er was darüber geschrieben, was sie mit ihm machen, dass er gefangen gehalten wird, was in der Art?«

»Nein. Es dreht sich alles nur ums Essen. Was er jeden Tag gegessen hat. Warum macht jemand so was?«

»Könnte eine Art Zwangsstörung sein«, deutete ich vorsichtig an.

»Dennis und ich konnten uns nicht erklären, warum er ihm das Notizbuch überhaupt gegeben hat.«

Ich überlegte. »Die Einträge sind datiert. Und jemand könnte die Handschrift noch kennen. Und wahrscheinlich war Harry Pearce schon vor seinem sogenannten Tod so auf seine Ernährung fixiert. Das ist ein Beweis, dass er noch am Leben ist, und zwar seit sieben Jahren.«

Ich wollte die Unterhaltung in eine andere Richtung lenken. »Du hast da vor einer Weile etwas gesagt, was du noch nicht erklärt hast. Etwas über Haines. Du hast gesagt, ich zitiere, ›wenn er dich befingert …‹ Was war da?«

»Ach ja«, sagte sie. »Das hat eigentlich was mit Scott zu tun.«

»Scott? Was meinst du damit?«

»Ich habe Ihnen doch gesagt, dass ich Scott nicht besonders gut kannte.«

Ich sah sie an. »Mhm.«

»Und das stimmt auch, aber manchmal hat er mit mir, Hanna und Sean rumgehangen. Nicht oft, aber manchmal.« Sie machte eine Pause. »Er war schon in Ordnung. Anders als die anderen und ein bisschen seltsam, aber in Ordnung.«

»Danke.«

»Was ich sagen will, einmal hat er sich richtig für mich ins Zeug gelegt. Und das hatte was mit Ricky Haines zu tun.«

»Was meinst du damit, er hat sich für dich ins Zeug gelegt?«

»Na ja, er hat mich irgendwie beschützt, so ähnlich halt.«

Mit einem Blick forderte ich sie auf, mir mehr zu erzählen. »Wann war das?«

»Weiß ich nicht mehr. Jedenfalls nicht lange bevor er, na ja, bevor er gestorben ist.«

»Was war da los?«

»Mehrere von uns waren bei Patchett's, und … ja gut, schon klar, wir sind alle noch minderjährig, aber das macht doch jeder. Eines Abends, als wir rauskamen, war Scott zufällig auch da, stand da halt so rum. Und ich geh nach hinten, zum Parkplatz, Sie wissen schon.«

»Ja, ich weiß.«

»Und Haines hält mich auf und sagt: ›Wir müssen dich nach Drogen durchsuchen.‹«

»Hattest du welche dabei?«

»Himmel, nein«, sagte sie.

»Haines sagt also, er muss mich durchsuchen, und ich sag zu ihm, dazu hat er kein Recht, aber Sie kennen ja unsere Polizei, die kümmert sich doch einen Scheiß um so was.«

»Weiter.«

»Ich muss mich also an die Wand stellen, mit ausgebreiteten Armen und alles, und er fängt an, mich von oben nach unten abzutasten. Dann kommt er wieder hoch, und als er hier ankommt«, sie zeigt auf ihre Brüste, »nimmt er sie so richtig ran.« Sie wölbte ihre Hände. »Genau so.«

Mir schoss die Zornesröte ins Gesicht.

»Na, jedenfalls hat Scott das beobachtet, und als er sieht, wie der Typ sich, Sie wissen schon, aufgeilt, dreht Scott durch.«

»Scott hat ihn bedroht?«

Claire nickte. »Irgendwie schon. Später hat Scott dann gesagt, ich soll den Typen wegen sexueller Belästigung anzeigen, aber ich wollte mir das nicht antun. Ich meine, es war eh schon alles so kompliziert wegen diesem politischen Hickhack zwischen meinem Dad und dem Chief. Ich dachte mir, wenn ich jetzt hingehe und sage, ein Polizist hat mich sexuell belästigt, dann sagt der Chief, mein Dad hat mich dazu angestiftet, die Polizei in den Dreck zu ziehen. Das wäre wie eine Kriegserklärung gewesen. Deswegen hab ich meinem Dad auch nie was davon erzählt, weil ich wusste, dass er komplett ausrasten würde. Aber Scott, Mann, der hat sich was getraut. Sagt dem Bullen einfach, er wird dafür sorgen, dass er gefeuert wird. Und dabei war er noch nicht mal high, als er das gesagt hat.«

Sie schnitt eine Grimasse. »Tut mir leid, so hab ich das nicht gemeint. Aber ich wollte, dass Sie es wissen. Scott hat diesen Bullen wirklich gehasst. Er hat ihn sogar noch ein zweites Mal angemacht, da saß Haines im Streifenwagen. Scott hat auf ihn gezeigt und ihn wieder einen Perversling genannt. Als Haines ausstieg und ihn sich schnappen wollte, ist Scott weggerannt. Haines hasste Scott, das konnte man richtig sehen. Könnte vielleicht sogar der Grund sein, warum er mich unlängst ein zweites Mal gefilzt hat. Um sich für das zu rächen, was Scott getan hat. Er hat mir die Handtasche abgenommen, und wir mussten am nächsten Tag hingehen und sie abholen.«

Ich war wie betäubt.

»Ach ja, und da war noch was«, sagte Claire. »Scott hat mir erzählt, dass Haines an dem Tag, als Scott ihn im Streifenwagen gesehen hat, mit dem Finger so auf ihn gezeigt hat, als würde er ihn erschießen.«

Ricky Haines, der Polizist, der Scotts Leiche auf dem Parkplatz von Ravelson Furniture gefunden hatte. Der Polizist, der zu uns gekommen war und uns die schreckliche Nachricht überbracht hat. Der Polizist, der, wie ich jetzt wusste, nicht davor zurückschreckte, jeden aus dem Weg zu räumen, der ihm gefährlich werden konnte.

Er hatte unseren Sohn gekannt. Und er hatte es auf ihn abgesehen.

SECHZIG

ch war mit den Nerven runter gewesen, als die zwei Jugendlichen mich beinahe in den Niagara geworfen hätten. Ich war ein paar Stunden zuvor mehr als nur ein bisschen verstört gewesen, als wir in der Hütte am See von einem Unbekannten bedroht wurden.

Doch das war nichts im Vergleich zu den Gefühlen, die mich jetzt überwältigten.

Die ganze Zeit hatten wir geglaubt, Scott habe sich umgebracht. Vielleicht nicht vorsätzlich. Aber er rannte, wie es so schön heißt, sehenden Auges in sein Verderben. Er hatte Ecstasy geschluckt und war high. Entweder glaubte er, er könne fliegen, und *sprang* deshalb vom Dach. Oder er stolperte und *fiel* deshalb vom Dach.

Mit keiner der beiden Möglichkeiten lebte es sich besonders angenehm.

Aber was Claire mir gerade erzählt hatte, änderte alles. Plötzlich gab es eine dritte Möglichkeit. Vielleicht war Scotts Tod gar kein Unfall gewesen, sondern vorsätzlicher Mord.

»Mr. Weaver, was ist mit Ihnen?«, fragte Claire.

Wir fuhren auf der Nordumgehung von Buffalo und hatten schon fast die Brücke nach Grand Island erreicht. Eine Mischung von Wut und Beklemmung vernebelte mir die Sicht, so, als hätte jemand die Innenseite der Windschutzscheibe blutrot besprüht. Ich musste den Kopf schütteln, um mich von diesem Nebel zu befreien. Die Finger hatte ich so sehr um das Lenkrad gekrallt, dass mir sogar die Arme langsam weh taten.

Dieser Hurensohn. Dieser verdammte, verfickte Hurensohn.

Er hat meinen Jungen vom Dach gestoßen.

Nein, sagte ich mir. *Woher willst du das denn wissen? Das kannst du gar nicht wissen. Du hast nicht den geringsten Beweis dafür.*

Doch etwas in meinem Bauch, das sich anfühlte wie ein Krebsgeschwür, sagte mir etwas anderes.

Haines konnte in Scott eine echte Gefahr gesehen haben. Ja, die Polizisten von Griffon nahmen sich eine Menge Freiheiten heraus, und viele Bürger sahen auch großzügig darüber hinweg. Aber das hier war etwas anderes. Ein Polizist, der sich am Wasserturm einen Rowdy so vorknöpfte, dass dem anschließend ein paar Zähne fehlten, war eine Sache. Aber ein Polizist, der junge Mädchen nicht nur abtastete, sondern richtiggehend begrapschte? Das war etwas völlig anderes.

Und Haines musste wissen, dass Scott der Neffe des Chiefs war. Was, wenn er es Augie sagte? Wie viele andere Male, von denen Claire gar nichts wusste, war Scott Haines sonst noch in die Quere gekommen? Wie oft hatte er ihn sonst noch verhöhnt?

Eine Petze.

Das war Scott in Haines Augen wohl gewesen. Eine Petze, deren Intervention das Ende von Haines' Karriere bedeuten, ihm ein Disziplinarverfahren bescheren konnte.

Ich stellte mir verschiedene Szenarios vor.

Hatte Haines Scott vielleicht auf der Straße gesehen, war aus dem Wagen gestiegen und ihm hinterhergelaufen? Hatte Scott, der ja einen Schlüssel für Ravelson Furniture besaß, sich aufs Dach des Möbelhauses geflüchtet und geglaubt, dort vor Haines in Sicherheit zu sein? War Haines ihm bis hinauf gefolgt, um ihn hinunterzustoßen?

Oder war Scott schon da oben, machte Krach oder sorgte sonst irgendwie für Unruhe? Fuhr Haines da gerade unten vorbei und sah etwas Verdächtiges auf dem Dach? Und als er hinaufkam und feststellte, dass es Scott war, packte er da die Gelegenheit beim Schopf?

»Also echt jetzt, Mr. Weaver! Sagen Sie doch was!«

Abrupt wandte ich ihr den Kopf zu. Es war, als hätte Claire mich wie eine Hypnotiseurin mit einem Fingerschnippen aus einer Trance geholt.

»Was ist?«

»Alles in Ordnung bei Ihnen?«

»Klar.«

»Als ich Scott erwähnte, da waren Sie plötzlich so komisch.«

»Es war nichts«, sagte ich. »Nur ... als du von ihm gesprochen hast, da habe ich mich wieder an so vieles erinnert.«

»Mensch, das tut mir leid. Ich wollte nur was Nettes sagen.«

»Nein, schon gut. Ich bin froh, dass du's gesagt hast. Wirklich.« Ich versuchte, meine Gedanken wieder in den Griff zu bekommen. »Hat Scott jemals irgendwie angedeutet, dass er Angst vor Haines hat? Dass er dachte, Haines würde ihm vielleicht was tun?«

Claire schüttelte den Kopf. »Nein. Ich meine, in meinem Alter denkt jeder, dass die Polizei ihm früher oder später mal was tut. Schließlich sind wir Teenager, irgendwas werden wir schon ausgefressen haben, oder?«

Ich schwieg. Ich kämpfte noch immer gegen den roten Nebel an, war aber fest entschlossen, das Krankenhaus zu erreichen und Claire in einem Stück bei ihrem Vater abzuliefern, ohne vorher von der Straße abzukommen.

Als hätte sie meine Gedanken gelesen, sagte Claire: »Mit mir ist alles in Ordnung. Ich meine, ich fühle mich hundeelend, aber ich glaube nicht, dass mir irgendwas fehlt.«

»Wie's jetzt weitergeht, das macht ihr miteinander aus, du und dein Vater.«

Hatte das so geklungen, als wäre das Thema Claire für mich hiermit abgehakt? Als hätte ich mich der Last der Verantwortung entledigt, die ich in dem Moment auf mich genommen hatte, als ich sie bei mir hatte einsteigen lassen? Als ginge sie mich nichts mehr an, sobald ich sie ihrem Vater übergeben hatte?

Ich wollte Claire nicht so schnell wie möglich loswerden. Es war nur so, dass ein riesiger Schwamm alles von meiner überfrachteten Tagesordnung gewischt hatte.

Bis auf einen einzigen Punkt: Scott.

Schweigend durchquerten wir Grand Island. Als wir am Outlet Center von Niagara Falls vorbeifuhren, fragte Claire: »Wer wird Dennis' Dad Bescheid sagen?«

Wieder ein Vater, den unvorstellbarer Kummer erwartete.

Ich hatte das Gefühl, als würden wir alle von einem schwarzen Loch, von unendlicher Leere verschlungen.

»Ich weiß nicht«, sagte ich. »Die State Police wahrscheinlich. Sobald sie wissen, was da in der Hütte passiert ist.«

»Sollten Sie ihnen nicht vielleicht dabei helfen?«, fragte sie. »Sollten Sie nicht überhaupt der sein, der es Dennis' Dad sagt?«

Mein Leben lang werde ich mir nicht verzeihen, was ich darauf antwortete.

Ich drehte mich zu ihr. »Hab ich nicht schon genug getan?«, fuhr ich sie an. »Wenn du nicht an mein verfluchtes Fenster geklopft hättest, wäre ich in dieses Theater gar nicht erst verwickelt worden.«

Sie sah mich an wie vom Donner gerührt. Die Tränen stiegen ihr auf.

»Es tut mir leid«, sagte ich. »Es tut mir leid.«

»Kein Mensch hat gesagt, Sie sollen mir hinterherlaufen!«, sagte sie. »Wir hätten schon eine Lösung gefunden! Wir haben Sie nicht gerufen! Und wenn Sie nicht gewesen wären, wäre Dennis jetzt noch am Leben!«

»Claire –«

»Lassen Sie mich in Ruhe«, sagte sie. »Bringen Sie mich einfach zu meinem Dad. Ich will nur noch zu meinem Dad.«

Am Horizont tauchte das blaue »H« auf. Vier Minuten später bog ich in die Einfahrt zur Notaufnahme ein, wo Bert Sanders bereits wartete. Er wusste natürlich nicht, nach was für einem Wagen er Ausschau halten sollte. Doch dann entdeckte er Claire auf dem Beifahrersitz des Subaru und kam winkend angelaufen.

Noch ehe sie die Hand nach dem Griff ausstrecken konnte, hatte ihr Vater die Tür schon aufgerissen und Claire an sich gezogen. Beide weinten.

Sanders sah seiner Tochter über die Schulter, lächelte und sagte: »Haben Sie vielen, vielen Dank, Mr. Wea-«

Ich beugte mich hinüber, um die Beifahrertür zuzuziehen. »Später«, sagte ich und trat aufs Gas.

EINUNDSECHZIG

Augie wartete ein paar hundert Meter von Phyllis Pearce' Haus entfernt auf dem Hochsitz seines weißen Suburban. Ich hielt neben ihm an und öffnete das Beifahrerfenster. Augie, der wahrscheinlich genau weiß, wer in Griffon welchen Wagen fährt, guckte auf den Subaru herunter und sagte: »Bei der ganzen Scheiße, die dir links und rechts um die Ohren fliegt, hast du noch Zeit, dir eine neue Karre zuzulegen?«

Ich zeigte zum Haus. »Hast du mitgekriegt, ob wer da ist?«, fragte ich ihn.

»Keiner ist gekommen oder gegangen, aber es steht kein Wagen da, also würde ich sagen, niemand zu Hause.« Er hielt inne. »Außer Harry im Keller natürlich.« Augie sah mich skeptisch an, und ich konnte es ihm nicht einmal krummnehmen.

»Es gibt noch was, über das ich mit dir reden muss«, sagte ich. »Es geht um Scott.«

»Hat das was mit dem zu tun, was deiner Meinung nach in dem Haus dort vor sich geht?«

»Nicht direkt«, sagte ich.

Augies Miene wurde ein wenig teilnahmsvoller. »Du weißt, wie gern ich Scott hatte, Cal, aber könnten wir eins nach dem anderen abarbeiten?«

In mir gärte es wegen Ricky Haines, aber ich sah ein, dass er recht hatte. Wir waren hier, um Harry Pearce zu finden. Ich antwortete ihm nicht, fuhr aber weiter und parkte direkt vor Phyllis Pearce' Haus. Augie folgte mir, bog in die Einfahrt ein und stellte seinen Wagen neben der Veranda ab. Ich stieg aus und ging zum Haus. Wieder fiel mir auf, wie lang das Gras war. Nach Dennis' Weggang hatte Hooper nicht mehr genügend Leute gehabt, um alle Kunden betreuen zu können.

Augie und ich stiegen die Verandastufen hoch. Ich ließ ihm den Vortritt, immerhin war er der Polizeichef. Augie klingelte.

»Du hast doch gesagt, dass keiner zu Hause ist«, bemerkte ich.

»Nur für den Fall der Fälle«, antwortete er.

Zwanzig Sekunden vergingen. Niemand öffnete. Augie probierte den Türgriff, doch die Tür war versperrt. Ich fragte Augie nicht, ob er nicht vielleicht einen Durchsuchungsbefehl brauchte. So naiv war ich nicht. Ich hätte sowieso nicht darauf warten wollen, bis einer ausgestellt war.

»Gehen wir mal ums Haus«, sagte er. »Bevor ich eine Tür eintrete, schau ich doch lieber, ob nicht vielleicht irgendwo eine offen ist.«

Wir probierten es an der Hintertür, doch auch die war zugesperrt. Wir fanden auch keine Fenster, die niedrig genug gelegen waren, um sie erreichen und aufbrechen zu können. In Bodenhöhe gab es mehrere Kellerfenster, doch zu denen wollte Augie sich nicht herablassen. »Ich bin zu alt, um mir auf diese Weise Zutritt zu einem Haus zu verschaffen.«

Also gingen wir wieder zu Vordertür.

»Na, dann wollen wir mal«, sagte Augie, machte einen Schritt rückwärts und trat mit dem Absatz seines Stiefels gegen die Tür, direkt unter dem Knauf. Die Tür gab nicht nach.

»Scheiße«, sagte er. »Hab mir fast das Knie gebrochen.«

»Lass mich mal.« Ich trat so fest gegen die Tür, dass der Rahmen splitterte. Dann war wieder Augie dran. Die Tür sprang auf.

»Ich seh schon die Rechnung, die Phyllis mir dafür präsentieren wird«, sagte er.

Wir betraten das Haus. »Hallo? Polizei! Jemand zu Hause?« Nichts rührte sich.

Wir öffneten mehrere Türen. Zwei gaben den Blick in begehbare Wandschränke frei, eine in ein Bad. Hinter der vierten, die gleich vom Kücheneingang abging, führte eine Treppe nach unten.

»Nach dir«, sagte Augie.

Ich schaltete das Licht ein. Der Keller war niedrig und befand sich noch im Rohbau. Nackte Glühbirnen statt Lampen. Nackte Betonsteinmauern statt Wandverkleidungen. Es gab mehrere Räume. Eine Werkstatt, in der jede Menge Werkzeug an den Wänden hing. Zwei Räume waren mit alten Möbeln vollgestopft. Einen vierten füllten metallene Aktenschränke aus. Augie zog die oberste Schublade von einem der Schränke auf und sah hinein.

»Papierkram von Patchett's«, sagte er.

Dann gab es noch eine Waschküche mit Waschmaschine, Trockner und Wäscheständer. Ein mit Spritzern von Weichspüler und Flüssigwaschmittel verklebtes Brett war noch zusätzlich vollgeräumt mit anderen Reinigungsmitteln und Chemikalien.

»Hier ist das Feuer ausgebrochen«, sagte ich.

»Häh?«

»Deswegen ist Dennis überhaupt hier runtergestiegen. Weil aus dem Trockner Rauch gekommen ist. Wahrscheinlich Flusen, die in Brand geraten sind. Guck mal, hier an der Wand hängt der Feuerlöscher.« Von der Waschküche führte ein kurzer Flur zu einem sechsten Raum.

»Augie«, sagte ich.

Er sah die Tür an, dann mich.

»Sehen wir uns das doch mal an.«

Ich ging voraus. Die Tür war mit einem Vorhängeschloss gesichert. Ich hämmerte an die Tür.

»Mr. Pearce? Sind Sie da drin? Mr. Pearce?«

Jetzt schaltete sich auch Augie ein. »Hier ist Augustus Perry, Mr. Pearce. Der Polizeichef. Wir holen Sie hier raus.«

Etwa dreißig Zentimeter unter der Decke öffnete sich ein schmaler Fensterschacht, und genau wie Claire gesagt hatte, lag auf dem Sims ein Schlüssel. Ich nahm ihn, steckte ihn ins Schloss und drehte ihn. Das Schloss sprang auf. Ich legte es zusammen mit dem Schlüssel auf den Fenstersims.

Nur mit Mühe konnte ich meine Hand ruhig halten.

Augie legte eine Hand an die Tür und drückte sie langsam auf.

»Puh«, sagte er. Ein unangenehmer Geruch schlug uns entgegen, den jemand mit Desinfektionsmittel zu übertünchen versucht hatte. Eine Mischung aus Schimmel, toter Maus, Urin und weiß der Himmel was sonst noch.

Die Tür stand weit offen. Ich war nicht gefasst auf den Anblick, der sich uns bot. Er entsprach so gar nicht dem, was ich erwartet hatte.

Der Raum war zugemüllt mit ausrangierten Möbelstücken, Stapeln alter Zeitschriften, einem Plattenspieler ohne Arm, einer Schachtel mit uralten 8-Spur-Kassetten. In einer Ecke, verborgen hinter Pappkartons, stand zusammengeklappt ein mitgenommenes Metallgästebett mit einer versifften Matratze. Eine Rumpelkammer, beleuchtet von einer nackten Glühbirne in einer freiliegenden Fassung.

Das war alles.

Von Harry Pearce keine Spur.

Augie drehte sich zu mir um. »Wenn Phyllis mir die Rechnung für die Haustür schickt, kriegst du sie.«

ZWEIUNDSECHZIG

Phyllis schließt die Tür auf. »Heute ist dein Glückstag«, sagt sie mit breitem Lächeln zu ihm.

Harry Pearce setzt sich im Bett auf. »Wovon redest du?«

»Von Eis«, sagt sie. »Wir gehen Eis essen.«

Harry sieht skeptisch drein. »Veralber mich nicht.«

»Ich veralber dich nicht«, sagt sie. »Heute ist es so weit.«

»Das ist mein allerschönster Tag«, sagt er. Ein Kind, das ein junges Hündchen bekommen hat.

Es erstaunt sie immer wieder, wie kindisch er im Laufe der Zeit geworden ist. Er, der früher so streitlustig war und so ausfällig werden konnte, zeigte sich jetzt lammfromm und überwältigt von der Aussicht auf die einfachsten Freuden.

Phyllis nickt. »Es ist Zeit«, sagt sie. »Höchste Zeit. Aber es wird nicht ganz einfach sein, dich aus dem Haus zu bringen. Rampen haben wir in der Zwischenzeit keine eingebaut.«

»Das macht nichts«, sagt er, schwingt die Beine aus dem Bett und beugt sich vor, um eine Armlehne seines Rollstuhls zu ergreifen. »Uns wird schon was einfallen.«

Er zieht sich vom Bett hoch, dreht sich und lässt sich auf den

*Stuhl fallen. Seine Beine sind mittlerweile zu unbrauchba-
ren Stelzen verkümmert. Seine Arme hingegen sind dick
mit Muskeln bepackt, das Ergebnis von jahrelangem Sich-
in-den-Rollstuhl-Hinein-und-wieder-Herausstemmen.
Nicht dass er groß damit herumgefahren wäre. Der Raum,
in dem er seit sieben Jahren lebt, ist noch nicht einmal zehn
Quadratmeter groß und mit seinem kalten Zementboden
und den Betonmauern auch nicht gerade behaglich. Hin
und wieder lässt sie ihn heraus, damit er ein bisschen im Keller herumkurven kann. In die Waschküche, an Waschmaschine und Trockner vorbei nach hinten ins Nähzimmer.
Oder in die Werkstatt mit ihrer perfekten Anordnung von
Schraubenschlüsseln und anderem Werkzeug, in der er sich
früher so gerne aufgehalten hat.*

*Doch selbst die kurzen Ausflüge in die anderen Kellerräume
versetzen sie in Unruhe. Wenn unerwarteter Besuch auftauchte, würde sie Harry eilig wieder in die Enge seiner Zelle bugsieren, die Tür schließen und das Vorhängeschloss anbringen müssen.*

*Immer wieder hat sie sich einzureden versucht, dass der
Raum keine Zelle ist. Sehr lange war es einfach der Ort, an
dem Harry sich erholt hatte, an dem sie und Richard ihn
gepflegt, sich um ihn gekümmert, ihn wieder gesund gemacht hatten. Natürlich wurde er nie mehr der Alte. Nicht
einmal annähernd. Aber was geschehen war, war geschehen. Man muss auch aus einer schlimmen Lage das Beste
machen, und haben sie nicht ihr Bestes für ihn gegeben? All
die Jahre?*

*Rückblickend betrachtet gab es so manches, was sie hätten
anders machen können. Wenn sie zum Beispiel sofort die
Rettung gerufen hätten, gleich nachdem er die Kellertreppe*

hinuntergestürzt war, dann wäre vielleicht noch etwas zu machen gewesen. Aber wer hätte denn ahnen können, dass sein Rückgrat gebrochen war und er von der Hüfte abwärts gelähmt bleiben würde? Woher hätten sie das denn wissen sollen? Und es stand so viel auf dem Spiel. Schließlich war Richard gerade erst in den Polizeidienst von Griffon eingetreten. Er hatte sein ganzes Leben noch vor sich. Hätte er wegen eines einmaligen Ausrutschers alles aufgeben sollen? Das wäre doch unfair gewesen.

In vieler Hinsicht hatte Harry es sich selbst zuzuschreiben. Eigentlich war er ein anständiger Kerl, meistens jedenfalls. Er war für Phyllis da gewesen, damals, als ihr Mann starb. Er hatte sie getröstet, ihr bei der Regelung des Nachlasses geholfen, sie zum Abendessen ausgeführt, sie – mitsamt ihrem Sohn – auf Reisen nach Kalifornien und Mexiko eingeladen. Er hatte Richard wie seinen eigenen Sohn behandelt. Harry liebte Richard aufrichtig, und Richard, der so dringend eine Vaterfigur benötigte, liebte Harry. Und es war in erster Linie diese innige Beziehung zwischen den beiden, die Phyllis dazu bewog, Harry bei sich einziehen zu lassen und schließlich auch seinen Antrag anzunehmen, ihr zweiter Ehemann zu werden.

Sie hätte den ersten Warnsignalen mehr Beachtung schenken müssen. Irgendetwas stimmte mit Harry nicht. Vor der Hochzeit hielt sie seine Manie, über alles Buch zu führen, jede Quittung aufzubewahren – Himmelherrgott, er hatte sogar noch Belege über Donuts, die er vor sechs Jahren gekauft hatte! –, für eine liebenswerte Schrulle. Fürs Geschäft war sie sogar eine unschätzbare Hilfe, denn dank dieser Wunderlichkeit war immer Verlass, dass die Bilanz stimmte. Doch damit war es noch nicht genug. Mit seiner kleinen, *akkuraten Handschrift führte er peinlich genau Buch über alles, was er aß, und vergaß auch nicht, jeden Tag das Datum dazuzuschreiben. In der Bar zogen sie ihn deswegen auf, doch er ließ sich davon nicht beeindrucken. Dass Harry eine Zwangsstörung haben könnte, auf diese Idee war Phyllis damals gar nicht gekommen,*

Mit seiner Pedanterie allein hätte man sich vielleicht abfinden können. Aber dann waren da noch diese Stimmungsschwankungen. An einem Tag lud er sie und Richard ins Kino oder zu einer kleinen Einkaufstour ein, am nächsten konnte er in tiefste Depression verfallen. Und zu den Depressionen gesellte sich oft auch Wut. Und Alkohol. Er weigerte sich, zum Arzt zu gehen, geschweige denn zu einem Psychiater oder Psychologen. Doch auch so vermutete Phyllis inzwischen, dass er möglicherweise nicht nur unter einer Zwangs-, sondern auch unter einer bipolaren Störung litt, also das war, was man gemeinhin als manisch-depressiv bezeichnete. Im Laufe der Zeit erwies er sich als wandelndes Kompendium psychiatrischer Auffälligkeiten.

In seinen schwärzesten Momenten brachte ihn schon die kleinste Kleinigkeit in Rage. Ein Licht, das irgendwo unnötig brannte. Ein Tank, der nicht mindestens zu einem Viertel gefüllt war, nachdem Phyllis oder Richard den Wagen benutzt hatten. Phyllis musste die Löffel so in den Abtropfkorb stellen, dass sich kein Wasser in der Vertiefung sammeln konnte. Harry flippte aus, wenn das geschah. Er glaubte, dass Phyllis und ihr Sohn hinter seinem Rücken über ihn redeten, womit er natürlich nicht unrecht hatte. Gelegentlich kam es zu Gewaltausbrüchen.

Wie damals, als Phyllis die Telefonrechnung verbummelt hatte. Harry, der alle zwei Wochen die Rechnungen bezahl-

te, verstand nicht, warum sie nicht bei den anderen lag. Er durchsuchte den Müll und gelangte zu der Überzeugung, dass Phyllis die Telefonrechnung versehentlich mit Werbepost weggeworfen hatte. Harry bekam einen Wutanfall. Er packte sie am Handgelenk, presste ihre Hand flach auf den Tisch und schlug ihr mit einem Kaffeebecher drauf.

Nichts war gebrochen, doch eine Woche lang konnte sie die Hand nicht bewegen. Harry bereute seine Entgleisung sofort. Wurde der aufmerksamste Gatte, den man sich nur vorstellen konnte. Kümmerte sich tagelang um sämtliche Mahlzeiten. Schenkte Phyllis Blumen. Ging mit Richard zu einem Spiel der Buffalo Bills, um zu beweisen, dass er ein musterhafter Stiefvater war.

Leider war sein Durchhaltevermögen begrenzt, insbesondere, wenn er zu viel getrunken hatte. Manchmal war es nur eine Ohrfeige. Und einmal hatte er ihr beim Autofahren mit der Faust auf den Oberschenkel geschlagen, als ihr einfiel, sie habe womöglich den Stecker des Bügeleisens nicht gezogen. (Sie hatte ihn gezogen, und das machte Harry nur noch wütender.)

Trotz allem hassten Phyllis und Richard ihn nicht. Phyllis fand immer wieder Entschuldigungen für ihn. Man musste Nachsicht mit ihm haben. Er war eine gepeinigte Seele. Er hatte in Vietnam gedient, hatte Dinge gesehen und getan, die zu sehen und zu tun keinem Menschen zugemutet werden dürfte. Oft fuhr er nachts schreiend und schweißgebadet aus dem Schlaf, weil ihn das Grauen wieder eingeholt hatte, das ihm Ende der sechziger Jahre da drüben begegnet war.

»Harry hat seinem Land gedient«, pflegte Phyllis zu sagen, »und das hat seine Spuren hinterlassen.«

Auch mit Richard hatte Phyllis alle Hände voll zu tun. Vielleicht war es unvermeidlich, dass ein Junge, der so früh den Vater verliert, ein bisschen seltsam wird. Vielleicht konnte man sogar von einem Stiefvater ein paar Macken »erben«, obwohl es da keine genetische Verbindung gab. Wer wusste das schon? Als Richard in die Pubertät kam, zeigte sich immer wieder, dass er gewisse Impulse nicht unterdrücken konnte. Zweimal – wenigstens wusste Phyllis nur von zwei derartigen Vorfällen – hatte er Mädchen in seiner Schule unangemessen berührt. Ja, um das Kind beim Namen zu nennen: Er hatte sie begrapscht. Es gab Gespräche mit dem Direktor, Entschuldigungen, einen vorübergehenden Ausschluss vom Unterricht. Glücklicherweise nicht mehr als das. Und dann neigte er zu diesen plötzlichen Wutausbrüchen. Nach außen hin wirkte er ruhig und ausgeglichen, doch unter der Oberfläche brodelte es. Wie Lava in einem schlafenden Vulkan. Und auf einmal: bumm. Auch mit ihm wollte Phyllis zum Psychologen gehen, doch Harry wollte nichts davon hören. »Er ist doch noch ein Junge«, sagte er. »Die müssen Dampf ablassen.«

Und genau das geschah auch an jenem Abend vor sieben Jahren.

Harry befand sich wieder einmal in den Fängen des schwarzen Hundes, wie Winston Churchill diesen Zustand einst so treffend beschrieben hatte. Fast eine Woche ging das bereits so. Phyllis und Richard waren ihm so weit wie möglich aus dem Weg gegangen. Phyllis hatte darauf bestanden, dass ihr Mann zu Hause blieb, bis er sich wieder erholt hatte, und sich allein um Patchett's gekümmert.

An einem Montagabend hatte Phyllis den Laden ihren Mitarbeitern anvertraut, um bei Harry zu sein. Er hatte wie üblich notiert, was es zum Abendessen gegeben hatte –

nämlich Schweinekotelett, Maccheroni mit Käse und Erbsen aus der Dose. Auf einmal verkündete er, dass er Eis wollte.

Phyllis sagte, sie hätten kein Eis im Hause. Harry wollte wissen, wie das möglich war. Er hatte Phyllis doch eine Einkaufsliste geschrieben und wusste genau, dass er Eis daraufgeschrieben hatte.

»Ich hab's übersehen«, sagte Phyllis. »Das nächste Mal bring ich welches mit.«

»Wozu schreibe ich dir eine Einkaufsliste«, fragte Harry, »wenn du gar nicht liest, was draufsteht? Vielleicht hast du ja Eis gekauft und es nur vergessen.« Er durchwühlte das Gefrierfach oberhalb des Kühlschranks und warf dabei Steaks und gefrorenen Orangensaft auf den Boden. »Verdammt noch mal!«

»Harry«, sagte Phyllis.

Richard stand in der Tür zwischen Esszimmer und Küche und beobachtete die Szene mit vor der Brust verschränkten Armen. Er gehörte erst seit wenigen Monaten der Polizei von Griffon an und wohnte noch zu Hause. Er hatte den Tag mit dem Ausstellen von Strafzetteln und dem Regeln des Verkehrs an einer Unfallstelle verbracht und die Uniform noch nicht ausgezogen.

»Verdammte Scheiße, ist es wirklich zu viel verlangt, dass wir immer Eis im Haus haben?«, fragte Harry und schmiss immer mehr Gefriergut auf den Boden. Ein Eiswürfelbehälter fiel herunter, und winzige Eisstückchen schlitterten über das Linoleum. »Was ist mit der Gefriertruhe im Keller?«, fragte er. »Haben wir da noch welches?«

»Nein«, sagte Phyllis.

Trotzdem riss er die Tür zum Keller auf.

Richard hatte sich bis jetzt nicht von der Stelle gerührt.

Auf einmal drehte Harry sich um und machte einen Schritt auf Phyllis zu. Er hielt ihr den ausgestreckten Finger vor die Nase. »*Nach allem, was ich für euch getan habe, nach diesen ganzen verfluchten Jahren, in denen ich dir und deinem Jungen beigestanden habe, verlange ich da wirklich zu viel? Was? Verlange ich zu viel? Ich schwöre bei Gott, wenn ich –*«

Zehn Sekunden später war alles vorbei.

»*Sei still!*«*, sagte Richard. Er stürmte in die Küche, packte einen der hölzernen Küchenstühle mit beiden Händen an der Rückenlehne und schwang ihn wie einen Baseballschläger.*

Sein Stiefvater duckte sich instinktiv. Der Stuhl traf ihn mit voller Wucht im Rücken. Harry Pearce stolperte vorwärts, landete mit einem Fuß auf einem der Eiswürfelsplitter.

In einer Slapstickkomödie wäre das vielleicht lustig gewesen.

Harry rutschte aus und stolperte nach vorn, direkt durch die offen stehende Kellertür. Stürzte mit einem Riesengetöse die Treppe hinunter. Als er unten lag, war es mit einem Schlag totenstill.

Phyllis schrie auf.

»*Dad!*«*, rief Richard und warf den Stuhl beiseite.*

Beide rannten die Treppe hinunter. Harry lag unnatürlich verdreht und reglos da. Seine Augen waren geschlossen.

»*O Gott*«*, stöhnte Phyllis,* »*er ist tot.*«

Richard kniete sich hin und hielt sein Ohr an die Brust seines Stiefvaters. »*Nein, ist er nicht. Er atmet. Sein Herz schlägt.*«

Phyllis musste sich selbst überzeugen. Auch sie kniete sich hin und legte den Kopf auf Harrys Brust. »Ja, ich hör's auch. Ich hör's. Harry? Harry, hörst du mich?«

Verschlungen wie eine Brezel lag Harry auf dem Boden und antwortete nicht.

»Ich ruf einen Krankenwagen«, sagte Richard und stand auf. Zwei Stufen auf einmal nehmend hetzte er die Treppe hoch und verschwand im Türrahmen.

»Warte«, rief seine Mutter ihm nach.

Er steckte den Kopf wieder zur Kellertür herein. »Was ist?«

»Noch nicht … ich meine nur … warte.«

»Mom, jede Sekunde zählt«, sagte ihr Sohn.

»Er ist bestimmt gleich wieder auf den Beinen«, sagte Phyllis. »Er braucht nur ein bisschen. Hilf mir, ihn auszustrecken.«

»Wir sollten ihn nicht bewegen«, sagte ihr Sohn.

»Wir sind ganz vorsichtig. Ich hab da hinten noch dieses alte Klappbett. Das hol ich raus, und da legen wir ihn drauf.«

»Mom …« Richard stieg wieder nach unten, blieb aber auf halber Strecke stehen, als seine Mutter weitersprach.

»Hör mir zu, Richard«, sagte sie. »Wenn du die Rettung rufst, dann rufen die die Polizei.«

»Ich bin die Polizei«, sagte Richard.

»Ich weiß. Aber es werden auch andere kommen. Und wenn Harry aufwacht und denen erzählt, was du getan hast …«

»Ich … das wollte ich doch gar nicht. Er hat mich nur so wütend gemacht. Ich dachte, er würde dich schlagen.«

»Ich weiß, mein Schatz, ich weiß. Und ich versteh dich voll und ganz. Aber die von der Polizei werden es nicht verstehen. Du fängst doch gerade erst an. Es wäre nicht richtig, es wäre einfach unfair, dir daraus einen Strick zu drehen.«

»Ich … ich weiß nicht …«

»Hol das Bett und klapp es auf. Stell's hier neben ihn. Ich strecke ihn inzwischen aus.«

Richard karrte das Bett zur Treppe. Die rostigen Räder quietschten wie zum Protest. Er klappte es auf und klopfte die Matratze flach.

»Hilf mir, ihn hochzuheben«, sagte Phyllis.

Zusammen legten sie ihn aufs Bett. »Er atmet noch«, sagte sie. »Sein Atem klingt ganz normal.«

»Ich hab's nicht mehr ausgehalten«, sagte Richard. »Er hat einfach nicht aufgehört. Er hat keine Ruhe gegeben, er –«

»Ist schon gut. Alles wird gut. Wir werden uns um ihn kümmern. In ein paar Stunden ist er bestimmt wieder fit. Er wird einen schrecklichen Brummschädel haben, aber mehr auch nicht. Wart's nur ab. Es hat doch keinen Sinn, aus einer Mücke einen Elefanten zu machen.«

»Wenn du meinst, Mom«, sagte Richard. Irgendwie schien sie immer zu wissen, was zu tun war.

Aber war es auch richtig, das zu tun? In diesem Moment schien es so. Doch die Stunden vergingen, und Harry war noch nicht wieder fit. Es dauerte zwei Tage, bis er das Bewusstsein wiedererlangte. Danach war er nicht mehr derselbe. Er war irgendwie kindischer geworden.

Als Richard und Phyllis ihn zum Aufstehen überreden wollten, mussten sie feststellen, dass er die Beine nicht bewegen konnte.

»Wir sollten einen Arzt rufen«, sagte Richard. »Er muss wahrscheinlich geröntgt werden.«

Phyllis war dagegen. »Warten wir noch ein paar Tage ab. Wenn er sich was gebrochen hat und die Beine deshalb nicht bewegen kann, vielleicht … vielleicht heilt das ja von selbst.«

Keiner von ihnen glaubte das im Ernst, doch beide ließen es auf einen Versuch ankommen.

In der Bar fragten die Leute, wo Harry war.

»Er hat diese grässliche Grippe, die gerade im Umlauf ist«, gab Phyllis Auskunft. »Das Letzte, was ich brauchen kann, ist, dass er hier rumstiefelt und mir auf die Chicken Wings niest.«

Nach einer Woche war Phyllis und Richard klar, dass sie ein ausgewachsenes Problem hatten.

Sie hatten zu lange gewartet. Wenn sie jetzt einen Arzt riefen, gerieten sie in erhebliche Erklärungsnot. Wie konnte man einen Menschen eine ganze Treppe hinunterstürzen lassen und nicht sofort die Rettung rufen? Auf Notwehr zu plädieren, dazu war es ein bisschen zu spät. Wenn das, was Richard getan hatte, geschehen war, weil er seiner Mutter das Leben retten wollte, hätten sie sofort die Polizei rufen können. Als frischgebackener Polizist hätte Richard recht genau wissen müssen, unter welchen Umständen man von Notwehr sprechen konnte.

Doch sie taten nichts.

Harry Pearce war zwar nicht mehr der Alte, doch jedes Mal, wenn Richard in den Keller kam, um nach seinem Stiefvater zu sehen, streckte er kraftlos den Arm aus, zeigte auf ihn und sagte: »Du. Du Hurensohn.«

Und er meinte es nicht im wörtlichen Sinn.

Jetzt noch ärztliche Hilfe zu suchen stellte für Phyllis und ihren Sohn ein beträchtliches Risiko dar, besonders aber für ihn.

Und in der Bar hörten sie nicht auf, Fragen zu stellen. »Wie geht's Harry? Wo steckt er denn, zum Teufel? Wann kommt er wieder?«

»Was tun wir jetzt?«, fragte Richard eines Abends, als sie zusammen am Küchentisch saßen und Harry im Keller schnarchen hörten.

»Ich weiß es nicht«, sagte seine Mutter.

»Die Leute werden immer weiter nach Dad fragen«, sagte er. »Das wird nie aufhören.«

»Dann müssen wir eben dafür sorgen, dass es aufhört«, sagte sie. »So kann es jedenfalls nicht weitergehen.«

Richard lehnte sich zurück. »Was willst du damit sagen? Du meinst doch nicht, dass wir –«

»Nein, nein, natürlich nicht. Aber die Leute müssen glauben, dass etwas passiert ist, etwas Endgültiges, damit keiner mehr fragt, wo er ist.«

»Dass er zu seinem Cousin nach Calgary gefahren ist«, sagte Richard. »So was in der Art.«

Phyllis schüttelte den Kopf. »Da würden die Leute wieder nur fragen, wann er zurückkommt. Nein, wir müssen uns eine Geschichte ausdenken, damit endgültig niemand mehr Fragen stellt.« Ihre Lippen wurden schmal. »Ich war heute in der Bibliothek. Bin dort auf etwas Interessantes gestoßen. Ich habe gelesen, dass von den Leuten, die in der Vergangenheit in den Fluss gefallen sind und die Wasserfälle hinuntergerissen wurden – dass da etliche nie gefunden wurden.«

»Moment«, sagte Richard. »Ich dachte, du hättest gerade gesagt, dass du nicht daran denkst, was in der Art zu tun. Wir werden ihn nicht die Fälle runterschmeißen. Wir können doch nicht … ich meine, er ist mein Vater. Gut, nicht mein richtiger Vater, aber das ist, was er verdammt lange für mich war.«

Sie ergriff seine Hand. »Das weiß ich doch. Aber ich dachte,

wir könnten es vielleicht so aussehen *lassen, als wäre er hin-*
untergerissen worden. Die Leute würden das glauben und
endlich Ruhe geben. Und wir können uns weiter um ihn
kümmern. Hier im Haus.«
»*Und wie lange?«*
»*So lange es nötig ist.«*
»*Aber er könnte ... was ist, wenn er tatsächlich wieder auf*
die Beine kommt? Wenn es ihm eines Tages wieder so gut-
geht, dass er die Treppe hinaufgehen und aus dem Haus spa-
zieren kann?«
»*Richard, es wird ihm nie wieder bessergehen. Er hat sich*
das Rückgrat gebrochen. Und im Oberstübchen ist er auch
nicht mehr ganz richtig. Er ist buchstäblich auf den Kopf
gefallen. Er ist nicht einmal mehr so zwanghaft wie früher.
Das Einzige, was nicht verschwunden ist, ist diese Manie,
alles aufzuschreiben, was er isst. Ich sage dir, er wird nicht
eines Tages aufstehen und aus dem Haus gehen und allen
erzählen, was passiert ist.«
Da kam ihnen die Idee mit dem Boot. Sie würden sagen,
dass Harry eines Abends betrunken mit dem Boot zum Fluss
gefahren sei. Sie würden seinen Wagen samt Anhänger am
Ufer abstellen. Würden die Ruder im Auto lassen, damit die
Behörden sich zusammenreimen konnten, was passiert war,
wenn das Boot, mit einem leeren Benzintank, flussabwärts
der Fälle gefunden wurde. Sie würden nach Harrys Leiche
suchen, vielleicht sogar mehrere Tage lang, aber letzten
Endes würden sie die Suche einstellen.
Und diesen Plan setzten sie auch um.
Es gab einen Artikel in der Zeitung, einen Bericht in allen
lokalen Sendern. Sogar CNN war die Geschichte eine Mel-
dung wert. Es gab eine Beerdigung, obwohl es keine Leiche

zu beerdigen gab. Phyllis weinte. Richard legte den Arm um sie und tröstete sie.

Etwa zehn Tage stand der Vorfall im Zentrum der allgemeinen Aufmerksamkeit.

Dann ging das Leben weiter wie vorher. Niemand stellte mehr Fragen, was mit Harry sei.

Kurz darauf zog Richard in eine eigene Wohnung. Er hielt es im Haus nicht mehr aus. Aber er kam beinahe jeden Tag vorbei – normalerweise vor Dienstbeginn oder nach Dienstschluss –, um nach seinem Stiefvater zu sehen. Er brachte ihm das Essen, half ihm bei der Toilette, räumte hinter ihm auf, brachte ihm Bücher und Zeitschriften, aber hauptsächlich Zeitschriften, weil Harry die Konzentration fehlte, um Bücher lesen zu können.

Alles schien sich eingerenkt zu haben.

Bis Phyllis eines Nachts nach Lokalschluss heimkam und ihr fast das Herz stehen geblieben wäre. Keine zehn Meter von der Haustür entfernt robbte Harry über den Wohnzimmerteppich.

Wäre sie zwanzig Minuten später gekommen, hätte er es schon auf die Veranda geschafft. Und noch einmal zehn Minuten später hätte er sich vielleicht schon auf den Gehsteig geschleppt, wo ihn jemand hätte entdecken können.

An diesem Tag kam das Vorhängeschloss an die Tür zu seinem Kellerabteil.

Man musste tun, was getan werden musste.

»Was tun wir«, fragte Richard einmal, »wenn er wirklich einmal … du weißt schon, abtritt?«

Darüber hatte Phyllis sich schon längst Gedanken gemacht.

»Wir bringen ihn hinaus in den Wald«, sagte sie. »Wir graben ein schönes Loch für ihn und schaufeln es hinterher wie-

der gut zu. Und halten unsere ganz private Trauerfeier für ihn ab. Das werden wir tun.«

Doch heute, sieben Jahre später, ist Phyllis entschlossen, den Lauf der Dinge ein wenig zu beschleunigen.

Denn es ist nur mehr eine Frage der Zeit, bis jemand zwei und zwei zusammenzählt, mit einem Durchsuchungsbefehl daherkommt und Harry unten in seiner Zelle findet.

Jetzt geht es vor allem darum, sämtliche Beweise zu vernichten.

Harry selbst ist ein Beweis.

Wenn die Polizei auftaucht und behauptet, jemand sei ihnen mit der Räuberpistole gekommen, Harry werde bei ihr im Keller gefangen gehalten, kann sie sagen: »Was ist das denn für ein Unsinn? Gehen Sie runter, sehen Sie sich um. Das ist doch nur dummes Geschwätz.«

Der Einzige, der Harry da unten gesehen hat, ist Dennis. Und Dennis hat es bestimmt Claire erzählt. Um die beiden hat Richard sich zum Glück schon gekümmert. Blieben noch der Detektiv und das verdammte Notizbuch.

Phyllis ist überzeugt, dass er es hat. Wenn sie diese beiden Fliegen mit einer Klatsche erwischt, wäre das vielleicht der Ausweg aus dieser unseligen Geschichte. Für sich selbst. Und für ihren Sohn.

Bald wird sie Cal Weaver anrufen. Bald. Aber nicht gleich. Es gibt Dringenderes zu erledigen.

»Wofür sind denn die ganzen Kartons?«, fragt Harry, als sie ihn aus seinem Zimmer zur Treppe rollt.

»Ich bring dich nach oben«, sagt sie. »Dann hab ich im Keller mehr Platz für andere Sachen.«

»Wohin? Was meinst du damit?«

»Ich dachte, ich gebe dir Richards Zimmer. Das steht jetzt

schon lange leer. Dort hast du ein Fenster und eine Aussicht und frische Luft, wenn du willst.«

»Ich weiß nicht, was ich sagen soll … Wirklich?«

»Du wartest jetzt einen Moment hier, bis ich mich um dein altes Zimmer gekümmert habe.«

»Ich muss da nie wieder hinein?«

»Du wirst keine einzige Nacht mehr hier drinnen verbringen, Harry, das verspreche ich dir.«

Sie spürt, wie es ihr eng in der Kehle wird. Sie geht mit einem Müllsack ins Zimmer und stopft alles hinein, was auf Harry hinweisen könnte. Kleider, Windeln für Erwachsene, Essensreste, eine Kekstüte, gebrauchte Taschentücher, Bettzeug.

Sie klappt das Gästebett wieder zusammen, schiebt es in eine Ecke des Raumes und stapelt Kartons davor auf. Holt noch andere Kartons aus anderen Räumen. Versprüht Raumspray, schnuppert, findet, dass der Geruch gar nicht so schlimm ist. Fast zwanzig Minuten dauert die Schufterei, doch sie ist eine starke Frau. Das jahrelange Wuchten von Bierkästen hatte also auch sein Gutes.

»So«, sagt sie. »Jetzt kann's losgehen.« Sie schließt die Tür und legt das Schloss vor, doch mehr aus Gewohnheit als aus anderen Gründen.

»Bei der Treppe brauche ich Hilfe«, sagt er.

Er rollt an die unterste Stufe heran. Phyllis greift ihm unter die Arme und stemmt ihn hoch. Er umklammert mit der rechten Hand das Treppengeländer, und mit Phyllis an seiner linken Seite schafft er es bis hinauf in die Küche. Er robbt ein Stück vorwärts und wartet dort, bis Phyllis nach unten gelaufen ist, den Rollstuhl zusammengefaltet und nach oben gebracht hat.

Harry sieht sich in der Küche um. »Der Kühlschrank ist neu«, sagt er.

Als der geliefert und der kaputte entsorgt wurde, hatte sie Schlaftabletten zerreiben und ihm ins Essen mischen müssen. Das war wenigstens oben in der Küche gewesen. Aber als die Heizung im Keller ausfiel, gab sie Harry nicht nur Schlaftabletten, sondern sie fesselte ihn auch ans Bett und verklebte ihm den Mund, nur für den Fall, dass er aufwachte. Was Gott sei Dank nicht geschah. Als die Waschmaschine bockte, ließ sie Richard im Internet recherchieren, bis er in der Lage war, das Ding selbst zu reparieren. Ein bisschen Wasser lief zwar noch immer aus, aber die Maschine wusch wenigstens.

Phyllis setzt Harry wieder in den Rollstuhl und schiebt ihn zur Hintertür. Als sie die Hände nach den Griffen ausstreckt, bemerkt sie, dass sie zittern »Gehen wir nicht vorne raus?«, fragt er.

»Hier rum ist es einfacher, dich in den Wagen zu kriegen«, antwortet sie.

Sie tritt vor den Rollstuhl, öffnet die Tür, geht wieder nach hinten und schiebt ihn hinaus. Sie kippt den Rollstuhl ein wenig, um die beiden Stufen leichter überwinden zu können. Da steht der Wagen, mit dem Heck direkt vor der unteren Stufe. Der Kofferraum steht offen.

»Wozu hast du denn die ganzen Plastikplanen da im Kofferraum, Phyllis?«, fragt Harry.

Der Kofferraum reicht ziemlich weit herab. Phyllis kippt den Rollstuhl nach vorn, als leere sie einen Schubkarren aus. Harry fällt mit dem Oberkörper hinein. Hastig streckt er die Arme aus, um sich abzustützen.

»Verdammt, Phyllis, was treibst du denn da? Ich hab mir den Kopf angeschlagen.«

»Tut mir leid, Schatz«, sagt sie. »Aber es darf dich doch niemand sehen, wenn wir zur Eisdiele fahren.«

»Meine Güte, ich kann doch vorne sitzen und mich ducken!«

Sie schiebt jetzt auch den unteren Teil seines Körpers in den Kofferraum, zieht den Rollstuhl weg, faltet ihn zusammen und legt ihn auf den Rücksitz.

»Phyllis! Hol mich sofort hier raus!«

»Sekunde«, sagt sie und läuft ins Haus zurück. In der Küche öffnet sie die Messerschublade.

»Ich war gut zu ihm«, sagt sie laut zu sich selbst. Tränen steigen ihr in die Augen. »Ich habe mein Bestes gegeben.«

Phyllis holt das Messer heraus, mit dem sie zu Weihnachten immer den Truthahn tranchiert, und läuft wieder hinaus.

DREIUNDSECHZIG

Phyllis muss ihn weggebracht haben«, sagte ich zu Augie. »Wahrscheinlich, weil sie gewusst hat, dass wir demnächst vor der Tür stehen.«

»Das ist doch verrückt«, sagte Augie.

Ich verschob ein paar Kartons. »Ich glaube, das Zeug wurde gerade erst hereingebracht. Auf dem Boden um die Kartons herum ist nirgendwo Staub zu sehen. Und … Moment mal. Hier liegt ein halbes Sandwich, und das Brot ist nicht verschimmelt. Würdest du hier runtergehen, um ein Sandwich zu essen, wenn du nicht musst?«

»Ich trau mich noch nicht mal, richtig einzuatmen«, sagte mein Schwager. »Warte eine Sekunde.« Er ging hinaus auf den Flur.

»Was ist?«, fragte ich.

»Nasse Reifenspuren auf dem Boden«, sagte er. »Als ob hier einer was durchgekarrt hätte. Das Wasser kommt unter der Waschmaschine hervor …«

»Ein Rollstuhl«, sagte ich.

»Möglich.«

»Ich hab mir diesen Scheiß nicht ausgedacht«, sagte ich.

»Gehen wir wieder rauf«, sagte er. Wir setzten unser Gespräch in der Küche fort. »Ich glaube, Phyllis fährt einen Crown Vic. Einen schwarzen. Sieht aus wie ein Polizeiwagen ohne das ganze Drum und Dran.«

Er holte sein Handy heraus und wies die Polizeizentrale an, sämtliche Einsatzkräfte nach Phyllis Pearce' Wagen Ausschau halten zu lassen. »Sie sollen bei Patchett's anfangen. Wenn er da steht, sollen sie nichts unternehmen, mir nur Bescheid sagen.«

Er steckte das Handy wieder ein und sagte: »Wir können aber auch so schon mal hinfahren.«

»Ich muss mit dir über diese andere Sache reden.«

Augie gab sich geschlagen. Er zog einen Küchenstuhl unter dem Tisch hervor und ließ sich darauf fallen. Mit einer Handbewegung forderte er mich auf, es ihm nachzutun. Ich tat es.

»Schieß los«, sagte er.

»Ich glaube, Ricky Haines hat Scott umgebracht.«

Ich hatte im Laufe der Jahre die Erfahrung gemacht, dass es nahezu unmöglich war, Augustus Perry zu schockieren. Provozieren, ja, aber nicht schockieren. Selbst wenn es einem gelang, etwas zu sagen, das ihn überraschte, tat er alles, um es sich nicht anmerken zu lassen.

Diesmal schaffte er es nicht.

»Was?«, fuhr er auf. »Was redest du jetzt wieder für einen Scheiß daher?«

»Haines hat vor einiger Zeit Claire Sanders gefilzt. Auf dem Parkplatz hinter Patchett's. In Wirklichkeit wollte er sie aber nur begrapschen. Scott hat ihn dabei beobachtet und ihm gedroht, ihn anzuzeigen – vielleicht bei dir persönlich.

Wegen tätlicher Beleidigung. Wann immer sie sich später in der Stadt über den Weg gelaufen sind, hat er ihn einen Perversling genannt. Haines hatte eine Stinkwut auf ihn.«

»Ach komm«, sagte Augie. »Vielleicht hat Claire sich das nur ausgedacht.«

»Scott hat uns diese Geschichte auch erzählt, aber nicht gesagt, welcher Polizist es war. Sieht ganz so aus, als sei Scott für Haines ein richtiger Stachel im Fleisch gewesen. Und eines Nachts hat er eine Chance gesehen, sich von diesem Stachel zu befreien.«

Augie schüttelte langsam den Kopf. »Trotzdem kauf ich dir das nicht ab.«

»Hältst du's wirklich für einen Zufall, dass in der Nacht, in der Scott vom Dach stürzt, ausgerechnet Haines vor Ort ist und ihn findet? Er hatte keinen Notruf bekommen. Es war nicht jemand anderes, der Scott gefunden hat. Es war Haines. Der dann auch noch mit der Nachricht von Scotts Tod zu uns gekommen ist. Das war mir auch irgendwie suspekt. Haines muss doch gewusst haben, dass du Scotts Onkel bist. Man sollte doch annehmen, dass einer seinen Chef verständigt, wenn er dessen Neffen tot auffindet. Es vielleicht ihm überlässt, es der Familie beizubringen. Aber er hat dir nicht Bescheid gesagt. War wahrscheinlich gar nicht dazu imstande.«

»Mensch, Cal«, sagte Augie.

»Früher hätt ich's auch nicht geglaubt«, sagte ich. »Aber jetzt hab ich gesehen, wozu Ricky Haines fähig ist. Ich *glaube*, dass er Hanna Rodomski umgebracht hat. Ich *weiß*, dass er Dennis Mullavey umgebracht und versucht hat, mich und Claire um die Ecke zu bringen. Er hat mir Ortungsgeräte in den Wagen geschmuggelt, um mir zum Versteck von Dennis und Claire folgen zu können. Damit, dass ich wegen Nötigung des jungen Tapscott verhaftet werde, hat er nicht gerechnet. Deshalb hat er mir angeboten, meinen Anwalt anzurufen. Er brauchte mich ja draußen, damit ich ihn zu Claire und Dennis führe.«

Augie verzog das Gesicht. »Er war's, der mir gesagt hat, dass du in der Zelle sitzt. Deswegen bin ich zu der Vernehmung gekommen und hab mich für dich um Kopf und Kragen gelogen.«

»Er hat zwei junge Leute auf dem Gewissen. Er und seine Mutter haben sieben Jahre lang einen Menschen im Keller gefangen gehalten. Da willst du mir doch nicht erzählen, dass so jemand nicht auch fähig ist, meinen Sohn vom Dach zu stoßen.«

Darauf fiel ihm nichts mehr ein. Ich sah, wie seine Wangen rot anliefen. »Dieser Dreckskerl«, sagte er schließlich. »Warum zum Teufel ist Claire Sanders damit nicht zu uns gekommen?«

»Das wundert dich doch nicht wirklich, oder? Bei dem Zoff zwischen dir und ihrem Vater? Das wollte sie sich einfach nicht antun. Sie meinte, wenn sie eine Anzeige gemacht hätte, hättest du einfach gesagt, ihr Vater hätte sie dazu angestiftet, um euch schlechtzumachen.«

Er seufzte. »Scheiße.« Dann schob er den Stuhl zurück und stand auf. »Wir müssen uns Haines und seine Mutter holen, sie beide verhören, dieser ganzen Scheiße auf den Grund gehen. Eins kannst du mir glauben, wenn dieses Arschloch Scott getötet hat …« Augie ballte die Faust. »Ich hab ihn nämlich auch gern gehabt. Er ist das Kind meiner Schwester.«

»Ich weiß«, sagte ich.

»Wir werden keine Ruhe geben, bis das alles geklärt ist. Das schwör ich bei Gott.«

»Kein Angst«, sagte ich. »Dafür werde ich schon sorgen.«

»An die Arbeit«, sagte Augie und ging zur Tür.

Da klingelte mein Handy. Der Anruf kam von zu Hause.

»Hey«, sagte ich.

»Hi«, sagte Donna. Ihr Stimme klang ausdrucks-, ja beinahe leblos.

»Was gibt's?«

»Du musst nach Hause kommen.«

»Ich kann – ich bin mit Augie unterwegs, wir stecken da mitten in einer Sache.«

»Du musst trotzdem heimkommen«, sagte sie. »Ich habe Besuch gekriegt.«

»Besuch? Donna, sag doch einfach, was los ist, dann –«

Ich hörte es erst im Hörer krachen, dann den Klang einer anderen Stimme. »Mr. Weaver? Hier ist Phyllis Pearce. Wir müssen etwas besprechen. Und Sie werden mir helfen, denn wenn nicht, haben Sie es sich selbst zuzuschreiben, was dann mit Ihrer Frau passiert.«

VIERUNDSECHZIG

Nicht dass Phyllis unbedingt ein Messer benutzen will. Ein Revolver wäre ihr lieber, doch sie hat Angst, der Schuss würde Aufmerksamkeit erregen, erst recht, wenn sie ihn im Freien abfeuert. Ihr Sohn mag ja einen Schalldämpfer für seine Waffen haben, sie jedenfalls hat keinen. Und mit Giften kennt sie sich auch nicht aus. Sie hat überlegt, ihm ein Kissen aufs Gesicht zu drücken, doch sie hat Angst, dass er sich zu heftig wehren und sie daran hindern könnte, ihr Werk zu Ende zu bringen.

Blieb also nur das Messer.

Jetzt liegt er in Plastik gewickelt im Kofferraum. Später wird sie dafür sorgen, dass Richard ihr beim Vergraben hilft. Sie weiß, dass sie nicht kräftig genug ist, ein Grab auszuheben. Richard dagegen strotzt noch immer vor Kraft, für ihn sollte das kein Problem sein. Sie hat schon eine Schaufel in den Wagen gelegt, und Gartenhandschuhe dazu, damit er sich keine Blasen holt. In ihrer Handtasche hat sie auch noch einen Revolver. Auch wenn sie ihn bei ihrem Mann nicht zum Einsatz gebracht hat.

Sie hofft nur, dass Richard sich nicht allzu sehr über ihre eigenmächtige Entscheidung aufregt. Etwas musste mit Harry geschehen. Und es musste jetzt geschehen. Sieben Jahre lang hat ihr Sohn die Last seiner Tat mit sich herumgeschleppt, sich gewissenhaft um seinen Stiefvater gekümmert. Phyllis weiß, dass er ihn immer noch liebt, dass er sich nicht nur an die schlechten Zeiten erinnert, sondern auch an die guten, als Harry wie ein richtiger Vater für ihn war. Richard wird sich eben damit abfinden müssen.

Doch einen Zwischenstopp muss Phyllis noch einlegen.

Bei den Weavers nämlich. Sie wird die Frau als Geisel nehmen, dazu bringen, dass sie ihren Mann anruft, und von ihm das Notizbuch verlangen. Sobald sie das hat, wird sie den Schnüffler zwingen, ihr zu verraten, ob noch andere Leute über Harry Bescheid wissen. Wenn nicht, hat das Töten mit den Weavers ein Ende.

Man kann schließlich nicht die ganze Stadt ausrotten. Irgendwo muss man einen Schlussstrich ziehen. Es wäre eine große Erleichterung für sie, wenn sie das nach den Weavers tun könnte. Dann könnten sie und Richard endlich aufatmen.

Was für ein Gefühl das sein wird, wieder ein normales Leben führen zu können!

Das zusätzliche Gewicht im Kofferraum macht sich beim Fahren bemerkbar. In den Kurven spürt sie, dass das Heck ein wenig ausbricht. Sie hat die Adresse der Weavers nachgeschlagen und ist jetzt auf dem Weg zu ihnen. Sie wählt eine Nummer auf ihrem Handy.

»Ja, Mutter?«

»Wo bist du jetzt?«, fragt sie ihren Sohn.

»Schon fast zu Hause.«

»Weißt du, wo Weaver wohnt?«

»Ja.«

»Ich bin unterwegs zu ihm. Komm auch hin und park auf der anderen Straßenseite, ein Stück vom Haus weg. Ruf mich an, wenn dir irgendwas verdächtig vorkommt.«

»Was hast du vor?«

»Lass mich nur machen.«

»Was ist mit Dad? Geht's ihm gut? Ist er zu Hause?«

»Nicht mehr, Kind. Ich hab ihn weggebracht.«

»Weggebracht? Wohin?«

»Erzähl ich dir alles später. Fahr jetzt erst mal zu den Weavers.«

Phyllis legt auf.

Bald darauf fährt sie vor dem Haus der Weavers vor und stellt den Wagen am Straßenrand ab. Geht zur Haustür und klingelt. Sekunden später wird die Tür geöffnet.

»Ja bitte?«

»Mrs. Weaver?«, fragt Phyllis.

»Ja, das bin ich.«

»Ich kann's gar nicht glauben, dass wir uns noch nicht kennengelernt haben. Wenn doch, verzeihen Sie mir bitte, dass ich's vergessen habe. Ich bin Phyllis Pearce. Mir gehört Patchett's.«

»Ach ja, natürlich. Hallo. Was kann ich für Sie tun?«, fragt Donna Weaver.

»Darf ich reinkommen?«

Donna öffnet die Tür ganz. Sie trägt eine unförmige, dicke Strickjacke mit zu langen Ärmeln und hat das Bedürfnis, sich dafür zu entschuldigen. »Die hab ich mir gerade übergezogen. Sie gehört meinem Mann. Ich weiß, ich seh unmöglich aus, aber im Haus ist es so kalt. Der Thermostat will nicht so richtig.«

516

»Ich bin auch nicht gerade eine Augenweide«, sagt Phyllis.

»Sieht aber sehr bequem aus, Ihre Jacke.«

»Entschuldigen Sie die Unordnung«, sagt Donna mit einer Handbewegung in Richtung des Couchtisches. Er ist übersät mit Porträtskizzen in den unterschiedlichsten Stadien der Vollendung. Es ist immer dieselbe Person zu sehen, nur aus verschiedenen Perspektiven. Dazu kommen noch Kohlestifte, eine Dose Fixierspray, ein dickes Skizzenbuch, ein kleiner Block mit gelben Haftnotizzetteln. Auf einer der Skizzen klebt so ein Zettel, auf den etwas gekritzelt ist.

»Was ist das?«, fragt Phyllis.

»Nur … Skizzen. Von unserem Sohn.«

»Ach ja«, sagt Phyllis. »Es tut mir ja so leid.«

Donna zwingt sich zu einem Lächeln. Doch es gerät eher zu einem Zähnefletschen. »Danke.«

»Das muss eine sehr schwere Zeit für Sie gewesen sein. Wie lang ist das jetzt her, dass Sie ihn verloren haben?«

»Kann ich Ihnen irgendwie helfen, Mrs. Pearce?«

»Sagen Sie doch Phyllis zu mir.« Die Frau lächelt. »Ich habe gehört, es war ein Unfall. Dass er unter Drogen stand, als er vom Dach fiel.«

Donna legt sich die Hand leicht auf die Brust, als hätte sie Sodbrennen. »Ich möchte wirklich nicht darüber reden.«

»Ich erwähne das nur, weil wir etwas gemeinsam haben. Ich meine, Ihr Sohn muss eine furchtbare Enttäuschung für Sie gewesen sein. Was er alles aus seinem Leben hätte machen können, und er wirft es einfach weg. Mein Richard – Sie kennen ihn natürlich, Sie überweisen ihm ja sein Gehalt –, er lebt zwar, aber eines kann ich Ihnen sagen: Wenn er überhaupt ein Talent hat, dann dafür, den Karren an die Wand zu fahren.«

»Ich glaube, Sie sollten jetzt gehen.«

»Ich muss mit Ihrem Mann sprechen«, sagt Phyllis.

»Ich werde ihm ausrichten, dass Sie da waren.«

»Er war ein paarmal bei mir, um mit mir zu reden. Ich glaube, wir waren einander recht sympathisch. Sie müssen ihn jetzt anrufen, und er muss sofort herkommen. Es ist dringend.«

»Tut mir leid«, sagt Donna. »Das werde ich nicht tun. Wenn Sie mit ihm sprechen wollen, dann rufen Sie ihn selbst an. Und noch einmal: Ich glaube, Sie sollten jetzt gehen.«

Phyllis stellt ihre Handtasche auf den Boden, öffnet sie und holt den Revolver heraus. Sie richtet ihn auf Donna und sagt: »Rufen Sie ihn an.«

Donna bemüht sich, die Ruhe zu bewahren, aber das ist das erste Mal, dass jemand sie mit einer Waffe bedroht, und sie hat das Gefühl, dass ihre Eingeweide ihr jeden Moment den Dienst versagen. »Was wollen Sie von ihm?«

»Das geht nur ihn und mich etwas an«, sagt Phyllis. »Ist das Telefon in der Küche?«

»Ja.«

»Dann gehen wir doch am besten in die Küche.«

Donna geht zum Telefon, hält sich den Hörer ans Ohr, drückt die Speichertaste, die direkt die Handynummer ihres Mannes wählt. Sie spricht kurz mit ihm, dann nimmt Phyllis ihr den Hörer aus der Hand.

»Mr. Weaver? Hier ist Phyllis Pearce. Wir müssen etwas besprechen. Und Sie werden mir helfen, denn wenn nicht, haben Sie es sich selbst zuzuschreiben, was dann mit Ihrer Frau passiert.«

»Lassen Sie sie in Ruhe.«

»Und noch etwas sollten Sie wissen: Ihr Haus wird beobachtet. Kommen Sie allein. Wenn noch jemand auftaucht, stirbt Ihre Frau. Und bringen Sie das Buch mit.«

»Was für ein Buch?«

»Nicht doch, Mr. Weaver. Ich bin sicher, dass sie es haben. Das Buch, das mein Mann diesem Jungen gegeben hat. Das muss ich wiederhaben.«

»Wo ist Harry?«, fragt Weaver.

»Wie bitte?« Phyllis' Augen weiten sich.

»Er ist nicht mehr unten im Keller. Wo haben Sie ihn hingebracht?«

»Kommen Sie her und basta«, sagt Phyllis und legt auf.

Donna geht ins Wohnzimmer zurück. »Egal, was passiert ist, egal, was Sie getan haben«, sagt sie zu Phyllis, »Sie sollten sich der Polizei stellen. Besorgen Sie sich einen Anwalt. Der kann das alles für Sie regeln.«

»Vergessen Sie's«, sagt Phyllis.

Donna beugt sich über den Couchtisch und raschelt mit ihren Porträtskizzen. Sie wendet Phyllis den Rücken zu.

»Was machen Sie da?«

Donna stapelt die Zeichnungen, schiebt sie in einen Ordner.

»Was Sie machen, hab ich Sie gefragt«, sagt Phyllis.

»Ich will nicht, dass Sie sich Bilder von meinem Sohn ansehen.«

Phyllis geht um den Tisch herum, um Donna von vorne sehen zu können. Sie befiehlt ihr, die Finger von den Zeichnungen zu lassen und sich hinzusetzen. Dann geht sie zum Fenster und zieht den Vorhang ein wenig zur Seite, um Sicht auf die Straße zu haben.

Der schwarze Pick-up ihres Sohnes steht am gegenüberliegenden Straßenrand.

Phyllis stößt einen Seufzer der Erleichterung aus. »Richard ist da.« Sie wirkt nachdenklich. »Ich hoffe, er versteht, was ich tun musste.«

FÜNFUNDSECHZIG

Ich winkte Augie zu mir, damit er beide Seiten des Telefonats hören konnte. Er drängte sich an mich. Ohr an Ohr hörten wir zu, was Phyllis mir zu sagen hatte. Als sie aufgelegt hatte, sahen wir uns an. Augie fragte: »Hast du wirklich mit Donna geredet?«

Er hatte die ersten Sekunden des Gesprächs nicht mitbekommen. »Ja«, sagte ich. »Anscheinend geht's ihr gut, aber sie hat Angst.«

»Phyllis sagt, das Haus wird beobachtet. Das wird Ricky sein. Was will sie überhaupt?«

»Mich«, sagte ich. »Und das Buch. Ricky glaubt wahrscheinlich, dass er Claire getötet hat, sonst würde sie auch nach ihr fragen.«

»Was für ein Buch denn?«

Ich klopfte mir auf die Brust, um mich zu vergewissern, dass es noch in meiner Jackentasche steckte. »Eine Art Tagebuch, das Harry geführt hat. Es beweist, dass er die ganze Zeit am Leben war.«

Ich ging zur Haustür.

»Wo willst du hin?«, erkundigte sich Augie.

»Zu Donna«, sagte ich, ohne stehen zu bleiben.

»Und was willst du tun, wenn du dort bist?«

»Keine Ahnung. Aber hierbleiben werde ich ganz bestimmt nicht.«

Er begleitete mich zum Wagen. Als ich aufsperrte, packte er mich am Arm.

»Jetzt wart mal«, sagte er. »Glaubst du vielleicht, du brauchst ihr nur das Buch zu geben, und damit ist die Sache erledigt? Überleg doch mal, was du alles weißt. Und was *sie* weiß, dass du weißt. Meinst du, sie steigt einfach in ihren Wagen und fährt davon? Wenn du da so unvorbereitet antanzt, besiegelst du dein Todesurteil. Und das von Donna gleich dazu.«

Ich ließ die Tür des Subaru zu.

»Dann sag mir, was ich tun soll.«

»Als Erstes kümmere ich mich um Ricky«, verkündete Augie.

»Und zwar wie?«

»Da lass ich mir schon was einfallen«, sagte Augie. »Gib mir fünf Minuten Vorsprung, damit ich seh, wo er ist, und in Stellung gehen kann.«

»Fünf Minuten«, sagte ich.

»Ich ruf dich an«, sagte er.

Wir vereinbarten, dass wir beide zu mir fahren würden, aber nicht zu nahe ans Haus heran. Dann würde ich warten, bis Augie einen Platz gefunden hatte, von dem aus er Ricky beobachten konnte. Ich würde fünf Minuten auf seinen Anruf warten und dann direkt vors Haus fahren.

Etwa fünfhundert Meter von meinem Haus entfernt hielt ich an. Augie holte auf, hielt alle fünf Finger einer Hand in die Höhe und fuhr weiter.

Ich ließ die Uhr auf dem Armaturenbrett nicht aus den Augen. Zwei Minuten. Drei Minuten. Mir kam es eher vor wie drei Stunden.

Halt durch, Donna.

Ich sah wieder auf die Uhr. Vier Minuten.

Ich wartete nicht länger. Legte schon mal den Gang ein.

Mein Handy klingelte.

»Ich bin so weit.«

»Wo bist du?«

»In einem Haus. Steh am Wohnzimmerfenster und seh Ricky in seinem Pick-up. Er steht zwei Häuser weiter von euch auf der anderen Straßenseite.«

»Wie bist du denn da hinein-«

»Eingebrochen. Jetzt fahr los.«

Ich fuhr los.

Ein Ford Crown Victoria stand vor unserem Haus. Nur ein paar Meter davon entfernt, mit der Schnauze in unsere Richtung, stand Rickys schwarzer Pick-up. Durch die getönten Scheiben konnte ich nur erkennen, dass jemand hinter dem Lenkrad saß. Ich bog in die Einfahrt, stieg aus, bemerkte eine Hand, die den Vorhang einen Spalt öffnete.

Sollte ich klopfen? Es war doch mein eigenes Haus, und Phyllis hatte mich ja kommen sehen. Also ging ich zur Tür, drehte den Knauf und ging hinein.

Drei Meter hinter der Tür wartete Phyllis bereits mit gezückter Waffe auf mich. Sie umklammerte sie mit beiden Händen, um sie still zu halten. Ihr Gesicht wirkte zerquält und eingefallen, und sie schien um zehn Jahre gealtert, seit ich sie zuletzt gesehen hatte. Schweißperlen standen ihr auf der Stirn, obwohl es kalt im Haus war.

Ich warf einen Blick ins Wohnzimmer. Donna saß auf der

Couch. Ihr Mund war leicht geöffnet, und ich konnte sehen, dass sie die Zähne zusammengebissen hatte.

»Legen Sie Ihre Waffe ab«, sagte Phyllis.

Ich griff nach meiner Glock, zog sie aus dem Holster.

»Legen Sie sie da hin. Einfach da hinlegen«, sagte sie und zeigte auf den Tisch in der Diele, wo wir unsere Schlüssel und die Post deponierten. Ich tat es. »Da hinein«, sagte sie und zeigte zum Wohnzimmer. Langsam setzte ich mich in Bewegung.

»Alles klar bei dir?«, fragte ich Donna. Ich fand es sonderbar, dass sie nicht aufstand. Sie blieb sitzen und hielt sich mit der rechten Hand das linke Handgelenk.

»Alles klar«, sagte sie leise.

»Hat sie dir weh getan?«, fragte ich mit einem Blick auf ihr Handgelenk.

»Nein, mir geht's gut.«

»Setzen Sie sich«, sagte Phyllis.

Ich setzte mich so, dass ich sowohl Phyllis und Donna als auch die Straße im Auge behalten konnte, wenn auch nur durch die Gardinen.

»Das Klügste, was Sie tun können, Phyllis«, sagte ich, »wäre, da hinauszugehen, zu Ihrem Sohn in den Wagen zu steigen und sich zu stellen.«

»Das Buch«, sagte sie.

Langsam griff ich in meine Jacke, zog es heraus und warf es ihr vor die Füße. Sie kniete sich hin, hob es auf und stand wieder auf. Die Waffe war noch immer auf uns gerichtet.

»Keine sehr spannende Lektüre«, bemerkte ich.

»Das alles tut mir leid«, sagte sie. »Wirklich. Aber ich muss es tun. Es geht nicht anders.«

»Sie glauben, dass Sie ab jetzt den Deckel draufhalten können?«, fragte ich. »Was hat Ricky Ihnen denn erzählt? Dass er Dennis und Claire erwischt hat? Dass ich der Letzte bin, der weiß, was passiert ist? Dass Sie jetzt alles unter Kontrolle haben, weil Sie dieses Beweisstück in Händen halten und nur noch Donna und mich zum Schweigen bringen müssen?«

Ihr Kinn bebte leicht. »So ungefähr.«

»Claire lebt«, sagte ich. »Ricky hat sie nicht erwischt. Und sie ist jetzt zu Hause, bei ihrem Vater. Sanders weiß jetzt also auch Bescheid. Und ich habe mit Augie gesprochen. Also weiß auch er Bescheid. Da haben Sie schon halb Griffon ausgerottet, bevor das hier ein Ende hat, Phyllis.«

Die Farbe wich aus ihrem Gesicht. »Sie lügen.«

»Nein«, sagte ich ruhig. »Keineswegs.«

»Wir ... wir wollten nie jemandem was tun«, sagte sie. »Es war die Schuld dieses Jungen. Was hatte er in unserem Haus verloren?«

»Ricky hat Hanna Rodomski umgebracht, nicht wahr? Als ihm klarwurde, dass die Mädchen ihn ausgetrickst hatten.«

»Sie wollte ihm nicht sagen, wo Claire hingefahren ist«, sagte Phyllis. »Manchmal packt ihn die Wut. Aber meistens ist er brav. Er ist *Polizist.* Er tut den ganzen Tag Gutes.«

Ich wollte sie fragen, ob Ricky ihr erzählt hatte, was zwischen ihm und unserem Sohn vorgefallen war, aber dieses Thema konnte ich jetzt nicht zur Sprache bringen, nicht in Anwesenheit von Donna. Es war schon schlimm genug, was sie im Moment durchmachte, da musste sie nicht auch noch erfahren, dass alles, was wir bisher über Scotts Tod zu wissen geglaubt hatten, überhaupt nicht stimmte.

»Ich bin sicher, dass man das berücksichtigen wird«, sagte ich. »Machen Sie nicht alles noch schlimmer, indem Sie noch mehr Menschen Leid zufügen. Das Ganze muss jetzt ein Ende haben. Sie und Ricky werden sich dafür verantworten müssen, was Sie getan haben, und das wird nicht leicht sein. Aber es kann ein stilles Ende nehmen oder ein ganz schreckliches.«

»Sie haben Verstärkung mitgebracht, stimmt's?«

»Ich bin ganz allein«, sagte ich.

»Sie lügen!«, sagte sie und fuchtelte mit ihrem Revolver herum. »Da draußen ist noch jemand.«

Ich erhob mich ein wenig und zog die Gardine zurück, damit wir freien Blick auf die Straße hatten. »Sehen Sie irgendwen?«

Phyllis sah hinaus. »Ich glaube Ihnen nicht.«

Ich setzte mich wieder und blickte Donna an. Nichts regte sich in ihrem Gesicht.

»Geben Sie auf, Phyllis.«

»Ich könnte … wir könnten sie mitnehmen«, sagte sie und deutete mit dem Revolver auf Donna. »Bis wir in Sicherheit sind.«

»Überlegen Sie sich das gut, Phyllis. Haben Sie irgendwo ein geheimes Bankkonto? Einen falschen Ausweis bereitliegen? Das passt doch gar nicht zu Ihnen.«

Ich sah wieder aus dem Fenster. Etwas hatte meine Aufmerksamkeit erregt. Da war irgendwas mit Phyllis' Wagen.

»Ich bin nicht irgendwer in dieser Stadt«, sagte Phyllis. »Ich bin Phyllis Pearce. Ich weiß so einiges über ein paar Leute.«

Ich richtete meinen Blick wieder auf sie. »Und Sie glauben, Sie wissen so viel, dass Ihnen das aus dieser verfahrenen Geschichte heraushilft?«

Ich sah wieder aus dem Fenster. Diesmal kniff ich die Augen zusammen. Unter dem Kofferraum des Crown Vic, ganz nahe an der Stoßstange, tropfte etwas, und es hatte sich auch schon eine kleine Pfütze gebildet.

»Seit wann verliert ein Auto an dieser Stelle Öl?«, sagte ich zu Phyllis.

»Was?«

Sie trat ans Fenster und sah hinaus. »O nein«, sagte sie leise. In diesem Moment hatte sie Donna und mir den Rücken zugekehrt. Den Arm mit der Waffe hatte sie sinken lassen. *Das ist deine Chance,* fuhr es mir durch den Sinn. *Stürz dich auf sie.*

Ich machte mich bereit aufzuspringen, da sah ich, dass Donna bereits reagierte. Sie schob eine Hand in den viel zu weiten Ärmel der Jacke, die sie sich von mir geborgt hatte, und zog etwas heraus.

Eine kleine Dose Fixierspray.

Sie hatte den Finger schon auf dem Sprühkopf. Als Phyllis sich wieder umdrehte, drückte sie drauf.

SECHSUNDSECHZIG

Donna hob die Dose und sprühte Phyllis aus vielleicht fünfzehn Zentimeter Abstand ins Gesicht. Der Spray, der mir den Atem nahm, wenn Donna ihn in meiner Nähe versprühte, vernebelte Phyllis' völlig verdattertes Gesicht. Sie schrie und rang nach Luft.

Sie hob ihre Waffe, doch bevor sie damit irgendwohin zielen konnte, war ich schon aufgesprungen, packte ihren rechten Unterarm und schlug ihr Handgelenk auf die Fensterbank.

Phyllis ließ den Revolver nicht los. Ich wiederholte es mit deutlich mehr Wucht. Er polterte zu Boden. Donna hatte den Finger immer noch auf dem Sprühkopf, als hätte sie einen Krampf bekommen und könnte ihn nicht mehr davon lösen.

Phyllis bekam einen Hustenfall und krallte sich die Finger beider Hände ins Gesicht. Doch sobald sie die Wange berührten, blieben sie kleben, und Phyllis hatte im wahrsten Sinne alle Hände voll zu tun, sie zu befreien.

Ich nahm Donnas Arm und schob ihn zur Seite. »Lass gut sein«, sagte ich. »Das war genial.«

Sie ließ die Dose fallen und legte mir die Arme um den Hals. »O Gott! O Gott!«

Ich hätte sie gerne festgehalten, doch ich musste mich aus ihrer Umarmung lösen und Phyllis' Waffe an mich nehmen, bevor sie sich hinkniete und den Boden danach abzutasten begann. Gut möglich, dass sie den Versuch unternahm, sobald sie ihre Hände freibekommen hatte.

Phyllis kreischte.

Donna war ans Fenster getreten. »Cal«, sagte sie. »Ricky kommt.«

Ich stürzte in die Diele und ergriff meine Glock, die dort noch auf dem Tisch lag. Ich riss die Haustür auf, machte einen Schritt hinaus und sah mich nach Haines um.

Er war schon ausgestiegen und kam mit einer Waffe in der Hand auf unser Haus zu. Wahrscheinlich hatte er gesehen, wie die Gardine sich bewegte, als ich mit seiner Mutter rang.

Die Eingangstür des Hauses, das Ricks Wagen am nächsten stand, flog auf, und Augie stürzte heraus.

»Haines!«, bellte er. »Haines!«

Rick wandte den Kopf, erblickte Augie, ging aber weiter. »Stehen bleiben!«, schrie Augie, doch vergeblich. Ricky machte keine Anstalten, dem Befehl seines Vorgesetzten Folge zu leisten.

In der Luft lag eine Spannung, die sich jeden Augenblick entladen musste.

Ich sprang zur Seite und ging mit einem Knie auf dem Boden hinter Phyllis' Wagen in Deckung. Um ein Haar wäre ich in der Pfütze gelandet, die ich vom Fenster aus gesehen hatte.

Es war Blut, daran hatte ich jetzt keinen Zweifel mehr.

Und ich war mir auch ziemlich sicher, was – wer – sich in diesem Kofferraum befand.

Ein Schrei gellte aus der Richtung unserer Haustür. Ich sah hinüber. Phyllis taumelte aus dem Haus. Sie hatte die Hände jetzt frei, doch um sie frei zu bekommen, hatte sie sich die Haut aufgerissen, und blutige Striemen zogen sich über ihr Gesicht. Donna erschien hinter ihr im Türrahmen. Sie hielt Phyllis' Revolver in der Hand. Doch sie hob den Arm in einer Geste der Resignation, die sagte: »Ich konnte nicht auf sie schießen.«

Ricky hatte den Crown Vic schon fast erreicht. Ich legte einen Arm auf den Kofferraumdeckel und richtete meine Waffe auf ihn. »Stopp!«, schrie ich.

Ricky hob den Arm und schoss.

Ich ließ mich fallen. Noch ein Schuss. Das war wohl Augie, der versuchte, Ricky aufzuhalten. Doch sicher war ich mir nicht.

Ricky rannte zu mir nach hinten und ballerte los, ohne mich jedoch zu treffen. Dann blieb er stehen, drehte sich um die eigene Achse und richtete die Waffe auf Augie. Ich hob den Kopf. Augie rannte auf uns zu.

Da hob ich die Glock, zielte auf die Mitte von Ricks Körper und drückte ab.

Einmal.

Zweimal.

Ricky taumelte zurück, als hätte ihn ein unsichtbarer Sandsack getroffen. Er kippte nach links, streckte den Arm aus, um den Fall abzubremsen, doch als seine Hand den Boden berührte, war keine Spannung mehr darin. Ricky sackte zusammen.

Eine Sekunde später war Augie bei ihm und trat ihm auf die Hand, die noch immer die Waffe umklammerte.

Phyllis stürzte schreiend an mir vorbei und fiel neben ihrem Sohn auf die Knie. Sie schlang die Arme um ihn und begann zu weinen. Augie bückte sich, löste die Waffe aus Haines' erschlafften Fingern und kam zu mir.

Plötzlich sah er entsetzt an mir vorbei.

Ich wirbelte herum.

Donna stand etwa drei Meter von mir weg und presste eine Hand auf den Bauch. Sie sah hinunter auf den dunklen Fleck, der sich dort gebildet hatte und immer größer wurde.

Donna sah mir in die Augen. »Da stimmt was nicht, Cal«, sagte sie. »Ich glaube, da stimmt was nicht.«

ZWEI WOCHEN SPÄTER

SIEBENUNDSECHZIG

Phyllis Pearce überlebte, und die ganze Geschichte kam heraus. Dass ihr Sohn eines Abends mit einem Stuhl auf Harry Pearce losgegangen war, worauf der die Treppe hinunterstürzte. Wie sie versucht hatten, alles zu vertuschen, seinen Tod vorgetäuscht und sich sieben Jahre lang um ihn gekümmert hatten.

Alles andere wussten wir ja mehr oder weniger schon.

Phyllis wurde einer Reihe von Delikten angeklagt, darunter Freiheitsberaubung und Mord an ihrem Ehemann Harry Pearce. Hanna Rodomski hatte sie zwar nicht mit eigenen Händen erwürgt und Dennis Mullavey auch nicht selbst erschossen, sie musste sich aber wegen Mittäterschaft bei diesen Verbrechen verantworten.

Patchett's steht zum Verkauf.

Augustus Perry reichte seinen Rücktritt als Polizeichef von Griffon ein, und Bert Sanders nahm ihn an. Augie war der Meinung, dass die Taten von Officer Ricky Haines ein so schlechtes Licht auf seine Führungsqualitäten warfen, dass er keine moralische Autorität mehr besaß, eine Polizeidienststelle zu leiten. Er sprach davon, mit Beryl nach Florida zu ziehen.

Er wollte Griffon so weit wie möglich hinter sich lassen. Genau wie ich. Wir trugen beide an einer schweren Last, die für uns immer mit dieser Stadt verbunden bleiben würde.

Wir waren gebrochene Männer.

Haines musste sich natürlich keinem Prozess stellen. Als er in der Notaufnahme ankam, waren schon keine Lebenszeichen mehr festzustellen. Ich glaube, er war schon tot, bevor er auf dem Pflaster aufschlug.

Ich hatte nie einen Menschen töten wollen, doch es fiel mir schwer, für diese Tat Reue zu empfinden. In erster Linie hatte ich es getan, weil Haines auf meinen Schwager geschossen hatte.

Insofern war es dem Gesetz nach eine vertretbare Handlung.

Doch noch etwas war mir durch den Kopf geschossen, unmittelbar nachdem ich zweimal abgedrückt hatte.

Das ist für Scott.

Was ich nicht wusste und auch erst Sekunden später erkennen sollte, war, dass es auch für Donna war.

Es geschah, als Haines zu mir nach hinten gerannt war und wild um sich geschossen hatte. Eine Kugel hatte an mir und Phyllis vorbei ihren Weg in Donnas Bauch gefunden.

Ich hatte ihr gesagt, sie solle im Haus bleiben.

Ich hatte es ihr doch gesagt.

Noch wenige Minuten zuvor hatte alles so gut ausgesehen. Ich hatte gedacht, Phyllis hätte Donna an der Hand verletzt, doch sie hatte sie nur deshalb so seltsam gehalten, damit ihr der Fixierspray nicht aus dem Ärmel fiel, wo sie ihn, von Phyllis unbemerkt, hineingesteckt hatte.

Wie raffiniert.

Es gab Leute, die meinten, so schrecklich das auch sei, die Tatsache, dass es schnell ging, dass Donna nicht lange leiden musste, sollte mir doch ein kleiner Trost sein.

Die Leute reden einen Haufen Unsinn, wenn sie versuchen, einen zu trösten, und man tut sich mitunter sehr schwer, ihnen zuzugestehen, dass sie es nur gut meinen. Wahrscheinlich glauben sie, dass alles in allem, gemessen daran, wie lang ein Leben ist, fünf Minuten schnell vorübergehen.

Tun sie nicht.

Nicht, während du deine Frau sanft auf den Boden legst und deine Jacke zusammenrollst, um sie ihr als Kissen unter den Kopf zu schieben, und deine Hand auf die Wunde presst und ihr sagst, dass alles gut wird, und auf das Heulen der Sirene des Krankenwagens wartest und dich fragst, warum der so lange braucht, und dich neben sie kniest und ihr übers Haar und übers Gesicht streichst und ihr sagst, dass du sie liebst und dass sie durchhalten soll, dass gleich Hilfe kommt, und während du dein Ohr ganz nahe an ihren Mund hältst, um zu hören, wie sie flüstert, dass sie dich auch liebt, dass sie Angst hat, dass sie wissen will, was du ihr sagen wolltest, und du sagst, dass du es gar nicht erwarten kannst, mit ihr Cablecar zu fahren, dass ihr sofort wegfahrt, wenn sie wieder gesund ist, und sie sagt, klingt gut, aber ich hab noch immer nichts zum Anziehen und ich fühl mich nicht so richtig, und du sagst, dass es ihr bald wieder gutgeht und dass der Krankenwagen gleich hier ist, obwohl du immer noch keine Sirene hörst, und sie die Kraft aufbringt, dir über die Wange zu streichen und dir auf einmal sagt, dass es gar nicht mehr so weh tut und dass sie doch keine so große Angst hat, dass bestimmt bald alles wieder gut ist, und ihre Hand von deiner Wange rutscht und ihr auf die Brust fällt und ihre Augen glasig werden und du endlich den Krankenwagen hörst, und dass es jetzt völlig egal ist.

Fünf Minuten. Lange Zeit.

ACHTUNDSECHZIG

Es kamen viel mehr Leute zur Beerdigung, als ich gedacht hätte. Mindestens hundert. Donna wurde von ihren Kollegen und überhaupt allen, die zur Polizei von Griffon gehörten, mehr geschätzt, als sie sich je hätte vorstellen können.

Ich wusste, dass auch Augie kommen würde – immerhin war sie seine Schwester –, trotzdem war ich überrascht, als ich ihn mit Beryl die Kirche betreten sah. Doch es war nicht sein Erscheinen, über das ich mich wunderte, sondern über sein Aussehen. Die Ereignisse der vergangenen Tage hatten ihm so zugesetzt, dass Augie, die mächtige Eiche, neben der seine Frau immer wie ein zartes Bäumchen wirkte, sich auf Beryl stützte, als sie den Mittelgang entlangschritten.

Selbstvorwürfe und Schuldgefühle fraßen uns auf wie ein Krebsgeschwür. Uns alle. Auch Bürgermeister Sanders. Er fragte sich wahrscheinlich, warum er seiner Tochter nicht mehr Beachtung geschenkt hatte, warum er sich so leicht hatte hinters Licht führen lassen, als sie ihm sagte, sie führe zu ihrer Mutter nach Kanada.

Auch Annette Ravelson war da, mit ihrem Mann. Sie setzte sich ostentativ so weit wie möglich von Bürgermeister Sanders weg.

Ich war erleichtert gewesen, als Sanders sich angeboten hatte, ein paar Worte über Donna zu sagen, denn ich wusste, dass ich die Fassung verlieren würde, und als ich Augie fragte, ob er etwas sagen wollte, brachte er nur ein Kopfschütteln zustande.

»Ein Schatten hat sich über unsere Stadt gelegt«, sagte er. »Er liegt über uns allen, doch über manchen mehr als über anderen, und wir trauern um sie.« Natürlich schloss das auch Hanna mit ein.

Nicht jedoch Ricky Haines.

Sanders schenkte sich die nichtssagenden Wendungen, bei denen man jeweils nur den Namen austauschen musste; er hatte sich umgehört, besonders bei ihren Polizeikollegen, und zeichnete ein kurzes, anrührendes Porträt einer Frau, die schon so viel verloren hatte.

Außer ihm und dem Pfarrer sprach noch eine Frau ein paar Worte, mit der Donna ihre gesamte Schulzeit verbracht hatte und in Kontakt geblieben war. Sie gab ein paar abgelutschte Nettigkeiten von sich. Zumindest hat man mir gesagt, dass es Nettigkeiten waren. Denn da hörte ich schon nicht mehr zu. Ich stellte mir vor, woanders zu sein. Irgendwo zusammen mit Donna und Scott. Ich saß in dieser Kirche und wünschte mir nichts sehnlicher, als an die Dogmen glauben zu können, die zu ihrer Gründung geführt hatten. Doch ich hatte wenig bis gar keine Hoffnung, sie mir eines Tages zu eigen machen zu können.

Die Skillings waren auch da. Sean war natürlich aus dem Gefängnis entlassen worden, noch innerhalb der ersten vierundzwanzig Stunden nach Donnas Tod. Seine Eltern drohten mit einem Riesenprozess, gegen die Stadt Griffon und gegen Augie persönlich. Die Rodomskis würden sich ihnen bestimmt anschließen.

Sie würden tun, was sie tun mussten.

Dann war der Gottesdienst vorüber, und die Menschen verließen einer nach dem anderen die Kirche und kamen zu mir, um mir ihr Beileid auszusprechen.

Mit Fritz Brott hatte ich nicht gerechnet. Der Metzger reichte mir die Hand und drückte sie.

»Hab's in der Zeitung gelesen«, sagte er. »Es tut mir ja so leid.«

»Danke«, sagte ich. »Ich wollte Sie anrufen. Ich habe vor ein paar Tagen jemandem etwas versprochen.«

»Tony«, sagte Fritz.

»Genau. Tony Fisk. Ich war in einer ziemlich prekären Lage … und er hat mir geholfen. Ich habe ihm versprochen, bei Ihnen ein gutes Wort für ihn einzulegen. Dass Sie's noch einmal mit ihm versuchen. Ich habe ihm gesagt, ich kann ihm nicht garantieren, dass Sie auf mich hören, aber probieren würde ich es auf jeden Fall.«

Fritz nickte. Er wusste Bescheid. »Er war bei mir.«

»Tatsächlich?«

»Ist reingekommen, vielleicht einen Tag nachdem Sie ihn getroffen haben, und hat gesagt, dass Sie mit mir reden und dafür sorgen würden, dass er seinen Job zurückkriegt.«

»Nein«, sagte ich. »So hatten wir das nicht vereinbart.«

»Das hab ich mir gedacht. Und das hab ich ihm auch gesagt. Da zieht er auf einmal eine Pistole raus, fuchtelt damit rum und beschimpft mich, dass ich einen Moment lang geglaubt habe, er schießt mich jetzt gleich über den Haufen.«

Ich hatte ihm mit wachsender Enttäuschung zugehört.

»Nein«, sagte ich.

»Als er weg war, habe ich die Polizei gerufen. Sie haben ihn verhaftet. Tony sitzt jetzt im Gefängnis.«

Man denkt, man kann gar nicht mehr trauriger werden. Aber das stimmt nicht.

Fritz ging weiter, und andere Leute kamen und drückten mir die Hand. Wer sie waren und was sie sagten, bekam ich nicht mit. Tony Fisk hatte bestimmt auch seine guten Seiten, aber er war nun mal ein Hitzkopf.

Dann stand Sean mit seinen Eltern vor mir. Sie drückten mir alle die Hand, sagten, was man bei so einem Anlass eben sagt, und gingen weiter. Doch dann blieb Sean plötzlich stehen.

»Könnte ich Sie kurz sprechen?«, fragte er.

»Sicher.«

»Ich meine … nicht hier.«

Ich legte ihm die Hand auf die Schulter und führte ihn in die Kirche zurück, die jetzt leer war.

»Was gibt's?«, fragte ich ihn.

»Also, als Erstes wollte ich mich noch mal bei Ihnen bedanken«, sagte er. »Dass Sie mich aus dem Gefängnis geholt haben.«

»Ich war das eigentlich nicht«, sagte ich.

»Ja, schon klar, aber irgendwie waren Sie's doch. Sie haben Claire gefunden und alles.«

Ich wartete, dass er mir sagte, was er mir eigentlich sagen wollte. Er blickte hinunter auf seine Schuhe, die Hände in den Hosentaschen vergraben. Das Sakko spannte ihm um die Schultern. Vor einem halben Jahr hatte ihm der Anzug wahrscheinlich noch gepasst, doch er war in dem Alter, in

540

dem sich noch die letzten Wachstumsschübe bemerkbar machten.

»Ich muss Ihnen was sagen«, sagte Sean.

»Etwas, das du mir nicht vor deinen Eltern sagen wolltest.«

»Nein … also, ja. Aber vielleicht sagen *Sie's* Ihnen ja, und wenn, dann muss ich halt damit leben. Aber Sie waren gut zu mir, und ich glaube, ich schulde Ihnen die Wahrheit.«

»Was willst du mir sagen, Sean?«

Er fuhr sich mit der Zunge über die Lippen, dann hob er den Kopf und sah mir in die Augen »Es ist meine Schuld. Ich war's.«

Ich beugte mich vor und legte ihm beide Hände auf die Schultern, nicht zuletzt, um das Gleichgewicht nicht zu verlieren. Wovon zum Teufel redete er? Es gab überhaupt keinen Zweifel, dass Haines Hanna ermordet hatte und dass er Sean Hannas Kleider in dessen Wagen geschmuggelt hatte. Phyllis Pearce hatte diese Details inzwischen bestätigt.

Also wovon redete Sean?

»Sean, was willst du damit sagen? Dass *du* Hanna umgebracht hast?«

Er schüttelte heftig den Kopf, und seine Augen weiteten sich. »Um Gottes willen, nein. Das nicht. Nie im Leben. Ich habe Hanna geliebt. Ich wünschte nur, ich wäre rechtzeitig da gewesen und hätte sie abgeholt, bevor …« Er schüttelte traurig den Kopf und sah wieder zu Boden.

»Was hast du denn dann –«

Und dann erwischte es mich eiskalt.

»Scott«, sagte ich und ließ meine Hände von seinen Schultern fallen.

Er hob langsam den Kopf und nickte. Tränen traten ihm in

die Augen. »Ein, zwei Tage bevor er, Sie wissen schon, hatte ich X. Wenn Hanna und ich rumfuhren und Bier auslieferten, gab es immer wieder einen Trottel, der kein Bargeld hatte. Und dann war da dieser Typ, der Hanna unbedingt ein paar Tabletten geben wollte, und sie hat sie genommen und ist mit dem X zurückgekommen, und ich hab ihr gesagt, sie ist bescheuert und dass Roman nichts anderes als Bares akzeptiert und wir ihm die Differenz von unserem eigenen Geld zahlen müssen, und da fiel mir Scott ein, ich wusste ja, dass er drauf stand, und ich hab ihm Bescheid gegeben, und er sagte, ja, er nimmt es mir ab.«

Sean sah mich an. Er wartete auf eine Reaktion, doch dieser Tag hatte mich so geschlaucht, dass ich dafür keine Kraft mehr hatte.

Deshalb fuhr er fort. »Ich hab keine Ahnung, ob das mein Stoff war, den er genommen hatte, als er sprang. Ich war ja nicht der Einzige, dem er das Zeug abkaufte. Aber ich weiß, es ist möglich, dass er es von mir hatte.« Zwei Tränen liefen ihm die Wangen herab. »Es tut mir so schrecklich leid. Wenn Sie mir eine reinhauen wollen oder so, dann versteh ich das. Ich werde meinen Eltern erklären, warum Sie's getan haben. Dass ich's verdient habe. Aber es tut mir leid, Mr. Weaver. Mein Gott, es tut mir so leid.«

»Ich werde dir keine reinhauen«, sagte ich.

»Ich … ich weiß gar nicht, warum ich's getan hab.« Er weinte, ohne einen Laut von sich zu geben. »Ich hätte die Differenz nämlich einfach von meinem Geld zahlen können. Und das Scheißzeug wegschmeißen. Ich hätt's im Klo runterspülen können. Oder sonst was. Aber ich dachte … ich weiß nicht, was ich mir dabei gedacht habe.«

Seine Schultern bebten. Ich hob meine Arme, erst zögernd,

dann legte ich sie um ihn und zog den Jungen an mich. Weinend legte er seinen Kopf an meine Brust. Ich drückte ihn fester an mich.

Ich hatte das Gefühl, dass Donna mir zusieht. Dass sie es so gewollt hätte.

»Es gibt niemanden, der in letzter Zeit nicht Mist gebaut hätte«, sagte ich.

Ich spürte, wie auch er seine Arme um mich legte. »Ich hasse mich«, sagte Sean. »Mein Gott, wie ich mich hasse.«

Es gab niemanden, der sich zurzeit nicht hasste.

Als ich Sean im Arm hielt, diesen Jungen, der ungefähr im selben Alter war und auch ungefähr dieselbe Größe hatte wie Scott, war ich nicht weit davon entfernt, mir vorzustellen, er sei mein eigener Sohn. Ich spürte wieder, wie es sich angefühlt hatte, Scott in den Arm zu nehmen, spürte wieder die Vertrautheit unserer Vater-Sohn-Umarmungen.

Wenn ich Sean vergab, vergab ich damit auch Scott, was wir seinetwegen durchgemacht hatten? Und war da in Wirklichkeit nicht viel weniger zu vergeben, als ich ursprünglich gedacht hatte?

»Ist ja gut«, flüsterte ich. »Ist ja gut.«

Denn ich glaubte nicht mehr, dass Scott gesprungen ist. Tief in meinem Herzen wusste ich, dass er gestoßen wurde. Geworfen.

Und jetzt war der Zeitpunkt gekommen, die letzten Fragen zu stellen. Und zu hoffen, darauf die letzten Antworten zu bekommen.

Die Frau, die mir diese Fragen beantworten sollte, hieß Rhonda McIntyre.

Ihr Name war in Annette Ravelsons Wagen gefallen, nachdem ich sie im Schlafzimmer des Bürgermeisters aufgescheucht hatte. In der Nacht hatte Annette erzählt, Rhonda sei eine von Bert Sanders' anderen Liebschaften gewesen, habe sich jedoch gleichzeitig mit einem Polizisten aus Griffon getroffen, der von Bert keine Ahnung hatte. Annette hatte damals auch gesagt, dass Rhonda diese Beziehung beendet hatte, weil er ihr »nicht geheuer« gewesen sei.

Dieser Polizist war Ricky Haines gewesen. Das hatte sich herausgestellt, als im Rahmen der Ermittlungen auch sein Privatleben unter die Lupe genommen wurde. Bei der Untersuchung seines Computers und seines Handys war man auf den Namen Rhonda McIntyre gestoßen.

Als sie mit Haines Schluss gemacht hatte, was zeitlich ungefähr mit dem Ende ihrer Affäre mit dem Bürgermeister zusammenfiel, kündigte sie auch bei Ravelson und zog wieder zu ihrer Familie nach Erie.

Ich wollte mit ihr sprechen.

Also fuhr ich nach Erie.

Ich brauchte knapp anderthalb Stunden. Mittlerweile war ich wieder mit meinem Honda unterwegs. Den gemieteten Subaru hatte ich zurückgebracht und mir meinen Wagen dort abgeholt, wo ich ihn hatte stehen lassen. Bei der Hütte am See, wo Dennis und Claire sich versteckt gehalten hatten.

Rhonda lebte mit ihren Eltern in einem wunderschönen Haus am Ostufer des Eriesees. Ich hatte meinen Besuch nicht angekündigt. Ich wusste ja nicht, ob sie überhaupt mit mir reden würde, und ich wollte ihr keine Gelegenheit geben, sich aus dem Staub zu machen.

Es war zwar eher unwahrscheinlich, trotzdem hoffte ich,

dass Haines ihr vielleicht das eine oder andere Detail über-Scotts Sturz vom Dach des Möbelhauses erzählt hatte.

Und vielleicht war die Erkenntnis, wozu er fähig war, der Grund, warum sie mit ihm Schluss gemacht und sich zu ihrer Familie zurückgeflüchtet hatte.

Ich entdeckte das Haus der McIntyres hinter einer sorgfältig gestutzten Hecke, die es vor den neugierigen Blicken von Passanten schützte. Ich bog in die lange geteerte Einfahrt und fuhr bis fast vor die Haustür.

Eine attraktive Frau Mitte fünfzig öffnete auf mein Klingeln. »Mrs. McIntyre?« Sie nickte. Ich sagte ihr, wer ich war und dass ich gekommen war, um mit Rhonda zu sprechen.

»Über diese ganze abscheuliche Sache?«

»Ja«, sagte ich.

»Ich halte das für keine gute Idee.«

»Vielleicht ist es leichter für sie, mit mir zu sprechen als mit der Polizei«, sagte ich. Eine implizite Drohung, die manchmal wirkte.

Diesmal wirkte sie.

Sie führte mich durchs Haus in den Wintergarten mit Blick auf den Eriesee. Der Himmel war bedeckt, und der Wind, der von Norden kam, peitschte das Wasser zu weißen Schaumkämmen auf. Ich spürte den Zug, der sich durch die Fensterritzen schlich.

»Ich hole Rhonda«, sagte Mrs. McIntyre.

Gleich darauf betrat mit ängstlicher Miene eine kleine, zierliche Frau Mitte zwanzig den Raum, ihre Mutter dicht hinter ihr.

»Ja?«

»Hi, Rhonda«, sagte ich. »Ich muss Ihnen ein paar Fragen stellen.«

»Verzeihen Sie, ich habe Ihren Namen vergessen«, sagte die Mutter.

»Weaver«, sagte ich. »Cal Weaver.«

Rhonda zwinkerte. Jetzt schien sie mir noch nervöser. Möglicherweise fiel es ihr leichter, mit mir zu sprechen, wenn ihre Mutter nicht dabei war.

»Mrs. McIntyre, würde es Ihnen etwas ausmachen, wenn Ihre Tochter und ich uns unter vier Augen unterhalten?«

»Also, ich glaube, es wäre besser –«

»Ist schon in Ordnung, Mom«, sagte Rhonda. »Ich schaff das schon.«

Ihre Mutter zog sich widerstrebend zurück. Rhonda und ich setzten uns in weiße Korbsessel mit bauschigen, gelb geblümten Kissen.

»Sie hätten vorher anrufen sollen«, sagte sie.

»Rhonda, wir wissen schon eine ganze Menge über Ricky und seine Mutter und ihre Umtriebe in den letzten Jahren. Doch ein paar Lücken gibt es noch in unseren Erkenntnissen, und ich weiß, dass Sie eine Zeitlang mit Ricky zusammen waren.«

Sie wehrte ab. »Wir sind ein paarmal zusammen aus gewesen, aber ich hätte nie … es war nie was Ernstes. Irgendwas stimmte nicht mit ihm.«

Ich wartete.

»Erstens sein Verhältnis zu seiner Mutter. Das war irgendwie krankhaft. Er wollte ihr immer alles recht machen, war immer auf dem Sprung, zu ihr zu fahren. Jetzt wird mir natürlich klar, warum er ständig bei ihr war. Weil er ihr geholfen hat, sich um seinen Stiefvater da unten im Keller zu kümmern. Ich meine, das erklärt so einiges.«

»Wie meinen Sie das?«

»Er hat mich nie zu seiner Mutter nach Hause mitgenommen. Ich meine, vorstellen wollte er mich ihr schon, aber dazu haben wir uns in einem Café getroffen. Bei ihr im Haus war ich nie. Einmal bin ich da vorbeigefahren und habe Rickys Wagen in der Einfahrt stehen sehen. Ich bin hingegangen und habe geklopft, einfach nur so, um hallo zu sagen. Er ist auf die Veranda rausgekommen und hat sich fürchterlich aufgeregt.«

»Sie konnten natürlich nicht riskieren, dass irgendjemand das Haus betritt«, sagte ich.

»Das kann man wohl sagen. Aber das war noch nicht alles. Er war wie zwei Personen in einer. Wenn ihm danach war, konnte er zuckersüß tun, doch darunter, da war nichts. In Wirklichkeit hatte er überhaupt keine Gefühle. Außer vielleicht Wut. Manchmal hat man direkt gemerkt, wie es unter der Oberfläche brodelt. Ich glaube nicht, dass er verstanden hat, wie andere Menschen ticken.«

»Wie meinen Sie das?«

»Ich meine, er konnte sich nicht in andere Menschen hineinversetzen. Was ihm völlig fehlte, war Empathie. Es war ihm egal, ob er andere verletzte – also, hauptsächlich die Gefühle anderer Menschen –, weil *er* nichts fühlte. Außer wenn seine Mutter im Spiel war. *Sie* war die Einzige, die ihn verletzen konnte. Wie gesagt, ihr wollte er es immer recht machen.«

Rhonda blickte hinaus auf den See.

»Ich weiß wirklich nicht, wie ich Ihnen helfen könnte«, sagte sie. »Das ist alles, was ich weiß.«

»Ehrlich gesagt, das ist auch nicht der Grund, warum ich zu Ihnen gekommen bin. Mein Anliegen ist mehr persönlicher Art.«

Sie drehte den Kopf kaum merklich in meine Richtung.
»Was meinen Sie mit ›persönlicher Art‹?«

»Meinen Sohn. Ich hatte einen Sohn namens Scott. Er ist vor zwei Monaten gestorben. Vielleicht haben Sie ja davon gehört.«

Rhonda nickte. »Natürlich. Da habe ich ja noch bei Ravelson gearbeitet. Alle waren entsetzt. Er war ein lieber Junge.« Ihre Stimme fing an zu beben. Ich beugte mich zu ihr.

»Ich bin heute zu Ihnen gekommen, weil ich hoffe, dass Sie etwas darüber wissen, was in dieser Nacht auf dem Dach wirklich passiert ist. Bis vor kurzem habe ich geglaubt, Scott ist runtergefallen, weil er high war. Das glaube ich jetzt nicht mehr.«

Sie sah aus, als würde sie jeden Moment in Tränen ausbrechen.

»Wieso sollte ich etwas wissen?«, fragte sie.

»Wegen des Mannes, mit dem Sie sich damals getroffen haben.«

Rhonda schlug die Hände vors Gesicht. »O Gott«, sagte sie. »Ich wusste, dass Sie kommen würden. Ich wusste, dass Sie früher oder später dahinterkommen. O Gott.«

Sanft zog ich ihr die Hände vom Gesicht. »Sagen Sie mir, was Sie wissen, Rhonda.«

»Das hätte nie passieren dürfen«, sagte sie. »Nie.«

»Hat er es getan, weil Scott ihm gedroht hat?«

Sie nickte. Ich ließ ihre Arme los, damit sie sich die Tränen abwischen konnte. »Ihr Sohn … Scott, er hat gesagt, er würde es allen erzählen. ›Bald werden es alle wissen!‹, hat er gesagt.«

Rhonda schilderte den Vorfall am Parkplatz von Patchett's. War sie womöglich da gewesen? Dass Ricky ihr erzählt hat,

548

wie er Claire begrapscht hat, hielt ich für nicht sehr wahrscheinlich.

»Sie waren dabei?«, fragte ich.

Sie nickte, zog ein Taschentuch aus einem Spender, der auf
einem Tisch neben uns stand, und putzte sich die Nase.

»Sie waren da. Bei Patchett's?«

Sie sah mich verdutzt an. »Was?«

Jetzt war ich verdutzt.

»Was hat denn Patchett's damit zu tun?«

Meine Gedanken überschlugen sich. »Moment«, sagte ich.
Ich hatte eine Theorie. »Es war nicht Patchett's. Sie waren
auf dem Dach.«

Ihr Kopf ging auf und nieder. Sie zog noch ein Taschentuch
heraus.

»Sie waren dabei, als Scott vom Dach gestoßen wurde?«

Sie ließ den Kopf hängen. Vor Kummer oder vor Scham?
Ich wusste es nicht.

Ich drängte sie, weiterzuerzählen. »Sie haben gesehen, wie
Ricky es getan hat?«

Ihr Kopf fuhr in die Höhe, und ihr Mund klappte auf. Sie
sah mich so entsetzt an, als hätte ich sie geschlagen.

»Ricky?«, sagte sie. »Sie haben geglaubt, es war Ricky?«

NEUNUNDSECHZIG

Es war dunkel. Halb elf. Vom Dach von Ravelson Furniture konnte ich in der Ferne den Skylon Tower sehen. Still war es hier oben, die Autos, die unten vorbeifuhren, waren kaum zu hören. Ich stand mit einem Fuß auf dem Dachvorsprung, mit dem anderen auf dem Dach. Genau an der Stelle, an der Scott hinuntergestürzt sein musste.

Ich hatte Kent angerufen, und er hatte mir erlaubt, aufs Dach zu steigen. Und ein paar Türen unversperrt gelassen, weil ich noch jemanden erwartete.

Dieser Jemand musste jeden Moment kommen. Rhonda McIntyre hatte sich bereit erklärt, anzurufen und dieses Treffen für mich zu arrangieren. Ich hörte jemanden die Treppe hochkommen und wandte mich zur Tür, die aufs Dach führte. Ging näher. Ich wollte da sein, wenn sie aufging.

Sekunden später war es so weit.

»Hallo, Bert«, sagte ich.

Bert Sanders betrat das Dach. Seine Schritte knirschten auf dem groben Kies der Teerpappe.

»Was – Cal, was machen Sie denn hier?«

»Ich warte auf Sie«, sagte ich. »Aber Sie haben wahrscheinlich jemand anderen erwartet.«

Er wandte sich zur Tür, doch ich war vor ihm da und verstellte ihm den Weg.

»Sie haben Rhonda McIntyre erwartet.«

»Ich weiß nicht, wovon Sie reden«, sagte Bert.

»Bert. Bitte. Ich war bei ihr in Erie. Wir haben miteinander gesprochen. Ich habe sie gebeten, dieses Treffen zu arrangieren.«

Seine Blicke huschten in alle Richtungen. Er suchte eine Fluchtmöglichkeit.

»Erzählen Sie mir doch Ihre Version der Geschichte«, fordert ich ihn auf.

»Was immer Rhonda Ihnen erzählt hat«, sagte er, »Sie dürfen nicht vergessen, von wem es kommt, und müssen es mit Vorsicht genießen. Ich habe mich« – er sah sich um, ob ihn womöglich jemand hören konnte – »zu der Zeit mit Annette getroffen, und das mit Rhonda war nichts Ernstes. Ich meine, ja, da war der Sex –«

»Und zwar hier oben.«

Sanders nickte verlegen. »Stimmt. Wir haben uns ein paarmal hier oben getroffen. Sie kennen doch diesen heimlichen, hemmungslosen Sex, der umso erregender ist, weil er an einem Ort stattfindet, der … anders ist.« Er knipste dieses komplizenhafte Grinsen an, das sagte: Komm schon, du kennst das doch auch.

»Sie beide sind also hier raufgekommen, als das Möbelhaus schon längst geschlossen hatte, und haben sich verlustiert«, sagte ich. »Rhonda hatte Schlüssel, genauso wie Scott. War er schon oben, oder kam er erst später?«

Sanders schluckte. »Später.«

Auf dem Dach stand ein kleiner Aufbau, der den Treppenabsatz und die Tür beherbergte. Sanders zeigte darauf. »Wir lehnten da an der Mauer. Und auf einmal hörten wir Schritte, und die Tür flog auf.« Er hielt inne. »Und da stand Ihr Sohn.«

»Und weiter?«

»Er war zugedröhnt, dass das Dach wackelte. Hüpfte rum mit einer Flasche in der Hand. War richtig gut drauf.« Dieser leise Vorwurf in seinem Ton, der mir zu verstehen gab, dass Scott gar nicht erst hier heraufgekommen wäre, wenn wir besser auf ihn aufgepasst hätten.

»Er war also high«, sagte ich. »Und dann?«

»Rhonda und ich, wir wussten, dass wir hier runtermussten, bevor er uns entdeckt. Wir mussten nur um die Ecke schleichen und zur Tür reinschlüpfen. Und wir hätten es auch fast geschafft, aber dann ist Rhonda mit einem Absatz im Kies stecken geblieben und gestolpert. Da hat Scott sich umgedreht und uns gesehen.«

»Was hat er gesagt?«

»Zuerst gar nichts. Er war genauso überrascht, uns hier zu sehen, wie wir, als wir ihn plötzlich da stehen sahen. Es war, als hätten wir uns gegenseitig bei etwas ertappt, das wir nicht hätten tun dürfen.«

Er schüttelte bedauernd den Kopf. »Aber ich glaube, in seinem Zustand hat er sich nicht viel daraus gemacht. Er hat uns nur angegafft. Er kannte Rhonda natürlich. Sie waren Kollegen, er hat sie jeden Tag gesehen. Und mich kannte er sowieso. Er zeigte mit dem Finger auf uns – so – und sagte etwas wie: ›Scheiß die Wand an.‹ So high war er dann auch wieder nicht, dass er nicht geschnallt hätte, dass er uns bei etwas erwischt hatte, das niemand erfahren sollte.«

»Was ist dann passiert?«, fragte ich. Ein kühler Wind wehte hier oben, vier Stockwerke über Straßenniveau, aber mir war heiß.

»Ich sagte: ›Hey, Scott, es ist nicht, wonach es aussieht.‹ Und Rhonda hat es ihm auch gesagt. Dass wir nur heraufgekommen sind, um uns die Sterne anzuschauen. Aber leider war Rhondas Bluse offen und mein Gürtel auch, und Ihr Sohn war ja nicht dumm.«

Bert Sanders rang sich ein Lächeln ab. »Nein, Cal, Scott war ein anständiger Kerl. Er ist da in was Schlimmes reingeraten, aber er war kein schlechter Kerl. Alle, alle hier bei Ravelson haben das gesagt. Rhonda hat auch gesagt, dass er –«

»Halten Sie den Mund, Bert.«

Ich ging langsam vor ihm auf und ab und stellte mir alles vor. Sah es genau vor mir.

»Er hat's Ihnen also nicht abgenommen«, sagte ich. »Und wie ging's dann weiter?«

»Er kam vom Hundertsten ins Tausendste. Sagte, er kann es nicht fassen, dass wir was miteinander hatten. Fragte mich, ob ich denn nicht verheiratet wäre? Ich hab ihm gesagt, nein, nicht mehr. Und ich glaube, er wusste nicht, dass Rhonda sich mit Ricky Haines traf – Sie wissen es aber, oder?«

»Ja«, sagte ich. Und dachte, dass er wahrscheinlich recht hatte. Scott hätte Haines vermutlich nicht so getriezt, wenn er gewusst hätte, dass er mit einer Kollegin zusammen war.

»Ich sagte zu ihm … ich habe gesagt: ›Scott, das darfst du niemandem erzählen, dass du uns zusammen gesehen hast.‹ Und er fragt, warum nicht, und ich sage, weil nichts Gutes dabei rauskommt. Und dann platzt Rhonda plötzlich heraus, dass Rick, wenn er dahinterkäme, dass sie sich mit mir trifft, wenn er das spitzkriegt, dann bringt er sie um. ›Ricky?‹, sagt Scott. ›Meinst du Ricky Haines, den Bullen?‹ Und Rhonda sagt ja. Sie sagt: ›Verrat bitte nichts.‹ Weil mit ihm irgendwas nicht stimmte. Ich meine, das wissen wir ja jetzt alle, nicht? Dass Haines nicht ganz richtig im Kopf gewesen sein kann. Ich meine, einer, der seinen Stiefvater sieben Jahre im Keller einsperrt, bei dem müssen doch ein paar Schrauben locker gewesen sein.«

Er tippte sich zweimal mit dem Zeigefinger an die Schläfe.

»Aber das war noch nicht alles. Ich meine, ich machte gerade Chief Perry die Hölle heiß wegen seines Führungsstils, und dann treib ich's heimlich mit der Freundin eines seiner Polizisten. Da hätten wir beide ganz schön blöd dagestanden. Für Rhonda wäre es eine echte Gefahr gewesen, und mich hätte es kompromittiert, wenn das rausgekommen wäre. Der Chief hätte bestimmt einen Weg gefunden, mir einen Strick daraus zu drehen.«

»Scott«, sagte ich. »Was war mit Scott?«

»Ich machte mir natürlich Sorgen, dass er vielleicht doch quatscht, auch wenn er versprochen hat, dass er den Mund hält. Was würde passieren, wenn er von seinem Trip runter war? Würde er sich daran erinnern, was er gesehen, aber nicht, was er versprochen hat?«

Sanders zauberte so viel Ernst und Aufrichtigkeit in seine Visage, als glaubte er noch daran, bei der nächsten Wahl mit meiner Stimme rechnen zu können.

»Wie ist es passiert, Bert? Ich will es von Ihnen hören.«

»Es war ... es war ein Unfall. Wirklich. Er ist gestolpert und ...«

Ich packte ihn am Kragen und trieb ihn näher an die Stelle heran, von der Scott in die Tiefe gestürzt war. Er blieb mit dem Fuß hängen, fing sich aber wieder. Drei Meter vor der Dachkante.

»Cal«, sagte er. »Bitte.«

»Wenn Sie ehrlich zu mir sind, wenn Sie zugeben, was Sie getan haben, dann schmeiße ich Sie nicht hinunter«, sagte ich.

»Er hat ... er fing einfach an zu schreien. Er war ja nicht er selbst. Es waren die Drogen. Aber er hat unsere Namen rausgebrüllt. *Richtig laut.* Wenn er nicht aufhörte, wäre noch jemand hochgekommen. Die Polizei, jemand vom Wachdienst.

Ich versetzte ihm einen weiteren Stoß, und er stolperte über seine eigenen Füße. Diesmal fiel er hin und landete etwa einen Meter von der Dachkante. Ich sah auf ihn hinunter, schob meine Hand unter die Jacke und zog meine Glock. Ich hatte sie extra mitgebracht.

Mensch, Cal, um Gottes willen.«

»Was ist passiert?«

»Ich ... ich wollte ihn zum Schweigen bringen. Ich hab ihn gepackt und ihm den Mund zugehalten. Wir haben miteinander gerungen, es war ein richtiger Kampf. Wir waren ... wir waren hier, ziemlich genau hier. Ich hab wieder versucht, ihm den Mund zuzuhalten, und er ... er hat mich gebissen! Er hat mich in die Hand gebissen. Ich hab die Hand weggezogen und – ich schwöre, es war reiner Instinkt, eine Abwehrreaktion – habe ihn geschubst.«

»Sie haben ihn geschubst.«

»Ich schwöre bei Gott, ich wollte nicht ... ich wollte ihn doch nicht ...«

»Stehen Sie auf.« Ein Wink mit meiner Pistole verlieh meinem Befehl Nachdruck.

Sanders stand auf und bürstete sich die Kieselsteinchen ab, die an seiner eleganten Hose kleben geblieben waren.

»Sie haben ihn also genau an dieser Stelle geschubst«, sagte ich.

Sanders nickte.

»Stellen Sie sich da hin.«

»Cal.«

»Stellen Sie sich hin. An den Rand.«

»Mir wird leicht schwindlig«, protestierte er.

Ich gab ihm einen Schubs. »Haben Sie ihn so geschubst? Muss fester gewesen sein. Sie stehen noch hier.«

»Bitte, Cal. Bitte.«

»Steigen Sie rauf.«

»Ich kann nicht.«

»Ich erschieße Sie. Wenn Sie sich nicht da oben hinstellen, erschieß ich Sie. Ich habe schon einen Menschen erschossen, seit das alles hier angefangen hat. Beim zweiten Mal ist es vielleicht leichter.«

Er stellte den rechten Fuß auf das Mäuerchen.

»Gut so. Jetzt den anderen.«

Sein linker Schuh schleifte über den Kies. »Ich glaube – ich glaube, ich kann das nicht.«

»Sehen Sie nicht hinunter«, riet ich ihm. »Sehen Sie einfach geradeaus. Sehen Sie auf den Turm. Bei Nacht ist er besonders schön.«

Sanders stand da, mit dem Rücken zu mir, die Arme ausgestreckt, um das Gleichgewicht nicht zu verlieren. Ich hob die Glock und drückte ihm den Lauf an den Hinterkopf.

»Peng«, sagte ich.

SIEBZIG

Ich weiß noch nicht, was ich machen werde. Angeblich soll man solche Sachen ja nicht überstürzen. Kommt Zeit, kommt Rat.

Aber es gibt nichts, was mich hier hält. In Griffon gibt es nichts mehr für mich. Ich will nicht in diesem Haus bleiben, und ich will nicht in dieser Stadt bleiben.

Das Haus von Augie und Beryl steht schon zum Verkauf. Ich weiß nicht, ob sie überhaupt schon wissen, wo sie hinsollen. Aber wahrscheinlich bleibt's bei Florida. So lange dauert es gar nicht mehr, bis Augie in Rente gehen kann, und sie haben schon früher davon gesprochen, in die Gegend von Sarasota zu ziehen. Augie wird es nicht besser ergehen als mir. Egal, wo wir hinziehen, unsere Erinnerung und unsere Reue werden wir überallhin mitnehmen.

Ich denke daran, nach Promise Falls zurückzugehen. Aber nicht zurück zur Polizei. Sie würden mich nicht nehmen, und ich will da auch nicht mehr hin. Ich könnte meinen Lebensunterhalt weiter mit dem verdienen, was ich in den letzten Jahren getan habe, aber ich glaube, ich würde es lieber in einer Stadt tun, in der ich mich ein wenig heimischer fühle.

Leider ist der Abschied von dieser Stadt noch nicht endgültig. Sanders wird der Prozess gemacht, und Rhonda McIntyre ist einen Handel mit dem Staatsanwalt eingegangen. Sie wird gegen Sanders aussagen. Ich ließ ihn da oben auf dem Dach stehen. Drehte mich um und ging weg. Ich wollte ihn stoßen. Wollte ihn mit dem Lauf der Glock ein bisschen anstupsen. Aber dann konnte ich nicht. In dieser Millisekunde, in der ich meine Entscheidung treffen musste, fragte ich mich, ob ich glaubte, dass es mir in zwei Sekunden bessergehen würde. Wenn er unten auf dem Parkplatz aufschlug.

Antwort: Wahrscheinlich.

Aber es gab etwas, das mich davon abhielt. *Claire.* Das konnte ich Claire nicht antun. Ich konnte ihr nicht den Vater nehmen. Ich konnte ihn mir auf der Anklagebank vorstellen, ich konnte mir vorstellen, gegen ihn auszusagen, und ich konnte mir vorstellen, ihn ins Gefängnis wandern zu sehen. Ich konnte mir vorstellen, wie sehr sie unter all dem leiden würde. Aber ich konnte mir auch vorstellen, wie sie mit Hilfe ihrer Mutter darüber hinwegkommen würde.

Eines konnte ich mir nicht vorstellen: Wie sie den Tod ihres Vaters verkraften sollte.

Es hat schon zu viele Tote gegeben.

Ich bin also am Überlegen, was ich tun soll. Wegziehen werde ich auf alle Fälle. Wenn nicht nach Promise Falls, dann vielleicht nach Timbuktu. Bis dahin muss ich alles in diesem Haus durchgehen – und mich entscheiden: behalten oder wegwerfen.

Ich kann ja nicht alles behalten.

In den ersten Tagen nach Donnas Tod habe ich ihre Sachen auf dem Couchtisch nicht angerührt. Habe wahrscheinlich sogar einen großen Bogen um sie gemacht. Mir ihre Zeichnungen von Scott anzusehen hätte einfach zu weh getan. Erst nachdem Sanders verhaftet worden war, fand ich Zeit, und die Kraft, mich mit ihnen auseinanderzusetzen.

Ich hob ihre Zeichenmappe hoch und wog sie in meiner Hand. So viele Skizzen. Ich ließ die Mappe wieder auf den Tisch fallen und klappte sie auf. Zwei Bleistifte rollten heraus und fielen zu Boden.

Ganz oben lag eine Zeichnung. Von Scott natürlich. Aber an dieser Skizze klebte ein kleiner gelber Zettel. Ich las, was darauf stand, und betrachtete die Zeichnung.

Die Nase hatte sie gut hinbekommen. Mir gefiel, wie sie die Haare gezeichnet hatte, die ihm in die Stirn fielen. Anfangs fand ich, dass seine Lippen etwas zu voll waren. Doch als ich sie lange genug betrachtet hatte, wurde mir klar, dass das gar nicht stimmte. Ich hatte mich von einer Schattierung täuschen lassen.

Ich glaube, dass Donna diese Skizze für mich herauslegen wollte. Falls ich erst nach Hause kommen sollte, wenn sie schon im Bett war.

Auf die Haftnotiz hatte sie mit Bleistift geschrieben: »Cal, ich glaube, das ist sie. Ich bin fertig. Wie findest du sie?«

Sie hatte immer gesagt, sie würde aufhören, wenn sie eines Tages der Meinung war, eine bessere Zeichnung als diese eine würde ihr nicht gelingen.

»Sie ist perfekt«, sagte ich.

DANKSAGUNG

Autoren, die alles selbst machen, sind Autoren, die keine Bücher verkaufen. Deswegen hole ich mir jede Menge Unterstützung.

Dank an Mark Streatfeild, Brad Martin, Alex Kingsmill, Spencer Barclay, David Young, Danielle Perez, Eva Kolcze, Valerie Gow, Kara Welsh, Malcolm Edwards, Bill Massey, Elia Morrison, Helen Heller, Juliet Ewers, Heather Connor, Gord Drennan, Cathy Paine, Kristin Cochrane, Susan Lamb, Nita Pronovost, Paige Barclay, Margot Szajbely Jenner, Duncan Shields, Ali Karim, Alan K. Sapp, Ken Bain und Lindsey Middleton.

Und an die Buchhändler. Ja, genau, die Buchhändler.